A marca FSC® é a garantia de que a madeira utilizada na fabricação do papel deste livro provém de florestas que foram gerenciadas de maneira ambientalmente correta, socialmente justa e economicamente viável, além de outras fontes de origem controlada.

tereza batista cansada de guerra

COLEÇÃO JORGE AMADO
Conselho editorial
Alberto da Costa e Silva
Lilia Moritz Schwarcz

Coordenação editorial
Thiago Nogueira

O país do Carnaval, 1931
Cacau, 1933
Suor, 1934
Jubiabá, 1935
Mar morto, 1936
Capitães da Areia, 1937
ABC de Castro Alves, 1941
O cavaleiro da esperança, 1942
Terras do sem-fim, 1943
São Jorge dos Ilhéus, 1944
Bahia de Todos-os-Santos, 1945
Seara vermelha, 1946
O amor do soldado, 1947
Os subterrâneos da liberdade
    Os ásperos tempos, 1954
    Agonia da noite, 1954
    A luz no túnel, 1954
Gabriela, cravo e canela, 1958
De como o mulato Porciúncula descarregou seu defunto, 1959
Os velhos marinheiros ou O capitão-de-longo-curso, 1961
A morte e a morte de Quincas Berro Dágua, 1961
O compadre de Ogum, 1964
Os pastores da noite, 1964
A ratinha branca de Pé de Vento e A bagagem de Otália, 1964
As mortes e o triunfo de Rosalinda, 1965
Dona Flor e seus dois maridos, 1966
Tenda dos Milagres, 1969
Tereza Batista cansada de guerra, 1972
O gato malhado e a andorinha Sinhá, 1976
Tieta do Agreste, 1977
Farda, fardão, camisola de dormir, 1979
O milagre dos pássaros, 1979
O menino grapiúna, 1981
A bola e o goleiro, 1984
Tocaia Grande, 1984
O sumiço da santa, 1988
Navegação de cabotagem, 1992
A descoberta da América pelos turcos, 1992
Hora da guerra, 2008
Toda a saudade do mundo, 2012
Com o mar por meio: Uma amizade em cartas (com José Saramago), 2017

tereza batista cansada de guerra

JORGE AMADO

Posfácio de Lygia Fagundes Telles

6ª *reimpressão*

Copyright © 2008 by Grapiúna Produções Artísticas Ltda.
1ª edição, Livraria Martins Editora, São Paulo, 1972

*Grafia atualizada segundo o Acordo Ortográfico da Língua Portuguesa de 1990,
que entrou em vigor no Brasil em 2009.*

Consultoria da coleção Ilana Seltzer Goldstein

Projeto gráfico Kiko Farkas e Elisa Cardoso/ Máquina Estúdio

Pesquisa iconográfica do encarte Silvana Jeha

Imagens Foto Pierre Verger © Fundação Pierre Verger (capa); © Luiza Chiodi/ Companhia Fabril
Mascarenhas (chita); © Luiz/ CPDOC IB (orelha). Todos os esforços foram feitos para determinar
a origem das imagens deste livro. Nem sempre isso foi possível. Teremos prazer em creditar
as fontes, caso se manifestem.

Cronologia Ilana Seltzer Goldstein e Carla Delgado de Souza

Preparação Cecília Ramos

Revisão Andressa Bezerra da Silva, Roberta Vaiano e Valquíria Della Pozza

Texto estabelecido a partir dos originais revistos pelo autor. Os personagens
e as situações desta obra são reais apenas no universo da ficção; não se referem
a pessoas e fatos concretos, e não emitem opinião sobre eles.

Dados Internacionais de Catalogação na Publicação (CIP)
(Câmara Brasileira do Livro, SP, Brasil)

Amado, Jorge, 1912-2001.
    Tereza Batista cansada de guerra / Jorge Amado ; posfácio de Lygia Fagun-
des Telles. — São Paulo : Companhia das Letras, 2008.

    ISBN 978-85-359-1291-3

    I. Romance brasileiro I. Telles, Lygia Fagundes. II. Título.

08-06586   CDD-869.93

Índice para catálogo sistemático:
I. Romances : Literatura brasileira 869.93

Diagramação Estúdio O.L.M.

Papel Pólen, Suzano S.A.

Impressão e acabamento Lis Gráfica

[2024]
Todos os direitos desta edição reservados à
EDITORA SCHWARCZ S.A.
Rua Bandeira Paulista, 702, cj. 32
04532-002 — São Paulo — SP
Telefone: (11) 3707-3500
www.companhiadasletras.com.br
www.blogdacompanhia.com.br
facebook.com/companhiadasletras
instagram.com/companhiadasletras
twitter.com/cialetras

À Zélia, de volta ao mar da Bahia.

A última vez que vi Tereza Batista foi em terreiro de encantado, em fevereiro último, na festa do cinquentenário de mãe de santo de Menininha do Gantois, quando, toda vestida de branco, saia rodada e bata de rendas, de joelhos pedia a bênção à ialorixá da Bahia, cujo nome, por isso mesmo e por muito mais, aqui escrevo, o primeiro nesta roda de amigos do autor e da moça Tereza; a ela seguindo-se os de Nazareth e Odylo, de Zora e Olinto, de Inas e Dmeval, de Auta Rosa e Calá, da menina Eunice e Chico Lyon, de Elisa e Álvaro, de Maria Helena e Luiz, de Zita e Fernando, de Clotilde e Rogério, amigos d'aquém e d'além-mar, sendo que Mãe Menininha e o autor aqui presente, ainda por cima somos os dois de mais além, do reino de Queto, das areias de Aiocá, somos de Oxóssi e de Oxum. Axé.

DEDICATÓRIA: RONDOZINHO

MODINHA DE DORIVAL CAYMMI PARA TEREZA BATISTA

Me chamo siá Tereza
Perfumada de alecrim
Ponha açúcar na boca
Se quiser falar de mim

Flor no cabelo
Flor no xibiu
Mar e rio

*Peste, fome e guerra, morte e amor,
a vida de Tereza Batista é uma história de cordel.*

*Que ta coquille soit très dure pour te permettre d'être très tendre:
la tendresse est comme l'eau: invencible.*
(André Bay, *Aimez-vous les escargots?*)

QUANDO SOUBERAM QUE EU IA VOLTAR ÀQUELAS BANDAS, ENTÃO ME pediram para trazer notícias de Tereza Batista e tirar a limpo uns tantos acontecidos — o que não falta no mundo é gente curiosa, pois não.

Assim foi que andei assuntando, por aqui e por ali, nas feiras do sertão e na beira do cais e, com o tempo e a confiança, pouco a pouco puseram--me a par de enredos e tramas, uns engraçados, outros tristes, cada qual à sua maneira e conforme sua compreensão. Juntei quanto pude ouvir e entender, pedaços de histórias, sons de harmônica, passos de dança, gritos de desespero, ais de amor, tudo de mistura e atropelo, para os desejosos de informações sobre a moça de cobre, seus afazeres e correrias. Grande coisa não tenho para narrar, o povo de lá não é de muita conversa, e quem mais sabe menos diz para não tirar diploma de mentiroso.

Essas andanças de Tereza Batista se passaram naquele país situado nas margens do rio Real, nos limites da Bahia e de Sergipe adentro um bom pedaço; ali e também na capital. Território habitado por uma nação de caboclos e pardos, cafuzos, gente de pouca pabulagem e de muito agir, menos os da capital, sestrosos mulatos de canto e batuque. Quando me refiro à capital geral desses povos do norte, todos entendem que falo da cidade da Bahia, por alguns dita Salvador ninguém sabe por quê. Também não importa discutir nem contrariar quando o nome da Bahia já se estende até a corte da França e os gelos da Alemanha, sem falar na costa da África.

Me desculpem se eu não contar tudo, tim-tim por tim-tim, não o faço por não saber — e será que existe no mundo quem saiba toda a verdade de Tereza Batista, sua labuta, seu lazer? Não creio nem muito menos.

A ESTREIA DE TEREZA BATISTA NO CABARÉ DE ARACAJU

OU

O DENTE DE OURO DE TEREZA BATISTA

OU

TEREZA BATISTA E O CASTIGO DO USURÁRIO

1

JÁ QUE PERGUNTA COM TANTA DELICADEZA, EU LHE DIGO, SEU MOÇO: DESGRAÇA SÓ CARECE *começar. Começou, não há quem segure, se alastra, se desenvolve, produto barato, de vasto consumo. Alegria, ao contrário, meu liga, é planta sestrosa, de amanho difícil, de sombra pequena, de pouco durar, não se dando bem nem ao sol, nem à chuva, nem ao vento geral, exigindo trato diário e terreno adubado, nem seco nem úmido, cultivo caro, para gente rica, montada em dinheiro. Alegria se conserva em champanha; cachaça só consola desgraça, quando consola. Desgraça é pé de pau resistente; muda enfiada no chão não demanda cuidado, cresce sozinha, frondosa, em todo caminho se encontra. Em terreiro de pobre, compadre, desgraça dá de abastança, não se vê outra planta. Se o cujo não tem a pele curtida e o lombo calejado, calos por fora e por dentro, não adianta se pegar com os encantados, não há ebó que dê jeito. Lhe digo mais uma coisa, meu chapa, e não é para me gabar nem para louvar a força dos pés-rapados mas por ser a pura verdade: só mesmo o povo pobre possui raça e peito para arcar com tanta desgraça e seguir vivendo. Tendo dito e não sendo contestado, agora pergunto eu: que lhe interessa, seu mano, saber das mal-aventuras de Tereza Batista? Por acaso pode remediar acontecidos passados?*

Tereza carregou fardo penoso, poucos machos aguentariam com o peso; ela aguentou e foi em frente, ninguém a viu se queixando, pedindo piedade; se houve quem — rara vez — a ajudasse, assim agiu por dever de amizade, jamais por frouxidão da moça atrevida; onde estivesse afugentava a tristeza. Da desgraça fez pouco-caso, meu irmão, para Tereza só a alegria tinha valor. Quer saber se Tereza era de ferro, de aço blindado o coração? Pela cor formosa da pele, era de cobre, não de ferro; o coração de manteiga, melhor dizendo de mel; o doutor dono da usina — e quem melhor a conheceu? — dois nomes lhe oferecera, por nenhum outro a solicitando: Tereza Mel de Engenho e Tereza Favo de Mel. Foi toda a herança que lhe deixou.

Na vida de Tereza a desgraça floresceu cedo, seu mano, e eu queria saber quantos valentes resistiriam ao que ela passou e sobreviveu em casa do capitão.

Que capitão? Pois o capitão Justo ou seja o finado Justiniano Duarte da Rosa. Capitão de que arma? As armas dele eram a taca de couro cru, o punhal, a pistola alemã, a chicana, a ruindade; patente de rico, dono de terra;

não tão rico nem de tanta terra que desse para dragonas de coronel, embora bastante para não permanecer reles paisano, para pôr divisas no nome. Terras de coronel — léguas e léguas de campo, de verde canavial — possuía Emiliano, o mais velho dos Guedes, o dono da usina; no entanto, doutor formado, com anel e canudo, se bem não exercesse, não queria outro título. São os tempos modernos, cunhado, mas não se apoquente: mudam os títulos — coronel é doutor, capataz é gerente, fazenda é empresa —, o resto não muda, riqueza é riqueza, pobreza é pobreza com fartum de desgraça.

Posso lhe afiançar, irmãozinho: para começo de vida o de Tereza Batista foi começo e tanto; as penas que em menina penou bem poucos no inferno penaram; órfã de pai e mãe, sozinha no mundo — sozinha contra Deus e o diabo, dela nem mesmo Deus teve lástima. Pois a danada da menina assim sozinha atravessou o pior mau pedaço, o mais ruim dos ruins, e saiu sã e salva do outro lado, um riso na boca. Um riso na boca, em verdade não sei, digo de ouvir dizer. Se o prezado quiser devassar os particulares do caso, dos começos de Tereza Batista, embarque no trem da Leste Brasileira para as bandas do sertão, por lá sucedeu, quem assistiu que lhe conte com todos os ipsilones.

Difícil para Tereza foi aprender a chorar, pois nasceu para rir e alegre viver. Não quiseram deixar mas ela teimou, teimosa que nem um jegue essa tal de Tereza Batista. Mal comparando, seu moço, pois de jegue não tinha nada afora da teimosia; nem mulher-macho, nem paraíba, nem boca-suja — ai, boca mais limpa e perfumosa! —, nem jararaca, nem desordeira, nem puxa-briga; se alguém assim lhe informou, ou quis lhe enganar ou não conheceu Tereza Batista. Tirana só em tratos de amor; como já disse e reafirmo, nasceu para amar e no amor era estrita. Por que então a chamaram de Tereza Boa de Briga? Pois, meu compadre, exatamente por ser boa de briga, igual a ela não houve em valentia e altivez, nem coração tão de mel. Tinha aversão a badernas, nunca promoveu arruaças mas, decerto pelo sucedido em menina, não tolerava ver homem bater em mulher.

2

A BADALADA ESTREIA DE TEREZA BATISTA NO CABARÉ PARIS ALEGRE, SITUADO NO VATICANO, na área do cais de Aracaju, no país de Sergipe del-Rei, teve de ser adiada por alguns dias devido a trabalhos de prótese dentária efetuados na própria estrela do espetáculo, com evidente prejuízo para Floriano Pereira, em geral conhecido como Flori Pachola, o dono do negócio, maranhense de fibra. Flori aguentou firme, não se queixando nem pondo culpa levianamente em fulano ou beltrano, como de hábito acontece em tais casos.

A estreia da estrela candente do samba — o Pachola era uma porreta na propaganda, sem rival na invenção de frases e slogans publicitários — despertara evidente interesse, sendo o nome de Tereza Batista já de muitos conhecido, sobretudo em certos meios, na boca dos viajantes, no mercado, no porto, na zona em geral. Fora o dr. Lulu Santos quem trouxera Tereza Batista à presença de Flori; doutor para os pobres, em verdade rábula celebrado em todo Sergipe, principalmente pelas defesas nos júris, pelos epigramas corrosivos e por frases de espírito — seus admiradores atribuíam-lhe a autoria de quanto dito gracioso já existiu —, se bem fosse de igual competência no cível e na cerveja: todas as tardes no Café e Bar Egito despachando clientes, rindo dos fátuos e traçando bramotas, por entre a fumaça de permanente charuto. A paralisia infantil aleijara-lhe as pernas e Lulu Santos locomovia-se apoiado em duas muletas, fazendo-o no maior contentamento, com inalterável bom humor. Amizade de longa data o ligava a Tereza Batista; consta ter sido ele quem há vários anos passados viajou ao interior da Bahia, a pedido e por conta do dr. Emiliano Guedes, dono de usina na divisa e de muitas terras nos dois estados, hoje falecido (e de que forma prazenteira!), com o fim de liquidar processo aberto contra Tereza, ilegal por ser ela menor de idade, mas nada disso vem ao caso nem aqui interessa a não ser a amizade da moça e do rábula, cujo rábula sozinho vale por uma turma inteira de bacharéis em direito, com quadro de formatura, paraninfo, discurso, borla e capelo.

Casa cheia, muita animação, ambiente festivo e rumoroso. O Jazz--Band da Meia-Noite se desdobra, a freguesia gastando na cerveja, na batida, no uísque. No cabaré Paris Alegre a "juventude doirada de Aracaju se diverte a preços razoáveis", segundo os prospectos fartamente distribuídos na cidade, entendendo-se por juventude doirada de Aracaju empregados no comércio e nos escritórios, estudantes, funcionários públicos, caixeiros-viajantes, o poeta José Saraiva, o jovem pintor Jenner Augusto, uns quantos formados, outros tantos vagabundos e múltiplos profissionais de ofício e idade variável, alguns prolongando a juventude doirada além dos sessenta. Flori Pachola, mameluco de pequena estatura e muita lábia, dera ênfase particular à estreia da rainha do samba e do maculelê, não medira esforços para fazer da primeira aparição de Tereza na pista do Paris Alegre fato memorável, acontecimento inesquecível. Aliás, memorável e inesquecível não deixou de ser.

3

PARA NOITE DE ESTREIA, TEREZA ESTÁ ATÉ MUITO DO SEU, UM TIQUINHO NERVOSA MAS tratando de não demonstrar. Sentada numa mesa discretamente situada a um lado da sala, aguarda a hora de mudar a roupa, conversando com Lulu Santos, a ouvir comentários maliciosos a propósito dos fregueses. Nova na cidade, não conhece quase ninguém; o rábula conhecia todo mundo. Apesar da meia-luz ambiente e da localização da mesa, a formosura de Tereza não passou despercebida. Mestre Lulu chama-lhe a atenção para uma das mesas de pista onde dois jovens pálidos bebem batida: doentia palidez de um deles; palidez de gringo sergipano a do outro, de fundos olhos azuis.

— O poeta não tira os olhos de você, Tereza.

— Que poeta? Aquele moço?

O moço de palidez doentia pondo-se de pé, o copo levantado, brinda Tereza e o rábula, a mão aberta sobre o coração em largo gesto indicativo de amizade e devotamento. Lulu Santos agita a mão e o charuto em resposta:

— José Saraiva, talento do tamanho do mundo, um poetão. Infelizmente com pouco tempo de vida.

— O que é que ele tem?

— Tísico.

— Por que não se trata?

— Tratar-se? Está se matando, isso sim, passa as noites em claro, bebendo, na boemia. É o maior boêmio de Sergipe.

— Maior do que você?

— Junto do poeta sou fichinha, bebo minhas cervejas mas ele não tem medida. Até parece que quer morrer.

— É ruim quando a gente quer morrer.

O jazz, após uns poucos minutos de pausa, tempo justo de os músicos emborcarem um copo de cerveja, voltou a atacar com fúria. O moço poeta vem andando, apruma-se diante de Tereza e Lulu:

— Lulu, meu irmão, me apresente à deusa da noite.

— Minha amiga Tereza, o poeta José Saraiva.

O poeta beija a mão da moça; ligeiramente bêbado, nos olhos uma tristeza a colidir com as maneiras estouvadas e a imposta inconsequência. — Para que tanto desperdício de beleza? Dá para fazer três beldades e ainda sobra graça e formosura. Vamos dançar, minha divina?

Na passagem para a pista de dança, o poeta Saraiva, parando junto à mesa para engolir de um trago o resto da batida, exibe Tereza ao companheiro:

— Artista, admire o supremo modelo, digna de Rafael e Ticiano.

O pintor Jenner Augusto, pois outro não era o jovem ali sentado, fita a face de Tereza, não mais a esqueceria. Tereza sorri gentil porém distante; está de coração trancado, vazio, desinteressada de olhares de admiração ou de frete, por fim tranquila, recompondo-se devagar.

Saem dançando, Tereza e o poeta. Na testa macerada do jovem nascem gotas de suor se bem conduza nos braços o par mais maneiro, a dama mais leve, de ouvido mais fino; Tereza aprendera a assoviar com os pássaros, a dançar com o doutor. Dança na perfeição e ama fazê-lo, esquecida do mundo na cadência da música, os olhos fechados.

Pena ter de abri-los para melhor escutar o poeta; pobre poeta, por entre as palavras alegres, sai-lhe do peito ferido um silvo longínquo e persistente:

— Então é você a estrela candente do samba, não é? Sabe que o anúncio de Flori é um poema? Naturalmente não sabe, nem precisa saber, sua obrigação é ser bela, somente. Pois quando li o prospecto de propaganda de sua estreia perguntei: José Saraiva, você que tudo sabe me diga o que deu no Pachola capaz de fazer dele um poeta? Agora posso responder e não só responder. Posso lhe fazer dezenas e dezenas de poemas, não vou ficar na rabeira de Flori.

Ali mesmo quis improvisar versos de lisonja e gabo, em plena dança, no ritmo do jazz, e certamente o faria se não houvesse acontecido, bem ao lado, o incidente inicial, ponto de partida para o conflito.

Agarradinho, rosto contra rosto, rodopiava um casal; caixeiro-viajante o cavalheiro, via-se pela roupa da estica, paletó esporte almofadinha, gravata vistosa, sem esquecer o resplandecente cabelo no lustre da brilhantina, e a feição de destilar galanteios e juras nas ouças de rapariga gordota e bisonha, de atraente perfil; embora parecendo degustar com interesse o fraseado de açúcar e admirar a elegância e a delicadeza do cometa, os olhos da moça denunciam-lhe a tensão, inquietos, voltados para a porta de entrada. De repente, ela diz:

— É Libório, valha-me Deus! — Solta-se dos braços do par, quer fugir, não encontra para onde, apalermada começa a chorar.

O tal Libório, cuja entrada na sala, acompanhado por três amigos, provocara o pânico da rapariga, era um indivíduo comprido, todo vestido de negro como se guardasse luto fechado, olhos empapuçados, cabelo ralo, ombros curvos, boca mole, em matéria de beleza todo o contrário — parecendo saído de um enterro. Dirige-se à pista de dança, parando diante da rapariga; ouve-se-lhe a voz fanhosa:

— É assim, siá-puta, que você foi visitar sua mãe doente em Propriá?

— Libório, não faça escândalo, pelo amor de Deus.

Já escaldado de outras como essa e para não sujar ainda mais a ficha profissional no laboratório farmacêutico para o qual viaja Bahia, Sergipe, Alagoas ("excelente vendedor, capaz, empreendedor e sério, dado porém a mulheres e farras, a conflitos em cabarés e prostíbulos, já tendo sido levado preso"), o caixeiro-viajante vai se afastando de manso enquanto seus colegas de mesa e profissão punham-se de pé na intenção de apoiá-lo, se necessário.

Ia o poeta retomar a dança e o improviso sem conceder maior importância ao acontecido — o que mais dá em cabaré é corno aflito —, eis que a bofetada estala tão forte a ponto de cobrir o ruído do jazz. Estanca o passo Tereza, a tempo exato de assistir à mão espalmada do grandalhão pela segunda vez na cara da rapariga e de escutar-lhe a voz nasal a repisar palavras tão repetidamente ouvidas em tempos distantes: "aprenda a me respeitar, cadela!"; a voz era outra mas a frase era idêntica e idêntico também o som da mão do homem na face da mulher.

No mesmo instante desprende-se Tereza Batista dos braços do poeta Saraiva e marcha para o casal:

— Homem que bate em mulher não é homem, é frouxo...

Está em frente ao galalau, ergue a cabeça e lhe informa:

— ...e em frouxo eu não bato, cuspo na cara.

A cusparada parte; Tereza Batista, treinada na infância em brinquedos de cangaço e de guerra com petulantes moleques, possui pontaria certeira, mas dessa vez, devido à altura do indivíduo, erra o alvo — o olho de remela e velhacaria —, o cuspo se aloja no queixo.

— Filha da puta!

— Se é homem venha bater em mim.

— É agora mesmo, siá-puta.

— Pois corra dentro.

Propôs mas não esperou que ele corresse dentro; manda-lhe um pontapé nos baixios visando os quibas mas novamente não alcança a meta, o sujeito tinha pernas de varapau. Tereza perde o equilíbrio; aproveita-se um dos acompanhantes do remelento e a segura por detrás, prendendo-lhe os braços, expondo-lhe o rosto ao soco do outro. Não contente de dar em mulher, o tal Libório usa soqueira de ferro, o murro rompe a boca de Tereza. Atira-se o poeta Saraiva em cima do ordinário a sujeitar a estrela candente do samba, embolam os três pelo chão. Num salto Tereza se põe de pé e cospe de novo na cara do tipo, dessa vez um cuspo de sangue e no meio um pedaço de dente. Os dois bandos recebem reforços: de um lado os restantes sequazes do incômodo chifrudo, do outro o pintor Jenner Augusto mordendo os lábios de tanta raiva e o caixeiro-viajante que a prudência levara a abandonar à sua sorte a companheira de dança — a moça desconhecida fizera o que ele devia ter feito. Perdendo a cabeça e o saldo da comprometida reputação e ganhando de novo a estima dos colegas, partiu para a liça. O jazz prossegue tocando mas os pares abandonaram o ringue deixando-o livre aos contendores. De pé sobre a mesa, na mão uma nota de vinte cruzeiros, alguém desafia aos berros:

— Aposto vinte cruzas na moça, quem topa?

Tereza conseguira agarrar os cabelos ralos do pau-de-sebo, arrancando um punhado. Ele tenta alcançá-la, com a mão de soqueira quebrar-lhe outro dente, mas ela, ágil e arisca, aos pulos, quase em passo de dança, se esquiva, chuta-lhe as canelas, continua a cuspir-lhe na cara, esperando ocasião propícia para atingi-lo por baixo, com o pé.

Os fregueses tinham feito um círculo em torno da pista para melhor apreciar o empolgante espetáculo. A causa de tudo, ou seja, a bisonha rapariga, acompanha os lances, de longe, sem saber com quem partirá.

Chegado já em meio ao cu de boi, um caboclo zarro, os músculos queimados de sol, a pele curtida aos ventos do mar, após assistir a alguns lances, comentou para todos:

— Virgem Nossa Senhora, mulher mais boa de briga do que essa aí não vi até hoje.

Nessa hora, apareceram na sala, atraídos pelo barulho, dois guardas civis; certamente reconheceram Libório e os seus acompanhantes pois, levantando os cassetetes, partiram para Tereza com evidente disposição de lhe ensinar com quantos paus se faz uma cangalha.

— Lá vou eu, Iansã! — o caboclo lança seu grito de guerra e não se soube o porquê de Iansã: se o disse na intenção de Tereza, de designá-la com o nome do orixá sem temor, de todos o mais valente, ou se apenas quis informar o encantado da entrada na briga de mestre Januário Gereba, seu ogã no candomblé do Bogun.

Entrada bonita pois voaram os dois guardas, um para cada lado. Em seguida o caboclo impede que um dos sequazes do galalau esfregue a sola do sapato na cara do poeta José Saraiva, peito fraco, indômito coração, estendido sem fala na arena. É um temporal o caboclo, um pé de vento, levanta o poeta e prossegue. Retornam os guardas também.

Um dos companheiros do cafajeste puxa do revólver, ameaçando atirar, as luzes se apagam. A última imagem a ser vista foi Lulu Santos, equilibrado numa só muleta, charuto na boca, girando a outra como um molinete. Já no escuro, ouve-se o berro do corno Libório, Tereza acertara-lhe o pé onde devido.

Estreia não houve naquela noite, conforme se vê, ao menos estreia da rainha baiana do samba, mas nem por isso foi menos memorável e inesquecível a primeira aparição pública de Tereza nas pistas de Aracaju. O cirurgião-dentista Jamil Najar, o tal da aposta dos vinte cruzeiros, nada lhe quis cobrar pelo dente de ouro, com a máxima perícia colocado na parte de cima, no lado esquerdo da boca de Tereza Batista onde a soqueira de ferro rompera-lhe o lábio. Se fosse pedir pagamento, ah! não seria em dinheiro!

4

FLORI RECOLHEU OS DESTROÇOS, NA DEPENDÊNCIA DE UMA PALAVRA DO cirurgião-dentista para marcar nova data, certa e improrrogável, para a estreia agora ansiosamente aguardada de Tereza Batista no Paris Alegre. Dr. Najar fazendo o tratamento render: trabalho de ouro, seja ele qual for, meu caro Pachola, requer arte e capricho, competência e tempo, quanto mais dente de ouro, enfeite em boca celeste: não pode ser improvisado na pressa e no desleixo, obra de afogadilho — é lavor delicado e galante! Flori a dar-lhe pressa: compreendo seus escrúpulos, meu doutor de boticão, mas ande ligeiro, não faça cera, por favor. Enquanto espera, capricha na propaganda.

Nos quatro cantos da praça Fausto Cardoso, onde se eleva o Palácio do Governo, tabuletas coloridas anunciam para muito breve no salão do

Paris Alegre a Fulgurante Imperatriz do Samba ou o Samba em Pessoa ou ainda a Maravilha do Samba Brasileiro, por fim a Sambista Número Um do Brasil, exageros evidentes mas, ao ver de Flori, elogios aquém dos reais merecimentos físicos da estrela em causa. Na lista dos múltiplos apaixonados pela inédita sambista, deve-se colocar o nome do *cabaretier* precedendo o do advogado provisionado e o do dentista formado, o do poeta e o do pintor, se não por outras razões ao menos por estar ele concorrendo com as despesas, arcando com os prejuízos da noite frustrada e gloriosa.

Todos de cabeça virada. Flori, encanecido no trato de artistas, preconiza a necessidade de ensaios diários à tarde, enquanto prosseguem os trabalhos de prótese e cura-se o lábio partido, para que se mantenha o indispensável molejo das ancas, o balanço do samba. O ideal seria ensaios a sós, a sambista e o pianista, no caso o próprio Pachola, senhor de variados talentos: piano, violão, gaita de boca, cantador de cantigas de cego; mas, como conter a malta de admiradores? Vinham atrás dela o dentista, o poeta, o pintor, o rábula, perturbando o ensaio e os solertes planos de Flori.

Flori chegara a Aracaju há mais de um decênio na qualidade de administrador dos restos mortais da Companhia de Variedades Jota Porto & Alma Castro, elenco responsável pelas trezentas representações da revista musical *Onde arde a pimenta* no Teatro Recreio do Rio de Janeiro, bem menos feliz na longa e triunfal (em termos) excursão ao norte do país. Quando Flori, jovem e entusiasta, aderiu ao elenco em São Luís do Maranhão, ainda não se lhe havia revelado vocação de administrador de casas e empresas de espetáculo, nem possuía experiência. Experiência adquiriu rapidamente, num recorde de tempo e aporrinhações, durante a excursão: de São Luís a Belém, de Belém a Manaus, e a extraordinária viagem de retorno. Havia-se-lhe revelado, isso sim, fulminante e correspondida paixão pela lusa e adoidada Alma Castro, fazendo-o abandonar o emprego em firma de exportação de babaçu, tarefa sem imprevistos nem emoções. De olho na diva, ao ter conhecimento da traiçoeira partida do pianista, ato contínuo ofereceu-se, foi aceito e além do piano coube--lhe de imediato as funções de auxiliar do empresário e astro principal Jota Porto em tudo quanto se referisse a problemas práticos, acertos com donos ou arrendatários de teatro, empresas de transporte, proprietários de hotel e outros credores. A cada cidade visitada, diminuía o elenco, reduzindo-se o número de quadros da vitoriosa e salgada revista. Em

Aracaju, de tão desfalcado, o espetáculo só deu para complemento da sessão de cinema. Nessa altura, aliás, o mambembe já não se intitulava Companhia de Variedades Jota Porto & Alma Castro, minguara para Grupo Teatral Alma Castro; na praça de Recife, os olhos marejados de lágrimas, Jota Porto, arrebanhando os últimos níqueis, caiu fora após beijar Alma Castro na testa e Flori nas faces — suspeitíssimo, esse galã pelo qual as meninas perdiam o sono, desmunhecava com facilidade. Viu-se Flori em Recife com os cenários, o guarda-roupa, um violão, quatro figurantes, incluindo a própria Alma Castro, e sem um tostão furado, promovido a empresário; rápido, alcançara o ápice da carreira teatral. Demonstrando de quanto era capaz ainda conseguiu o novo administrador-geral apresentar o grupo em Maceió, Penedo e Aracaju. Em Aracaju, para permitir o embarque dos demais para o Rio, Flori deixou-se ficar como refém: do Rio de Janeiro, Alma Castro mandaria a importância necessária para liberar o atual administrador e ex-noivo e o material, um e outro retidos por Marosi, dono do hotel. No Rio, sobravam-lhe relações de amizade e cama, a começar pelo fiel comendador Santos Ferreira, importante e generoso membro da comunidade luso-brasileira e da fraternidade dos "velhinhos de Alma Castro", todos eles corocas, ricos, pródigos, ilustres e impotentes. Não mandou bulhufas.

Dias depois, descobrindo o bom Marosi que a permanência do administrador — em quarto de casal e comendo por três — só fazia lhe aumentar o prejuízo, deu o dinheiro por perdido e o assunto por encerrado e até se propôs a ajudá-lo nas despesas de viagens mas Flori, ganho pela cidade amável e acolhedora, preferiu ficar por ali. Manteve-se nas fronteiras do espetáculo para aproveitar o material e a experiência, fez carreira: empregado, gerente, sócio, proprietário de cabarés, a Torre Eiffel, o Miramar, o La Garçonne, o Ouro Fino até chegar ao Paris Alegre.

Tereza ensaiou e dançou vestida com trajes ainda da companhia: turbante, saiote, bata. Boa parte do corpo à mostra, mas para quê? No piano, melancólico, Flori renega a corte lítero-artística, por vezes jurídica, quase sempre odontológica, aos pés de Tereza Batista. Mas, além de sabido, era pertinaz e aprendera a ser paciente: sendo ele o dono do cabaré e o empregador da estrela, quem em melhor posição?

Todos apaixonados, não menos que os demais Lulu Santos; com muletas e tudo, o rábula tinha fama de mulherengo retado. Todos em torno de Tereza, cada qual mais caído. O poeta Saraiva, de paixão publicamente exposta e proclamada, em copiosa produção de versos líricos, Tereza foi inspiração para alguns de seus melhores poemas, todo o ciclo de *A moça de cobre*: tendo sido ele quem assim a designou; o cirurgião-dentista Jamil Najar, filho de árabe, sangue quente, propõe-se fazê-la feliz enquanto lhe mantém a boca aberta e lhe prepara o dente de ouro; o pintor a fitá-la com os fundos olhos azuis, calado, na brecha. Calado, a desenhá-la nas tabuletas coloridas. Essas aguarelas traçadas no precário papel dos cartazes foram os primeiros retratos de Tereza Batista feitos por Jenner Augusto; muitos outros pintou, de memória quase todos, se bem vários anos depois, na Bahia, houvesse ela consentido em posar no atelier do Rio Vermelho para aquele quadro premiado onde Tereza se alça em ouro e cobre, mulher completa, na força da idade e da beleza, vestida porém com os mesmos trajes do tempo do Paris Alegre: turbante de baiana, curta bata de cambraia sobre os seios soltos, o colorido saiote de babados, as pernas nuas, o reluzente coxame.

De uns e de outros, ria-se Tereza, gentil e penhorada por se ver em ronda de mimos e madrigais, ela, sempre em busca de afeto verdadeiro, necessitada de calor humano. Mas não se dá fácil, talvez porque as únicas profissões que até então exercera tenham sido as de criada para todo serviço (não seria melhor dizer escrava?), de prostituta e de amásia, por ter deitado na cama com homens diversos, por medo primeiro, para ganhar a vida depois. Quando, aberto o corpo em desejo, se entrega febril e incontinente, ela o faz sempre e tão só por amor, não bastando a simpatia. Nem o arteiro Flori, nem o atento dentista, nem o mordaz Lulu Santos, nem o silencioso pintor de olhos penetrantes, nem o poeta — que pena! —, nenhum deles toca-lhe o coração, acendendo a escondida centelha.

Se Lulu Santos lhe dissesse: minha amiga, quero dormir com você, tenho muita vontade e se não o fizer sofrerei demais, Tereza iria com ele para a cama como foi tantas vezes com outros para ganhar a vida, indiferente e distante, exercendo um ofício. Devia ao rábula antigo favor, se ele exigisse provar de seu corpo, ela não se negaria; mais uma penosa obrigação a cumprir. Se o poeta José Saraiva chegasse com aquele pigarro na garganta, de repente virando tosse convulsa, com aquele silvo no peito, e lhe dissesse que só morreria feliz se antes dormisse com ela, da mesma maneira com ele se deitaria. Com o provisionado por grata, em pagamento de dívida; com o poeta, por compaixão. Dar-se porém no prazer e na festa não pode fazê-lo, nem sequer simular interesse; impossível. Para ser ela própria pagara preço alto, na moeda forte da desgraça.

Nem o rábula nem o poeta lhe pediram, apenas mostraram-se e aguardaram: os dois a queriam mas não de esmola ou em pagamento.

Quanto aos demais, se pediram — Flori pediu em repetidas ocasiões, gemeu, suplicou —, nada obtiveram. Mesmo se fosse para se encher de dinheiro, fazer pecúlio, não lhe interessava; tinha ainda um pouco na bolsa e esperava agradar de sambista; por algum tempo ao menos queria ser dona de sua vontade.

Recém-chegada, de quarto alugado com pensão completa em casa da velha Adriana (recomendação de Lulu) recebera proposta de Veneranda, dona do castelo mais elegante e caro de Aracaju. Vistosa figura, no trato e no luxo, nas sedas, nos tacos altos, parecendo madama do sul, Veneranda não aparentava a idade registrada na escondida certidão de nascimento. Menina ainda, Tereza ouvira o nome da caftina na boca do capitão, já naquele tempo ela dominava em Aracaju. Veio em pessoa falar com Tereza, sabedora da chegada da moça certamente por Lulu Santos, freguês habitual, conhecendo, quem sabe?, coisas passadas.

Abrindo o leque, Veneranda sentou-se, com um olhar frio despediu a velha Adriana, curiosa.

— É mais bonita do que me disseram. — Assim começou a propor.

Descreveu-lhe o rendez-vous: vasto sobrado colonial, discreto entre árvores, em meio de terreno cercado de altos muros, os enormes quartos subdivididos em modernas e íntimas alcovas, no andar térreo sala de espera com vitrola, discos, bebidas e exposição das meninas disponíveis, no primeiro andar a grande sala de frente onde Veneranda recebe políticos e literatos, usineiros e industriais, a sala de jantar, o quintal. Tereza poderia residir no próprio castelo, se preferisse. Ao oferecer-lhe moradia no estabelecimento, dava-lhe prova de muita consideração pois apenas algumas escolhidas, em geral estrangeiras ou sulistas em temporadas pelo norte — catado o milho, regressavam ao sul —, habitavam no castelo, mas Tereza merecia a exceção. Ou bem podia frequentá-lo à tarde e à noite, nas horas de movimento, servindo a todos sem discriminação desde que pagassem o preço cobrado pela casa ou tendo fregueses seus, exclusivos e escolhidos. Tratando-se de Tereza, aliás, a esclarecida Veneranda se propunha a lhe estabelecer clientela seleta e de alto gabarito financeiro, de calendário mais ou menos estrito, clientela pouco fatigante e muito lucrativa. Se for tão competente quanto bonita, ela terá condições de ganhar dinheiro fácil e, não sendo de loucuras, dada a sustentar gigolôs, poderá fazer rico pé-de-meia. No castelo irá conhecer Madame Gertrude, uma francesa que, com o dinheiro ali ganho, comprara casa e terras na Alsácia, pretendendo voltar à pátria no ano próximo para casar-se e ter filhos, se Deus quisesse e ajudasse.

Abanava-se com o leque e um perfume forte, almiscarado, pesava no ar quente da tarde de verão. Tereza ouvira em silêncio a proposta completa, com as diversas e sedutoras opções, demonstrando cortês interesse. Quando Veneranda, ao terminar, alargou o sorriso, Tereza lhe disse:

— Já fiz a vida, não vou esconder, posso voltar a fazer se tiver necessidade. No momento não necessito mas lhe agradeço. Pode ser que um dia... — Aprendera maneiras com o doutor, quando lhe ensinavam uma coisa não a esquecia; na escola primária a professora Mercedes elogiava--lhe a inteligência viva e o gosto do estudo.

— Nem mesmo uma vez ou outra, bem paga, sem obrigação diária, para atender o capricho de alguém colocado lá em cima? Sabe que minha casa é frequentada pelo que há de melhor em Aracaju?

— Já ouvi falar mas no momento não me interessa. Desculpe.

Veneranda mordeu o cabo do leque, descontente. Uma novidade daquelas, com ares de cigana na beleza singular, precedida de crônica picante, pão de ló para os últimos dentes ou as dentaduras de certos e determinados fregueses, dinheiro em caixa, em caixa e a rodo.

— Se um dia se decidir, é só me procurar. Qualquer pessoa lhe diz onde é.

— Muito obrigada; mais uma vez me desculpe.

Da porta da rua, Veneranda se voltou:

— Sabe que conheci muito o capitão? Era freguês lá de casa.

Fechou-se em sombra o rosto de Tereza, o crepúsculo desceu de chofre sobre a cidade:

— Eu nunca conheci nenhum capitão.

— Ah! Não? — Veneranda riu e se foi.

5

AI! NENHUM LHE TOCA O CORAÇÃO, NENHUM LHE DESPERTA O DESEJO DORMIDO, acende a recôndita centelha! Para amigo, sim, qualquer deles: o rábula, o poeta, o pintor, o dentista, o *cabaretier*; para amante, não. Quem se conforma com a doce amizade de mulher bonita? Coisas do coração, quem as pode entender e explicar?

Vasto mundo de Aracaju, onde andará o gigante? Aquele caboclo trigueiro, saído das águas, queimado de mar e vento, que fim levou ele?

Apenas pressentido, entrevisto no fuzuê e no trago comemorativo, em boteco de fim de rua, fim de noite. Na madrugada sumiu, na luz primeira de antes do amanhecer; sendo os dois da mesma cor, de idêntica matéria, na aurora o gigante se dissolveu. Da janela do táxi Tereza ainda o viu envolto na luz difusa, resto da noite, princípio do dia: tocava no chão a ponta dos pés, os braços no mar, os cabelos uma nuvem crespa de chuva no céu azul-escuro. Prometera voltar.

Sozinho tinha posto fim ao bafafá, rindo e falando alto, dirigindo-se a presentes e ausentes, pessoas e encantados; emérito no jogo da capoeira. Quando o tipo da polícia sacou do revólver, ameaçando atirar, nessa hora Flori desligou a luz e a responsabilidade fez-se coletiva e assim inexistente; quem pode dar testemunho do sucedido no escuro? O caboclo então lhe tomou a arma num passe de mágica e, se o secreta não houvesse espatifado a focinheira no chão, até se poderia dizer, não passando por mentiroso, tê-lo feito sem uso de pernas e mãos, na pura delicadeza. Assim solto no ar, gigantesco pássaro de músculos, Januário Gereba — Gereba não vem de Yereba, o gigante? Gereba não é o urubu-rei, o grande voador? Assim Tereza o conheceu e soube. Foi quanto bastou para saber.

Com as luzes apagadas, o sarilho cresceu e se ampliou; sem serem chamados, vários fregueses, de enxeridos, por esporte e gosto, se meteram no rolo. Por pouco tempo, nem deu para esquentar. Ao grito de "lá vem a cana!", aviso transmitido da rua, dispersaram-se os contendores antes da chegada dos reforços da polícia que um dos guardas saíra a buscar. No escuro, viu-se Tereza suspensa da terra, por dois braços segura, e assim transportada escada abaixo e rua afora, dobrando esquinas, entrando em becos, saindo adiante, numa carreira silenciosa, no peito do gigante um cheiro salgado; finalmente posta de pé muitas quadras além, no sossego de um canto de rua. Diante dela, o caboclo a sorrir:

— Januário Gereba, a seu serviço. Na Bahia, mais conhecido por mestre Gereba mas quem me quer bem me chama Janu.

Quando ele sorri desce a paz sobre o mundo:

— Lhe trouxe nessa tropelia para evitar a polícia que polícia não presta nem lá nem aqui, nem em parte nenhuma.

— Obrigada, Janu — disse Tereza; bem-querer não se compra, não se vende, não se impõe com faca nos peitos nem se pode evitar: bem-querer acontece.

Ele lhe recorda alguém, pessoa conhecida, quem será? De profissão homem do mar, mestre de saveiro, seu porto é Bahia, as águas de Todos-os-Santos e o rio Paraguaçu; no cais da Rampa do Mercado deixou ancorado seu saveiro, de nome *Flor das Águas*.

Gigante de fato não era, como lhe parecera na briga, mas bem pouco lhe falta. Do peito de quilha, dos olhos a rir, das grandes mãos calosas, de todo ele, plantado nos pés mas gingando à brisa, decorre uma sensação de calma — aliás não precisamente de calma, Tereza corrige o pensamento: decerto ele é capaz de imprevistos e explosões; uma sensação de segurança, de definitivas certezas. Meu Deus, com quem se parece esse homem saído do mar?

Não que se pareça, de rosto, de físico, mas lembra, recorda alguém por demais conhecido de Tereza. Tereza que, a seu lado na rua, não se assemelha à moça exaltada da briga, num acanhamento modesto, ouvindo-o contar: entrara no Paris Alegre a tempo de vê-la cuspir na cara do xereta e enfrentá-lo, mulherzinha valente de se tirar o chapéu.

— Sou valente nada... Mais bem medrosa, só que não posso ver homem bater em mulher.

— Quem bate em mulher e persegue menino não é flor que se cheire — concorda o gigante. — Só que eu não vi o começo do arranca-rabo. Então, foi assim?

Ali em Aracaju se encontra meio por acaso, para servir a um amigo, dono da barcaça *Ventania*, a quem falhara, por doença, o marinheiro no dia da partida marcada como sem falta, pois o dono da mercadoria tinha a maior pressa, não aceitando delongas. Caetano Gunzá, mestre de escuna, era compadre de Januário, na dificuldade apelou para ele; amigo é para isso, se não de que serve? Largou o saveiro na Rampa, a travessia foi boa, vento maneiro, mar de festa. Chegaram na véspera à tarde e passariam no porto o tempo justo de descarregar os rolos de fumo de Cruz das Almas, e de obter nova carga para tornar mais rendosa a viagem. Uns poucos dias; de férias, por assim dizer. O compadre ficara a bordo, cansado, ele saíra atrás de uma pista de dança, seu fraco. Em vez de dança, uma peleja, das boas.

Iam andando ao deus-dará, sem rumo e sem hora; há de haver nessa cidade um boteco aberto onde se possa tomar um trago festejando a vitória e o mútuo conhecimento — assim ele disse e por aí se perderam, ele falando, ela ouvindo, ouvindo as ondas do mar, o vento nas velas pandas, o marulho nos búzios. Tereza nada sabe do mar, pela primeira vez se encontra próxima à fímbria das águas salgadas do oceano, ali adiante, na barra de Aracaju, mais além da cidade, e sente a seu lado o passo gingado de homem do mar, peito queimado de sol e viração marinha, batido de tempestades. Januário acendera um cachimbo de barro; no mar tem peixes e náufragos, os polvos negros, as arraias de prata, os navios vindos do outro lado do mundo, plantações de sargaços.

— Plantações? Nas águas do mar? Como pode ser?

Não chega a explicar porque desembocam novamente na zona, na rua da Frente, bem próximo da sombra do Vaticano onde as luzes multicores da tabuleta do Paris Alegre servem de ponto de referência aos casais em busca de pouso por uma noite ou por meia hora: de quando em quando, aqui e ali, em algum dos inúmeros cubículos do imenso casarão, acende-se lâmpada de poucas velas; numa porta de entrada semiescondida, o Rato Alfredo, proxeneta sem idade, recolhe por conta de seu Andrade, o proprietário, o pagamento adiantado. De alguma parte próxima chega a voz do rábula e o ruído das muletas:

— Ei! Vocês aí! Esperem por mim.

Lulu Santos anda à procura de Tereza, com receio de que tivesse sido vítima de uma cilada qualquer de Libório ou dos policiais. Conhecedor de todos os botequins de Aracaju, levou-os a tomar a cachaça comemorativa ali pertinho. Tereza apenas pousou os lábios no copo — não conseguira aprender a gostar de cachaça, essa aliás generosa, perfumada de madeira. O provisionado a tomava em pequenos goles, saboreando-a como se bebesse um licor de classe, um porto velho, um jerez, um conhaque da França. Mestre Gereba emborcara de um trago:

— Bebidinha mais ruim é cachaça, quem toma isso não presta. — A rir pediu outra dose.

Lulu transmitira as últimas informações do campo de batalha: quando os agentes por fim apareceram, encontraram apenas ele, Lulu, o poeta Saraiva e Flori, sentados os três a tomar uma cerveja das mais pacíficas. Libório, o rei dos nojentos — aquilo é uma imundície! —, se tocara, imagine Tereza amparado por quem? Pela fulana causa-de-tudo, a dos bofetes. Ao ver o corno rugindo, as duas mãos na altura dos bagos, clamando por um médico, dizendo-se para sempre rendido, aleijado, ela, não mais enxergando na sala o caixeiro-viajante (já todos os fregueses estavam a caminho de casa ou dos hotéis), esquecida das bofetadas, carregou com o canalha, lá se foram escada abaixo; os dois se equivalem, ela acostumada a enganar e a apanhar, ele no vício do flagrante e do escândalo. Raça de escrotos, concluiu Lulu Santos.

O poeta Saraiva quis arrastá-lo à pensão de Tidinha, segundo ele o melhor endereço onde terminar a noite em Aracaju, mas o rábula, preocupado com Tereza, recusara o convite. O poeta seguiu sozinho, a tosse rouquenha e o assovio no peito. Depois da cachaça, se despediram. Num táxi, o rábula foi deixar Tereza em casa, esse Libório é um fístula, de cama e mesa com os tiras e com polícia não vale a pena facilitar. Da janela do carro ela ainda o viu, mestre Januário Gereba, andando para os lados da ponte onde atracara a barcaça. Era da cor da aurora, na aurora se dissolveu.

Coração em descompasso, o mesmo impacto a deixá-la tímida, sem forças, sem resistência, sentido pela primeira vez há tantos anos no armazém quando enxergou Daniel, anjo saído de um quadro da Anunciação, Dan dos olhos de quebranto. Com quem se parece o caboclo? Parecer não se parece mas lembra alguém muito do seu conhecido. Felizmente não recorda anjo saído de quadro, descido do céu; Tereza desde aquele então desconfia de homem com cara de anjo, de voz dolente, a boca súplice, beleza equívoca: podem ser bons de cama mas são falsos e frouxos.

Sozinha em casa — despediu-se de Lulu Santos, muito obrigada, meu amigo!, sem lhe permitir saltar do automóvel, se ele descesse talvez quisesse ficar —, no quarto despido de adornos, na cama estreita de ferro, ao fechar os olhos para chamar o sono, então lembrou-se a quem o mestre de saveiro recorda: recorda-lhe o doutor. Em nada parecidos, sendo um branco fino, rico e letrado, o outro, mulato trigueiro, queimado do vento do mar, pobre e de pouca leitura, tinham entre si um parentesco, um ar de família, quem sabe a segurança, a alegria, a bondade? A inteireza de homem.

Mestre Januário Gereba prometera vir buscá-la para lhe mostrar o porto, a barcaça *Ventania* e o começo do mar mais além da cidade. Onde anda ele que não cumpre a promessa?

6

LULU SANTOS APARECE A CONVIDÁ-LA PARA O CINEMA, DOIDO POR FILMES DE *COWBOY*. Demora-se conversando na varanda aberta à viração do rio, a velha Adriana oferece-lhe mangas ou mungunzá, à escolha; ou os dois se assim preferir. Primeiro as mangas, sua fruta predileta; ficando o chá de burro para a volta do cinema. Radiante, orgulhosa do quintal atrás da casa, quase um pequeno pomar, Adriana exibe as mangas mais olorosas e belas — espadas, rosas, carlotas, corações-de-boi, corações-magoados.

— Quer que eu corte em pedaços?

— Eu mesmo corto, Adriana. Obrigado.

Enquanto saboreia a fruta, Lulu comenta os derradeiros acontecimentos:

— Você, Tereza, é um fenômeno. Nem bem chegou a Aracaju e já fez uma porção de apaixonados e de desafetos.

A velha Adriana adora um mexerico:

— Apaixonados, conheço pelo menos um — lança um olhar de través ao rábula —; mas há alguém que não goste dessa menina tão boa?

— Hoje de tarde conversei com uma pessoa que me disse: essa tal de Tereza Batista é um poço de orgulho, metida a besta.

— E quem foi? — quis saber Tereza.

— Veneranda, a nossa ilustre Veneranda, dona do mais afamado açougue de carne fresca da cidade; diz-que só fornece filé-mignon mas hoje mesmo quis me empurrar um bucho francês já malcheiroso.

Antes de se estabelecer com a quitanda — frutas, legumes, carvão de lenha —, a velha Adriana dedicara-se ao ramo. Ali, naquela casa, própria, recebida em herança, facilitara a vida de casais clandestinos em busca de abrigo furtivo — e, vez por outra para servir um amigo, ainda facilita, embora atualmente prefira alugar por mês o quarto disponível à moça empregada em escritório ou à rapariga discreta, se possível protegida; assim pelo menos tem companhia. De seu tempo de alcoviteira guarda rancor por Veneranda, distante, superior, cheia de nós pelas costas, de empáfia, tratando as modestas colegas por cima do ombro.

— Essa não-sei-que-diga esteve aqui, atrás de Tereza, toda metida a caga-sebo. Eu recomendei: menina tome cuidado com essa fulana que ela não é boa bisca.

— Não lhe fiz nada — admirou-se Tereza. — Me chamou para ir com ela, eu não quis, foi tudo que houve.

A velha Adriana, curiosa, perguntadeira:

— Quem mais não gosta de Tereza? Me conte.

— Para começar, Libório das Neves. Está uma fera, se dependesse dele Tereza estaria gramando cadeia; só não deu parte na delegacia de medo, a vida dele é tão suja que mesmo com toda a proteção da polícia, não se atreve a bulir com gente de minha estima. Sobretudo agora que sou advogado num caso contra ele.

— Seu Libório... — a velha Adriana pronunciava o nome com certo respeito medroso. — Manda um bocado...

— É um merda — falou o rábula; via-se que trazia Libório atravessado na garganta. — Não há nessa terra sujeito pior do que esse filho de uma puta, um canalha, um patife. O que me dá raiva é que funcionei por duas vezes em processos contra ele e perdi todas as duas. Agora, estou com um terceiro caso na mão e vou perder de novo.

— Você, Lulu, perde no júri? — Estranhou a velha. — Diz-que você não perde nunca.

— Não é no júri, é no cível. O crápula sabe armar suas misérias. Mas um dia hei de pegar esse cabrão pelo pé.

— O que é que ele faz? — Interessou-se Tereza.

— Você não sabe? Um dia lhe conto, é preciso tempo e está na hora do cinema, temos que sair em seguida. Amanhã ou depois eu lhe conto quem é Libório das Neves, o gatuno número um de Aracaju, explorador da pobreza. — Tomava das muletas para levantar-se: — Adriana, minha bela, obrigado pelas mangas, são as melhores de todo Sergipe.

Vinha a brisa dos lados do porto, da ilha dos Coqueiros, adoçando a noite de mormaço, quente e úmida. Uma quietude, uma paz, o céu de estrelas, hora de ouvir histórias, por que meter-se no calor insuportável do cinema? E se Januário ainda aparecesse?

— Não, Lulu, vamos deixar o cinema para outra vez. É melhor a gente ficar aqui no fresco, ouvindo suas histórias, do que morrer de calor do cinema.

— Como prefira, princesa. Está bem, fica o cinema para amanhã, vou lhe dizer quem é o Libório. Mas tape o nariz que o tipo fede.

Lulu Santos encosta de novo as muletas, acende um charuto — não gastava em charutos, recebendo-os de graça, enviados de Estância por seu amigo Raimundo Souza, da fábrica Walkyria. Aliás Lulu recebia muita coisa de presente, coisas de comer e beber, regalos variados; muitas outras comprava a crédito, esquecia-se de pagar e, se não fosse assim, como poderia viver um advogado de pobres? Em certas causas punha dinheiro seu em vez de perceber honorários. Tirando fumaça do charuto, começa a desfiar as peripécias de Libório das Neves:

— Vamos mexer em bosta, minha filha... — E abriu a tramela, parecia estar na tribuna do júri a defender e a acusar pois se exaltava, erguendo a voz, fechando os punhos, tomado de indignação ou de ternura, misturando palavrões e ditos populares.

Em resumo, contou como Libório começara sendo banqueiro de bicho — mas para bancar bicho, como todos sabem, é fundamental ser honesto; repousando o jogo do bicho exclusivamente na confiança merecida pelo banqueiro, se esse for desonesto não pode manter-se bancando. Ora, sendo Libório organicamente salafrário, está a ver que, no primeiro estouro, não pagou as pules premiadas, resultando num bode daqueles. Uns quantos fregueses, inconformados com a safadeza, juntaram-se sob o comando de Pé de Mula, jogador de futebol, dono de um chute potentíssimo, foram atrás do banqueiro desonesto. Leve-se em conta o fato de Pé de Mula não estar pessoalmente interessado no assunto, não jogava no bicho, jamais. Agia em representação de tia Milu, vizinha de rua, anciã quase centenária: todo o santo dia a velhinha arriscava no grupo, na dezena, na centena, no milhar, pule modesta mas complicada, acompanhando um bicho, uma centena, um milhar durante meses seguidos. De quando em vez acertava e nunca tivera a menor dificuldade no recebimento. Não sabe por que cargas-dágua mudou de banqueiro, levada talvez pela lábia do então jovem Libório. Vinha perseguindo o cachorro, dezena 20, centena 920, milhar 7920, e não só ela, muita gente naquele dia jogou no cachorro exatamente porque acontecera na véspera o caso notável do menino salvo da morte no mar da Atalaia por um cão vira-lata apegado à criança, história divulgada nos jornais e na rádio. Deu cachorro, deu a centena, deu o milhar de tia Milu, Libório virou fumaça. Principal ganhadora, a velhinha ficou ofendidíssima com a desaparição do banqueiro; curvada em dois, apoiada numa bengala, apelou para Deus e os homens: queria receber seu rico dinheiro. Pé de Mula, coice feroz, coração de banana, tomou as dores da vizinha e, à frente de outros lesados, saiu à procura do banqueiro e por fim o encontrou.

A cobrança foi na base da discussão e da ameaça. A princípio, Libório tentou enrolar, pôr a culpa em terceiros, inventando sócios que teriam fugido mas, na base de uns empurrões de Pé de Mula, prometeu liquidação total em quarenta e oito horas. É grande a credulidade dos homens, mesmo quando populares jogadores de futebol, mesmo possuindo "um canhão em cada pé" como escreviam os cronistas esportivos a propósito de Pé de Mula. Além de jogar futebol, Pé de Mula não sabia fazer mais nada — aliás seu futebol não era lá essas coisas, perna de pau mantido no time devido exclusivamente ao canhonaço, não existindo goleiro capaz de agarrar bola chutada por ele. Afora os

34

treinos, trocava pernas na rua, estagiando nos bares, assistindo disputas de bilhar; vagabundo para usar o termo correto.

Quarenta e oito horas passadas e nem sombra de Libório. Pé de Mula pôs-se em campo, conhecia sua cidade de Aracaju e os arredores. Foi desentocar o ladrão escondido numa rua de canto, perto das salinas. Libório disputava uma partida de gamão com o dono da casa, sírio de prestação, quando, sem pedir licença nem bater palmas na porta, Pé de Mula, acompanhado de mais quatro credores, abriu passagem casa adentro. O sírio, dando de valente, exibiu uma faca; tomaram-lhe a faca, distribuíram uns tapas pelos dois, cabendo mais a Libório, como devido.

Os quatro satisfizeram-se com os tapas, não querendo perder mais tempo; tendo exemplado o larápio, contentes, foram-se embora. Libório também considerou o assunto encerrado e com lucro evidente: em troca de uns tabefes ficara isento do pagamento das dívidas; quem disse!... Pé de Mula, ao contrário dos outros, tinha todo o tempo livre e, estando em representação da velhinha, não lhe cabia dar quitação ao falso banqueiro. Que Libório apanhasse, ele estava de acordo, mas que apanhasse e pagasse. Ali mesmo Libório pagou um pedaço, pouco mais de metade, ficando o resto para o dia seguinte. A velhinha não abriu mão do resto; muito ofendida — onde já se viu banqueiro de bicho se recusar a pagar? — exigia seu dinheiro e com a máxima urgência.

Libório sumiu de novo, de novo vemos o bom Pé de Mula à sua procura; uma semana após, por acaso, o encontrou em plena rua do Meio, ou seja, no coração da cidade. Vinha bem do seu, como se não devesse nada a ninguém, a cochichar muito animado ao ouvido de um tabaréu — uma vigarice de pedras falsas —, quando deu de cara com Pé de Mula; perdeu a animação e, dando-se por vencido, pagou o resto do dinheiro da tia Milu. A velhinha recebeu até o último real e com isso deve ter Pé de Mula ganho o reino dos céus pois, alguns dias mais tarde, morreu num desastre do caminhão em que viajavam para Penedo o time titular e alguns reservas para a disputa de uma partida amistosa. O caminhão virou no caminho, morreram três, um deles foi Pé de Mula, nunca mais no futebol de Sergipe surgiu craque de tão potente tiro nem circulou nas ruas de Aracaju vagabundo de tão mole coração.

Esse estouro da banca de bicho foi a estreia de Libório no mundo dos negócios. Meteu-se depois em quanta falcatrua realizou-se por ali nos últimos vinte anos. Por duas vezes, ante juízes togados, Lulu Santos representara clientes a quem Libório furtara. Um dos casos teve que ver com pedras falsas. Por muito tempo Libório comerciou com diamantes, rubis, esmeraldas, uma pedra verdadeira entre cinquenta imitações e cópias. Lulu perdera o caso por falta de provas. Libório fez-se rico, importante no submundo, na zona, relacionado na polícia, dando propinas a secretas e a guardas, agindo sobretudo entre a gente pobre. Principal fonte de renda: agiotagem, emprestando a juros escorchantes, recebendo em pagamento de dívidas não remidas o que a pessoa possuísse. Além de agiota, metia-se em mil negócios suspeitos. Diziam-no sócio de seu Andrade, proprietário do Vaticano, na exploração dos quartos alugados às prostitutas por uma noite ou uma hora; do meio para o fim do mês comprava a baixo preço os ordenados de funcionários públicos em apertos de dinheiro. Num caso desses, novamente em defesa de um pobre-diabo, Lulu Santos fora pela segunda vez derrotado por Libório.

Financiador de covis de jogo, de trampolinagens com dados truncados, baralhos marcados, roletas viciadas, Libório comprara por ninharia três meses de ordenado de um funcionário da Prefeitura, bom sujeito mas inveterado jogador, de quem recebera procuração para a devida cobrança. Na ânsia do dinheiro para a roleta, o descuidado solicitante em vez de escrever de próprio punho a procuração, assinou folha de papel em branco, na qual o escroque datilografou o que bem quis: ou seja, em lugar de três meses escreveu seis. Não houve como provar a vigarice pois no documento estava, devidamente reconhecida em cartório, a assinatura do fulano. De nada adiantara o rábula afirmar que Libório comprara, por umas poucas fichas de roleta, apenas três meses do magro ordenado do servidor municipal. De nada valera ser a vítima exemplar funcionário, homem honrado, bom marido, pai extremoso de cinco filhos — pena o vício do jogo —, e Libório conhecido vigário, tantas vezes na barra da justiça, jamais condenado.

Lulu Santos exalta-se na narrativa, o tal Libório fazendo-se humilde e perseguido — ah! que vontade de perder o respeito ao juiz, à sala de audiências e atirar as muletas nas ventas do canalha! Tereza não pode imaginar com que prazer o rábula a viu cuspir na cara do corno filho de uma puta. Corno, corníssimo, habituê desses escândalos públicos, dessas valentias de bater em mulher. Só bate em mulher, não tendo coragem de enfrentar cara a cara nenhum dos muitos camaradas que lhe puseram chifres. Por trás, sim, se tem ocasião os persegue, usando para isso do prestígio e das relações de que goza nos meios policiais, fazendo-lhes a vida difícil. Filho de uma puta completo, escarrado e cuspido.

Pior, ainda, o caso presente, a ser julgado em breves dias, na próxima semana. Assunto triste, pleito perdido por antecipação. Só de lembrar, Lulu Santos se enfurece, os olhos relampejantes:

— Vou lhe contar do que é capaz esse filho de uma puta — destacava as sílabas; em sua boca qualquer outro era filho da puta às vezes com afeto e ternura: Libório era fi-lho-de-u-ma-pu-ta, o palavrão completo, as sílabas divididas.

Numa pequena chácara de mangueiras, cajueiros, jaqueiras, cajazeiras, pés de pinha, de graviola, de ata e condessa, vive e trabalha Joana das Folhas ou Joana França, negra idosa, viúva de um português. O português, seu Manuel França, velho conhecido de Lulu Santos, foi quem introduziu em Aracaju o cultivo de alface, de tomates dos grandes, de couve, repolho, outras verduras do sul, cultivadas ao lado dos jilós, dos maxixes, das abóboras, da batata-doce na chácara de terra excelente. Obteve freguesia certa e segura para o negócio pequeno porém próspero. Desde madrugada no amanho da terra, ele e a negra Das Folhas; primeiro amigados, depois quando o filho único cresceu e o lusíada sentiu o primeiro baque no coração, casados no juiz e no padre. O filho nem esperou a morte do pai; levando-lhe as economias, desapareceu no mundo. O honrado portuga não resistiu, Joana herdou o sítio e uns dinheiros a receber do compadre Antônio Minhoto, herança bem merecida: negra forte, um pé de boi, um cão no trabalho, o pensamento no filho. Contratou ajudante para o serviço na chácara e para levar as alfaces, tomates e couves à clientela.

— Espere eu voltar para contar o resto — pede a velha Adriana aproveitando a pausa. — É só um minuto enquanto trago o mungunzá.

— Puxa! — exclama Tereza: — Sujeito mais péssimo esse Libório.

— Ouça o resto do caso e verá que péssimo sou eu.

A brisa da noite vinha do porto, Lulu Santos a falar do português Manuel França, de sua mulher Joana das Folhas e do filho andejo, o pensamento de Tereza em Januário Gereba: onde andará? Prometera aparecer, levá-la a ver a barcaça, a passear na barra onde se abre o mar oceano e se estendem as dunas de areia. Por que não veio o malvado?

Nos pratos fundos, o mungunzá de colher, a mistura do milho e do coco, da canela e do cravo. O rábula esquece por um instante a brilhante peça de acusação contra Libório das Neves. Ah! se fosse no tribunal do júri!

— Divino, simplesmente divino esse mungunzá, Adriana. Se fosse no júri...

Senhores jurados, há uns seis meses passados, a inconsolável viúva, além de viúva, órfã do filho perdido no sul, desse último recebeu uma carta e logo depois um telegrama; do marido sabia encontrar-se em paz num círculo superior do paraíso, notícias concretas e consoladoras, trazidas pelo dr. Miguelinho, entidade do além a frequentar o Círculo Espírita Paz e Harmonia onde realizava curas espantosas; por esse lado, tudo ia bem. Quem ia mal era o rapaz: andara dando cabeçadas no Rio, se encalacrara, com dívidas e ameaça de cadeia se não pagasse em curto prazo de dias vários contos de réis; apelava para a mãe fazendo-o da maneira mais cruel — se ela não mandasse o dinheiro, ele acabaria com a vida, um tiro no peito. É claro que não se daria tiro nenhum, vulgar chantagista, mas a pobre mãe, analfabeta, sofrida, com esse único e adorado filho, ficou feito doida, onde iria arranjar os oito contos que o rapaz lhe pedia? O vizinho de sítio a quem solicitara o favor de lhe ler a carta e o telegrama ouvira falar de Libório, conseguiu o endereço; a viúva caiu nas unhas do agiota que lhe emprestou oito mil cruzeiros para receber quinze seis meses depois — façam atenção aos juros, escorchantes, nunca vistos, senhores do Conselho de Sentença! O próprio Libório preparou o documento: se Joana não pagasse na data fixada, perderia o sítio, cujo valor é de pelo menos cem contos, daí para mais. Senhores jurados!

A viúva assinou a rogo — assinando por ela Joel Reis, serviçal de Libório — por não saber ler nem escrever, incapaz de rabiscar o próprio nome. Dois prepostos do pústula serviram de testemunhas. Joana tomou o empréstimo, tranquila: o compadre Antônio Minhoto, homem correto, de palavra, devia lhe pagar dez contos daí a quatro meses. Os cinco restantes, ela os economizaria no correr dos seis meses pois mantinha íntegra a freguesia do tempo do marido.

Sucedeu quase tudo como ela previra: o compadre pagou na data marcada, as economias ultrapassariam os cinco mil cruzeiros, ela procurou Libório para resgatar a dívida. Sabe você o que ele lhe disse? Adivinhe se é capaz, Tereza, adivinhem os honrados senhores do Conselho de Jurados!

— O que foi?

— Que ela lhe devia oitenta mil cruzeiros, oitenta contos em vez de oito.

— Mas como?

Fora ele próprio a redigir o documento e muito a propósito só escreveu a quantia do débito em números: Cr$ 8000. Apenas ela saíra, o sórdido acrescentara um zero na cifra. Com a mesma caneta, a mesma tinta, quase na mesma hora. Onde a pobre infeliz vai arranjar oitenta mil cruzeiros, me diga? Onde, senhores jurados? Libório requereu à justiça que o sítio vá à praça para ser vendido em hasta pública, certamente ele próprio o arrematará por quatro vinténs.

—Já pensou, Tereza, o que vai ser dessa mulher que trabalhou a vida toda naquela chácara e de repente é jogada fora de seu pedaço de terra e fica reduzida a pedir esmola? Já pensou? Vou me bater, vou gritar, clamar por justiça, de que adianta? Se fosse o júri popular, era outra coisa. Mas é um juiz da vara do cível, aliás um sujeito ótimo, que sabe quem é Libório, tem certeza que ele adulterou o documento, se pudesse daria ganho de causa à viúva e sapecaria um processo no crápula por adulteração de documentos com fins de roubo mas, como fazê-lo se lá está o papel, as assinaturas das testemunhas, se ninguém pode provar que o zero foi acrescentado depois?

Toma fôlego, a indignação inflama-lhe o rosto, fazendo-o quase bonito:

— Todo mundo sabe que se trata de mais uma miséria de Libório mas nada pode ser feito, ele vai engolir o sítio de Manuel França, a negra Joana vai viver de esmola e eu espero que o miserável do filho, um filho da puta é o que ele é, meta mesmo uma bala no peito, não merece outra coisa.

Cai o silêncio como uma pedra, por alguns segundos ninguém fala. Os olhos de Tereza se perdem na distância mas ela não pensa em mestre Januário Gereba, dito Janu por bem-querer, nem nas areias do mar. Pensa na negra Joana das Folhas, dona Joana França, curvada sobre a terra ao lado do marido português, depois sozinha, plantando, colhendo, vivendo de suas mãos, o filho no Rio, na pagodeira, a exigir dinheiro, ameaçando matar-se. Se lhe tomarem o sítio, se Libório ganhar a questão, o que será de Joana das Folhas, onde vai arranjar o necessário para comer, economias para o filho dissipar?

A velha Adriana recolhe os pratos vazios, sai para a cozinha.

— Me diga uma coisa, Lulu... — Tereza está voltando de longe.

— O quê?

— Se dona Joana soubesse ler e escrever o nome, ainda assim esse tal documento teria valor?

— Se ela soubesse ler, assinar o nome, como assim? Ela não sabe, acabou-se; nunca esteve na escola, analfabeta de pai e mãe.

— Mas se soubesse, o tal documento teria valor?

— É claro que se ela soubesse assinar o nome o documento teria sido forjado. Infelizmente não é esse o caso.

— Você tem certeza? Acha que não pode ter sido forjado? Por que você acha isso? Onde é que dona Joana deve provar se sabe ou não assinar o nome? É no juiz?

— Que história é essa de provar se sabe assinar o nome? — Ficou pensando, de repente deu-se conta: — Documento forjado? Assinar o nome? Estarei entendendo?

— Dona Joana sabe ler e assinar o nome, chega no juiz e diz esse papel aí é falso, sei assinar meu nome. Quer dizer, quem diz isso é você, não é mesmo? Ela só faz assinar.

— E quem diabo vai ensinar Joana das Folhas a assinar o nome em pouco mais de uma semana? Para isso é preciso pessoa capaz e de toda confiança.

— A pessoa está na frente de seus olhos, é essa sua criada. Que dia é mesmo a audiência?

Então Lulu Santos começou a rir, a rir feito doido; a velha Adriana veio correndo, assustada:

— O que é que você tem, Lulu?

Finalmente o rábula se conteve:

— Só quero ver a cara de Libório das Neves, na hora. Tereza, doutora Tereza, *honoris causa* eu te consagro suma sabedoria! Vou embora para casa matutar nesse assunto, acho que você deu no sete. Até amanhã, minha boa Adriana do mungunzá divino. Como bem diz o povo: quem rouba ladrão... Só quero ver a cara do pote de bosta na hora, vai ser a maior satisfação da minha vida.

Tereza na varanda esquece Lulu Santos, Joana das Folhas, Libório das Neves. Onde andará o malvado? Prometera vir com o cachimbo de barro, a pele curtida ao vento, o peito de quilha, as grandes mãos que a suspenderam no ar. Não viera, por quê?

7

NA CIDADE DORMIDA, NO PORTO DESERTO, SOZINHA, MORTIFICADA, O AMOR-PRÓPRIO ferido, Tereza Batista procura Januário Gereba. Quem sabe, não pudera vir, ocupado ou doente. Mas não custava avisar, mandar alguém com um recado. Prometera buscá-la no começo da noite para comerem uma moqueca de peixe na barcaça, à moda baiana — cozinhar comida de azeite é comigo! —; depois iriam ver o mar de ondas e arrebentação, mais além da barra, o mar de verdade, não aquele braço de rio. Rio bonito, o Cotinguiba, não ia negar, largo, envolvendo a ilha dos Coqueiros, manso ao lado da cidade, ancoradouro de grandes veleiros e pequenos navios de carga; mas o mar — você vai ver é outra coisa, não se compara —, ah! o mar é caminho sem fim, possui uma força indomável, um poder de tempestades, doçura de namorado ao ser espuma na areia. Não viera, por quê? Não tinha direito a tratá-la como a uma mulherzinha qualquer, ela não lhe pedira para vir.

Nos dias anteriores, mestre Januário, ocupado na descarga da barcaça e em limpá-la para receber o novo carregamento — sacos de açúcar —, ainda assim conseguira tempo para visitar Tereza, sentar-se com ela na ponte do Imperador, contando-lhe histórias de saveiros e travessias, de temporais e naufrágios, acontecidos de cais, de candomblés, com mestres de saveiro e capoeiristas, mães de santo e orixás. Falara das festas, por lá é festa o ano inteiro; a de Bom Jesus dos Navegantes a 1º de janeiro, no mar da Boa Viagem, os saveiros acompanhando a galeota na ida e na vinda, e o samba comendo depois, durante dia e noite; a do Bonfim, de domingo a domingo na segunda semana de janeiro, com a procissão da lavagem na quinta-feira, as mulas, os jumentos, os cavalos pejados de flores, as baianas com quartinhas e porrões cheios de água equilibrados sobre os torsos, as águas de Oxalá lavando a igreja de Nosso Senhor do Bonfim, um negro africano, o outro branco da Europa, dois santos distintos num só verdadeiro e baiano; a festa da Ribeira, imediatamente depois, prenúncio do carnaval; a de Iemanjá, no Rio Vermelho, a 2 de fevereiro, os presentes para a mãe-d'água sendo trazidos e acumulados nos enormes cestos de palha — perfumes, pentes, sabonetes, balangandãs, anéis e colares, um mundo de flores e cartas de peditório: mar calmo, peixe abundante, saúde, alegria e muito amor —, desde pela manhã cedinho até a hora da maré vespertina quando os saveiros partem mar afora na procissão de Janaína, à frente o de mestre Flaviano conduzindo o presente principal, o dos pescadores. No meio do mar a rainha espera, trajada de transparentes conchas azuis, na mão o abebé: odoiá, Iemanjá, odoiá!

Falava-lhe da Bahia, de como é a cidade nascida no mar, subindo pela montanha, cortada de ladeiras. E o Mercado? E Água de Meninos? A Rampa, o cais do porto, a escola de capoeira onde aos domingos brincava com mestre Traíra, com Gato e Arnol, o terreiro do Bogun onde fora levantado e confirmado ogã de Iansã — em sua abalizada opinião, Tereza deve ser filha de Iansã, sendo as duas iguais na coragem, na disposição: apesar de mulher, Iansã é santo valente, ao lado de seu marido Xangô empunhou as armas de guerra, não teme sequer os eguns, os mortos, é ela quem os espera e saúda com seu grito de guerra: epa hei!

Na véspera, na ponte do Imperador, ele lhe tocara o lábio com os dedos, constatando não mais restar marca da soqueira — apenas o dente ainda não fora posto. Januário não passara desse leve toque dos dedos, todavia suficiente para abri-la inteira. Em vez de comprovar a saúde do lábio ferido num exame mais profundo, de beijos, ele retirara a mão como se a houvesse queimado ao contato com a boca úmida de Tereza. Trouxera uma revista carioca onde, em reportagem a cores sobre a Bahia, numa fotografia de duas páginas, via-se a Rampa do Mercado e nela ancorado, bem de frente, chegando de viagem, o *Flor das Águas* com a vela azul desatada e de pé ao leme, tronco nu, remendado calção, o mestre de saveiro Januário Gereba, para Tereza, Janu: quem me quer bem me chama Janu.

Tereza desce pela rua da Frente, buscando o vulto do gigante a gingar em seu andar marinheiro, a brasa do cachimbo de barro iluminando o caminho. Atracada à carunchosa ponte de madeira, não longe do Vaticano, enxerga a sombra da barcaça *Ventania*, as luzes apagadas, nenhum movimento a bordo; se alguém lá está, dorme na certa e Tereza não se atreve a chegar perto. Cadê mestre Gereba, onde se escondeu o gigante do mar, para onde alçou voo o urubu-rei, o grande voador?

No primeiro andar do Vaticano, as lâmpadas de luzes coloridas, vermelhas, verdes, amarelas, roxas, azuis, convidam a juventude doirada de Aracaju e os adventícios para a sala de baile do Paris Alegre. Quem sabe, Januário domina a pista de dança, bela dama nos braços, qualquer vagabunda do porto, dançar era seu fraco, atrás de dança subira as escadas do cabaré na noite do arranca-rabo. Quem dera a Tereza poder transpor a porta, galgar os degraus, varar sala adentro e, imitando Libório das Neves, dirigir-se à pista, postando-se indignada, as mãos na cintura em desafio e escárnio, diante de Janu a apertar contra o peito par constante: então é assim que o senhor foi me buscar em casa como combinou?

Flori proibira-lhe ir à noite ao cabaré, querendo o empresário guardar inalterada para a estreia a imagem de Tereza quando do cu de boi, imagem vista e comentada; se ela começa a aparecer à noite, a dançar, a conversar com um e com outro, já nenhum habituê pensará nela erguida em fúria a cuspir na cara de Libório, a desafiar meio mundo, em pé de guerra. Só voltarão a vê-la na grande noite de apresentação da Rainha do Samba, de saiote, bata e turbante. Além do lábio inchado e da falta de dente. Por falar em dente, Flori se pergunta, safado da vida, quando terminará o dr. Jamil Najar a sua obra-prima, nunca um cirurgião-dentista e protético demorou tanto tempo para colocar um dente de ouro. Calixto Grosso, mulato tirado a gostosão, uma prensa, líder da estiva de Aracaju, tarado por dente de ouro, conta sete na boca, quatro em cima, três embaixo, um bem no alto e no centro, o mais bonito dos sete, quase todos ali postos, num piscar de olhos, pelo dr. Najar. Numa só ocasião botou três, três dentes enormes, no entanto não requereu nem metade do tempo já gasto em colocar um único pequeno dente de ouro na boca de Tereza Batista.

Não só por proibida e por bagatela, mas sobretudo por não lhe caber direito, nenhum direito, o mais mínimo, de tirar satisfações ao mestre de saveiro, estivesse ele dançando, namorando, fretando, bolinando, rolando na cama, embolado com uma quenga qualquer. Até aquele dia nem de namorada podia reclamar-se: apenas fugidios olhares — ele desviava a mirada quando Tereza o pegava em flagrante, a comê-la com a vista. É bem verdade que ela lhe dizia Janu, tratamento de bem-querer, e em troca ele lhe dava nomes diversos: Tetá, minha santa, muçurumim, iaô, aí praticamente terminando toda a intimidade. Tereza mantém-se à espera como compete à mulher de brio: dele deve partir a primeira palavra carregada de subentendido, o primeiro agrado. Parece feliz ao lado de Tereza, alegre, risonho, conversador, mas daí não passa, desses limites platônicos; como se alguma coisa lhe proibisse voz mais cálida, palavra de amor, gesto de carinho, contivesse o desejo evidente de mestre Januário Gereba.

Por último, faltara à promessa, não fora ao encontro, deixando-a à espera desde as sete da tarde. Depois aparecera Lulu Santos, convidando-a para o cinema, preferiram ficar conversando, o rábula a contar de Libório das Neves, histórias de esbulhos e tristezas, sujeito mais nojento o tal Libório; despedira-se depois das nove, satisfeito da vida por ter descoberto, com a ajuda de Tereza, milagrosa fórmula para derrotar o patife na audiência próxima. Tereza deu boa-noite à velha Adriana, tentou conciliar o sono, não houve jeito. Tomando da manta negra com rosas vermelhas, último presente do doutor, cobriu a cabeça e os ombros, andou para o porto.

Nem rastro de mestre Gereba, do gigante Janu. Voltar para casa, é tudo quanto lhe resta fazer: tratar de esquecer, cobrir de cinza a brasa acesa, apagando-lhe as labaredas enquanto é tempo. Insensato coração! Exatamente quando ela se encontra em paz consigo mesma, tranquila e alheia, disposta a colocar a vida nos eixos, apta para fazê-lo pois nada a perturba, o indócil coração dispara apaixonado. Gostar é fácil, acontece quando menos se espera, um olhar, uma palavra, um gesto e o fogo lavra queimando peito e boca; difícil é esquecer, a saudade consome o vivente; amor não é espinho que se arranca, tumor que se rasga, é dor rebelde e pertinaz, matando por dentro. Lá vai Tereza, envolta na manta espanhola, no rumo de casa. Difícil de lágrimas, em vez de chorar fica de olhos secos, ardidos.

Alguém marcha em sua direção, com pressa, Tereza imagina tratar-se de homem à cata de mulher-dama para conduzi-la ao Vaticano pela porta do Rato Alfredo.

— Eh! dona, espere por mim, quero lhe falar. Por favor, espere.

Primeiro Tereza pensa em apressar o passo mas o andar gingado e uma nota de aflição na voz do homem fazem-na parar. Devido ao rosto preocupado e àquele aroma perturbador, idêntico ao que sentiu no peito de Januário — odor de maresia, mas Tereza nada sabe do mar além do pouco ouvido nesses dias da boca alegre de Janu —, à mesma pele curtida de vento, antes dele falar ela o identifica e sente um aperto no peito: aí, alguma coisa ruim sucedera.

— Boa noite, siá-dona. Eu sou mestre Gunzá, amigo de Januário, ele veio a Aracaju na minha barcaça com o fim de me acudir numa precisão.

— Ele está doente? Marcou comigo e não apareceu, eu vim saber dele.

— Está preso.

Voltaram a andar e Caetano Gunzá, patrão da barcaça *Ventania*, lhe contou quanto conseguira apurar. Januário comprara um peixe, azeite de dendê, limão, pimenta-malagueta e de cheiro, coentro, enfim os condimentos todos; cozinheiro de mão-cheia, naquele dia caprichou na moqueca — Caetano sabia por ter comido um pouco, quando, passadas as nove, viu que ela e o compadre não vinham e a fome apertou. Pouco depois das sete, deixando a panela em brando calor de brasas, Januário foi em busca de Tereza dizendo que em meia hora estaria de volta, Caetano não o viu mais. De começo não se alarmou, imaginando tivesse ido o casal a algum passeio ou à sala de dança, sendo Januário amigo de um arrasta-pé. Como disse, às nove fez um prato, comeu mas não tanto quanto quisera pois a essa hora já se sentia apreensivo: abandonando prato e garfo, saiu a procurá-lo mas só obteve notícias bem adiante, perto de uma sorveteria. Uns rapazes lhe contaram que a polícia prendera um arruaceiro (perigosíssimo, segundo revelou um dos tiras), aliás tinha sido necessário juntar para mais de dez agentes e guardas para conseguir sujeitá-lo, o fulano era mesmo perigoso, jogador de capoeira, quebrara uns três ou quatro policiais. Um cara enorme, com jeito de marinheiro. Não podia haver dúvidas sobre a identidade do preso. Os secretas estavam com raiva, desde a noite da briga.

— Já andei de um lado para outro, fui parar na central de polícia, estive em duas delegacias, ninguém dá conta dele.

Ah! Janu, pensar que desejei te esquecer, cobrir de cinzas a brasa acendida, apagar as labaredas que ardem em meu peito! Nunca te esquecerei, mesmo quando a barcaça *Ventania* cruzar de volta a barra do mar, contigo ao leme ou junto da vela, nunca te esquecerei. Se não tomares de minha mão, tomarei eu da tua mão grande e tão leve a tocar em meu lábio. Se não me beijares, meus lábios buscarão tua ardida boca, o sal de teu peito; ai, mesmo que não me queiras...

8

POR VOLTA DAS DUAS DA MADRUGADA FINALMENTE FOI SERVIDA A MOQUECA NA POPA da barcaça — moqueca de se lamber os beiços; Lulu Santos lambia as espinhas do peixe, preferindo servir-se da cabeça, a parte mais saborosa, a seu ver.

— É por isso que o doutor tem tanto tutano na cachola — considerou mestre Caetano Gunzá, entendido em verdades científicas. — Quem come cabeça de peixe fica inteligente demais, é coisa sabida e provada.

Naquelas poucas e corridas horas, o patrão da *Ventania* tornara-se admirador incondicional do rábula. Foram-no acordar, tirá-lo da cama; Lulu habitava na colina de Santo Antônio, modesta casa ajardinada:

— Sei onde fica a casa do doutor Lulu — gabou-se o chofer, em verdade não tinha por que se gabar, toda Aracaju sabia o endereço do provisionado.

Voz feminina, de cansaço e resignação, respondera à buzinada do automóvel de praça, às palmas de mestre Gunzá; apesar da hora tardia, quando eles disseram tratar-se de assunto urgente, de livrar alguém da cadeia, a voz fez-se cordial:

— Já vai. Não demora.

Realmente pouco depois, debruçando-se na janela, Lulu quis saber:

— Quem está aí, o que deseja?

— Sou eu, doutor Lulu, Tereza Batista. — Dizia "doutor" em consideração à esposa cuja sombra protetora se projetava por trás do vulto do rábula: — Desculpe lhe incomodar, mas estou aqui com o mestre da barcaça *Ventania*; o companheiro dele — como lhe explicar tratar-se do gigante de tão decisiva atuação na briga do cabaré? —, creio que o senhor conhece...

— Não é aquele que bateu nos guardas e no secreta no Paris Alegre na outra noite? — Tereza cheia de dedos e Lulu bem do seu, falando do cabaré.

— É, sim senhor.

— Esperem aí que já vou.

Minutos depois junta-se a eles na rua; percebia-se atrás do jardim o vulto da mulher fechando a porta, a voz conformada recomendando: "Faça atenção ao sereno, Lulu". Entra no carro, diz ao chofer: toque em frente, Tião. Tereza explica toda a história. Caetano é de pouco falar:

— Eu disse a Januário: compadre, bote sentido, secreta é pior do que cobra, só se vinga na traição. Não fez caso, ele é assim mesmo, enfrenta tudo de peito aberto.

Lulu boceja, ainda sonolento:

— Não adianta fazer a ronda das delegacias. O melhor é ir logo para cima, ao doutor Manuel Ribeiro, chefe de polícia; é meu amigo, um homem de bem.

Traça-lhe perfil de elogios: mestre de direito, homem dos livros, de vasta cultura e valente pra burro, com ele ninguém tira prosa, mas não tolera injustiças, perseguições sem motivo, a não ser, evidentemente, a adversários políticos — não havendo nesses casos, porém, nada de pessoal; se persegue os oposicionistas ele o faz no exercício de sua função de responsável pela ordem pública, cumprindo obrigação administrativa, imperativo do cargo. Sem falar no filho que escreve, aquele talento em flor.

Apesar do adiantado da hora, na sala de visitas da residência do chefe, as luzes estão acesas e há movimento. Um soldado da Polícia Militar, com saudades do tempo em que era cangaceiro, guarda a entrada da casa, encostado à parede, a la vontê. Mas quando o automóvel estanca em brusca freada, num abrir e fechar de olhos se perfila, a mão no revólver. Reconhecendo Lulu Santos, abandona a prontidão, volta à postura anterior, relaxado e risonho:

— É vosmincê, doutor Lulu? Quer falar com o homem? Pode entrar.

Tereza e mestre Caetano aguardam no carro; o chofer, solidário, tranquiliza:

— Fique descansada, dona, que o doutor Lulu solta seu marido.

Tereza riu baixinho sem contestar. O chofer prossegue a contar feitos de Lulu. Homem bom está aí, larga tudo para atender um necessitado, sem falar na inteligência. Ah! as defesas no júri, não havia promotor que pudesse com ele, nem em Sergipe nem nos estados vizinhos pois já fora defender réus em Alagoas e na Bahia, e não só no interior, também na capital. Freguês de júri, o motorista descreve com emocionantes detalhes o julgamento do cangaceiro Mãozinha, um dos últimos a cruzar o sertão, de rifle e cartucheira, vindo de Alagoas com não sei quantas mortes e tendo ali em Sergipe praticado outras tantas, sendo Lulu Santos designado pelo juiz para defendê-lo *ex officio*, ou seja, de graça por não possuir o jagunço um centavo de seu. Ah! quem não presenciou esse júri de cabo a rabo — quarenta e sete horas de réplicas e tréplicas — não sabe o que é um advogado de miolo no crânio. Ouçam como ele começou a sustentação da defesa: foi batuta. Começou apontando o juiz com o dedo, depois o promotor, os jurados um a um e no fim pôs o dedo no peito apontando para ele mesmo, enquanto isso dizendo com outras palavras lá dele, cada qual mais tranchã: quem cometeu essas mortes que o promotor atribui a Mãozinha foi o senhor, dr. juiz, foi o senhor, seu promotor, foram os dignos membros do Conselho de Justiça, fui eu, fomos nós todos, a sociedade constituída. Nunca vi coisa mais linda em minha vida, ainda fico arrepiado quando conto, imagine na hora.

Finalmente, fumando charuto de São Félix oferecido pelo chefe de polícia que veio trazê-lo à porta, o provisionado aparece rindo muito de alguma pilhéria do íntegro pessedista. Ordena ao chofer:

— Para a Central, Tião.

Januário ia saindo porta afora, quando o carro parou. Tereza se atira, corre para ele, os braços estendidos; pendura-se no pescoço do gigante. Mestre Gereba sorri, fitando-a nos olhos: lá se vai água abaixo a inabalável decisão tomada no peito e na raça; como fazer para não beijá-la quando ela já lhe toma da boca? Ainda assim, foi beijo apressado, enquanto os outros saltam do carro. Da porta da Central os tiras olham, as ordens do chefe infelizmente não admitiam discussão: soltem o homem agora mesmo e se tocarem nele vão se haver comigo!

Tinham tocado antes, basta ver o olho do saveirista; a batalha travada na rua repetira-se no xilindró. Apesar da desvantagem do local e da torcida, mestre Gereba não se saiu tão mal assim: apanhou mas também bateu. Quando os covardes o deixaram prometendo voltar mais tarde para nova sessão, para o café da manhã, na pitoresca expressão de um deles, o saveirista ainda estava inteiro se bem moído; moídos estando igualmente o tira Alcindo e o detetive Agnaldo.

Da moqueca participaram todos, inclusive o chofer, nessa altura já na disposição de não cobrar a despesa da interminável corrida, só a recebendo finalmente para não ofender mestre Gunzá, muito melindroso em questões de dinheiro. Lulu Santos revelou outra faceta do motorista: Tião compunha sambas e marchas, campeão de vários carnavais.

Acompanharam o peixe com cachaça, o rábula bebendo como sempre em goles mesurados, estalando a língua a cada um deles, Januário e Caetano a emborcar os cálices, seguidos pelo chofer. Ao lado do saveirista, Tereza come com a mão — há quantos anos não come assim, amassando a comida nos dedos, um bolo de peixe, arroz e farinha, ensopando-o no molho? Ao chegar fizera curativo no rosto de Januário, abaixo do olho direito, apesar da oposição do gigante.

Esgotada a primeira com rapidez, abriram a segunda garrafa de cachaça. Lulu começara a dar sinais de fadiga, comera três pratos. O motorista Tião, ao cabo de tanta moqueca e tanta cachaça, convida toda a companhia para uma feijoada domingo em sua casa, no fim da rua Simão Dias, quando, acompanhando-se ao violão, cantará para os amigos suas últimas composições. Casa de pobre, sem luxos nem vaidades — disse em sua peroração — mas onde não faltará nem feijão nem amizade. Tendo aceito o convite, Lulu ali mesmo no convés se acomodou e dormiu.

Eram as quatro da manhã, filtrava-se a luz na noite ainda poderosa quando, sentados ao lado do chofer alegríssimo, mestre Januário Gereba e Tereza Batista rumaram para Atalaia, o carro em zigue-zagues, muita pinga bebera Tião.

Mesmo sem acompanhamento — sem acompanhamento perde muito, explicou —, canta o samba por ele composto quando do julgamento do bandido Mãozinha, homenagem à sensacional defesa de Lulu Santos:

Ai, seu doutor
Quem matou foi o senhor...
Não foi ele, que só fez atirar

quem matou foi você
foi o juiz e o promotor
quem matou foi a fome,
a injustiça dos homens...

Abre os braços, gesticula para dar força à letra, larga o volante, o carro se desgoverna, patina, ameaçando derrapar; mas nessa noite nenhum desastre pode suceder, é a noite de mestre Januário Gereba e de Tereza Batista. Casamento assim, marido e mulher tão apaixonados um pelo outro, vale a pena, considera o motorista Tião, precursor da música de protesto, dominando finalmente o velho automóvel. Lá se vão pela estrada estreita; Tereza, dengosa, se aconchega ao peito de Januário, na aragem fresca da antemanhã.

De repente, foi o mar.

9

AI, SUSPIROU TEREZA. NAS AREIAS ROLARAM, AS ONDAS MOLHAVAM SEUS PÉS, A AURORA nascia da cor de Januário. Finalmente Tereza descobrira de onde provinha o aroma a perfumar o peito do gigante, não era senão a fragrância do mar. Tinha cheiro e gosto de mar.

Por que não me queres?, perguntara Tereza quando saíram de mãos dadas, correndo na praia para se afastarem do carro onde o chofer se rendera num ronco triunfal.

Porque te quero e desejo, desde o instante primeiro em que te vi desatada em fúria, ali mesmo tombei vencido de amor; por isso me afasto e fujo, prendo minhas mãos, tranco a boca e afogo o coração. Porque te quero para a vida e não por um momento — ah! se pudesse te levar comigo, para casa nossa, no dedo te colocar anel de aliança, te levar de vez e para sempre! Ah! mas não pode ser.

E por que não pode ser, mestre Januário Gereba? Com aliança ou sem aliança não me importa; em casa nossa e para todo sempre, isso sim. De mim sou livre, nada me prende e não desejo outra coisa.

Eu não sou livre, Tetá, carrego grilhetas nos pés; é minha mulher e dela não posso me separar, padece de doença cruel; eu a tirei da casa do pai onde tinha de um tudo e um noivo comerciante; sempre direita comigo, passou necessidades sem reclamar, trabalhando e sorrindo,

sorrindo mesmo se a gente não tinha nem pra comer. Se pude comprar o saveiro foi porque ela ganhou para a entrada gastando a saúde na máquina de costura, dia e noite, noite e dia. Toda vida delicada, ficou fraca do peito, queria um filho não teve — nunca saiu de sua boca uma palavra de queixa. O que ganho com o saveiro vai na farmácia e no médico para prolongar a doença, não chega para acabar, não tem dinheiro que chegue. Quando tirei ela de casa, eu não passava de um vagabundo do cais, sem eira nem beira e sem juízo. A que eu amei e quis, a que roubei da família, das patacas do noivo, era sadia, alegre e bonita; hoje é doente, triste e feia mas tudo que ela tem sou eu, nada mais, mais ninguém, não vou largá-la na rua, no alvéu. Não te quero para um dia, para uma noite de cama, para um suspiro de amor — para sempre te quero e não posso. Não posso tomar compromisso, carrego grilhetas nos pés, algemas nas mãos. Por isso jamais te toquei nem te disse amor de minha vida. Só que não tive coragem de fugir de uma vez, de não voltar, querendo guardar para sempre no fundo dos olhos tua face muçurumim, tua cor de malê, o peso de tua mão, tua altura de junco, a memória de tuas ancas. Para de tua lembrança me alimentar na solidão das noites de travessia, para olhar para o mar e nele te ver.

Tu é direito, Januário Gereba, falou como um homem deve falar. Janu, meu Janu de grilhetas, que pena não possa ser de uma vez para sempre, em casa nossa e até a morte. Mas, se não pode ser para sempre, que seja por um dia somente, uma hora, um minuto! Um dia, dois dias, menos de uma semana, para mim esse dia, esses dois dias, essa curta semana tem o tamanho da vida multiplicado pelos segundos, pelas horas, pelos dias de amor, mesmo que depois eu me dane de saudade, de desejo, de solidão, e sonhe contigo todas as noites na danação do impossível. Mesmo assim paga a pena — eu te quero agora, agorinha, já, imediatamente, nesse mesmo instante, sem demora, sem mais tardança. Agora e amanhã e depois de amanhã, no domingo, na segunda e na terça, de madrugada, de tarde e de noite, na hora que for, na cama mais próxima, de paina, de barriguda, de terra, de areia, no madeirame do barco, na beira do mar, onde quer que seja e se possa nos braços um do outro desmaiar. Mesmo para depois maldita sofrer, ainda assim te quero e vou ter, Januário Gereba, mestre de saveiro, gigante, urubu-rei, marujo, baiano mais fatal e sem jeito.

Era o mar infinito, ora verde, ora azul, verdeazul, ora claro, ora escuro, claroescuro, de anil e celeste, de óleo e de orvalho e, como se não bastasse com o mar, Januário Gereba encomendara lua de ouro e prata, lanterna fincada no alto dos céus sobre os corpos embolados na ânsia do amor; eram dois ao chegar, são um só, nas areias da praia encobertos por uma onda mais alta.

Tereza Batista empapada de mar, na boca, nos lisos cabelos, nos peitos erguidos, na estrela do umbigo, na concha da buça, flor de algas, negro pasto de polvos — ai, meu amor, que eu morro na fímbria do mar, de teu mar de sargaços, de teu mar de desencontro e naufrágio, quem sabe um dia morrerei em teu mar da Bahia, na popa de teu saveiro? Tua boca de sal, teu peito de quilha, em teu mastro vela enfunada, na coberta das ondas nasci outra vez, virgem marinha, noiva e viúva de saveirista, grinalda e espumas, véu de saudade, ai, meu amor marinheiro.

10

DA NAÇÃO DE TEREZA BATISTA, MEU EGRÉGIO, NÃO POSSO LHE RENDER CONTAS. Tem uns sabidos por aí, alguns letrados de faculdade, outros com bolsas de estudo, que lidam com tais assuntos, destrinchando com ciência e ousadia os avós de cada um, obtendo resultados positivos, não sei se exatos mas decerto favoráveis aos netos; e até conheço um topetudo que se apresenta como descendente de Ogum — imagine que pesquisador mais porreta lhe pesquisou a família, certamente foi ele próprio e com muita galhardia, não se devendo confiar a terceiros fundamento tão melindroso.

Como sabe o nobre patrício, aqui se misturou tudo que é nação para formar a nação brasileira. Num traço do rosto, num meneio do corpo, na feição de olhar, na maneira de ser, quem tem olho e conhece do assunto encontra um rastro e partindo daí esclarece parentesco remoto ou como a mistura se deu. Vai se ver e o gargánteiro é mesmo primo de Ogum nem que seja bastardo, pois se conta que tanto Ogum como Oxóssi frequentavam, com fins de descaração, umas filhas de santo na Barroquinha. Se lhe parece invenção, cobre o dito ao pintor Carybé, é ele quem espalha essas histórias de encantados, pondo na frente Oxóssi, como aliás é justo e certo fazer.

Falando de Tereza Batista, por quem o ilustre tanto se interessa, muita coisa se diz e há pleno desacordo, total; opiniões diferentes, discussão prolongada na cachaça e no prazer da conversa. Por malê, muçurumim e hauçá houve quem a tomasse e lhe dissesse em achegos de frete. Alguns a enxergaram cigana, ledora de mão, ladrona de cavalo e de criança pequena, com brincos de moedas nas orelhas, pulseiras de ouro, dançando. Segundo outros, cabo-verde, pelos rasgos de índia, certa reserva quando menos se espera, os negros cabelos escorridos. Nagô, angola, jeje, ijexá, cabinda, pela esbeltez congolesa, de onde veio seu sangue de cobre a tantos outros sangues se misturar? Com a nação portuguesa se melou, todos aqui se melaram. Não me vê negro assim? Pois quem primeiro se deitou na cama de minha avó foi um militar português.

Nas brenhas dão de barato um mascate nas amizades de Miquelina, bisavó de Tereza; quando digo mascate espero não ser preciso esclarecer tratar-se de árabe, sírio ou libanês, na voz geral tudo é turco. No sertão onde Tereza nasceu passa a divisa, ficando por isso difícil saber quem é da Bahia, quem de Sergipe, quanto mais se o mascate chamou aos peitos a roceira apetitosa. Até onde a memória alcança, as mulheres da família eram de encher o olho e de levantar cacete de morto e foram se aprimorando até chegar a Tereza, embora eu já tenha ouvido dizer por mais de um fofoqueiro ser ela feia e malfeita, cativando os homens no feitiço, na mandinga, no ebó ou por gostosa e sabida de cama, não por bonita. Veja o preclaro patrício quanta contradição; e depois querem que se acredite em testemunha de vista e nos calhamaços da história.

Não há muito estava eu bem do meu, comendo uns beijus molhados, na minha barraca, quando um presepeiro começou a contar a uns senhores paulistas e a uma paulistinha rosada, quindim para boca de rico, toda em sorrisos, ai se eu não fosse homem bem casado... Como ia lhe dizendo antes que me interrompesse a mimosa flor de São Paulo, o gabola, menino moderno sem traquejo na mentira, querendo fazer média com os visitantes, garantiu que Tereza era loira, brancarrona e gorducha, da verdadeira só lhe deixando a valentia e assim mesmo com o fim de bancar o machão e acabar com a fama de Tereza à força de gritos — disse que estando Tereza a fazer arruaça, ele chamou à ordem, com um carão e dois berros — e durma-se com um barulho desses. Aqui, no Mercado Modelo, meu eminente, a gente ouve coisa de estarrecer, mentiras de se pregar na parede com martelo russo e prego caibral.

Se eu fosse o nobre patrício deixava de parte esse negócio de nação; que vantagem lhe rende saber se nas veias de Tereza corre sangue malê ou angola, se o árabe teve a ver com o assunto ou se foram os ciganos acampados na roça? Me contou um moço de lá ter uma certa dona Magda Moraes, em depoimento na polícia, apoiado pelas irmãs, classificado Tereza de negrinha de raça ruim, estupor. De loira a negrinha, de formosa sem igual a

*feiona e malfeita, nesses pátios do Mercado, Tereza anda de boca em boca;
em minha barraca, ouço e me calo; quem dela sabe mais do que eu, não
me tomou de compadre?*

*Sobre a nação de Tereza outras referências não posso lhe adiantar, não
me consta fosse ela a própria Iansã; mabaça ou prima possa ser, seguindo
nas águas do parente de Ogum. Quanto à vossa própria nação, meu graúdo, sem ir longe nem faltar à verdade, posso de logo enxergar a mistura
principal: escuto sob a brancura da pele um ronco surdo de atabaques — o
lorde é de nação de primeiríssima lhe digo eu, Camafeu de Oxóssi, obá
de Xangô, estabelecido no Mercado Modelo, com a Barraca São Jorge, na
cidade da Bahia, umbigo do mundo.*

11

DIAS AFANOSOS DE TEREZA BATISTA, DIVI-
DIDOS ENTRE JOANA DAS FOLHAS, FLORI PACHOLA e o Paris
Alegre, e mestre Januário Gereba, Janu na carícia da brisa, no arrulho dos
pombos, no marulho das ondas, no bem-querer de Tereza. A corte de
admiradores, o tempo de dentista, a insistência de Veneranda complemen-
tavam a berlinda.

Por volta das dez da manhã Tereza desembarca no portão da chácara,
em parada improvisada especialmente para ela pelo chofer da marinete
entupida de povo. A essa hora, Joana já realizara grande parte da labuta
diária — o rapaz sai na primeira marinete com os cestos de verdura para
visitar a freguesia nas ruas residenciais. Cavoucando a terra desde antes
do sol nascer, cuidando da horta, colhendo, plantando, estrumando,
Joana chega do eito, vai lavar as mãos.

Ei-las sentadas à mesa da sala de jantar com os lápis, a caneta, as penas,
o tinteiro, o livro, os cadernos, decididas e obstinadas. Aquele trabalho
não era de todo desconhecido para Tereza; em Estância, na rua quieta, de
raros passantes, começara ensinando as primeiras letras aos filhos de Lula
e Nina, juntando-se logo aos dois molecotes da casa os da vizinhança,
chegando a somar sete alunos, acocorados em torno dela numa roda de risos e ralhos quase maternos. Não tinha muito o que ensinar naquele tempo de mansas alegrias durante o qual Tereza Batista sobretudo aprendeu;
o que sabe hoje de leituras e escritas deve àqueles anos — que, por bons e
felizes, lhe pesam tanto nos ombros quanto os de antes e os de depois, por
ruins e sofridos. Sem negar uma referência à escola de dona Mercedes Li-

ma, professora de roça, também ela de pouco saber e muita dedicação. Na aula diária, das dez às onze da manhã (exceto quando o doutor, estando na cidade, permanecia em casa), lição e piquenique, Tereza dava às crianças cartilha, tabuada, caligrafia e farta merenda de bolacha, pão e requeijão, doces caseiros, frutas, tabletes de chocolate e gasosa.

Molecotes quase todos argutos, uns azougues, como o fora ela própria na classe de dona Mercedes. Outros mais rudes, de cabeça dura, nenhum entretanto se comparando a Joana das Folhas. Não que seja pouco inteligente, obtusa; ao contrário, muito esperta. Quando Lulu Santos lhe expusera o plano de batalha, ela o compreendeu de imediato. Tardou um pouco a adotá-lo; por seu gosto, por ser honrada, preferiria pagar ao salafra os oito contos de réis do empréstimo e os juros escorchantes porém combinados, mas o rábula não concordou, explicando ser tudo ou nada. Para pagar o débito real teria Joana de reconhecer pelo menos em parte a validez do documento assinado a rogo, denunciando ao mesmo tempo a adulteração das cifras. Como provar tal adulteração? Não havia maneira, infelizmente. O caminho a seguir, o único válido, era negar a assinatura a rogo, desconhecer o documento, acusar Libório de havê-lo falsificado em todas as letras, julgando-a analfabeta, desamparada de todos, abandonada no sítio. Nunca tomara um tostão emprestado, nada devia a ninguém. Sabia ler, escrever e assinar o nome, estava pronta a prová-lo, sapecando ali na vista do juiz seu jamegão no papel. Ele, Lulu, só queria ver a cara do Libório de merda.

Um dos dois procedimentos, escolhesse: reconhecendo o documento, o sítio seria penhorado, levado à praça, entregue a Libório de mão beijada — não temos como provar a alteração das cifras —, restando a Joana das Folhas trabalhar de serva para o próprio Libório na terra da qual fora dona ou sair tirando esmolas nas ruas de Aracaju. Declarando o documento sua falsificação total, livrava o sítio de qualquer ameaça e se livrava ao mesmo tempo de qualquer dívida, o pústula não veria um só tostão, solução ideal Joana concordou, convencida. Nesse caso o dinheiro guardado para pagar a dívida servirá para os honorários de Lulu: se bem nunca consiga, doutor, lhe pagar a caridade de ter aceito o caso sem esperar qualquer recompensa. Nem isso, minha cara, as custas e os honorários serão por conta do gatuno se a sentença for justa como deve ser. No fundo, a Joana não desagradava a ideia de dar uma lição ao falsário: possuía a malícia da gente do campo, uma esperteza natural a lhe fazer relativamente fácil o aprendizado do alfabeto, das sílabas, da leitura.

As mãos, porém, não tinham a agilidade da cabeça capaz de perceber sutilezas e ardis. As mãos de Joana eram dois calos, dois montes de terra seca, raízes de árvores os dedos, galhos disformes, mãos acostumadas ao manejo da pá, da picareta, da enxada, do facão, do machado — como manejar lápis, caneta e pena?

Rompeu mil pontas de lápis, esgarranchou quantidade de penas, estragou toneladas de papel, mas nessa maratona contra o tempo e as mãos inábeis, Tereza foi de exemplar paciência e Joana, convencida pelos argumentos de Lulu Santos, decidira ganhar, vontade de ferro. Começou Tereza por cobrir com a mão tratada a mão torpe de Joana para lhe transmitir leveza e encaminhá-la.

Na chácara até as três da tarde, labutando com as mãos de Joana, parando apenas para rápido almoço. Trabalho cansativo, labor apaixonante: constatar cada mínima evidência de progresso, conter o desânimo a todo momento, reerguendo-se dos fracassos, vitoriosa sobre a estafa e a tentação de desistir. E Joana? Tão imenso esforço! Por vezes gritava o nome de Manuel, pedindo socorro, por vezes mordia as mãos como para castigá-las, e os olhos se lhe encheram de lágrimas quando finalmente traçou um jota legível.

Na marinete das três, Tereza ia para o dentista, logo depois para o ensaio no Paris Alegre, onde Januário a encontra no fim de uma jornada para ele também trabalhosa: ajudando na carga, na limpeza, na pintura, no velame, no preparo da barcaça *Ventania* para a partida. Fora colocado a par do enredo, da fraude e da contrafraude — não há coisa melhor do que se enganar um sabido, dissera —, nenhum outro estava no segredo. Nem sequer Flori a dar pressa ao dentista, vendo na poeira do chão os projetos de cama e mesa com a estrela candente do samba: o barcaceiro tomara a praça de assalto, Tereza derretida, a rir pelos cantos. Mas, conforme já se explicou antes, Pachola, homem com experiência do mundo e das mulheres, não desanima facilmente — mais dia, menos dia, completada a carga dos sacos de açúcar, suspendidas as velas nos mastros, abertas ao vento, a âncora levantada, a barcaça *Ventania*, casco ligeiro e bom de mar, desatracando da ponte tomará o rumo da Bahia. No piano, marcando a cadência do samba, Flori olha sem mágoa o gigante no alto da escada: vá esquentando a cama para nela eu me deitar, não há cama de tanta fúria como a de mulher com dor de corno.

Com a chegada de Januário, despedem-se o poeta e o pintor. O poeta não persegue senão uma quimera, frustrado idílio, sonho efêmero, imorredouro nos poemas nascidos da moça de cobre, versos de paixão e morte. O pintor, silencioso, os olhos fundos, como se olhasse para fora e para dentro, apoderando-se da imagem inesquecível, de cada expressão, da carga do passado e da força vital: a bailarina, a mulher com ciclâmen, a virgem sertaneja, a mulher do porto, a cigana, a rainha do samba, a filha do povo, em quantos quadros, sob quantos títulos, colocou a face de Tereza?

Após o ensaio, por volta das seis, Tereza retorna ao sítio, em companhia de Januário, a aula recomeça. Tempo cansado mas distraído, sem um minuto de folga. Naqueles dias intensos, ficaram amigas, Joana e Tereza. A negra lhe contou do marido, labrego vistoso e potente, de bom coração, triste somente com o filho a quem quisera ver lavrando a terra, desenvolvendo a chácara, a horta, o pomar, a freguesia, transformando o sítio numa pequena fazenda. Não perdoara a fuga do rapaz. Bonito e fogoso, gostava de enfiar os frondosos bigodes no cangote da mulher; jamais olhara para outra, tinha sua negra Joana. Quando ele morrera, Joana completara quarenta e um anos, dos quais vinte e três na companhia de Manuel França. Desde a morte do marido não voltou a ter regras, morta ela também para tais coisas.

Lulu Santos, nas folgas do fórum ou do bar, aparecia na chácara para constatar e medir os progressos da sitiante. De início, desanimado: a mão de Joana das Folhas, mão de amanho e estrume, de pá e enxada, jamais poderia traçar as letras do nome de dona Joana França; o tempo curto, a audiência iminente, o advogado de Libório, mequetrefe de porta de xadrez, dando pressa ao juiz. Com o passar dos dias, foi-se o rábula animando, voltou-lhe o otimismo. Já a caneta não rasga o papel, diminuem os borrões; das mãos de Joana, no milagre de Tereza, começam a nascer as letras.

A mão de Joana marcha sozinha e quando Tereza se despede às oito da noite (na marinete cheia, num escândalo de beijos, começa a noite de amor), a negra prossegue a riscar o papel, reescrevendo o alfabeto, palavras e mais palavras, o próprio nome vezes sem conta. O borrão inicial se faz escrita, garatujas cada vez mais limpas, mais firmes, menos ilegíveis. Joana das Folhas defendendo tudo quanto possui, pequeno sítio por Manuel e por ela transformado em chácara modelar de verdura e legumes, em pomar de frutas escolhidas, seu ganha-pão, herança recebida do marido, terra de fértil sementeira de onde tira o necessário às parcas despesas da casa e o supérfluo para os desatinos do filho ingrato e bem-amado.

12

ESSAS RAPARIGAS DE HOJE SÃO UMAS ESTOUVADAS, NÃO TÊM JUÍZO, NÃO PENSAM no dia de amanhã, considera a velha Adriana, balançando a cabeça canosa, em conversa com Lulu Santos:

— Maluca é o que ela é, está jogando fora a sorte grande... — a sorte grande era industrial e senador.

O rábula aparecera para visitar Tereza, a velha abre-lhe o coração:

— Tereza não para em casa, sai logo depois do café, noite e dia atrás desse maldito canoeiro.

Moça com aquele porte e aquela figura, poderia obter o que bem quisesse e entendesse na cidade de Aracaju onde não falta homem direito, casado, de posição, com dinheiro para gastar, disposto a proteger, a assumir a responsabilidade de regalo da categoria de Tereza.

Ela, Adriana, não morre de amores por Veneranda, Lulu conhece as causas da antipatia, mas a verdade deve ser proclamada: dessa vez a enganjenta agira com a maior correção. Mandara propor a Tereza discreto encontro no castelo, sabe Lulu com quem? Adivinhe, se é capaz! Baixava a voz para revelar o nome do industrial e banqueiro, senador da República. Por uma tarde na cama com Tereza, uma tarde somente, oferecia pequena fortuna, parece tê-la de olho desde o tempo de Estância, paixão antiga, tesão cozinhada em fogo lento (desculpe Lulu a expressão, repetia frase de Veneranda). A casteleira procurara Adriana de intermediária, prometendo-lhe razoável comissão. Para Tereza, bolada maciça — mais importante ainda, porém, a possibilidade do generoso ricaço se agradar do manejo de ancas da rapariga (e certamente se agradaria), estabelecendo-a em casa forrada de um tudo. Tereza com a mão na massa e ela, Adriana, amiga do peito, catando as sobras, com as sobras se satisfaz. Tereza desmiolada, onde tem a cabeça? Não contente de recusar, como Adriana insistisse — tinha de cumprir a palavra empenhada a Veneranda —, ameaçara mudar-se. Absurdo sem sentido desprezar o homem mais rico de Sergipe por um reles marujo de água doce, onde se viu maluquice igual? Ah! essas raparigas de hoje, cabeças de vento, só pensam em botar mas não com quem paga a pena e sim com xodós fubecas, enrabichadas por qualquer pobretão. Esquecem o primordial, o dinheiro, a mola do mundo; terminam todas no hospital de indigentes.

Lulu Santos diverte-se com o desespero da velha e ainda por cima a amola a propósito da gorjeta prometida por Veneranda: então a velha Adriana, mulher de princípios e tradição, discreta, se transformava em alcaguete a serviço da mais famigerada caftina de Aracaju? Onde enfiara o orgulho profissional?

— Lulu, os tempos estão bicudos e dinheiro não tem marcas nem cheiro.

Adriana, minha boa Adriana, deixe a moça em paz. Tereza sabe o valor do dinheiro, não se engane; mas sabe ainda mais o valor da vida e do amor. Pensa que é somente o senador quem está atrás dela, de carteira na mão e tesão de mijo (desculpe a expressão, repito também Veneranda)? Existe um poeta coberto de versos, cada estrofe valendo de per si os milhões do industrial, morrendo por ela. Se não deu ao poeta, por que houvera de dar ao patrão dos tecidos? Não quis sequer a mim, Adriana, que sou o doce de coco das mulheres de Aracaju; só quis quem lhe falou ao coração. Deixe Tereza em paz no tempo breve de amor e alegria e se prepare para dela cuidar com carinho, dando-lhe o conforto da amizade quando, amanhã ou depois, daqui a contados dias, o marinheiro for embora e começar o tempo desmedido do amargo desespero, quando ela estiver a roer beira de penico (desculpe mais essa grosseira expressão de nossa finíssima Veneranda).

Prometer, Adriana prometeu — será irmã e mãe para Tereza, enxugando-lhe as lágrimas (Tereza é de choro difícil, minha velha), se bem, cabeça de vento, fosse ela a única culpada; lhe oferecerá o ombro e o coração. Nos olhos de Adriana, fugaz clarão de esperança: de testa fria, livre da presença do grandalhão, quem sabe Tereza reconsidere e resolva aceitar a bolada do pai da pátria. Adriana se satisfaz com as sobras.

13

SÓ ME DIRÁS NA VÉSPERA, PEDIU-LHE TERE-ZA, NÃO QUERO SABER ANTES O DIA DE tua partida. Agem como se fossem viver juntos toda a vida, sem prever separação próxima ou remota, fundeada para sempre a barcaça *Ventania* no porto de Aracaju. Nas areias da praia, na mata de coqueiros, nos esconderijos da ilha, no quarto de Tereza, na quilha da barcaça, vivem esses dias de festa, num frenesi. Os ais de amor povoam Sergipe.

Januário participa de toda a vida de Tereza: no ensaio lhe ensina gingas de capoeira, jogos de corpo flexível, dando graça, elegância e atrevimento ao samba ainda tímido de Tereza; macetes de roda de samba, do samba de Angola, mestre de saveiro e de capoeira, dançador de afoxé.

Acompanha, tenso de interesse, os mínimos progressos de Joana das Folhas, rindo alegremente quando constata a mão finalmente domada, capaz de dirigir o lápis e a caneta, arranhando ainda o papel, não mais o rompendo, porém; ainda respingando tinta mas sem transformar as letras em borrão ilegível. Há sempre um momento, durante a aula vespertina, quando os três sorriem juntos, Tereza, Januário e Joana das Folhas.

Beijam-se na marinete, passeiam de mãos dadas pelo porto, sentam-se a conversar na ponte do Imperador, na popa da barcaça *Ventania*. Uma noite, num bote, Januário a levou: abandonando os remos, no barco balouçante a teve nos braços, os dois vestidos, numa confusão de salpicos de água e de risos, a leve embarcação à deriva, rio abaixo. Depois atracou na ilha dos Coqueiros, saíram a descobrir recantos. Na noite da Atalaia perseguiam a lua no céu; sozinhos na praia imensa, tirando a roupa, entravam mar adentro, Tereza entregando-se no meio das águas, toda de sal e espuma.

— Agora tu não é Iansã, tu só é Iansã na hora da briga. Agora tu é Janaína, rainha do mar — lhe disse Januário, familiar dos orixás.

Tereza tinha vontade de perguntar sobre o saveiro *Flor das Águas*, as travessias, o rio Paraguaçu, a ilha de Itaparica, os portos de atracação, e como era a vida por lá, pela Bahia. Mas desde aquela primeira noite na Atalaia quando ele lhe contara o mais importante, não voltaram a falar de tais assuntos, de saveiros, do rio Paraguaçu, de Maragogipe, Santo Amaro e Cachoeira, de ilhas e praias, da cidade da Bahia, das águas do mar de Todos-os-Santos. Conversam sobre temas de Aracaju: a audiência final no processo de Joana das Folhas com data marcada pelo juiz, o Paris Alegre, os ensaios dos números de dança, a estreia finalmente à vista, o dente de ouro chegando ao termo do cinzel — dentista ou escultor, Jamil Najar? Artista da prótese dentária, responde ele exibindo a obra-prima. Sobre tais temas praticam como se jamais fossem se separar, a vida tendo parado em hora de amor.

No domingo, com Lulu Santos e mestre Caetano Gunzá, compareceram ao almoço em casa do motorista Tião, conforme combinado. Feijoada completa, digna de superlativos e exclamações. Animadíssima, convidados numerosos: motoristas de praça, músicos amadores com violão e flauta, um tocador de cavaquinho de primeira, moças da vizinhança, amigas da mulher de Tião, assanhadas. Cachaça e cerveja, gasosa para as mulheres. Comeram, beberam, cantaram, dançando por fim ao som de uma vitrola. Todos tratando Januário e Tereza de marido e mulher.

— Aquela bonita é mulher do grandão.

— Homem do mar, logo se vê.

— Que pedaço de mulher!

— É uma uva, Cavalcanti, mas não se meta com ela, é casada com aquele zarro.

Mulher de marítimo, quem não sabe?, em pouco tempo é viúva, por morte do marido no mar ou por ir-se ele embora. Amor de marujo tem a duração da maré. Nem por sabê-lo fugaz, momentânea alegria, dele fugiu Tereza Batista.

Pesado preço a pagar, a vida de luto; ainda assim valeu a pena a efêmera madrugada de amor: pelo mais caro preço, ai, foi barato.

14

A UM GESTO DO ESCRIVÃO, TODOS SE LE-VANTARAM, ERA CHEGADO O MOMENTO SOLENE da sentença. Pondo-se de pé, o juiz espiou pelo rabo do olho para Lulu Santos. A cara do rábula, contrita, ainda revestida de uns restos de repulsa à trapaça, à falsificação, à rapinagem, ao crime, não engana o meritíssimo dr. Benito Cardoso, magistrado de brilhante carreira — com estudos, artigos e sentenças publicados na *Revista dos Tribunais* de São Paulo, merecera consagrador pronunciamento de um jurista ilustre, o professor Ruy Antunes, da Universidade de Pernambuco, trazido a Sergipe por complicada ação penal: "O doutor Cardoso alia ao profundo conhecimento do Direito, um admirável conhecimento dos homens".

No fundo dos olhos do aleijado, o juiz adivinha uma réstia de malícia — toda a audiência não passara de uma comédia de enganos mas, se o desmascaramento do ladrão exigira mentira e burla, benditas sejam a mentira e a burla! Finalmente Lulu Santos, hábil raposa do fórum, despido de preconceitos e leguleios, pegara pelo pé o mais asqueroso agiota da cidade, delinquente a cometer falcatruas nas barbas da justiça, utilizando-se da lei, eternamente impune. Quantas vezes já o absolvera o dr. Cardoso por falta de provas, embora sabendo-o culpado? Quatro vezes, ao que se recorda. Perfeitas, Lulu, as declarações e as testemunhas, nada mais se faz necessário para a boa sentença. Quando tudo terminar, por mera e vã curiosidade, o juiz deseja um esclarecimento, um só.

Ergue a vista para Libório das Neves, olhar severo, de reprovação e desgosto. Ao lado do usurário, o trêfego bacharel Silo Melo, advogado de porta de xadrez, sente a causa perdida na mirada do juiz — até a face dentuça do faminto patrono do demandante lembra ratos e roubos. Tempera o meritíssimo a garganta jurídica, lê a sentença. Na voz grave e lenta, nos considerandos a preceder a decisão, vai-se desfazendo Libório das Neves, esvaziando-se como um saco afinal furado — os olhos de Lulu Santos acompanham cada detalhe do esperado desmoronamento: saco vazio, saco de merda. Solene a voz do meritíssimo dr. Benito Cardoso, a pronunciar cada sílaba, cada letra, mais enfática se possível na conclusão da peça:

"Por tais motivos, e pelo mais que dos autos consta, julgo improcedente a presente ação executiva, promovida por Libório das Neves contra Joana França, tendo como inábil o documento de folhas..., em que se funda a inicial e em que veio arrimado o pedido. E, pelos fundamentos que me levaram a tal conclusão (falsidade do documento) ordeno que, passando a presente em julgado, sem recurso da parte, ou, se houver, após o julgamento deste, se extraia cópia autêntica da presente decisão encaminhando-a ao órgão do Ministério Público, para as devidas providências penais, promovendo, portanto, a apuração da responsabilidade de quem de direito, na forma da legislação penal vigente. Custas pelo autor, em décuplo, por se tratar de lide de má-fé, condenando-o ainda nos honorários advocatícios, que arbitro em 20% sobre o valor da cobrança P. R. I."

Só quero ver a cara de Libório, dissera Lulu Santos a Tereza Batista, na memorável noite em casa da velha Adriana quando concertaram o plano de luta. Não só viu-lhe a cara desfazendo-se em suor frio, ouviu-lhe também a voz nasal num grito de agonia; sentiu-se Lulu pago de todo trabalho tomado por ele próprio, por Tereza, por Joana das Folhas:

— Protesto! Protesto! Fui traído, é um complô contra mim, estão me roubando — grita Libório perdido, em desespero.

O juiz não chegara a suspender a sessão. Ainda de pé, estende o dedo ameaçador:

— Uma palavra mais e mando autuá-lo e prendê-lo por desacato à justiça. Está suspensa a sessão.

Enfiou o calhorda língua e protesto no rabo; o bacharel Silo Melo, cara de rato, ar de palerma, ainda sem entender nem metade do que se passara na audiência, arrasta seu cliente para fora da sala. Os presentes vão saindo, o escrivão sobraçando o grande livro negro onde a justiça fora inscrita. Por fim, a sós, o juiz a despir a toga e o rábula a ajeitar as muletas; amigos de longa data, o juiz em confiança, reduzindo a voz a um sussurro quase inaudível, inquiriu o rábula sobre o detalhe a preocupá-lo — todo o resto lhe parecendo de cristalina clareza:

— Seu Lulu, me diga, quem foi que ensinou a preta a assinar o nome?

Lulu Santos mediu o juiz com um olhar de repentina suspeita:

— Quem? Dona Carmelita Mendonça, ela o disse aqui, há pouco, sob juramento. Mulher mais direita, respeitada em todo o estado de Sergipe, professora de nós todos, sua inclusive, impoluta, palavra irrefutável.

— E quem está refutando? Se eu quisesse fazê-lo, tê-lo-ia feito durante a audiência. Minha professora, é verdade. Sua, também, você era o aluno predileto por ser o mais inteligente e…

— …aleijado… — riu Lulu.

— Pois é. Ouça, Lulu, agora que a sentença foi lavrada: dona Carmelita nunca viu aquela negra antes de entrar nesta sala. Veio porque você lhe contou a verdade e a convenceu, e fez muito bem em vir; esse Libório é asqueroso e merece a lição, se bem não creio que se emende, é pau que nasceu torto. Mas, seu Lulu, me diga quem foi o gênio a conseguir que aquelas mãos — você reparou nas mãos de sua constituinte, Lulu? — escrevessem sem vacilação letras legíveis?

O rábula, sorrindo, voltou a fitar o juiz, os olhos livres de qualquer receio ou desconfiança:

— Se eu lhe disser que foi uma fada, não estarei longe da verdade. Não fosse você um respeitável juiz, eu lhe convidaria a ir comigo na sexta-feira próxima ao cabaré Paris Alegre, na zona, e lá lhe apresentaria a rapariga…

— Rapariga? Mulher-dama?

— Se chama Tereza Batista, beleza peregrina, meu caro. Melhor ainda de briga do que de escrita.

Disse e abandonou a sala, deixando o juiz a cogitar sobre quão surpreendente é a vida, por vezes absurda: aquele processo, embora não passando de uma teia de embustes, desembocara na verdade e na justiça. Rápido, montado nas muletas, Lulu Santos vai ao encontro do bacharel Silo Melo que o aguarda, derrotado e humilde, em busca de acordo. Fora da sala, o rábula desata numa gaitada festiva: ah! a cara de Libório desfeita em merda!

15

COMÉDIA DE ENGANOS, SEGUNDO O MERI-
TÍSSIMO, REVESTIRA-SE A AUDIÊNCIA DE UM ar de farsa onde
cada um representou seu papel a contento, à exceção do autor da ação
executiva, Libório das Neves, que passara de macilento a lívido, perdendo
a contenção em hora imprópria. O rábula, na euforia da vitória, extravasara
em retórica: ali, na sala do fórum, a inocência fora proclamada, o culpado
punido, fizera-se justiça.

Valera a pena a trabalheira. A visita à venerável professora Carmelita
Mendonça e a lábia gasta para convencê-la:

— Querida mestra, aqui vim lhe pedir para comparecer perante o
juiz como testemunha e depor em falso...

— Depor em falso, Lulu, você está doido? Sempre com suas maluquices... Nunca menti em minha vida, não é agora que vou começar. E
logo na justiça...

— Mentir para salvar a verdade e desmascarar um criminoso, para
livrar da miséria uma pobre mulher viúva e trabalhadora a quem querem
roubar o pouco que possui. Para evitar a miséria, essa mulher que anda
pelos seus cinquenta anos aprendeu a ler e a escrever em dez dias...
Nunca vi nada igual.

Dramático, Lulu contou a história em todos os detalhes, do princípio ao fim. A professora Carmelita, ao aposentar-se do serviço público,
dedicara-se com inusitado entusiasmo ao problema da alfabetização de
adultos, fazendo-se em pouco tempo autoridade citada, autora de teses
e estudos sobre o assunto. Ouviu a narrativa num crescente interesse e a
visão da negra curvada sobre o papel tentando obter o domínio da pena
e da tinta, a ganhou para a causa de Joana das Folhas:

— Você não pode estar inventando essa história, Lulu, tem de ser
verdade. Conte comigo, no dia venha me buscar, digo o que você quiser.

O juiz sabia estar Lulu contra-atacando com as mesmas armas usadas
por Libório, a mentira e o falso testemunho, ao negar qualquer espécie
de validez ao documento apresentado como base da demanda, declaran-
do-o forjado da primeira à última letra, jamais sua constituinte tomara
dinheiro emprestado ao demandante, nada lhe devia, podendo prová-lo
de forma límpida e irrefutável pois, sabendo ler e escrever, não tinha por
que assinar a rogo. Uma verdadeira monstruosidade aquele documento,
falso como Judas, senhor juiz.

Apresentara nova versão dos acontecimentos: realmente a sra. Joana França necessitara de oito mil cruzeiros para atender a apuro do filho único, residente no Rio, e, não dispondo do dinheiro, procurara o agiota Libório das Neves para lhe pedir emprestada a referida importância. O usurário prontificou-se a lhe fazer o empréstimo desde que ela lhe pagasse, ao fim de seis meses, quinze mil cruzeiros pelos oito tomados ou seja — pasme, meritíssimo! — juros de mais de cento e cinquenta por cento ao ano ou doze por cento ao mês. Ante tais juros monstruosos, desistiu a sra. Joana da transação e, sendo credora de certa quantia fornecida por seu marido quando vivo ao compadre e patrício Antônio Salema ou Antônio Minhoto, dívida a vencer-se daí a meses, a ele recorreu, solicitando lhe adiantasse os oito mil cruzeiros de que carecia com urgência, sendo imediatamente atendida pelo compadre. A par do aperto da viúva e informado, como e por quem não se sabe, do fato de ter ela, quando do casamento com Manuel França, assinado a rogo os papéis necessários por não saber na ocasião ler e escrever, Libório Sabidório planejou o furto, com vistas a apoderar-se do sítio da demandada como tem se apoderado, por meios igualmente ilícitos, de propriedades de outras infelizes vítimas de suas trapaças. Forjou o documento junto aos autos, base da demanda, atribuindo à pobre senhora dívida no valor não da quantia relativamente modesta que ela pretendera de empréstimo mas de importância dez vezes superior, de olho no sítio, transformado pela força de trabalho do casal França em chácara e pomar invejáveis. Mas, na meticulosa armação do plano criminoso, algo escapara ao falsário, detalhe importantíssimo. Logo após o casamento, ou seja, há mais de quinze anos, Manuel França, envergonhado com o fato de sua legítima esposa ser analfabeta, contratara, para lhe ensinar a ler e a escrever, a professora dona Carmelita Mendonça, nome a dispensar adjetivos, mestra de tantas gerações de sergipanos eminentes, ilustres figuras da vida pública, entre as quais o meritíssimo juiz. Em meses de árduo trabalho, aplicando seus conhecimentos na matéria, dona Carmelita Mendonça, competentíssima, glória da pedagogia sergipana, recuperara a boa dona Joana das trevas do analfabetismo, iluminando-a com a leitura e a escrita. Fazem disso exatamente quinze anos e quatro meses, sr. juiz.

Hábil demônio esse Lulu Santos, reflete o juiz, ouvindo o arrazoado; obtivera que dona Carmelita ensinasse a Joana das Folhas a rabiscar as letras do nome e ali viesse proclamá-la alfabetizada há quinze anos — golpe monumental! Mas apenas a glória da pedagogia sergipana, a mãe espiritual de tantos entre nós (na frase emocionada do rábula), simpática octogenária, penetrou na sala, o magistrado percebeu que ela jamais em toda a longa vida pusera os olhos na negra robusta e silenciosa sentada ao lado de Lulu Santos — só o juiz e Libório das Neves se deram conta da quase imperceptível vacilação da anciã. Quem ensinara leitura e escrita à demandada?

Sim, a Joana França a quem há quinze anos passados ensinara as primeiras letras e os rudimentos de caligrafia, alfabetizando-a, era a mesma ali presente apenas agora mais idosa e usando luto. Quem iria discutir afirmação da professora Carmelita Mendonça? Um demônio, esse Lulu Santos.

Também Antônio Salema ou Minhoto por nascido na Póvoa do Lanhoso, em Portugal, recitou na perfeição a aula ensaiada pelo rábula — para conversar e treinar o lusitano, Lulu se transportava a Laranjeiras, acompanhado por Joana. Confirmou o relato do provisionado: adiantara os oito contos à comadre conforme ela lhe pedira e respondendo à pergunta do bacharel Silo Melo, se a demandada era analfabeta ou até quando o fora, disse ter conhecido a comadre sempre certeira nas contas, ai de quem a quisesse enganar!

O golpe de misericórdia foi dado pelo não comparecimento à audiência da terceira testemunha invocada por Lulu Santos: Joel Reis, conhecido por Joel Mão de Gato nas rodas mais baixas da malandragem e nas cadeias do estado, descuidista emérito, mestre em tão difícil arte. Intimado pelo juiz, tendo recebido e assinado a notificação, desertara de Aracaju para não vir explicar à justiça por que assinara o documento da falsa dívida como se o fizesse a rogo da sra. Joana França, sem nunca ter sido por ela rogado pois jamais a vira pessoalmente, mas o tendo feito a mando de Libório das Neves, seu protetor e patrão. Quem retirou Mão de Gato da cadeia de Aracaju usando para isso de relações e influência em certos meios policiais, aqueles onde polícia e criminalidade se confundem, senão o demandante? Para quem executa Joel Reis sórdidos serviços, cobrança de aluguéis de quartos a prostitutas, preparação minuciosa de baralhos marcados? Ora, sr. juiz, para quem havia de ser? Para o honrado, o ilibado, o impoluto Libório das Neves, que gatuno, meritíssimo!

Valera a pena a trabalheira, a conversa com dona Carmelita, a nota de emoção posta na voz; a breve viagem a Laranjeiras; as ameaças feitas a Mão de Gato, a passagem de segunda classe no trem da Leste e a minguada propina — escolha entre cair fora ou apodrecer no xilindró.

Valera a pena. Tudo isso e ainda por cima o jamegão cinco vezes traçado diante do juiz em imaculado papel, sem um só borrão, sem vacilações, por Joana das Folhas, assinatura clara, insofismável, Joana França, letra quase bonita, meritíssimo.

16

SEM UM GESTO, ESTÁTUA DE PEDRA TALHADA SOBRE A PONTE CARUNCHOSA, TEREZA BATISTA segue os preparativos de partida da barcaça *Ventania*: as velas enfunadas, batidas de brisa, a âncora suspensa, os mestres Gunzá e Gereba na popa e na proa, no velame e no leme. Há pouco, Januário trepou mastro acima, artista de circo, urubu-rei, o grande voador, pássaro gigante do mar. Ai, Janu, meu homem, meu marido, meu amor, minha vida, minha morte; o coração de Tereza se aperta, estremece o corpo esbelto, estátua de dolorida matéria.

Na véspera, sentados no Café e Bar Egito, à espera do resultado da audiência da ação executiva impetrada por Libório das Neves contra Joana das Folhas, Januário lhe dissera: amanhã, com a primeira maré. Prendendo a mão de Tereza em sua grande mão, acrescentou: um dia voltarei.

Nem uma palavra mais, apenas os lábios de Tereza de repente descorados e frios, gélida a brisa morna da tarde, um sol de cinzas, um presságio de morte, as mãos apertadas, olhos de distância, a certeza da ausência. Da rua surgem a negra e o rábula, esfuziantes na alegria da vitória: vamos comemorar!

Mundo contraditório, alegria e tristeza, tudo misturado. Na casa de Joana, a mesa posta, as garrafas abertas, Lulu faz um brinde à Tereza, deseja-lhe saúde e felicidades, ai, felicidade! Ai, desgraça de vida! Nas areias finais, ela se acolhe ao peito do homem para quem nasceu e tarde encontrou: posse com gosto amargo de separação, violenta e irada; ela o morde e arranha, ele a aperta contra o peito como se quisesse entranhar-se em sua pele. Nas areias finais da noite de amor, os soluços estrangulados, é proibido chorar: veio uma onda e os cobriu, veio o mar e o levou. Adeus, marinheiro.

Salta da barcaça Januário, está na ponte junto a Tereza e a toma nos braços. O último beijo reacende os lábios frios; o amor dos marujos dura o tempo da maré, na maré a *Ventania* veleja no rumo do sul, em busca do cais da Bahia. Tanto quisera Tereza perguntar como é a vida por lá;

perguntar para quê? Velas enfunadas, âncora suspensa, afasta-se a barcaça da ponte, ao leme mestre Caetano Gunzá. Línguas sedentas, dentes famintos, bocas em desespero, nelas a distância se queima em beijo de fogo, fundem-se a vida e a morte — Tereza marca o lábio de Januário com o dente de ouro.

Desfaz-se o beijo de fogo, no lábio de Januário uma gota de sangue, a lembrança de Tereza Batista no canto da boca, tatuada a dente de ouro: rio e mar, mar e rio, um dia voltarei nem que chova canivetes e o mar se transforme em deserto, virei nas patas dos caranguejos andando para trás, virei em meio ao temporal, náufrago em busca do porto perdido, de teu seio de tenra pedra, teu ventre de moringa, tua concha de nácar, as algas de cobre, a ostra de bronze, a estrela de ouro, rio e mar, mar e rio, águas de adeus, ondas de nunca mais. Da ponte, dos braços de Tereza, salta o marinheiro para o convés da barcaça, gigante de pé, com gosto de sal, aroma de maresia, algemas nos punhos, grilhetas nos pés.

Estátua de pedra, imóvel Tereza, os olhos secos; o sol rolando nas cinzas do céu, crepúsculo de roxas tristezas, noite vazia de estrelas, a lua inútil para sempre e jamais. Nas velas a brisa veloz, o ronco do búzio na boca de mestre Januário Gereba no adeus mais pungente: adeus Tetá muçurumim, geme o som de grave acento; adeus Janu do bem-querer, responde um coração dilacerado na agonia da ausência. Águas de adeus, adeus, mar e rio, adeus; nas patas dos caranguejos, adeus, na rota dos náufragos para nunca mais adeus.

O gigante de pé, o búzio rasgando o espaço, comandando a viração, lá se vai a barcaça *Ventania* deixando o cais de Aracaju, de Sergipe del-Rei, ao leme mestre Caetano Gunzá, junto ao mastro, fugitivo, Januário Gereba, pássaro de asas cortadas, preso em gaiola de ferro, grilhetas nos pés. No limite das águas do rio e do mar, riomar, o braço do gigante se alça, a grande mão acena. Adeus.

Estátua de pedra na ponte de velhas tábuas roídas pelo tempo. Tereza Batista ali permanece fincada, um punhal cravado no peito. A noite a envolve e penetra de trevas e vazio, de saudade e ausência, ai meu amor, mar e rio.

17

O DENTE DE OURO, O CORAÇÃO DE GELO, EM GINGAS DE CAPOEIRA E SAMBA DE RODA, Tereza Batista, estrela candente do samba, fulgurante imperatriz do rebolado, finalmente estreia na noite do Paris Alegre, no primeiro andar do prédio do Vaticano na zona de Aracaju, defronte do porto onde esteve ancorada a barcaça *Ventania* de mestre Caetano Gunzá — ainda ressoa no cais o grave som do búzio soprado na despedida por mestre Januário Gereba, vindo para quebrar um galho e para matar de amor quem estava sossegada, de coração tranquilo a refazer a vida. Aquelas gingas angolas fora ele quem as ensinara, embaixador de afoxé de carnaval, passista de gafieira.

Em nenhuma outra ocasião, desde a festiva inauguração um ano atrás, se viu tão superlotada a sala do Paris Alegre, nem tão animada e garrida a juventude doirada de Aracaju. Ao som estridente do Jazz Band da Meia-Noite, acotovelam-se os pares na pista de baile. Nas mesas repletas, compensador consumo de cerveja, batidas, conhaque nacional, uísque falsificado, vinho do Rio Grande para os esnobes. Integram a coorte dos apaixonados: o pintor Jenner Augusto de olhos fundos de frete; o poeta José Saraiva com os versos dolentes, a tísica e uma flor colhida ao passar; o cirurgião-dentista Jamil Najar, mago da prótese; o vitorioso rábula Lulu Santos, e o feliz dono da casa e pretendente ao leito da estrela, Floriano Pereira, Flori Pachola. Na tocaia, candidato em invejável conjuntura de patrão.

Além dos quatro nominalmente citados, pelo menos mais duas dezenas de corações palpitantes e umas três de arretadas estrovengas pulsavam na intenção da Divina Pastora do Samba (como se lia nas tabuletas coloridas). Sem citar aqueles que, por conveniência e discrição, não puderam comparecer em pessoa ao cabaré para aplaudir a estreia de Miss Samba (igualmente nas tabuletas de Flori). Um, pelo menos, se fez representar: o senador e industrial, na opinião de economistas e da velha Adriana o homem mais rico de Sergipe. Veneranda, em mesa de pista, acompanhada de irrequieta comitiva de raparigas, dera a honra de sua presença: recebera procuração oral do graúdo para rasgar o jogo e oferecer quanto necessário pelo assentimento da formosa à proposta de uma tarde de folguedos no recato do castelo. Depois, se ela lhe caísse no goto, se fosse de cachupeleta, conforme parecia, o grande homem se dispunha a protegê-la: casa, comida, conta em lojas, luxos de amásia, bombons de chocolate, relógios de ouro, anel de brilhante (pequeno), até um gigolô, se indispensável. No dorso do mar, nas alturas do Mangue Seco navega a barcaça *Ventania*, batida de ondas e vento sul. Ai Janu do bem-querer, tempo de maré, caminho de perdição, noite escura e vazia. Não quero ofertas nem palmas, dinheiro a rodo não quero, nem coronel protetor, tenho ódio de gigolô, os versos do poeta não quero, quero teu peito de quilha, teu aroma de maresia, tua boca de sal e gengibre. Ai Janu de nunca mais.

As luzes então se apagaram, eram onze horas da noite, a bateria do jazz irrompeu e o pistom abriu alas para ela passar, a estrela candente do samba. A luz vermelha de um refletor caiu sobre a pista de baile: Tereza Batista, vestida de saiote e bata, torso de baiana, sandálias, colares, pulseiras, saldo ainda da Companhia de Variedades Jota Porto & Alma Castro, beleza muçurumim ou cigana, cabo-verde ou trigueira, mulata nacional de dengue e requebro. Palmas e assovios, aclamações; Flori trouxe uma braçada de flores, gentileza da casa; o poeta José Saraiva uma rosa fanada e um punhado de versos.

Por pouco, no entanto, não fracassa mais uma vez e por idêntico motivo a badalada estreia. Pois não é que, ao cessar as palmas, pôde-se ouvir, numa das mesas de pista, ríspida discussão entre atrevido cabuleté a ensaiar as primeiras armas na carreira de cafetão e rapariga velhusca e fatigada?

Curvara-se Tereza a agradecer flores, versos e aplausos, quando ressoou a voz de ameaça do rufião fazendo a mulher choramingar.

— Lhe parto a cara!

Suspenso o busto, as mãos na cintura, aquele fulgor repentino no olhar, Tereza disse:

— Parta a cara dela que eu quero ver, mocinho... Parta, na minha vista, se tem coragem.

Por um instante reinou nervosa expectativa: iria o malandrote reagir, adiando-se mais uma vez a estreia? Uma briga como aquela primeira, inesquecível? Outro dente de ouro trabalhado a capricho pelo cirurgião-dentista Najar? Não reagiu o covarde, entupigaitado, sem saber onde meter as mãos e esconder a cara, a frase de Tereza estabelecera lei, foi quanto bastou.

Imensa ovação cobriu-lhe as palavras e nesse mar de aplausos partiu a sambar Tereza Batista, estrela do rebolado, mais uma profissão: tantas tivera e ainda teria, ela que tão somente deseja na vida ser feliz junto a seu homem no mar.

Na véspera, à tarde, a pedido e em companhia do rábula, estivera no fórum e numa sala do cível fora apresentada ao juiz Benito Cardoso, a advogados, a promotores, a escrivães e a outros notáveis doutores:

Tereza Batista, estrela do palco. Tímida para uma estrela, um tanto encabulada, sorriso medroso, ai tão linda! Todos a crer fosse ela recente conquista do rábula aleijado e mulherengo, apenas o meritíssimo sabia da façanha — façanha ou milagre? — da improvisada professora de primeiras letras alfabetizando Joana das Folhas, idosa lavradora de mãos de raízes. Os olhos de admiração do dr. juiz cresceram de imediato em olhos de devoção e desejo: ah! fosse ele desembargador no Tribunal de Justiça do Estado e lhe ofereceria lar e carinho, mas com os estipêndios de juiz de direito mal chegando para a família legalmente constituída, para a casa civil, como pensar em amásia, em amante, amiga, casa militar?

No mar de aplausos, a artista Tereza Batista, iniciando-se em trajetória de altos e baixos mas de estreia triunfal. Gélido coração, ostra cerrada em si mesma. Ah! se pudesse chorar — moleque não chora nem marinheiro tampouco! Águas do mar de ausência, amor de náufragos. Onde andará mestre Januário Gereba, Janu do bem-querer, na rota do cais da Bahia?

Solta Tereza a bunda como ele lhe ensinou, ancas de profundas vagas marinhas, o ventre de vaivém, a semente do umbigo, caule e flor. Frio coração, gelo e distância, ai Januário Gereba, gigante do mar, urubu-rei a voar sobre as ondas na tempestade, quando outra vez te verei, em teu peito a provar gosto de sal e maresia, morrendo em teus braços, afogada em teu beijo, ai Januário Gereba, mestre Janu do bem-querer, ai amor quando outra vez?

A MENINA QUE SANGROU O CAPITÃO COM A FACA DE CORTAR CARNE-SECA

1

O DISTINTO É UM PORRETA, FEZ E ACONTE-
CEU, NÃO ME CABE DUVIDAR, MAS EU *lhe pergunto se já viu alguma
vez um cristão papocado de bexiga, as carnes comidas, aberto em chagas,
ser metido num saco e levado para o lazareto. Me diga se já carregou nas
costas, por uma boa légua de caminho, um bexiguento nas vascas da agonia e se o transportou até o lazareto, a fedentina pesteando o ar, o mel do
pus escorrendo na aniagem. Coisa de ver, camarada.*

*Acredite quem quiser, doa a quem doer, abaixo de Deus foram as putas
e mais ninguém que acabaram com a bexiga quando ela se soltou negra
e podre por essas bandas. Abaixo de Deus é maneira de dizer, modo de
falar, pois isso aqui é terra abandonada e sáfara, fim de mundo, e se não
fossem as desinfelizes da rua do Cancro Mole não teria ficado rastro de
vivente para contar a história. Deus, cheio de missas e afazeres, com tanto
lugar bonito onde pousar os olhos, por que haveria de se ocupar dos bexin-
guentos de Buquim? Quem cuidou e resolveu foi mesmo a citada Tereza
Batista, de alcunha Tereza Navalhada, Tereza do Bamboleio, Tereza dos
Sete Suspiros, Tereza do Pisar Macio, nomes todos eles merecidos, como
merecido foi o de Tereza de Omolu, oferta e confirmação dos macumbeiros de Muricapeba assim a praga terminou e se viu o povo de regresso
às suas casas. Tereza comeu a bexiga por uma perna, mastigou e cuspiu.
Mastigou com aqueles dentes limados e com o dente de ouro, presente de
um dentista de Aracaju, uma beleza.*

*Coisa de ver e não esquecer, camarada. Eu, Maximiano Silva, pro-
clamado Maxi, Rei das Negras, vigia do posto de saúde de Buquim, so-
brevivente e testemunha, ainda hoje fecho os olhos e enxergo Tereza, aquela formosura toda, levantando o saco do chão — dentro do saco a gemer
e a rezar, uma ferida só, o moço Zacarias. Fecho os olho e vejo: lá vai ela
equilibrando o peso do ombro, curvada, no rumo do lazareto. Tereza Medo
Acabou, outro nome seu, talvez o primeiro que lhe deram, faz tempo, sabe
o distinto como e por quê?*

2

TEREZA BATISTA NÃO COMPLETARA AINDA
TREZE ANOS QUANDO SUA TIA FELIPA a vendeu, por um conto e
quinhentos, uma carga de mantimentos e um anel de pedra falsa, porém

vistosa, a Justiniano Duarte da Rosa, capitão Justo, cuja fama de rico, valente e atrabiliário corria por todo sertão e mais além. Onde arribasse o capitão com seus galos de briga, a tropa de burros, os cavalos de sela, o caminhão e a peixeira, o maço de dinheiro e os capangas, sua fama chegara primeiro, na frente do cavalo baio, adiante do caminhão, abrindo campo aos bons negócios.

O capitão não era de muito discutir e amava constatar o respeito que sua presença impunha. "Estão se borrando de medo", sussurrava satisfeito a Terto Cachorro, chofer e pistoleiro, foragido da justiça de Pernambuco. Terto puxava da faca, do rolo de fumo, o medo crescia em redor. "Não paga a pena discutir com o capitão, quem mais discute mais perde, para ele a vida de um homem não vale dez-réis de mel coado." Contavam de mortes e tocaias, de trapaças nas brigas de galo, de falsificações nas contas do armazém, cobradas no sopapo por Chico Meia--Sola, de terras adquiridas a preço de banana, sob ameaça de clavinote e punhal, de meninas estupradas no verdor dos cabaços, meninas eram o fraco de Justiniano Duarte da Rosa. Quantas já deflorara, menores de quinze anos? Um colar de argolas de ouro, sob a camisa do capitão, por entre a gordura dos peitos, vai tilintando nas estradas que nem chocalho de cascavel: cada argola uma menina — sem falar nas de mais de quinze anos, essas não contam.

3

JUSTINIANO DUARTE DA ROSA, NA ESTICA, TERNO BRANCO, BOTAS DE COURO, chapéu-panamá, saltou da boleia do caminhão, estendeu por muito favor dois dedos a Rosalvo, a mão inteira à Felipa, com ela amável, um sorriso na cara redonda:

— Como vai, comadre? Posso merecer um copo dágua?

— Tome assento, capitão, vou passar um cafezinho.

Pela janela da saleta pobre, o capitão brechava o olho cúpido na menina solta no capinzal, montada nas goiabeiras, em saltos e correrias, às voltas com o vira-lata. No alto da árvore, mordia uma goiaba. Parecia um moleque, o corpo esguio, os peitos apenas despontando na chita da blusa, o saiote no meio das coxas longas. Magra e comprida, ainda tão sem jeito de mulher a ponto dos garotos das vizinhanças, uns atrevidos de sabedoria acesa, na permanente caça às meninotas para os inícios do desejo na revelação dos primeiros toques, beijos e achegos, nem ligarem para Tereza — corriam com ela nos jogos de cangaço e de guerra e até a aceitavam de comandante, ágil e ousada por demais. Ganhava de todos na corrida, ligeira como ninguém, subia aos galhos mais altos. Nela tampouco despertara a malícia, nem sequer a curiosidade de ir com a aça Jacira e a gorda Ceição espiar o banho dos rapazes, no rio.

Os olhos do capitão acompanham a menina na escalada, de galho em galho. Os movimentos largos levantam o saiote, mostram a calçola suja de barro. Apertam-se ainda mais os olhos pequeninos de Justiniano Duarte da Rosa — para ver melhor e imaginar. Também os olhos de Rosalvo, baços e cansados, olhos de cachaça em geral postos no chão, se animam à visão de Tereza, movem-se, sobem pelas pernas e ancas. Da beira do fogo, Felipa atenta aos olhares de Justiniano Duarte da Rosa e aos do marido: se demorar, por pouco que seja, Rosalvo passa ela nos peitos. As intenções do marido em relação à sobrinha, Felipa as percebera há muito. Razão a mais, poderosa, a favor das evidentes pretensões do capitão. Três visitas em duas semanas, muita conversa-fiada, desperdício de tempo. Quando finalmente se decidirá a botar as cartas na mesa e a falar de negócios? Na opinião de Felipa é hora de terminar com tantas preliminares, o capitão já exibiu riqueza, poder, capangas, já demonstrou desejo e poderio, por que não fala de uma vez?

Ou pensa que vai levar o bom-bocado de graça? Se assim imagina, então não conhece Felipa. O capitão Justo pode ser proprietário de terras, de roças plantadas e de cabeças de gado, do maior armazém da cidade, chefe de jagunços, mandante de mortes, violento e perverso, mas nem por isso é dono ou parente de Tereza, não foi ele quem a alimentou e vestiu durante quatro anos e meio. Se a quiser, terá de pagar.

Não foi ele nem foi Rosalvo, pai da cachaça e da preguiça, a indolência em pessoa, resto de homem, um peso nas costas de Felipa. Se tivesse dependido dele, não teriam acolhido a desgraçada, órfã de pai e mãe. Agora, no entanto, lambe os beiços quando ela passa e acompanha guloso a formação do corpo, o despontar dos seios, as primeiras curvas das ancas; com a mesma gula acompanha a engorda do porco no chiqueiro dos fundos. Pinoia de homem, não presta para nada, só sabe comer e dormir.

Quem sustenta a casa, compra a farinha, o feijão, o jabá, os trapos de vestir e até a cachaça de Rosalvo, é ela, Felipa, com o trabalho de seus braços, plantando, criando, vendendo aos sábados na feira. Não que Tereza houvesse dado tamanha despesa, até ajudava nos afazeres da casa e do roçado. Mas o quanto custou, muito ou pouco, a comida, a roupa, o bê-á-bá e as contas, os cadernos para a escola, quem lhe deu tudo isso foi tia Felipa, irmã de sua mãe Marieta, morta junto com o marido no desastre da marinete, vai para cinco anos. Agora, quando surgem os pretendentes, é justo, seja ela, Felipa, a cobrar e a receber.

Talvez um pouco verde, nem de vez ainda, se amadurecesse mais uns dois anos, estaria no ponto. Assim tão menina, não há como negar, é malvadeza entregá-la ao capitão, mas louca seria Felipa se resolvesse esperar ou se opor. Esperar para vê-la na cama com Rosalvo ou nos matos com um moleque qualquer? Se opor para Justiniano levá-la à força, na violência e de graça? Afinal, Tereza em breves dias completará treze anos. Pouco mais tinha Felipa quando Porciano lhe fez a festa e na mesma semana caíram-lhe em cima os quatro irmãos dele e o pai e, como se não bastasse, lambuzou-a o avô, o velho Etelvino, já com cheiro de defunto. Nem por isso morrera ou ficara aleijada. Não lhe faltou sequer casamento, com bênção de padre. Também vocação de corno igual à de Rosalvo não se conhecia na redondeza. Tão chifrudo quanto cachaceiro.

Precisa saber conduzir as conversações para obter o máximo, anda bem necessitada de um dinheirinho extra. Para ir ao dentista, para se arrumar um pouco, comprar uns panos, um par de sapatos. Com o passar do tempo está ficando um estrepe, os homens na feira já não rondam em torno dela, quando param e olham é para medir o tempo de Tereza.

Se quiser a menina, o capitão terá de pagar bom preço, não vai ser igual a tantas outras que ele comeu de graça. Quando descobre uma a seu gosto, na idade e na boniteza, começa a frequentar a casa dos pais, aparenta amizade, traz um pacote de pó de café, um quilo de açúcar, uns queimados envoltos em papel azul, açúcar-cande, fala manso, vai cercando a pequena, um bombom, um laço de fita, e sobretudo promessas; farto, generoso em promessas, o capitão Justiniano Duarte da Rosa. No mais, canguinha.

Um dia, sem aviso prévio, embarca a menina no caminhão, por bem ou por mal, rindo na cara dos parentes. Quem tem coragem de protestar ou dar queixa? Quem é chefe político no lugar, quem escolhe o delegado? Os praças não são capangas do capitão mantidos pelo estado? Quanto ao meritíssimo juiz, compra sem pagar no armazém de Justiniano e lhe deve dinheiro. Também, pudera, com a esposa e três filhos estudantes morando todos na capital, e ele ali naquele buraco, sustentando rapariga gastadeira, tudo isso na base do salário da fome pago aos magistrados, como fazer, respondam se souberem.

Certa vez houve uma queixa, apresentada pelo pai de moçoila de busto empinado, ela de nome Diva, ele Venceslau: Justiniano parara o caminhão na porta daquela gente, fizera um aceno à menina, e sem palavra sequer de explicação, consigo a levara. Venceslau foi ao juiz e ao delegado, falando em fazer e acontecer, em aleijar e matar. O juiz prometeu averiguar, averiguou não ser verdade nem o rapto nem o defloramento ante o quê o delegado, tendo prometido ação rápida, prontamente agiu: meteu o queixoso na cadeia para não perturbar o sossego público com calúnias contra honrados cidadãos e, para cortar-lhe o gosto das ameaças e impor respeito, mandou lhe aplicassem exemplar surra de facão. Em troca, ao sair do xadrez no dia seguinte, o pai aflito encontrou na porta a esperá-lo a filha Diva, devolvida, um tanto amassada, pelo capitão: era furada e de há muito, a cachorra.

Felipa não pretende fazer escândalo, dar queixa, não é maluca para opor-se a Justiniano Duarte da Rosa. Ao demais sabe que mais dia menos dia Tereza arriba com alguém, se antes não se perder nos matos, se não aparecer em casa de bucho cheio. Comida e emprenhada por um moleque qualquer, se não pelo próprio Rosalvo, certamente por Rosalvo, corno velho sem-vergonha. De graça.

Felipa deseja apenas negociar, obter algum lucro, mesmo pequeno, Tereza é o único capital que lhe resta. Se pudesse esperar uns anos mais, com certeza faria melhor negócio pois a menina desabrocha com força e as mulheres da família eram todas bonitas demais, disputadas, fatais. Mesmo Felipa, hoje um caco, ainda conserva um vislumbre de galhardia, uma lembrança no meneio das ancas, no fulgor dos olhos. Ah! se pudesse esperar, mas o capitão se atravessou no caminho. Felipa nada pode fazer.

4

A VOZ DE FELIPA ROMPE O SILÊNCIO DE INTENÇÕES E CÁLCULOS:

— Tereza! — chama. — Vem cá, diabo.

A menina engole o pedaço de goiaba, despenca da árvore, correndo invade a casa, o suor brilha no rosto de cobre, a alegria nos olhos, e nos lábios:

— Chamou, tia?

— Sirva o café.

Ainda a sorrir, vai pela bandeja de flandres. Na passagem, a tia segura-a pelo braço, volta-a de costas e de frente, a exibi-la como sem querer:

— Que modos são esses? Não enxerga a visita? Primeiro peça a bênção ao capitão.

Tereza toma da mão gorda e suarenta, roça os lábios nos dedos pejados de anéis de ouro e brilhante, repara no mais lindo de todos, um de pedra verde:

— A bênção, seu capitão.

— Deus lhe abençoe. — A mão toca a cabeça da menina, desce pelo ombro.

Tereza, diante de Rosalvo, o joelho no chão:

— A bênção, meu tio.

Um nó de raiva estrangula a garganta de Rosalvo: ah! um sonho acalentado tantos e tantos anos, vendo-a crescer, formar-se dia a dia, adivinhando-lhe a beleza rara, reprodução para melhor do que fora a mãe Marieta, um esplendor, e a tia Felipa, nos tempos de moça, um desvario, a ponto dele, Rosalvo, tirá-la da vida e casar-se com ela. Há quanto tempo vem contendo a pressa, acumulando essa ânsia, preparando seus planos? De repente, lá se ia tudo por água abaixo, na porta o caminhão espera com Terto Cachorro no volante. Desde a primeira visita do capitão, Rosalvo se deu conta. Então, por que diabo não agiu, não adiantou o relógio, a folhinha, o calendário da morte? Porque o tempo ainda não chegou, ela é uma criança impúbere, quem bem sabe é Rosalvo, sou eu quem bem sabe, espio pela madrugada, ainda não é tempo dela conhecer homem, Felipa, e não se vende uma sobrinha, a filha órfã de uma falecida irmã. Todos esses anos tenho esperado na paciência e no desejo, Felipa, e a casa do capitão, tu bem sabe, é um inferno. A filha de tua irmã, Felipa, o que tu vai fazer é um pecado, um pecado mortal, tu não tem medo do castigo de Deus?

— Tá ficando uma moça — comenta Justiniano Duarte da Rosa, a língua umedecendo os lábios grossos, um brilho amarelo nos olhos miúdos.

— Já é moça — declara Felipa, assumindo as negociações.

Mas é mentira, tu sabe que é mentira, Felipa, puta velha desgraçada, sem coração, ainda não chegou seu tempo de lua, não verteu sangue, é uma criança, tua sobrinha de sangue — Rosalvo tapa a boca com a mão para não gritar. Ah! se já fosse moça, capaz de aceitar homem, eu a teria tomado por mulher, tenho tudo preparado, só falta cavar a cova para te enterrar, Felipa miserável, peito sem compaixão, mercadejando a sobrinha. Rosalvo baixa a cabeça, maior do que a decepção e a raiva é o medo.

O capitão estira as pernas curtas, esfrega as mãos uma na outra, pergunta:

— Quanto, comadre?

Pelos lados da cozinha, Tereza sumiu. Reaparece no quintal, às voltas com o cachorro, correm os dois, rolam no chão. Ladra o cão, Tereza ri, também ela um animal do campo, sadio e inocente. O capitão Justo toca seu colar de cabaços, os olhos miúdos quase fechados:

— Diga quanto.

5

JUSTINIANO DUARTE DA ROSA TIROU DO BOLSO O MAÇO DE DINHEIRO, FOI CONTANDO cédula por cédula, devagar, a contragosto. Não lhe apraz desprender-se de dinheiro, sente uma dor quase física quando não lhe resta outra saída senão pagar, dar ou devolver.

— É só por consideração a vosmicê que, como disse, criou a moleca, deu de comer e educação. Se estou lhe dando esse adjutório é porque quero. Porque, se eu quisesse levar de qualquer jeito, quem ia impedir?
— Um olhar de desprezo para o lado de Rosalvo; molhava o dedo na língua para melhor separar as cédulas.

Os olhos baços de Rosalvo fixos no chão, sentindo o passar das notas, na raiva, no medo, na impotência. Daquele dinheiro arrancado com tanta habilidade pela coisa-ruim, ele não veria nem a cor a não ser se conseguisse roubá-lo, tarefa arriscada. Ah! por que esperara tanto se o plano de há muito se completara em sua cabeça, detalhe por detalhe? Simples, fácil e rápido. O mais trabalhoso era cavar o buraco onde enterrar o cadáver mas Rosalvo contava que, chegada a hora, Tereza o ajudasse. Quem mais se beneficiaria com a morte de Felipa senão ela, Tereza, livre da tirania doméstica, promovida a mulher de Rosalvo, dona da casa e do roçado, das galinhas e do porco? Durante meses e meses arquitetara, desenvolvera aquele projeto, vendo a sobrinha crescer, dia a dia se fazendo moça. Percebeu o despontar das sementes dos seios, acompanhou o nascer dos primeiros pelos no ventre dourado.

Quando Felipa dormia o sono bruto de quem dobrou o dia no trabalho, à luz incerta da barra da manhã ele contemplava Tereza no catre de varas, no chão os trapos sujos, largada, quem sabe a sonhar. Estremecia à vista do corpo nu, formas ainda indecisas mas já vigorosas e belas. Nem precisava tocá-la, nem tocar-se; só de vê-la o prazer subia-lhe pelo peito, penetrava-lhe a carne, inundava-o.

Imagine-se o dia próximo quando ela se fizesse mulher e apta. Nesse dia de festa, Rosalvo iria em busca do necessário no esconderijo da mata e à noite faria o trabalho. Enxada é utensílio de variada serventia, suficiente para acabar com Felipa e para cavar-lhe a sepultura, cova rasa; sem cruz nem aqui-jaz, tanto ela não merecera, a desgraçada. Rosalvo roubara a ferramenta na roça de Timóteo há mais de seis meses e a escondera; há mais de seis meses decidira matar Felipa quando Tereza atingisse a puberdade.

Não imaginava sequer pudesse a desaparição de Felipa preocupar vizinhos e conhecidos, conduzir a perguntas e inquéritos. Menos ainda que Tereza protestasse, saísse em defesa da tia, se negasse a ajudá-lo e não o quisesse de homem. Tanta coisa junta não cabia no juízo de Rosalvo, bastara-lhe o roubo da enxada e da corda e a elaboração do plano: liquidar Felipa enquanto a arrenegada dormisse; com ela acordada nem pensar, o morto seria outro. No leito, deitado ao lado da mulher, Rosalvo via a enxada esmagar-lhe o crânio e a face. Enxergava no negrume da noite, o rosto desfigurado, uma posta de sangue: vá arranjar macho no inferno, puta velha, imundície. Ao ouvir no silêncio do campo o som rouco da enxada partindo ossos e cartilagens, estremecia de prazer. Além desses projetos e dessas visões não se aventurava Rosalvo. Bastavam com sobra para encher-lhe os dias vazios, dar sabor à cachaça, esperança de vida. Vida e morte nasceriam do primeiro sangue vertido por Tereza, vida de Rosalvo, morte de Felipa.

Agora projetos e sonhos desfaziam-se nas mãos do capitão por obra e graça de Felipa, mulher tão mais ruim a ponto de vender a sobrinha órfã, a filha de sua irmã, sem ninguém no mundo. Por que Rosalvo não pusera o plano em execução, por que ficara à espera que o sangue brotasse em Tereza, tingindo sua pequena rosa de ouro, moça feita e pronta, por que não agira antes, não avançara de vez o tempo de viver e morrer, que mal ia nisso? Agora quem vai fazê-lo é o capitão, Felipa vendeu a menina, menina, sobrinha e órfã, pecado mortal.

— Quem ia impedir, me diga? — Volta-se Justiniano para Rosalvo. — Alguém ia se atrever, Rosalvo? Você por acaso?

A voz de Rosalvo chega do chão, da poeira da terra, das cavernas do medo:

— Ninguém não senhor. Eu? Deus me livre e guarde.

Felipa, negócio tratado, na hora crucial do pagamento, faz-se amável, cautelosa mas firme:

— Me diga vosmicê também, seu capitão, onde ia encontrar moça mais dotada, sabendo fazer de um tudo dentro e fora de casa, sabendo ler e contar, para vender na feira está sozinha, e bonita igual a ela me diga, onde? Tem alguma na cidade que lhe chegue aos pés? Para encontrar uma que se compare só indo na capital, lá pode ser. E quem vai se regalar? Não é o senhor, capitão?

Lento passar das cédulas, contanto que ele não se arrependa, não volte atrás, mantenha a palavra:

— Eu lhe digo, seu capitão, que já veio uma pessoa aqui, pessoa direita, não qualquer um, propor casamento à Tereza, acredite.

— Casamento? E quem foi, se mal lhe pergunto?

— Seu Joventino, não sei se vosmicê conhece, um moço que tem roça de milho e mandioca distante daqui umas três léguas para o lado do rio. Homem trabalhador.

Rosalvo se lembra: nos dias de feira, aos sábados, Joventino, após vender seu carrego de milho, de aipim e inhame, os sacos de farinha, vinha puxar conversa, contar histórias, comentar acontecidos, não saía de junto deles. Felipa se assanhara, imaginando-se objeto de tanta insistência, mas Rosalvo se dera conta das intenções do dito-cujo, atrás da menina, isso sim. A vontade era correr com ele, mas não tinha pretexto para fazê-lo, Joventino, muito discreto, não ia além dos olhares, de uma palavra ou outra, e ao demais convidava Rosalvo para um trago, oferecia cerveja à Felipa, guaraná à Tereza. Felipa rebolava a bunda como nos bons tempos.

Um domingo Joventino aparecera no sítio, todo engravatado, com aquela conversa de casamento. Foi até engraçado, coisa de rir. Felipa virou fera. Levara meia hora no quarto, se embonecando, o moço na sala com Rosalvo e a garrafa de cachaça, e quando ela se mostrou, toda arrumada e cheirosa, em vez de apaixonado em visita de namoro, encontrou pretendente à mão da sobrinha. Botou o rapaz para fora, aquilo era coisa que se propusesse? Onde se viu pedir em casamento menina de doze anos? Nem moça é ainda. Absurdo. Tia mais indignada e furiosa.

— Vou esperar e volto — anunciou Joventino indo embora.

Não vai chegar para o bico de Joventino, ah! e nem para o de Rosalvo, o capitão finalmente acaba de contar e recontar o conto e quinhentos mil-réis, muito dinheiro, dona Felipa.

— Pegue o cobre, conte de novo se quiser enquanto faço o vale.

Arranca uma folha de pequeno caderno de notas, com um lápis rabisca a cifra, assina — assinatura complicada da qual muito se orgulha.

— Tome o vale para as compras no armazém. Pode comprar de uma vez ou ir tirando aos poucos. Cem mil-réis, nem mais um tostão.

Rosalvo levanta a vista para o dinheiro. Felipa dobra as cédulas, envolve-as no papel onde o capitão Justo garatujou a ordem, guarda o pacotinho no cós da saia. Estende a mão, Justiniano Duarte da Rosa pergunta:

— O quê?

— O anel. Vosmicê disse que ia dar o anel.

— Disse que ia dar à moça, é o dote dela. — Riu: — Justiniano Duarte da Rosa não deixa ninguém ao desamparo.

— Guardo comigo, capitão. Moça dessa idade não sabe o valor das coisas, perde, larga em qualquer lugar. Guardo para ela. É minha sobrinha. Não tem pai nem mãe.

O capitão fitou a mulher em sua frente, cigana terrível.

— Entrou no acordo, capitão, não foi mesmo?

Trouxera o anel para dar à menina, para ganhar-lhe a simpatia, não tem valor nenhum, vidro de cor, dourado latão. Retira-o do dedo, ouro falso, falsa esmeralda, vistosa pedra verde. Afinal já não tem motivos para agradar à menina, pagou o preço combinado, é o dono.

Felipa limpa a pedra na barra do vestido, coloca o anel no dedo, admira-o contra o sol, satisfeita. De nada no mundo gosta tanto como de colares, pulseiras, anéis. Todas as míseras sobras de dinheiro, gasta-as com quinquilharias nos mascates.

O capitão Justo estira as pernas, levanta-se, tilinta em seu pescoço o colar de argolas de ouro, chocalho de virgens. Amanhã uma nova argola, de ouro dezoito.

— Agora chame a moça, vou embora.

6

AINDA NO EMBEVECIMENTO DO ANEL, FELIPA ELEVOU A VOZ:

— Tereza! Tereza! Depressa.

Vieram a menina e o cachorro, permaneceram na porta, à espera:

— Chamou, tia?

Ah! se Rosalvo não estivesse acorrentado ao chão, se uma centelha se lhe acendesse no coração e o pusesse de pé, amo e senhor como deve ser um marido, de pé diante de Felipa! Rosalvo tranca a boca, prende no peito pragas e maldições a sufocá-lo. Felipa, peste ruim, mulher sem coração, sem entranhas, mãe desnaturada! Um dia tu vai pagar tamanho pecado, Felipa; Deus há de pedir contas, não se vende uma sobrinha órfã, uma filha de criação, nossa filha, Felipa, vendida igual a um bicho. Nossa filha, tu é uma peste, peste ruim.

No enlevo do anel, a voz de Felipa ressoa quase afetuosa:

— Tereza, vai juntar tuas coisas, todas. Tu vai com o capitão, vai morar na casa dele, vai ser cria do capitão. Lá tu vai ter de um tudo, vai ser uma fidalga, o capitão é um homem bom.

Em geral não era preciso repetir ordens à Tereza; na escola a professora Mercedes a elogiava, entendimento fácil, inteligência viva, raciocínio pronto, num instante aprendera a ler e a escrever. Mas essa novidade, Tereza não entendeu:

— Morar na casa do capitão? Por quê, tia?

Quem respondeu, voz de dono, foi o próprio Justiniano Duarte da Rosa. Punha-se de pé, a mão estendida para a menina:

— Não precisa saber por quê, se acabaram as perguntas, comigo é ouvir e obedecer; fique sabendo, aprenda de uma vez por todas. Vambora.

Tereza recuou da porta mas não tão rápida; o capitão a segurou pelo braço. Troncudo e gordo, meão de estatura, rosto redondo, sem pescoço, com todo aquele corpanzil Justiniano era ágil e forte, leve e ligeiro, bom de dança, capaz de romper um tijolo com um soco.

— Me largue — esperneou Tereza.

— Vambora.

Ia empurrá-la quando a menina mordeu-lhe a mão com força, com a força da raiva. Os dentes deixaram marca de sangue na pele grossa e cabeluda, o capitão a soltou, ela sumiu no mato.

— Filha da puta, me mordeu, vai me pagar. Terto! Terto! — gritou pelo capanga a ressonar na boleia do caminhão. — Aqui, Terto! E vocês também! — dirigia-se aos tios. — Vamos pegar a moleca, não estou para perder tempo.

Terto Cachorro juntava-se a eles, saíam para o quintal.

— E Rosalvo, que é que faz ali parado?

Felipa deu meia-volta, encarou o marido:

— Tu não vem? Eu sei o que tu está querendo, cabrão descarado. Vem, antes que eu perca a paciência.

Vida desgraçada, que jeito senão juntar-se aos outros, mas não vou de meu querer, esse pecado, meu Deus, não é meu, é só dela, da coisa--ruim, ela bem sabe que a casa do capitão é peste, fome e guerra. Rosalvo incorpora-se à caça de Tereza.

Durou quase uma hora, quem sabe mais, o capitão não marcou no relógio de pulso, cronômetro preciso, mas estavam todos botando os bofes pela boca quando finalmente a cercaram no matagal e Rosalvo foi, pé ante pé, pelo outro lado. Para ele o vira-lata não latiu, atento aos demais. Pela última vez Rosalvo tocou o corpo de Tereza, sujeitou-a com os dois braços, prendendo-a contra o peito e as pernas. Abraçou-se nela, antes de entregá-la.

Terto acertou um pontapé no cachorro, deixando-o estendido, uma perna destroçada, foi ajudar Rosalvo. Agarrou Tereza por um braço. Rosalvo segurava o outro, pálido, esvaído em gozo e medo. Ela se debatia, tentava morder, os olhos em fogo. O capitão veio vindo, de manso, parou em frente à menina, meteu-lhe a mão na cara, a mão grande, gorda, aberta. Uma, duas, três, quatro vezes. Um filete de sangue correu do nariz, Tereza engoliu em seco. Não chorou. Comandante não chora — aprendera com os moleques nas brincadeiras de guerra.

— Vambora!

Arrastaram-na para o caminhão, ele e Terto. Felipa andou para casa, a pedra verde reluzia ao sol. Rosalvo primeiro ficou parado, ainda sem forças, em seguida caminhou para o cachorro. O animal gemia, a perna ferida.

No estribo do caminhão estava escrito em alegres letras azuis: DEGRAU DO DESTINO. Para fazê-la subir, Justiniano Duarte da Rosa aplicou-lhe mais um tabefe, dos bons. Assim Tereza Batista embarcou em seu destino, peste, fome e guerra.

7

ATIRARAM-NA DENTRO DO QUARTO, BATERAM A PORTA. AO SALTAR DO CAMINHÃO, Justiniano e Terto Cachorro tiveram de carregá-la, prendendo-lhe as pernas e os braços. Pequeno e escuro, no fundo da casa, o quarto possuía apenas uma janela ao alto, condenada, por cujas frestas filtravam-se ar e claridade. No chão, largo colchão de casal com lençol e travesseiros, e um urinol. Na parede, penduradas, uma oleografia da Anunciação da Virgem, com Maria e o Anjo Gabriel, e a taca de couro cru. Antigamente houvera cama, mas, por duas vezes, a armação viera abaixo nas peripécias da primeira noite: com a negra Ondina, o diabo solto, e com Gracinha, apavorada, louca de hospício. Justiniano resolvera abolir a cama: o colchão em cima do assoalho, bem mais cômodo e mais fácil.

Havia um quarto assim na casa da roça, outro na casa da cidade, atrás do armazém. Quase idênticos, destinados ao mesmo prazeroso fim: as núpcias do capitão Justo com as donzelas recolhidas por ele em suas buscas e encomendas. Preferia as novinhas, quanto mais nova melhor, recomendava, e exigia cabaço comprovadamente virgem. As de menos de quinze anos, ainda cheirando a leite como lhe disse Veneranda, caftina de Aracaju, dada às letras, ao lhe confiar Zefa Dutra, ainda cheirando a leite mas já fazendo a vida há mais de um ano, aquela Veneranda só na porrada! — as de menos de quinze anos, quando virgens realmente, mereciam as honras de um elo no colar de ouro. No particular, Justiniano Duarte da Rosa agia com estrito rigor. Há quem colecione selos, milhares e milhares de tipos pelo mundo afora, do falecido rei da Inglaterra a Zoroastro Curinga, empregado dos correios e bom de bisca; outros preferem punhais como o faz Milton Guedes, um dos donos da usina de açúcar; na capital existem colecionadores de santos antigos, carunchosos, de caixas de fósforos, de porcelana e marfim e até de figuras de barro das vendidas nas feiras — Justiniano coleciona meninas, recolhe e traça exemplares de cor e idade vária, algumas maiores de vinte e um anos, donas de sua vida, mas para a coleção só contam mesmo as bem crianças cheirando a leite. Só para as menores de quinze anos a honra do colar de argolas de ouro.

Muitas já derrubara, naquele colchão da casa da roça, no colchão da casa da cidade. Algumas, sabidas, em geral as mais velhas, manuseadas em namoros, preparadas; a maioria, porém, composta de meninas medrosas, assustadas, ariscas, fugindo pelos cantos e o capitão dando-lhes caça, um esportista. Certa vez uma delas se mijou de medo quando ele a alcançou e sujeitou; se mijou toda, molhando as pernas e o colchão, coisa mais doida, Justiniano ainda se arrepia de prazer ao lembrar-se.

Sendo um esportista, o capitão preferia naturalmente aquelas que ofereciam certa resistência inicial. As fáceis, com maior ou menor conhecimento e prática, não lhe davam a mesma exultante sensação de poder, de vitória, de difícil conquista.

A timidez, a vergonha, a oposição, a revolta, obrigando-o a empregar violência, a ensinar o medo e o respeito devidos ao senhor, amo e amante, beijos conseguidos no tapa, isso, sim, dava nova dimensão ao prazer, fazia-o mais profundo e denso. Em geral tudo terminava pelo melhor, uns socos, uns tabefes, por vezes uma surra, quase nunca o cinto ou a taca de couro cru — foi na taca que Ondina lhe abrira finalmente as pernas. No fim de uma ou duas semanas, no máximo, a felizarda estava pelos beiços, não querendo outra coisa, algumas até se tornavam chatas de tanto agarramento e essas duravam pouco tempo na condição de favorita. A citada Gracinha, por exemplo: para comê-la em paz, tivera de reduzi-la no soco, deixando-a desacordada, tal o seu pavor. Não passara uma semana após a amarga noite onde aprendera o medo e o respeito, e suspirava de impaciência, chegara à audácia de vir convidá-lo em hora imprópria.

Em Aracaju, onde ia frequentemente a negócio, Veneranda a rir, gaiata, na troça, lhe propunha moça donzela, quase sempre meninota arrombada mais ou menos recente. Castelo de luxo, quase oficial pelo grande número de políticos a frequentá-lo, a começar pelo nobre governador (a melhor repartição pública do estado, no dizer de Lulu Santos, montado em suas muletas, freguês assíduo), ademais da justiça, desembargadores e juízes, da indústria, do alto comércio e dos bancos, protegido pela polícia (o lugar mais ordeiro e decente de Aracaju incluindo casas das melhores famílias, ainda na opinião do já citado rábula), numa única ocasião romperam-lhe a tranquilidade ambiente necessária ao conforto e à potência dos ilustres clientes e quem o fez foi o capitão Justo tentando demolir os móveis do quarto onde descobriu o truque da pedra-ume, usado por Veneranda para criar ilusão de tampos inteiros em moleca nova vinda do interior. Passada a raiva, findo o tremendo rebuliço, fizeram-se amigos e a caftina, com verniz de letrada, só o tratava de "a fera de Cajazeiras do Norte, desbravador de cabaços". No castelo de Veneranda, bom mesmo eram as gringas, importadas do sul, francesas do Rio e de São Paulo, polacas do Paraná, alemãs de Santa Catarina, todas loiríssimas oxigenadas e fazendo de um tudo. O capitão não despreza uma gringa competente; muito ao contrário, aprecia demais.

Pelos arredores, nos cantos de rua, em povoados, vilas, cidades vizinhas, nas roças sobretudo, naquele interior indigente, sobravam meninas e quem as oferecesse, parentes e aderentes. Raimundo Alicate, lavrador de cana em terras da usina, em troca de pequenos favores, livrava garotas ao capitão. Festeiro, batedor de atabaque, recebendo caboclos, tinha facilidade de conseguir gado de bom corte e quando ele dizia "é donzela" ninguém duvidasse, era de certeza. Também Gabi, dona de pensão de mulheres na cidade, de quando em quando destocava pelo campo material apetecível, mas com a velha proxeneta toda atenção era pouca para não adquirir gato por lebre. Em mais de uma circunstância Justiniano ameaçara fechar seu puteiro se ela tentasse novamente enganá-lo; não adiantava, a vigarista reincidia.

As melhores ele mesmo as recrutava, na roça, no balcão do armazém, em arrasta-pés e fandangos, nas andanças com os galos de briga em rinhas próximas e distantes. Algumas custaram-lhe pouco, baratas, quase de graça, a troco de nada. Outras, mais caras, tivera de pagá-las, despendendo presentes e dinheiro contado. Tereza Batista, a mais cara de todas, tirante Dóris.

Devia colocar Dóris na relação? Com ela fora diferente, tivera de noivar e casar, no padre e no juiz, e não a derrubara em nenhum dos dois quartinhos escuros e, sim, na alcova de solteira da casa na praça da Matriz, quando, após o ato civil e a cerimônia religiosa, "a gentil nubente que hoje inicia a trajetória da felicidade na senda florida do matrimônio" (na frase poética do padre Cirilo) se retirara para trocar as fraldas, vestir-se em função da viagem de trem no início da lua de mel, para cada situação um traje diferente, cada qual mais caro, de lascar!

Nem em cubículo de colchão sem cama, nem em quarto elegante do Hotel Meridional, na Bahia, onde ficariam hospedados. Ali mesmo, na alcova, nas vizinhanças da sala na qual, sob o comando da sogra, dezenas de convidados liquidavam os comes e bebes, um desparrame de comida, um desperdício de bebida. Ali mesmo o capitão começou a cobrar a despesa feita, aquele disparate de dinheiro posto fora.

Acompanhara Dóris e a ajudara a despir-se, arrancando véu, grinalda, vestido de noiva num atropelo, na pressa de romper-lhe os ossos magros. Pôs o dedo sobre os lábios a impor-lhe silêncio: na sala próxima a elite da cidade, o que nela havia de mais importante e fino, a nata, matava a fome e a sede, vorazmente, uns ratos. A casa cheia, Dóris não poderia sequer gemer.

Nas mãos pesadas de Justiniano Duarte da Rosa saltaram os botões do corpinho, desfizeram-se as rendas da calçola. Dóris arregalou os olhos, cruzou os braços sobre o peito de tísica, não pôde conter um estremeção, sua única vontade era gritar, gritar bem alto, tão alto que toda a cidade ouvisse e acorresse. O capitão viu os braços em cruz sobre os seios mínimos, os olhos fixos, o estremecimento, tanto medo, tanto que o esgar dos lábios a prender os soluços parecia um sorriso. Arrancou o paletó e as calças novas, passou a língua nos beiços, aquela lhe custara fortuna, conta aberta no armazém, vestidos e festas, despesas diversas, a hipoteca e o casamento.

8

JUSTINIANO DUARTE DA ROSA FESTEJARA TRINTA E SEIS ANOS DE IDADE QUANDO se uniu em matrimônio à Dóris Curvelo, de catorze anos completos, filha única do falecido dr. Ubaldo Curvelo, ex-prefeito, ex-chefe da oposição, médico cujo desaparecimento toda a cidade lastimara. A memória abalada, a fama de honradez e de capacidade administrativa, de competência e humanidade no exercício da medicina — "um crânio no diagnóstico", segundo o farmacêutico Trigueiros; "a providência dos pobres", na voz geral — fora tudo quanto deixara à mulher e à filha de doze anos, além da casa hipotecada e montes de consultas a cobrar.

Em vida do doutor, não passaram dificuldades. Dono da maior clínica da cidade onde quatro médicos lutavam para sobreviver, obtinha o necessário ao sustento da família e a certa ostentação ao gosto de dona Brígida, primeira-dama da comuna por condição e merecimento; pudera inclusive comprar e pagar casa na praça da Matriz. Boa parte da clientela constituíam-na pobres-diabos sem ter onde cair mortos. Muitos andavam léguas e léguas para chegar ao consultório; os mais afortunados traziam como honorário raízes de inhame ou de aipim, uma abóbora, uma jaca; outros nem isso, somente palavras tímidas, "Deus lhe pague, seu doutor"; alguns ainda recebiam dinheiro para os remédios, não tem limites a necessidade naquele país da divisa. Apesar disso e dos luxos de dona Brígida, o doutor teria deixado um pecúlio, mesmo pequeno, não houvesse se metido em política, para satisfazer a amigos e honrar a esposa, cujo pai em tempos passados chegara a conselheiro municipal.

A eleição para prefeito, a manutenção do partido político, os anos de administração com o tempo da clínica reduzido, o desfalque dado por Humberto Cintra, tesoureiro da Intendência, correligionário e cabo eleitoral, um dos baluartes da vitória, desfalque abafado e coberto na íntegra pelo doutor com a hipoteca da casa, e sobretudo a campanha seguinte ruinosa, deixaram-no derrotado, desiludido e sem tostão.

Saiu da disputa eleitoral de nervos desfeitos e coração pesado. Os desgostos consumiram-lhe a alegria habitual, transformaram-no num ser triste e impaciente; se não houvesse morrido em seguida a um enfarte fulminante, não teria deixado sequer a fama de bondoso e caritativo. Quando dona Brígida secou as lágrimas para atender ao inventário, encontrou-se reduzida à mísera pensão de viúva de médico da Saúde Pública estadual e às incobráveis contas de consultas.

Dois anos depois do inesquecível enterro do dr. Ubaldo Curvelo, seguido da igreja ao cemitério por toda a cidade de Cajazeiras do Norte, ricos e pobres, correligionários e adversários, governo e oposição, os grupos escolares e a escola normal, a situação de dona Brígida e de Dóris fizera-se insustentável — a hipoteca da casa a vencer-se, o dinheiro mensal insuficiente, o crédito esgotado. Nem as aparências dona Brígida conseguia mantê-las por mais remendasse vestidos e tentasse esconder apertos e vicissitudes. Os comerciantes exigiam o pagamento das contas, a memória abençoada do doutor ia ficando para trás, dissipava-se no tempo, já não conseguiam viver às suas custas.

Via-se dona Brígida na iminência de descer do trono de rainha-mãe. Primeira-dama do município durante a gestão do marido, mesmo depois da derrota mantivera a majestade, e falecido o doutor, fez-se ainda mais altaneira e arrogante. Uma das comadres, dona Ponciana de Azevedo, língua de trapo merecedora de praça maior onde exercer, apelidou-a de rainha-mãe em reunião das paraninfas da festa da Senhora Sant'Ana, e perdeu tempo e veneno: o título agradou a dona Brígida, caiu-lhe bem.

No sacrifício e na raça conservara manto e cetro mas já não enganava ninguém. Dona Ponciana de Azevedo, vingativa e persistente, na calada da noite enfiou um recorte de jornal sob a porta da casa de dona Brígida: "Rainha da Sérvia no exílio passa fome e empenha até joias". Joias, possuíra uma meia dúzia, nos bons tempos: vendera até os últimos anéis a um turco da Bahia, regatão a comprar de casa em casa ouro e prata, santos mutilados e móveis antigos, caídos de moda, escarradeiras e penicos de louças. Fome ainda não passara — nem ela nem a filha —, a inesperada gentileza do capitão Justo impedira o pior quando os demais comerciantes de secos e molhados lhe cortaram o crédito.

Gentileza talvez não fosse palavra correta. Homem de pouca ilustração, Justiniano Duarte da Rosa não era de finuras e rodeios, de subentendidos gentis. Um dia, parou junto à janela de onde dona Brígida comandava a rua, nem deu boa-tarde, direto e rude:

— Sei que a excelentíssima anda comendo da banda podre, não tem mais onde comprar. Pois no meu armazém pode comprar fiado, de um tudo e quanto quiser. O doutor tinha cisma comigo mas era um prócer.

O capitão aprendera a palavra prócer em recente viagem à capital. Nas proximidades do Palácio de Despachos, alguém lhe apresentara um secretário de estado, dizendo: "Doutor Dias é um prócer do governo". Justiniano apreciara o termo, ainda mais porque o conhecido o empregava igualmente de referência a ele: "Excelência, o capitão Justiniano Duarte tem um bocado de prestígio no sertão. Não demora e será um prócer também". Satisfeito, pagou cerveja e charutos para o tipo, vago jornalista à cata de jantar e, pondo o orgulho de lado, perguntou:

— Prócer, que diabo é? Essas palavras estrangeiras, sabe, tem umas que ignoro.

— Prócer quer dizer chefe político, figura de proa, importante, homem de valor comprovado, ilustre. Por exemplo: Rui Barbosa, J. J. Seabra, Góes Calmon, o coronel Franklin...

— É francês ou inglês?

— Alemão — valorizou o charlata ordenando mais cerveja.

Os próceres devem-se certas obrigações a não ser quando se defrontam em campanha política. Mesmo tais divergências, porém, a morte as apaga, fica o dito por não dito, os agravos se enterram com o defunto, o doutor tinha sido um prócer e acabou-se. Conta aberta no armazém, excelentíssima.

Inacreditável oferta; alguns dias depois dona Brígida descobriu o motivo real do crédito e da aproximação do comerciante. Só faltou cair dura no chão — não, não era possível, não podia ser! Absurdo sem tamanho, inimaginável e, no entanto, fato patente, o capitão estava de olho em Dóris, rondava-lhe as saias.

Saias curtas, sapatos baixos, dona Brígida ainda não a promovera a moça apesar dos catorze anos e das regras mensais. Mantivera-a menina por mais barato e mais adequado à sua condição e à falta de perspectivas. Jamais passou pela cabeça de dona Brígida — essa a verdade nua e crua — fosse alguém se interessar por Dóris, calada, trancada em si mesma, difícil, sem amigas, toda da igreja, de missas e novenas. "Essa vai ser freira", repetiam as comadres e dona Brígida não desaprovava. Não via melhor saída, solução mais favorável.

Dóris herdara os nervos do pai, magoava-se facilmente, chorava por um nada, metia-se pelos cantos, emburrada, o terço na mão. Sem insistir na falta de atributos físicos, capítulo que dona Brígida preferia silenciar — não sendo de todo feia de rosto, olhos grandes e claros, espantados, cabelo loiro em franjinhas, o corpo era uma tristeza, magro feixe de ossos, as pernas uns gravetos, busto raso, seios sem volume — jamais tivera namorado. Dona Brígida, de cujo amor maternal ninguém ousaria duvidar, ao apertar a filha contra o colo opíparo de rainha-mãe, declamava, dramática: "Minha Gata Borralheira!". Sim, tudo apontava Jesus como príncipe encantado dessa borralheira sertaneja; as freiras da escola normal e do hospital cultivavam-lhe a vocação taciturna e as colegas, cruéis, apelidaram-na de "Madre Esqueleto".

Ora, já se viu, o capitão! Nenhum rapaz da rua ou menino do colégio levantou jamais os olhos para Dóris com ternura ou malícia, nem um só propôs-se a levá-la atrás do outeiro, clássico couto de namorados, caminho por onde passavam quase todas na saída das aulas, em rudimentar aprendizagem. Dessas coisas, Dóris só sabia por ouvir dizer. As colegas tinham maligno prazer em tomá-la por confidente de beijos, agarramentos, bolinagens, com detalhes excitantes. Vaidosas, exibiam-lhe manchas roxas no pescoço, lábios mordidos. Em silêncio, sem risos nem comentários, Dóris escutava. Nenhum moço a convidara a uma volta atrás do oiteiro.

Eis que de repente o capitão, homem rico e maduro, considerado solteirão definitivo, bugalhava os olhos na magrela, quem havia de dizer! O capitão Justo, homem de má fama, de péssima fama, pior não podia ser. Respeitado, sem dúvida, pelo dinheiro e pelos capangas, chefete municipal matreiro, prepotente, violento, sanguinário. Inclusive o dr. Ubaldo, que antes de se meter em política não dizia mal de ninguém, benevolente ao extremo para com os defeitos alheios, nunca tolerou Justiniano, "um monstro", segundo ele. Uma das razões da eleição do doutor, candidato de oposição, foi a coragem de denunciar nos comícios o conluio entre o antigo prefeito, o delegado e o capitão, associados contra a cidade. Tantas e tais coisas tornaram-se públicas, tamanho foi o escândalo a ponto de sensibilizar os Guedes, espécie de grei protetora da cidade, levando-os a retirar o apoio decisivo à "tenebrosa claque no poder". Eleito, o doutor pouco ou nada pôde fazer contra os acusados, falto de provas e de solidariedade; contentou-se em administrar honradamente, em demasia na opinião dos Guedes. Tudo deve ter seu limite, inclusive a honra administrativa, e ai daquele político incapaz de distinguir tais sutilezas da vida pública, curta será sua carreira. De longe, dos campos de cana, da casa-grande da usina de açúcar, os Guedes primeiro elegeram, depois derrotaram o dr. Ubaldo Curvelo, incontinente da honradez. O capitão Justo andara de corda curta durante aqueles anos, passara pelo dissabor de ver dois cabras seus serem presos numa rinha de galos. Quando o dr. Ubaldo, nas eleições seguintes, foi vencido, Justiniano Duarte da Rosa atravessara a rua principal e a praça da Matriz montado a cavalo, descarregando a garrucha para o ar. O novo prefeito nem sequer tomara posse, já o medo se impunha novamente nas patas dos cavalos, nos tiros de revólver.

Pois não era outro senão Justiniano Duarte da Rosa, mais conhecido como capitão Justo, quem vinha pela calçada de olho na menina. Fora visto inclusive na matriz, ao crepúsculo, na hora da bênção: os olhos miúdos, de suíno, cravados em Dóris.

Dona Brígida põe as mãos na cabeça — que fazer, meu Deus? Vontade de correr a discutir com o padre Cirilo, com a comadre Teca Menezes, com o farmacêutico Trigueiros, mas a prudência a contém. Antes de sair comentando, deve estudar o assunto em todos os detalhes, sobra-lhe matéria para muita reflexão.

Sentadas em cadeiras, na calçada, após o jantar, a viúva e as vizinhas gozam a fresca da noite na diversão maior, inigualável — retalhar a vida alheia. Dóris ouve calada. No crivo das comadres não há perdão nem imunidade: os comerciantes uns ladrões, os maridos uns calhordas, as moças umas desavergonhadas, sem falar nos adultérios e nos mansos cornudos.

Ao ressoar dos passos do capitão, fez-se silêncio, nervoso, excitado silêncio, todos os olhos fitos em Justiniano e os dele fitos em Dóris. Dona Brígida pensou em levantar-se e ostensivamente retirar a filha do passeio, levá-la para dentro, bater a porta. A prudência, porém, a conteve mais uma vez, respondeu amável ao boa-noite do monstro e lhe sorriu.

9

DONA BRÍGIDA AMARGOU NOITES EM CLARO, DIAS DE AFLIÇÃO, PESANDO prós e contras, analisando o problema, refletindo sobre o futuro da filha. Cabia-lhe tudo calcular e decidir, a inocente menina vivia longe do mundo, interesse mesmo só pelas coisas de igreja — aluna desatenta nas aulas, a pior companheira para brincadeiras e festas; de rapazes e namoros nem falar, pobrezinha!

Dóris nascera solteirona, por assim dizer. Por temperamento e modos e por ser difícil conseguir noivado e casamento no burgo onde sobravam moças casadoiras e rareavam pretendentes. Os rapazes, apenas emplumados, tomavam os caminhos do sul em busca das oportunidades ali tão escassas. O orçamento municipal decorria praticamente dos impostos pagos pela usina de açúcar, de propriedade dos Guedes, banqueiros na capital, senhores de terra, das terras realmente férteis, as banhadas pelo rio; nelas cresciam os canaviais, paisagem verde em contraste com o agreste em derredor. A usina empregava uns poucos privilegiados, o medíocre comércio de lojas e armazéns acolhia alguns outros, os demais embarcavam no trem de ferro. As moças batiam-se, ferozes, na disputa dos remanescentes; de quando em quando uma arribava pelo braço de caixeiro-viajante casado e pai de filhos, fugindo à mansa loucura das vitalinas, na lama para sempre a honra da família. Vibravam as comadres.

O povo dos Guedes raramente aparecia pela cidade. Os três irmãos, as esposas, os filhos e sobrinhos iam e vinham da usina para a capital diretamente; tomavam o comboio numa parada em meio ao canavial. No chalé da praça do Convento, o ano inteiro fechado, apenas seu Lírio, jardineiro e vigia, vagava entre as árvores centenárias. Vez por outra, cada dois ou três anos, um dos irmãos, com a esposa e os filhos, comparecia à festa da Senhora de Sant'Ana, padroeira do município e da família. Abriam-se as janelas do chalé, risos nos corredores e salas, visitas da capital, as moças locais no maior assanhamento, os rapazes de fora não davam conta de tanta fartura. Durava uma semana, dez dias, quinze no máximo. Beijadas, apertadas, dedilhadas e logo abandonadas no melhor da festa, virgens agora acendidas em brasa, as moças retornavam aos insignificantes colegas e aos infelizes balconistas, ao interior das casas e às festas de igreja, solteironas aos vinte anos. Mesmo se quisessem estender-se nos colchões do capitão, ele as recusaria por velhas e fretadas.

Fazendo-se moça e mulher na leseira da cidade, a que poderia Dóris aspirar? Concluído o curso normal no colégio das irmãs, ou bem arranjaria, com muito pedido e pistolão, por ser órfã do dr. Ubaldo, mísero lugar de professora primária numa das poucas escolas do município ou do estado, ou bem professaria, ingressando no convento. Regente de escola primária ou irmã de caridade, dona Brígida não conseguia enxergar terceira opção. Marido, casamento? Impossível. Outras, em melhor situação de finanças e de físico, filhas de lavradores, de comerciantes, de funcionários, bonitas, saudáveis, oferecidas, feneciam às janelas, sem possibilidades, quanto mais a triste Dóris, magricela, desajeitada, feia, taciturna, de pouca saúde e pobre de fazer dó. Só por milagre.

O milagre de súbito aconteceu: o capitão Justo demonstrava claramente seu interesse, na cidade teve início o grande festival de murmurações, as comadres no maior assanhamento. Vinham de duas em duas, de três em três, as mais íntimas sozinhas, de preto, abanando os leques, e tome lenha no capitão! Falavam horrores, "dizem que...", "quem me contou assistiu...", "não faz muito tempo..."; dona Brígida ouvia as histórias espantosas, balançava a cabeça, não dizia sim nem não, uma esfinge, rainha-mãe. As comadres cercavam-na, bando de baratas cascudas rua acima, rua abaixo, na missa, na bênção, no imenso tempo vazio. Dona Brígida, moita, como se tudo aquilo não lhe dissesse respeito.

No silêncio da casa trancada, sem o murmúrio das comadres, à noite, dona Brígida em vigília, no balanço da situação, passava em revista os horrores do capitão, infinito rosário.

Afinal, tais horrores reduziam-se bastante quando alguém se detinha a estudar o assunto com isenção e calma. As comadres colocavam o acento sobretudo na questão do mulherio, na devassidão em que transcorria a vida de Justiniano Duarte da Rosa. Desfile de meninas e moças em leito de defloramentos, orgias nas pensões e castelos, cabrochas violadas, batidas, abandonadas no meretrício. Ora, o capitão era solteiro e qual o homem solteiro cuja crônica não registra fatos e peripécias desse gênero? A não ser um anormal, um invertido, como Nenen Violeta, porteiro do cinema e chibungo oficial da cidade; segundo dizem, um dos filhos de Milton Guedes também era duvidoso mas esse os parentes deportaram para o Rio de Janeiro.

A crônica de Justiniano parecia um tanto quanto sobrecarregada mas quem escapa da boca das comadres? Mesmo os homens casados mais respeitáveis não estavam isentos, uns prevaricadores. Do próprio dr. Ubaldo — um santo, como se sabe — murmuravam; atribuíram-lhe as irmãs Loreto, duas moças sozinhas, herdeiras de casa própria e de pequeno pecúlio, clientes do médico. Deram-lhe as duas por amante, logo de vez. Ninguém se sobrepunha às más línguas em terra de tão poucos afazeres, de tanta solteirona em tardes de crepúsculos lentos, infindáveis horas.

Certamente, concluía dona Brígida, não há de se tomar o capitão como exemplo de castidade nas aulas de catecismo. Tendo dinheiro e sendo livre, não lhe faltará diversão de mulher. Famílias enormes cresciam nos cantos de rua e nos campos, levas de moças nas estradas, cachos de donzelas nas janelas em oferta, os preços baixos. Não existia escolha: as ditas de boa família, à exceção das raras a casar ou a fugir, estiolavam-se solteironas e ágrias. Das outras, ditas gentinha, a grande maioria de cedo exercia nos bordéis ou à escoteira, um exército. Solteiro, o capitão tinha direito a divertir-se. Os exageros iam por conta da saúde vigorosa, da disposição. Aliás, há quem diga que os de vida mais desregrada convertem-se nos melhores maridos, exemplares, tendo gasto quando solteiros sua cota de sem-vergonhice, assentam a cabeça e o resto.

Para as comadres, o capítulo da vida sexual do capitão, devassa e acintosa, importa e pesa muito mais do que todo o resto. A desonestidade nas contas, múltiplas vezes comprovada, a violência no trato, dívidas cobradas na ameaça, brigas e embustes nas rinhas de galo, trapaças nos negócios de terras, crimes, mortes mandadas e feitas — tudo isso parece-lhes menos grave. Imperdoável, só a descaração — tanta patifaria! Imperdoável ao capitão e às raparigas, às moças e às meninas, julgadas e condenadas no mesmo ato de acusação. Naquele capítulo não havia vítimas, culpado ele, o tarado, culpadas todas elas, "umas vagabundas, umas perdidas".

Dona Brígida, no entanto, detinha-se também em outros aspectos da conduta do capitão, analisando o verdadeiro valor das histórias narradas, algumas com detalhes de arrepiar. Quanto à desonestidade nas contas e a cobrá-las no grito e no tapa, qual o comerciante livre da acusação de desonesto? E ai daquele que não usar de todos os meios para cobrar dívidas em atraso. Deixará a família ao desamparo, o melhor exemplo era o falecido dr. Ubaldo, incapaz de apresentar conta, de apertar um cliente. Deixou um ror de devedores, gente atendida e tratada por ele durante anos; muitos deviam-lhe a vida. Nem um só procurou a família em luto, precisada, na necessidade, para saldar essas dívidas de honra. Em troca surgiram os credores, falando grosso.

Nas noites insones dona Brígida esclarece com isenção acontecimentos e acusações. A imagem de Justiniano Duarte da Rosa ganha contornos humanos, o monstro já não é tão assustador. Sem falar nas qualidades positivas: solteiro e rico.

Isenção ou boa vontade? Embora toda a boa vontade, dona Brígida não pode ignorar escuras zonas sem explicação, suspeitas jamais extintas, eco de tiros nas tocaias, visão de covas abertas à noite. No processo pelo assassinato dos irmãos Barreto, Isidro e Alcino, mortos enquanto dormiam, não ficou provada a responsabilidade do capitão, apontado como mandante por um dos criminosos, Gaspar. Nas vésperas de depor, esse tal Gaspar apareceu enforcado no xadrez; remorsos certamente.

Ao pensar em tais coisas, dona Brígida estremece. Gostaria de inocentar o capitão por completo. Necessita fazê-lo para ficar bem com sua consciência e para poder convencer Dóris. Tola menina de catorze anos, tão distante de tais enredos, indiferente aos mexericos, olhos postos no chão ou voltados para o céu, Dóris decerto nem se dera ainda conta dos avanços do capitão.

Dona Brígida quer concluir a favor, para tanto se esforça noite adentro: o casamento de Dóris com Justiniano Duarte da Rosa, eis a milagrosa, a perfeita solução para todos os problemas. Vagas sombras fugidias, porém, perturbam-na, fazem-lhe medo, adiam a decisão e a conversa.

Conversa difícil, fica sempre para o dia seguinte. Dona Brígida teme a reação da filha nervosa e choramingas quando lhe revelar o interesse do discutido prócer. Quem vem se preparando para místicas núpcias com o doce Jesus de Nazaré, no silêncio do claustro, como sequer imaginar o capitão e sua torpe legenda? Ah! Dóris jamais aceitará discutir o assunto; franzina e lacrimosa, nervos à flor da pele mas obstinada como ela só, é capaz de se trancar no quarto e recusar-se a voltar à rua.

Na madrugada insone, dona Brígida, mãe amantíssima, pesa sentimentos e deveres. Sabe que lhe será impossível obrigar Dóris a casar-se com Justiniano Duarte da Rosa se a filha bater o pé e disser não. A pulso, não dá. Então, meu Deus, como fazer para convencê-la?

10

A CONVERSA ACONTECEU INESPERADAMENTE QUANDO, À TARDE, MÃE E FILHA voltavam de protocolar visita à dona Beatriz, esposa do juiz de direito, perfumada madama da capital. Viera passar uns dias de férias com o marido e trouxera o filho de dezessete anos, Daniel, adolescente de suave formosura, um pequeno dândi, imagem para medalhão. Na sala de frente, outras figuras gradas em conversa elevada e cerimoniosa. Visita de curta duração.

Na rua, dona Brígida comenta para a absorta Dóris:

— Bonito rapaz! Parece um quadro.

A voz de Dóris, como sempre desfalecente:

— Rapaz, aquilo? Meninão bobo, agarrado nas fraldas da mãe. Não aguento menino mimado.

Admira-se dona Brígida da opinião e do tom de desprezo.

— Quem lhe ouvisse falar, minha filha, era capaz de pensar que você entende de meninos e rapazes... — graceja dona Brígida. — Menino bobo, diz você, menino sabido lhe digo eu. Não tirou os olhos do decote de Neusa, aliás aquilo já não é decote, é deboche, os peitos de fora, você reparou? Você nunca repara nessas coisas. — E de repente as palavras saem-lhe da boca: — Garanto que ainda nem reparou que o capitão Justo anda de olho em você.

—Já, sim, mãe.

Um choque, um soco no peito de dona Brígida:

— Reparou, quando?

— Faz tempo, mãe.

Andam uns passos em silêncio, dona Brígida busca recompor-se:

— Faz tempo e não me disse nada.

— Tinha medo que a senhora fosse contra.

— Hein?

Dóris ri, riso estranho, inquietante, dona Brígida segura o coração, põe a mão sobre o seio arfante, Deus do céu!

— Quer dizer que você... Quer dizer que... não está aborrecida com ele... não está...

— Aborrecida? Por quê? Nós estamos noivos, mãe.

Dona Brígida sente o coração descompassado disparar, necessita urgente água de flor, uma cadeira onde sentar-se, o sol de verão ofusca--lhe a vista e, decerto, os sentidos. Estará ouvindo bem, será realmente Dóris, sua filha, pobre e inocente menina, essa que segue a seu lado pela rua, a afirmar-se noiva do capitão com a mesma voz baixa e mole de puxar as rezas do terço, ou tal diálogo não passa de alucinação?

— Minha filha, pelo amor de Deus me conte tudo antes que eu sufoque.

O riso novamente; de triunfo, seria?

— Ele me escreveu um bilhete, me mandou...

— Mandou? Para onde? Quem trouxe?

— Mandou para o colégio, recebi quando ia indo, no caminho. Foi Chico, empregado dele, quem trouxe. Aí eu respondi, ele escreveu de novo, respondi outra vez. Chico me dá o bilhete dele na ida pro colégio, na volta vem buscar a resposta. Anteontem ele escreveu perguntando se eu aceitava ser sua noiva, se eu aceitasse ele ia falar com a senhora.

— E você? Já respondeu?

— No mesmo dia, mãe. Disse que por mim já me considerava sua noiva.

Detém-se dona Brígida no meio da rua, olha a filha, magricela, vestido curto de menina, sapatos de salto baixo, rosto macerado, quase sem pintura, quase sem busto, escolar tola e inocente — ah! o fogo a consumi-la!

11

O MERITÍSSIMO DR. EUSTÁQUIO FIALHO GOMES NETO, JUIZ DE DIREITO, nas horas vagas poeta Fialho Neto com sonetos publicados em jornais e revistas da Bahia — ainda estudante, obtivera com "Vergel de sonhos" menção honrosa em concurso da revista *Fon-Fon*, do Rio de Janeiro —, figura, como se vê, exponencial da intelectualidade citadina, defendia surpreendente tese, a sério e com argumentos: em sua opinião Justiniano Duarte da Rosa se inflamara de amor verdadeiro e profundo pela menor Dóris Curvelo, amor não apenas verdadeiro e profundo como também duradouro. Amor na mais lata acepção do termo, amor com as alegrias do paraíso e as penas do inferno.

— O senhor tem uma concepção das mais extraordinárias sobre o amor, não há dúvida... — Para Marcos Lemos, guarda-livros da usina e igualmente dado às musas, o juiz apenas divertia-se à custa dos amigos, um galhofeiro.

— Doutor Eustáquio gosta dos paradoxos... — contemporizava o promotor público, dr. Epaminondas Trigo, balofo, descuidado de roupa, a barba por fazer, cinco filhos a criar, o sexto na barriga da mãe, trinta anos incompletos. Pertencia ao restrito círculo da fina flor da cultura local menos por bacharel em direito do que por charadista emérito. Uma nulidade na promotoria; na decifração de um logogrifo, aquela competência. Não se atrevia a refutar a opinião do juiz, seu superior hierárquico.

— Você é um cínico... — ria o quarto membro do grupo, Aírton Amorim, coletor, míope, cabelo à escovinha, leitor de Eça de Queiroz e Ramalho Ortigão, íntimo do juiz. — Amor é um sentimento nobre ... o mais nobre.

— E daí?

— O capitão Justo e os sentimentos nobres são incompatíveis...

— Além de injusto com o nosso caro capitão, você é um pífio psicólogo. Amor, amor de verdade, vou lhe provar com fatos...

Não apenas a elite intelectual, a cidade inteira preocupara-se em explicar noivado, casamento e outras ações do capitão, realmente insólitas. Dias antes de vencer-se a hipoteca da casa, ele a resgatara, aliviando a viúva e a filha da ameaça maior: perder o imóvel comprado pelo doutor com tanto sacrifício.

— Tamanha largueza, tal munificência, não é suficiente prova de amor? — o meritíssimo argumentava com fatos concretos.

E o enxoval de Dóris? Quem financiara sedas, linhos, cambraias, rendas e babados? Quem pagara as costureiras? Por acaso dona Brígida com a pensão do estado? Tudo saíra do bolso do capitão. Esse mesmo capitão habitualmente mão-fechada, somítico, de súbito gastador, mão--aberta, pagando sem discutir. Dona Brígida voltara a ter crédito nas lojas, triunfante sobre os comerciantes curvados em salamaleques, os mesmos calhordas que pouco antes a perseguiam na cobrança de contas.

Se não era amor, o que seria? Como explicar gastos, liberalidades, gentilezas — sim, gentilezas — do capitão, a não ser pelo amor? Por que cargas-dágua, perguntava o juiz estendendo o dedo, haveria ele de casar se não estivesse apaixonado? Que lhe trazia Dóris, além da carcaça magra? Bens? Não tinha onde cair morta. O nome honrado do pai, sem dúvida, mas que utilidade teria para Justiniano Duarte da Rosa o nome, a honra, a memória do dr. Ubaldo Curvelo? Só amor ardente e cego...

— Principalmente cego... — interrompia Aírton Amorim, gozador.

Só amor ardente e cego explicava noivado, casamento, gastos, gentilezas, na opinião do meritíssimo dr. Eustáquio, opinião jurídica e poética, digna de atenção, embora pouco compartida na cidade. Foi um tempo rico de debates, de pareceres contraditórios, e de algumas grosseiras piadas sussurradas. Dona Ponciana de Azevedo, a incansável, obteve sucesso com uma de suas precisas definições: "É o casamento de uma tábua de lavar com um suíno bom de talho". Comparação cruel mas bem achada, quem pode negar?

Fosse por amor, fosse por outro motivo qualquer desconhecido, como queriam as comadres, o capitão Justo perdera a cabeça e nem parecia o mesmo homem. Um de seus galos apanhou feio, na rinha, Justiniano nem discutiu, não falou em roubo, não agrediu o barbeiro Renato, dono do galo vencedor.

Dona Brígida, no entanto, não conseguia libertar-se por completo das sombras a persegui-la noite adentro. Adquirira o hábito de pesar fatos e gestos, larguezas e limitações. O capitão resgatara a hipoteca no banco, não há dúvida, mas não dera baixa no cartório nem quitação à viúva, passara a ser o credor. Quando dona Brígida tocou no assunto, Justiniano a fitara com seus olhos miúdos, quase ofendido:

não iam casar-se, ele e Dóris, não ficava tudo em família, onde a necessidade de gastar dinheiro em cartório com quitação e besteiras iguais?

Também nas lojas acontecia o comerciante desculpar-se:

— Desculpe, dona Brígida, mas para uma compra tão grande só consultando o capitão...

Mesquinharias em meio às larguezas, dona Brígida pisava chão inseguro, frágeis capas de generosidade e gentileza a encobrir terra de violência, rocha abrupta sem sombra nem água. De indispensável, nada faltara ao enxoval de boa qualidade; nem de longe, no entanto, o grande, o rico, o maior, o inesquecível enxoval dos sonhos de dona Brígida. Assim, dúvidas e sombras perturbavam-lhe o sono e a satisfação, não a ponto porém de levá-la a duvidar do real interesse de Justiniano Duarte da Rosa, paixão publicamente demonstrada.

O noivado durou três meses, o mínimo necessário para o preparo do enxoval. Dona Brígida, por ocasião do pedido, propusera seis meses, prazo razoável. Seis meses? Para costurar uns vestidos, cortar uns lençóis? Absurdo, o capitão nem quis discutir. Por seu gosto ter-se-iam casado no dia seguinte ao do noivado. Pelo de Dóris, na véspera.

Para a solenidade do pedido, Justiniano Duarte da Rosa fizera-se acompanhar do dr. Eustáquio e do prefeito na visita à casa da matriz. Dona Brígida convocara o padre Cirilo e algumas amigas íntimas, fizera pastéis, empadinhas, doces sortidos. Na praça acumularam-se curiosos, todo o comadrio e o resto do povo. Quando o pretendente apareceu, vestindo terno branco e chapéu-panamá, ladeado pelo juiz e pelo prefeito, elevou-se um murmúrio.

O capitão deteve-se, olhou em derredor. Outro homem, pacífico, não elevou o braço nem a voz, não chamou Terto nem Chico, não puxou do revólver, apenas olhou e foi o bastante. "Parece que nunca viram um homem ficar noivo", rosnou para o prefeito. "Se não fosse em atenção à família, dava uma lição nesses tabacudos."

Durante o curto noivado, em várias ocasiões, esteve na iminência de "dar uma lição a algum tabacudo" e a duras penas se conteve. Quando saía a passeio, em companhia de Dóris e dona Brígida, a caminho do cinema ou da igreja e alguém os fitava com manifesta curiosidade, o primeiro ímpeto do capitão era explodir. Só perdeu a cabeça uma vez quando um casal, não contente com olhar, trocou comentário em voz baixa. "Nunca me viu, filha da puta?", gritou e partiu para a agressão. Não houvessem marido e mulher dado nas pernas o fuzuê seria feio. Dona Brígida suplicava: "Calma, capitão". Dóris calada, imperturbável, ao braço do noivo.

Toda a curiosidade, o debate, as opiniões, os olhares de espanto, as visitas intempestivas das comadres nas horas e na sala de noivado, as piadas e as frases de espírito, tudo isso cessou de vez e de supetão. Numa de suas escapadas noturnas, com o objetivo de enfiar debaixo da porta do juiz carta anônima referente à conduta da meritíssima esposa na capital e à da amásia ali mesmo, a vitoriosa dona Ponciana de Azevedo foi abordada por Chico Meia-Sola, malfeitor às ordens do capitão, cobrador de dívidas atrasadas, que lhe exibiu um punhal e, de leve, com a ponta aguda a pinicou. Dona Ponciana mal pôde chegar em casa onde se entregou à vertigem e ao choro convulso. Numa crise de nervos sem exemplo manteve-se trancada uma semana, sem botar o pé na rua. A história se espalhou, crescendo em facadas, a partir de então a paz desceu sobre a cidade.

Assim transcorreram os três meses de noivado. Dona Brígida tentava estabelecer laços de confiança e amizade com o futuro genro sem encontrar a necessária receptividade. Cidadão de pouca prosa, Justiniano Duarte da Rosa, durante a visita cotidiana, após o jantar, reduzia o diálogo ao essencial: assuntos do casamento, acertos indispensáveis. Fora disso, permaneciam os noivos na sala, sentados no sofá, em silêncio. Dona Brígida puxava conversa, perdia o tempo e o latim. Uns grunhidos do capitão, Dóris nem isso.

Em silêncio, à espera. À espera que dona Brígida fosse até à cozinha ou à sala de jantar a pretexto de um cafezinho passado na hora, em busca de doce de banana ou de jaca, de manga ou de caju. Apenas viam-lhe as costas, atracavam-se os noivos aos beijos, boca na boca, mãos atarefadas. Três meses longos de passar, dona Brígida não sabia para onde voltar-se, o que fazer. Dóris não viera, insolente, criticá-la por demorar-se na sala a vigiá-los, por não lhes permitir liberdade maior, não eram noivos, afinal?

A pessoa emprenha, pare, amamenta, cria, educa uma filha com o maior desvelo, na moral e na santa religião, pensa conhecê-la, saber tudo sobre ela, e não sabe nada, absolutamente nada, constata dona Brígida, melancólica, expulsa para a janela, de frente para a curiosidade da rua, de costas para os noivos.

Tempo repartido entre as alegrias das rendas, dos bordados, das camisolas e anáguas, das compras e arrumações, do fabrico de doces e licores, do preparo das festas, e as preocupações resultantes do noivado sôfrego, do receio de uma explosão do futuro genro, useiro e vezeiro na violência — dona Brígida tinha horror à violência e durante aquele tempo tumultuado não se sentiu inteiramente à vontade um só minuto. Não obstante, ao saber do susto quase mortal de dona Ponciana de Azevedo, a ponta da peixeira entre as costelas, não conseguiu impedir um sentimento de orgulho, exaltante sensação de poder. A víbora peçonhenta tivera o merecido, bom exemplo para as demais. Agora, caríssimas amigas, zelosas comadres, fiquem todas sabendo e atrevam-se se têm coragem, agora é assim: buliu com Dóris ou com dona Brígida corre perigo de vida. Faça-se de besta quem quiser, receberá o troco imediato. Passou uma tarde eufórica, ouviu ao menos dez versões do acontecido, à noite porém retornaram as sombras obscuras, o medo.

Aquele noivado era delicado cristal, de inestimável valor, de matéria fragilíssima. Preocupada com o genro, com sua natureza encoberta e esquiva, preocupada sobretudo com Dóris a consumir-se na espera. Fúria, destempero, ânsia, pressa, desinteresse por tudo mais, onde a tímida menina do colégio de freiras? Sempre fora de pouco apetite, agora nem beliscava a comida, olheiras negras, costas curvadas, ainda mais magra, ossos e pele. Faltando menos de um mês para o casamento apareceu com febre, tosse renitente. Dona Brígida chamou o dr. David. Após demorado exame, o ouvido nas costas da doente, batidas nas costelas com os nós dos dedos, "diga trinta e três", o médico aconselhou a ida à capital para exames de laboratório, talvez radiografias. O ideal seria transferir o casamento até Dóris se fortalecer: "Está muito fraca, fraca demais, e os exames são indispensáveis", concluiu.

Dona Brígida sentiu o mundo vacilar:

— Ela está doente do peito, doutor?

— Creio que não. Mas ficará, se continuar assim. Alimentação, repouso, os exames e adiem o casamento por uns meses.

Refez-se dona Brígida, rainha-mãe, mulher forte. Velhas mezinhas debelaram a febre, a tosse reduziu-se a pigarro, o adiamento nem chegou a ser assunto de discussão, os exames ficariam para a ida obrigatória à capital na viagem de núpcias. Não se falou mais nisso. Fragilíssimo cristal, delicada matéria, inestimável noivado, dona Brígida o protegeu e preservou engolindo sapos e cobras, tanto medo, tanto.

12

MAJESTOSA NO PORTE ALTIVO, MAJESTOSA NAS SEDAS FARFALHANTES DO VESTIDO longo e no chapéu com flores artificiais, no leque a abanar-se, majestosa no dever cumprido, dona Brígida resplandecia no dia do casamento, afinal o porto de abrigo, o definitivo ancoradouro. Terminadas para sempre as ameaças de miséria, já não eram mascaradas mendigas. Cumpria seu dever de mãe e recebia os parabéns com um sorriso condescendente.

Dóris, no vestido de noiva, de arrebiques mil, modelo tirado de uma revista do Rio, o capitão de terno azul de casimira novinho em folha, os convivas nas roupas domingueiras, celebrou-se o mais falado casamento de Cajazeiras do Norte. Na matriz, a cerimônia religiosa, com lágrimas maternas e sermão do padre Cirilo; o ato civil em casa da noiva, com primoroso discurso do juiz dr. Eustáquio Fialho Gomes Neto, poeta Fialho Neto em pompas de imagens sobre o amor, "sentimento sublime que transfigura a tempestade em bonança, remove montanhas e ilumina as trevas" e por aí afora, inspiradíssimo.

Toda a cidade compareceu à praça da Matriz, inclusive dona Ponciana de Azevedo, refeita do susto, disposta a novas lides, respeitados, é claro, o capitão e sua família — "noiva linda igual à Dóris nunca se viu, acredite, Brígida, querida amiga". Eufórica, porém digna, dona Brígida aceita a louvação das comadres.

Atenta rainha-mãe preside a festa, dirige a comilança, manda amas e moleques em ordens precisas. Vê quando Dóris abandona a sala para mudar de vestido na alcova. O capitão a segue, emboca quarto adentro ele também, meu Deus, será possível? Por que tanta pressa, não podem esperar mais um dia, algumas horas, a viagem de trem, o quarto do hotel? Por que ali, quase na vista dos convidados?

Na vista dos convidados, de todos os convidados, sim, mãe. Da cidade inteira, se possível. Das moças e meninas, todas elas sem exceção, das freguesas do outeiro atrás do colégio, as que ali se lambuzaram de beijos e esperma com os colegas, as que o fizeram nos jardins do chalé dos Guedes com os ricos, atrás dos balcões das lojas com os caixeiros nas tardes vazias. Sim, na vista e na frente de todas elas, das que lhe vinham contar de beijos e abraços, de suspiros e gemidos, de seios tocados e coxas abertas, das que lhe faziam inveja e a humilhavam e diziam-na freira, soror e madre. Que venham e vejam e tragam as demais mulheres da cidade, as casadas também, as sérias e as adúlteras, as donzelas loucas mansas nos quintais e jardins, as comadres nas janelas e nas igrejas, as freiras no convento, as mulheres da vida da pensão de Gabi e as escoteiras, tragam todas para ver, todas, sem faltar nenhuma.

Os braços em cruz sobre o peito de tísica, olhos esbugalhados, um estremeção no corpo frágil, vontade de gritar, gritar bem alto! Justo, deixa-me gritar, por que me impões silêncio, meu amor? Gritar bem alto para que todas acorressem e a vissem nua em pelo, a pobre Dóris, e a seu lado, na cama, pronto para possuí-la, tirar-lhe o cabaço, gozá-la, arfante de desejo, um homem. Não um meninote de colégio, não um rapazola de tesoura e metro, em apressada masturbação, mão no peito, mão nas coxas — tira depressa e corre que vem gente aí. Um homem e que homem! Justiniano Duarte da Rosa, o capitão Justo, macho reconhecido e celebrado, maior e universal, todo inteiro de Dóris, seu marido. Ouviram? Seu marido, seu esposo, de aliança na igreja, de papel assinado no juiz. Esposo, amante, macho, seu homem, inteiramente seu, na cama, ali na alcova, pertinho da sala, venham todos e vejam!

13

BRIGAR COM MORTAL, ME PERDOE VOSSA SE-NHORIA, PERMITA LHE DIZER, ISSO ATÉ *não é difícil, tenho presenciado cada briga retada, de dar gosto. Vi o negro Pascoal do Sossego fazer frente a um pelotão de soldados; mestre de capoeira angola, pintou o sete, foi um pagode.*

Com porte de armas, aí então torna-se ainda mais maneiro. De revólver na mão todo cristão é valente, acabou-se a nação dos covardes: meto o pau de fogo nos peitos do próximo, sou logo promovido a chefe de cangaço ou a tenente de polícia. Não é mesmo, meu branco?

O que eu queria ver para crer era colhudo capaz de enfrentar assombração. Assombração, sim senhor, alma do outro mundo vagando no escuro da mata, de noite, botando fogo pelas ventas, pelo buraco dos olhos, as garras pingando sangue, aparição mais medonha. Sabe vossa senhoria a medida dos dentes do lobisomem? E as unhas? São navalhas afiadas, cortam de longe.

Era uma vez eu ia encurtando caminho pela mata, na encruzilhada da noite escutei o tropel da mula sem cabeça. Não vou mentir nem contar prosa, só de vislumbrar o bicho sem cabeça, um fogaréu no lugar, perdi ação e brio, me pus a gritar: valei-me, meu padrinho padre Cícero, livrai--me do mal, amém. A ele devo a vida e a esse breve invencível que carrego no pescoço. A maligna passou a trezentos metros, não sobrou nada em redor, tudo esturricado, mato e capim, pé-de-pau e cascavel, plantação de mandioca, lavoura de cana. Atente vossa senhora: basta falar em assombração, muito macho se borra.

Com ânimo de enfrentar mal-assombrado somente a mencionada Tereza Batista e com isso respondo à indagação do distinto desejoso de saber se a moça merece toda essa fama de valentia. Enfrentou e combateu — se o amigo duvida de minha palavra, é só inquirir dos presentes. Não correu nem pediu perdão, e se clamou por socorro, na hora fatal ninguém lhe acudiu, sozinha se achou, não houve jamais menina tão sozinha, abandonada de Deus e do povo da terra. Foi assim que fechou o corpo: Tereza Corpo Fechado, fechado para bala, punhal e veneno de cobra.

Mais não digo nem acrescento pois tenho ouvido contar esse caso verdadeiro com muita variação de ideia; cada um desvenda o enredo à sua feição, pondo e dispondo, mudando pedaços, ajuntando regras e enfeites. Um trovador alagoano, decerto no espanto de tão grande façanha e querendo lhe dar regra e razão, disse que Tereza ainda novinha vendeu a alma ao diabo, e muita gente acredita. Outro trovador brasileiro, Luís da Câmara Cascudo de nome e fama, à vista de tanta atrocidade e solidão, pôs uma flor na mão de Tereza, flor que é rima de dor, flor para rimar com amor.

Cada qual conta conforme sua competência de contador mas no principal todos ficam de acordo: por ali nunca mais apareceu alma penada, com as penas da vida basta e sobra.

Tudo pode ser, não afianço, não contesto, nada me espanta, de nada duvido, não tomo partido, não sou daqui, vim de fora. Mas veja vossa senhoria, meu distinto, como o mundo é duvidoso — a Tereza que eu conheci e dela posso testemunhar, de alcunha Tereza da Lua Nova, era da cor e da natureza do mel, cantava modinhas, mais pacata e mansa, mais terna e dengosa.

14

DE VOLTA DO RIBEIRÃO, SOBE DONA BRÍGIDA FALANDO SOZINHA, CERCADA DE SOMBRAS. No meio da ladeira, os gritos a alcançam, interrompem-lhe o monótono discurso; mais uns passos e enxerga a menina presa pelos braços e pelas pernas, a debater-se nas unhas do capitão e de Terto Cachorro.

Esconde-se atrás da mangueira, aperta a criança contra o peito, volta-se para o céu, murmura pragas, um dia Deus há de olhar para tanta maldade e mandará o castigo. Quando chegar o fim de sua pena.

Os gritos explodem em seu peito, disparam-lhe o coração; dilatam-se os olhos, tranca-se a boca, altera-se a face, transforma-se dona Brígida e se transforma o mundo a cercá-la. Quem sujeita a vítima pelos braços, não é mais Justiniano Duarte da Rosa, seu genro, dito capitão Justo; é o porco, descomunal, monstruoso demônio. Alimenta-se de meninas, chupa-lhes o sangue, mastiga-lhes a carne fresca, tritura-lhes os ossos. O lobisomem o ajuda, vassalo abjeto fareja e levanta caça para o amo, cachorro principal da matilha de malditos. Falso e velhaco, à menor distração do porco devorará as meninas; covarde, contenta-se com carniça. Dona Brígida nessas horas adivinha o pensamento, vê por dentro, há muito esse dom lhe foi concedido.

Além do porco e do lobisomem, existem vários outros personagens igualmente assustadores, dona Brígida não consegue retê-los a todos na cabeça confusa mas apenas um deles surge na roça, mercadejando carne ou carniça, de imediato o reconhece. Mercadora de carniça é a mula sem cabeça, por exemplo.

A mula sem cabeça pode travestir-se em dama nobre, boa madrinha ou cortesã, nunca mais enganará dona Brígida. Quando ela apareceu na cancela pela primeira vez, uns dez dias após o enterro de Dóris, quem atendeu e lhe fez sala foi dona Brígida, o capitão saíra a cavalo para um desafio de galos. A rapariga pela mão, apresentou-se dona Gabi, madrinha e protetora; a mocinha, o sr. capitão a encomendara para ajudar no trato da órfã, era boazinha mesmo. Dona Gabi tinha maneiras distintas, conversa agradável, velhota de fina educação, melhor não se podia desejar para visita de pêsames, foi de muito consolo para a mãe desfeita.

Trocando confidências, quase íntimas, nem se deram conta do regresso do capitão. Na porta da sala, apontando-as com o dedo grosso, sacudiu-se Justiniano Duarte da Rosa em frouxos de riso cada vez maiores, logo gargalhada sem fim, a barriga tremelicando; homem de pouco rir, quando o capitão Justo ria dessa maneira não era agradável de ver-se. Queria falar e não podia, as palavras enroladas no riso:

— Amigas, amigonas, quem houvera de dizer?

Dona Gabi levantava-se encabulada, sem jeito, numa desculpa:

— Aproveitei para dar os pêsames. — Despedia-se: — Adeus siá-dona.

Tinha pressa em deixar a sala, puxava a mocinha pela mão mas o capitão a deteve:

— Para onde vai? Pode falar aqui mesmo.

— Aqui? Não é melhor...

— Aqui mesmo. Desembuche.

— Pois arrumei essa bichinha, pode ajudar na criação da menina... — olhou para dona Brígida, a viúva enxugava as lágrimas obrigatórias na aceitação das condolências; a casteleira baixou a voz: — Para o principal é papa-fina...

O capitão continha o riso com dificuldade, Gabi não sabia se devia rir de medo ou chorar de compaixão.

— Hoje tiro a limpo, se valer a pena amanhã passo por lá e lhe pago o prometido.

— Por favor, capitão, me dê um pedaço hoje. Estou necessitada, tenho de pagar a portadora, veio de longe.

— Dinheiro meu adiantado, você não há de ver nem hoje nem nunca. Já se esqueceu ou quer que eu lhe lembre? Pago amanhã, se tiver o que pagar. Se quiser, pode vir receber aqui. Assim faz companhia à minha sogra; companhia à minha sogra, ah! essa é boa...

Novamente rebolava-se de rir, Gabi suplicante:

— Me pague alguma coisa hoje, capitão, por favor.

— Venha amanhã de manhã. Se for cabaço, pago na tampa. Mas, se não for, lhe aconselho a não aparecer por aqui...

— Não assumo responsabilidade. Por moça me entregaram e fui logo trazendo para o senhor capitão. O que arranjo de melhor, trago pro senhor.

— Não assume a responsabilidade, não é? Quis me tapear mais uma vez, não foi? Porque da outra vez não lhe dei o merecido, não acabei com seu ninho de ratos, pensa que sou idiota; mas não perde por esperar. Puxe daqui pra fora.

— Me pague pelo menos o dinheiro que gastei.

Deu-lhe as costas o capitão e, ali mesmo, nas ouças da sogra, interrogou a rapariga:

— Tu ainda é moça? Não minta que é pior.

— Mais não senhor...

Voltou-se Justiniano, agarrou Gabi pelo braço e a sacudiu:

— Fora daqui antes que eu lhe parta a cara...

— Calma, capitão, o que é isso? — interveio dona Brígida ainda sem entender o motivo do riso e da exaltação do genro. — Calma!

— Não se meta onde não é chamada. Fique em seu canto e se dê por feliz.

Outra vez os frouxos de riso o tomaram ao ouvir a sogra em defesa da casteleira:

— Deixe essa boa alma em paz...

Era de morrer de rir!

— Sabe quem é essa boa alma? Não sabe? Pois vai saber agora mesmo. Nunca ouviu falar em Gabi Mula de Padre que foi amásia do padre Fabrício e com a morte dele botou pensão de raparigas? Com o dinheiro das missas... — A barriga doía, todo tomado pelo riso, da boca às tripas. — Essa é boa...

— Ai, meu Deus!

Trotando, Gabi Mula de Padre ganhou a estrada, o rabo entre as pernas. A mocinha quis acompanhá-la, o capitão impediu:

— Você fica. — Media-lhe o corpo com olhar conhecedor, valia a pena: — Quanto tempo faz?

— Um mês, sim senhor.

— Só um mês? Não minta.

— Só sim senhor.

— Quem foi?

— Doutor Emiliano, da usina.

Devia ter rebentado o focinho da caftina suja e ladrona, a lhe tentar vender carniça dos Guedes. Concorrentes fortes, os ricaços, sobretudo Emiliano Guedes. Da usina só vinham furadas, daquelas terras o capitão não conseguira até hoje argola para seu colar.

— Cadê sua trouxa?

— Tenho nada não senhor.

— Vá lá para dentro...

Dona Brígida fitou o genro, quis dizer alguma coisa, pronunciar uma palavra terrível de condenação, mas novamente o capitão rebolava-se de rir, "alma boa, ai, alma boa", o dedo apontado para a sogra. Dona Brígida saiu num repelão, entrou mato adentro pelas portas do inferno.

Nem sequer o menor resquício de respeito, como se ela não existisse. À noite, após o soturno jantar à luz dos candeeiros, o capitão foi buscar a novata no quarto onde a criança dormia: "Vambora!". No fim do corredor, na fumaça vermelha do fifó, dona Brígida viu o porco, desmedido, tenebroso, imundo, pela primeira vez ela o reconhecia.

Trancou-se com a neta, mesmo antes da morte de Dóris já não estava de juízo perfeito. O resfolegar do capitão atravessava as paredes. Filho da puta de Guedes, arrombara pela frente e por detrás.

Durante esse ano e meio após o falecimento de Dóris, a mula sem cabeça reaparece amiúde, de afilhada pela mão, mas apenas a enxerga na cancela ou no caminho, dona Brígida a identifica. Basta vê-la e o mundo vira o inferno povoado de demônios. Porque dona Brígida está pagando em vida seus pecados.

Mula sem cabeça, rapariga de padre, sacrílega. Não engana tampouco ao porco cujos roncos de raiva derrubam folhas das árvores, matam a criação no terreiro, os pássaros na mata:

— Não me traga carniça, já lhe disse que não como resto dos outros... lhe parto a cara, cachorra...

Gritos e gemidos, o som das pancadas, o silvo da taca, uma negrinha uivando a noite inteira, no pescoço do porco um colar de meninas, a argola maior, de ouro maciço, era Dóris. A cabeça de dona Brígida cada vez mais pesada, ora no mundo ora no inferno, qual o pior?

Onde aquela majestosa sra. dona Brígida, primeira-dama da comarca, viúva do benemérito dr. Ubaldo Curvelo, rainha-mãe a presidir o casamento da filha única? Baralham-se os acontecimentos em sua cabeça, o juízo fraco. Descuidou-se do vestir, manchas na saia e na blusa, chinelas velhas, cabelo em desalinho. Esquece fatos e datas, mistura detalhes, a memória vai e vem, imprecisa e inconstante. Passa dias e dias ensimesmada, falando sozinha, nos cuidados da neta, de súbito um incidente qualquer a mergulha na alucinação. Os monstros a perseguem: à frente da coorte infernal, o porco que lhe devorou a filha e pretende devorar a neta.

Guarda exata e inteira consciência de seu crime. Sim, porque ela, dona Brígida Curvelo, igual a Gabi Mula de Padre, alimentou o porco, igual a Terto Cachorro lobisomem, levantou caça para Justiniano Duarte da Rosa, capitão dos Suínos e dos Demônios. Entregou-lhe a própria filha para que ele sugasse o sangue, triturasse os ossos, comesse a carne pouca.

Não tentem inocentá-la, por favor, dando-a por enganada vítima das circunstâncias, a tomar o capitão por um ser humano, a confundir o que era sórdido ajuste de cama com nobres assuntos de casamento. Com razão ela está pagando em vida seus pecados, o crime cometido. Sabia a verdade desde o início, soube ao primeiro olhar de frete do capitão, nunca se deixara enganar — passara sem dormir noites a fio e exatamente então desenvolvera o dom de adivinhar os pensamentos e de prever o futuro.

Sabia mas não quis saber, calou-se, engoliu sapos e cobras, tapou com um dedo a chaga da tísica no peito de Dóris, com outro tapou o sol, passou mão de anistia sobre os malfeitos do capitão e conduziu a menina para o altar e à cama de solteira da alcova, no festim do casório. O porco a comia no almoço, no jantar, no café da manhã, cada refeição um pedaço. Tirante a barriga de prenha, Dóris foi ficando pequena e fina, no fim quase não houve o que enterrar.

Por crime assim imenso Deus Todo-Poderoso lhe deu o castigo de purgar o inferno em vida, na casa maldita do genro, roças de terras mal adquiridas, lavoura de alugados famélicos, galos de briga com esporões de ferro, cabras de clavinote e punhal, as meninas. Meninas e moças, por vezes mulheres maduras, raras. Quantas, depois da morte de Dóris? Dona Brígida perdeu a conta, nem adiantaria somar as da roça omitindo outras tantas na casa da cidade, atrás do armazém.

Muitas coisas esquece, de outras se lembra pela metade. Esquece a ânsia, o desvario de Dóris — ainda que dona Brígida se opusesse ao casamento, Dóris louca de orgulho e incontinência, por seus próprios pés entraria na alcova, o noivo pela mão, cínica e devassa. Arrancou da memória a visão de Dóris na sala de noivos, perdida a compostura, as mãos e a língua em deboche. Recuperou a filha, inocente escolar sem malícia, os olhos baixos, prometida de Cristo, o terço na mão, língua de prece, vocação mística de freira. Vítima da ambição da mãe e da luxúria do capitão.

Lavou igualmente dos olhos e da memória a imagem de Dóris esposa apaixonada e humilde aos pés do marido, uma escrava. Duraram dez meses o casamento e o ralo sangue de Dóris, dez rápidos dias para sua paixão, dez séculos de humilhações e afrontas para dona Brígida.

Não houve antes, não haverá depois, esposa mais devotada e ardente, Dóris atravessou aqueles dez meses em cio e a dar graças ao capitão. Voltara da lua de mel já de bucho cheio, numa exaltação, e nela viveu até morrer — o tempo de parir. Atenta ao menor desejo do amo e senhor seu marido, suplicando-lhe um olhar, um gesto, uma palavra, a cama. Inchada de orgulho, pelo braço de Justiniano, nas poucas idas ao cinema, nas contadas visitas à cidade. Dona Brígida enfraqueceu o entendimento no esforço de borrar da memória cenas indignas — Dóris agachada ante a bacia de água morna a lavar, à noite, os pés do suíno e a beijá-los. A beijá-los dedo por dedo. Vez por outra, por pura graça, o capitão empurrava-lhe o pé na cara, lá se iam os ossos no chão. Contendo as lágrimas, Dóris fazia cara de riso, divertida brincadeira, mãe. Assim eram os carinhos do capitão.

Quanta humilhação, Senhor!, mas Dóris se comprazia naquela vida, apenas queria deitar-se com o marido, recebê-lo entre as pernas, tristes gambitos.

De começo, plena de projetos e reivindicações, dona Brígida tentara dialogar com o genro em busca de cordial entendimento. Na mesa de jantar, expôs proposições modestas — moradia na cidade, na casa da praça da Matriz, casa própria sem despesa de aluguel; trem de vida digno de família de tanta consideração, de custo reduzido, porém, pois boa parte dos produtos proviria do armazém; criadagem e costureira, essa gente trabalhava praticamente pela comida, quase de graça; receberiam os amigos, as pessoas gradas da terra, dona Brígida sabia como fazê-lo, com a necessária categoria e pequena despesa. O capitão cruzou o talher, lambeu os dedos limpando restos de feijão:

— Só isso? Mais nada?

Nenhuma outra palavra a esclarecer seu pensamento, a conversa morreu em incertezas. Poucos dias passados, a viúva soube do aluguel da casa da praça a um protegido dos Guedes, dono de alambique de cachaça. Dona Brígida, ainda coberta de realeza e de sonhos, subiu a serra, passou do diálogo à discussão, das propostas às exigências. Dispor de sua casa sem sequer consultá-la, que ousadia! Onde iriam morar quando demorassem na cidade ou o genro pensa que dona Brígida pretende apodrecer nesses matos? Contentar-se com os quartos no fundo do armazém, na promiscuidade de caixeiros e cabras? O capitão imagina estar tratando com quem? Não era uma qualquer.

Aberta a discussão, logo se encerrou e de uma vez para sempre. Ia dona Brígida no maior embalo, no auge da indignação, quando o capitão explodiu:

— Merda!

Ficou dona Brígida de boca aberta, a mão no ar. O capitão fuzilava-a com os olhos miúdos. Que casa nem meia casa, quem pagara a hipoteca ao banco? Tanta empáfia, fidalga de bosta, um saco de bosta é o que a senhora é, não tem onde cair defunta, e se aqui encontra teto e comida, agradeça ser mãe de Dóris. Se quer ir embora, passar fome na cidade, viver da pensão do estado, a cancela está aberta, saia quanto antes, não faz falta a ninguém. Mas se pretende continuar aqui, vivendo às minhas custas, então enfie a língua no cu, nunca mais levante a voz.

Nessa hora infame, onde Dóris para apoiá-la dando-lhe forças para a luta? Muito pelo contrário, manteve-se sempre ao lado do marido contra a própria mãe:

— A senhora, mãe, está ficando insuportável. Justo até que tem paciência demais. Ele com tantos problemas a resolver e a senhora a provocar. Pelo amor de Deus acabe com isso, deixe a gente viver em paz.

Um dia, ouvindo-a queixar-se a uma visita da cidade, Dóris levantou-se em sua frente, irada:

— Pare com isso de uma vez, mãe, se quiser continuar a viver aqui. Vive de favor e ainda se queixa.

Rompeu-se o trono da rainha: fidalga de merda, rompeu-se uma corda em seu juízo. Sorumbática, caramuja, num resto de dignidade deixou de falar com o genro, com Dóris apenas o estritamente necessário. Passou a falar sozinha pelos matos.

Quanto a Dóris perdera qualquer resquício de dignidade, de pudor, de amor-próprio, um trapo nas mãos do marido que retornara por completo aos hábitos e ao caráter anteriores ao casamento.

Frequentemente o capitão chegava da cidade pela madrugada, e no suor a empapar-lhe o peito gordo Dóris sentia cheiro de fêmea, perfumes baratos, odores fortes, vestígios à mostra — jamais passara pela cabeça de Justiniano Duarte da Rosa ocultá-los à esposa. Assim mesmo, recém-chegado de outra, no quarto dos fundos do armazém ou na pensão de Gabi, montava-a de sobremesa, a magrela nessas ocasiões se superava, ah! não havia puta que se lhe comparasse!

Outras vezes acontecia estar tão cansado a ponto de nem lavar os pés, recusando água morna e carinhos, "vá pro inferno, me deixe em paz", ferrava no sono. Desfeita, Dóris atravessava a noite a chorar — a chorar baixinho para não incomodá-lo. Quem sabe, ao acordar, de manhãzinha? À espera, escrava a seus pés.

Nunca se atreveu a reclamar, jamais abriu a boca para uma queixa. Nem mesmo quando o capitão, irascível e estúpido, a maltratava, injúrias e insultos. Quem se comia por dentro era dona Brígida, tanta amargura foi-lhe destruindo o juízo. Certa vez, porque Dóris demorasse a lhe trazer um paletó reclamado aos berros, Justiniano meteu-lhe a mão na cara, na vista da mãe:

— Não ouviu chamar, lesma?

Dóris chorou pelos cantos mas nem quis ouvir falar em ir-se embora como propôs dona Brígida na revolta do primeiro impulso. "Coisa à toa, um tapinha sem importância, tive culpa mesmo, demorei demais." Nessas e noutras finaram-se a fidalguia e a razão de dona Brígida.

De uma ou de outra maneira, assim ou assado, Dóris soube conservar desperto o interesse do capitão, talvez porque o fogo da tísica a consumisse, não havendo puta que se lhe comparasse — e o capitão era competente na matéria. Dois dias antes do parto e da morte, ele ainda a cobriu, à moda dos bichos devido à barriga, e Dóris se deu com a mesma ânsia da primeira vez na alcova de solteira da casa da praça da Matriz quando fora mudar o vestido de noiva. Profundo e duradouro amor de esposos, segundo a comprovada tese do dr. juiz, um crânio.

A tuberculose se declarou galopante na última semana da gravidez. O pigarro da época do noivado crescera em tosse crônica após o casamento, aumentaram as covas das faces e a curva dos ombros, mas só vomitou sangue às vésperas do parto. Trazido de caminhão, dr. David reportou-se à consulta anterior: "Bem que eu avisei. Deviam ter adiado o casamento, ter feito os exames. Agora, é tarde, nem por milagre".

Ao ver a filha esvaída, o cuspo de sangue, outras cordas romperam-se na mente de dona Brígida. Esqueceu agravos, más palavras, desamor, apagou as imagens lúbricas e humilhantes da noiva e da esposa, reencontrou intacta na memória falha a menina do colégio de freiras, a pura Dóris de olhos baixos e terço em punho, distante da maldade do mundo no caminho do noviciado. Com a filha restaurada em santidade, partiu para o inferno onde purgar seu crime. De lucidez restou-lhe o suficiente para cuidar da neta.

Nascimento e morte sucederam-se na mesma noite de chuva, quase à mesma hora. A menina, forte e gorda, veio ao mundo pelas mãos da parteira Noquinha, Dóris faltou nas do dr. David, atrasado para o parto, a tempo justo para o atestado de óbito.

Que teria sentido o capitão? Soube-se na cidade que, tendo depositado o doutor em casa, dirigiu o caminhão para a pensão de Gabi onde quatro retardatários bebericavam conhaque em companhia de Valdelice, moçoila de acanhado ofício. De trato feito com um dos quatro para a noite inteira, a jovem aguardava com sono e paciência o fim da cachaça dos fregueses envolvidos numa discussão de futebol. No balcão, Arruda, garçom e xodó de Gabi, tirado a valente, ressonava. O capitão entrou porta adentro, não disse palavra, recolheu a garrafa de conhaque, esvaziou-a pelo gargalo. Arruda acordou para brigar, ao reconhecer Justiniano recolheu a valentia.

Na falta de melhor, o capitão contentou-se com Valdelice. Tendo a rapariga, por força de compromisso anterior, resistido ao convite "Vambora!", aplicou-lhe dois tabefes redondos e, puxando-a pelos cabelos esgrouvinhados, com ela trancou-se num quarto. Saiu manhã alta.

No centro da cidade a notícia da morte de Dóris, com detalhes de arromba, reunira desde as matinas a assembleia das comadres no átrio da igreja. Viram o capitão Justo atravessar a rua, procedente das bandas da Cuia Dágua, onde as rameiras exerciam. Pesado, espesso, lerdo, mudo, sinistro, um bicho.

A filha morta e enterrada, dona Brígida imaginou-se herdeira; numa suprema audácia ergueu a voz e reclamou inventário. O capitão riu-lhe na cara, foi designado inventariante pelo meritíssimo juiz e, por muito favor, consentiu-lhe manter o quarto dos fundos e os cuidados da criança.

No decorrer dos dias e das meninas, ano e meio após o enterro de Dóris, suja e rota, louca mansa, dona Brígida vive entre monstros de cordel, o porco, o lobisomem, a mula sem cabeça. Perseguida por um torturante sentimento de culpa, autora de crime sem perdão contra a própria filha cândida e indefesa, ali o expia, o inferno em vida.

Quando, porém, tiver cumprido a sentença inteira, purgado a pena ditada pelo Senhor, então o Anjo da Vingança baixará dos céus. Em infindáveis conversas consigo mesma, celebra o dia da libertação. Um anjo do céu, senhor são Jorge, senhor são Miguel, ou desesperado pai de filha estuprada, meeiro roubado nas contas, criador de galo de briga lesado em apostas, um cabra, um miserável qualquer, quem sabe o covarde lobisomem, sangrará o porco. Redimida enfim do pecado, dona Brígida partirá livre e rica para oferecer à neta o destino devido à sua estirpe. Ah! que seja logo, antes da infanta transformar-se em menina no ponto do capitão, argola no colar de ouro.

Detrás da mangueira, a criança contra o peito, cabelos desgrenhados, vestida de andrajos, dona Brígida perde a cena de vista, os monstros levaram a menina — os monstros estão soltos, povoam o campo, as plantações, o bosque, a casa, a terra inteira.

Atiram o corpo rebelde dentro do quarto, trancam a porta por fora. O capitão cospe nas palmas das mãos, esfrega uma na outra.

15

O CAPITÃO METE A CHAVE NA FECHADURA, ABRE A PORTA DO QUARTO, ENTRA, muda a chave, tranca a porta por dentro, coloca o candeeiro no chão. Tereza se incorporou, está de pé contra a parede do fundo, os lábios semiabertos, atenta. Justiniano Duarte da Rosa parece não levar pressa. Tira o paletó, pendura-o num prego, entre a taca e a oleografia da Anunciação, despe as calças, desata os cordões dos sapatos, dispensou a água morna para os pés naquela noite de festa — amanhã a nova moleca os lavará na bacia, antes da função começar. De cuecas e camisa desabotoada, a barriga solta, anéis nos dedos, colar no pescoço, toma do fifó, levanta-o, examina o prato e a caneca ali postos pela velha Guga cozinheira; o prato continua intacto, parte da água foi bebida. Com a luz pequena e suja inspeciona a mercadoria: cara, um conto e quinhentos mil-réis e mais o vale para o armazém. Não se arrepende, dinheiro bem empregado — bonita de cara, bem-feita de corpo; ainda mais o será ao crescer em mulher no busto e nas ancas. Aliás, para o gosto de Justiniano Duarte da Rosa nada se compara ao verdor das meninas assim, ainda com gosto de leite materno no dizer de Veneranda; Veneranda, espertalhona safada, mas de muito tutano na cabeça, conhecia macetes e libidinagens, usava palavras arrevesadas, importava estrangeiras para Aracaju, gringas sabidíssimas, faziam de um tudo, só que esse não é o momento de pensar em Veneranda, fosse se estourar nos infernos e levasse junto o governador do estado, seu xodó e protetor. Felipa falara certo: para encontrar mais bonita só indo à capital, quer dizer, à Bahia, nem em Aracaju conseguiria assim tão perfeita, a cor assentada em cobre, os cabelos negros batendo nas costas, as pernas altas, uma pintura, igual a certas estampas de santas, ali na parede tinha uma. Vale de sobra o preço, custou bom dinheiro mas não foi caro, é preciso distinguir. O capitão passa a língua nos beiços, descansa a luz no chão, sombras se elevam — Deita aí!, ordena. Deita aí!, repete. Estende o braço para obrigá-la, a menina se afasta, sempre junto à parede, Justiniano ri um riso curto: tu quer brincar de picula comigo, está com medo da zorra no meio das coxas? Se quer, vamos lá, não desprezo uma brincadeira antes de meter. Serve para esquentar o sangue. O capitão até prefere assim, as que vão abrindo as pernas e o xibiu, sem oferecer resistência, não duram no seu querer, a única foi Dóris mas era esposa — e como poderia Dóris ter resistido na alcova junto da sala? Não pôde gritar, engoliu o medo e acendeu um fogo por dentro; nem no castelo de Veneranda, entre francesas, argentinas e polacas, havia igual a ela por ardente e capaz. O capitão gosta de conquistar, de sentir a resistência, o medo, quanto mais medo melhor. Ver o medo nos olhos das bichinhas é um elixir, um trago de bebida, retempera. Se quiser gritar, pode gritar: em casa apenas a velha maluca e a criança, ninguém para se incomodar com soluços e gritos. Vamos, lindeza! Dá um passo o capitão, Tereza se furta, recebe um tapa nas ventas. Ri de novo o capitão, é a boa hora do choro. O choro aquece o coração, acelera o sangue de Justiniano. Em vez de chorar, Tereza responde com um pontapé; treinada nas brigas de moleques, atinge o osso no meio da perna nua, a unha do dedo grande arranha a pele — uma esfoladura, um pingo de sangue: foi Tereza quem tirou sangue primeiro. Curva-se o capitão para ver, quando se alteia abate o punho no ombro da menina. Com toda a força para educar. Jagunço, soldado, comandante nas brigas dos moleques, Tereza aprendera que guerreiro não chora e ela não há de chorar. Mas não pôde conter o grito, o soco desconjuntou-lhe o ombro. Gostou? Aprendeu? Está satisfeita ou quer mais? Deita, diabo! Deita, antes que eu te rebente. Arde o capitão em desejo, a resistência serviu para acender-lhe a caceta, afrodisíaco melhor que pau-de-resposta ou catuaba, ativou-lhe o sangue, abriu-lhe o apetite. Deita! Em lugar de obedecer, a desinfeliz tenta atingi-lo outra vez, o capitão recua. Corna descarada, tu vai ver! O soco ressoa no peito, Tereza vacila, abre a boca para respirar; aproveita-se Justiniano Duarte da Rosa e por fim a prende nos braços. Aperta-a contra o peito, beija-lhe o pescoço, o rosto, tenta alcançar a boca. Para ajeitá-la melhor, afrouxa o abraço, Tereza rodopia, escapa, mete as unhas na cara gorda em sua frente, ah! por pouco não cega o bravo capitão. Quem está com medo, sr. capitão? Nos olhos de Tereza apenas ódio, mais nada. Filha da puta, tu vai ver o que é bom, acabou-se a pagodeira. Avança Justiniano, a menina se furta, as sombras vão e vêm, a fumaça se eleva, vermelha, sufocante, invade as narinas. Louco de raiva, o capitão acerta um soco na caixa dos peitos de Tereza, parece uma batida de bombo. Tereza perde o equilíbrio, cai entre o colchão e a parede. Arde o rosto de Justiniano, a filha da puta ordinária queria furar-lhe os olhos. Baixa-se sobre a menina mas ela rasteja, estende o braço, alcança e empunha o candeeiro. O capitão sente o calor do fogo nas virilhas, na altura dos ovos. Criminosa! Assassina! Larga esse fifó agora mesmo, tu vai incendiar a casa e eu te mato. Tereza de pé, em sua mão o candeeiro sobe e avança; o capitão mais uma vez recua, salvando o rosto. Encostada à parede, a menina move a luz para localizar o inimigo. Ao fazê-lo, exibe o rosto suado e atrevido. Onde o medo, o medo desatinado de todas as outras? Apenas ódio. É preciso lhe ensinar a temer, a respeitar o amo e senhor que a comprou a quem de direito, é seu dono; se não houver respeito no mundo, como há de ser? De repente, o capitão enche as bochechas, sopra com força, a chama vacila e se apaga. Some o quarto na escuridão. Tereza perdida nas trevas. Para Justiniano Duarte da Rosa é dia claro, enxerga a menina contra a parede, os olhos de ódio, o fifó inútil na mão. Precisa ensinar-lhe o medo, educá-la. Chegou a hora, lá vai a primeira lição. Tereza recebe na cara a mão aberta, quantas vezes não sabe, não contou, capitão Justo tampouco. Rola o fifó, a menina tenta defender o rosto com o braço, não adianta grande coisa: a mão de Justiniano Duarte da Rosa é pesada e ele bate, com a palma e com as costas, dedos de anéis. Tereza tirou sangue primeiro, uma gota, bobagem. Agora coube ao capitão, o sangue da boca da menina suja-lhe a mão: aprenda a me respeitar, desgraçada, aprenda a me obedecer, quando eu digo se deite é para se deitar, quando eu digo abra as pernas é para abrir depressa, com honra e satisfação. Vou te ensinar o medo, tu vai ter tanto medo a ponto de adivinhar meus desejos como todas as outras ou mais depressa ainda. Para de bater, foi uma boa lição, mas por que essa filha da puta não chora? Tereza tenta esgueirar-se, não consegue; o capitão a segura, torce-lhe o braço. A menina aperta os dentes e os lábios, a dor a atravessa, o homem vai lhe quebrar o braço; não há de chorar, guerreiro não chora nem na hora da morte. Um raio de lua penetra na mansarda pelo buraco da janela condenada — pequeno demais para tamanha judiação. Na dor do braço torcido, Tereza afrouxa, cai deitada de costas — aprendeu, papuda? De pé ante a menina caída, o capitão, pingando suor, arranhado na perna, ferido no rosto, ri vitorioso; antes xingasse, o riso dele é sentença fatal. Solta o braço de Tereza: derrotada, não oferece mais perigo. Na raiva, o capitão terminara batendo por bater, maltratando por maltratar; na indignação esquecera o principal e, em vez de se excitar, findara a luta de estrovenga murcha. O raio de lua sobre a coxa descoberta reacende o desejo em Justiniano Duarte da Rosa. Aperta os olhos miúdos, retira a cueca, balança os bagos sobre a menina: veja minha filha, tudo isso é seu, vamos, tire o vestido, depressa, tire o vestido, estou mandando. Tereza estende a mão para a barra do vestido, o capitão acompanha o gesto de obediência, dominou a rebeldia da endemoniada. Mais depressa, ande, tire o vestido, assim submissa dá gosto: mais depressa, vamos! Em vez, Tereza apoia a mão no piso, se levanta num salto de moleque, novamente erguida no canto da parede. O capitão perde a cabeça, vou te ensinar, cachorra! Dá um passo, recebe o pé de Tereza nos ovos, dor mais sem jeito, dor mais pior, solta um grito medonho, se torce e contorce. Tereza alcança a porta, bate com os punhos, pede socorro, por amor de Deus me acudam, ele quer me matar. Ali mesmo recebe a primeira mordida da taca de couro cru. Taca feita de encomenda, sete cordas de couro de boi, trançadas, tratadas a sebo, em cada corda dez nós. Enlouquecido, em fúria, na dor desmedida, o capitão só pensa em bater. A taca atinge Tereza nas pernas, no ventre, no peito, nos ombros, nas costas, na bunda, nas coxas, na cara, a cada chicotada dos sete chicotes, a cada dentada dos nós um lanho, um rasgão, uma posta de sangue. O couro é faca afiada, zunem os chicotes no ar. Arfante, cego de ódio, o capitão surra como jamais surrou, nem a negrinha Ondina apanhou tanto assim. Tereza defende a face, as mãos em chagas, não há de chorar mas os gritos e as lágrimas soltam-se e rolam independentes de sua vontade, não basta querer: Tereza urra de dor, ai! pelo amor de Deus! Do quarto vizinho chegam as pragas malucas de dona Brígida, inúteis, não acalmam o capitão, não, não consolam Tereza, não despertam vizinhos nem a justiça de Deus. Incansável capitão: Tereza rola semimorta, o vestido empapado de sangue, o capitão continua a bater um bom pedaço de tempo. Aprendeu, cachorra? Com o capitão Justo ninguém se atreve e quem se atreve apanha. Para aprender a ter medo, a obedecer. Ainda de taca em punho, Justiniano Duarte da Rosa se curva, toca o corpo largado, a carne da menina. Um resquício de desejo volta a nascer nos quibas doídos, sobe-lhe corpo acima, reanima-lhe a verga, restabelece a vergonha e o orgulho. Sente um frio no rabo, resto fino de dor mas não há de ser nada, não vai impedir o capitão de iniciar a cobrança do conto e quinhentos. A menina geme, um choro de resmungos, demônia. Justo mete a mão, rasga-lhe o vestido de alto a baixo, sangue no tecido, sangue na carne dura, tersa. Toca o bico dos peitos, ainda não são peitos, são formas nascentes, as ancas apenas se arredondam, tão somente um começo de mulher, um início, menina por demais verde, bem ao gosto do capitão, melhor não podia ser. Um cão do inferno mas formosa pintura, petisco de rei, cabaço tão virgem nunca se viu. Desce a mão para os pelos raros negros sedosos no ventre pequeno, passa a língua nos beiços, estende o dedo para atingir o mistério da rosa em botão; mais além da dor, da raiva, o capitão restabelecido em desejo, disposto e apto, de estrovenga armada, vai começar a função. Mas a demônia cruza as pernas, tranca as coxas. Onde encontra ideia e decisão? Tenta o capitão descruzar, não existe força humana capaz de fazê-lo. Outra vez a raiva ergue a taca na mão de Justiniano Duarte da Rosa, perseguido pelo cão em noite de núpcias. Põe-se de pé e bate. Bate com desespero, bate para matar. Para ser obedecido quando ordena ou deseja. Sem obediência que será do mundo? Os uivos de dor vão se perder na mata para onde foge dona Brígida de neta nos braços. O capitão só deixa de bater quando Tereza para de gritar, posta inerte de carne. Descansa um instante, larga a taca no chão, descruza-lhe as pernas, toca o recôndito segredo. Ainda tenta a menina um movimento, dois tapas na cara acabam de acomodá-la. O capitão ama descabaçá-las ainda verdinhas, com cheiro e gosto de leite. Tereza, com gosto de sangue.

16

QUANDO A BAÇA LUZ DA ANTEMANHÃ CONSEGUIU PENETRAR ATRAVÉS DAS FRESTAS da janela condenada, Tereza rota, lascada ao meio, dolorida em cada partícula de seu ser, arrastou-se até a borda do colchão, bebeu em dois goles o resto da água da caneca. Num esforço conseguiu sentar-se, os roncos do capitão fizeram-na estremecer. Não pensava em nada, apenas tinha ódio. Até então fora risonha e brincalhona, muito dada e festiva, amiga de todo mundo, doce menina. Naquela tarde e naquela noite aprendeu o ódio, de vez e inteiro. O medo, ainda não.

De gatas saiu do colchão, foi até o penico, gemeu de dor ao sentar-se. Ao som da urina, o capitão acordou. Queria tê-la desperta, não uma posta de carne morta. Queria vê-la receber a estrovenga, o corpo vibrando na resistência e na dor. Ouvi-la urinar excitava-o loucamente.

— Deita, vamos folgar.

Puxou Tereza pela perna derrubando-a a seu lado, mordeu-lhe os lábios, nos ovos o desejo se impunha sobre a dor pertinaz e encoberta. Não tranque as coxas se não quiser morrer de apanhar. Pois a maldita não só trancou coxas e lábios, fez pior: meteu a mão no colar, um puxão no fio de ouro, rolaram as argolas pelo quarto, cada argola um tampo de menina colhido ainda verde. Maldição! De um salto levantou-se o capitão esquecido dos quibas, dor no rabo e no coração — não havia nada no mundo, pessoa, animal, ou objeto de maior valor ou estima para Justiniano Duarte da Rosa, nem a filha pequena, nem o galo Claudionor, campeão de raça pura japonesa, nem a pistola alemã, nada tão precioso quanto o colar dos cabaços. Na mesma noite, os bagos e o colar, ah! demônia! Demônia filha da puta tu não aprendeu ainda, vai aprender. Vai catar as argolas uma a uma na música da taca. Vamos! As argolas, uma a uma! De taca na mão, cego de raiva, um incômodo nos ovos, aperreio medonho!

Surra de criar bicho, de arriar os quartos, só faltou mesmo matar. Matilhas de cães respondiam nas distâncias aos uivos de Tereza: toma, cadela, para aprender. Deixou-a desacordada mas quem recolheu as argolas foi o capitão.

Quando terminou de juntá-las, o próprio capitão sentiu-se enfarado, de braço farto, por pouco desloca a munheca, sem falar na persistente sensação de peso no saco da vida. Jamais batera tanto em alguém, tinha gosto em bater, divertido passatempo, mas dessa vez abusara, eta bicha sediciosa ruim de domar. Dera para lhe quebrar a vontade, só lhe quebrara as forças. Exausto o capitão, ainda não cedeu à fadiga, macho retado toda vida, cobriu a menina, cabeça perversa, cabaço de ouro.

Desmontou Tereza no canto dos galos. Doíam-lhe os bagos. Ah! filha da puta rebelde mas até o ferro com pancada se dobra.

17

O MEDO ESTAMPADO NO ROSTO DAS MENINAS NA HORA DA VERDADE espicaça-lhe o desejo, dando-lhe dimensão mais profunda, raro sabor. Vê-las apavoradas, mortas de medo, uma delícia; ser obrigado a possuí-las na raça, na força do tapa, um prazer dos deuses; o medo é o pai da obediência. Mas essa tal de Tereza, tão novinha, ah! em seus olhos o capitão não enxerga o medo; tanto lhe batera na primeira noite e só reconhecera a raiva, a rebeldia, o ódio. De medo, nem sinal.

Justiniano Duarte da Rosa, como todos sabiam — e respeitavam —, era um esportista, criador de galos de briga, rei das apostas. Faz uma aposta consigo mesmo; se bem houvesse transposto os umbrais de Tereza, colhido mais um cabaço para sua coleção de meninas, só irá a Aracaju, à joalheria de Abdon Carteado, encomendar a argola de ouro comemorativa quando houver ensinado o medo e o respeito à cria indócil, quando a tiver domada a seus pés, atenta a suas ordens e caprichos, rendida e súplice, pronta a lhe abrir as coxas ao menor aceno e a pedir mais. Vai lhe ensinar a fazer tudo quanto fazem as mulheres do castelo de Veneranda, as gringas. Dóris aprendera num instante, tornou-se mestra e devota, pena fosse magra e feia. Tereza é uma estampa de santa, o capitão cobrará em dobro seu rico dinheiro, tostão a tostão, nem que tenha de surrá-la dez vezes por dia, outras tantas à noite. Há de vê-la trêmula de medo em sua frente. Irá então a Aracaju, à tenda de Abdon encomendar a argola de ouro.

Nos primeiros dias, além da tentativa de fuga, pouco mais sucedeu pois o capitão guardara o leito, um dos ovos inchado, consequência do pontapé de Tereza — estivesse a bandida calçada e teria rendido Justiniano para o resto da vida. Duas vezes por dia a velha Guga cozinheira abria

a porta, entrava no quarto trazendo um prato com feijão, farinha e carne-
-seca, e a caneca com água, retirava o urinol para despejá-lo. Na primeira
manhã, quando Guga apareceu para trazer o almoço, Tereza nem se moveu do colchão, quebrada, sem forças. Na obscuridade do quarto, Guga
farejou o sangue, recolheu a taca, balançou a cabeça, falando sem parar:

— Que adianta contrariar o capitão? O melhor é satisfazer logo a
vontade dele, para que diabo tu quer guardar esses três vinténs de merda? Pra que serventia? Tu é muito menina, moderninha mesmo, um
tico de gente e se mete a baderneira. É melhor tu fazer as vontades dele.
Tu apanhou muito, ouvi tu gritar. Tu pensa que alguém vai socorrer?
Quem? A velha maluca? Tu é mais maluca que ela. Acaba com esse barulho que a gente precisa dormir, não está para ouvir grito a noite toda.
O que é que tu fez pro capitão cair de cama? Tu é maluca. Tu não pode
sair do quarto, é ordem dele.

Não pode sair do quarto, é ordem dele; vamos ver se não posso.
Quando, no fim da tarde, a negra retornou, Tereza nem lhe deu tempo
de entrar, precipitou-se pela porta aberta, envolta no lençol, ganhou o
mundo. Na sala, dona Brígida a viu passar, alma penada, resto de carniça
do capitão, um dia Deus mandará o castigo. Benzeu-se, o inferno em vida.

Só foram encontrar a fujona no meio da noite, numa capoeira distante.
O capitão, condenado a repouso absoluto — o saco disforme na bacia de
rosto, mergulhado numa espécie de chá feito com tampas de caixa de charutos, um porrete na cura de orquite! —, comandou da cama a expedição de
captura, posta sob as ordens de Terto Cachorro. Os cabras se espalharam
pela roça; Marquinho, rastreador de animais, a descobriu dormida numa
moita de espinhos. A ordem estrita do capitão era não maltratá-la, em mulher sua não admitia que outro tocasse, só ele espancava.

Enrolada no lençol, trouxeram-na à sua presença. O capitão, meio
sentado, travesseiros nas costas, empunhava uma palmatória das grandes, pesada, de madeira de lei, antiga, do tempo da escravidão, dessa
qualidade já não se faz nos dias de agora. Os cabras sujeitaram Tereza,
o capitão lhe aplicou quatro dúzias de bolos, duas em cada mão. Não
hei de chorar, do meio para o fim chorava baixinho, estrangulando os
soluços. Outra vez a trancaram no quartinho dos fundos.

Daí em diante quando Guga abria a porta, um cabra se postava de
guarda no corredor. No segundo dia, sendo a fome por demais, Tereza
não conseguiu aguentar, limpou o prato. Não hei de chorar, chorou;
não hei de comer, comeu. Trancada no quarto, só pensava em fugir.

Restabelecido dos ovos, retornou o capitão às lides de cama. Um dia, Guga apareceu fora dos horários habituais, com ela veio um cabra trazendo bacia e balde com água. A velha lhe entregou um pedaço de sabão: é pra tu tomar banho. Só depois de ter se banhado, quando Guga voltou para pendurar uma lamparina na parede, entre o quadro da Virgem com o anjo Gabriel e a taca de sete pernas ainda suja de sangue, só então Tereza compreendeu o motivo do banho. Guga lhe entregou a encomenda:

— Ele mandou pra tu vestir, foi da finada. Vê se tu hoje não grita que o povo precisa dormir.

Camisola de cambraia e rendas, peça fina do enxoval do casamento, amarelada pelo tempo. Por que tu não veste? Tu é maluca.

A luz mortiça da lamparina iluminou a figura do capitão a despir calça e cueca. Por via das dúvidas retirou o colar do pescoço, foi pendurá-lo em cima do quadro. Por que não vestiu a camisola que lhe mandei, corna mal-agradecida, por que desprezou meu presente?

A pancadaria recomeçou, surras e gritos tornaram-se monótonos, só dona Brígida ainda fugia para os matos a clamar pela justiça divina — castigo para o miserável, castigo para a escandalosa; por que tanto alvoroço, tanta bordoada e tanto grito, seria essa moleca por acaso melhor do que Dóris para se fazer tão rogada e difícil? O inferno em vida.

Obstinado e metódico, o capitão prosseguiu com o tratamento tantas vezes comprovado; Tereza acabaria por aprender o medo e o respeito, por aprender obediência, mola mestra do mundo. Na pancada do malho até ferro se dobra.

Durante uns dois meses, Tereza apanhou. O tempo exato ninguém mediu na folhinha mas deu para o povo se habituar e dormir no embalo dos gritos. Que berros mais horríveis são esses? — quis saber um viandante curioso. Não é nada não senhor, é uma maluca, cria do capitão. Mais ou menos dois meses, Tereza aguentou. Cada vez que o capitão a teve, foi na porrada. Cada novidade, custou tempo e violência. Chupa, ordenava o capitão; a sediciosa trancava a boca, ele batia-lhe com a fivela do cinto em cima dos lábios: abre, cadela! Até abrir. Cada ensinamento durava noites e noites de aprendizagem; era preciso usar a mão aberta na cara, o punho fechado no peito, o cinto, a palmatória, a taca. Até que as forças de Tereza faltassem e ela consentisse ou executasse. A fedentina de mijo, o sangue coalhado, os urros de dor, assim Tereza Batista se iniciou no ofício de cama. Vira de costas, mandava o capitão, fica de quatro. Para consegui-la de quatro e de costas, Justiniano

Duarte da Rosa quase gasta o couro cru da taca dos sete chicotes, cada chicote dez nós.

O capitão Justo era tenaz, tinha feito uma aposta consigo mesmo, Tereza haveria de aprender o medo e o respeito, a santa obediência. Terminou aprendendo, que jeito.

18

ANTES, PORÉM, TENTOU FUGIR PELA SE-GUNDA VEZ. DESCOBRIU TER SIDO suspensa a vigilância do cabra no corredor durante as idas e vindas de Guga. Na certa, o capitão, ao fim de dois meses de intenso tratamento, considerava-a suficientemente dobrada, submissa à sua vontade.

Constatada a ausência do capanga, Tereza outra vez investiu, metida na camisola de Dóris, ligeira como um bicho do mato. Não foi longe: aos gritos de Guga acorreram o capitão e dois cabras, cercaram-na nas afóras da casa, trouxeram-na de volta. Dessa vez o capitão mandou amarrá-la com cordas; fardo sem movimentos, de novo atirada no quarto.

Meia hora depois, Justiniano Duarte da Rosa apareceu à porta, riu seu riso curto, sentença fatal. Trazia na mão um ferro de engomar cheio de brasas. Levantou-o à altura da boca, soprou por detrás, voaram faíscas pelo bico, brilharam lá dentro os carvões acendidos. Passou o dedo na língua, depois no fundo do ferro, o cuspo chiou.

Arregalaram-se os olhos de Tereza, o coração encolheu e então a coragem lhe faltou, soube a cor e o gosto do medo. Tremeu-lhe a voz e mentiu:

— Juro que não ia fugir, só queria tomar banho, tou grossa de sujo.

Apanhara sem pedir piedade, calada, apenas o choro e os gritos; não rogara pragas, não xingara, enquanto tinha forças reagia e não se entregava. Chorou e consentiu, é certo; jamais, porém, implorara perdão. Agora, acabou-se:

— Não me queime, não faça isso, pelo amor de Deus. Nunca mais vou fugir, peço perdão; faço tudo que quiser, peço perdão. Pelo amor de sua mãe, não faça isso, me perdoe, ai, me perdoe!

Sorriu o capitão ao constatar o medo nos olhos, na voz de Tereza; finalmente! Tudo no mundo tem o seu tempo e o seu preço.

A menina estava atada de cordas, deitada de barriga para cima. Justiniano Duarte da Rosa sentou-se no colchão diante das plantas nuas dos pés de Tereza. Aplicou o ferro de engomar primeiro num pé, depois no outro. O cheiro de carne queimada, o chiado da pele, os uivos e o silêncio da morte.

Depois de fazê-lo, o capitão a desamarrou; já não eram necessárias cordas e vigilância, cabra no corredor, fechadura na porta. Curso completo de medo e respeito, Tereza por fim obediente. Chupa, ela chupou. Depressa, de quatro e de costas. Depressa se pôs. Sozinha no mundo e com medo, Tereza Batista, argola no colar do capitão.

19

ENTRE A ROÇA E O ARMAZÉM, TEREZA BATISTA RESIDIU POR MAIS DE DOIS ANOS EM companhia do capitão Justo, na condição — como dizer? —, digamos, de favorita. A nova amásia do capitão, na voz geral; mas o seria realmente? A condição de amásia — ou concubina, rapariga de casa posta, moça, amiga, manceba — implica a existência de subentendido acordo entre a escolhida e o protetor; um corpo de obrigações mútuas, direitos, regalias, vantagens. Para resultar perfeita a mancebia exige gastos de dinheiro e esforços de compreensão. Amásia na mais completa e justa acepção da palavra era Belinha, a do meritíssimo juiz. O magistrado montara-lhe casa em beco discreto, quintal de mangueiras e cajueiros com brisa e rede, mobília singela mas decente, cortinas, tapetes e lhe fornecia, além do necessário ao passadio e ao vestuário, um dinheirinho extra para pequenas despesas. Belinha causava inveja até a senhoras casadas quando toda nos trinques e de olhos baixos, seguida pela empregada, dirigia-se à costureira. Tinha empregada para os serviços domésticos e para acompanhá-la à costureira, ao dentista, às lojas, ao cinema, pois frágil é a honra das amásias, necessita permanente cobertura. Em troca de tais vantagens, obrigara-se Belinha a oferecer ao amásio ilustre a completa intimidade de sua graciosa pessoa, a desdobrar-se em carinhos e atenções, ser-lhe amável companhia, além de fiel — exigência primeira e essencial. A violação de uma ou outra cláusula nesses tácitos acordos de bom viver resulta da imperfeita condição humana. Veja-se Belinha: paradigma da amásia ideal, no entanto incapaz de fidelidade, inaptidão congênita em sua gentil pessoa. Compreensivo e calejado, o meritíssimo fechava os olhos às visitas do primo da moça, em dias de audiência, em respeito aos laços familiares; sua esposa na Bahia possuía ponderável e alegre parentela masculina, como negar um primo único e furtivo à comedida Belinha, solitária durante as longas horas quando ele distribuía justiça na comarca? Corno veterano, cabrão convencido; condição de mansuetude indispensável em certos casos ao completo sucesso da perfeita amigação.

Amásia propriamente não era Tereza, se bem dormisse no leito de casal, tanto no amplo leito conjugal da casa da roça como na velha cama da casa da cidade, regalia a elevá-la acima das demais, a lhe dar categoria especial no rol das inúmeras crias, protegidas, xodós a se sucederem na vida de Justiniano Duarte da Rosa. Regalia significativa, sem dúvida, mas única — fora de uns vestidos usados do enxoval de Dóris, um par de sapatos, um espelho, um pente, berloques de mascate. No mais, uma criada igual às outras, no trabalho de manhã à noite; primeiro, na casa da roça; depois, no balcão do armazém quando Justiniano descobriu suas habilidades nas quatro operações e a letra legível. Criada e favorita, manteve Tereza durante dois anos e três meses o privilégio da cama de casal. Teve concorrentes e rivais, todas permaneceram nos quartinhos dos fundos, nenhuma ascendeu dos colchões de capim aos leitos de limpos lençóis.

Mulher alguma demorou-se tanto nas preferências do capitão, amigo de variar. Legiões de raparigas — meninas, moças, maduras — habitaram nas duas casas de Justiniano Duarte da Rosa, à sua disposição; o interesse do capitão, de começo muito intenso, esgotava-se em dias, semanas, raramente durava alguns meses. Lá se iam as infelizes mundo afora; a maioria para a Cuia Dágua, reduto local das mulheres da vida; umas poucas, fisicamente mais dotadas, embarcavam no trem para Aracaju ou para a Bahia, mercados maiores; há mais de vinte anos fornecia o capitão material numeroso e de qualidade variável para os centros consumidores.

Na opinião do coletor Aírton Amorim, em linguagem científica traduz-se essa mania de variar por impotência. Impotência? O promotor público Epaminondas Trigo protesta, farto das mistificações de Aírton cuja diversão preferida era abusar da boa-fé dos amigos, engendrando absurdos:

— Lá vem você com suas invenções. Para tanta mulher, ele precisa ter uma tesão de jegue, isso sim.

— Não me diga, meu ilustre bacharel, que nunca leu Marañon?

O coletor gostava de botar banca, de exibir erudição: Gregório Marañon, sábio espanhol, da Universidade de Madri; é ele quem afirma e prova, meu emérito — quanto maior o número de mulheres, a variedade de fêmeas, mais frouxo o indivíduo.

— Marañon? — admirou-se Marcos Lemos, o guarda-livros da

usina: — Eu conhecia a teoria mas pensava que o autor era Freud. Marañon, tem certeza?

— Tenho o livro na minha estante se quiser comprovar.

— Broxa assim, comendo e variando, variando e comendo, até eu queria ser. O cara não faz outra coisa senão tirar cabaços e você a classificá-lo de broxa, onde já se viu um absurdo igual? — O promotor não se convence.

Aírton eleva os braços aos céus: santa ignorância! Exatamente por isso, meu caro bacharel com cinco anos de faculdade, exatamente por isso: o indivíduo necessita trocar de mulher a cada passo para excitar-se, manter-se potente. Sabe você, caríssimo representante da acusação pública, quem foi o maior broxa da história? Dom Juan, o amante por excelência, o das mil mulheres. Outro frouxo, frouxíssimo: Casanova.

— Essa não, Aírton, nem como paradoxo...

Mas o juiz, não querendo passar por menos culto, afirmou a existência de Marañon e da tese estrambólica; verdadeira ou não, a teoria fora proclamada e discutida. Discutidíssima. Quanto a Freud, o assunto era outro: a teoria dos sonhos e dos complexos e aquela história de Leonardo da Vinci...

— Leonardo da Vinci, o pintor? — Dr. Epaminondas o conhecia das palavras cruzadas: — Era broxa também?

— Broxa, não. Chibungo.

Tema de discussões, impotente ou mestre jegue, à escolha dos contricantes, na fartura de tanta rapariga, o capitão vez por outra apegava-se a uma delas, quase sempre menina nova, ainda nos cueiros — para novamente citar a sábia Veneranda, em assuntos de sexo autoridade tão competente quando Freud e Marañon e muito menos controvertida. Ao direito à cama de casal, prova do favor do capitão, privilégio e honra, junte-se a oferta de um vestidinho barato, um par de alpercatas, um brinco, um pedaço de fita, e com isso termina a relação das regalias das preferidas; o capitão não costuma jogar dinheiro fora; desperdícios, prodigalidades, ficavam bem ao meritíssimo juiz, é fácil ser perdulário com dinheiro alheio.

Nem uma palavra de carinho, uma sombra de ternura, um agrado, uma carícia — apenas maior assiduidade, furor de posse. Acontecia-lhe, nas horas mais extravagantes, fazer um sinal a Tereza — para a cama, depressa! —, suspender-lhe a saia, despejar-se, inadiável necessidade, mandá-la de volta ao trabalho.

Tal veemência de desejo não o impedia de dormir com outras. Houve ocasião de duas hóspedes, ao mesmo tempo, contemporâneas, na roça e na cidade, além de Tereza, e de procurá-las a todas no mesmo dia. Um garanhão retado, um pai-d'égua, e Aírton Amorim, incorrigível farsante, a acusá-lo de impotente; nem a confirmação do meritíssimo juiz convence o promotor, esse tal de Marañon não passa de uma besta.

Quando Tereza Batista veio do casarão da roça para a casa do armazém, posta ante uma pequena mesa a fazer contas, curiosos circularam na rua para lobrigar "a nova amiga do capitão, vale a pena!". Na cidade, as raparigas de Justiniano Duarte da Rosa eram debatidas no parlamento das comadres, nas tertúlias dos letrados. Uma delas, Maria Romão, causou intenso rebuliço ao ser vista, de braço dado com o capitão na calçada do cinema, rebolando ancas fartas e busto soberbo; logo se soube da conta aberta para a mulata na loja de Enock, acontecimento inédito, digno de notícia nos jornais da capital. Alta, trigueira, de cabelos lisos, uma estátua. Estranhamente, não era menina nova, já completara dezenove anos quando o capitão Justo a adquiriu numa leva de paus de arara trazidos do alto sertão, destinados às fazendas do sul. Um colega de patente de Justiniano Duarte da Rosa, o capitão Neco Sobrinho, mercadejava sertanejos, arrebanhando-os na seca para vendê-los em Goiás, negócio seguro, lucro certo. De passagem e necessitado de mantimentos, trocou Maria Romão por carne-seca, feijão, farinha e rapadura. De conta aberta em loja, Maria Romão foi a primeira e a derradeira. Xodó poderoso, atirado despudoradamente às fuças da população, durou pouquíssimo, não dobrou a semana.

Não era o capitão dado a confidências, ao contrário: de natural reservado, inimigo de fuxicos e fuxiqueiros. No entanto, ao despedir Maria Romão, tendo sido interrogado pelo amigo dr. Eustáquio Fialho Gomes Neto sobre a veracidade da notícia a circular nas ruas, não se negou a lhe prestar sincera informação. O juiz, novo na comarca, a família na capital, impossibilitado pelo cargo de frequentar mulher-dama, buscava rapariga para quem montar casa e Maria Romão parecera-lhe talhada a dedo para a emergência.

— É verdade o que falam, capitão? Que aquela moça Romão já não está em sua companhia?

— É fato, sim. Troquei toda aquela fachada por uma pequerrucha raquítica que Gabi recebeu de Estância, da fábrica de tecidos. — Fez uma pausa, completou: — Gabi pensa que me enrolou. Ainda está por nascer quem enrole o capitão Justo, seu doutor.

— Trocou, capitão? Trocou, como? — O juiz instruía-se sobre costumes da terra e do capitão.

— Faço umas barganhas com Gabi, seu doutor. Quando ela tem novidade me avisa, se gosto compro, troco, alugo, faço qualquer transação. Quando enjoo da bichinha, a gente negocia de novo.

— Entendo. — Ainda não entendia direito, ia aprender com o tempo: — Quer dizer que a moça está livre, quem quiser...

— É só falar com Gabi. Mas, se mal lhe pergunto, o doutor está interessado nela para quê?

O juiz explicou seu problema; com o capitão, a quem viera recomendado por amigos poderosos, podia se abrir. Com os filhos estudando na Bahia, a esposa demorava-se mais pela capital do que mesmo em companhia do marido. Ia e vinha, ele também, quando possível...

— Despesona danada! — disse o capitão e assoviou entre dentes...

Se era... Nem é bom falar, mas que fazer? A educação dos filhos exige sacrifícios, capitão. Agora, veja o amigo: na posição de juiz de direito, não lhe fica bem frequentar casas de mulheres, ruas suspeitas, enfim... o capitão compreende a situação delicada. Pensa estabelecer criatura direita e que lhe fale aos sentidos. Ao saber Maria Romão livre, o capitão desinteressado...

— Não lhe aconselho, doutor. Muita estampa, muita figura, podre por dentro.

— Podre por dentro?

— Lepra, doutor.

— Lepra? Meu Deus! Tem certeza?

— Conheço pela sombra mas a dela já começou a dar flor.

No correr dos dias o meritíssimo juiz muito aprendeu sobre os costumes locais e sobre o capitão. Fizeram-se amigos, trocaram favores, unidos por interesses diversos, na voz do povo sócios em bandalheiras, a quadrilha do capitão, do juiz, do delegado e do prefeito. Vangloria-se de conhecer como ninguém os sentimentos de Justiniano Duarte da Rosa. Na roda dos intelectuais, nos debates eruditos e frascários — também nas tardes mansas ao calor do seio de Belinha — o dr. Eustáquio discorre sobre a vida sentimental e sexual do respeitado prócer. Amor digno dessa palavra sublime, capaz de levar homem adulto e de princípios estabelecidos a cometer desatinos, amor realmente, Justiniano só uma vez o sentira e dele padecera; o objeto desse puro sentimento fora Dóris. Que desatinos cometera o capitão, provas de cegueira e demência, provas de um sublime amor? Pois meus caros colegas, minha doce amiga, o de casar-se com criatura tão sem graça, pobre e tísica, loucura das loucuras. Amor sublime ou sórdido, como prefiram, verdadeiro, porém. O capitão jamais professara amor antes de Dóris, jamais voltara a senti-lo depois — todo o resto não passando de xodós, rabichos, simples assuntos de cama, de maior ou menor duração, quase sempre menor.

Tereza não teve conta aberta na loja de Enock nem a viram de braço com o capitão, na hora da sessão de cinema; em troca foi a única a atravessar mais de dois anos no favor de Justiniano Duarte da Rosa, deitada em cama de casal. Dois anos e três meses completos — e quanto tempo ainda se não acontecesse o que aconteceu?

O sr. juiz, profundo psicólogo e vate contumaz (dedicara à Belinha todo um ciclo de lúbricos sonetos camonianos), recusou-se não só a colocar Tereza ao lado de Dóris na escala de sentimentos de Justiniano Duarte da Rosa como também a designá-la, como o fazia o povo, por amásia ou amiga do capitão. Amiga? Quem, Tereza Batista? Certamente o fato do meritíssimo encontrar-se de certa maneira envolvido nos acontecimentos finais dificultaram-lhe a imparcialidade, apoucaram-lhe a musa, não lhe permitindo enxergar amor e ódio, medo e destemor. Viu apenas vítimas e culpado. Vítimas, todos os personagens da história, a começar do capitão; culpado, apenas um, Tereza Batista, tão jovem e tão perversa, coração de pedra e vício.

Houve quem pensasse exatamente o contrário, algumas pessoas sem maior classificação, não eram juristas nem literatos como o dr. Eustáquio Fialho Gomes Neto, para as musas Fialho Neto, não sabiam de leis nem de métrica. No fim, como se verá, nada ficou apurado devido à indébita e decisiva intervenção do dr. Emiliano Guedes, o irmão mais velho dos Guedes.

20

OS SENTIMENTOS DE JUSTINIANO DUARTE DA ROSA EM RELAÇÃO À TEREZA, capazes de manter tão longo favoritismo e crescente interesse, permanecem ainda hoje à espera de justa definição por falta de acordo entre os letrados. Já os sentimentos de Tereza Batista não exigiam — nem mereceram — debates e análises, reduzidos exclusivamente ao medo.

De início, enquanto resistiu e se opôs com desespero, viveu e se fez forte no ódio ao capitão. Depois, apenas medo, mais nada. Durante o tempo em que habitou com Justiniano, Tereza Batista foi escrava submissa, no trabalho e na cama, atenta e diligente. Para o trabalho, não aguardava ordens; ativa, rápida, cuidadosa, incansável; encarregada dos serviços mais sujos e pesados, a limpeza da casa, a roupa a lavar, a engomar, na labuta o dia inteiro. No duro trabalho, fizera-se forte e resistente; admirando-lhe o corpo esguio ninguém a julgaria capaz de carregar sacos de feijão de quatro arrobas, fardos de jabá.

Propusera-se a ajudar dona Brígida no trato da neta mas a viúva não lhe permitia sequer aproximação, menos ainda intimidades com a criança. Tereza era a traiçoeira inimiga a ocupar a cama de Dóris, a usar suas roupas (os vestidos apertados marcavam-lhe as formas nascentes, excitantes), a fazer-se passar por ela para roubar-lhe filha e herança. Mergulhada na alucinação, num universo de monstros, dona Brígida mantinha-se lúcida quanto à condição da neta, herdeira única e universal dos bens do capitão. Um dia, quando descesse dos céus o anjo vingador, a criança rica e a avó resgatada do inferno iriam viver na opulência e na graça de Deus. A neta é seu trunfo, sua carta de alforria, sua chave de salvação.

Cadela trazida das profundas do inferno pela mula sem cabeça ou pelo lobisomem para a matilha do porco, mascarada de Dóris, a intrujona deseja fechar-lhe a última porta de saída, roubar-lhe a neta, os bens e a esperança. Quando a enxergava por perto, dona Brígida sumia com a pequena.

Quem lhe dera poder cuidar da criança! Não era pela boneca, não era somente pela boneca; Tereza gosta de crianças e bichos e nunca brincou com bonecas. A esposa do juiz, dona Beatriz, madrinha escolhida por Dóris ainda no começo da gravidez, trouxera a boneca da Bahia, presente de aniversário. Abria e fechava os olhos, dizia mamãe, loiros cabelos anelados, vestido branco de noiva. Em geral trancada no armário, aos domingos entregue à criança durante limitadas horas. Apenas uma vez Tereza a teve nas mãos, logo dona Brígida a arrebatou, praguejando.

Não reclamava do trabalho — limpeza dos penicos, asseio da latrina, tratamento da chaga exposta na perna de Guga, a trouxa de roupa — mas era-lhe penosa a má vontade da viúva, a proibição de tocar na criança. De longe enxergava-a a andar em seu passo vacilante; devia ser bom ter um filho ou mesmo uma boneca.

Ainda mais penosas as obrigações de cama. Servir de montaria ao capitão, satisfazer-lhe os caprichos, entregar-se dócil a qualquer momento, noite e dia.

Após o jantar, estando ele presente, trazia-lhe a bacia com água morna para os pés e os lavava com sabonete. Para passar por Dóris, na opinião de dona Brígida, mas Dóris era feliz ao fazê-lo, pés adorados, beijava-lhe os dedos, frenética à espera da cama e da função. Para Tereza era tarefa insegura e arriscada; mil vezes preferível tratar da chaga fétida de Guga. Por lembrar-se de Dóris ou apenas de malvadez, às vezes o capitão empurrava-lhe o pé, derrubando-a no chão: por que não beija, não faz um agrado, peste? Outras melhores fizeram. Mandava-lhe o pé na cara: orgulhosa de merda! Empurrões e pontapés desnecessários, de pura ruindade; bastava o capitão mandar, Tereza engolia orgulho e repugnância, lambia-lhe os pés e o resto.

Jamais sentiu Tereza o menor prazer, o mínimo desejo ou interesse; todo e qualquer contato físico com Justiniano Duarte da Rosa foi moléstia e asco e só por medo concedeu e fez — fêmea à disposição, cordata e pronta. Nesse período de sua vida, os assuntos de cama e sexo significaram para Tereza apenas dor, sangue, sujeira, amargura, servidão.

Nem sequer imaginava pudessem tais coisas conter alegria, reciprocidade no prazer ou simplesmente prazer — sendo Tereza apenas vaso onde descarregar-se o capitão, nela vertendo seu desejo como vertia urina no penico. Que pudesse ser de outra maneira, com carinho, carícias, gozo, nem lhe passava pela cabeça. Por que sua tia Felipa se trancava com homens, não entendia. Desejo, ânsia, ternura, alegria não existiam para Tereza Batista.

Jamais lhe pediu fosse o que fosse, orgulhosa de merda, inconsciente porém de seu orgulho. Justiniano lhe deu vestidos do enxoval de Dóris, o par de sapatos vindo da loja de Enock, um ou outro penduricalho barato em dias de grande satisfação quando um galo de sua propriedade deixava o adversário morto na rinha, rasgado pelos esporões de ferro. Nem essas raras lembranças alteraram o único sentimento poderoso no peito de Tereza, o medo. Ao adivinhar a ira na voz ou nos gestos do capitão, imediatamente volta-lhe a sensação de morte na sola dos pés e sente o mesmo frio de terror que a atravessara ao vê-lo de ferro de engomar na mão, as chispas voando. Basta ouvi-lo altear a voz, descontente, gritar um nome feio, rir o riso curto, e o frio de morte aperta o coração de Tereza Batista, queima-lhe a sola dos pés com ferro em brasa.

21

E O CAPITÃO JUSTO, SABIA ELE SEREM AS MU-LHERES, TANTO QUANTO OS homens, capazes do prazer? Talvez o soubesse mas o assunto pouco lhe interessava; nunca se preocupou em compartir desejo e gozo com parceira de cama. Posse mútua, sensações recíprocas, gozo em comum, conversa-fiada de uns mofinos de muita pabulagem e pouca resolução. Fêmea é para ser possuída e acabou-se. Para o capitão, boa de cama é aquela que, por verde donzela, por inexperiente e medrosa menina, ou por capaz e sabida marafona, lhe excite o desejo. Como era de público conhecimento, ele as preferia novinhas, a ponto de colecionar num colar as menores de quinze anos cujos tampos colhera.

Nunca pretendeu retirar das mulheres senão prazer para si próprio, exclusivo. Dava-se conta, é claro, de como algumas eram mais ardentes e sôfregas, mais participantes. Assim fora Dóris, consumida em febre; nem no castelo de Veneranda entre as gringas encontrara puta tão puta. Tocado no orgulho de macho, sentia-se o capitão satisfeito ao constatar ânsia e veemência, atribuindo o fato às suas qualidades viris, garanhão capaz de passar a noite inteira desfolhando um cabaço, de atravessar a madrugada com mulher-dama habilidosa. As fontes de sua exaltação não estavam no prazer e no apego das parceiras. Inclusive, irritava-se fácil quando uma mais dengosa, por se dar apaixonada, requeria reciprocidade, atenção e carinho; onde se viu? Macho deveras não adula mulher.

Que sucedeu em relação a Tereza, por que demorou tanto na cama de casal? Por que não pôde o capitão desprender-se, por que não se cansara? Dois anos, um horror de tempo. Punha os olhos em Tereza, o desejo irrompia nos ovos, tomava-lhe o peito. Saía em viagem, mulheres de luxo na capital — não esquecia Tereza. Aconteceu-lhe na roça romper os três vinténs de criatura nova no colchão do cubículo e, em seguida, vir ao leito de casal pôr-se em Tereza ainda melado no sangue da outra.

Por quê? Por ser bonita, de cara e estatura, uma lindeza por todos cobiçada? Certa tarde, ao lhe dar na pensão notícia de caça nova, descoberta por ela — por essa boto minha mão no fogo, se não for virgenzinha da silva não carece me pagar —, Gabi, percebendo o interesse do capitão, propusera-lhe troca por Tereza, de uma estampa assim andava carente o estabelecimento.

— Já tenho até lista de candidatos, na fila.

O capitão não admitia que tirassem prosa com mulher sua: quem não se recorda do caso de Jonga, meeiro de próspera lavoura? Perdeu a lavoura e o uso da mão direita e só escapou da morte por culpa do médico da Santa Casa; tão somente porque puxou conversa com Celina no caminho do ribeirão. Mal acabara Gabi de falar e engoliu o riso; em fúria, Justiniano Duarte da Rosa demolia a sala da pensão:

— Lista? Me mostre que quero saber quais são os filhos da puta que se atrevem... Cadê a lista?

Sumiram os pacatos fregueses vespertinos, Gabi teve a maior dificuldade em acalmar o bravo capitão: não havia lista alguma, maneira de falar, de louvar a boniteza da moça.

— Não precisa louvar.

Apesar da proibição, sucediam-se louvores e comentários e a lista de espera e precedência recolhia novos nomes, em segredo. Em todo aquele extenso país não existindo nenhuma mais linda e cobiçada, o capitão sentia-se vaidoso de ser dono dessa joia capaz de encher os olhos até do dr. Emiliano Guedes, exigente na escolha, milionário e fidalgo. Justiniano a exibira em rinhas de galo e quando recebia na roça visita de fazendeiro, de caixeiro-viajante no armazém, chamava a moleca para servir café ou cachaça; gozando o prazer de proprietário invejado, a cobiça dos hóspedes — menos vaidoso dela no entanto do que do galo Claudionor, campeão invicto, matador feroz.

Não era o capitão especialmente sensível à beleza, a não ser na hora de negociar, de trocar, de vender, quando a cara e o corpo da rapariga, a boniteza, a graça eram moeda, dinheiro vivo. Na cama, porém, outros valores pesavam mais na balança de seu agrado. Dóris, feia e doente, durou enquanto viveu. Por que então todo esse tempo Tereza no leito de casal?

Talvez, quem sabe?, por não tê-la sentido em momento algum entregue por completo. Submissa, sim, de total obediência, correndo para servi-lo, executando ordens e caprichos sem um pio; assim agindo para não apanhar, para evitar o castigo, a palmatória, o cinto, a taca de couro cru. Ele ordenava, ela cumpria; nunca, porém, tomou a iniciativa, jamais se ofereceu. Deitada, abria as pernas, a boca, punha-se de quatro, fazia e acontecia, era só o capitão mandar; jamais se propôs. Dóris se desmanchava na cama. Provocante, se propunha e se antecipava, "vou mamar teu cacete e os ovos"; assim nem as gringas de Veneranda. Calada e eficiente, Tereza cumpria ordens. Não deixava o capitão de sentir-se satisfeito com tanta submissão: custara-lhe esforço ensinar o medo àquela sediciosa, domá-la, quebrar-lhe a vontade. Quebrara, era um perito no assunto. Por isso mesmo a qualquer pretexto ou sem pretexto algum, punha em função a palmatória ou a taca; para manter viva a noção do respeito e impedir o renascer da rebeldia. Sem o medo, o que seria do mundo?

Para mandá-la embora, para negociá-la com Gabi ou Veneranda — era digna do castelo de Veneranda, petisco para capitais —, para vendê-la ao dr. Emiliano, esperava o capitão conquistá-la por completo, tê-la amorosa, derramada, súplice, provocante, como tantas outras a começar de Dóris? Um desafio, outra aposta consigo mesmo? Quem podia adivinhar, sendo o capitão de natural reservado, pouco chegado a confidências?

Contentava-se a maioria — inclusive as comadres, o meritíssimo e o círculo dos letrados — em atribuir tão longo xodó a uma causa única: a crescente formosura de Tereza Batista às vésperas dos quinze anos; pequenos seios rijos, ancas redondas, aquela cor assentada de cobre, pele doirada. Pele de pêssego, na poética comparação do juiz e bardo — infelizmente pouquíssimos puderam apreciar a justeza da imagem por desconhecimento da fruta estrangeira. Marcos Lemos, guarda-livros da usina de açúcar, de tendências nacionalistas, preferiu rimá-la com o mel da cana e a polpa do sapoti. O nome de Marcos Lemos figurava no alto da lista de Gabi.

E para o capitão? Quem sabe, um potro selvagem? Mas o domara e nele cavalga de relho e esporas.

22

A MENINA SOLTA, LIVRE, ALEGRE, SUBINDO PELAS ÁRVORES, EM CORRERIAS com o vira-lata, em marchas e combates de cangaço com os garotos, respeitada na briga, em risos com as colegas de escola, de inteligência e memória elogiadas pela professora, a menina risonha e dada, amigueira, morrera no colchão do cubículo, na palmatória e na taca. Roída de medo, Tereza viveu sozinha, não se apegou com ninguém, em seu canto, trancada por dentro. Sempre em pânico; a tensão se abrandava apenas quando o capitão saía a negócio, nas idas a Aracaju, nas viagens à Bahia, duas, três vezes ao ano.

Riscou da memória os dias de infância, despreocupados, no roçado dos tios, na escola de dona Mercedes, com Jacira e Ceição, na guerra heroica dos moleques, na feira aos sábados, festa semanal; para não se lembrar da tia Felipa mandando-a vir com o capitão, o capitão é um homem bom, na casa dele tu vai ter de um tudo, vai ser uma fidalga. Tio Rosalvo tirara os olhos do chão, saíra da leseira crônica para ajudar no cerco, fora ele quem a prendera e entregara. No dedo da tia o anel a brilhar. O que foi que eu fiz, tio Rosalvo, que crime cometi, tia Felipa? Tereza quer esquecer, recordar é ruim, dói por dentro; ao demais vive com sono. Levanta-se ao raiar da manhã, não tem domingos nem feriados; de noite, o capitão. Por vezes até o dia amanhecer. Quando acontece ele partir em viagem ou permanecer na cidade, noites santas, abençoadas noites. Tereza dorme, descansa do medo; na cama varre da memória a infância morta mas o vira-lata a acompanha no sono de pedra.

Desejasse Tereza estabelecer relações amistosas com meeiros e cabras e as poucas mulheres, e não seria fácil. Rapariga do capitão, dormindo na cama de casal, dela todos se afastam no temor da ira fácil de Justiniano Duarte da Rosa. Protegida sua não era para andar de conversa-fiada, de dentes abertos. Vários dos moradores testemunharam o acontecido com Jonga, os outros sabiam de ouvir dizer. Jonga escapara com vida, felizardo. Celina pagou a conversa e o riso na bainha do facão, quando aportou na Cuia Dágua dava pena olhar. Mulher do capitão é perigo de morte, doença contagiosa, veneno de cobra.

Por duas vezes o capitão a levou na anca da montaria às brigas de galo. Vaidoso de seus galos e da quenga bonita, no prazer de causar inveja aos demais. Maços de dinheiro no bolso para as apostas, os cabras em redor, punhais e revólveres. Na rinha, os galos em sangue, esporões de ferro, peitos despenados, a cabeça borrifada de cachaça. Tereza apertara os olhos para não ver, o capitão deu-lhe ordens de ver — espetáculo mais emocionante não pode existir, dizem que tourada ainda é melhor, duvido!, só vendo para crer. Nas duas vezes os galos do capitão perderam feio, derrotas sem precedentes, inexplicáveis. Devia haver uma explicação, um culpado; culpa de Tereza, é claro, com aqueles olhos de censura e piedade, o grito de agonia quando o galo caiu, estrebuchando, no peito um esguicho de sangue. Todo galista sabe como é fatal para campeão empenhado em combate a presença em meio à assistência de um choramingas, homem ou mulher. Urucubaca sem jeito. Na primeira vez, Justiniano contentou-se com uns xingos e uns tabefes; para ensiná-la a apreciar e incentivar os galos. Na reprise, aplicou-lhe surra das boas, para curar-lhe o azar e descontar o dinheiro perdido nas apostas, a decepção da derrota. Nunca mais a levou na garupa do cavalo e lhe proibiu as rinhas de galo; como pode alguém não gostar de combate de galos, ser assim tão molengas? Tereza considerou a surra preço barato pela inesperada liberação. Preferia, nas raras horas de folga, catar os piolhos de Guga, matar-lhe as lêndeas.

Assim, em pânico, transcorreram dois anos da vida de Tereza, na casa da roça. Um dia o capitão a surpreendeu rabiscando papel com uma ponta de lápis. Tomou-lhe papel e lápis:

— De quem é essa letra?

No papel Tereza garatujara o próprio nome, Tereza Batista da Anunciação, o da Escola Tobias Barreto e o da professora Mercedes Lima.

— Minha sim senhor.

Lembrou-se o capitão de ter ouvido Felipa louvar escrita e leitura da menina, na hora da transação, valorizando o artigo à venda, mas não ligara, interessado somente no cabaço.

— Tu sabe fazer conta?

— Sei sim senhor.

— As quatro?

— Sim senhor.

Dias depois Tereza foi transferida para a casa da cidade, sua trouxa posta no quarto do capitão. Não levou saudades da roça, nem mesmo de Guga com sua chaga aberta e seus piolhos. No armazém substituiu um rapaz que emigrara para o sul, o único capaz das quatro operações. Chico Meia-Sola, homem de confiança, conhecia o estoque de memória, ai de quem pensasse em desviar mercadoria. Insubstituível cobrador de contas atrasadas, os dentes e a peixeira à mostra, mal somava dois e dois. Os molecotes, um de nome Pompeu, o outro Papa-Moscas, sabiam roubar no peso e na medida, fracos, porém, na aritmética. Tereza anotava parcelas, somava, recebia o dinheiro, passava o troco, tirava as contas mensais. Durante três dias Justiniano a controlou, deu-se por satisfeito. Os fregueses espiavam-na pelo canto dos olhos, constatavam o talhe e a formosura, não queriam conversa, mulher do capitão Justo é doença fatal, veneno de cobra, perigo de morte.

23

CERTA FEITA, TEREZA AINDA HABITAVA NA ROÇA, O DR. EMILIANO GUEDES POR lá apareceu levado por um ajuste de gado. Homem de variados negócios, Justiniano Duarte da Rosa comprava e vendia de um tudo, comprava barato, vendia com lucro, não há outra forma de se ganhar dinheiro. Adquirira uma boiada, meses atrás, de um tal Agripino Lins, no caminho de Feira de Santana. Rebanho estropiado, as reses na pele e no osso, um vaqueiro adoecera com tifo, morreram umas cabeças, o boiadeiro vendeu o resto por dez-réis de mel coado. Na hora do pagamento, Justo ainda descontou do total uma vaca, morta ao chegar à propriedade e duas mais para lá do que para cá. O boiadeiro quis protestar, o capitão engrossou, não eleve a voz, não me chame de ladrão, não admito, pegue seu dinheiro, vá embora enquanto é tempo, seu filho da puta! Mandou soltar o gado no pasto, na engorda.

Para examinar esse gado, escolher umas vacas, dr. Emiliano Guedes saltou do cavalo negro, esporas de prata, caçambas de prata, arreios de couro e prata; Justiniano o acolheu com os salamaleques devidos ao chefe da família Guedes, o mais velho dos três irmãos, o verdadeiro senhor daquelas terras. Junto dele o rico e temido capitão Justo era um zé-ninguém, um pobretão, perdia a insolência e valentia.

Na sala, na mão nervosa o rebenque com o cabo de prata, o visitante vislumbrou dona Brígida, envelhecida e distante, arrastando chinelas atrás da neta — nem parecia a mesma.

— Desde a morte da minha falecida, ficou de juízo mole. Se entregou ao desgosto, não liga para nada. Mantenho por caridade — explicou o capitão.

O mais velho dos Guedes acompanhou com o olhar a viúva a internar-se nos matos:

— Quem diria, uma senhora tão distinta.

Tereza entrou na sala trazendo o café, Emiliano Guedes esqueceu dona Brígida e as voltas que o mundo dá. Cofiou o bigode, medindo a cria. Um entendido, não pôde conter o espanto: Deus do céu!

— Obrigado, minha filha. — Mexeu o café, os olhos na menina.

Era um tipão, alto, magro, cabelos grisalhos, bigode basto, nariz adunco, olhos de verruma, mãos tratadas. Tereza, de costas, servia o capitão. Emiliano pesava valores, ancas e coxas, a bunda apertada no vestido da outra. Uma coisa! Ainda em formação; bem conduzida, com afeto e carinho, poderia vir a ser um esplendor.

Bebido o café, nas montarias foram ver o gado, Emiliano separou as vacas melhores, acertou o preço. Já de volta, nos últimos detalhes da compra, parou o cavalo na porta do capitão, agradeceu e recusou o convite para desmontar:

— Muito obrigado, levo pressa. — Suspendeu o rebenque mas, antes de tocar no cavalo e partir, cofiou o bigode, disse: — Não quer juntar ao lote essa novilha que tem em casa? Se quer, faça preço, seu preço é o meu.

O capitão não entendeu de imediato:

— Novilha, em casa? Qual, doutor?

— Falo da mocinha, sua criada. Estou precisando de copeira na usina.

— É uma protegida minha, doutor, órfã de pai e mãe que me entregaram para criar, não posso dispor. Se pudesse, era sua; me desculpe não lhe servir.

Dr. Emiliano baixou a mão, com o rebenque de cabo de prata bateu de leve na perna:

— Não se fala mais nisso. Mande-me as vacas. Até mais ver.

Voz de mando antigo, senhor ancestral. Com as esporas de prata tomou na barriga do animal e na rédea o manteve erguido sobre as patas traseiras, soberbo!, e assim de pé o fez voltear; instintivamente, o capitão recuou um passo. O doutor acenou em despedida, os cascos do cavalo tocaram o chão levantando poeira. Paciência! Fosse dele a cria e também não lhe poria preço; percebera-lhe um fulgor nos olhos, fulgor de diamante ainda bruto a ser lapidado por ourives capaz; mimo de tal quilate é rareza, escassa e singular. Ainda a vislumbrou, a trouxa de roupa na cabeça, o requebro das ancas, a caminho do ribeirão; a bunda começava a demonstrar-se. Bem cuidada, na abastança e no carinho, viria a ser uma perfeição, um capricho de Deus. Mas esse Justiniano, animal de baixo instinto, é incapaz de ver, polir e facetar arestas, de dar o verdadeiro valor ao bem que lhe coube por injustiça da sorte. Fosse do dr. Emiliano Guedes e ele a transformaria em joia de rei, com perícia, trato, calma e prazer. Ah! a fulguração dos olhos negros, injustiça da sorte!

O capitão Justo, na varanda da casa, observa ao longe a árdega montaria, garanhão de raça e preço; há pouco, levantado sobre as patas traseiras, dera-lhe um susto — nos arreios de prata, o arrogante cavaleiro. Justiniano Duarte da Rosa brinca com o colar das argolas de ouro, cabaços colhidos ainda verdes frutos, o mais trabalhoso foi o de Tereza, na porrada o comeu. Tereza custara-lhe um conto e quinhentos mil-réis, mais o vale para o armazém, Tereza novinha em folha, treze anos incompletos, Tereza com cheiro de leite e tampos de menina; se quisesse vendê-la, descabaçada e tudo, venderia com lucro, ganhando dinheiro na transação. Se quisesse vendê-la, dr. Emiliano Guedes, o mais velho dos Guedes, senhor de léguas de terra e de servos sem conta, pagaria bom preço para comer seu sobejo. Não pretendia vendê-la. Pelo menos por ora.

24

AS CHUVAS DO INVERNO UMEDECERAM A TERRA CRESTADA, AS SEMENTES germinaram crescendo em lavouras, frutificaram as plantações. Nas trezenas e novenas dos santos festeiros, as moças entoavam cantigas, tiravam sortes de casamento, faziam promessas; nos caminhos das roças o som das harmônicas nas noites de dança, o espoucar dos foguetes — depois das rezas e rogos ao santo, o arrasta-pé, o licor, a cachaça, os namoros, os xodós, corpos derrubados no mato entre protestos e risos. Era o mês de junho, o mês do milho, da laranja, da cana-caiana, dos tachos de canjica, dos manuês, das pamonhas, dos licores de frutas, do licor de jenipapo, as mesas postas, os altares iluminados, santo Antônio casamenteiro, são João primo de Deus, são Pedro, devoção dos viúvos, as escolas em férias. Mês de emprenhar as mulheres.

Na sala da frente da casa do meritíssimo juiz dr. Eustáquio Fialho Gomes Neto, Fialho Neto dos ardentes sonetos, as luzes acesas; as cadeiras ocupadas pelas visitas de boas-vindas à sra. dona Beatriz Guedes Marcondes Gomes Neto, a esposa quase sempre ausente, mãe amantíssima "na capital a tomar conta das crianças, nos tempos que correm não se pode largar os filhos sozinhos numa cidade grande, com tantos engodos e precipícios!".

Também para dona Beatriz as chuvas de inverno tinham sido benéficas pois, da rápida visita de fevereiro a esta de junho, nesse curto prazo de quatro meses, remoçara ao menos dez anos. Rosto de pele lisa, estirada, sem rugas nem papo, corpo esbelto, seios altos, aparentando não mais de trinta fogosas primaveras, valha-nos Deus com tanto descaramento, como exaltada rosnou às amigas, após a visita, dona Ponciana de Azevedo, a das frases virulentas: "Esta fulana é a glorificação ambulante da medicina moderna". Para dona Ponciana a cirurgia plástica era um crime contra a religião e os bons costumes. Mudar a cara que Deus nos deu, cortar a pele, coser os peitos e quem sabe o que mais, *vade retro*! Mariquinhas Portilho discordava, não vendo crime nem pecado no tratamento; ela nunca o faria, é claro, nem tinha por quê, sendo viúva e pobre, mas a esposa do juiz residia na capital, frequentando a alta…

— A alta e a baixa, comadre, mais a baixa do que a alta… — cortava dona Ponciana implacável. — Passou há muito dos quarenta e agora aparece com cara de mocinha e ainda por cima chinesa…

Referência aos recentes olhos amendoados pelos quais dona Beatriz trocara os antigos, grandes, macerados, melancólicos, súplices, fatores importantes de seu sucesso anterior, infelizmente empapuçando-se num mar de rugas e pés de galinha e por demais vistos.

— Mais de quarenta? Tantos?

Mais de quarenta, com certeza. Apesar da herança e do parentesco, demorara a casar, foi preciso esperar um caça-dotes indômito, capaz de fazer ouvidos moucos ao clamor universal: dona Beatriz, moça solteira, facilitara às pampas. Ora, o filho Daniel ali presente anda pelos vinte e dois, e é o segundo. O primogênito, Isaías, vai para os vinte e sete — entre os dois houve uma menina que morreu de crupe —, em dezembro se forma em medicina. Sim, fique sabendo você, Mariquinhas, você que tanto a defende: as crianças por cuja inocência zela na Bahia, pelas quais abandona o marido aqui, nas mãos de uma vagabunda, são esses dois marmanjos e Vera, a Verinha, maior de vinte anos, ainda marcando passo no curso ginasial mas já no terceiro noivado. A madama fica na Bahia, no jogo de cartas e no deboche, e não tem vergonha de posar de esposa sacrificada aos filhos, como se nós fôssemos um bando de velhas malucas, sem outra coisa a fazer senão falar mal da vida alheia. E não o somos, por acaso? — ria-se a boa Mariquinhas Portilho; as demais, no entanto, concordam com dona Ponciana de Azevedo, assim tão bem informada da vida da família do meritíssimo por conhecidos seus, vizinhos de rua de dona Beatriz: testemunhas oculares, oculares, minhas senhoras! Todas as tardes a mãe amantíssima sai para o carteado em casas de outras a ela iguais no descaramento ou para encontrar-se com o dr. Ilírio Baeta, professor da faculdade e seu amante há mais de vinte anos; parece ter sido ele, ainda estudante, quem lhe fez a festa. E não se contenta em pôr chifres no juiz, pondo-os também no esculápio ilustre, gulosa de rapazes. Isso explica a necessidade de remendar a cara, recondicionar o corpo, botar meia-sola — sola inteira! —, apertar os olhos, coser os peitos, quem sabe o que mais? A inveja incha o corpete das comadres, amarga-lhes a boca, fel nas línguas.

Num espaço entre os renques de beatas — vindas para bisbilhotar, bruxas venenosas, bando de urubus — a sós com o marido, dona Beatriz não esconde a triste impressão recolhida na visita da véspera à dona Brígida e à afilhada:

— A pobre mulher vive imunda, atrás da criança, no abandono. Nesses últimos meses ainda caiu mais, dá pena. Sempre com aquelas histórias de arrepiar. Se houver um pingo de verdade no que ela conta, esse seu amigo Justiniano, nosso compadre, é o maior tarado do mundo.

O juiz repete-lhe então a explicação de sempre; cabia-lhe defender o capitão a cada visita da esposa à afilhada e também junto a muitas outras pessoas amigas do finado dr. Ubaldo Curvelo e de dona Brígida:

— Maluca, uma pobre maluca, não resistiu à morte da filha. Vive assim porque quer, não há maneira de convencê-la a cuidar-se. O que devia fazer o capitão? Mandá-la para o hospício na Bahia? Para o São João de Deus? Você sabe as condições em que vivem os loucos. Ao contrário, o compadre a mantém na roça, dá-lhe de um tudo, deixa-a cuidar da neta com a qual é realmente apegada. Para o capitão seria fácil, com as relações que possui, arranjar uma vaga para ela no hospício, estava o caso liquidado. — Acrescenta: — Peço-lhe encarecidamente, minha amiga, evitar qualquer comentário desairoso a respeito do capitão. Seja ele o que for, é nosso compadre, e tem sido um amigo prestimoso ao qual devemos grandes favores.

— Devemos, não, meu amigo. — Dizia "meu amigo" pondo na voz a solenidade um tanto ridícula do meritíssimo. — Você deve... deve dinheiro, creio.

— Dinheiro para as despesas. Ou você pensa que o ordenado de juiz é suficiente para nossos gastos?

— Não se esqueça, meu amigo — novamente o tom de mofa —, que pago minhas despesas pessoais com as rendas que herdei, aliás, com a pequena parte que você não pôs fora e que consegui salvar por milagre.

Tantas vezes já recebera o meritíssimo aquele dinheiro pelas fuças e cada vez reagia da mesma forma: erguendo as mãos para os céus, abrindo a boca para enérgico protesto; apenas não protestava, não dizia nada, como se, vítima da maior das injustiças, desistisse de qualquer indiscutível explicação ou fulminante defesa, a bem da paz conjugal.

Com um leve sorriso dona Beatriz pousa nas unhas longas e tratadas os olhos de amêndoa — iam-lhe muito bem, disseram todos na capital —, desviando-os do marido, pobre homem no esforço inútil da mímica repetida, do gesto gasto, risível. Eustáquio dava-lhe pena, com a amásia matuta; a máscara de respeitabilidade e os versos de galo novo, corno velho. Inteiramente nas mãos do capitão, um canalha da pior espécie; a seu serviço, acobertando-lhe as bandalheiras, os malfeitos. A sorte era não existir possibilidade de reviravolta política e ser ela, dona Beatriz, parenta dos Guedes pelo lado materno, segura garantia. A eles devia a nomeação de Eustáquio para a magistratura, doze anos atrás quando, ao constatar a débâcle, a herança comprometida, lhe impôs aquela solução para evitar o desquite e a desonra. Suspendeu os ombros, não falemos mais nisso, aliás dona Brígida pouco ou nada lhe interessa. Foi visitá-la para cumprir um dever social como veio passar uns dias com o esposo, por dever social e conveniência própria: nem os filhos, ainda menos os primos, gostariam de vê-la desquitada ou largada do marido. Esse mundo é cheio de nove-horas, são as regras do jogo, é preciso cumpri-las, ninguém pode desconhecê-las.

Ninguém, sequer Daniel, o filho predileto, retrato da mãe, entrando na sala com o permanente sorriso de sedução — não tivera Daniel de vir passar o mês de férias em companhia do pai para colocar distância e ausência entre ele e os sessenta anos milionários de Pérola Schuartz Leão, farto dos anéis, dos colares, dos soluços, dos ciúmes da velha senil? Pondo banca de cínico, de dissoluto, Dan não passava de um rapazola, um menino.

Daniel sente a tensão na sala, tem horror a brigas, discussões, caras fechadas, trata de desanuviar o ambiente:

— Andei explorando o burgo; meio triste, não é? Já tinha esquecido como era, também faz um século que estive por aqui. Não sei como você consegue aguentar o ano inteiro, paterno, com só duas idas à Bahia; é dureza. Vou me formar em direito como você deseja mas não me peça para ser juiz no interior, é de lascar.

Dona Beatriz sorri para o filho:

— Seu pai, Dan, sempre foi pouco ambicioso, é um poeta. Inteligente, com tanta leitura, escrevendo nos jornais, e com o prestígio de minha família, poderia ter feito carreira política, não quis, preferiu a magistratura.

— Tudo tem suas compensações, meu filho. — Novamente o meritíssimo enverga o manto da respeitabilidade.

— Acredito, meu pai — concorda Daniel recordando Belinha a quem saudara na rua, a manceba do dr. juiz.

— Aqui posso estudar com tranquilidade, preparar com calma meus dois livros, o de direito penal e o de poemas. Quando me aposentar penso fazer concurso para a faculdade; tenta-me a cátedra, a política nunca me tentou, ao contrário: repugna-me! — Inteiramente revestido de importância, de dignidade, envolto numa toga moral.

Dona Beatriz prefere mudar o rumo da conversa, os modos solenes de Eustáquio lhe dão nos nervos, que cansaço!

— Já despertou grandes paixões, Dan? Muitos corações em polvorosa? Quantos maridos, quantos lares ameaçados? — Paparicava os amores dos filhos, confidente compreensiva, cúmplice risonha quando Daniel se envolvia com amiga da roda do carteado.

— Mulherio fracote, materna, mas agressivo. Cio generalizado, nunca vi igual, as janelas lotadas. De pouco interesse, pelo menos por ora.

— Nada que lhe atraísse? Dizem que as moças daqui, apesar de tabaroas, são da pá-virada. — Volta-se para o marido: — Esse seu filho, Eustáquio, é o conquistador número um da capital.

— Exageros devidos ao amor materno, não vá nessa conversa, pater. Alguma sorte com velhotas, alguns amores românticos, saldo pequeno.

O juiz considerou em silêncio a esposa, concentrada nas unhas, e o filho, a boca num bocejo, tão parecidos os dois, quase estranhos para ele. Afinal, o que lhe restava no mundo? As tertúlias com os gênios da terra, as dificuldades da métrica, as tardes e noites no calor de Belinha. Meiga Belinha, solícita, recatada, discreta, tinha um primo, pecado venial.

Bateram palmas à porta — a ilustre esposa do prefeito em visita à ilustríssima senhora do juiz de direito. Daniel se esgueira, vai rondar o armazém do capitão.

25

— SOU UM ROMÂNTICO INCURÁVEL, QUE POSSO FAZER? — EXPLICAVA Daniel, o popular Dan das velhotas, no pátio da faculdade.

Estudante de direito, doutor em malandragem com curso completo nos cabarés, castelos, pensões de mulheres; alto e esguio, lânguido, formoso rapaz: olhos de quebranto, grandes e dolentes (os antigos olhos de dona Beatriz antes da moda oriental), olhar de frete no dizer dos colegas, lábios carnudos, cabelos encaracolados, beleza um tanto equívoca, não por efeminada mas por doentia — fez-se Dan o ai-jesus das raparigas nos castelos e das elegantes senhoras na alta-roda, a maioria no fim da pista, nas últimas plásticas. De umas e outras aceitava presentes e dinheiro e orgulhoso os exibia — gravatas, cintos, relógios, cortes de fazenda, notas de conto de réis — ilustrando com eles picantes relatos a amenizar a chatura das aulas.

Para não magoar seus sentimentos, Zazá do Bico Doce lhe punha às escondidas, no bolso do paletó, parte substancial da féria diária; Dan ia buscá-la pela madrugada no castelo de Isaura Maneta e em idílio desciam a rua São Francisco para o quartinho arrumado, folhas de pitanga no chão de cimento, cama de lençóis limpos com perfume de alfazema: no percurso Zazá, discreta e delicada, obtinha hora e maneira de lhe enfiar o dinheiro no bolso sem ele se dar conta, ingênua Zazá do Bico Doce.

— É só me fazer de distraído e a grana escorre no bolso — esclarece Daniel — sem ferir meus sentimentos.

Já dona Assunta Menendez do Arrabal, de marido idoso e panificador, quarentona na força do apetite, expunha na cama presentes e dinheiro, valorizando as dádivas, revelando os preços, custou caríssimo meu lindo, um dinheirão (obtinha descontos em lojas de amigos do marido), elogiando procedência e qualidade, casimira inglesa, meu lindo, de contrabando; devassa, pendurava gravatas na estrovenga de Dan, cobria-lhe o ventre com cédulas: veja como essa sua coroa é mão-aberta, meu lindo!

Com aquele físico perfeito de gigolô, o ar ambíguo de querubim libertino, sentimental e vicioso, possuindo todos os conhecimentos necessários ao nobre ofício, competente e tesudo, bom de dança, bom de bico — lábia fácil, voz sonolenta, mole e cálida, embriagadora —, bom de cama — sou o melhor chuparino da Bahia, aliás do nordeste, quiçá do Brasil —, com tantas qualidades reunidas, não conseguia ser um verdadeiro profissional, conforme confidenciava aos colegas:

— Sou um romântico incurável, que posso fazer? Apaixono-me como uma vaca idiota, me dou de graça, e ainda gasto do meu; onde já se viu gigolô decente, gigolô que se preze, desperdiçando dinheiro com mulher? Não passo de um amador.

Riam os colegas de tanto descaro, Dan não tinha jeito, um caso perdido, cinismo demais embora os íntimos confirmassem a existência de súbitas paixões, levando-o a abandonar protetoras ricas e confortáveis xodós. Sua sorte em amores tornara-se proverbial nos meios estudantis e boêmios, atribuíam-lhe renques de amantes, multiplicando-lhe os casos. Desde mocinho, atrevido frangote, ganhava e gastava dinheiro com mulheres.

Raramente os filhos do meritíssimo iam vê-lo na comarca distante. Dona Beatriz, atenta às conveniências, às boas maneiras, numa catequese de razões e promessas, obtinha vez ou outra a companhia de um deles nas visitas ao esposo e pai, chatas, sem dúvida, mas imprescindíveis para o bom conceito da família. Daniel, o mais rebelde e o menos disponível, há cinco anos não embarcava na lenta composição da Leste Brasileira —

por que hei de ir me enterrar um mês naquele buraco, mater, se posso ver o paterno quando ele der as caras por aqui, sem falar que para essas férias já tenho programa — em compensação visitara Rio, São Paulo, Montevidéu, Buenos Aires, em companhia e às custas de generosas devotas de seu físico e de seus talentos. Dessa vez, no entanto, dona Beatriz não precisara adular ou discutir; inesperadamente Daniel se propôs para a viagem: quero mudar de ares, mater! Só assim se livraria de dona Pérola Schuartz Leão, macróbia conservada em cosméticos e joias, lastimável caricatura de moça, nem mais podia rir à solta tanto lhe haviam repuxado a pele do rosto, dinheiro a rodo e ativo cheiro de alho. Viúva paulista e sexagenária em visita às igrejas da Bahia, na de São Francisco encontrara o moço estudante, barroco e celeste, perdeu a cabeça e a compostura, alugou casa na praia, abriu-lhe a bolsa gorda. O dinheiro da indústria de malhas ia direto para os dengues de Tânia, mulatinha arrebitada, recente no castelo de Tibúrcia, rabicho forte de Daniel.

Fartou-se das duas ao mesmo tempo. Nenhuma cirurgia pôde atenuar o cheiro de alho no colo de dona Pérola e o dinheiro e os dengues perturbaram a modéstia de Tânia, tornando-a enxerida e exigente — as paixões de Dan eram fogaréu de pouca lenha. Restava-lhe a fuga, lá se foi com dona Beatriz para as fronteiras do estado onde o pai administrava justiça e escrevia sonetos de amor.

A irmã, Verinha, recém-eleita Princesa dos Estudantes — perdera o título de rainha por evidente parcialidade do júri —, chamara a atenção dos manos para alguns dos sonetos paternos publicados no suplemento literário de *A Tarde*:

— Meninos, o velho deve ter arranjado uma boca rica em matéria de mulher, essas poesias são afrodisíacas, só falam em seios, ventre, leito de amor, posse, desvario. Eu gosto, acho sensacionais. Isaías, você que é sabichão, o que é que o velho quer dizer com coito fornízio?

Isaías, o mais idoso, às vésperas da formatura, noivo da filha única de político em evidência, com emprego prometido na Saúde Pública, não sabia e não queria saber o significado de fornízio: para mascará-lo de indignado o coito simples bastava.

— Falta ao velho a necessária compostura, afinal é um juiz de direito. Certas coisas se fazem mas não se proclamam, nem mesmo em versos.

— No físico e no caráter, Isaías era o retrato do pai; é Eustáquio cagado e cuspido, dizia dona Beatriz com certa amargura, quem quiser se engane com ele, eu conheço meu povo.

Dan saíra à mãe, tinha opinião diferente: aja cada um da maneira que melhor lhe aprouver e deixe os outros em paz; se ao paterno agradava alardear em versos eróticos os atributos de sua musa caipira, problema dele, por que criticá-lo? Sozinho na cidadezinha modorrenta, onde nem a esposa nem os filhos se dispunham a lhe fazer companhia, matava o tempo de desterro contando sílabas, bolando rimas difíceis, fazia ele muito bem. Que diabo significa fornízio? Também nessa casa não há um dicionário sequer.

Os sonetos despertaram-lhe a curiosidade e, chegando a Cajazeiras, tratou de descobrir a inspiradora dos veementes arroubos paternos. Foi Marcos Lemos, alto funcionário dos escritórios da usina, colega de letras do juiz, quem lhe deu indicações sobre Belinha; tagarela, foi ele igualmente a lhe falar de Tereza Batista.

Quando pela última vez estivera na comarca, rapazola de dezessete anos, Dan andou se esfregando com moçoilas em frenesi; no aperto do corredor tocara os seios de casada saliente, de ousado decote, fora tudo. Agora, ao passar pela praça da Matriz, ao descer a rua principal, enchiam-se as janelas, sorrisos, olhares, donzelas às dúzias. Condenadas ao celibato, ao barricão — palavra maligna: aquela mais moça está com o pé no barricão, a outra já se enterrou no barricão, ou seja, sentenciadas à beatice, à histeria, à loucura. Daniel nunca vira tanta devota e tanta maluca, tanta fêmea a mendigar macho. O governo, disse ele a Marcos Lemos e a Aírton Amorim ao tomar assento na assembleia dos letrados, se realmente cuidasse da saúde e do bem-estar da população, devia contratar meia dúzia de robustos esportistas e colocá-los à disposição das massas femininas em desespero. Aírton Amorim, gozador, aplaudira a ideia:

— Bem pensado, meu jovem. Só que para nossa comuna fazem-se necessárias pelo menos de duas a três dúzias de rijos campeões.

Quisesse encher o mês de férias na bolinagem de virgens no esconso das portas e tinha às suas ordens farto material, ampla escolha, e muito cuidado a tomar para não cometer um descuido fatal e lá se foi um cabaço pois outra coisa não desejam as assanhadas para de imediato pôr a boca no mundo — aqui del rei!, fui comida, deflorada, era virgem, estou grávida, tragam o padre e o juiz —, proclamando-o vil sedutor e noivo de casamento marcado às pressas, logo ele, filho do juiz de direito, essa não. Virgens não eram o seu gênero, preferindo as casadas, amancebadas ou livres de qualquer compromisso. Casadas, ali, naquela vida ronceira, raríssimas pagavam a pena de um olhar; cedo perdiam qualquer encanto nos trabalhos domésticos, nos partos seguidos, na modorra e na chatice cotidianas. Daniel quase não reconhecera aquela cujos peitos túmidos tocara há cinco anos num encontro fugaz; gorda matrona, busto flácido, cor de clausura. Uma mais bonitinha, cara de malícia, trêfegos olhos de árabe, merecedora do irresistível olhar de frete, ao responder-lhe ao sorriso exibiu a boca falha de dentes, banguela, uma tristeza, absurdo desleixo.

Além do perigo de escândalo. Imagine-se um marido ultrajado, estranhando os chifres, a acusá-lo, a ele, filho do meritíssimo, de destruir lar cristão e feliz, de enlamear a sagrada instituição da família, se não fizesse pior: ameaças de vingança e morte, correrias, tiros; Dan sempre fora alérgico a violências de qualquer tipo.

Não podia fazer uma sacanagem dessas com o paterno nem expor-se aos zelos rústicos de sertanejos primários, ainda no tempo das histórias de trancoso quando se lavava com sangue a honra emporcalhada. Na capital, marido enganado só mata nas classes ditas menos favorecidas e cada vez mais raramente; a partir de certa renda, se a raiva é grande por ser grande o amor, o marido exempla a infiel com uma surra; se é por demais delicado de crânio, incapaz de suportar o peso dos cornos, desquita-se e sai para outra; a grande maioria se conforma, quanto mais rico mais fácil de adaptar-se. Daniel é mestre em tais matérias, merece fé. Mas nesse interior de fazendeiros e jagunços, onde a civilização ainda não chegou, é aconselhável evitar senhoras casadas numa prova de respeito à família legalmente constituída e de prudência.

Em compensação, existem as amigadas — amásias, concubinas, moças, mancebas, comborças, amigas. Não implicando a amigação em compromissos de honra assumidos ante juiz e sacerdote, apenas juras de amor e tratos de dinheiro, é quase nulo o perigo de escândalo, menor ainda o de violência. Quem vai armar escândalo por causa de amásia, matar por concubina? Segundo os códigos de Daniel, em tal condição não se pode arguir com lar desfeito, honra ofendida.

Rápido exame na classe das amásias locais, revelara de imediato o mau gosto predominante: valorização excessiva da gordura como elemento de beleza e exigência de variadas prendas domésticas sobretudo as referentes ao domínio da culinária, boa amásia deve ser cozinheira de mãos de fada. Dignas de atenção apenas três, sendo que a uma delas não se podia aplicar com justeza a designação de amiga, doce apelo, ou qualquer de seus sinônimos; mais bem uma criada, moleca nos lençóis e no capricho do patrão.

A primeira, mulata-branca de muita classe, de rija carnação embora cheia de corpo, alva na cor, negra nos traços, boca gulosa em rosto sereno, certamente fina de cama — percebe-se pelo molejo das ancas —, era há mais de um lustro a verdadeira esposa do coletor Aírton Amorim, estando a outra paralítica, numa cadeira de rodas; dificilmente poria em jogo a excelente posição alcançada e a perspectiva de comparecer ante o padre e o juiz assim lhe favorecesse Nossa Senhora do Ó, de quem é fervente devota, fazendo jeito da primeira desimpedir quanto antes o beco, levando-a dessa para melhor, afinal, mãe do céu, passar o dia numa cadeira de rodas, entrevada, sem falar, sem se mexer, enxergando apenas uma réstia de luz, não é vida para ninguém, e a dita-cuja só não entrega os pontos de ruim, para aporrinhar.

A segunda, também de visível competência, tinha sabor de incesto, pois se tratava de Belinha, manceba do juiz. De longe, Marcos Lemos a apontara na rua por onde vinha de sombrinha e criada para o dentista talvez. Daniel adiantou-se para com ela cruzar e observá-la de perto; Belinha, apurando o caminhar maneiro, suspendeu os olhos ariscos para melhor conhecer o filho do juiz. Daniel sorriu-lhe gentil e a cumprimentou: a bênção, mamãe. Ela não respondeu mas achou graça num riso manso e, de olhos baixos, rebolando a bunda, se foi. Nas ausências do meritíssimo, consolava-se com um primo, assuntos de família capazes de tentar o estudante em férias da faculdade e da agitada vida da capital, não fosse a moleca do capitão um sonho de menina, junto a ela as demais não existiam, como medrara em terra assim agreste flor tão esplêndida? Marcos Lemos, na vaidade de cicerone do simpático jovem, não resistira e revelara a presença daquela Gata Borralheira (dera o título de Gata Borralheira a um madrigal inspirado em Tereza), amásia do capitão. Amásia exatamente não, apenas um dos muitos caprichos de Justiniano Duarte da Rosa.

Daniel pôs os olhos nela, ficou maluco, suas paixões eram fogaréus arrasadores.

26

PÉSSIMA, A FAMA DO CAPITÃO. ATRABILIÁRIO, VIOLENTO, BRIGÃO, MAUS BOFES e maus instintos. Embora precavido, inimigo de encrencas, Daniel não se alarmou com as informações de Marcos Lemos, exageros do simpático guarda-livros. Dan confiava em sua constante boa estrela e na experiência de casos anteriores, não acreditando fosse o valentão dar maior importância ao comportamento de uma de suas muitas, como dizer, Daniel?, digamos raparigas, palavra de ilimitado conceito, pois tão mísero afeto lhe dedicava a ponto de ter, além dela, duas e três ao mesmo tempo, na roça, nas pensões, em cantos de rua, inclusive ali nos fundos do armazém, nas fuças da moça.

E por que diabo haveria o capitão de saber? Prudência e cautela serão necessárias; de prudente e cauteloso Daniel possui diploma de doutor. No presente episódio houve ademais a ajuda das circunstâncias, a estrela de Dan não lhe faltou.

Bem fronteiro ao armazém, elevava-se o chalé das Moraes, uma das melhores residências da cidade, habitada por quatro irmãs, remanescentes de clã outrora poderoso, herdeiras de casas de aluguel e de ações da Fazenda federal. Alegres, apatacadas, bonitas, perfeitas donas de casa, vivessem na capital e, de certo, não lhes faltariam pretendentes à mão e ao dote. Ali, no entanto, andando a mais velha pelos vinte e oito anos e a mais moça pelos vinte e dois, estiolavam-se, fadadas ao barricão, sem outras perspectivas além das festas de igreja, das novenas e trezenas, dos presépios de Natal, da confecção de bolos e doces. Antes, é claro, daquelas férias de junho e da aparição de Dan na calçada fronteira.

Magda, a mais velha, arranhava piano, estudara com as freiras; Amália declamava "Meus oito anos", "As pombas", "In extremis" com muita expressão; Berta copiava paisagens com lápis de cor e aguarela, podem ser vistas nas paredes do chalé e em casas de famílias amigas; Teodora tivera um caso com famoso malabarista grego do Grande Circo do Oriente, trocaram beijos e alianças ao luar e no escuro, e ela primeiro falara em fugir, depois em matar-se, quando o galã conduzido à delegacia para esclarecimentos (a rogo de Magda, feito em segredo ao delegado mas que ninguém jamais saiba, se chegar aos ouvidos de Teodora a indébita intervenção da primogênita, o mundo virá abaixo), posto contra a parede e sob ameaça de couro, confessou-se nacional e casado embora traído e abandonado pela esposa. Pífio depoimento de melancolias, apesar dele Teodora talvez mandasse às favas a honra da família e seguisse o aflito artista na sedutora esteira do mambembe, se o ateniense de Cataguazes não houvesse picado a mula na calada da noite sem esperar o desmonte do pavilhão do circo.

Romântico episódio, comovera a cidade. Idílio curto porém intenso, os dois amorosos juntos em toda parte, em exibições de ternura,

Teodora indócil a conselhos e ralhos, sonhos de amor findando em anedota, ainda hoje permanece uma dúvida a desafiar a argúcia das comadres: o rei internacional dos jogos malabares (assim constava dos programas do circo) chamara aos peitos a jovem Teodora, aliviando-a dos tampos, ou permanecera ela virgem, incólume, honrada, no ora veja? Nem mesmo as irmãs mortas de vontade de saber o sabiam pois a maior interessada em exibir-se sem mancha, pura e íntegra, a própria Teodora, mantinha a dúvida, respondendo com meias palavras, com risinhos dúbios, com suspiros fundos a qualquer insinuação ou tentativa de esclarecimento.

Ameaçando suicídio, logo após a partida do circo, alarmara Magda:

— Sabe, Magda, estou preocupada. Não diga nada às manas.

— Preocupada? Por quê? Conte tudo, Teó, pela alma de nossa mãe.

— Ainda não vieram. Se não vierem, me mato, juro.

— Não diga tolice. O que é que não veio ainda? Me diga pelo amor de Deus.

— Minhas regras este mês.

— Estão muito atrasadas?

Atrasadas de dias e os seios doíam-lhe, certos sintomas, Magda. Magda reuniu em segredo as irmãs, Teó está grávida, manas, uma tragédia, o que devemos fazer? Fala em matar-se, é capaz de tudo, uma desmiolada. Acontecesse com estranha, disse Amália, e acharia bem feito, provou do bom e do melhor pois que pague, mas se tratando de Teó parece-lhe necessário chamar a parteira Noquinha, perita fazedora de anjos. Noquinha? Perita, sem dúvida, mas linguaruda, incapaz de discrição, objetou Magda; não será melhor dr. David, médico da família? Nem Noquinha nem dr. David, na opinião de Berta: Teó está querendo nos fazer de bobas, para a gente pensar que a coisa se deu. E você acha que não se deu? Acho, sim; não deu, não comeu, não meteu. Basta, ordenou Magda, a mais velha, esperemos então.

Durou pouco o suspense, as regras vieram, mas Teodora permaneceu ambígua, distante e grave, com aquele ar de superioridade de quem possui um passado e um segredo; as irmãs continuaram na incerteza e na inveja, a discutir o assunto. A cidade também, até hoje a dúvida perdura. Teodora na janela em devaneio, olhos ao longe, suspiros. Dos enigmas de Cajazeiras do Norte, o mais apaixonante.

O armazém do capitão Justo constituía a mais permanente diversão das quatro irmãs nas janelas do primeiro andar a controlar a freguesia, anotando o volume de compras, respondendo aos cumprimentos, matando o tempo infinito das vitalinas. Ultimamente o movimento aumentara, crescera a freguesia masculina. Magda, a pretexto de ocupações inadiáveis da empregada, foi em pessoa às compras, esclareceu o motivo da romaria. Deu-se conta ao entrar: curiosidade em torno da moça a somar parcelas, rapariga do capitão. Moleca nova, de cabelo escorrido e cara assustada, assim a descreveu Magda às irmãs e não deixava de ser uma descrição correta. Com o tempo, a curiosidade diminuiu, apenas Marcos Lemos afreguesara-se, comprando cigarros pela manhã, fósforos à tarde ao voltar do escritório da usina.

Quando Daniel foi visto pela primeira vez estudando com atenção as venezianas do chalé, as quatro irmãs estremeceram nos alicerces. Pôs-se Magda ao piano, encheu o ar de valsas; Amália temperou a voz, Berta temperou as tintas da aguarela. Impossível homem mais bonito e cavalheiro. Educadíssimo, não fosse estudante na capital e filho do dr. juiz: tendo a tímida Amália chegado à porta da rua, para salvar dos perigos da liberdade o gato Mimoso, capado e obeso, ainda assim devasso e rueiro — dera em chibungo —, Daniel cortou o caminho do fujão, entregando-o nas mãos de Amália desfalecente. Largos cumprimentos, sorrisos e olhares saudaram Magda e Berta quando se fizeram ver nas janelas; agradeceu com palavras de poeta o copo com água fresca solicitado à empregada e pessoalmente servido por Teodora. Na hora exata da chegada do capitão Justo, vindo da roça, desembarcando da boleia do caminhão a tempo de assistir à troca de sorrisos e palavras gentis; Teó curvada para maior realce dos seios no decote da blusa, Daniel muito bom moço a lhe beijar a mão.

— Olá, capitão.

— Como vai passando cá na terra? — E como Daniel se aproximara e lhe estendia a mão, o capitão baixou a voz para o comentário malicioso: — Vejo que o amigo não perde tempo e já está de bote armado.

Daniel não desmentiu. Com um sorriso cúmplice, tomou do braço do capitão, os olhos na porta onde Teó mantinha a oferta dos seios, depois nas janelas do primeiro andar para Magda, Amália e Berta, cada uma seu olhar e sua vez. Melhor cobertura não podia haver, solteironas caídas do céu, Deus estava a seu favor. Aliás, a mais moça, não fossem as complicações, bem merecia uns tombos, não era de se jogar no lixo. Mas, com a menina do capitão ao alcance da mão, aquele esplendor, como pensar em outra mulher? Pelo braço de Justiniano Duarte da Rosa, entrou no armazém.

27

DE REPENTE TEREZA SENTIU O PESO DOS OLHOS A FITÁ-LA, LEVANTOU A VISTA, era o moço a conversar com o capitão, muito senhor de si. Por desinteresse e medo, em geral Tereza não se comprazia em trocar olhares com os fregueses. Bem que notava as entradas e saídas de Marcos Lemos, o olho guloso, os sorrisos, a presença diária. Grandalhão e desajeitado, envelhecido para seus cinquenta anos, Marcos Lemos piscava-lhe o olho, fazia-lhe sinais. Da primeira vez, Tereza abrira em riso achando graça tamanho homem, já de cabelos brancos, a pinicar os olhos como um moleque de rua. Passou depois a ignorá-lo, mantendo a vista presa ao caderno onde anotava preços gritados por Pompeu ou Papa-Moscas, por Chico Meia-Sola quando por acaso o cabra de confiança vinha ajudar os caixeiros — Chico cuidava de todos os serviços de rua, do recebimento das mercadorias, chegadas por trem ou no lombo dos burros, às voltas com carroceiros, tropeiros, carregadores, da cobrança das contas mensais e das atrasadas, raramente atendia ao balcão. Marcos Lemos demorava-se acendendo o cigarro, na esperança de captar um olhar de Tereza, de vê-la rir outra vez; ia-se, por fim, meio cabreiro mas cônscio de estar com lugar assegurado na fila: primeiro nome da lista de Gabi, ninguém se apresentara antes dele no armazém; quando ela se visse sozinha, posta na rua da amargura pelo capitão, lembrar-se-ia dele. Considerava-se em boa posição.

Ao rumor das gargalhadas, novamente Tereza ergueu a cabeça, o moço tinha os olhos postos nela por cima dos ombros do capitão; curvado, o capitão sacudia a barriga num daqueles incontroláveis frouxos de riso. A mão pousada no balcão, o moço a sorrir: os lábios entreabertos, os olhos de quebranto, os caracóis dos cabelos, a doçura da face, por que o reconhecia Tereza se nunca o encontrara antes? Por que lhe eram familiares o sorriso e a graça? De súbito, lembrou-se: o anjo no quadro da Anunciação, na casa da roça, na parede do cubículo, igual, igualzinho sem tirar nem pôr. Aquela pintura fora a coisa mais bonita vista por Tereza em toda sua vida; agora via o anjo em pessoa. Ao baixar os olhos sorriu, não foi por querer.

Papa-Moscas ditava-lhe parcelas, quilo e meio de jabá a mil e quatrocentos, três litros de farinha a trezentos réis, um litro de feijão a quatrocentos, um litro de cachaça, duzentas gramas de sal. Em seguida, a voz do capitão, embrulhada em riso:

— Quando acabar de fazer a conta, Tereza, vá lá dentro passar um café.

Daniel desfiava a crônica dos castelos e cabarés da Bahia, figuras, nomes, apelidos, casos, anedotas; Justiniano Duarte da Rosa gostava de sentir-se a par do movimento do mulherio da capital, freguês assíduo quando em viagem por lá, e o rapaz tinha graça no contar.

Tereza pousou no balcão a bandeja com o bule de café, as xícaras pequenas, o açucareiro; enquanto servia ouviu o moço dizer ao capitão — sem dos olhos dela tirar os seus, súplices e insistentes:

— Capitão, enquanto ponho cerco à fortaleza, posso usar seu armazém como trincheira? — No ar elevou-se o aroma do café, Dan sorveu um gole: — Delicioso! Posso merecer de quando em vez um cafezinho igual a esse?

— Das sete da manhã às seis da tarde, o armazém está aberto, às suas ordens, e o café é só pedir. — Ordenou à Tereza: — Quando o amigo Daniel aparecer por aqui e penso que vai aparecer seguido — riu, tocando com o dedo gordo a barriga do jovem —, passe um cafezinho para ele. Se estiver ocupada, ele espera, não tem pressa, não é mesmo, seu sabidório?

— Pressa nenhuma, capitão, todo meu tempo agora é dedicado a esse assunto, exclusivamente. — Os olhos nos de Tereza, como se falasse dela e para ela.

Desapareceu Tereza com o bule e as xícaras, o capitão informou:

— Consta que Teodora, sabia que se chama Teodora? De apelido Teó. Pois falam que não tem mais nada a defender, é caminho aberto, um artista de circo que passou por aqui lhe fez o benefício. De mim, duvido, para lhe falar com franqueza. Que andaram aos beijos e abraços, é certo, eu mesmo vi daqui do armazém os dois de boca grudada na porta da casa dela; que houve muita putaria houve, mais do que isso não creio. Onde diabo iam acender o pito? Cajazeiras não é a Bahia onde não falta lugar, tem roça com mato à vontade. Sem falar que aqui todo mundo controla a vida dos outros, você logo vai ver; só tem uma pessoa que não liga para isso e faz o que quer, é seu criado aqui presente. Deixo que falem, vou comendo do bom e do melhor. Em troca, não me meto com gente graúda, da laia das vizinhas. Quando me meti foi pra casar. Prefiro caça rasteira, não dá trabalho nem dor de cabeça. Falando francamente, penso que a moça e o cujo andaram se esfregando, se ela sentiu peso de pau foi na mão, o resto é falatório. De qualquer jeito, cabaçuda ou furada, é um pedaço de mulher.

Daniel alteou a voz, o olhar de Tereza, a ela se dirigindo por cima do ombro de Justiniano Duarte da Rosa:

— É a mulher mais bonita que vi em toda minha vida.

— Ei! O que é isso? Não exagere. Não só que para meu gosto já é um tanto passada, não que despreze mas dou preferência às moderninhas, como também porque conheço outras melhores, sem comparação. Em Aracaju, no castelo de Veneranda, tem uma gringa, russa ou polaca, sei lá!, o que sei é que é todinha loira, da cabeça aos pés, da penugem dos braços aos cabelos do cu. Os cabelos chegam a ser brancos de tão loiros, ela diz que cabelos assim têm um nome lá na terra dela, não sei o quê de prata.

— *Platinum blonde* — confirmou Dan.

— Isso mesmo, não é esse loiro nosso, sarará, é outra coisa, papa-fina. Tenho vontade de ir na Europa só para comprar uma gringazinha bem nova, com cabacinho loiro, toda branquinha, inteirinha.

Daniel fingia atenção, os olhos derramados na moleca. Também Tereza Batista nunca vira ninguém tão bonito. Ninguém? Talvez o doutor dono da usina, mas era diferente; sem querer, põe os olhos em Dan e num enleio abre os lábios, sorri.

28

NUM ENLEIO, SORRINDO SEM SABER POR QUÊ, OLHANDO SEM QUERER OLHAR. O moço em ronda, passeio acima, passeio abaixo, portas adentro no armazém. Só para lhe falar, pedia um copo com água. Não aceita um cafezinho? Vou lá dentro passar. Tereza sem jeito, a voz trêmula, encabulada. Enquanto espera, Daniel presenteia os caixeiros com cigarros americanos, de contrabando. Não maldavam os dois rapazolas, convencidos de que o enredo do filme era outro, com Teodora no papel de mocinha. Com incontida inveja observavam os lances do bandido, conquistador vindo da cidade grande para agarrar a inocente vítima, aliás, um bandido simpático e a mocinha não tão inocente assim.

Em cama de ferro com colchão de capim, em beco sem saída, no quarto de Pompeu, a beijar-lhe o rosto adolescente, seboso e explodido em espinhas, dormira muitas vezes Teodora, algumas vezes Tereza; em empolgantes películas uma e outra ele possuíra na palma da mão direita, além de inúmeras artistas de cinema e moças locais — as preferidas sendo Teodora e Marlene Dietrich. No catre de tábuas de Papa-Moscas, escuro, lábios grossos, compacta carapinha, em sua mão de calos e sonhos, desmaiaram Teodora, suas três irmãs, freguesas diversas, desmaiou Tereza e também — perdão caro amigo Dan — dona Beatriz, a quem tivera ocasião de ver praticamente nua, em férias anteriores quando Papa-Moscas, antes de ser caixeiro no armazém, fora moço de recados do juiz de direito — após o banho, dona Beatriz demorava no quarto às voltas com cremes, cosméticos e perfumes, para encobrir--lhe a farta nudez uma toalha de rosto, ineficaz; pelo desvão da porta, em dias felizes, o molecote brechou-lhe as opulências, extasiado: eta madama mais limpa, até na quirica põe cheiro! Preferida, à frente de todas, Teodora, a duvidosa Teó; Papa-Moscas via-se artista de circo a gozar-lhe os tampos.

Acontecia Teodora vir ao armazém para uma compra, o vestido esvoaçante, o decote e a curva dos seios. Disputavam no par ou ímpar o direito a servi-la, a lavar a vista na alvura do colo. Aparentando não se dar conta, Teodora participava do jogo dos caixeiros, demorando a compra, os cotovelos encostados no balcão para o decote crescer; vinha sem porta-seios. Junto com as compras levava consigo o pobre tributo dos rapazolas: nas noites insones os fugidios olhares dos parvos caixeiros eram matéria de sonho. Apenas ela dava as costas, Pompeu cuspia na palma da mão direita, desembestado para a latrina; Papa-Moscas guardava a exaltante visão para a noite de amor.

Para os dois, o assunto não tinha mistérios: se Daniel ainda não comera Teó não tardaria a comer; nunca lhes passou pela cabeça pudesse ter o estudante qualquer interesse em Tereza. Não apenas por julgá-lo amante de Teodora como porque, pertencendo Tereza ao capitão, só um louco de hospício se atreveria. A não ser no segredo maior da mão e do cuspo, nas trevas da noite.

Nem sempre Tereza estava em frente à pequena mesa a fazer contas. Cabia-lhe ocupar-se com o quarto e as roupas do capitão. A limpeza sumária da casa e do armazém, inclusive da latrina situada no quintal, faziam-na os caixeiros ao chegar, pela manhã cedinho. Chico Meia-Sola punha a panela no fogo, com feijão, carne-seca, abóbora, aipim, inhame, um naco de linguiça — aprendera a cozinhar na cadeia. Na hora do meio-dia, de escasso movimento, Chico e os dois rapazes entravam para almoçar, ficando Tereza sozinha no armazém para o caso de aparecer algum freguês. Estando o capitão na cidade, Tereza punha a toalha na mesa, os pratos, os talheres, servindo-lhe a cachaça antes do almoço, a cerveja durante. A comida de Justiniano vinha da pensão de Corina, em marmita farta e variada. O capitão comia com vontade, pratos enormes, e podia beber quanto quisesse sem se alterar. Chico Meia-Sola tinha direito a um cálice de cachaça ao almoço, outro ao jantar, um único, engolido de um trago. Em compensação, nas noites dos sábados, das vésperas de feriados e de dias santos, bebia até cair como morto na cama de vento ou em quarto de mulher-dama barata. Na ausência do patrão, Tereza não colocava toalha na mesa, não usava talheres, comendo de mão a boia feita por Chico, acocorada a um canto.

Dos usos e costumes do armazém, Daniel se informou com rapidez, em perguntas casuais aos caixeiros, enquanto, para gáudio dos dois rapazolas, exibe-se às irmãs firmes nas janelas do chalé.

Aflitas irmãs, devoradas de impaciência e estranheza: por que essa absurda timidez? Chegado da capital, com fama de audaz conquistador, de terror dos maridos, e até de gigolô — dona Ponciana de Azevedo, sabedora das andanças de Dan no passeio fronteiro, aparecera em visita e detalhara escândalos —, o formoso mantinha-se distante, discretíssimo, sem tentar aproximação maior, perdido em preliminares e, o que era ainda mais extraordinário, interessado igualmente nas quatro irmãs, pelas quatro se distribuindo em gentilezas e insinuações — quem sabe provinha a inconcebível timidez exatamente da dificuldade em decidir- se por uma delas? Teodora, caçula e heroína, dera por descontado ser o único motivo da presença do estudante antes do almoço e no fim da tarde. Preferência contestada pelas irmãs — hoje ele me deu adeus, referia Magda; jogou-me um beijo, anunciava Berta; fez o gesto de me apertar contra seu peito, declamava Amália. Teodora nada dizia, senhora da verdade. As quatro empenhadas numa batalha de vestidos, penteados e maquilagem — sedas e rendas com cheiro de naftalina e bolor, abertas as arcas. Antes tão unidas, desentendiam-se agora num clima de desconfiança e pendência, de palavras agres e risos de deboche. Cada uma em sua janela, Daniel na calçada em frente, sorriso na boca. Duas, três voltas passeio acima, passeio abaixo, sob o sol do meio-dia ou a brisa da tarde, recolhia-se à sombra do armazém. Suspiros das quatro irmãs nas sacadas; Berta ia correndo para fazer pipi, só de vê-lo passar lhe dava um frio por baixo, tinha de prender-se para não urinar.

Também o capitão queria saber dos progressos de Daniel:

— Então, já provou da fruta?

— Calma, capitão. Quando se der, lhe conto.

— Só quero saber se é donzela ou não. Aposto que é.

— Deus lhe ouça, capitão.

Ficavam os dois em prosa animada, de conteúdo invariável: a vida dos prostíbulos da Bahia, tema apaixonante para Justiniano Duarte da Rosa. Dan conquistara-lhe a confiança, juntos haviam ido à pensão de Gabi beber cerveja e ver as mulheres. Enquanto, encostado ao balcão do armazém, faz uma análise crítica da alta prostituição local, Daniel, nas barbas do implacável capitão, arrasta a asa à Tereza, na muda linguagem de olhares e sorrisos carregados de sentido; prepara o terreno.

— Material de terceira, capitão, o da nossa Gabi. Francamente medíocre.

— Não me diga que não apreciou aquela garota; não tem nem três meses na vida.

— Grande coisa não era. Quando o capitão aparecer na Bahia vou lhe servir de cicerone, vou lhe mostrar o que é mulher. Não me diga de novo que conhece a Bahia muito bem; quem não frequentou o castelo de Zeferina nem esteve na casa de Lisete, não conhece a Bahia. E não me venha de polaca de Aracaju porque loura de verdade, *platinum blonde* de fato e não de cabelo pintado, vou lhe mostrar, e que classe! Me diga uma coisa, capitão: já lhe fizeram alguma vez o buchê árabe?

— Buchê, milhares, sou apreciador, mulher que deita comigo tem de manejar a língua. Mas esse tal de árabe não sei como seja. Sempre ouvi dizer que buchê é coisa francesa.

— Pois não sabe o que é bom. Essa loira que vou lhe apresentar é especialista, é uma argentina do barulho. Rosália Varela, canta tangos. Prefiro na cama, cantando não é lá essas coisas. Mas, para chupar, não tem rival. No buchê árabe, então, é sensacional.

— Afinal, como é esse negócio?

— Não conto porque se contar perde a graça mas, depois de provar, o capitão não vai querer outra coisa. Só que Rosália exige o vice-versa.

— Que história é essa de vice-versa?

— O nome está dizendo: vice-versa, toma lá dá cá, ou seja o conhecido sessenta e nove.

— Ah! Isso nunca. Eu, chupar mulher? Uma que me propôs, uma vagabunda que apareceu por aqui lendo sorte nas cartas, quebrei a cara da filha da puta para não ousar outra vez. Mulher chupar homem, está certo, é lei natural, mas homem que chupa mulher, não é homem, é cachorro de francesa; me desculpe se lhe ofendo, mas é isso mesmo: lulu de francesa.

— Aprendera a expressão com Veneranda, repetia com orgulho.

— Capitão, o amigo é um atrasadão mas quero lhe ver nas mãos de

Rosália fazendo tudo que ela quiser; lhe digo mais: de joelhos, pedindo para fazer.

— Quem? Eu, Justiniano Duarte da Rosa, o capitão Justo? Nunca.

— Quando vai à Bahia, capitão? Marque a data e eu aposto em Rosália a dez por um. Se ela falhar, a festa nada lhe custa, é de graça.

— Só que eu vou à Bahia por esses dias, logo depois das festas. Recebi um convite do governador para a festa do Dois de Julho, a recepção no palácio. Foi um amigo meu que é da polícia quem arranjou.

— Demora por lá? Quem sabe, ainda lhe alcanço.

— Nem eu sei, depende tudo do juiz, tenho uma pendência no fórum. Aproveito para ver os amigos, nas secretarias, gente do governo, conheço muita gente na Bahia e os assuntos daqui, abaixo dos Guedes, quem resolve sou eu. Vou demorar bem uns quinze dias.

— Ainda assim, não lhe alcanço, prometi ao velho passar o mês com ele. Sem falar na vizinha, tenho de tirar a limpo esse assunto, descobrir a verdade, se é virgem ou não. Para mim é ponto de honra. Mas façamos o seguinte: eu lhe dou uma carta para Rosália, o amigo a procura em meu nome no Tabaris.

— No cabaré Tabaris? Conheço, já estive.

— Pois ela canta lá todas as noites.

— Então está certo, me dê a apresentação e vou conhecer esse tal buchê árabe. Mas avise a ela para me respeitar, é ela em mim, e acabou-se, se não quiser apanhar.

— Eu mantenho a aposta, capitão, Rosália vai lhe virar pelo avesso.

— Ainda não nasceu a mulher que mande no capitão Justo, muito menos que faça dele cachorro de francesa. Homem macho não se rebaixa a isso.

— Um conto de réis meus contra cem mil-réis seus como o capitão lambe Rosália e pede bis.

— Nem por brincadeira repita isso e sua aposta não aceito. Escreva para essa dona, diga que pago a ela direito mas que me respeite, não debique de mim. Quando me zango, não queira saber.

Tanta fama de mau, um bobo alegre, concluía Daniel. Que outra coisa pensar de um tipo que pendura no pescoço um colar com argolas de ouro a lembrar cabaços de pobres roceiras? Arrotando macheza enquanto em sua cara Daniel seduzia Tereza.

Seduzia Tereza. Sem querer, sem saber por quê, à revelia de sua vontade, Tereza responde aos olhares — que olhos mais tristes, mais azuis e funestos, a boca vermelha, os anéis do cabelo, anjo caído do céu. Quando se foram rua afora, conversa de não acabar, Tereza escondeu no peito a flor trazida por ele. Nas costas do capitão, Daniel lhe mostrara a rosa fanada e tendo-a beijado, no balcão a pousou. Para ela a colhera e beijara; no seboso balcão uma rosa vermelha, um beijo de amor.

29

NO FIM DA SEMANA INCERTA E NERVOSA, MAGDA, COM A AUTORIDADE de irmã mais velha, colocou o problema na mesa de jantar:

— Ele precisa definir-se. Seja qual for a noiva escolhida, estaremos todas de acordo, as outras três se conformam, iremos tratar do enxoval. Das quatro juntas é que não pode ser, ele é um só.

— Bem que ele dava pelo menos para duas... É tão grande! — atreveu-se Amália, disposta a qualquer acordo.

— Não diga tolices, não seja ridícula.

— Mais ridícula é mulher velha atrás de rapaz novo.

Nervos à flor da pele, Magda ofendeu-se; caiu no pranto:

— Não ando atrás dele, é ele que anda atrás de mim, e não sou velha, estou na casa dos vinte como vocês. — As palavras entrecortadas de soluços.

Amália, arrependida — ai mana, me desculpe; ando nos azeites! —, abraçou-se com a irmã, choraram juntas.

— Por que ele deve definir-se se assim está tão bom? — insurgiu-se Berta, a menos bonita, contente com pouco, pouco é melhor que nenhum, feliz com aquela gostosura; o moço acima, abaixo no passeio e um frio na bexiga só de vê-lo. — Comecem com coisas e ele nunca mais volta.

Ah! Isso seria o fim de toda esperança — o tédio, a amargura, os choros sem motivos, os calundus, os chiliques, as pequenas ruindades, as hipocrisias, as implicâncias, o azedume, a vida renegada das solteironas. Sim, Berta tem razão, não nos cabe forçá-lo, marcando prazos, exigindo decisões. Magda faz promessa a santo Antônio, casamenteiro, Amália procura Áurea Vidente, para assuntos de amor não tem rival, paga-lhe adiantado um bozó infalível, Berta prefere a negra Lucaia, num canto de rua, compra-lhe ervas e pós para banho, igualmente infalíveis.

Teodora apenas sorri, silenciosa, tinha experiência e certeza. Desta vez, queridas e odiadas irmãs, não será como da anterior, Teó não o deixará escapar, arribará junto com ele, mesmo se tiver de dispor de todo seu pecúlio, mesmo se tiver de vender as obrigações do Tesouro e as casas de aluguel. Não dizem que ele recebe dinheiro de mulheres casadas e até de mulheres da vida? Dona Ponciana afirma com segurança e provas — uma rapariga ciumenta dera escândalo na rua, na capital, revelando quantias e datas precisas. Pois muito bem: Teó está disposta a gastar, tem dinheiro guardado e renda mensal; se for preciso roubar as economias das manas, com prazer o fará, Dan.

Em perguntas, conversas e rondas, Daniel descobrira a hora ideal. Durante o almoço de Chico Meia-Sola e dos caixeiros, ao meio-dia, sozinha no armazém, Tereza atende ao balcão; pode por milagre aparecer um freguês. Cláusula indispensável à segurança do plano: a ausência do capitão, fora da cidade, a negócios, ou ocupado na roça. Atento, Daniel aguardou.

Poucos dias de espera e impaciência e Daniel alegremente recusou convite do capitão para breve viagem, saindo pela manhã, voltando à tarde, a fim de assistir a uma rinha de galos em localidade próxima, em terras de Sergipe; dez léguas de estrada ruim devido às chuvas mas Terto Cachorro, bom volante, tirava em duas horas e os ferozes lutadores mereciam o sacrifício. Boa ocasião para o amigo ganhar um dinheirinho apostando nos galos do capitão. Que pena Daniel não poder aceitar; exatamente naquele dia tinha encontro acertado com antecedência, em lugar secretíssimo, oportunidade única para ter nos braços a bela vizinha e descobrir a completa verdade; uma pena, capitão.

— Razão de peso, não insisto, fica para a próxima. Verifique direito e depois me diga se não tenho razão: a moça é donzela, se muito levou foi nas coxas. — Despediu-se o capitão, sentado na boleia ao lado de Terto Cachorro. — Vou tocando, ainda tenho de passar na roça, até logo.

Antes do almoço, na habitual penitência em frente ao chalé, Daniel bebeu água fresca de moringa recebendo o copo das mãos de Teodora, no decote o vislumbre dos seios — graças mil por matar a sede a um apaixonado sedento, agora vou em casa matar a fome, até logo, iara formosa.

— Não é servido a almoçar com a gente, não quer comer comida de pobre? — Teodora se requebra na porta, se oferece inteira.

Em outra ocasião aceitará honrado e guloso, hoje os pais o esperam e já está atrasado; fica o trivial para outro dia, Teodora, mais tarde, noutras férias, quem sabe? Hoje vou provar manjar divino, maná do céu; adeus, direi ao capitão que te reconheci donzela e, por medo das consequências, respeitei teu cabaço mas o cabaço somente e mais nada, o resto comendo num rega-bofe de coxas, de seios, de bunda.

160

Vazias as janelas do chalé, deserta a rua, da esquina regressa Daniel para o armazém. Tereza, ao vê-lo entrar, ficou imóvel, sem voz, incapaz de palavras e gestos; nunca se sentira assim, o coração desregulado — não é medo nem repulsa, o que pode ser? Tereza não sabe.

Não trocaram uma única palavra. Ele a prendeu nos braços, encostando a face cálida na fria face de Tereza; o hálito do moço era perfume, perfume de tontear. Nos cabelos, na pele, nas mãos, na boca semiaberta. O capitão fede a suor ardido, bafo de cachaça — homem macho não usa cheiro. Sem dela se afastar, Daniel levou as duas mãos ao rosto de Tereza, emoldurando-o nos dedos, e a fitá-la nos olhos veio com a boca semiaberta e tomou de sua boca. Por que Tereza não desvia a cabeça se tem horror a beijos, nojo da boca do capitão sobre a sua, a sugar, a morder? Maior que o nojo era o medo. O moço, porém, não lhe faz medo; então, por que consente, não vira a cara, não o manda embora?

A boca de Dan, os lábios, a língua, longa, suave carícia, a boca de Tereza foi se entregando. De repente, dentro de seu peito alguma coisa explodiu e os olhos, presos aos olhos celestes do anjo, umedeceram-se — pode-se chorar por outros motivos que não sejam dor de pancada, ódio impotente, medo incontido? Além dessas, existem outras coisas na vida? Não saberia dizer, só tinha comido da banda podre; peste, fome e guerra, a vida de Tereza Batista.

Distantes ruídos de pratos e talheres de flandres, Tereza estremece. Soltam-se do abraço e do beijo, Dan ainda pousa os lábios nos olhos molhados — evola-se na rua varrida de chuva. Nos aguaceiros do inverno germinam sementes, os brotos irrompem e na terra agreste, seca e bravia, explodem frutos e flores.

Quando o caixeiro Pompeu entrou no armazém, logo seguido por Papa-Moscas, Tereza continuava no mesmo lugar, parada, esquecida, fora do mundo, tão diferente e esquisita que, naquela noite de chuva, um e outro, no leito de ferro, no catre de tábuas, traindo a predileta Teodora, no segredo mais fundo, possuíram Tereza na palma da mão.

30

DAN A BEIJOU NOS OLHOS, LOGO NA BOCA, A MÃO DIREITA ESCORREGANDO das costas para as ancas, a mão esquerda enfiada nos cabelos de Tereza. Quatro dias se haviam passado do primeiro beijo recebido do moço mas Tereza ainda o tinha inteiro nos lábios por ocasião do segundo. A voz quente a lhe acender uma fogueira no peito:

— Amanhã é noite de São João — disse Daniel — e o capitão me contou que vai a uma festa que dura a noite toda, entra pelo dia...

— Eu sei, ele vai todo ano, é no roçado de seu Mundinho Alicate.

— Amanhã, esteja às nove da noite no portão dos fundos, às nove em ponto. Vai ser nossa festa de São João.

Novamente a boca e o beijo, Tereza tocou de leve, a medo, nos anéis dos cabelos de Dan, maciez de lã de barriguda. Amanhã nossa festa, sem falta.

31

NEM SEQUER A DÓRIS, ESPOSA LEGAL, QUANTO MAIS A TEREZA, simples moleca, costumava o capitão informar de seus passos, idas e vindas, pousadas noturnas, projetos e decisões; não deu nunca a mulher nenhuma a ousadia de comunicar onde passaria a noite, se em casa com ela, se no serralho de Gabi bebendo cerveja, provando pensionista nova, se em localidade próxima preso aos múltiplos negócios ou a combate de galos — homem que se preza mantém a mulher no devido lugar.

De viagens mais longas, à Bahia ou a Aracaju, Tereza tomava conhecimento nas vésperas, a tempo de lhe arrumar a mala — camisas passadas na perfeição, ternos brancos brilhando no espermacete. Casualmente vinha a saber, através de um pedaço de conversa entre o capitão e Chico Meia-Sola, de programada demora na roça para ativar os trabalhos; de ida a Cristina para controlar a vendola do negro Batista, do negro só de nome, dinheiro e mercadorias de Justiniano, de noites inteiras aqui ou ali, nos fandangos em casa de conhecidos, em povoados e plantações, sendo ele bom dançador sempre disposto a um arrasta-pé e sendo tais dancinhas os melhores postos de recrutamento de verdes meninas, no ponto exato do capitão. Noites de descanso para Tereza.

Da festa de São João, em casa de Raimundo Alicate, numa lavoura distante, em terras da usina, Tereza sabia, pois o capitão não falhava, presença principal e infalível todos os anos. Esse Mundinho Alicate, protegido dos Guedes, espoleta de Justiniano, era figura popular na região: além de lavorar cana-de-açúcar, vendia cachaças, algumas ditas afrodisíacas, catuaba, pau-de-resposta, levanta-defunto, eterna juventude e, em dias de obrigação, num galpão dos fundos da casa, recebia caboclos, à frente dos quais o caboclo Rompe-Mato; por isso o conheciam também por Raimundo Rompe-Mato ou Mundinho de Obatalá pois se dizia feito em santo angola na Bahia pelo falecido babalorixá Bernardino do Bate-Folha. Tudo isso e mais as raparigas que arrebanhava e fornecia ao capitão e a outras pessoas gradas (reservando para os Guedes da usina as mais atrativas, segundo voz corrente), à pensão de Gabi e a diversos covis da Cuia Dágua. Festeiro sem rival, atravessava o mês de junho com forrós em casa, no galpão dos caboclos, salvando Santo Antônio, São João, São Pedro. Festa maior a de São João, com grande fogueira, montanhas de milho, rojões de foguetes, salvas de morteiro, estouro de bombas e a dança arretada. Vinha gente de toda a redondeza, a cavalo, em carro de boi, a pé, de caminhão e de ford. Raimundo Alicate matava um porco, um cabrito, um carneiro, galinhas e frangos, festa de muita comilança. Cavaquinhos, harmônicas e violas, valsas, xotes, polcas, mazurcas, foxes e sambas de roda, música e dança a noite inteira. O capitão puxava a quadrilha, bom de baile não perdia vez; bom de bebida, bom de garfo e o olho a buscar no meio da concorrência material a seu gosto; quando se decidia, Raimundo, interesseiro e adulador, se encarregava do acerto. Daquela festa nunca saíra o capitão de mãos abanando.

Tereza engomara o terno branco, a camisa azul. A roupa lavada e passada, disposta em cima da cama; na beira, sentado, nu, o capitão. Tereza lava e enxuga-lhe os pés, depois sai para esvaziar a bacia, trêmula de medo. Não era o medo habitual de maus-tratos e pancadas; hoje teme que ele, como soía fazer, a mande deitar, abrir as pernas, e nela se espoje antes de se vestir para a festa. Hoje não, meu Deus! Desagradável, penosa obrigação, Tereza submissa a cumprir quase todos os dias, no receio do castigo. Mas hoje não, meu Deus! Que ele não se lembre!

Caso o capitão ordene, terá de obedecer, não há como se opor. Não adianta sequer mentir, dizendo-se incomodada, em dia de paquete; Justiniano adora tê-la nas regras, se excita ao ver o sangue machucado do mênstruo, dizendo ao derrubá-la: é a guerra! (outra expressão aprendida com Veneranda), viva a guerra! Assim sucede desde que o sangue da vida irrompera pela primeira vez, tornando-a mulher capaz. É a guerra, sujeira e nojo, fazendo-se nesses dias mais penosa a obrigação. Mas hoje seria ainda mais terrível. Hoje não, meu Deus do céu!

Regressa ao quarto; ai, meu Deus! o capitão mudou da cama para a cadeira as peças de roupa; estirado ao comprido, o tronco forte, o corpo cevado, à espera — apenas o colar de argolas sobre os peitos gordos. Tereza sabe qual a sua obrigação — se o capitão se deitou, deve ela deitar-se também, sem aguardar ordens. Desobedecer é impossível. Morta de medo, do medo permanente de apanhar, ainda assim Tereza, como se não o visse, anda em busca da roupa.

— Onde diabo vai? Por que não deita?

Marcha para a cama com pés de chumbo, por dentro um engulho, pior que nos dias de incômodo — mas não tem jeito a dar, retira a calçola com a mão lenta.

— Depressa. Vamos!

Sobe na cama, deita-se, a mão pesada toca-lhe a coxa, abrindo-lhe as pernas. Tereza se contrai, um bolo na garganta; sempre lhe foi custoso, nunca tanto assim, porém; hoje é por demais, é outro sofrimento, maior, dói no coração. Quando ele a cobre e cavalga, a resistência interior é tamanha a ponto de lhe trancar as portas do corpo por ele arrombadas na porrada há mais de dois anos.

— Tá ficando donzela de novo ou será que tu andou passando pedra-ume? — Assim faz Veneranda com as furadas de pouca idade, lasca-lhes pedra-ume na quirica para enganar os trouxas.

Para o capitão foi quase tão bom quanto cabaço novo. Tereza tensa, dura. Não mais aquele corpo amorfo, largado, inerte; agora reteso, difícil, resistente — finalmente participando, pensa satisfeito o capitão sentindo-se mais uma vez vitorioso sobre a rebelde natureza da menina, macho igual a ele não há outro.

De tão excitado, na hora do gozo, tomou-lhe da boca. Boca amarga, de fel.

Na pressa de vestir-se nem se lavou o capitão; quando Tereza veio com a bacia cheia já ele enfiara a cueca após limpar-se com a ponta do lençol. Tereza põe a calçola, quem lhe dera tomar um banho; fizera-o antes, terminada a labuta na casa e no armazém, bombeando água do poço para a pequena caixa do banheiro. Tereza, de joelhos, calça meias e sapatos no capitão; depois, vai lhe passando a camisa, as calças, a gravata, o paletó, por último o punhal e o revólver.

Terto Cachorro espera na boleia do caminhão, em frente ao armazém; motorista, capanga e parceiro festejado nas danças, tocador de harmônica e no xaxado um porreta. Chico Meia-Sola já saíra para a interminável maratona da noite de São João; de casa em casa, bebendo aguardente, conhaque, licores — de jenipapo, de caju, de pitanga, de jurubeba, não faz questão de espécie ou marca. Pela manhã arrastar-se-á para a cama de vento num dos cubículos da casa, de mistura com fardos de carne-seca, sacos de peixe salgado, o chão lamacento e as moscas incontáveis; se não ficar escornado em quarto de rapariga no derradeiro bordel da Cuia Dágua.

De branco trajado como ordena o figurino, um mandachuva, um prócer, ajeitando o laço da gravata, o capitão considerou por um instante a possibilidade de levar Tereza consigo, metida num vestido de Dóris, de pouco uso: moleca bonita, estampa digna de ser exibida no baile de Mundinho Rompe-Mato. Encontrando-se na usina pelo São João, o dr. Emiliano Guedes sempre dava um pulo com parentes e convidados no fandango de Alicate para mostrar aos hóspedes da capital "uma típica festa junina de roça!". A demora era pouca, um trago, uma contradança e o regresso aos luxos da casa da usina mas o doutor, cofiando o bigode, pesava com olhos de conhecedor a mulherada presente, Raimundo atento a qualquer demonstração de interesse, ao menor sinal de agrado para tratar dos pormenores e colocar a escolhida à disposição do dono da terra.

O capitão gostaria de ostentar a moleca Tereza na vista e na inveja do mais velho dos Guedes, do senhor das Cajazeiras do Norte. Mas o dr. Emiliano anda em viagem de turismo pelas estranjas, recém-embarcou e só voltará meses depois. Ainda assim o capitão chega a entreabrir os lábios para dar ordens a Tereza de se trajar para a festa, após medi-la da cabeça aos pés, aprovativo.

Tereza, adivinhando-lhe as intenções, foi novamente tomada de medo, não mais de maus-tratos nem de nojos de cama, um medo ainda maior: se o capitão a levasse, ficaria o moço esperando na chuva, junto ao portão do quintal, para sempre impossível a festa prometida, nunca mais aquela chama no peito, a lã do cabelo, a boca de cócegas.

Dr. Emiliano se divertia com as gringas na França e, ademais, se na festa aparecesse uma novidade, um pitéu, menina ao agrado do capitão, e ele quisesse levá-la para a roça? Que fazer de Tereza? Pô-la de volta no caminhão, sozinha com Terto Cachorro? Mulher de Justiniano Duarte da Rosa não anda sozinha de noite com outro homem; embora cabra de confiança não lhe consta fosse Terto capado e o diabo atenta no escuro. Mesmo não acontecendo nada, o povo espalha que aconteceu o pior, e quem pode provar o contrário? Justiniano Duarte da Rosa não nasceu para cabrão; dele tudo se pode dizer e tudo se diz pelas costas. Tratam-no de bandido cruel, de sedutor de menores, deflorador e tarado, de ladrão de terras, de gatuno no peso e nas contas, de trapaceiro nas rinhas de galo, de criminoso de morte — pelas costas, porque pela frente, cadê coragem? Nunca, porém, o acusaram de corno, de chifrudo, devoto de são Cornélio, cabrão, enganado por fêmea. Nem de corno, nem de chibungo, nem de beija-flor chupador de xibiu. O jovem Daniel com aquela cara de boneco, conversa malandra, olhos melosos, fama de gigolô, é bem capaz de lamber quirica, ora se é, o capitão não se engana. Homem de respeito não se rebaixa a essas nojeiras. Mas esses moços da capital são uns bananas na mão das mulheres. Daniel não ficara trancado a manhã inteira com a moça do chalé — assim ele contou — sem lhe comer o cabaço com receio das consequências? Mas o resto fizera. Que resto? Ora, que pergunta, caro amigo, sr. capitão, existem coxas e pregas, dedos e língua. Certamente com a língua, lulu de francesa. Quanto a ele, Justiniano, se na festa encontrar um cabaço a seu gosto, não vai ter contemplação nem deferência; para depois coxas e pregas, língua jamais, não é cachorro de gringa. Não vale a pena levar Tereza, hoje a moleca já teve boa ração.

— Quando eu sair, apague a luz e vá dormir.

— Sim senhor. — Tereza respira; ai, tantos medos diversos penara nesse começo de noite de São João.

Encaminha-se o capitão Justo para o armazém, abre a porta. Chove na rua.

32

O QUINTAL DAVA PARA UM BECO ESTREITO, TODO ELE DE FUNDOS de residências, onde o caminhão e as carroças descarregavam mercadorias, em seguida estocadas nos quartos da casa para não atulhar o armazém. O capitão, em suas viagens, comprava saldos baratos, artigos em liquidação, colheitas de feijão, café e milho; tendo dinheiro líquido para pagar à vista, obtinha descontos especiais dos atacadistas — ganhar na compra e ganhar na venda, eis sua divisa, pouco original talvez mas nem por isso menos eficaz.

A chuva apaga as fogueiras nas ruas, no beco forma poças de água, vira lama no chão. Envergando capa de borracha, no ângulo de um portal fronteiro ao muro do armazém, Daniel perscruta a noite, ouvido atento a qualquer ruído, olhos querendo varar a cortina de chuva e escuridão.

Naquele dia, após o jantar, Daniel perguntara à dona Beatriz:

— Velha, será que você não tem um balangandã qualquer, sem valor mas bonitinho, que me ceda para eu dar de presente a uma diva? O comércio local é uma droga, dá pena.

— Não gosto que me chame de velha, Dan, você bem sabe. Não sou assim tão velha nem tão acabada.

— Desculpe, mater, apenas uma maneira carinhosa de falar. Você é uma balzaca ainda em plena forma e se eu fosse o paterno aqui presente não lhe deixava se badalar sozinha na Bahia. — Riu bem-humorado, achando-se inteligente e divertido.

— Seu pai, meu filho, pouco liga para mim. Deixe ver se encontro alguma tolice que lhe sirva.

Na sala, sozinhos, pai e filho, o juiz advertiu Daniel:

— Consta-me estar você rondando a casa das senhoritas Moraes, talvez atrás de Teodora, deve ter ouvido cochichos, invencionices; a moça é perfeita, tudo não passou de namorico tolo. Eu lhe recomendo cuidado, essas moças são de família distinta, um escândalo com elas seria de péssima repercussão. Afinal, o lugar está cheio de raparigas desimpedidas, sem eira nem beira, sem enredos nem arengas.

— Não se preocupe, paterno, não sou menino, não meto a mão em cumbuca, nem vim aqui causar dor de cabeça. Essas moças são simpáticas, me dou com elas, é tudo. Não tenho preferência por nenhuma, aliás.

— Para quem é o presente, então?

— Para uma desimpedida, sem eira nem beira, sem enredo e sem arenga, fique tranquilo.

— Outra coisa: sua mãe mora na Bahia por causa de vocês. Por meu gosto viveria aqui mas ela não pode deixar sua irmã sozinha.

— Verinha? — riu Daniel. — Paterno, acredite no que vou lhe dizer: Verinha é a melhor cabeça da família. Decidiu que vai casar com milionário, considere o fato consumado, quando Verinha quer uma coisa ela a obtém. Por Verinha não se preocupe.

Para a respeitabilidade do meritíssimo, Daniel era um tanto cínico demais. Dona Beatriz voltou à sala trazendo uma pequena figa encastoada em ouro. Serve, meu filho? Perfeita, mater, merci.

No beco, no canto do portal, brinca com a figa no bolso da capa. Acende mais um cigarro, as ráfagas da chuva lavam-lhe o rosto. Na rua da frente, se extingue a grande fogueira das irmãs Moraes, já não se ouve o crepitar das achas de lenha no fogo renovado pela criadagem. Na noite milagrosa de São João, solitárias no chalé ante a mesa posta com canjica e pamonha, manuês e licores, as quatro irmãs à espera também. A chuva pesada impede as visitas; as comadres, vagos parentes, algumas amizades. E Daniel? Em diversas casas de família realizam-se assustados, em qual deles dançará Daniel? Ou recebeu convite para o fandango de Raimundo Alicate? Daniel pensa nas quatro irmãs, simpáticas as quatro nos impacientes limites da última esperança, a mais moça ainda desejável, de seios acesos, amanhã com certeza irá visitá-las, comer canjica em companhia das quatro, com as quatro namorar timidamente, Magda, Amália, Berta, Teodora, sua perfeita cobertura. A chuva escorre pelo rosto do rapaz; não conservasse na boca o gosto de Tereza, não houvesse sentido junto ao peito o estremecer do corpo esguio, visto nos olhos úmidos o repentino fulgor, já teria ido embora.

O ouvido atento percebe por fim o ruído do motor do caminhão, parado diante do armazém: o capitão vai partir, vai com atraso o filho da mãe. Logo a luz dos faróis surge na esquina, rompendo o escuro, desaparece na chuva. Daniel gasta outro cigarro americano, de contrabando. Abandona o abrigo do portal, vem para mais perto, de onde possa enxergar, a chuva o envolve, ensopa-lhe os caracóis. Abre-se uma nesga no portão do quintal do armazém, Daniel divisa o rosto molhado, os cabelos corridos pingando água, a face de Tereza Batista.

33

HÁ QUEM DESPREZE MILAGRE, NÃO SEREI EU. FAÇA POUCO OU FAÇA CASO como vosmicê preferir, como melhor entender. Vosmicê vem na maciota com um cabedal de perguntas, cada qual mais matreira — gente de fala macia é baú de esperteza, enrola o zé-povo, obtém confissão e testemunho. Conheci um delegado igualzinho, ninguém dava nada por ele, não gritava, não batia, preso em sua mão nunca apanhou, era só na conversa mole, me conte, me diga, me faça o favor, jogando verde colhendo maduro. Vosmicê não é da polícia, eu sei sim senhor, não estou querendo lhe ofender, não leve a mal a comparação — mas indaga tanto de Tereza Batista que a gente fica com a pulga atrás da orelha, onde tem fumaça tem fogo, quem pergunta quer saber e qual o motivo de seus cuidados? Para de volta à sua terra passar a notícia adiante, contar os particulares na roda do cais? Pois fique sabendo que só aqui na feira vosmicê adquire para mais de trinta fascículos narrando passagens de Tereza Batista, tudo na cadência do verso, na trama e na rima. Cada um trezentos réis, não é dinheiro, uma barateza; mas nesse mundo careiro, tudo pelo preço da morte, vosmicê só encontra ao alcance da pobreza do povo a poesia da vida. Em troca de ninharia vosmicê aprende o valor de Tereza.

Sobre o que lhe contaram e garantiram, só adianto que milagre acontece; não estivesse a nação povoada de santos beatos e milagreiros, o que seria do povo? Padre Cícero Romão, a beata Melânia de Pernambuco, a beata Afonsina Donzela, o santo leproso das barrancas de Propriá, de nome Arlindo das Chagas, o Senhor Bom Jesus da Lapa que é beato também e cura qualquer doença, se não fosse por eles que acabam com a seca, com as pestes, com as enchentes do rio, que cuidam da fome, das mazelas do povo e ajudam os cangaceiros na caatinga a vingar tanta desgraça, ah! se não fosse por eles, me diga o senhor, cavalheiro, o que seria da gente? Esperar adjutório de doutor, de coronel, de governo? Ai de nós, a depender do governo e dos graúdos, dos lordes, o sertão se acabava de fome e doença; se o povo ainda vive é de puro milagre.

Diz-que foi o anjo Gabriel, testemunha de vista do que Tereza passou menina estrompada arrombada rebocada pipiricada desonrada inocente, no sangue salgada, quem fez o milagre mas vosmicê não se espante se encontrar envolvida no caso a beata Afonsina Donzela com muito traquejo nesse capítulo: comeram seus tampos dezoito jagunços de uma assentada, o último foi Berilo Lima, pelo tamanho muito horrível do instrumento dito Berilo Pau de Cancela, cujo Berilo ali mesmo na hora morreu de uma dor nas entranhas, a benta no fim da folgança estava tão perfeita e cabaçuda quanto antes. Tenha sido o anjo ou a beata, ou os dois reunidos para arcar com o milagre, todo mundo sabe que Tereza Batista quando muda de homem fica outra vez donzela, virgem de cabaço novo em folha, o buraco fechado, e isso lhe trouxe muita fama e proveito.

Milagre mais faceiro, seu moço perguntador, e muito apreciado como trovou o cego Simão das Laranjeiras nos caminhos de Sergipe:

Foi um milagre maneiro
singelo e verdadeiro
com Tereza sucedido
só a ela concedido

de noite descabaçada
de dia virgem tampada.
Quem me dera assucedesse
com minha velha um desses.

Há quem despreze milagres, não serei eu.

34

AQUELA NOITE, LONGA DE CEM ANOS DE DURAÇÃO, COMEÇOU ALI, NO QUINTAL, sob a chuva. Tereza em seus braços, Daniel beija-lhe o rosto nos olhos, nas faces, na fronte, na boca. Como pode, em menos de uma hora, transformar-se uma coisa de ruim em boa, de desgraça em alegria? Na cama, com o capitão, retesa, um nó na garganta, um bolo no estômago, asco e repulsa no corpo inteiro, por fora e por dentro. Ao sair do quarto para buscar a bacia com água, quando, por fim, ele a soltou, Tereza cuspira uma golfada azeda de vômito.

O vestido de chita colado ao corpo, achegada ao peito de Daniel — mão arisca toca-lhe o seio, lábios de chuva percorrem-lhe o rosto —, Tereza é tomada por sentimentos e sensações para ela desconhecidos: moleza a descer pelas pernas, nasce-lhe um frio no ventre, um calor lhe queima as faces, súbita tristeza, vontade de chorar, vontade de rir, alegria igual só teve ao tocar a boneca na roça — solta a boneca, peste —, ânsia e bem-estar, tudo de vez e misturado, ah! como é bom!

Mal ouvira o caminhão arrancar, o ruído da máquina perder-se na distância, correra a lavar-se com a água trazida na bacia para o capitão e que ele não usara na pressa de sair para a festa. Saíra com atraso, ainda estava se vestindo quando o sino da igreja badalou as nove horas; nove horas em ponto dissera o anjo, Tereza não tinha tempo de bombear água do poço para um banho completo. Na bacia de rosto — bacia dos pés de Justiniano na hora de dormir — limpou-se do capitão quanto pôde, de seu suor, de sua gosma, de seu cuspo, da gala ainda a escorrer-lhe nas coxas. Mas a sentia por dentro a sujar-lhe as entranhas.

Ali, junto ao portão, a chuva a lava e limpa; o coração de Tereza pulsa de encontro ao peito de Dan e ela fita a face do anjo Gabriel descido dos céus, os lábios dele são donos de sua boca onde a ponta da língua tenta penetrar — Tereza não reage, deixa-o fazer mas ainda não participa, ainda fechada no medo e no asco. Ali, no quintal, no começo da noite desmedida, quando Daniel lhe abriu os lábios e com língua e dentes invadiu sua boca, renasceu em Tereza o ódio antigo, o sentimento que a sustentou por dois meses enfrentando o capitão, antes do medo pânico fazê-la escrava. O medo persiste mas Tereza recupera o ódio, a primeira conquista na noite de retorno. Por um instante o ódio a domina, cobrindo a tristeza e a alegria, fazendo-a de tal maneira tensa que Daniel deu-se conta de algo estranho e suspendeu a carícia. A chuva o impediu de ver o clarão de relâmpago nos olhos da menina; se o tivesse visto, seria capaz de entender?

Sem o suspeitar, Daniel atravessa por entre o medo e o ódio — beija-lhe os lábios, os olhos, a face, suga-lhe a língua, os lóbulos das orelhas: Tereza se entrega, não pensa mais no capitão, um desafogo por dentro. Quando, por um instante, ele a deixa respirar, ela, sem jeito, sorri e diz:

— Ele não volta antes do dia clarear. Se quiser, a gente pode ir lá dentro.

Então Dan a tomou e suspendeu nos braços e mantendo Tereza deitada contra seu peito, sob a chuva a carregou do portão do quintal até a entrada da sala; nas velhas revistas de Pompeu e Papa-Moscas os noivos de cinema assim transportam as noivas nas noites de núpcias.

Na entrada da casa a depôs, sem saber onde ir. Tomando-o pela mão, Tereza atravessou a sala e o corredor, até o fim, onde abriu a porta de um pequeno quarto entulhado de sacos de feijão, espigas de milho, latas, fardos de jabá e toucinho — e um catre de varas. No escuro, Daniel tropeçou nas espigas:

— Vamos ficar aqui, é?

Fez que sim com a cabeça. Daniel a sente trêmula; medo, com certeza.

— Tem luz?

Tereza acende uma lâmpada pendurada no teto. Na luz fraca e triste, Daniel percebe o sorriso de desculpas, é uma menina apenas.

— Quantos anos você tem, minha linda?

— Fiz quinze, anteontem.

— Anteontem? Há quantos vive com o capitão?

— Vai para mais de dois anos.

Por que tantas perguntas? A água da chuva escorre da capa de Daniel, do vestido de Tereza grudado na pele, faz poças no chão de tijolos. Tereza não deseja falar no capitão, relembrar coisas passadas, ruins. Tinha sido tão bom em silêncio e no escuro, no portão do quintal, apenas lábios e mãos a tocá-la. Que interessa ao anjo saber se Justiniano foi o primeiro e o único, por que indaga, ali parado, pingando chuva e frio? Primeiro e único, não houve outro, o anjo do quadro a tudo assistiu e sabe. Deixa de fazer atenção às perguntas para ouvir apenas a música da voz, ainda mais de quebranto do que o olhar, voz noturna de preguiça e de cama (ouço tua voz, quero cama com urgência, definia madame Salgueiro, da alta sociedade baiana) ressoando em Tereza. Não responde às perguntas: como veio parar em casa do capitão, onde estão seus parentes, seus pais e irmãos? Sem mesmo dar-se conta, no embalo da voz, repete o gesto de Daniel no primeiro encontro a sós, no armazém: emoldura-lhe a face com as mãos, beija-lhe a boca. Dan recolhe nos lábios experientes o primeiro beijo dado pela inábil boca de Tereza Batista e o sustenta e prolonga ao infinito.

— Adivinhei seu aniversário e lhe trouxe um presente. — Entrega-lhe a figa encastoada em ouro.

— Como ia saber? Só quem sabe sou eu. — Sorri mansa e feliz a olhar o pequeno balangandã. — É linda, só que não posso aceitar, não tenho onde guardar.

— Esconda em qualquer parte, um dia poderá usar. — Um cheiro úmido de carnes e toucinho sobe do chão: — Me diga, não tem outro lugar?

— Tem o quarto dele mas tenho medo.

— De que, se ele não vai vir tão cedo? Antes dele chegar, já saí.

— Tenho medo que ele adivinhe se alguém entrar em seu quarto.

— Não tem outro?

— Tem outro mas é igual a esse, cheio de mercadorias, é onde Chico dorme, tem a cama e as coisas dele. Ah! tem o do colchão.

— Do colchão?

— Tem um aqui, outro na roça. É onde ele…

— Já ouvi falar, vamos até lá, este aqui é danado.

Naquele colchão muitas deitaram, ali violadas ou apenas possuídas, garotas novas na maior parte; tantas ali apanharam, gemeram, espernearam, comidas no grito, na bofetada, no soco, na taca (taca larga, de um couro só, diferente da outra, a da roça), sangue sobre o descolorido pano, argolas no colar do capitão. O lençol ainda guarda o suor da última menina a estender-se no colchão, uns vinte dias antes, uma pobre demente que se pusera a rezar em voz alta, a invocar de joelhos a Virgem e os santos ante a visão de Justiniano Duarte da Rosa nu e de caceta armada. É são Sebastião, proclamou em êxtase, provocando-lhe incontrolável frouxo de riso, um daqueles. O capitão a comeu na ladainha; as rezas,

172

a invocação do nome da Virgem, os gritos, as gargalhadas, o choro da criança: são Sebastião ou o demônio do inferno? Tereza no outro lado da casa, sozinha na cama, não pudera dormir sua noite de folga. Não durou mais de quatro dias, não aguentando o capitão com tanta reza e leseira e não havendo vaga para maluca na pensão de Gabi, ele a devolveu aos pais com uma cédula de dez mil-réis e pequena matalotagem.

35

ALI PELO MENOS NÃO ESTOCAM FARDOS DE TOUCINHO, CARNE-SECA, peixe salgado. Num dos pregos na parede, Daniel pendura capa, paletó e gravata. Assovia de admiração ao ver a taca; estremece ao pensar na dor da pancada do pedaço de couro cru.

— Tira o vestido, querida, senão você vai se resfriar.

Mas foi ele quem o retirou, e com o vestido veio o porta-seio, restando sobre o corpo de Tereza apenas a calçola de chitão florado: flores de um vermelho esmaecido. Tereza novamente em silêncio, à espera. Os seios erguidos, à mostra, não tenta escondê-los. Meu Deus, pensa Daniel, será que ela não sabe nada? Comporta-se como se nunca tivesse estado num quarto a sós com um homem para com ele deitar-se e fazer amor. No entanto, deve saber, tem de saber certamente; vive com o capitão Justo há mais de dois anos, com ele na cama; ou então que espécie de animal é esse Justiniano Duarte da Rosa com a taca de couro?

Daniel das velhotas, Daniel das madames, gigolô de raparigas, por vezes lhe acontecera pegar mulheres casadas (algumas com muitos anos de matrimônio), mães de filhos, e não obstante virgens de qualquer sensação de prazer, apenas possuídas e engravidadas. Em casa, com a esposa, o dever, o respeito, o pudor, cama de fazer filhos; na rua, com amásia ou rapariga, o prazer, o requinte, cama de luxúria, libertina — essa a divisa, o comportamento de muitos maridos de alta moralidade familiar. Famintas mulheres, no primeiro encontro de amante, desfaziam-se em vergonha e remorso, em choro de pecado: "Ai, meu pobre marido, sou uma louca, miserável, desgraçada, o que é que vou fazer? Ai, minha honra de casada!". Dan era oficial de competente ofício, consolador de primeira, próprio para enxugar lágrimas. Competia-lhe ensinar a essas vítimas da rígida moral dos virtuosos consortes as escalas todas do prazer. Rapidamente aprendiam deslumbradas, gratas, insaciáveis e absolvidas de qualquer culpa, limpas de pecado, isentas de remorso, com sobradas razões para o adultério. Como tratar marido que, por preconceito masculino ou por sumo respeito, considera a esposa um vaso, uma coisa, corpo inerte, pedaço de carne? Aplicando-lhe na testa excelsa um par de chifres, dos bem lustrosos, florados no prazer da rua.

Com Tereza, porém, é diferente. Nem esposa nem mãe de filhos, sequer amásia ou xodó de rendez-vous, simples moleca, que respeito podia dedicar-lhe o capitão? No entanto ali está parada, em silêncio, à espera. Não sabe sequer beijar, boca hesitante, incerta. Não chora, não exibe remorso, não se nega, não se lastima; parada à espera. Garota de quinze anos, o corpo ainda em formação, a crescer em beleza, ao mesmo tempo madura, sem idade precisa, quem sabe contar os anos no calendário do padecimento? Não será Daniel com certeza, inconsequente moço da capital, leviano e petulante nos amores fáceis; para o belo Dan das velhotas, a menina Tereza é obscuro, indecifrável mistério.

Mas constata a formosura do corpo e da face e nela se compraz; Tereza é toda ela de cobre e carvão, carvão nos olhos e nos cabelos corridos. Os seios, dois seixos de rio molhados de água, a longitude das pernas e coxas, o ventre terso, as ancas roliças, a bunda ainda adolescente numa ostentação de opulência. Sob o traço florado da calçola apenas a rosa plantada no vale de cobre, não quis Daniel desvendá-la, por ora. Depois tomará da rosa escondida, no tempo justo. E o resto, Daniel? Calada, Tereza à espera.

Uma vez na vida, Daniel não sabe as palavras.

Despe a camisa e as calças. Os olhos negros de Tereza se enternecem ante a visão do corpo do anjo, os cabelos do peito, a barriga lisa, os músculos das pernas; quando Daniel tirou os sapatos e as meias, ela viu-lhe os pés magros, de unhas tratadas, seria um prazer lavá-los, cobri-los de beijos.

Estão diante um do outro, Daniel sorri, ainda sem palavras para Tereza. Palavras conhece muitas, todas bonitas, inflamadas de paixão, frases de amor, até alguns versos escaldantes do meritíssimo. Palavras todas elas gastas de tanto dizê-las a velhas senhoras, a casadas fogosas, a românticas raparigas dos cabarés e pensões, nenhuma delas serve para a menina posta em sua frente. Sorri e Tereza responde ao sorriso; ele vem e a abraça, corpo contra corpo. A mão de Daniel desce até a calçola mas antes de retirar o trapo florido sente na ponta dos dedos a cicatriz. Curva-se para ver: marca da antiga ferida e no centro uma perfuração como se houvessem furado com um prego. O que foi isso, querida? Por que tanto quer saber, por que perturbar com perguntas e respostas o tempo único desta curta noite que talvez nunca mais se repita? Foi a ponta da fivela do cinto, numa das surras. Ele lhe batia muito? Com a taca de couro cru? Ainda bate, mas por que deseja saber, por que se afasta, deixa de tocar-lhe o corpo e a fita com um ar de anjo perplexo? De que se espanta? Quem sabe, não acredita, mas o anjo do quadro no outro cubículo, na casa da roça, esse a tudo assistiu, a taca e o ferro de engomar. Sim, ainda bate; para qualquer bobagem o castigo; um nada, um erro nas contas e a palmatória entra em cena; mas que lhe adianta saber se não tem jeito a dar? Não pergunte mais nada, a noite é curta; daqui a pouco, extintas as fogueiras, silenciarão as harmônicas pondo fim a danças e fandangos — na barra da manhã o capitão de regresso ocupará a cama de casal e a escrava Tereza.

Mais além do egoísmo, da trêfega desfaçatez juvenil, do sentimento superficial, da inconsequente aventura, o moço Daniel comovido — se vê cada coisa no mundo! —, pondo-se de joelhos, beija a cicatriz no ventre de Tereza. Ai, meu amor!, ela diz, dizendo a palavra "amor" pela primeira vez.

Noite tão curta. Longa de cem anos.

36

NOS CEM ANOS DESSA BREVE NOITE TUDO FOI REPETIÇÃO E NO ENTANTO a repetição foi novidade e descoberta. Ainda de joelhos, Daniel eleva as mãos para lhe alcançar os seios, enquanto a boca provocante percorre da cicatriz ao umbigo onde a língua penetra, agudo punhal de carícia. Dos seios as mãos escorrem pelo busto, pela cintura, tateando a curva das ancas, o relevo da bunda, as colunas das coxas e pernas; nos pés o cobre adquire pátina verde-negra de bronze. Novamente sobem as mãos de Daniel para tomar as de Tereza e fazê-la ajoelhar-se; ficam um em frente ao outro, abraçados, a boca da menina semiaberta, súplice. No beijo se deitam, as pernas se cruzam; os seios de pedra palpitam de encontro à mata de veludo; a maciez das coxas apertadas entre os músculos retesos do rapaz. A mão afoita de Dan penetra calçola adentro, atinge o negro jardim onde fenece adormecida a rosa de ouro — ali no esconso mistério o cobre fez-se ouro. Ai, meu amor!, repete Tereza dentro de si, temerosa ainda de repetir em voz alta. Tosca, a mão da menina se enfia nos caracóis dos cabelos do anjo;

tomando coragem desce pela face, medrosa no pescoço, no ombro, finalmente triunfante na pelúcia do peito. Daniel põe-se de cócoras, retira a florada calçola de Tereza, com a mão aberta encobre o jardim de pelos negros nos limites do cofre e da rosa. Ergue-se, despe a cueca; Tereza, deitada, contempla o anjo de pé, em plena estatura, no esplendor celeste: os fulvos anéis da doce relva e a espada erguida. Ai, meu amor! Ele volta a deitar-se a seu lado, o peso da coxa sobre sua coxa, os cabelos do peito, arminho, pelúcia, veludo, onde brincam os dedos de Tereza enquanto a mão esquerda de Dan vai de um seio a outro, a beliscar os túmidos mamilos, mais túmidos ainda quando a boca os suga antes de, gulosa, abocanhar o seio inteiro e triturar a pedra na sucção do beijo e na embriaguez das palavras: sou teu filho pequeno, quero mamar em teu peito, me alimentar de teu leite. Naquela hora Daniel encontra as palavras necessárias, talvez as mesmas gastas palavras de sempre mas agora ditas sem artifício, sem embuste, sem picardia, renovadas na singeleza, na doçura, no acanhamento da noite sem igual: meu amor, minha linda boneca, minha garota, minha bobinha, minha vida, menina, minha menina. A boca junto ao ouvido sussurra ternuras, os lábios tocam o lóbulo, os dentes mordem, vou te comer inteirinha, a língua se introduz na concha em febre da orelha e quantas vezes pensa Tereza desmaiar? As mãos de Tereza apertam o braço, o ombro do moço, afundam nos pelos do peito, a boca aprende a beijar; ávida a língua palpita. A mão direita de Daniel retém a posse do negro tufo onde se esconde o cofre com a rosa de ouro. Um dedo, o indicador, escapa-lhe da mão e foge Tereza adentro, sutil e tenaz a penetra; ai, meu amor! Tereza de novo suspira e estremece, como pode ser a maior das venturas o que foi fatal obrigação? A mão da menina, bisonha, irresoluta, move-se sobre o corpo flexível do anjo, ele a encaminha para a relva fulva e macia, para a fulgurante espada; Tereza a toca com a ponta dos dedos, é feita de flor e de ferro, na mão a empunha. Daniel desvenda o mistério do cofre, a rosa floresce no calor de uma brasa acendida, a primeira. Fagulhas se espalham nos bicos dos seios, nos lábios arfantes, nas orelhas mordidas, ao longo das coxas, no vale do ventre, no rego da bunda. A palpitante flor, a espada flamejante. Abrem-se as pernas de Tereza, as coxas da menina enfim mulher, é ela quem se desata, se oferece, se entrega, ninguém lhe dá ordens e não tem medo — pela primeira vez. Daniel deposita um beijo no tufo negro de pelos antes de partir com a menina para a revelação da vida e da morte porque bom mesmo seria morrer naquele ensejo quando a noite de

São João molhada de chuva se queimou nas fogueiras do amor e renasceu Tereza Batista. Ai, meu amor!, que ela repetiu na hora primeira e derradeira, ai.

37

TEREZA COMEÇOU SENDO UMA, TERMINOU SENDO OUTRA NAQUELA rápida noite de minutos corridos em ânsia e desmaio, noite longa de cem anos de revelações e alvíssaras.

Ao recobrar-se da posse da qual despertou num suspiro, gemendo no primeiro gozo, gozo prolongado, violento, de coração e entranhas, gozo da ponta dos pés à ponta dos cabelos, Tereza sentiu Daniel a seu lado, tomando-a pela cintura, trazendo-lhe o corpo agradecido para junto do seu:

— Você é minha mulherzinha querida, uma tolinha que ainda não sabe nada mas vai aprender como é gostoso, vou lhe ensinar coisa por coisa, você vai ver como é bom — e a beijou de leve.

Tereza nada respondeu, sorriu ainda desfalecente. Se tivesse ânimo lhe diria para principiar de imediato, com urgência, pois restavam-lhe apenas algumas horas, depois nunca mais. Compromisso irrevogável na agenda de pagodes do capitão, apenas o do fandango na noite de São João, em casa de Raimundo Alicate. Na noite de São Pedro tanto poderia volver no arrasta-pé em busca de novidade como ficar na pensão de Gabi, bebendo cerveja com as raparigas, sem hora certa de regresso; cedo ou tarde, imprevisível. Depressa, meu anjo, depressa, não há minuto a perder, diria se não lhe faltassem voz e ânimo.

Apenas nele de novo se encostara, peito contra peito, perna contra perna, coxa contra coxa, e o desejo recém-desperto, jovem e exigente, voltou a se acender. Nada disse mas veio descendo a mão pelo corpo de Daniel, tocando cada polegada; estendeu o braço para alcançar os pés e os acariciou. Dava preferência aos cabelos do peito, neles enfiando a mão de dedos abertos: pente que te penteia também os caracóis da cabeça. Assim foi aprendendo. Com a boca aflorou os lábios de Daniel. Minha querida ainda não sabe beijar, deixa lhe ensinar. Gigolô de vocação, quase de ofício, Daniel encontrava real prazer no prazer da companheira de cama, rapariga jovem e ansiosa ou velha rica e esnobe. Vou te fazer gozar, como nunca mulher nenhuma gozou; e cumpria o esforço prometido, por dinheiro ou de graça, por xodó desvairado. Lábios, dentes e língua, Tereza aprendendo a beijar. As mãos de Daniel multiplicando sensações nos redutos mais secretos, no poço úmido do ventre e na cacimba oculta nos abismos das ancas. As mãos de Tereza descobrindo outras preferências: os pelos de baixo, fofo novelo de lã, o pássaro dormido despertando a seu toque. As bocas de cobiça, a dele sabendo onde buscar a ânsia escondida, a dela, embora estreante no trato do beijo, revelando-se sôfrega e audaz.

Logo o pássaro, nos dedos de Tereza, se alçou impetuoso para a vertigem do voo enquanto os dedos de Daniel revelavam mel e orvalho na madrugada do poço onde a rosa de ouro desabrocha impaciente. Não podendo mais suportar tamanha preparação, a caprichosa aprendiz — esta menina aprende depressa, tem capricho, basta lhe explicar uma vez, dizia a professora Mercedes Lima no tempo morto de antigamente —, desprendendo-se do abraço, pôs-se em posição de espera, deitada de barriga para cima, as pernas abertas, exposto ao voo do pássaro o ninho de carvão e ouro.

Caiu na risada Daniel e disse não: para que repetir, minha querida, se variadas e múltiplas são as posições, cada qual com seu nome, cada qual mais supimpa, em todas te educarei. Voltou a colocá-la de banda, contra seu peito, e suspendendo-lhe a coxa, de lado a teve, os dois enredados um no outro e, sem que ninguém lhe ensinasse, nas pernas de torquês Tereza o prendeu pela cintura e no colchão rolaram. Cega e muda, faminta e sequiosa, Tereza aprendendo. Donzela mais que donzela, virgem de mil cabaços, tudo é pela primeira vez; jamais Daniel sentira sensação igual, para ele também é descoberta e novidade. No despertar de Tereza prolonga o próprio prazer mas não consegue deter a urgente e atrasada companheira, não pode contê-la. Esvaída, os olhos fechados, desfaz Tereza o laço das pernas mas Daniel permanece e prossegue devagar; com requinte e sabedoria vai buscá-la, de novo a transporta no voo do pássaro, agora sim, os dois juntos alcançam a graça de Deus. Acendeu-se na noite de São João a fogueira de Tereza Batista e a tendo acendido nela se queimou Daniel, em fogo recente e vasqueiro mas de lavra rápida, em crepitar de suspiros, de ais afogados; nenhuma crescerá tão alta em calor e labaredas.

Depois dessa segunda vez, Daniel trouxe um cigarro do bolso do paletó e deitando a cabeça no cálido regaço de Tereza, fumou enquanto ela lhe fez cafuné. Vou catar seus piolhos, anunciou, e riram os dois. Outro agrado, não conhecia Tereza; aprendido na primeira infância com a mãe ainda viva, antes do desastre de marinete. Daniel apagou o cigarro na sola do sapato, guardando a bagana no bolso para não deixar rastro. Voltou a deitar a cabeça no ventre da menina, ela sentia os loiros caracóis sobre o tufo negro, misturando-se os pelos numa cócega; no cafuné Daniel adormeceu.

Tereza velou o sono do anjo, ainda mais belo em pessoa do que nas cores do quadro. Pensou em muitas coisas enquanto ele dormia. Recordou o vira-lata, Ceição, Jacira, os moleques, os brinquedos de cangaço e guerra, a tia com desconhecidos na cama, tio Rosalvo com os olhos de bêbado, a perseguição no terreiro, o tio a entregá-la, tia Felipa de anel no dedo, a viagem no caminhão, o cubículo na casa da roça, as fugas, a palmatória, a taca, o cinto, o ferro de engomar. De súbito tudo ficou para trás como se houvesse sido apenas caso de almas penadas, história de assombração contada por dona Brígida, maluquices da velha viúva. Aquela noite de chuva umedecera a terra gretada e seca, brotaram ternura e alegria sobre a dor antiga e o medo pânico. Por nada do mundo voltaria às penas do capitão.

Agora pode morrer, não morrerá em falta, triste, na solidão e no medo. Melhor morrer do que retornar ao leito do capitão, à gosma do capitão. Na roça, Tereza fora ver a moça Isidra pendurada de uma corda na porta do quarto, a língua preta saindo da boca aberta, os olhos de espanto. Enforcara-se ao saber da morte de Juarez, seu homem, numa rixa de bêbados, apunhalado. Não falta corda no armazém; entre a partida do anjo e a volta do capitão terá tempo de sobra para preparar a laçada.

38

NAQUELA NOITE INUMERÁVEL, SEM PRINCÍPIO NEM FIM, DE ENCONTRO e despedida, de sucessivas auroras, Tereza, condenada à morte, escapou da forca galopando em cavalo de fogo.

Ele dormia, ela velava-lhe o sono, anjo do céu; mas quisera estar em seus braços mais uma vez, senti-lo ainda contra seu peito antes do adeus final. Toca-lhe a face, a medo. Os anjos baixam à terra para cumprir missão assinalada, em seguida retornam para render contas a Deus, segundo dona Brígida que entende de anjos e demônios. Tereza quisera morrer em seus braços celestes; morrerá sozinha, na forca, pendurada na porta, a língua de fora.

Ao tenteio inseguro da mão da menina, Daniel acorda e a vê triste; por que triste, querida, não foi bom, não gostou? Triste? Não, não está triste, está alegre da vida, alegre da morte, noite sem igual de ventura infinita, primeira sem segunda, sem seguinte, sem outra, sem próxima e antes morrer do que voltar à servidão da palmatória, da bacia com água, da cama de casal, do bafo de Justiniano Duarte da Rosa. Não falta corda no armazém, laço sabe fazer.

Tolona, não diga tolices, por que não haverá outras noites iguais ou ainda melhores? Certamente que sim. Senta-se Daniel, agora é Tereza quem repousa a cabeça em seu colo, tendo contra a nuca o pássaro tépido e o novelo de cócegas. Descansa e escuta, querida: as mãos do anjo cobrem-lhe os seios, oprimindo-os docemente, a voz divina apaga a tristeza, rasga horizontes, salva da forca a condenada Tereza. Não tem ela conhecimento da anunciada viagem do capitão à Bahia, de data prevista? Viagem de negócios e prazer, convite do governador para a festa do Dois de Julho — o idiota não sabe que a festa é pública, as portas do palácio abertas ao povo na hora da recepção, sendo o convite impresso pura formalidade, útil apenas para o tal sujeito da polícia fazer média junto ao tabacudo de Cajazeiras do Norte, metido a bamba e a sabido, um bobo alegre —, audiências no fórum, visitas a secretários de estado e aos fornecedores do armazém, carta de apresentação para Rosália Varela, cantora de tangos no Tabaris, especialista em boquilha, mestra do buchê árabe: um dia, querida, lhe ensino, gostosura sem par, quando o capitão estiver na Bahia e as noites forem todas de festa.

O importante é ter paciência, suportar por mais uns dias as exigências, a grosseria do capitão, fazendo-se dócil como antes, nada demonstrando. Mas com certeza ele vai tomá-la na cama, e isso não nunca mais! Por quê? Não tem importância nenhuma desde que Tereza não participe, se mantenha ausente como sempre o fez, não compartilhe, não se associe, não goze nos braços dele. Nos braços do capitão, Tereza se afoga em nojo, acredite. Então? É sujeitar-se como antes; agora será muito mais fácil pois suportará o brutamontes para se vingar de tudo quanto ele a fez sofrer: vamos lhe pôr os cornos mais frondosos da comarca, vamos ornar o capitão com chifres de general.

Disse-lhe como devia se comportar, tinha experiência e lábia. Ele próprio, por mais lhe custasse, no dia seguinte iria à casa das irmãs Moraes, comer canjica, beber licor, gastar gentilezas, uma chatice, necessária porém. O capitão convencera-se de que Daniel rondava uma das irmãs, a mais moça. Devido a esse pequeno embuste pudera estar constante no armazém, vendo Tereza sem causar suspeitas. Ademais, quem sabe aparece antes da viagem do capitão outra oportunidade de se encontrarem? Na noite de São Pedro, por exemplo? Não fale em matar-se, não seja louca, menina, o mundo é nosso e se por acaso um dia o bestalhão nos surpreender, não tenha medo — Daniel lhe dará severa lição para ele aprender a carregar os chifres com a devida cortesia e jubilosa modéstia.

De tudo quanto ouviu, só uma coisa pareceu a Tereza realmente importante: o capitão ia viajar, viagem demorada à capital, dez, quinze dias, dez, quinze noites de amor. Toma das mãos de Daniel e as beija, agradecida. Para Daniel o mais sério detalhe a resolver era Chico Meia-Sola. Como agir? Comprando-o com boas gorjetas? Gorjeta, não, anjo do céu. Nenhuma gorjeta pagará a fidelidade de Chico a Justiniano mas não considerasse o cabra um problema: dormia no armazém durante as viagens do capitão, o resto da casa entregue aos cuidados de Tereza. Entrando Daniel pelo portão do quintal, usando os amantes o quarto de casal, o mais distante do armazém, Chico de nada se dará conta. Está vendo? Tudo a nosso favor, basta não deixar nascer no espírito de Justiniano a menor suspeita. A menor, entende, Tereza? Entendia: não lhe dará razão de desconfiança nem que para isso tenha de fazer das tripas coração.

Do meio para o fim da conversa, as mãos de Daniel voltam a percorrê-la, pousando em cada saliência ou reentrância, em lenta, demorada, contínua carícia, ânsia subterrânea. Ainda perturbada pelos pensamentos e pelas palavras, Tereza se fecha e se abre no medo, no ódio, no desespero, na esperança, no amor. Tendo dito o necessário, Daniel traz a boca para o seio de Tereza e o contorna com a língua; avança pelo colo, pelo pescoço, pela nuca para alcançar a orelha, depois os lábios. Tudo começa de novo; mil vezes recomeçaremos, querida, de ti nunca me cansarei; outras noites virão. Que bom, meu amor!, disse Tereza.

Daniel a quis montada por cima. Assim Tereza não fizera antes, não tendo o capitão mandado — mulher a cavalgá-lo jamais, macho que se preza não é matungo de fêmea. Montada em ginete fogoso, partiu Tereza Batista da forca para a liberdade. Por cima do anjo via-lhe o rosto a sorrir, os anelados cabelos, os olhos de quebranto, a face incandescente. Galopou nos campos da noite, no rumo da aurora. Quando rolou desfeita ainda pôde sentir o inebriante perfume no suor da montaria — cavalo, anjo, homem, seu homem!

39

NO ROMPER DA MADRUGADA, DANIEL SE DESPEDIU NO PORTÃO, num beijo de línguas, dentes e suspiros. De volta à casa, sozinha, Tereza foi bombear água para a caixa do banheiro, tinha o corpo perfumado com o suor de Daniel, lavou-se com sabão de coco. Quem lhe dera poder guardar na pele aquele doce aroma mas o capitão tinha faro de caçador e ela devia enganá-lo para outra vez merecer a visita do anjo. Despia-se do perfume mas conservava o gosto do rapaz na boca, no seio, no lóbulo da orelha, no ventre, no tufo negro de pelos no fundo do corpo. Antes mesmo do banho, Tereza varrera o estreito cubículo, trocara o lençol, deixando a porta aberta para o vento da manhã espalhar o odor de tabaco e os ecos das alegrias da noite — sobre o sórdido colchão de triste memória acendera-se o arco-íris.

Palavras, gestos, sons, carícias, um mundo de lembranças; no quarto do capitão ainda escuro, deitada na cama de casal, Tereza recordou cada instante. Meu Deus, como pode ser tão bom o que fora penosa agonia? Quando Daniel a penetrou, após lhe despertar os sentidos e lhe acender o desejo, quando a teve e a ela se deu, e juntos gemeram — só então Tereza soube por quê, enquanto o tio Rosalvo bebia cachaça na vendola de Manoel Andorinha, batendo pedra de dominó, a tia Felipa, sem necessidade nem obrigação, gratuita e contente, trancava-se no quarto com outros homens, conhecidos da feira e dos roçados vizinhos, ou simples passantes. Ameaçava Tereza: se contar a seu tio, lhe dou uma surra de criar bicho, lhe deixo em jejum; fique na porta olhando a estrada, se ele aparecer corra me avisar. Tereza subia na mangueira, divisava os longes do caminho. Quando a porta do quarto se abria e o homem retomava seu rumo, a tia Felipa, toda gentil e risonha, mandava-a brincar e até queimados de açúcar lhe dera por mais de uma vez. Durante os anos em casa do capitão, ao recordar a vida no roçado dos tios — fazia por esquecer mas nas noites a sós, nas noites de dormir e descansar vinham em farrancho figuras e fatos roubar-lhe o sono —, Tereza se perguntava a razão do estranho costume da tia; que o fizesse com Rosalvo vá lá, eram casados e o marido tem direitos, a mulher obrigações. Mas com outros em tão penosa ocupação, por quê? Ninguém a obrigava na pancada, na taca de couro. Por quê, então? Agora finalmente percebe o motivo: tanto pode ser ruim como bom demais, depende com quem a pessoa se deita.

O capitão só regressou pela tarde e ao desembarcar frente ao armazém — as portas fechadas por ser dia de São João —, ouviu risos em casa das irmãs Moraes. Olhou pela janela; a grande sala de visitas estava aberta e lá dentro, cercado pelas quatro o jovem Daniel, um cálice na mão, muito fino e agradável a contar da capital, fuxicos da sociedade. Justiniano acenou, saudando a alegre companhia. Precisa dizer ao rapaz para tomar certos cuidados e não fazer filho em Teó caso se decida a lhe tirar os tampos. Se a comer discretamente, sendo ela maior, não causará embaraços. Mas de menino no bucho vai querer casar, bota a boca no mundo, faz um escândalo daqueles; tanto mais em se tratando do filho do juiz de direito. As irmãs Moraes pertencem a família tradicional e Magda é carne de pescoço, que o diga o malabarista, fazendo faxina na delegacia, ameaçado de relho. Deu de ombros: o estudante não era de se arriscar por um cabaço; coxas e pregas, dedo e língua lhe bastavam, chuparino de cabaço, lulu de donzela.

Na sala de jantar Tereza engoma roupa, no armazém Chico Meia-Sola curte a cachaça da véspera — quando o patrão não está, jamais ele fica em casa, a sós com Tereza. Caboclo forte, com algumas horas de sono se refaz da bebedeira semanal, infalível aos sábados e nas vésperas de feriados e dias santos. Ainda assim está longe de se comparar com Justiniano Duarte da Rosa, capaz de beber quatro dias e quatro noites, sem pregar olho, derrubando fêmeas, e depois sair de viagem, a cavalo, resistência de ferro. No armazém, Chico escornado, a roncar; o capitão bem do seu, ninguém diria que bebera e dançara a noite inteira e pela manhã alta partira para a roça dirigindo o caminhão — Terto Cachorro rolara bêbado para baixo do banco onde sentavam-se os tocadores —, na boleia, a seu lado, uma roxinha bem moderna com cara de sonsa, feiosa. Raimundo Alicate, quando o vira chegar ao fandango, viera correndo cumprimentá-lo, trazendo de reboque a frangota fingida, de olhos no chão.

— Levanta a cabeça para o capitão olhar teu focinho, perdida.

Novinha, verdosa, nos limites do colar do capitão, se for donzela, é claro.

— Reservei para vossa senhoria, capitão, nos cueiros como lhe apetita. Não vou querer lhe enganar dizendo que é manceba, os três vinténs já lhe comeram, é gente das bandas da usina e por lá, sabe como é, donzela não amadurece cabaço. Mas está fresca e limpa, ainda não andou na vida, não tem doença, para donzela pouco falta.

Filhos da puta dos Guedes, sempre um dos três de prontidão na usina, os outros dois folgando na Bahia, no Rio, em São Paulo, quando não na Europa ou na América do Norte; revezam-se no trabalho e na colheita de virgens. Dos três o mais efetivo na direção dos negócios é o dr. Emiliano, é quem manda de fato; o mais exigente também quanto ao aspecto das molecas, não aceita qualquer, para ele as escolhidas a dedo. Mesmo se estivesse na usina em vez de estar gastando com as gringas na França, não seria ele a chamar aos peitos aquela roxa de nariz chato. Era enganjento demais.

— Quem lhe fez o serviço?

— Seu Marcos...

— Marcos Lemos? Filho da puta!

Quando não é um dos donos, são os empregados. Até do guarda-livros vai comer sobejo o capitão, sobejo da usina, açúcar mascavo, melaço impuro. Em casa, porém, na cidade, possui moleca de luxo, cara e corpo para ninguém botar defeito, a moça mais bonita do lugar, não há na cidade, nas roças, na usina, rica, pobre, remediada, donzela, furada, rapariga, outra assim. Não que ao capitão faça mossa, bonitona ou feiosa sendo nova lhe fala ao apetite, porém lhe agrada saber que o dr. Emiliano Guedes, o mais velho dos irmãos, o chefe da tribo, o dono da terra, arrogante em seu cavalo negro com arreios de prata, está disposto a gastar para tê-la, não faz questão de dinheiro. A fidalguia das maneiras e a insolência da voz — não quer vender essa cria? — não conseguem encobrir o interesse, a cobiça: seu preço é o meu. A quem pertence essa tão bonita e desejada, com lista de espera na pensão de Gabi e desfile de fregueses no armazém? A Justiniano Duarte da Rosa, dito capitão Justo por ser proprietário de glebas, de cabeças de gado, de sortido armazém e de galos de briga. Um dia, no crescer das léguas de terra, do crédito nos bancos, das casas de aluguel, do prestígio político, será o coronel Justiniano, um prócer verdadeiro, tão rico e influente quanto os Guedes. Um dia falará com eles de igual para igual e então poderá discutir de crias e de cabaços, e até efetuar trocas de raparigas sem que sinta na boca sabor amargo de sobejo. Um dia, por ora não.

— Tereza, vem cá.

O ferro de engomar suspenso na mão, ela ouve o chamado. Meu Deus, terá coragem de suportar? O medo ainda a envolve como um lençol, envolta num lençol fugira a primeira vez. Por que não fugir com Daniel para longe dali, da cama de casal, da voz e da presença do capitão, para longe da palmatória, da taca, do ferro de engomar? Do ferro de ferrar gado para ferrar aquela que ousasse um dia enganá-lo, mas qual se atreveria? Nenhuma tão louca. Atreveu-se Tereza, louca da silva. Descansa o ferro, dobra a peça de roupa, faz das tripas coração.

— Tereza! — A voz de ameaça.

— Estou indo.

Estende-lhe os pés, ela desamarra os sapatos, tira-lhe as meias, traz a bacia com água. Pés gordos, suados, unhas sujas, aftim penetrante, sola de calos. Os pés de Daniel são asas de voar, de elevar-se no ar, magros, limpos, secos, perfumados. Fugir com ele, impossível. Filho do juiz, moço de cidade grande, estudante, quase doutor, nem para rapariga nem para criada lhe serviria; na capital tem aos montes, à sua escolha. Mas dizia-lhe meu amor, minha querida, nunca vi outra tão bela, de ti nunca me cansarei, quero-te para a vida toda; por que lhe diria se não fosse verdade?

Lava os pés do capitão, com eficiência e presteza, precisa mantê-lo sem um vislumbre sequer de desconfiança para que não desfaça a viagem à Bahia, não coloque cabras na tocaia, não traga o ferro de marcar reses, vacas e bois, mulheres traidoras. Tereza ouvira-o dizer na rinha de galos onde a levara para exibi-la:

— Se um dia uma desinfeliz tivesse a audácia de me enganar, e nenhuma terá, antes de dar fim à desgraçada, marcava ela na cara e no xibiu com meu ferro de ferrar gado para lhe ensinar o nome do dono. Morria sabendo.

O capitão despe o paletó, retira do cinto o punhal e o revólver. Nessa manhã de São João comera sobejo da usina, a sonsa tinha bom remelexo, empenho e gosto no balancê. Roxinha sapeca, própria para uma hora de folgança, para variar pois está na variação a graça da brincadeira. Não para se ter em cama de casal, noite e dia, a qualquer momento, anos a fio. Um dia, quando venha a cansar da moleca Tereza, e há de suceder com certeza mais cedo ou mais tarde, ele a enviará de presente ao dr. Emiliano Guedes, de prócer para prócer — receba e coma, doutor, o sobejo do capitão. Por ora não, junto aos Guedes é um zé-ninguém e, mesmo assim cansado, chegando de uma noite de dança contínua e de muita cachaça, a manhã toda em cima de fêmea assanhada e manhosa, apenas bate os olhos em Tereza Batista acendem-se-lhe os ovos e responde a caceta.

— Pra cama, depressa.

Suspende-lhe o vestido, arranca-lhe a calçola, desabotoa a braguilha e sobe em Tereza. Que se passa com ela? Ficou donzela de novo, nasceu-lhe outro cabaço? Permanecera sempre estreita fenda, virtude peregrina, não há no mundo nada pior do que mulher frouxa. Cara feia e corpo imperfeito não importam, por tão pouco não se retira o capitão do bom combate. Mas não tolera mulher de bocal aberto, porteira de trem de ferro, tacho de canjica. Fresta apertada, trabalhosa passagem, greta de porta, assim se mantivera Tereza. Mas agora de todo fechada, nem fenda, nem fresta, nem greta, cabaçuda de novo. Perito no trato de donzelas vai em frente o capitão. Tereza vale duas argolas no colar dos cabaços; não enxerga os lampeios de ódio nos olhos de medo, negros de carvão.

40

DIAS DE AFLIÇÃO E IMPACIÊNCIA PRECEDERAM O EMBARQUE DO capitão para a Bahia. Apenas uma vez Tereza trocou apressado beijo com Daniel, na hora do meio-dia, e ele lhe disse uma palavra de ânimo: a viagem está firme. Na véspera deixara uma flor murcha no balcão, de suas pétalas fanadas viveu Tereza aqueles cinco dias de mortal espera.

Daniel vinha diariamente, quase sempre em companhia de Justiniano, íntimos a conversar e rir; de coração palpitante Tereza acompanhava cada gesto, cada olhar da aparição celeste, querendo adivinhar mensagem de amor. Não estando presente o capitão, o jovem com um pé entrava com outro saía, bom dia, até logo, cigarros americanos para os caixeiros, para Tereza o olhar de quebranto, um muxoxo nos lábios significando um beijo, pouco para a fome desperta, exigente.

Em troca, todas as tardes merendava com as irmãs Moraes, mesa farta de doces, os melhores do mundo — de caju, de manga, de mangaba, de jaca, de goiaba, de araçá, de groselha, de carambola, quem cita de memória comete fatalmente injustiças, esquece na relação delícias essenciais, o de abacaxi, por exemplo, o de laranja-da-terra, ai meu Deus, o de banana em rodinhas! —, todas as variações do milho, das espigas cozidas à pamonha e ao manuê, sem falar na canjica e no xerém obrigatórios em junho, a umbuzada, a jenipapada, as fatias de parida com leite de coco, o requeijão, os refrescos de cajá e pitanga, os licores de frutas. Modesta merenda, diziam as irmãs; banquete de fadas, no galanteio guloso de Daniel. No salão, o piano coberto com um xale espanhol, lembrança de grandezas passadas, gemia nos dedos de Magda as notas de "Prima carezza", da "Marcha turca", de "Le lac de come", repertório seleto e felizmente escasso. No lápis de cor, Berta tentava reproduzir-lhe o perfil — acha parecido? Parecidíssimo, você é uma artista. Palmas para a declamadora Amália; disposto a tudo, Daniel pedira bis quando ela, trêmula de emoção, disse "In extremis": "a boca que beijava a tua boca ardente". A pretexto de lhe cuidar das unhas, Teodora tomava-lhe das mãos, os joelhos encostados nos do moço, os seios em permanente exibição e até lhe mordera a ponta de um dedo — as irmãs unânimes reprovavam a falsa manicure, subterfúgio desleal e indecente; Teó bem do seu, de tesourinha e lixa, vidro de acetona, nunca vira mãos tão macias.

Empoadas, pintadas, na água-de-colônia e nos extratos, as quatro irmãs quase em delírio. Na cidade, as comadres divididas em facções: uma ala anunciando para breve noivado de Daniel e Teodora, preso o pobre rapaz na armadilha montada no chalé pelas terríveis irmãs; outra tendência, frascária, chefiada por dona Ponciana de Azevedo, apostando em Daniel: está a comer a oferecida Teó e de quebra os quitutes e os doces, e só não come as outras três se não quiser. O capitão, testemunha de vista, a quem o estudante, conversador e divertido, era simpático — apesar de certos hábitos indignos, homem inteiro não lambe xibiu de mulher —, chamara sua atenção para o perigo de engravidar Teodora. Daniel, em resposta, lhe narrou uma série de impagáveis anedotas sobre o problema de evitar filhos, cada qual mais gozada, o cara de pau sabia contar como ninguém uma piada, o capitão só faltava morrer de rir.

No dia de São Pedro pela manhã, Justiniano foi buscar Daniel em casa do juiz para levá-lo a um combate de galos, saíram no caminhão. Almoçaram por lá, só no fim da tarde o capitão regressou. Tereza ainda acalentava a esperança de que ele fosse ao fandango de Raimundo Alicate, ah! teriam ela e Daniel a noite livre, de festa. O capitão nem trocou de roupa; assim mesmo como estava, a la godaça, saiu para traçar umas cervejas na pensão de Gabi, voltando cedo para dormir. Tereza, de coração pesado, lavou-lhe os pés. Vontade de fugir em busca de Daniel nas ruas, na casa do juiz ou no chalé das Moraes, para com ele partir no rumo do fim do mundo. Tão atazanada e infeliz, não percebeu de imediato o sentido das palavras de Justiniano: amanhã tomo o trem para a Bahia, cuide da mala e da roupa. Agora mesmo, disse, terminando de lhe enxugar os pés. Agora não. Amanhã cedo, há tempo. Quando voltou de esvaziar a bacia, já ele estava nu, à espera. Jamais se sentira o capitão assim preso à cama de casal, cama de Tereza. Não houvera outra de tanta permanência e sedução, já cumprira dois anos, em breve seriam três, e o interesse crescia em vez de se extinguir. Por bonita? Por apertada? Por menina? Por difícil? Quem sabe, se nem o capitão sabia?

Durante os dez anos que sobrevivera ao marido, dona Engrácia Vinhas de Moraes, esposa saudosa e festeira, homenageara são Pedro, padroeiro das viúvas, na igreja pela manhã, no salão do chalé à noite. Fogueira enorme na rua, em casa mesa posta, a ilustre parentela, os numerosos amigos, vinham rapazes, dançavam com as moças da casa, as quatro filhas casadoiras, Magda, Amália, Berta, Teodora. As filhas solteiras, quase solteironas, mantinham a devota tradição materna: na missa punham velas ao pé da imagem do apóstolo, à noite abriam o chalé. Alguns parentes pobres, raros amigos, nenhum rapaz. Mas naquele São Pedro a festa das Moraes ganhou novo alento: comadres aos montes atrás de mexericos, e o moço Daniel com os olhos de frete e o riso molhado, o pensamento no outro lado da rua onde Tereza faz das tripas coração na cama de casal de Justiniano Duarte da Rosa.

No dia seguinte, Tereza arrumou a mala do capitão, nela colocando, como ele ordenara, a roupa de casimira azul-marinho, feita para o casamento, poucas vezes usada, praticamente nova, traje de cerimônia — para o Dois de Julho em palácio com o governador. Ternos brancos, as melhores camisas, em quantidade, pelo jeito ele leva intenção de demora.

Antes de sair para tomar o trem, deu ordens a Tereza e a Chico Meia-Sola: todo cuidado com o armazém, olho nos caixeiros — com o patrão em viagem podem querer roubar em proveito, próprio levar farnel para casa. Como de hábito, quando o capitão se ausenta, cumprindo-lhe as ordens, Chico Meia-Sola dormirá no armazém, numa cama de vento: para cuidar da mercadoria, por medida de segurança; mas também, com certeza, para mantê-lo à noite fora dos limites da casa propriamente dita, sem possibilidade de contato com Tereza.

Quanto à Tereza, proibida de botar os pés fora de casa ou do armazém, de dar trela aos fregueses, as conversas reduzidas ao indispensável. Terminado o jantar, Chico trancado no armazém, ela trancada em casa, na cama a dormir. O capitão não quer mulher sua na boca do mundo; com razão ou sem razão, era-lhe igual.

Sem uma palavra — até a volta, até breve —, sem um gesto de adeus, tocou-se para a estação, Chico Meia-Sola a lhe levar a mala. No bolso do paletó, junto ao convite do governador, a carta de apresentação para Rosália Varela, portenha exercendo na Bahia, cantora de cabaré especialista em tango argentino e em passatempos de boca, boquilha de larga nomeada, enaltecida em letra e música: "Tua boca viciosa de marafona...".

Pouco antes de sair, ao mudar de roupa, vendo Tereza Batista de costas junto ao armário, o capitão sentiu aquela coceira nos bagos, suspendeu-lhe o vestido e, agarrando-a por trás, no toba lhe foi em despedida.

41

FORAM OITO NOITES EXATAS NA CAMA DE CASAL DO CAPITÃO, SENDO QUE uma delas se prolongou pelo começo da manhã de domingo enquanto Chico Meia-Sola curtia o porre da véspera. No sábado à noite bebera duas garrafas de cachaça mas o fizera no armazém — o patrão em viagem, ele não abandonava por nada no mundo as mercadorias entregues à sua guarda.

Logo após o sino da igreja de Sant'Ana badalar as nove da noite, limite para os namoros, para o fútingue das moças na praça, Daniel chegava ao portão do quintal. Partia antes do sol raiar, nas últimas sombras. Durante a tarde (dormia de estirada até a hora do almoço), indo merendar com as irmãs Moraes, dava uma entrada no armazém a pretexto de pedir a Chico notícias do capitão — ainda não telegrafou dando a data de chegada, doutorzinho. Cigarros americanos para Pompeu e Papa-Moscas, um níquel para Chico, derretidos em Tereza os olhos de quebranto. Engordando nos doces e canjicas, confundindo as quatro irmãs com as reticentes conversas, com os gestos indecisos — as três mais velhas a suspirar, Teodora só faltando arrastá-lo a pulso para a cama —, quem sabe, não fosse o turbilhão de Tereza e Daniel faria o favor a Teó, merecedora por graciosa e estouvada.

Mas, quem cavalga Tereza e por ela se deixa cavalgar, quem a faz transpor as portas da alegria e lhe ensina a cor da madrugada, noutra não pode pensar. Violada há cerca de dois anos e meio, possuída pelo capitão quase todos os dias, fechada no medo, conservara-se inocente, pura e crédula. De repente despertada mulher, nessas rápidas noites de veloz transcurso abriu-se em poço de infinito prazer, floresceu em beleza. Antes era formosa menina, graça adolescente e simples, agora o óleo do prazer banhara-lhe rosto e corpo, o gosto e a alegria do amor acenderam-lhe nos olhos aquele fogo do qual o dr. Emiliano Guedes percebera o fulgor meses atrás. Fora disso, aprendeu também algumas palavras de ternura, as variações do beijo, o segredo de certas carícias.

Não sendo pouco para quem nada tinha, não foi muito pois tudo se passou num átimo de tempo, depressa demais, a juventude de Dan não lhe permitindo completa maestria no ofício, aquela lenta dilatação do prazer, a sutileza maior, a posse na maciota, devagar, bem devagar. Impetuoso e sôfrego, Daniel sabia a tacanha medida dessa aventura de férias no interior, o breve tempo de Tereza. Tereza nada sabia nem desejava adivinhar, discutir, tirar a limpo. Tê-lo a seu lado, rolar na cama presa em seus braços, ser por ele montada e nele montar, satisfazer-lhe os desejos, paga na mesma moeda, escrava e rainha, que mais há de querer? Ir embora com ele, certamente; mas havendo trato feito nesse sentido, estava o assunto encerrado, não cabendo perguntas ou discussão. Daniel, um anjo do céu, um deus menino, perfeição.

Prometera levá-la consigo, libertando-a da canga do capitão. Por que não imediatamente, enquanto Justiniano viaja? Tinha de esperar um dinheiro da Bahia, operação de pouca demora. Promessa vaga, explicação ainda mais, de concreto as afirmações de valentia: meta-se o capitão a besta e aprenderá quem é homem de verdade, qual a diferença entre coragem e bazófia.

Os projetos de fuga, os planos de vida futura não ocuparam grande espaço de tempo nas noites curtas para as alegrias da cama. Tereza não chegou a duvidar do moço, por que haveria ele de mentir? Na primeira das oito noites, no retorno da doida arrancada inicial, quando Daniel ainda arfante deitou a cabeça no colo úmido de Tereza, comovida ela lhe disse: "Me leve daqui, posso ir de criada, com ele nunca mais". Quase solene, Daniel lhe prometeu: "Você vai para a Bahia comigo, esteja descansada". Selou a promessa com um beijo de línguas aflitas.

Tudo que antes fora sujo e penoso com o capitão, com Daniel foi delícia do céu. Daniel não lhe disse chupa!, como o fez o capitão, empunhando a taca de sete chicotes, cada chicote dez nós. Na segunda noite — ai! por que não na primeira, Dan? — ele a deitou imóvel: fica quieta, pediu; veio com a ponta da língua e começou pelos olhos. Depois por fora e por dentro da orelha, em redor do pescoço, na nuca, no bico e no contorno dos seios, em torno dos braços — os dentes a morder-lhe os sovacos, pois dentes e lábios participavam da carícia —, no ventre, no umbigo, no tufo negro de pelos, nas coxas, nas pernas, na face do pé e nos dedos, novamente nas pernas, nas coxas e por fim no entrecoxas, na entrada secreta, na titilante flor: boca e língua a sugá-la, ai, Dan, vou morrer! Eis como ele lhe pediu, praticando nela primeiro. Tomou

Tereza da espada fulgente; para completar juntos o fizeram, Tereza compreende que chegou a hora da morte; ainda bem!

Assim morta de gozo, a cabeça tombada sobre o ventre do anjo, disse Tereza: "Pensei que ia morrer, quem dera ter morrido. Se não for para a Bahia, me mato, me enforco na porta, com ele é que nunca mais. Se não me levar não minta, me diga a verdade".

Pela primeira e única vez o viu zangado. Não já lhe disse que levo? Duvida de mim? Sou por acaso homem de mentiras? Mandou-a calar-se: nunca mais repetisse tais coisas, por que misturar à alegria daquela hora ameaças e tristezas? Por que diminuir, estragar a noite de prazer falando em morte e em desgraça? Cada assunto sua hora, cada conversa seu lugar. Também isso Tereza Batista aprendeu com o estudante de direito Daniel Gomes para não mais esquecer. Não voltou a lhe perguntar sobre a combinada fuga, nem a pensar na corda da forca.

Daniel não lhe disse: de costas, de quatro, como Justiniano Duarte da Rosa a dobrá-la na fivela do cinturão, até hoje Tereza conserva a cicatriz. Numa daquelas noites de ressurreição o anjo traçou-lhe no amplo território da bunda as fronteiras a unir o paraíso terrestre e o reino dos céus; alçando voo do poço de ouro onde se alojara, veio o pássaro audaz aninhar-se na cacimba de bronze. Meu amor!, disse Tereza.

Assim renasceu quem morrera na palmatória, no cinturão, na taca, no ferro de engomar. O gosto de fel e as marcas de dor e de medo foram se apagando todas elas, uma a uma; tendo recuperado cada partícula de seu ser, na hora necessária, sem sombra de medo, se ergueu inteira aquela falada Tereza Batista, formosa, de mel e valentia.

42

NEM DANIEL NEM NINGUÉM PERCEBEU QUANDO, POUCO ANTES DAS badaladas do sino, às nove da noite, no salão às escuras do chalé, Berta, a mais feia das quatro, trouxe Magda, a irmã mais velha, para a fresta da janela e juntas postaram-se na tocaia:

— Lá vem ele, veja — disse Berta e ela sabia de líquida certeza porque apenas o pressentia lhe entrava um frio por baixo, urgência de fazer pipi.

Escondidas atrás da janela acompanharam o vulto rua afora, viram-no dobrar a esquina, escutaram os passos abafados e distantes no beco.

— Chegou no portão, deve estar entrando.

Magda era carne de pescoço; convicta da responsabilidade de primogênita, velou até a madrugada e o reconheceu belo e contente na barra da manhã voltando da noite de Tereza. O infame usara as quatro irmãs como para-vento; sólida, ideal cobertura a esconder de Justiniano Duarte da Rosa e da cidade aquela imunda bacanal com a moleca do armazém, rapariga do fátuo capitão: "Nenhuma se atreverá jamais a me enganar". Naturalmente o canalha comprara por qualquer dez-réis de cachaça a cumplicidade de Chico Meia-Sola — só um primata como Justiniano pode confiar bens e mulher a um bandido a soldo — e, para garantir completa impunidade, abusara da boa-fé, da amizade, dos sentimentos, da mesa farta (ainda mais farta para recebê-lo) das quatro irmãs, Magda, Amália, Berta, Teodora, as quatro na boca do mundo, na tesoura das comadres, e a moleca na cama, de grande.

No colégio, Magda ganhara prêmios de caligrafia, mas para certo tipo de correspondência prefere usar letra de imprensa, seguindo o atinado conselho de dona Ponciana de Azevedo. No rumoroso incidente, obtera apenas uma alegria, melancólica alegria de solteirona — poder escrever aquelas palavras malditas, de uso proibido às moças e senhoras distintas: corno, cabrão, chifrudo, gigolô de merda, a puta da moleca, ah, a puta da moleca!

43

TEREZA ADORMECERA APÓS A ESCALADA DO CÉU. FUMANDO UM CIGARRO, Daniel pensa na melhor maneira de lhe anunciar a iminente partida para a Bahia, para a faculdade e os cabarés, os colegas de curso, os companheiros de boêmia, as velhas senhoras, as românticas raparigas: "Depois mandarei lhe buscar, querida, não se apoquente, não chore, sobretudo não chore e não se lastime; assim chegue lá tomarei providências". Difícil quarto de hora a vencer, uma chatice. Daniel tem horror a cenas, rompimentos, despedidas, lamentos e choro. Irá estragar a última noite, a não ser que lhe diga no derradeiro momento, de madrugada no portão do quintal, após o beijo de lábios, língua e dentes.

Mais aconselhável, talvez, deixar para o dia seguinte: aparecerá pela manhã no armazém para se despedir de todos juntos — chamado urgente, inapelável, da faculdade, se não atender perde o ano, tem de tomar o primeiro trem mas a ausência será de pouca demora, uma semana no máximo. Mas se Tereza inconformada, percebendo-se traída, puser a boca no mundo e armar escândalo na presença de Chico Meia-Sola e dos caixeiros? Qual a reação do capanga fiel ao tomar conhecimento dos chifres postos no patrão e protetor, praticamente na sua vista? Criminoso de morte, o próprio Chico contara a Daniel dever a comutação de pena a esforços e manobras do capitão. O melhor mesmo é ir-se embora sem nada dizer. Calhordagem, sem dúvida, e da grossa; a menina, tão simples e crédula, cega de paixão, a julgá-lo um anjo descido do céu e ele a fugir de mansinho, sem uma palavra de desculpa ou de adeus. Que outra coisa pode fazer? Levá-la para a Bahia conforme prometera? Nem pensar nisso, nunca lhe passou pela cabeça tal loucura, falara no assunto para impedir lamúrias e choro, conversas de forca.

A voz de Justiniano Duarte da Rosa arranca Daniel da cama, num salto, e desperta Tereza. O capitão está parado na porta do quarto, pendente do pulso no braço direito a larga taca de couro cru, sob o paletó aberto o punhal e a pistola alemã.

— Cadela renegada, com você ajusto contas daqui a pouco, não perde por esperar. Se lembra do ferro de engomar? Agora vai ser o de marcar boi, tu mesma vai esquentar. — Riu o riso curto e ruim, sentença fatal.

Junto à parede, Daniel, pálido e trêmulo, emudecido no susto. Dando as costas à Tereza — tinha todo o tempo para cuidar da vagabunda, por ora basta que ela pense no ferro em brasa —, em dois passos o capitão o alcança e lhe aplica um par de bofetadas na cara, arrancando-lhe sangue da boca — os dedos de Justiniano Duarte da Rosa repletos de anéis. Apavorado, Daniel limpa o canto do lábio com a mão, olha o sangue, soluça.

— Filho da puta, cachorro de gringa, lulu de francesa, lambedor de xibiu, como pôde se atrever? Sabe o que você vai fazer para começar? Para começar... — repetiu — vai me chupar o pau e todo mundo vai ficar sabendo, aqui e na Bahia.

Abre a braguilha, tira as coisas para fora. Daniel chora, as mãos postas. O capitão segura o cabo da taca, vibra a pancada na altura dos rins: o vergalhão vermelho, o urro medonho. O estudante dobra-se, afrouxa os joelhos, mija-se todo.

— Chupa, chibungo!

Suspende o braço novamente, o couro sibila no ar — vai chupar ou não, filho da puta? Daniel engole em seco, a taca suspensa, silvando, dispõe-se a obedecer, quando o capitão sente a facada nas costas, o frio da lâmina, o calor do sangue. Volta-se e vê Tereza de pé, a mão erguida, um clarão nos olhos, a beleza deslumbrante e o ódio desmedido. O medo onde está, o respeito ensinado tão bem aprendido, Tereza?

— Larga essa faca, desgraçada, não tem medo que eu lhe mate? Tu já esqueceu?

— Medo acabou! Medo acabou, capitão!

A voz livre de Tereza cobriu os céus da cidade, ressoando por léguas e léguas, varou os caminhos do sertão, os ecos chegaram à fímbria do mar. Na cadeia, no reformatório, na pensão de Gabi trataram-na por Tereza Medo Acabou; muitos nomes lhe deram vida afora, esse foi o primeiro.

O capitão a enxerga mas não a reconhece. É Tereza, sem dúvida, mas não a mesma por ele domada, na taca dobrada à sua vontade, aquela a quem ele ensinou o medo e o respeito, porque sem a obediência, me digam, o que seria do mundo? É outra Tereza ali começando, Tereza Medo Acabou, estranha, parece maior como se houvesse florescido nas chuvas do inverno. É a mesma e é outra. Mil vezes ele a vira nua e a tivera no colchão de pancadas, no leito largo da roça, ali mesmo naquela cama de casal, mas a nudez de agora é diferente, resplandece o corpo de cobre de Tereza, corpo jamais tocado, jamais possuído por Justiniano Duarte da Rosa. Deixou-a menina e a encontra mulher, deixou-a escrava no medo e o medo acabou. Ela se atreveu a enganá-lo, deve morrer depois de marcada com o ferro de letras trançadas. Brota sangue da ferida nas costas do capitão, um ardor, incômoda coceira. Ele sente o desejo nascendo nos ovos, crescendo, subindo no peito, precisa tê-la uma última vez, quem sabe a primeira vez.

Justiniano Duarte da Rosa, dito capitão Justo, para dona Brígida o porco, assombração das piores, abandonando Daniel, fez menção de avançar — aproveitou-se o mijão e em pranto convulso, nu em pelo, invade o chalé das Moraes. Veio mais à frente Justiniano na intenção de agarrar a maldita, sujeitá-la na cama, romper-lhe o eterno, derradeiro cabaço, penetrar a estreita fenda, rasgar-lhe as entranhas, com esse ferro marcá-la lá dentro, apertar-lhe o pescoço, na hora do gozo matá-la; para fazê-lo, curvou-se. Mergulhando por baixo, Tereza Batista sangrou o capitão com a faca de cortar carne-seca.

ABC DA PELEJA
ENTRE TEREZA BATISTA
E A BEXIGA NEGRA

A

AMIGO, PERMITA LHE DIZER, O AMIGO É UM FODE-MANSINHO, AZUCRINANDO *os ouvidos da gente, sem pausa e sem reserva: um gole de cachaça, um ror de perguntas. Não lhe parece que cada um tem direito a viver sua vida em paz, sem ninguém nela se envolver? Boa dona de casa, sim senhor; tendo nascido livre e logo vendida como escrava, quando um dia se encontrou em casa sua, com sala e quarto, jardim de flores, quintal de árvores frondosas, de rede e sombra, dava gosto ver Tereza Batista ordenada e mansa, nos cuidados e na delicadeza. Casa bem-posta e asseada, nas mãos de Tereza farta de mesa e alegria, no perfume da pitanga, no canto da cigarra, não houve em Estância, terra de capricho e de bem-estar, lar que se comparasse. Aí tem o amigo minha opinião sincera, igual à de muitos outros, de todos que a conheceram e trataram no tempo do doutor; eu a dou de graça, sem cobrar pela informação nada além desses parcos goles de cachaça — se bem muitos achem, cavalheiro, que tanta pergunta já está enchendo e o melhor seja não responder a curiosos vindos de fora, qual o propósito de tanto interrogatório? Na ideia de minha patroa, traz o caríssimo intenções de amigação, por isso tanto mexe e futuca na vida da criatura. Possa ser mas nesse caso não lhe aconselho continuar, desista aqui mesmo, não vá adiante, deixe Tereza em paz.*

Por que havia ela de aceitar forasteiro, se recusou ricaço de toutiço e pompa, mandão na política, não querendo cobrir as finuras e a bonança do doutor com as implicâncias e azedumes de qualquer graúdo balofo, mesmo industrial, banqueiro, pai da pátria, podre de rico? Quem avisa amigo é, não leve o plano avante, se levar vai tomar chabu. Para cobrir a bondade, a gentileza, a doce companhia interrompida, só o manto do amor, caro amigo, pois, como escreveu em verso sentido rapariga de minhas relações num cabaré de Ilhéus, cidade do cacau e da agreste poesia, "o amor é um manto de veludo que encobre as imperfeições da humanidade". Coberta com um manto de veludo, Tereza Batista fez por merecer respeito e estima; deixe a moça em paz, cavalheiro.

Do ofício de dona de casa só não soube mandar empregados, tratar a criadagem com a exigida distância e a depreciativa bondade reservada aos domésticos e aos pobres em geral. Tendo muito aprendido com o doutor, alguma coisa a ele ensinou ao lhe demonstrar, no correr dos dias, ser falsa e vã toda e qualquer diferença estabelecida entre os homens na medida e no peso do dinheiro e da posição. As diferenças só se revelam em peso e medida de exato valor quando a peleja é com a morte, trava-se em campo raso, sendo norma única a inteireza do homem. Não passando o mais de bobagem, razões de dinheiro ou de falsa sapiência. Inferior a quem e por quê? Tereza foi a igual do rico e do pobre, comeu com talher de prata e fina educação, comeu com a mão, assim a comida é mais gostosa. O doutor lhe deu caseiro para jardim e quintal, para lhe guardar a porta (e de começo, por não lhe conhecer direito a compostura, para guardar também lealdade e honra), criada de servir e cozinhar, lhe disse minha rainha e a cumulou de afeto, mesmo assim quem mais trabalhava em casa era ela própria, jamais ociosa madama, jamais indolente e pedante amásia de lorde a engordar nos regalos do mando.

Se pensa em termos de amigação, desista, cavalheiro, deixe-a esquecida do mundo, envolta em manto de amor. A perfeição é uma só em cada coisa, em cada instante, não se repete — nem Tereza Batista tentou repetir amigação perfeita, bastando-lhe a recordação daqueles anos e a memória do doutor.

De referência ao outro doutor sobre o qual lhe falaram, caro amigo, o doutorzinho, não foi ele seu amásio, nem muito menos: companheiro de férias, por assim dizer e quando muito, para matar o tempo e escapar de ameaçadores pretendentes, frágil compromisso. Para falar no meia porção de doutor, veja como tinha razão Tereza Batista ao considerar ricos e pobres: só na hora do medo se pode medir, pesar e comparar uns e outros com o peso e a medida da verdade. Caiu fora o diplomado quando sua obrigação de médico era estar à frente de todos, comandando, mas qual! Quando a bexiga desceu em Buquim, para enfrentá-la só ficaram as marafonas, cavalheiro, chefiadas por Tereza Batista. Antes tinha sido Tereza Favo de Mel, Tereza da Doce Brisa, depois foi Tereza de Omolu, Tereza da Bexiga Negra. Tinha sido de mel, foi de pus coberta.

B

BOA BUNDA, MARICOTA, MÃO DE FADA, BOLO FOFO, A VELHA GREGÓRIA sexagenária, Cabrita, meninota de catorze anos, com dois de ofício, um renque de putas, camarada: sozinhas enfrentaram e venceram a bexiga negra em terras de Buquim onde se soltara, impiedosa assassina; comandando a peleja, ao lado do povo, Tereza Batista.

Guerra pavorosa: não houvesse Tereza assumido a chefia das quengas da rua do Cancro Mole e não restaria ninguém no distrito de Muricapeba para contar a história. Os moradores nem fugir podiam, ficando tal regalia para os abastados do centro da cidade, fazendeiros, comerciantes, doutores, a começar pelos médicos, os primeiros a dar no pé, a desertar do campo de batalha, um para o cemitério, o outro para a Bahia — em tão desatinada e louca correria, sem bagagem e sem despedida, vou a Aracaju em busca de socorro!, o doutorzinho embarcou no trem errado, desinteressando-se de rumo e destino, ah! quanto mais longe melhor!

A bexiga chegou com raiva, tinha gana antiga contra a população e o lugar, viera a propósito, determinada a matar, fazendo-o com maestria, frieza e malvadez, morte feia e ruim, bexiga mais virulenta. Antes e depois da peste, seis meses antes ou três anos depois, diz ainda hoje o povo situando a divisão do tempo em calendário próprio, tomando como marco das eras de antes e depois o acontecimento terrível, o pavor solto e incontrolável, quem não se apavorou? Não se apavorou Tereza Batista, não demonstrando medo — se o sentiu, no peito o prendeu: de outra maneira seria impossível levantar o ânimo das mulheres da vida e arrastá-las consigo para aquela labuta de pus e horror. Valentia, companheiro, não é apanágio de quem provoca e briga, trocando tapas e tiros, exímio no punhal ou na peixeira pernambucana, tudo isso qualquer vivente pode fazer, dependendo da ocasião e da necessidade. Mas, para tratar bexigoso, enfrentando o fedor e o choro, as ruas apodrecidas e o lazareto, não basta a coragem desses valentes de araque: além de culhões, é preciso ter estômago e coração, e só as mulheres perdidas possuem tamanha competência, ganha no exercer do duro ofício. Nas moléstias do mundo se acostumam ao pus, no desprezo dos virtuosos, dos amargos e dos bem-postos aprendem quão pouco vale a vida e o muito que ela vale; têm a pele curtida e um travo na boca, ainda assim não são áridas e secas, indiferentes ao sofrimento alheio — são valentes de desmedida coragem, mulheres da vida, o nome diz tudo.

Macho naqueles dias virou maricas, levou sumiço; machidão só elas tiveram, as putas, a velha e a menina. Se o povo de Muricapeba dispusesse de dinheiro e de poder, ergueria na praça de Buquim monumento a Tereza Batista e às mulheres à toa ou bem a Omolu, orixá das doenças e em particular da bexiga, havendo quem diga ter sido ele o verdadeiro responsável, encarnado em Tereza, não passando ela de cavalo de santo na memorável peleja.

Não se deve discutir tais opiniões, são termos de fé, merecem respeito. Estivesse ela senhora de si, dona de pensamentos e ações, utilizando a lição aprendida ainda criança com os moleques na roça, nos jogos de cangaceiro e soldado, reforçada na refrega da vida, no que se viu e ainda se há de ver, ou a revestisse a coragem sobrenatural do encantado, do bexiguento Omolu, quem se levantou e fez frente à peste foi Tereza Batista — e a coragem dos orixás, a beleza dos anjos e arcanjos, a bondade de Deus e a maldade do Cão não serão por acaso e somente reflexo da coragem, da beleza, da bondade e da maldade da gente?

C

CEGA, VAZIOS OS BURACOS DOS OLHOS, OS GADANHOS PINGANDO PUS, *feita de chaga e fedentina, a bexiga negra desembarcou em Buquim de um trem cargueiro da Leste Brasileira, vindo das margens do rio São Francisco, entre suas múltiplas moradas uma das preferidas: naquelas barrancas as pestes celebram tratos e acordos, reunidas em conferências e congressos — o tifo acompanhado da fúnebre família das febres tifoides e dos paratifos, a malária, a lepra milenária e cada vez mais jovem, a doença de Chagas, a febre amarela, a disenteria especialista em matar crianças, a velha bubônica ainda na brecha, a tísica, febres diversas e o analfabetismo, pai e patriarca. Ali, nas margens do São Francisco, em sertão de cinco estados, as epidemias possuem aliados poderosos e naturais: os donos da terra, os coronéis, os delegados de polícia, os comandantes dos destacamentos da força pública, os chefetes, os mandatários, os politiqueiros, enfim o soberano governo.*

Contam-se nos dedos os aliados do povo: Bom Jesus da Lapa, alguns beatos e uma parte do clero, uns poucos médicos e enfermeiros, professorinhas mal pagas, tropa minúscula contra o numeroso exército dos interessados na vigência da peste.

Se não fossem a bexiga, o tifo, a malária, o analfabetismo, a lepra, a doença de Chagas, a xistossomose, outras tantas meritórias pragas soltas no campo, como manter e ampliar os limites das fazendas do tamanho de países, como cultivar o medo, impor o respeito e explorar o povo devidamente? Sem a disenteria, o crupe, o tétano, a fome propriamente dita, já se imaginou o mundo de crianças a crescer, a virar adultos, alugados, trabalhadores, meeiros, imensos batalhões de cangaceiros — não esses ralos bandos de jagunços se acabando nas estradas ao som das buzinas dos caminhões — a tomar as terras e a dividi-las? Pestes necessárias e beneméritas, sem elas seria impossível a indústria das secas, tão rendosa; sem elas, como manter a

sociedade constituída e conter o povo, de todas as pragas a pior? Imagine,
meu velho, essa gente com saúde e sabendo ler, que perigo medonho!

D

DALI, DOS ABRIGADOS CÔMODOS NAS MAR-
GENS DO SÃO FRANCISCO, NAS GARGANTAS *de pedras de Piranhas,*
saiu a bexiga, embarcou em Propriá, desceu em Buquim. Para experimen-
tar armas e não perder tempo, inoculou-se no foguista e no maquinista,
mas o fez devagar, dando-lhes tempo para morrer na Bahia, com alarman-
tes notícias nos jornais. Dias depois, telegramas do sertão transformavam-
-se em manchetes de sete colunas nas primeiras páginas: a varíola ataca
outra vez.

Por que veio e assim virulenta? Saber com exatidão e provas, não
se soube jamais. A oposição atribuiu o surto maligno às comemorações
acintosas, provocativas. Embora devendo-se escutar afirmações políticas
(ademais oposicionistas) com ouvido cético, com natural reserva, sem lhes
atribuir grande crédito, dando-lhes o desconto devido, em todo caso aqui se
registra, nestas trovas onde se narra a memorável peleja, a versão referente
aos festejos. Além dela, não se sabe de outra explicação válida — a não ser
a da ausência de qualquer real medida preventiva, do descaso das autori-
dades da Saúde Pública, da falta de atenção ao problema das endemias e
epidemias rurais, engolidas as verbas por quem de direito, mas essa versão
já foi desmentida pelos órgãos competentes.

Os festejos destinavam-se exatamente a aplaudir e demonstrar a gra-
tidão geral pela anunciada erradicação da varíola, da malária, do tifo, da
lepra e de pestes menores, aproveitando-se para tais festividades a estada
em Buquim do ilustríssimo diretor de Saúde Pública do estado e de sua
alegre caravana (de burgo em burgo, visitando os postos de saúde e papan-
do aqueles banquetes).

Banquetes, foguetórios, marciais bandas de música, discursos e mais
discursos a martelarem o propalado saneamento da região, antes reduto
da bexiga, agora, segundo os comunicados governamentais, até o alastrim
de manso matar desaparecera das feiras, das estradas, dos cantos de rua,
dos becos escusos. Para sempre varridas do sertão a varíola, a malária, o
tifo, pestes todas elas endêmicas nos governos anteriores, como é do conhe-
cimento de todos. Viva nosso bem-amado governador-geral, infatigável
defensor da saúde do povo, viva, vivô! Viva o benquisto diretor de Saúde

Pública, fulgurante talento dedicado ao bem-estar dos caros coestaduanos, e viva por último o prefeito da cidade, o advogado Rogério Caldas, de todos quem menos comeu da verba destinada à luta contra as endemias rurais pois ratos maiores e mais bem situados a foram devorando ao longo do processo burocrático, no caminho da capital ao interior — ainda assim sobrara apreciável parcela para o zeloso administrador.

Dos eloquentes relambórios, o do sr. prefeito, falando em nome da população gratíssima (um bando de ingratos, céticos e burlões, haviam-no apelidado de "papa-vacinas"), foi o mais violento e conclusivo, afirmações peremptórias: com a completa extinção das epidemias, ingressava o município na idade de ouro da saúde e da prosperidade, já era tempo. Oração de fôlego, merecedora de efusivos parabéns do ilustre diretor. Ainda usou da palavra o jovem e talentoso dr. Oto Espinheira, recente na direção do posto de saúde instalado em Buquim e, segundo ele, "completamente equipado e aparelhado, capaz de enfrentar qualquer contingência, servido por pessoal devotado e competente". O simpático moço, herdeiro das tradições e do prestígio da família Espinheira, preparava-se para a carreira política, de olho na deputação. Discurso abre um apetite retado, devoraram banquetes.

Não decorrera uma semana sobre a patriótica comemoração e a bexiga negra, desembarcando do trem de carga da Leste, por coincidência ou a propósito, derrubou entre os primeiros o prefeito papa-vacinas, assim designado por ter se envolvido em troca de apoio político e comissão, em complicada trampolinagem de vacinas, vacinas para gado, desviadas do município e vendidas a preço de nada a fazendeiros vizinhos; e não, como se escreveu, pela total ausência de vacinas contra varíola no posto de saúde tão bem equipado. A culpa no caso não lhe cabia. Não cabia a ninguém, aliás: estando a varíola completamente erradicada e não havendo quem ali fosse viajar para o estrangeiro, para atrasados países da Europa ainda sujeitos à peste, para que vacinas, me digam?

Apenas desembarcada, a bexiga derrubou no mesmo dia o prefeito, um soldado de polícia, a mulher do sacristão (a verdadeira, não a amásia, felizmente), um carroceiro, dois alugados da fazenda do coronel Simão Lamego — citando-se por ordem de importância e deixando-se para o fim três crianças e uma velha coroca, dona Aurinha Pinto, a primeira a morrer: no sopro da doença, sem esperar o papoco das feridas no rosto, nas mãos, nos pés, no consumido peito, que ela não era besta de ficar apodrecendo em cima da cama, no sofrimento atroz; foi dar flor de pus no caixão, coisa feia de ver-se.

E

ERRADICADA, UMA OVA! TRIUNFANTE, SOLTA NA CIDADE E NO CAMPO, a bexiga negra. Não anêmico alastrim, varíola branca e correntia, constante companheira do povo nas roças e nos cantos de rua, a grosso e a retalho nas feiras, dada de graça. Ao secar das pústulas a varíola se torna mais contagiosa ainda; nas estradas, nos mercados, nas feiras, nas ruas, as cascas das feridas espalham-se ao vento conduzindo avante compadre alastrim, garantindo-lhe permanente presença na paisagem do sertão.

Bexiga branca é limitado perigo, sendo de pouco matar gente grande — mata sempre um certo número para cumprir sua obrigação de doença mas, de tanto se demorar na região, o povo termina com ela se acostumando e estabelecendo regras de convivência: família de bexiguento não se vacina, não se alarma, não chama médico, usa mezinhas baratas, folhas do mato, só toma cuidado com os olhos pouco se importando com o resto; contentando-se em troca o alastrim quase sempre em marcar os rostos, pinicar a pele, aplicar alguns dias de febre e delírio. Afora a feiura da cara picada, de um nariz roído, um lábio deformado, a bexiga branca gosta de comer a luz dos olhos, de cegar; também serve para matar meninos, ajudando a disenteria em sua função saneadora. Bexiga boba, pouco mais perigosa que sarampo e catapora, dessa vez não fora ela, essa bexiga acanhada e leviana, a chegar das margens do rio São Francisco no trem da Leste Brasileira — fora a bexiga negra, viera para matar.

Sem perda de tempo pôs-se a recém-chegada a trabalhar. Com ação intensa no centro de Buquim deu início ao cumprimento do programa traçado, a partir da casa do prefeito e da paróquia onde viviam o padre e a família do sacristão, a legalmente constituída. Tinha pressa a maldita, trouxera plano ambicioso: liquidar a população da cidade e das roças, inteirinha, sem deixar vivente para trovar o acontecido. No fim de alguns dias constataram-se os primeiros resultados: velórios, enterros, caixões de defunto, choro e luto.

Uma coceira no corpo logo coalhado de borbulhas, em seguida aberto em chagas, febre alta, delírio, o pus se alastrando, cobrindo os olhos, adeus cores do mundo; tudo acabado e pronto para o esquife no fim da semana, tempo suficiente para o choro e reza. Depois reduzidos os prazos, não houve mais tempo para choro e reza.

Rápida e feroz, do centro se espalhou a bexiga por todo o burgo, chegan-

do no sábado a Muricapeba, arruado nas aforas da cidade onde vivem os mais pobres dos pobres, inclusive as poucas rameiras de profissão definida, localizadas na rua do Cancro Mole. Em Buquim, cidade pequena e atrasada, de limitados recursos, apenas uma meia dúzia de mulheres da vida se dedica exclusivamente ao ofício, habitando na zona; as demais acumulam trabalhos de cama com os de cozinha e de lavagem de roupa, sem contar galante costureira e uma professora primária, loira e de óculos, vindas ambas de Aracaju e ambas caras, fora do alcance da maioria, reservadas aos notáveis.

Favorável terreno, o pântano de lama, a fedentina, o lixo, em Muricapeba a bexiga engordou, cresceu, fortalecendo-se para a peleja recém-iniciada. Cachorros e crianças revolviam as montanhas de lixo em busca de comida, restos das mesas do centro da cidade. Urubus sobrevoavam as casas de barro batido onde velhas sem idade catavam piolhos no mormaço da tarde, divertimento excitante e único; com o vento, a catinga se elevava no ar, pestilenta. Para a bexiga, um lar em festa.

Silenciaram no arruado as modinhas e os sons de harmônica e violão. Como sucedeu no centro, nas ruas dos apatacados, também em Muricapeba os primeiros defuntos ainda foram enterrados no cemitério. Depois, foi o que se viu.

F

FORA DO MACUMBEIRO AGNELO, COM TERREIRO DE SANTO EM MURICAPEBA, e da curandeira Arduína, ambos de vasta clientela e larga fama, cuidavam da saúde da população no município de Buquim dois médicos, dr. Evaldo Mascarenhas e dr. Oto Espinheira, Juraci, enfermeira sem diploma, desterrada de Aracaju, ansiosa para voltar, Maximiano Silva ou Maxi das Negras, misto de enfermeiro, vigia e moço de recados do posto de saúde, e o farmacêutico Camilo Tesoura, tesoura afiada, também ele de assinalada competência clínica, examinando roceiros, receitando remédios e determinando a vida alheia no balcão da Farmácia Piedade.

Maior de setenta e sete anos, de limitado diagnóstico e limitado receituário, dr. Evaldo Mascarenhas arrastava-se nas visitas aos doentes, meio surdo, quase cego, completamente caduco no dizer do farmacêutico. Quando a bexiga desembarcou do trem da Leste, o velho clínico não se surpreendeu: vivendo em Buquim há cinquenta anos, ouvira por mais de *uma vez da boca das autoridades governamentais a notícia da erradicação da varíola e, de cada vez ele a via de volta, de braço dado com a morte.*

Mocinho moderno, formado há ano e meio, dr. Oto Espinheira não conseguira ainda obter a confiança dos habitantes de Buquim devido à idade (não tendo chegado aos trinta anos aparentava vinte, barba rala, cara de menino, face de boneco) e ao fato de ser solteiro e manter rapariga, considerados tais requisitos qualidades para os advogados, defeitos para os médicos: é fácil descobrir-se as sábias razões. Não se preocupava ele, no entanto, com a ausência de clientela. De família abonada e prestigiosa, nomeado médico da Saúde Pública estadual mal saído da faculdade, estagiando em Buquim por seis meses — nem um dia mais! —, o tempo de fazer jus a uma promoção, a clínica não o seduzia, acalentando desígnios mais altos do que os de médico de roça: tentar a política, eleger-se deputado federal e, cavalgando o mandato, tocar-se para o sul onde se vive vida regalada, enquanto em Sergipe se vegeta, conforme a opinião de experientes boas-vidas, idôneos doutores ou simples malandros.

Ao tomar conhecimento dos primeiros casos fatais de bexiga na cidade, caiu em pânico: acreditara nos discursos comemorativos e do tratamento e combate à varíola vagamente recordava algumas preleções de professores na faculdade, muito vagamente. Em compensação tinha santo horror às moléstias em geral e à bexiga em particular, doença pavorosa, quando não mata desfigura. Imaginou-se de rosto comido, aquele rosto moreno, redondo e galante de boneco, fator essencial de sucesso junto às mulheres. Nunca mais pegaria nenhuma que valesse a pena.

Nos anos de acadêmico na Bahia, adquirira o hábito das raparigas bonitas. Assim, quando Tereza Batista, de regresso de acidentada excursão artística a Alagoas e Pernambuco, reapareceu em Aracaju (onde Oto se encontrava, fugindo por uns dias de Buquim, a pretexto de discutir problemas locais de saúde pública com os chefes e diretores), escoteira e disponível, ele a conhecera e fretara. Eneida, importada da Bahia, divertida companheira de passados folguedos, não suportara por mais de vinte dias a calmaria sertaneja.

Tereza andava um bocado por baixo, cabreira, em nada encontrando consolo e satisfação. Nem a mudança de ares, a visão de novas terras, de cidades desconhecidas, igrejas de Penedo, praias de Maceió, feira de Caruaru, pontes de Recife, nem os aplausos à Rainha do Samba, corações rendidos, suspiros apaixonados, propostas e declarações, foram remédio para seus males. Tampouco algumas encrencas em que se envolveu com aquela mania de implicar com injustiças, metendo-se onde não era chamada no desejo de consertar os tortos alheios — não consertando sequer os próprios, dor aguda no peito, ai.

Eta mulherzinha enxerida, nasceu para padre ou autoridade, para azucrinar o juízo do próximo, dissera em Alagoas o arruaceiro Marito Farinha quando, vendo-se inesperadamente sem a peixeira, entregou os pontos e o dinheiro à lamurienta Albertina para as despesas do parto. Em língua de sotaque e debique, apelidaram-na Tereza Providência Divina alguns raquíticos, maconheiros de cuja sanha e impotência Tereza libertou, em certa noite de praia em Recife, estouvada ginasiana. A curiosidade da adolescente transformou-se em medo e ela clamara pelo auxílio da providência divina em berros ouvidos por muita gente mas cadê coragem para enfrentar a mal-afamada corja de viciados? O melhor é não se meter, esses tipos são perigosos, aconselharam os prudentes parceiros de noitada mas Tereza fez caso omisso às advertências — com ela perto, podendo intervir, mulher nenhuma, menos ainda menina, seria comida a pulso, na violência — e coube-lhe razão pois os sebentos reduziram-se a graçolas, insolências, xingos inconsequentes: olha a divina providência, guarda--civil de babaca, paraíba. Dopados e covardes, largaram a bisbilhoteira e sumiram na náusea. Nada disso, porém, era consolo para a tristeza perene: nem passeios, nem pândegas, nem farras, nem embelecos, nada matava a saudade maltratando no peito. Na terra e no mar, a sombra de Januário Gereba, dissolvida na aurora. Muito por baixo, sem graça e sem entusiasmo retornara Tereza Batista.

Flori Pachola, dono do Paris Alegre e bom amigo, também ele andava de crista murcha no que se refere a negócios: movimento fraco, falta geral de dinheiro, não tinha condições para contratar ao mesmo tempo duas estrelas para a pista iluminada do cabaré. Duas, sim, porque indo mal de negócios, ia bem de amores o empresário: o coração em alvoroço devido à presença no estabelecimento de artista nova. Rachel Klaus, ruiva de farta cabeleira, em cujo colo pintalgado de sardas Flori, por fim, superara a desesperada paixão por Tereza; durante meses seguidos roera a maior dor de cotovelo, de olhos súplices na moça de cobre, a lhe pedir e suplicar, e ela, embora sempre gentil e risonha, a negar-se, inabalável. Da tristeza, da mágoa, do acabrunhamento resultantes da intransigência e da posterior partida de Tereza, foi salvo a tempo com a chegada à cidade de Rachel Klaus, cantora de blues, gaúcha e friorenta, candidata a exibir-se no Paris Alegre e a calentar-se nos braços do melancólico proprietário: reerguendo das cinzas de Tereza o cabaré e o cabaretier. E os demais, amigo? O poeta Saraiva andava pelo sertão em busca de melhor clima onde falecer, o pintor Jenner Augusto partira para a Bahia na esteira da glória, o famoso protético Jamil Najar noivara e ia se casar com rica herdeira em quem efetuara cinco notáveis obturações. Quanto a Lulu Santos, o mais querido de todos, caíra morto, insólita e repentinamente, na tribuna do júri, quando defendia um pistoleiro alagoano.

Em Aracaju, sem amigos e sem trabalho, esmorecida, viu-se Tereza novamente alvo das propostas daquele ricaço anteriormente referido, o homem mais rico de Sergipe, na opinião dos peritos em fortuna alheia, industrial, senador e femeeiro. Insistente, mal habituado a obter com rapidez quanto desejava, tornou-se desagradável, ameaçando fazer-lhe a vida impossível se ela não cedesse às suas promessas, aliás generosas. A caftina Veneranda não lhe dava repouso: só uma louca de hospício recusaria a proteção do graúdo.

Louca de hospício, na casa do sem-jeito e um tantinho impressionada com a figura do jovem médico, bonitão e bem-falante, disposta a não render-se ao pai da pátria (amásia de homem de idade, nunca mais, não voltaria a correr o risco), Tereza decidiu-se e aceitou o convite do doutorzinho para acompanhá-lo a Buquim, sem compromisso de demora ou permanência, de amarração duradoura, em aventura de pouca consequência.

Se bem não contasse tornar a ver Januário Gereba, mestre de saveiro a quem encontrara outrora no porto de Aracaju e em cujo calor renascera seu morto coração, amor sem esperança, punhal fincado no peito, Tereza Batista guarda-lhe uma espécie de singular fidelidade, não se comprometendo em ligação ou xodó que ameace assumir caráter definitivo. Louca de hospício, certamente, Veneranda, mas livre para embarcar se for o caso.

G

GRACEJANDO, OTO ESPINHEIRA A CONVIDARA A SALVÁ-LO DE NOIVADO E casamento inevitáveis se fosse sozinho para o interior, alvo da cobiça das matronas a cata de genro — nada lhe prometendo entretanto além de férias tranquilas. De volta marcada para Buquim, ouvindo-a dizer estar cansada de cidades grandes, Recife, Maceió, Aracaju, com ideias de viajar para o interior, propôs-lhe vir com ele numa temporada de repouso: Buquim é a calma perfeita, a paz absoluta, nada acontece por lá, a não ser a passagem diária dos trens, um para a Bahia, um para Aracaju e Propriá.

Assim, tão bem servido de mulher, não correria perigo de se meter com moça casadoira na cidade morrinhenta, vendo-se inesperadamente noivo — os médicos são cotadíssimos no escasso mercado do casamento —, ou de frequentar rameiras doentes; de acabar ante o juiz e o padre ou entrevado com uma carga de sífilis. Na boniteza do rosto moreno, no palavreado fútil e agradável, o médico recordava Dan, o primeiro a quem Tereza amara e se entregara por completo; sem com ele contudo se parecer, sendo Daniel podre por dentro, cagão sem rival, mentiroso, falso como a pedra do anel em troca do qual tia Felipa a vendera ao capitão. A lembrança deprimente fizera Tereza vacilar ao receber o convite. Tirante o falatório e a fachada, porém, Oto Espinheira, natureza alegre, atitudes francas, de pouca promessa, era o contrário, o avesso de Dan; Tereza terminou por aceitar.

Pusilânime e hipócrita, Dan fizera-se passar por bom e corajoso, por honesto e correto, jurando-lhe amor eterno, prometendo levá-la consigo para a Bahia, libertando-a da escravidão da palmatória e da taca de couro cru, em verdade pronto para largá-la no alvéu, sem ao menos se despedir. De tudo ela soubera na cadeia, não faltou quem lhe contasse, a começar por Gabi. E a leitura do depoimento de Dan, não a ouvira Tereza? Incrível arrazoado, acusando-a de fio a pavio, afirmando ter sido ela, viciosa marafona, quem o arrastara para o quarto de dormir do capitão a pretexto de resguardá-lo da chuva, e lá se abrira devassa; não sendo Daniel de ferro, acontecera o inevitável, tendo a cínica lhe jurado não existir há mais de um ano qualquer tipo de relação sexual entre ela e o capitão, não passando de criada da casa, nada além disso; se a soubesse ainda amásia de Justiniano, teria repelido a insistente oferta por ser ele, Daniel, amigo do capitão e respeitador do lar e da propriedade alheia. Vivera Tereza Batista um mau pedaço naquela época; mas o pior de tudo por quanto passou em tão atroz período foi ouvir a leitura do depoimento de Dan; só conhecera até então gente ruim, Daniel superou a todos, mais asqueroso talvez do que o próprio capitão.

Por isso, na cadeia, Tereza virara um bicho, metida num canto do cubículo, trancada em si mesma, sem confiar em ninguém. Quando Lulu Santos apareceu, mandado de Sergipe pelo doutor, ela não quisera prosa, acreditando ser o rábula mais um igual aos outros, quem presta nesse mundo de dor e covardia? Haviam-se reunido três cabras fardados, um cabo e dois soldados da Polícia Militar, para quebrá-la no pau, apenas a tomaram presa. Nem mesmo tendo o provisionado conseguido tirá-la do xadrez, internando-a no convento, deixando-a entregue às freiras dispostas a regenerá-la — regenerá-la de quê? —, ainda assim continuara Tereza a duvidar das intenções de Lulu, tanto que fugiu sem aguardar as outras providências por ele prometidas; ademais o rábula, por discrição, não pronunciara o nome do doutor.

Só no tempo do doutor (e de começo também dele duvidara) haveria Tereza de volver a confiar na vida e nas criaturas. Por que aceitara partir com Emiliano Guedes quando ele a foi buscar na pensão de Gabi e, tomando-lhe da mão, lhe disse: esqueça o que se passou, agora vai começar vida nova? Para escapar da fila de clientes, crescendo a cada dia, interminável? Se fosse apenas por isso, poderia tê-lo feito antes pois Marcos Lemos não lhe propunha outra coisa, todos os dias sem falhar nenhum, senão ir viver com ele, de amásia, livre da freguesia e da pensão. Uma única vez, ainda na roça, vira o doutor e no entanto não discutiu nem relutou, por quê? Por ser ele, de todos os homens a quem conhecera, o mais atraente — não o mais bonito da fácil boniteza de Dan e, sim, o mais belo, possuindo uma aura interior, algo naquela época inexplicável e indefinível para Tereza? Por sua força de mando, imperioso domínio? Por quê, Tereza não soube nunca: apesar do temor de mais uma vez enganar-se, ela o acompanhara e jamais teve razão de arrependimento, esqueceu o passado, começou vida nova como ele lhe dissera; com o doutor aprendeu inclusive a julgar sem preconceitos.

Assim pôde julgar o dr. Oto Espinheira; ao contrário de Dan não utilizava a lábia fluente para atraí-la, prometendo-lhe céus e terras, permanente carinho, afeto prolongado e profundo, não falara em amor; convidando-a tão somente para uma partida de prazer, simples excursão ao interior, possivelmente divertida. Por ele lhe prometer tão pouco, resolveu Tereza aceitar, não teria razões de decepção pois não alimentava sobre o companheiro de rota quaisquer ilusões. Agradável e brincalhão, ajudava-a a ir-se de Aracaju, escapando ao cerco, às solicitações e ameaças do industrial — postulante milionário, mandara-lhe cortes de fazenda de suas fábricas e pequena joia de valor; Tereza devolveu os regalos, dr. Emiliano não gostaria de vê-la na cama e nas mãos do senador.

H

HAVIA EM ESTÂNCIA UM SOBRADÃO COLONIAL, MALTRATADO PELO TEMPO e pelo descaso, todo pintado de azul, e o doutor, na calma da tarde, chamava a atenção de Tereza para aquela maravilha de arquitetura, apontando detalhes da construção, ensinando sem parecer fazê-lo, levando-a a enxergar o que sozinha não saberia reconhecer e estimar. Já não a mantinha escondida, parecendo, ao contrário, fazer questão de ser visto com ela, de mostrar-se a seu lado.

O industrial (ainda não fora eleito senador), baixote e champrudo, em passo miudinho atravessara a rua para cumprimentar o dr. Emiliano Guedes, demorando-se a conversar, palavroso, irrequieto, eufórico, desnudando Tereza com os olhos cúpidos. O doutor encurtara a conversa, cortês porém breve, monossilábico e, por mais o outro insinuasse uma apresentação, manteve Tereza à margem do encontro como se não a quisesse tocada sequer pelas pontas dos dedos, por uma frase, uma palavra, um gesto do parrudo ricaço. Ao vê-lo finalmente partir, comentara com inusitada rudeza:

— Ele é como a bexiga, corrompe tudo em que toca; quando não mata, marca de pus. Bexiga negra, contagiosa.

Para fugir ao contágio do renegado industrial, Tereza viera para Buquim, na bagagem do médico do posto de saúde, sob o rótulo de rapariga, quando a outra bexiga, a verdadeira, ali desembarcou para exterminar o povo.

Antes essa podridão e morte, todavia; pior era viver com alguém sem outro interesse além do dinheiro. Exercer ofício de mulher-dama é uma coisa: não impõe obrigação, não implica intimidade, não deixa marca; outra, muito diferente, é conviver em amásia de cama e mesa, em mentirosos ardores de amante, em representação de amiga. Amiga, doce palavra, cujo significado aprendera com o doutor. Amigo e amiga, tinham sido, em perfeita amigação, ela e o dr. Emiliano Guedes. Com nenhum outro dera certo, tampouco com Oto Espinheira, doutorzinho de pouco saber e limitado encanto. Ai, Januário Gereba, onde andarás, amante, amigo, amor, por que não vens me buscar, por que me deixas fenecer nos limites da podridão?

I

INTIMIDADE, NENHUMA, MUITO MENOS AMOR. AS RELAÇÕES DE TEREZA BATISTA com o dr. Oto Espinheira não passaram de convivência superficial logo rompida pelos acontecimentos. Melhor assim, pensou Tereza, sozinha frente à bexiga solta e fatal do que no castigo da cama errada: nem enxerga de prostituta nem leito de amante. Sendo incapaz da luxúria pura e simples, para entregar-se com ânsia, para abrir-se em gozo, necessitava de afeto profundo, de amor; só assim nela *se acende o desejo em labaredas e em febre, não havendo então mulher como Tereza.*

Devia estar muito perdida e confusa em Aracaju quando imaginou encontrar prazer e alegria no trato e na cama do doutorzinho de rosto de boneco, bonitinho e cínico, sem sentir por ele pulsar o coração; seu coração não voltara a pulsar desde a partida da barcaça Ventania levando ao leme mestre Januário Gereba para o porto da Bahia. Parecendo livre como o vento, o marujo tinha algemas nos pulsos, grilhetas nos pés.

Tereza viera com o médico para fugir às ameaças do ricaço, para evitar perseguições, não ser de novo escorraçada e batida, acreditando estouvadamente na possibilidade de serena temporada, sem obrigações nem compromissos maiores. Melhor teria feito retornando a Maceió ou a Recife para exercer de mulher-dama, não lhe faltaram propostas durante a excursão; donas de pensão, casteleiras, caftinas aos montes atrás dela. Recusara as ofertas, tentando manter-se com os proventos de dançarina, mas nos cabarés a paga é mísera, quase simbólica, não passando canto e dança de coberturas para uma prostituição mais cara, menos declarada e patente; tolice querer viver do trabalho de artista, valendo tão somente o título e as palmas para cobrar mais caro o michê. Em Aracaju, Flori lhe pagara salário fora do comum na esperança de conquistá-la, na loucura da paixão; agora fazia o mesmo com Rachel Klaus, perdendo dinheiro — dessa vez, pelo menos, pagando e comendo. Na excursão, porém, os donos de cabarés lhe ofereciam remuneração miserável e, se ela achava pouco, aconselhavam-na a completar o ordenado com os generosos frequentadores da casa: título de artista, nome em tabuleta e em anúncio e nota em jornal valorizam a mulher e aquelas capazes de bem se administrar fazem a praça com real sucesso e receita farta. Tivera assim Tereza de exercer escoteira, mundo afora, um cansaço a doer-lhe no corpo, a saudade a comê-la por dentro.

Por que pensara possível conviver alegre com o doutorzinho, sentir prazer em deitar-se com ele, de repente capaz de abrir-se em desejo e gozo? Achando-o atraente, imaginou, quem sabe, afogar em sua companhia a lembrança do mestre de saveiro, experimentando arrancar do peito o punhal fincado. Amor sem esperança, precisava dele libertar-se. Fácil de pensar, impossível de realizar; trazia-o na pele e no coração, envolvendo-a, tornando-a impenetrável a qualquer sentimento ou desejo. Estouvada cabeça de vento, idiota.

Quando em Buquim se deitou com o doutorzinho, quando ele a tomou nos braços, o frio a envolveu, aquela capa de gelo a cobri-la em cama de prostituta, a mantê-la íntegra, distante do ato, vendendo apenas a beleza e a competência, nada mais. Idiota, esperara poder divertir-se, sentir o prazer subindo da ponta dos dedos, amadurecendo nos seios e no ventre, levando corpo e coração a esquecerem o gosto de sal, o aroma de maresia, o peito de quilha. Estouvada cabeça de vento, três vezes idiota.

Corpo frio e distante, quase hostil de tão fechado, outra vez donzela, por isso mesmo mais apreciada. O doutorzinho enlouquecido — nunca vi mulher tão apertada, nenhuma virgem se lhe compara, coisa mais louca não existe! — em desvario. Para Tereza, a molesta prova de sempre: ai, como pudera pensar, idiota. Ai, Januário Gereba, que para sempre trancaste meu peito, o coração e o xibiu!

J

JÁ NÃO PODIA SUPORTAR O DESENCADEADO DESEJO DO DOUTORZINHO, SEM HORÁRIO e sem descanso, a qualquer momento querendo e convidando, certamente a acreditar estivesse ela participando e atingindo com ele aquelas culminâncias. Assim fora com o capitão, tendo-a de escrava a disposição não importando hora, ocasião, local. Outra coisa não havendo em Buquim a se fazer, não faltava razão ao disponível diretor do posto de saúde — vamos matar o tempo na folgança, minha papa-fina. Pelo gosto do doutorzinho a noite se prolongaria dia afora, habitando os dois na cama, sem outro apetite ou afazer além daquela fome e daquela posse que Oto imaginava mútuas quando eram apenas dele; para Tereza, penosa obrigação.

Mas, como dizer-lhe vou-me embora, nada me prende aqui, estou cansada de representar, nada me cansa tanto, vim de companheira em triste engano, posso exercer de prostituta mas não me dar de amiga e amante? Como dizer-lhe se aceitara vir e ele a tratava com gentileza e mesmo com certa ternura nascida da luxúria a fazê-lo menos cínico e menos suficiente, quase grato? Como largá-lo ali, na cidadezinha sem qualquer diversão, sem nada para encher o tempo? Tinha de fazê-lo, no entanto, não mais suporta a máscara na face fixada, asfixiante.

Durou quatro dias, o tempo das pústulas se abrirem na cidade invadida e condenada.

K

"KTE ESPERO", ANUNCIA SOBRE A PORTA A TA-
BULETA PRIMITIVA, PEDAÇO *de madeira com letras rabiscadas em tinta
negra; não vale melhor reclame o ínfimo boteco, nem sequer iluminado à
luz elétrica, bastando-lhe um lampião fumacento. Alguns homens bebem
cachaça, mascam fumo de corda, em companhia de duas mulheres. Parecem avó e neta, a velha Gregória e a menina Cabrita, esverdeada e ossuda,
são duas raparigas à espera de freguês, de um níquel, qualquer quantia por
menor que seja, nem todas as noites obtêm acompanhante.*

*Zacarias atravessa a porta, um rapagão, alugado nas terras vizinhas, na
fazenda do coronel Simão Lamego; encosta-se ao balcão, o lampião a lhe
iluminar o rosto. Missu, dono do negócio, levanta as sobrancelhas numa
pergunta muda.*

— Dois dedos da pura.

*Missu serve a cachaça na medida do trabalhador agora a examinar
com interesse a menina de pé contra a parede; viera para isso, para derrubar uma quenga, não o faz há um mês, falto de recursos. Limpa a boca
com as costas da mão antes de tomar a pinga. Os olhos de Missu descem
da face para a mão do freguês. Zacarias levanta o copo grosso, abre a boca,
as pústulas fazem-se mais visíveis em cima e embaixo dos lábios. Missu conhece a bexiga de íntimo convívio: tivera alastrim forte, escapara com vida
mas as marcas cobrem-lhe a pele do rosto e do corpo. Zacarias emborca
a cachaça, pousa o copo no balcão, cospe no chão de barro batido, paga,
volta os olhos para a menina. Missu recolhe o níquel, fala:*

— Se mal lhe pergunto, o amigo já se deu conta que está com bexiga?

— Bexiga? Bexiga, nada. Umas perebas.

*A velha Gregória tinha se aproximado do trabalhador, na expectativa:
caso não se agrade da menina, talvez ele a escolha, para ela faz-se cada
dia mais difícil arranjar cliente. Ao ouvir Missu, fita a cara do rapaz,
também ela entende do assunto, atravessara mais de um surto de varíola,
sem nunca pegar a doença, quem sabe por quê? Não há dúvida, bexiga e
da negra. Afasta-se rápida e de passagem para a porta, segurando Cabrita
pelo braço, consigo a arrasta.*

— Ei! Pra onde vão? Pare aí, dianho — *ainda reclama Zacarias.*

*As mulheres somem na escuridão. O trabalhador faz face aos homens
de cabeça baixa, mascando fumo; fala para todos:*

— Umas perebas, coisa à toa.

— Para mim é bexiga — repõe Missu — e é mais melhor vosmicê ir logo no doutor. Pra ver se ainda dá tempo.

Zacarias percorre a pequena peça com o olhar, os homens em silêncio; contempla depois as mãos, estremece, sai porta afora. Na distância, a velha Gregória arrastando à força a menina Cabrita que resiste sem perceber por que motivo a velha não lhe permite atender ao moço e ganhar o dinheiro vasqueiro, cada dia mais vasqueiro, não sendo tempo de se desprezar freguês. O fedor do pântano, a lama do chão, imenso céu de estrelas, Zacarias curvado, andando às pressas em direção ao centro da cidade.

L

LEI É PROMULGADA PARA SER OBEDECIDA — LEI, REGULAMENTO, HORÁRIO. O horário do posto de saúde estava afixado na porta, bem à vista: das nove da manhã ao meio-dia, das duas às cinco da tarde. Teoricamente, pois tanto Maximiano como Juraci não apreciam interrupções durante o tempo dedicado ao estudo e à preparação da lista do jogo do bicho pelo primeiro, a redação de diárias e comoventes cartas para o noivo pela segunda, tempo sagrado. Quanto ao doutor, não cumpre horário rígido, aparecendo quando melhor lhe dá na gana, pela manhã ou à tarde, mas sempre com pressa; houvesse assunto de muita urgência e bastaria a enfermeira ou o vigia atravessar a rua — situando-se a residência do médico defronte ao posto — e chamá-lo, tirando-o quase sempre da cama onde, se não estava a botar em Tereza, dormia a sono solto, esquecido inclusive das ambições políticas, dos projetos de organizar núcleo eleitoral no município.

Zacarias, farto de bater palmas, de gritar ô de casa!, soqueia a porta com as duas mãos fechadas. Ausente da cidade o farmacêutico Tesoura de viagem em Aracaju, dr. Evaldo em casa de um doente, sobrava-lhe o posto de saúde, o mediquinho moderno. Zacarias, o peito tomado de medo, ameaça arrombar a porta. Um homem surge na esquina, apressa a marcha, posta-se ante o trabalhador:

— Que é que quer?

— O senhor trabalha aqui?

— Trabalho, sim, e daí?

— Cadê o doutor?

— E o que é que você quer com o doutor?

— Quero que ele me receite.

— A esta hora? Está maluco? Não sabe ler? Olhe o horário aí, das...

— Vosmicê pensa que doença tem hora?

A voz rouca, Zacarias levanta as mãos à altura dos olhos de Maxi:

— Espie. Pensei que eram perebas, parece que é bexiga, da negra.

Instintivamente Maxi recua, também ele sabe algo sobre a bexiga e a reconhece de imediato. Ou violento alastrim ou a peste negra. São dez horas da noite, a cidade dorme, o doutorzinho deve estar no bem-bom com a gostosona trazida de Aracaju, cabocla de fechar o comércio, de uma assim anda precisado Maximiano. Vale a pena acordar o doutor, arriscar um esbregue? Tirá-lo do calor e do aconchego, quem sabe de cima da dama? Ninguém gosta de ser interrompido em ora de botar, Maxi vacila. Mas, se for a bexiga negra, como parece? Volta a fixar o rosto do alugado, as bolhas são marrons, escuras, típicas da maldita, da peste mortal. Funcionário há dezoito anos da Diretoria de Saúde Pública, tendo servido em todo o interior, alguma coisa Maximiano aprendeu.

— Vamos lá, compadre, a casa do doutor é aqui pertim, fronteira.

Quem responde às palmas é a mulher, chama-se Tereza Batista, o vigia ouvira e guardara o nome.

— Sou eu, Maximiano, siá-dona. Diga ao doutor que está aqui, no posto, um homem atacado de bexiga. De bexiga negra.

M

MEDICINA SE APRENDE É NA PRÁTICA, AFIRMA-VA O PROFESSOR HELENO MARQUES, *na cátedra de higiene da Faculdade de Medicina da Bahia, ao introduzir a matéria sobre as epidemias grassando no sertão. Noite alta, no posto de saúde de Buquim, suor frio na testa, coração apertado, dr. Oto Espinheira, médico de recente colação de grau, se esforça por aprender na prática o que não aprendera na teoria; na prática ainda é mais difícil, repugnante e amedrontador. Trata-se evidentemente da varíola em sua forma mais virulenta, varíola major, a negra no dizer do povo, para sabê-lo não se faz necessário ter cursado seis anos de faculdade, basta atentar no rosto do roceiro de olhos esbugalhados e voz assustada:*

— Me diga, doutor, é bexiga negra?

Um caso isolado ou o começo de uma epidemia? O doutorzinho acende um cigarro, quantos já acendeu e jogou fora desde a notícia transmitida por Tereza? Amontoam-se as baganas no chão. Por que diabo aceitara vir para Buquim, atrás de promoção, de base eleitoral? Bem lhe disse

Bruno, colega de emprego, cara experiente: não há promessa que me tire de Aracaju, esse interior é pasto de doenças e de chatice, é de morte, seu Oto. Combatera a chatice e a liquidara trazendo Tereza, greta de tarraxa, sublime. Mas, como combater e liquidar a bexiga? Atira o cigarro no chão, esmaga-o com o pé. Lava as mãos com álcool. Mais uma vez.

Passos arrastados na rua, mão trêmula no trinco da porta: penetra na sala do posto o dr. Evaldo Mascarenhas, trôpego, conduzindo a maleta gasta pelos anos de uso, procurando com a vista escassa o jovem diretor, localizando-o por fim:

— Vi a luz acesa, caro colega, entrei para lhe avisar que o Rogério, o Rogério Caldas, nosso prefeito, está nas últimas, pegou varíola, um caso muito grave, tenho poucas esperanças. O pior é que não é o único: também Lícia, sabe quem é? A mulher do sacristão, a esposa, a amásia se chama Tuca. Também ela está vai não vai, é um surto de bexiga, queira Deus não seja uma epidemia. Mas vejo que o caro colega já foi informado pois está com o posto aberto a essa hora, de certo a tomar as providências que o caso exige, começando naturalmente por vacinar toda a população.

Toda a população, quantas mil pessoas? Três, quatro, cinco mil contando a cidadezinha e as roças? Qual o estoque de vacinas em existência no posto? Onde o guardam? Ele, dr. Oto Espinheira, diretor do posto de saúde, nunca pusera os olhos num único tubo, também jamais procurara saber desse bendito estoque. Mesmo havendo grande reserva de vacinas, quem irá aplicá-las? Acende outro cigarro, passa a mão na testa, suor frio. Porcaria de vida: podendo estar em Aracaju, no quente e no macio com apetitosa rapariga, a própria Tereza da estreita fenda ou outra qualquer de boa qualidade, encontra-se no território da bexiga, acuado no medo. A bexiga quando não mata desfigura. Imagina-se com a face comida de cicatrizes, o moreno rosto de boneco, seu atrativo principal para as mulheres, desfigurado, irreconhecível, ai, Deus meu! Ou morto, lavado em pus.

Dr. Evaldo Mascarenhas avança sala adentro em passos arrastados, vai parar ao lado de Zacarias e busca reconhecê-lo: será o enfermeiro do posto, Maximiano? É um desconhecido com o rosto coberto de nódoas; firma a vista, não são nódoas, são apostemas, é a bexiga:

— Este também já pegou a desgraçada. Veja, é uma epidemia, caro colega; a gente vê o começo, mas ninguém sabe quem sobra para ver o fim. Já vi três do começo ao fim, desta agora não escapo, com a bexiga não há quem possa.

Dr. Oto Espinheira atira o cigarro no chão, tenta dizer alguma coisa, não encontra as palavras. Zacarias quer saber:

— *O que é que eu faço, doutor? Não quero morrer, por que houvera de morrer?*

Convocada pelo dr. Oto, chega finalmente ao posto a enfermeira Juraci; sonhava safadezas com o noivo quando Maxi acordou toda a gente da casa onde ela alugara quarto com refeições — *a voz de contrariedade e desafio:*

— *Mandou me chamar a essas horas, doutor, para quê? — Doutorzinho folgado, de dia não aparece, manda acordar a gente de noite. — Que coisa mais urgente é essa?*

O diretor não responde, novamente irrompe o rouco acento de Zacarias:

— *Pelo amor de Deus, me socorra, doutor, não deixe eu morrer. — Dirige-se ao dr. Evaldo, conhecido em toda a região.*

A enfermeira Juraci tem o estômago delicado, ai, o rosto do homem, em chagas! Não volta a perguntar por que a tiraram dos lençóis àquela hora tardia. Dr. Evaldo repete, monótono:

— *É uma epidemia, caro colega, uma epidemia de bexiga.*

Medicando enfermos, confortando moribundos, ajudando nos enterros, conseguindo inclusive salvar uns poucos da morte, incólume escapou de três epidemias. Atravessará a quarta? Ao doutor Evaldo, bem pouco importa morrer, reflete dr. Oto Espinheira: trata-se de um macróbio, senil, já não serve para nada, mas ele, Oto, apenas começa a viver. Contudo, quase cego, meio surdo, esquecido, caduco na má-língua do farmacêutico, dr. Evaldo ama a vida e luta por ela com os limitados recursos de médico da roça. De todos os presentes, só ele e Zacarias pensam em se opor à doença. A enfermeira Juraci tem ânsias de vômito; Maxi das Negras procura se recordar de quando se vacinou pela última vez, já deve fazer mais de dez anos, a vacina já perdeu o efeito; dr. Oto acende e apaga cigarros.

Um vulto surge à porta, pergunta:

— *Doutor Evaldo está aí?*

— *Quem me procura?*

— *Sou eu. Vital, neto de dona Aurinha, doutor. Minha avó morreu, andei à cata do senhor de déu em déu, acabei aqui. É para o atestado de óbito.*

— *Coração?*

— *Possa ser, doutor. Apareceu uma carga de brotoejas lá nela, depois um febrão, nem deu tempo de chamar o senhor, bateu as botas.*

— *Brotoejas? — Dr. Evaldo pede detalhes, na desconfiança.*

No rosto e nas mãos, doutor, pelo corpo todo, lá nela; coçara-se e morrera na subida da febre — o termômetro do vizinho marcara mais de quarenta graus.

O velho médico dirige-se ao jovem diretor do posto de saúde:

— O melhor é o caro colega vir comigo. Se for mais um caso de varíola, estarão constatados o surto epidêmico e o primeiro óbito.

Mais um cigarro, a testa banhada de suor, a boca sem palavras, dr. Oto concorda com um gesto de cabeça, que fazer senão ir? Também a enfermeira Juraci dispõe-se a acompanhá-los, não há força capaz de mantê-la ali, na sala infectada por aquele homem horrível, de bexiga exposta no rosto. Se ela, Juraci, morrer na colheita da peste, o culpado é o diretor da Saúde Pública do estado, saibam todos: perseguindo-a por mesquinhos motivos políticos, enviando-a ao desterro em Buquim por sabê-la oposicionista e donzela, não tolerando sua senhoria nenhuma das duas espécies.

Antes de sair, diante da total abstenção do colega, dr. Evaldo recomenda a Maxi fornecer a Zacarias solução de permanganato para passar no corpo e comprimidos de aspirina para a febre. Quanto a você, rapaz, volte para casa, aplique o permanganato, envolva-se em folhas de bananeira, evite a claridade, deite-se e espere.

Esperar o quê, doutor? Um milagre do céu ou a morte, que mais pode ser?

N

NO RUMOR DO CHORO SURDO DA MULHER DE CABEÇA ENCANECIDA, AURINHA PINTO depositada em cima da mesa da sala vazia de outros móveis e parentes, dorme o celebrado sono derradeiro; embarcou no primeiro sopro da febre, sem esperar o resto: nem assim descansa a maltratada carcaça.

Silenciosos, dr. Evaldo, o doutorzinho do posto de saúde e a enfermeira Juraci contemplam o cadáver da anciã.

— Morreu de bexiga, é a epidemia... — declara num sussurro dr. Evaldo e de nada lhe valem idade e experiência: estremece e fecha os olhos para não ver.

Nem morrendo em seguida obteve Aurinha Pinto repouso para o fatigado corpo; prossegue vivo na doença, se acabando devagar; as brotoejas crescem em bolhas, as bolhas em pústulas, a pele sobe e desce, borbulhando, papocando, abrindo-se em óleo negro e fétido, bexiga imunda e infame, defunto sem paz.

A enfermeira Juraci, de delicado estômago, vomita na sala.

O

ONDE ESTÃO ELAS, SEU MAXIMIANO SILVA DAS NEGRAS, ONDE AS guardaram tão bem guardadas que, sendo eu diretor do posto e responsável pela saúde da população do município, ainda não consegui pôr os olhos em cima dessas benditas vacinas de repente tão necessárias? Por que não as procurei antes? Quando admiti assumir tal cargo me garantiram possuir Buquim clima privilegiado, condições ideais para descanso e perfeitas de saúde pública, eleitores à beça dando sopa, juraram ser Buquim o paraíso, o éden perdido no sertão, a paz enfim. Fantasma de um passado sórdido, espanto dos antigos, assombração macabra, varrida pelo progresso, para sempre erradicada, a bexiga; não só ela, qualquer outra epidemia, viva o nosso paternal governo! Me enganaram, ai, me enganaram. Cadê as vacinas, seu Maxi, temos de aplicá-las imediatamente, enquanto há tempo e povo.

Ai que lhe enrolaram, meu doutorzinho, os chefões a la vontê em Aracaju gozando a vida e a caveira do rapaz bonito e bom de bico, garanhão, protegido do governador, trocando pernas nas ruas da cidade: para ser logo promovido vá tirar cadeia nas ruas de Buquim, um paraíso, o cu do mundo, e se a bexiga aparecer por lá revele-se um luminar da medicina e um macho de verdade; ai, me deixe rir, doutor, lhe passaram para trás, botaram direitinho no senhor. Quanto às vacinas, um restim deve ainda haver da última remessa, no armário das drogas, nesse aí quase vazio de medicamentos, a chave quem guarda é dona Juraci, eta dona mais emproada e besta, com o rei na barriga e cara de quem comeu merda e não gostou, ameaçando queixar-se por escrito se a gente lhe passa a mão no fiofó — ainda se fosse bunda grandiosa e não chulada, aliás esse traste, meu doutor, não tem direito a bunda, e sim a nádegas, bunda é palavra linda, nádegas a mais feia de todas as palavras, benza Deus. Faz mais de um ano por aqui andou equipe de vacinadoras voluntárias, formada de moças estudantes, sob guarda e direção de crioula de respeito e acatamento, um peixão, meu doutorzinho, tive ensejo de lhe aplicar uns trancos pois acompanhei o rancho no trabalho de vacinação. Ajudando as moças a convencer alguns, na base do esporro e da ameaça, das vantagens da imunização; corja de ignorantes, não lhes sendo dada nenhuma explicação, têm medo de pegar bexiga no ato da vacina, se recusam e até se escondem pelos matos. Abanando os rabinhos foram embora as menininhas, tendo ainda todo o vasto interior a passear por conta da Saúde Pública em gratuitas férias *escolares. Vacina não mandam há meses mas prometer prometem, o que já é demasiado esforço para aqueles porretas de Aracaju, todos no maior pagode na repartição, no bem do seu, e a gente aqui se matando no trabalho — o doutorzinho com aquela formosura de cabocla, dona Juraci na punheta, uma histérica a encher a paciência dos demais com o tal noivo, e eu caçando minhas negras por aí, ao deus-dará. Quem tem a chave é a bruxa, meu doutor.*

Depressa, dona Juraci, se mexa, faça alguma coisa, não choramingue, não ameace desmaiar, basta de careta e vômito; traga as vacinas e se preparem, a senhorita e mais Maxi das Negras — vossa excelência, sim, e o excelentíssimo —, para saírem rua afora vacinando, para isso são pagos pelo estado com o dinheiro dos contribuintes. Levem a caixa com os tubos de vacinas, os apetrechos e soldados se preciso for, vacinem todo mundo, a começar por mim para dar exemplo ao povo e me dar ânimo. Só não vou junto pois meu dever é ficar aqui, no comando das operações.

O estoque existente, fique sabendo seu doutorzinho de meia-pataca, mal basta para vacinar as crianças do grupo escolar, alguns graúdos por aí e olhe lá. Suspenda a manga da camisa e em seguida lhe vacino, talvez ainda seja em tempo, logo veremos; depois, para cumprir obrigação, posso vacinar esse lacaio vil, metido e ousado. Eu própria não preciso, me vacinei em Aracaju antes do embarque tendo meu noivo me explicado não passar essa conversa de varíola para sempre erradicada de bafo do diretor, do tal que me persegue por ser meu pai da oposição e eu comprometida noiva. Por aqui por perto, nas casas das famílias ricas, do comércio, posso vacinar mas não conte comigo para sair por becos e buracos vacinando a infecta ralé; tocando em bexigosos e vendo pus, não nasci para isso, sou moça direita, de família honrada, não sou uma qualquer como essa vagabunda e bêbada, sua rapariga, tirada do baixo meretrício, posta em rua limpa, numa suprema afronta aos honestos lares de Buquim. Se quer vacinar o populacho, chame a vagabunda e vá com ela.

Ai, não discuta, senhorita, não se queixe, não me ofenda, não mereço, sempre lhe tratei com distinção, mas agora exijo obediência, cumpra as ordens, sou o doutor, o diretor do posto, me respeite e se dê pressa, não vê que estou com medo?

Quando o correio se abrir, seu Maxi das Negras, envie correndo um telegrama oficial a Aracaju pedindo mais vacinas com urgência e profusão, a bexiga chegou e está matando.

220

p

PRIMEIRA A FUGIR, A FUNCIONÁRIA JURACI, ENFERMEIRA DE SEGUNDA CLASSE *da Diretoria Estadual de Saúde Pública. Antiga atendente de sala de espera de consultório médico, sem curso, sem diploma, sem prática mas filha de cabo eleitoral do governo anterior, por isso nomeada; tornando-se oposição o passado governo, o novo, em represália, a transferiu para os cafundós de judas de Buquim. Não tinha estômago para suportar fedor e podridão: num prazo de dias a cidade apodrecera.*

Na segunda noite contaram-se sete bexiguentos comprovados, doze ao amanhecer e no quinto dia subiu a vinte e sete o número dos caídos. Assim por diante, foram crescendo a estatística e o pus. Conheciam-se as casas atingidas pelas venezianas cobertas com papel de cor vermelha para impedir a claridade nos quartos onde, na luz do dia, a bexiga cega antes de matar. Pelas frestas escapa a fumaça da bosta de boi sendo queimada, defumador porreta, a limpar as casas das exalações da peste.

Rezam dia e noite as beatas na matriz, onde velaram a esposa legítima do sacristão, finalmente livre para viver em paz com a amante, se a varíola não os levar, também, aos dois. As beatas rogam a Deus o fim da praga, enviada em castigo aos pecados dos homens, todos entregues à devassidão, uns condenados, a começar pelo doutor do posto de saúde de manceba em permanência. Do excelente posto de observação, viram Juraci a caminho do trem, de maleta e sombrinha, a resmungar: demitam-me, se assim entenderem, mas aqui não fico nem um minuto mais arriscando a vida; se o doutor quiser, vá ele vacinar e leve a marafona de ajudante.

No dia seguinte à agoniada noite da constatação dos primeiros casos, a enfermeira e Maxi tinham saído para o grupo escolar conduzindo a caixa de vacinas. As professoras puseram as crianças em fila; faltavam três alunos e as notícias eram ruins: de início as mães pensaram em sarampo ou catapora; agora já não tinham dúvidas sobre a qualidade das borbulhas cor de vinho. A notícia circula na cidade acrescida de detalhes e enfermos. Com a sobra das vacinas, os dois funcionários foram para a rua principal, para as casas ricas.

Não esperou a enfermeira Juraci a hora dos pobres e dos becos: apavorada, deu-se conta haver tido contato, na residência do sírio Squeff, comerciante forte, com bexigoso em plena erupção. Três casas adiante, a mesma coisa. Demitam-me, pouco importa, não vou morrer aqui, comida de bexiga. Tome a caixa de vacinas, doutorzinho, entregue à vagabunda, ela que vá com o pus de sua vida para o pus da morte, não eu, donzela, virtuosa e noiva.

Reduzido à metade do pessoal do posto com a deserção da enfermeira, dr. Oto bradou aos céus: e agora? Novo telegrama para Aracaju reclamando auxiliares capazes e dispostos: embarquem no primeiro trem. Em casa, lavando as mãos com álcool, acendendo, apagando cigarros, com medo, entrega-se ao desânimo, não nascera para aquilo. Abre-se com Tereza: até que a repartição em Aracaju resolva mandar funcionários, quem poderá ajudar na vacinação? Precisará de quatro ou cinco equipes, assim cheguem as vacinas já pedidas. Por ora iam tenteando com Maximiano e a enfermeira mas, sem Juraci, como fazer? Ele, Oto, diretor do posto de saúde, não pode sair rua afora, vacinando como um reles serviçal; já não é pouco exigir dele o comparecimento ao posto pela manhã e pela tarde a dar explicações, conselhos, a examinar suspeitos constatando novos casos, ah! as pústulas, Tereza, coisa mais horrível!

Tereza ouve em silêncio, grave e atenta. Sabe que ele está com medo, morto de medo, esperando apenas uma insinuação para seguir o exemplo da enfermeira. Se ela lhe disser vamos daqui, por que morrer tão jovens, meu amor?, o doutorzinho terá o pretexto para a fuga: eu te arrastei comigo, vou te levar embora, temos nosso amor a defender. Nem amor, nem amizade, nem prazer na cama.

Andando de um lado para outro, dr. Oto Espinheira cada vez mais nervoso e agoniado:

— Sabe o que ela disse, a filha da puta, quando eu lhe recriminei o abandono da vacinação? Que eu recrutasse você, imagine...

A voz firme e quase alegre de Tereza:

— Pois eu vou...

— O quê? Você, o quê?

— Vou sair vacinando. Basta que o rapaz me ensine.

— Está maluca. Não vou deixar.

— Não lhe perguntei se você vai deixar ou não. Não está precisando de gente?

Da matriz, as beatas viram-na passar, em companhia de Maxi das Negras, com o material de vacinação. Ergueram as cabeças para melhor espiar sem, contudo, interromper a litania. As orações mal alcançam o teto da igreja, não atingem os céus e os ouvidos de Deus, não possuem as velhas devotas de Buquim tanta força no peito para o clamor de desespero. Para onde irá a comborça do doutorzinho com apetrechos do posto?

Na hora do enterro da esposa, a legítima, do sacristão, ouvem-se os sinos a badalar. Mais forte, seu vigário; mande reboar com violência, toque a rebate os dois sinos de uma vez, para anunciar às autoridades e a Deus a praga da bexiga negra devastando a cidade de Buquim. Com toda a força, seu vigário, toque os sinos.

Q

QUEM PODE HONRAR OS MORTOS COM DECÊNCIA, ME DIGA, CAMARADA, *quando se está no susto de morrer também, examinando as mãos a cada instante, o rosto nos espelhos a ver se já chegou o fatal anúncio das primeiras bolhas?*

Velório exige calma, dedicação, ordem e defunto apresentável. Organizar sentinela animada e cuidadosa, à altura de pessoa inesquecível, não é tarefa a ser tratada e posta em pé no assombro da bexiga e com o defunto podre.

No começo de uma epidemia ainda é possível convidar amigos, fazer comida, abrir garrafas de cachaça. Mas no correr do contágio e dos enterros não dá mais jeito, faltando tempo e animação, a necessária graça na conversa, não se movem palavras de elogio ao morto; entregues ao desânimo os parentes sem forças para aquelas recordadas sentinelas de prosa alta, de choro e riso soltos, mesmo em casas pobres porque nas horas decisivas faz-se um esforço, reúne-se um cobrinho para honrar quem faltou e lhe provar dedicação e estima. Com epidemia, e ainda por cima de bexiga, é impossível.

Cadê gente e dinheiro para velório a granel, a dois por três na mesma noite em cada rua? Nem se pode guardar horas a fio a podridão dos cadáveres portas adentro, é preciso se livrar correndo do corpo infectado por ser essa a ocasião do pior contágio. Depois chega o momento quando não há sequer tempo e vontade para enterro em cemitério e os finados se contentam com covas rasas na lama dos caminhos, onde for mais fácil.

Quando se está envolto em peste e medo, muito já se faz queimando bosta, lavando pus, furando as borbulhas uma a uma, rezando a Deus. Como ainda cuidar de sentinela, me diga, camarada?

R

ROGÉRIO CALDAS, O PREFEITO PAPA-VACINAS
— O APODO ADQUIRE ARREPIANTE conotação, com a bexiga solta na
cidade e a falta de vacinas —, foi sepultado numa tarde clara de domingo.
Devido às circunstâncias, Buquim perdeu a ocasião de enterro grandioso,
com banda de música, cortejo soberbo, os alunos do grupo escolar, os soldados do posto da polícia militar, os membros da confraria e os da loja maçô-
nica, as demais personalidades, discursos eloquentes realçando as virtudes
do falecido, não é todos os dias que se tem a chance de levar ao cemitério
prefeito morto em pleno exercício do cargo. Magro acompanhamento, breves palavras do presidente da Câmara Municipal — "sacrificado ao dever
cívico", afirmou ele referindo-se ao pungente fim do astuto administrador,
nos últimos dias verdadeiramente desagradável à vista e ao olfato pois car-
reiras de apostemas se uniam pustulentas ao longo de seu corpo em grandes
chagas infectas, formando a chamada bexiga de canudo, a bexiga negra na
hora de matar. Para o povo, porém, a bexiga de canudo era uma espécie
mais virulenta ainda de varíola, a mais terrível, dita a mãe da bexiga, de
todas as outras, da negra, da branca, do alastrim, da varicela. Na certa, na
opinião do presidente da Câmara Municipal, o falecido prefeito, ao cumprimento do dever cívico, experimentara a bexiga para constatar-lhe a boa
qualidade, certificando-se, antes de entregar a seus cuidados a população
do município, tratar-se de varíola de primeira classe, varíola major, bexiga
negra, de canudo, a mãe de todas.

Dr. Evaldo Mascarenhas foi o último a merecer, dias depois, acompanhamento e lamentações. Octogenário, surdo, quase cego, meio caduco,
arrastando-se pelas ruas, não se trancou em casa, não se foi embora. Enquanto o coração se manteve, cuidou dos doentes, dos seus doentes e de
todos os outros de que lhe deram notícia — havia bexiguentos escondidos,
com receio do lazareto —, sem medir forças, as últimas forças do organis-
mo gasto; fez quanto pôde, muito não se pode fazer contra a peste. Foi ele
quem tomou providências para preparar o lazareto e quem executou tais
providências foi Tereza Batista, braço direito do doutor naqueles trabalho-
sos dias antes do cansado coração do velho arrebentar.

Teve tempo apenas de mandar por Tereza um recado para o colega Oto
Espinheira, diretor do posto de saúde: ou chegam mais vacinas com urgência ou morre todo mundo de bexiga. Em seguida, faltou pela primeira vez
aos seus doentes.

S

SENDO DE OFÍCIO ARTISTA DE CABARÉ, AMÁSIA, MULHER-DAMA, ACIDENTALMENTE *professora de crianças e de adultos, para as polícias de três estados da federação profissional de brigas e arruaças, desordeira, Tereza Batista em poucos dias fez curso completo de enfermagem com o dr. Evaldo Mascarenhas e com Maxi das Negras, pois era criatura de fácil aprender — já o dizia dona Mercedes Lima, mestra de primeiras letras.*

Não soube apenas lavar variolosos, passando permanganato e álcool canforado nas borbulhas, aplicar vacina; soube convencer os mais recalcitrantes, temerosos de pegar a doença no ato da inoculação. Realmente, podia acontecer e por mais uma vez acontecera, quando aplicada a vacina em pessoa predisposta, provocar reação violenta, febre e pereba, borbulhas, surto benigno da enfermidade, tímida varicela. Maxi, impaciente, queria resolver à bruta, vacinar na raça, criando conflitos, dificultando a execução da tarefa. Paciente e risonha, Tereza explicava, exibindo as cicatrizes das próprias vacinas no braço moreno, inoculando-se novamente para demonstrar a ausência de qualquer perigo. Ia tudo muito bem, populares vinham colocar-se frente ao posto à espera dos vacinadores, quando o estoque de vacinas terminou. Novo telegrama para Aracaju pedindo urgência na remessa.

Dr. Evaldo, preocupado com o contágio cada dia mais extenso, obtivera no comércio oferta de alguns colchões para o lazareto onde deviam ser isolados aqueles enfermos sem condições de tratamento em casa, os de maior perigo na propagação do vírus. Antes, porém, de colocar os colchões fazia-se necessária uma limpeza em regra na rudimentar construção de sopapo escondida no mato, longe da cidade, como se dela tivessem vergonha os habitantes.

Em companhia de Maxi das Negras, cada um carregando creolina e água em latas de querosene, Tereza Batista entrou pelo caminho proibido; o mato crescera e Maxi descansava as latas em terra para abrir, com a ajuda de um pedaço de facão, picada por onde atravessarem. Há mais de um ano estava vazio o lazareto.

Os últimos a habitarem-no foram dois leprosos: um casal, quem sabe marido e mulher. Juntos apareciam aos sábados na feira para tirar esmolas, punhados de farinha de pau e de feijão, raízes de aipim ou de inhame, batata-doce, uns raros níqueis atirados ao chão — cada vez mais comidos pela praga, buracos em lugar da boca e do nariz, cotocos de braços, pés enrolados em aniagem. Morreram certamente juntos ou com pequena diferença de tempo, pois deixaram de comparecer à feira no mesmo sábado. Como ninguém se interessasse ou se atrevesse a ir ao lazareto recolher os corpos e enterrá-los, os urubus banquetearam-se com os restos, magro banquete, deixando no cimento os ossos, limpos da lepra.

Maxi das Negras olhava com espanto (e com respeito) para a cabocla bonita, manceba do médico, sem necessidade a coagi-la, sem obrigação de nenhuma espécie, as saias arregaçadas, os pés descalços, a lavar o chão de cimento do lazareto, a juntar os ossos dos leprosos, para eles cavando sepultura. Enquanto a funcionária não me toques caía fora, abandonando o posto de saúde, indiferente a obrigações e consequências — demitam-me, não me importa, não vou morrer aqui —, a rapariga, sem salário, sem ter por quê, ia de casa em casa, incansável, sem horário e sem medo lavando doentes, passando permanganato nas borbulhas, perfurando-as com espinhos de laranjeira quando cresciam em pústulas cor de vinho, trazendo dos currais bosta de boi para queimá-la no interior das residências. Ele próprio, Maximiano, habituado à miséria do sertão, perito nas mazelas e desgraças do povo, curtido e calejado, sem parentes nem aderentes, dono de sua vida e de sua morte, e para aquele emprego contratado, mal pago porém pago cada fim de mês, ainda assim, por mais de uma ocasião naqueles dias, pensara em largar tudo e, igual à enfermeira Juraci, proclamar a independência: pernas para que te quero?

Não sabendo de Tereza senão a formosura e a condição de rapariga do diretor do posto, maior se lhe faziam respeito e espanto. Quando pela primeira vez saíra com ela a vacinar, sem entender o motivo da amiga do doutorzinho substituir a enfermeira fugitiva, no clima da epidemia a subverter a ordem social, a confundir as classes, Maxi das Negras elaborou projetos e ousadias: ao lado de Tereza no trabalho e na repugnância, no perigo e no pavor, tendo ele de lhe sustentar o ânimo, havendo ocasião e Deus lhe ajudando, ah! na cabocla se poria, juntos ornamentando o diretor do posto, o inútil doutorzinho, com benditos chifres sanitários — deleitoso pensamento!

Logo desistiu sem sequer tentar, ânimo e coragem foi ela quem lhe deu, a mulherzinha. Se Maxi não capou o gato, seguindo as pegadas da enfermeira, deve-se a Tereza. Sentira vergonha de abandonar o serviço, ele, homem forte e pago para executá-lo, quando, sem remuneração, frágil criatura mantinha-se de queixo erguido, firme, sem um queixume, a dar

*ordens tanto nas casas de família como a ele, Maxi das Negras, ao apavo-
rado doutorzinho, ao velho dr. Evaldo; ao povo todo comandando. Onde
já se viu daquilo?*

*Quando as vacinas finalmente chegaram, trazidas pelo farmacêutico
Camilo Tesoura que, em Aracaju, tivera notícia do surto de varíola e de
moto próprio fora à Diretoria de Saúde onde lhe entregaram a encomenda e para breve prometeram reforço de pessoal — diga ao doutor Oto
para ir se arranjando com a gente da cidade enquanto providenciamos
pessoal competente, não é fácil decidir alguém a arriscar a vida por
salários pífios —, Maxi das Negras disse:*

*— Pena não haver mais algumas iguais a vosmicê, siá-dona. Se hou-
vesse mais três ou quatro, a gente dava um jeito na maldita.*

*Tereza Batista ergueu o rosto onde os sinais de fadiga marcavam os
cantos dos olhos e dos lábios, sorriu para o mulato — rude e grosseiro
porém disposto — e um fulgor de cobre, um relâmpago, lhe apagou nos
olhos o cansaço:*

— Sei onde buscar, deixe comigo.

T

TARDE CHEGOU O FARMACÊUTICO COM O RE-
CADO DA DIRETORIA DE *Saúde de Sergipe: o doutorzinho não esperou
o enterro do dr. Evaldo; cruzaram-se ele e Camilo Tesoura na estação.
Tivesse juízo e já estaria longe, passageiro do trem de carga das cinco da
manhã após a noite do juízo final quando Zacarias exibira no posto a cara
de perebas. Pensando bem, pesando cada fato, tudo era culpa da desgraçada
da mulher, que diabo tinha ela de sair a vacinar o povo, a cuidar de bexiguentos, mulher tão absurda essa Tereza. Por mais formosa seja e apertada
tenha a crica, não é mulher, é bicho do mato, animal sem sentimentos,
incapaz de refletir, de entender, de apreciar o bom da vida. Jovem e de
futuro garantido, ele, dr. Oto Espinheira, se encontra sob ameaça de ver
transformado em assustadora máscara o atraente rosto de bebê, disputado
pelas fêmeas — se não perder a vida.*

*Vocação e família de político, ali viera cavar mandato para trocar de
vez esse país de bexiga e de pobreza pelas terras do sul de riqueza e higiene,
festas, jardins, teatros, luzes, moderníssimas boates, rendez-vous de categoria internacional, só não haverá mulher mais bela e mais gostosa do que
Tereza. Mulher? Não, não é mulher, é assombração, rainha da bexiga. Ao*

demais, no medo, trancado em casa, lavando as mãos em álcool de dois em dois minutos, lavando o peito com tragos de cachaça, fumando sem descanso, constante vontade de urinar, a examinar-se no espelho, a tocar no rosto em busca de calombos, ah! nesse meio-tempo de terror, o doutorzinho perdeu o verniz de educação, a ambição política, o respeito humano e o tesão — já não o tentam os eleitores, os votos de Buquim, mirabolantes planos, nem os encantos de Tereza, o esplendor do corpo, a plácida presença, a buça de torquês.

Quando, tomando o pião na unha durante a conversa consequente à deserção de Juraci, partiu Tereza rua afora a vacinar, o doutorzinho ficara tonto: referira a insolência da enfermeira para obter de Tereza insinuação de fuga, convite de partida, um conselho, um comentário, uma palavra. Em lugar de lhe fornecer o bom pretexto, a imbecil se metia a irmã de caridade. Obrigando-o a ir ao posto em vez de ir para a estação.

No posto recebera a visita do presidente da Câmara Municipal, no exercício do cargo de prefeito, em busca de informações sobre as medidas tomadas pelo dr. diretor e também para conversar. Comerciante e fazendeiro, chefe político, amigo da família do doutorzinho, a ele viera Oto recomendado. Falou franco: um político, meu jovem doutor, deve agir politicamente mesmo em meio aos cataclismos, sendo a bexiga o pior deles. Ameaça de morte para a população do município, pavorosa praga, tinha no entanto a epidemia lado positivo para candidato a rápida carreira política, sobretudo tratando-se de médico, e ainda por cima diretor do posto de saúde. Era assumir o comando da batalha, a frente dos funcionários ou de quem fosse — sutil referência ao fato de ter visto a manceba do doutor, na rua, a vacinar — para debelar o surto da bexiga negra, livrar o município do monstro sem piedade. Melhor oportunidade não pode existir, meu caro, para abocanhar a gratidão e os votos da gente de Buquim. O povo é pagador correto e adora médico capaz e devotado — basta ver o prestígio do dr. Evaldo Mascarenhas, não foi vereador, prefeito, deputado estadual por lhe serem indiferentes as posições e os cargos. Mas dr. Oto Espinheira, se tomasse da ocasião pelos cabelos, com o prestígio advindo da família e da bexiga por ele expulsa da cidade, poderia assentar em Buquim base política indestrutível, ramificada pelos municípios vizinhos onde igualmente chegariam com certeza a varíola e a fama do doutor — para alguma coisa, caro amigo, há de servir a epidemia.

Agradeça a Deus, doutor, a colher de chá que está lhe dando e a aproveite: atire-se à luta, visite os bexigosos e cuide deles, dos ricos e dos pobres, *faça do lazareto sua moradia. Se pegar bexigas não se importe, sendo vacinado dificilmente morrerá; uns dias de febre e o rosto enfeitado de picadas, para o eleitorado não há melhor cartaz, médico de cara bexigosa é candidato eleito. Algum perigo existe, é claro, já aconteceu a bexiga levar consigo médico com vacina e tudo, mas quem não planta não colhe meu doutorzinho, e afinal a vida só vale para quem a joga a cada instante e paga para ver. Tendo assim aconselhado seu pupilo, despediu-se. No fim da rua, a rapariga do doutor a vacinar na porta de uma casa. Bonita de dar medo, sobretudo a um homem virtuoso igual a ele, temente a Deus e bem casado; como se não bastasse a bexiga.*

U

UMA SURPRESA AGUARDARA TEREZA AO RE-GRESSAR NAQUELE FIM DE TARDE, *em sua estreia de enfermeira: encontrou Oto entregue às baratas, o bucho cheio de cachaça, a boca mole, a fala engrolada. Após a perspectiva de eleitorado e a visão de um varioloso em busca de atendimento no posto, o doutorzinho, escondido em casa, esvaziou uma garrafa de branquinha: de fraca resistência ao álcool, de bebedeira fácil, ao ver Tereza entrar toda animada disposta à narrativa das peripécias da vacinação, se afastou aos trambolhões:*

— Não me toque, por favor. Se lave primeiro, com álcool, o corpo todo.

Continuara a beber enquanto ela tomava banho; não quis comer, encolhido na cadeira, resmungando. Manteve-se afastado de Tereza até encornar; ela o pôs no leito vestido como estava. No dia seguinte, saiu antes dele acordar e já não se falaram quase. Nunca mais ele a tocou e nos dias que ainda ali permaneceu, lutando na cachaça entre o desejo e a vergonha de fugir, Oto dormiu sozinho, num sofá, na sala, à espera que ela fosse embora, deixando-o só, sem aquela presença acusadora. Sim, acusadora pois saía cada manhã cedinho a ajudar o dr. Evaldo e Maximiano, voltando tarde da noite moída de cansaço, enquanto ele cada dia demorava menos tempo no posto de saúde onde crescia o número de doentes em busca de permanganato, cafiaspirina, álcool canforado. Para o doutor, cachaça era o único remédio.

Quando, um dia, Tereza o acordou do porre para lhe anunciar o fim do estoque das vacinas e a necessidade dele sair a atender doentes pois dr. Evaldo já não dava conta, o doutorzinho armou seu plano: ir a Aracaju a pretexto de buscar vacinas, lá adoecer — gripe, cólica, anemia, febre louca, qualquer moléstia lhe servia — e pedir substituto para a direção do posto de Buquim. Viera abaixo por completo: a barba por fazer, os olhos injetados, a voz pastosa, perdidos os resquícios de delicadeza. Quando Tereza lhe disse, com certa rispidez, para largar a garrafa, sair à rua para cumprir seu dever de médico e, seguindo o exemplo do dr. Evaldo, visitar os doentes nas casas e no lazareto, respondeu aos berros:

— Vá-se embora daqui, vá pro inferno, puta escrota.

— Daqui não saio. Tenho muito que fazer.

Deu-lhe as costas, cansada foi dormir. Livre pelo menos do desejo do doutorzinho a quem os encantos de Tereza não mais tentam, bêbado e broxa no medo da bexiga.

Quando o dr. Evaldo baqueou, faltando-lhe o coração não a coragem, na hora da morte a reclamar vacinas, o jovem médico não esperou pelo enterro do colega — vou em busca de socorro, vou trazer vacinas, vou ali já volto, vou depressa, vou correndo, vou. Sem bagagem, às escondidas, no apito do trem escafedeu-se para a estação e embarcou para a Bahia. O trem para Aracaju só passaria daí a quatro horas, não era louco de esperar, de permanecer por um minuto a mais naquela terra de morte negra e mulher maluca e desgraçada, tomara que a bexiga a coma inteira.

V

VIU O POVO DE BUQUIM COISAS DE ASSOMBRAR NAQUELES DIAS DE BEXIGA NEGRA. Viu o diretor do posto de saúde, jovem doutor da faculdade, fugir em tão desabalada fuga a ponto de tomar o trem errado, fazendo o trajeto para Aracaju via Bahia, pela bexiga expulso da cidade. A correria do tufão, descrita com detalhes pelo farmacêutico na noticiosa porta da botica, causou risos em meio ao choro pelos mortos. Onde vai assim com tanta pressa, oh doutorzinho? Vou a Aracaju pelas vacinas. Mas esse trem não vai, ele vem de Aracaju, vai pra Bahia. Me serve qualquer trem, qualquer caminho, o tempo urge. Mas as vacinas, doutorzinho, eu as trouxe, estão aqui comigo, estoque suficiente para vacinar de cabo a rabo o estado de Sergipe e ainda sobra. Pois que lhe façam bom proveito, fique também com os eleitores de Buquim e, se tem dinheiro e competência, com a rapariga, é de chupeta.

Viu o povo de Buquim coisas de assombrar naqueles dias da bexiga de canudo. Viu as putas de Muricapeba, singular e diminuto batalhão, sob o comando de Tereza Batista, espalhando-se pela cidade e pelas roças *a aplicar vacinas. Boa Bunda de colossal traseiro; a magra Maricota para apreciadores do gênero esqueleto, muito em moda; Mão de Fada, nos tempos de donzela assim apelidada pelos namorados até que um deles foi além da mão e lhe fez a caridade; Bolo Fofo, balofa, gordalhona, para os apreciadores do gênero jaca mole ou colchão de carnes, há quem goste; a velha Gregória com cinquenta anos de labuta, contemporânea do dr. Evaldo pois chegaram os dois a Buquim na mesma data; a menina Cabrita, com catorze anos de idade e dois de ofício, um riso arisco. Quando Tereza as convidou, a velha disse não, quem é doida de se meter no meio da bexiga? Mas Cabrita disse sim, eu vou. Foi braba a discussão, além da vida que tinham elas a perder? E a vida de uma puta do sertão, morta de fome, que merda vale? Nem a bexiga quer vida tão barata, até a morte a enjeita. Gregória ainda não está farta de miséria? Foram as seis e aprenderam com Tereza, Maxi e com o farmacêutico a vacinar, rápido aprenderam — para quem trabalha de rameira nada é difícil, acreditem. Recolheram bosta seca nos currais, lavaram roupa empesteada, lavaram enfermos com permanganato, furaram pústulas, cavaram covas, enterraram gente. As putas, elas sozinhas.*

Viu o povo de Buquim coisas de assombrar naqueles dias da bexiga-mãe. Viu os bexiguentos andando nas estradas e nas ruas postos fora das fazendas, buscando o lazareto, morrendo nos caminhos. Viu o povo fugindo, abandonando as casas no medo do contágio, sem rumo, sem destino — quase deserto ficou o arruado de Muricapeba. Dois fugitivos foram pedir pouso no sítio de Clodô, este os recebeu de clavinote em punho, caiam fora, vão-se pros infernos. Insistiram, choveu bala, um morreu logo, o outro penou, não sabia Clodô já estar contaminado; ele, a mulher, dois filhos e mais um de criação, não sobrou nenhum, todos no papo da bexiga.

Viu por fim o povo, num assombro, a citada Tereza Batista levantar na rua um bexiguento, com a ajuda de Gregória e de Cabrita metê-lo num saco de estopa e pô-lo ao ombro. Era Zacarias mas nem a velha nem a menina reconheceram o frustrado freguês na outra noite — expulsos da propriedade do coronel Simão Lamego, ele e mais três variolosos. Não queria o coronel contaminação em terras suas, fossem morrer na puta que os pariu e não ali ameaçando os demais trabalhadores e membros da família ilustre. Quando Zacarias e Tapioca caíram com bexiga, o coronel estava de viagem, por isso ali permaneceram os dois, sendo que Tapioca logo morreu, não sem contagiar mais três. Com a chegada do patrão acabou-se a pagodeira, o capataz recebeu ordens terminantes e os quatro enfermos, sob ameaça de revólver, arrastaram-se para longe da porteira. Três se internaram mata adentro, buscando onde morrer em paz, mas Zacarias tinha apego à vida. Nu, as chagas expostas, o rosto uma postema só, bexiga de canudo. Visão do inferno, por onde ia passando punha o povo em fuga. Sem forças foi cair na praça, em frente à igreja.

Tereza veio e, com o auxílio das duas putas — pois nenhum homem da localidade, nem sequer Maxi das Negras, teve ânimo de tocar o corpo podre do trabalhador —, como um embrulho o enfiou no saco e o pôs ao ombro, carregando-o para o lazareto onde já estavam, tendo ido pelos próprios pés, duas mulheres e um rapaz do campo, além de quatro outros procedentes de Muricapeba. Atravessando a aniagem, o pus de Zacarias vinha grudar-se no vestido de Tereza, escorria-lhe viscoso pelo corpo.

W

— WEEKEND, FOI PASSAR O WEEKEND NA CAPITAL... — RIA-SE, GOZADOR, o farmacêutico Camilo Tesoura a comentar a partida do doutorzinho; tesourando a vida alheia em plena epidemia.
— Agora o diretor do posto de saúde é Maxi das Negras e as enfermeiras são as quengas da zona.

Até mesmo o linguarudo farmacêutico terminou por meter a viola no saco quando Maximiano lhe apareceu com a cara pipocada de bexiga.

Apesar de revacinado logo no início do surto, terminou pagando sua cota. Tereza Batista assumiu então o comando exclusivo da peleja, instalou Maxi na residência e no leito do doutorzinho, estando desabitada a casa pois Tereza fora morar em Muricapeba, com as raparigas.

Sob as ordens de Tereza elas vacinaram a maioria dos habitantes da cidade e parte da população do campo. Conhecidas todas no lugar, onde viviam e exerciam, puderam, com relativa facilidade, convencer os renitentes e os obtusos. No campo, Tereza Batista enfrentou o coronel Simão Lamego, em cuja propriedade estava proibida a entrada de vacinadores — atrás da vacina vem a bexiga, acreditava e repetia o fazendeiro.

Tereza não fez caso da proibição, entrando cancela adentro sem pedir licença, seguida de Maricota e Boa Bunda. Depois de muito bate-boca, de feio arranca-rabo, terminou por vacinar o próprio coronel. Não era ele de mandar bater em mulher e a possessa, bonita como todos os diabos, não arredava passo, resolvida a não ir embora sem antes vacinar os agregados. O coronel já ouvira falar nela, soubera de bexigosos carregados às costas para o lazareto e, ao vê-la disposta a tudo, enfrentando-o na maior tranquilidade como se não estivesse diante do façanhudo coronel Lamego, compreendeu não passar de mofina vaidade tanta teimosia se comparada à coragem da cabocla. Moça, vosmicê é o cão, ganhou de mim.

Vacinar não foi nada: uma dificuldade aqui, outra acolá, ameaças de pancada, insolências de parte a parte, uns poucos incidentes; brigas de verdade, com mão na cara, três ou quatro, não passou disso. Duro mesmo era cuidar dos doentes nas casas e no lazareto, o farmacêutico fazendo as vezes de médico, elas fazendo todo o resto: aplicando permanganato e álcool canforado nos doentes, furando as pústulas com espinhos de laranjeira, limpando o pus, trocando as folhas de bananeira colocadas embaixo e em cima do corpo, na cama, pois coberta e lençol não davam jeito, grudavam na pele concorrendo para a ruptura e ligação das bolhas, para a formação dos canais da bexiga de canudo. Das redondezas, das fazendas e dos estábulos, traziam montes de bosta de boi, punham no sol a secar. Distribuída depois pelas casas onde padeciam bexigosos, queimada nas salas e nos quartos, a fumaça se espalhava limpando dos miasmas da varíola o pestilento ar. Naquela hora extrema, bosta de boi era perfume e medicina.

X

XALE NA CABEÇA, ROSAS NEGRAS E VERMELHAS, OFERTA DO DR. EMILIANO GUEDES num remoto tempo de paz, de casa limpa, de vida alegre e mansa, lá se vai Tereza Batista pelos becos de Muricapeba. Vive num casebre com Mão de Fada, na vizinhança das demais, na zona mais pobre e infeliz do mundo, no mais sórdido puteiro. Mas na ocasião nenhuma delas exerceu o ofício — não por vaidade ou abastança nem porque tivessem fechado o balaio para pagar promessas; simplesmente os homens têm receio de tocar em tais mulheres. São elas poços de bexiga tão repletos a ponto de poderem atravessar a epidemia incólumes ao contágio apesar de enfrentá-lo em permanência, nas casas dos doentes, no horror do lazareto, no contato com as chagas pustulentas, na recolta dos mortos, nos enterros.

Quantas sepulturas abriram essas mulheres, raramente ajudadas por algum trabalhador da terra, solidário? Na espantosa peleja, a bexiga matou com tamanha rapidez e eficiência que não houve tempo nem maneira de levar tanto defunto ao cemitério. Para os mais despossuídos as putas cavaram covas rasas e elas próprias enterraram os corpos. Em certos casos os urubus apareceram antes e só deixaram os ossos para o funeral.

Duas contraíram a varicela, nenhuma a bexiga negra pois Tereza as vacinara no início das operações. Com surto forte porém não mortal, Bolo Fofo teve de ser recolhida à casa do doutorzinho agora repleta de doentes, lazareto de luxo na classificação sarcástica do boticário. Tereza vinha pela manhã e pela tarde cuidar da gorduchona — reduzida a pele e ossos a carne virou pus — e de Maxi. Também Boa Bunda apareceu febril, brotoejas pelo corpo, erupção fraca, coisa à toa, nem a reteve ao leito, prosseguindo a rapariga de pé a cuidar da gente de Muricapeba onde a safra de defuntos bateu o recorde da cidade. Boa Bunda era uma potência de força e energia, sem igual no manejo da pá para abrir covas.

Nenhuma delas morreu, ficaram todas para contar a história mas tiveram de ir-se de Buquim ganhar a vida noutras zonas pois ali se terminara a freguesia, não havendo clientela para quem continha dentro de si tanta bexiga. Tornaram-se imundas além de prosseguirem putas. Andam por aí, no mundo.

Também Tereza Batista se mudou de Buquim ao término da epidemia mas não por lhe faltar propostas, muito ao contrário. Vendo-a atravessar o centro da cidade, o xale na cabeça, sempre ocupada com medicamentos e apetrechos, permanganato, picareta, sacos de estopa, doentes e defuntos, o virtuoso presidente da Câmara Municipal, no cargo de prefeito até as próximas eleições, dono de fazenda, loja e eleitores, com dinheiro a juros em mãos seguras, até então chefe impoluto de família única, esposa e cinco filhos, tocado por tanta graça e formosura desperdiçadas em serviço torpe, se dispôs a seguir o exemplo de muita gente boa e estabelecer manceba, casa militar, pois além de tudo um prefeito necessita de representação: automóvel, talão de cheques e concubina.

Candidatou-se ainda o coronel Simão Lamego, habituê da amigação, e se insinuaram o turco Squeff, estabelecido com bazar de miudezas, um bode em cio, e o farmacêutico, mestre da vida alheia, médico nas horas vagas e sombrias.

Amigada? Ah!, nunca mais, antes puta de porta aberta na podridão do arruado de Muricapeba onde a epidemia não termina propriamente — transformara-se a bexiga de negra em branca, de mãe em filha, permanece alastrim benigno e velhaco, doença boba do sertão, cegando uns quantos, fazendo anjinhos pois é ótima para matar crianças, matando adultos apenas vez ou outra para não perder o hábito, cumprindo obrigação.

Y

IPISILONE É LETRA FINA, LETRA DE SABIDOS, DAS VIDAS TORTAS E DOS MALAS-ARTES; por metida a sebo, a rábula e mezinheira, chamaram-na Tereza do Ipisilone e Tal. Na festa da macumba aclamada Tereza de Omolu.

No tempo da bexiga, a curandeira Arduína não teve pausa nem descanso, ganhando seus tostões a rezar aflitos, livrando-os de pegar doença, curando alguns já contagiados, não todos, é claro, só lhe sendo dado salvar — conforme ela explicava pois não era de enganar ninguém — aqueles em cujo peito não se abrigasse o medo, bem poucos consequentemente. Quanto ao pai de santo Agnelo, não cessou de bater os atabaques e de tirar cantigas para Obaluaiê, mesmo quando se reduziram a três as filhas de santo presentes no terreiro, fugitivas as demais ou bem no lazareto. Como já se disse e soube, o velho não lhe faltou na emergência: montado em Tereza Batista, Omolu expulsara a bexiga de Buquim, vencera a peste negra.

Assim, quando afinal chegou de Aracaju equipe composta de dois médicos e seis enfermeiros diplomados para debelar o surto de varíola, encontraram-no completamente debelado: embora no lazareto ainda gemessem dois enfermos, há mais de uma semana não se registravam novos casos nem defuntos a enterrar. Circunstância casual, não impediu fossem os competentes da equipe elogiados como devido, em comunicado oficial e entusiástico da Diretoria da Saúde Pública, pela coragem e pelo devotamento demonstrado na (mais uma vez) definitiva erradicação da varíola em terras do estado de Sergipe. Fez-se justiça igualmente ao jovem dr. Oto Espinheira, a quem coubera tomar na direção do posto de saúde de Buquim as providências iniciais e decisivas para barrar caminho à epidemia, devendo-se à sua competente dedicação, por todos comprovada, a organização da luta e o incansável combate ao mal.

— Só quero ver se o doutorzinho Weekend ainda tem coragem de voltar aqui... — fuxicou o farmacêutico Camilo Tesoura, mas sendo má-língua contumaz não lhe deram ouvidos e o diretor do posto (em férias na Bahia) ganhou a prometida promoção. Prometida e justa.

Tendo o pai da apressada Juraci aderido ao novo governo, foi a filha igualmente promovida, passando a enfermeira de primeira classe pelos relevantes serviços prestados à coletividade durante o surto de varíola em Buquim, e logo se casou mas não viveu feliz, a natureza agre não lhe consentindo convivência e alegria. Só Maxi das Negras não obteve promoção, continuou simples vigia, feliz de escapar com vida, com história para contar e uma recordação.

Voltou o povo às suas casas, novamente viram-se crianças e cachorros futucando nas montanhas de lixo de Muricapeba à procura de comida. Os urubus esparsos pelo campo, de quando em quando desencavam um corpo enterrado quase à flor da terra, nele matando a fome.

Duas comemorações religiosas realizaram-se em agradecimento e júbilo.

No terreiro de Agnelo, em Muricapeba, Omolu teve festa e dançou no meio do povo no ritmo do opanijé. Dançou primeiro Ajexé, empesteado Omolu, morrendo e renascendo na bexiga, na mão o xaxará, coberto com o filá o rosto em pústulas; depois dançou Jagum, Obaluaiê guerreiro, o filá e o azê de cor marrom como a bexiga negra; por fim juntos dançaram e o povo saudou o velho erguendo a mão e repetindo: atotô, meu pai! Vieram os dois Omolus e abraçaram Tereza, gente sua, limparam-lhe o corpo e o fecharam a toda e qualquer peste para a vida inteira.

A procissão saiu da matriz, na frente o vigário e o prefeito interino, nas mãos dos notáveis os andores com as imagens de são Roque e de são Lázaro — Obaluaiê, Omolu dos brancos — e grande acompanhamento popular. Foguetes, rezas, cantorias, os sinos repicando alegremente.

Para ir-se embora de Buquim onde nada mais tinha a fazer, Tereza Batista necessitou vender alguns balangandãs ao turco Squeff, candidato a com ela se amigar se fosse o caso mas não era. Nunca mais amásia nem sequer companheira de aventura em busca de prazer ou de tranquilidade, nunca mais. Tereza, a quem a morte não quisera, enjeitada da bexiga, ah! por dentro consumida em febre, no peito um punhal cravado fundo, vai partir no rumo do mar onde afogar-se. Ai, Januário Gereba, pássaro gigante, onde andarás? Nem a morte me quis quando em desespero fui buscá-lo no meio da bexiga negra — sem ti, Janu do bem-querer, de que me serve a vida? Quero ao menos estar onde tu estejas, escondida seguir teu rastro, olhar de longe teu perfil de barco, padecer tua ausência de navegação, ai, em que horário passa trem para a Bahia? Também Tereza quer fugir; da saudade atroz, do desespero.

Do átrio da igreja as beatas viram Tereza Batista andando para a estação, sozinha. Uma delas disse — e todas concordaram.

— Vaso ruim não quebra mesmo. Morreu tanta gente direita e nessa vagabunda que até no lazareto se meteu de intrometida, nada lhe pegou; bem podia a bexiga ter ao menos lhe comido a cara.

Z

ZACARIAS SE CUROU, TINHA APEGO À VIDA E ATÉ HOJE NÃO SABE COMO FOI PARAR no lazareto. A não ser que tenha lido em alguma brochura de cordel pois sobre a praga da bexiga muitas histórias se espalharam e correm mundo, falados cantadores dela se ocuparam pondo em trova e em rima o triste enredo de choro, pus e morte. Vários folhetos foram assim escritos e são vendidos nas feiras do nordeste — nenhum mais verdadeiro do que este á-bê-cê que agora aqui se acaba por já não haver o que contar.

Antes de terminar, porém, repito e acreditem se quiserem: quem deu jeito à bexiga negra solta nas ruas de Buquim foram as putas de Muricapeba com Tereza à frente. Com os dentes limados e o dente de ouro Tereza Batista mastigou a bexiga e a cuspiu no mato; a bexiga saiu voando para o trem, em desabalada fuga para o rio São Francisco, uma de suas moradas preferidas, enquanto vinha o povo de regresso às ermas casas. Numa lapa escondida, a bexiga aguarda nova vez. Ah, se não tomarem tento um dia há de voltar para acabar com o resto e ai do povo! Onde encontrar para o comando da peleja outra Tereza da Bexiga Negra?

A NOITE EM QUE TEREZA BATISTA DORMIU COM A MORTE

1

AI TEREZA, GEME O DR. EMILIANO GUEDES DESPRENDENDO-SE DO BEIJO E A cabeça de prata tomba no ombro da amásia. Ainda a se expandir em gozo, Tereza percebe nos lábios o gosto de sangue e no braço o aperto de uma garra, a testa caída a lhe tocar o ombro, na boca entreaberta a baba vermelha, sente o peso da morte sobre o corpo nu. Tereza Batista abraçada com a morte, tendo-a sobre o peito e o ventre, por entre as coxas a penetrá-la, com ela fazendo amor. Tereza Batista na cama com a morte.

2

ENTÃO NÃO É? É O TORTO FALANDO DO ALEIJA-DO E O NU DO ESFARRAPADO. CRITICAR É FÁCIL, nada mais simples e agradável do que botar defeito no alheio, meu jovem. Dizer que Tereza Batista não cumpriu a palavra e deixou todo mundo no ora-veja, com a festa pronta, a pitança posta na mesa, aquele mundo de garrafas de pinga, não custa esforço; buscar os porquês de tal procedimento, isso sim que dá trabalho, não é para qualquer borra-botas.

Meu jovem, debaixo do angu tem sempre carne, quem mexe e remexe encontra os bons pedaços. Quem deseja saber como deveras se passou um acontecido de tal porte, com todos os etecéteras, tem de bancar o intrometido, o bisbilhoteiro, sair perguntando a todo mundo como, aliás, o jovem está fazendo. Não se importe se algum mal-educado lhe virar as costas e não prestar atenção a seu pedido, dê o desprezo.

Vai remexendo o angu, pondo a mão no bonito e no feio, no limpo e no sujo, vá fuçando em toda parte. Se tocar em bosta ou em pus, não se aflija, acontece com frequência. Mas não acredite em tudo que lhe contarem, atente em quem responde, não saia por aí dando crédito barato, muita gente gosta de falar do que não sabe, de inventar o que não houve. Ninguém quer confessar ignorância, considerando uma vergonha não conhecer todas as passagens da vida de Tereza. Tenha cuidado, sendo o senhor moço moderno é fácil de ser enganado e de enganar-se.

De mim, meu jovem, lhe digo: do sucedido nesse porto da Bahia, cais onde nasci e me fiz gente ouvindo e entendendo, posso algumas regras lhe fornecer sobre Tereza e seus enredos, a ordem de despejo, a greve, a

241

ignorância da polícia, a cadeia, o casamento e o mar sem cancela e sem fronteira, atropelos de luta e de amor. Sou velho mas ainda faço filho, já fiz mais de cinquenta em minha vida torta, já fui rico, tive dezenas de alvarengas a singrar o golfo, hoje sou pobre de marré-marré, mas quando entro no terreiro de Xangô todos se levantam e me pedem a bênção, sou Miguel Santana Obá Aré e por Tereza ponho a mão no fogo sem o menor receio.

Tereza nunca abrigou no peito a traição nem usou de falsidade. Com ela sim, usaram e abusaram. Nem por isso se dobrou à sina má, não inventou urucubaca, dando-se por vítima de ebó ou coisa-feita, perdida a esperança, entregue. Nunca? Não posso garantir, meu jovem, veja como é difícil dar informação certeira. Pensando bem, acho ter ela chegado, após o rolo da greve e as funestas notícias do mar distante, ao cansaço e à indiferença, portos ruins de arribação onde apodrecem os barcos abandonados como as minhas alvarengas. Tão cansada e farta de viver, resolveu parar de vez, aceitou a proposta e ordenou a festa. Essa história do casamento de Tereza Batista eu posso lhe contar, meu jovem, coube-me o rol de padrinho, conheço toda a trama — e sendo amigo da outra parte dou razão à moça, veja bem.

Desanimada andou, entregue à sorte, sem esperança, tão sem ânimo: basta lhe dizer que ouviu dichote de moleque em língua de sotaque e nem ligou, nem saiu atrás do covardão — tão cansada de tudo e até de pelejar. Mas se aconteceu sentir-se assim, foi coisa transitória — bastou soprar a brisa do Recôncavo e novamente foi Tereza inteira, a sorrir e a velejar.

Do casamento posso lhe falar, seu moço; da greve do balaio fechado e da passeata, das sras. meretrizes reunidas na frente da igreja, da carga da polícia e do resto — de tudo isso lhe dou conta e, sendo pobre mas tendo sido rico, lhe ofereço de-comer, moqueca de primeira, no restaurante da finada Maria de São Pedro, nos altos do Mercado. Só não posso é lhe contar, como me pede e quer saber, da vida de Tereza em amigação e morte com o doutor. Dessa história não dou notícia, dela só sei de oitiva. Se o jovem deseja realmente saber como se deu, vá a Estância onde tudo se passou. A viagem é um passeio, a gente boa e o lugar lindo, lá se reúnem os rios Piauí e Piauitinga para formar o rio Real e dividir Sergipe da Bahia.

3

ENCERRANDO A LONGA E IMPREVISTA CONVERSA DAQUELA NOITE DE domingo, o dr. Emiliano Guedes sussurrou:

— Quem me dera ser solteiro para me casar contigo. Não que isso modificasse em nada o que significas para mim. — As palavras eram acalanto, música em surdina, a voz familiar inesperadamente envolta em timidez, parecendo ainda mais tímida ao ouvido de Tereza: — Minha mulher...

Repentina timidez de adolescente, de aflito postulante, desprotegida criatura, em absoluta contradição com a personalidade forte do doutor, acostumado ao mando, seguro de si, direto e firme, insolente e arrogante quando necessário, se bem o mais das vezes cordial e gentil, uma dama no trato fino — senhor feudal de terras, canaviais e usina de açúcar mas também capitalista citadino, banqueiro, presidente de conselhos de administração de empresas, bacharel em direito. Não era a timidez atributo do caráter do dr. Emiliano Guedes, o mais velho dos Guedes da Usina Cajazeiras, do banco Interestadual de Bahia e Sergipe, da Eximportex S.A., de tudo isso o verdadeiro dono — empreendedor, ousado, imperativo, generoso. Tanto quanto as palavras, o tom de voz enterneceu Tereza.

Ali, no jardim de pitangueiras, a lua desmedida de Estância escorrendo ouro sobre mangas, abacates e cajus, o aroma do jasmim-do-cabo evolando-se na brisa do rio Piauitinga, após ter-lhe dito, com amargor, ira e paixão o que jamais pensara confiar a parente, sócio ou amigo, o que jamais Tereza imaginara ouvir (se bem muita coisa houvesse adivinhado pouco a pouco no correr do tempo), o doutor a envolveu nos braços e beijando-lhe os lábios, concluiu, a voz comovida e embargada: Tereza, minha vida, meu amor, só tenho a ti no mundo...

Depois, levantou-se, alta estatura de árvore: árvore frondosa, de acolhedora sombra. No decorrer desses seis anos os cabelos grisalhos e o basto bigode tornaram-se cor de prata mas o rosto ainda liso, o nariz adunco, os olhos penetrantes e o corpo rijo não demonstravam os sessenta e quatro anos já cumpridos. Um sorriso encabulado, tão diverso de seu riso largo, o dr. Emiliano fita Tereza ao luar, como a lhe pedir desculpas pelo travo de aspereza, de mágoa e até de cólera a marcar a conversa, no entanto uma conversa de amor, de puro amor.

Ainda deitada na rede, tocada fundo, tão fundo a ponto de sentir os olhos úmidos, o coração repleto de ternura, Tereza deseja lhe dizer tanta coisa, tanto amor lhe expressar mas, apesar do muito que aprendeu em companhia dele nessa meia dúzia de anos, ainda assim não encontra as palavras exatas. Toma da mão que ele lhe estende, arranca-se da rede para os braços do doutor e novamente lhe entrega os lábios — como lhe dizer marido e amante, pai e amigo, filho, meu filho? Deita a cabeça no meu colo e repousa, meu amor. Um monte de emoções e sentimentos, respeito, gratidão, ternura, amor — ai, compaixão, jamais! Compaixão ele não pede nem aceita, rocha irredutível. Amor, sim, amor e devotamento — como dizer-lhe tanta coisa ao mesmo tempo? Deita a cabeça no meu colo e repousa, meu amor.

Mais além do aroma embriagador dos jasmineiros, Tereza sente no peito do doutor aquele discreto perfume, seca madeira, do qual aprendera a gostar — tudo aprendera com ele. Ao término do beijo, apenas diz: Emiliano, meu amor, Emiliano!, e para ele foi bastante, sabia o quanto significava pois ela sempre o tratara de senhor, jamais lhe disse tu ou você e só na hora do gozo na cama se permitia confessar-lhe amor. Transpunham os últimos obstáculos.

— Nunca mais me tratarás de doutor. Seja onde for.

— Nunca mais, Emiliano. — Seis anos tinham-se passado desde a noite em que ele a retirara do prostíbulo.

Na força dos sessenta e quatro anos vividos intensamente, Emiliano Guedes, sem apresentar esforço, levanta Tereza nos braços e a conduz ao quarto por entre o luar e a fragrância do jasmim-do-cabo.

Uma vez ela tinha sido assim carregada, sob a chuva, no quintal do capitão, igual a uma noiva em noite de núpcias mas foram núpcias com a falsidade e a traição. Hoje, porém, quem a conduz é o doutor e essa noite de amor quase nupcial foi precedida de largos anos de terna convivência, leito de delícias, amigação perfeita. Quem me dera ser solteiro para me casar contigo. Não mais amásia, ilícita manceba de casa e mesa postas. Esposa, a verdadeira.

Nesses seis anos não houvera instante na cama com o doutor que não tivesse sido perfeito de prazer, deleite absoluto. Desde a primeira noite, quando Emiliano a fora buscar na pensão de Gabi e, escanchada na garupa do cavalo, a levara campo afora. Refinado mestre, nas mãos dele, sábias e pacientes, Tereza floresceu em mulher incomparável. Mas naquela noite dos jasmineiros em flor, noite de confidência e intimidade sem limites, na qual o doutor abriu o coração, lavou o peito rompendo a dura crosta do orgulho, quando Tereza foi arrimo para o desamparo, bálsamo para o desencanto, alegria a apagar a tristeza e a solidão, quando a clandestina casa da amásia foi o lar e ela a esposa que lhe faltava, naquela noite única de paz com a vida, o desvelo envolveu o prazer e o fez extremo.

Durante um tempo vadio trocaram agrados de namoro, brincadeiras de noivos em núpcias, antes de partirem em cavalgada o cavaleiro e sua montaria, dr. Emiliano Guedes e Tereza Batista. Quando o doutor se alteou para assumi-la, Tereza o enxergou tal como o conhecera na roça do capitão, bem antes de vir com ele viver: montado em árdego ginete, na mão direita o rebenque de prata, a esquerda a afagar o bigode, atravessando-a com olhos de verruma — dá-se conta de tê-lo amado desde então pois, escrava morta de medo, ousara reparar num homem. Pela primeira vez.

Nua de trapos e lençol mas coberta de beijos, anelante, recebe-o por cima e com os braços e as pernas o prende e tranca contra o ventre; a cavalgada irrompe nos prados infindos do desejo. Incansável galope por montanhas e rios, subindo, descendo, cruzando caminhos, sendas estreitas, vencendo distâncias, crepúsculos e auroras, à sombra e ao sol, ao luar amarelo, no calor e no frio, num beijo de amor eterno, ai, Emiliano, meu amor, juntos atingem na hora exata o destino do mel. As línguas se enroscam, torna-se mais apertado o abraço quando os corpos se abrem e se desfazem em gozo. Ai, Tereza, exclama o amante e tomba morto.

4

AO SALTAR DA CAMA TEREZA SENTE APENAS O PESO DA MORTE SOBRE o peito e o ventre, o derradeiro estertor do amante, um gemido cavo, de dor ou de prazer? Ai, Tereza, disse e ali mesmo morreu, em pleno amor; já o companheiro inerte e ela ainda em júbilo se deleitando na folgança, a desfazer-se em néctar até sentir o peso da morte. Não pôde gritar nem pedir socorro, tomados o peito, a garganta, a boca suja do sangue da outra boca — até na morte sentindo-se a maneira do doutor na escolha da hora certa e na devida discrição.

Foram alguns minutos tão somente durante os quais Tereza Batista se sentiu maldita e louca, tendo a morte por amante, companheira de cama e de deleite. Olhos esbugalhados, muda e perdida, imóvel ante o leito de alvos lençóis lavados em água de alfazema, não enxerga o doutor a quem o coração falhara, gasto nas decepções e no orgulho; vê a morte em gozo exposta. Ela, Tereza, a tivera peito contra peito, com os braços, pernas e coxas a prendera ao ventre, dela penetrada, a dar-se e a recebê-la.

A festa terminou. De súbito foi a morte, tão somente a morte, instalada na noite, estendida na cama, arrodilhada no ventre e no destino de Tereza Batista.

5

À CUSTA DE INGENTE ESFORÇO, TEREZA ENFIA UM VESTIDO, VAI ACORDAR Lula e Nina, o casal de empregados. Deve estar com aspecto de louca, a criada se alarma:

— O que foi, siá Tereza?

Lula aparece na porta do quarto, acabando de vestir a camisa. Tereza consegue dizer:

— Vá correndo chamar o doutor Amarílio, diga para vir depressa, doutor Emiliano está passando mal.

Saem correndo, Lula rua afora Nina casa adentro, seminua nos trapos de dormir, a benzer-se. No quarto, toca e examina os lençóis marcados de sêmen e de morte, põe a mão sobre a boca a suster uma exclamação — ai, o velho morreu se esporrando, trepado nela, na condenada!

Tereza retorna em passo lento, ainda sem o completo domínio das pernas e das emoções. Ainda não se detém a pensar nas consequências do acontecimento. De joelhos aos pés da cama, Nina puxa uma oração e por baixo dos olhos espia a face de pedra da patroa — patroa lá dele, sou empregada do doutor. Por que a renegada não cai, ela também, de joelhos a rezar, a pedir perdão a Deus e ao falecido? Esforça-se Nina em busca de lágrimas; testemunha dos arroubos juvenis do idoso ricaço, para a criada aquela morte em condição tão singular não constitui surpresa. Tinha de terminar assim o pobre velho, de congestão. Nina dissera e repetira a Lula e à lavadeira: um dia ele emborca na cama, em riba dela, afrontado.

Nos últimos tempos, o doutor não levava mais de dez dias sem aparecer em Estância e quando por força de afazeres se atrasava, ali permanecia tempo dobrado, a semana inteira — noite e dia na barra da saia de Tereza, a lhe mamar os peitos, a gozar com a perdida. Velho maluco, sem medir as forças, a desperdiçá-las com mulher jovem e fogosa, sem enxergar outra em sua frente, tantas a se oferecerem, a começar por Nina, e ele embruxado pela fingida, sem consideração à idade avançada nem às famílias gradas pois não satisfeito de receber em casa da amásia visitas do prefeito, do delegado, do sr. juiz e até do padre Vinícius, saía com ela de braço dado na rua, iam fretar-se na ponte sobre o rio Piauí ou banhar-se juntos na cachoeira do Ouro, no Piauitinga, a desavergonhada de maiô mostrando o corpo, ele praticamente nu, apenas os bagos cobertos por minúscula sunga, indecências da estranja a corromper os bons costumes de Estância. Assim nu, o velho ainda parecia rijo, bonitão, ainda homem de boa serventia; na idade, contudo, mais de quarenta anos o separavam de Tereza. Tinha de dar naquilo, Deus é bom mas é sobretudo justo e ninguém adivinha a hora do castigo.

Velho fogueteiro. Por mais forte e sadio parecesse ia cumprir os sessenta e cinco, Nina o ouvira dizer na antevéspera ao dr. Amarílio ao jantar: sessenta e cinco bem vividos, caro Amarílio, no trabalho e no prazer da vida. De mágoas e desgostos não falara como se não os tivesse. Homem gasto a bancar rapaz moderno, a fingir de garanhão — era na cama, era no sofá da sala, era na rede, em qualquer lugar e a toda hora, em incontinente abuso digno de quem possuísse dezoito anos e o mais que na velhice falta a todo homem, parecendo a ele não faltar, pecador empedernido.

Nas noites de lua, a lua de Estância enlouquecida em ouro e prata, quando Nina e Lula se recolhiam para dormir, os dois viciados, o caduco e a sem-vergonha, punham uma esteira sob as árvores, mangueiras centenárias, e ali faziam de um tudo, largando o leito de jacarandá com colchão de barriguda e lençóis de linho fino no quarto voltado para a viração do rio. Nina abria uma nesga na porta dos aposentos nas afóras da casa e entrevia na luz do luar o embate dos corpos, escutava no silêncio da noite os gemidos, os ais, palavras esparsas. Tinha de terminar em congestão cerebral, o doutor era de sangue forte. Calmo, raras vezes se exaltava mas, quando lhe acontecia contrariar-se ou enraivecer-se, o sangue subia-lhe à cabeça: a cara vermelha, os olhos em fogo, a voz um rugido, capaz de qualquer desatino. Numa única ocasião Nina o vira assim, quando um vendedor de inhame e aipim faltou-lhe com o respeito: segurou o tipo pelo gasnete, esbofeteando-o sem parar. Bastara, porém, um gesto e uma palavra de Tereza para fazê-lo suspender o castiço e recompor-se — o ousado, na garganta a marca dos dedos do doutor, saíra em disparada abandonando o cesto de raízes. Tereza mandara buscar um copo com água; ao trazê-lo a criada os encontrou aos beijos e agrados, a cabeça do doutor no colo da rapariga. Raquítica criatura apareceu depois para recolher a carga de aipim, a pedir desculpas pelo atrevido, sempre a lhe dar desgostos; dessa vez tomara lição e tanto.

Por que fica Tereza ali parada, não vem rezar pela alma do falecido? Homem direito e bom, sem dúvida, mas emborcando em pecado mortal, em cima da amásia, sendo casado e pai de filhos, avô de netos. Para salvar-lhe a alma só com muita oração, muita missa, muita promessa, muito ato de contrição e caridade, e quem mais deve pedir a Deus por ele senão a herege? Rezar e arrepender-se da vida errada em companhia do marido de outra, na imoralidade a exigir o impossível das gastas forças do velho. Cabe-lhe a culpa da congestão, a ela e a mais ninguém.

Velho gaiteiro, buscando passar por competente, mostrar-se à altura da situação, de mulher na casa dos vinte, arretada, incontentável, carente de macho forte e jovem, de mais de um até. Por que a viciosa não arranjara xodó entre os rapazes da cidade, economizando assim as forças do burro velho? Tão viciosa a ponto de manter-se honesta guardando intactas para o coroca a ânsia, a precisão, a labareda a consumi-la. Na exigência e no pecado da carne, o pior de todos os pecados como é por demais sabido, a sirigaita matara o ricaço, quem sabe na pressa de receber a bolada.

Por que não se põe de joelhos para rezar pela alma do pecador? Ele não só precisa como bem merece terços, rosários e ladainhas, missas cantadas. Nina costuma prestar ouvido às conversas, enquanto varre a casa, arruma aqui e ali, atende e serve. Ainda no começo da noite, ao chegar no jardim com a bandeja de café, ouvira referência a testamento na conversa do doutor com a comborça. Por que a ímpia não se lastima, não cobre a cabeça com cinzas, não irrompe em gritos e soluços, não aparenta sequer? Fica ali, parada, muda, distante. Devia ao menos dar uma satisfação ao mundo enquanto espera o testamento e a partilha para gozar a vida, em Aracaju ou na Bahia, desperdiçando a massa do velho broco com rapaz moderno, capaz de aguentar o baque da insaciável. Bolada de respeito certamente, dinheiro roubado pela indigna aos filhos e à legítima esposa a quem de direito cabe toda a herança. Rica e livre, a sabidória, um pecado a mais e dos maiores.

Espertalhona, sem moral, sem coração, depois de tê-lo sugado e esvaído até a morte nem para agradecer as larguezas, os desperdícios do defunto milionário, mão-aberta, louco por ela, nem para agradecer o testamento reza uma ave-maria, derrama uma lágrima — nos olhos secos uma luz estranha, lá no fundo, carvão ardente. Nina renega o velho e a maldita, na contrição da reza.

6

TENDO IDO NINA ARRUMAR-SE E FERVER ÁGUA, TEREZA, SOZINHA NO QUARTO, à espera do médico, senta-se na beira da cama e tomando a mão inerte de Emiliano lhe diz, em voz de terno acento, tudo quanto não soubera dizer no começo da noite. No jardim, sob a copa das árvores, ao luar, na rede a balançar-se de leve, conversaram os dois, para Tereza conversa inesperada e surpreendente, para o doutor a derradeira.

Sempre tão reservado de referência à família, de súbito Emiliano se abrira num relato de mágoas, desgostos a granel, falta de compreensão e de carinho, espantosa solidão de lar sem afeto — a voz ferida, triste, colérica. Não possuía em verdade outra família senão Tereza, única alegria de quem finalmente se confessava velho e cansado, sem contudo imaginar-se às portas da morte. Se o soubesse teria antecipado a conversa e as providências anunciadas. Nunca Tereza pedira ou reclamara fosse o que fosse, bastando-lhe a presença e a ternura do doutor.

Ai, Emiliano, como viver sem mais aguardar tua chegada sempre imprevisível, sem correr para a porta do jardim ao reconhecer teu passo de senhor, ao ouvir tua voz de dono, sem me acolher no remanso de teu peito e receber teu beijo, sentindo nos lábios a cócega do bigode e a ponta cálida da língua? Como viver sem ti, Emiliano? Não me importam a pobreza, a miséria, o trabalho duro, o prostíbulo outra vez, a vida errante, só me importa a tua ausência, não mais ouvir tua fala, teu riso largo rolando nas salas, no jardim, em nosso quarto, não sentir o contato de tuas mãos leves e pesadas, lentas e rápidas, agora frias mãos de morto, nem o calor de teu beijo, a certeza de tua confiança, o privilégio de tua convivência. A outra será viúva, eu estou viúva e órfã.

Só hoje soube ter sido amor à primeira vista o que senti por ti; me dei conta de repente. Ao ver chegar na roça do capitão, todo vestido de prata, o falado dr. Emiliano Guedes, da Usina Cajazeiras, reparei num homem e o achei bonito, nunca havia reparado antes. Agora só me resta recordar. Mais nada, Emiliano.

Cavalgando negra montaria, arreios de prata luzindo ao sol, altas botas e o dom do mando, assim o viu Tereza aproximar-se da casa da roça e, embora simples menina ignorante, escravizada, constatou a distância a separá-lo de todos os demais. Na sala lhe serviu café passado na hora e o dr. Emiliano Guedes, de pé, o rebenque na mão, cofiou o bigode ao enxergá-la e a mediu de cima a baixo. Junto a ele o terrível capitão não era ninguém, um servo às ordens, bajulador. Ao sentir o peso dos olhos do usineiro acendeu-se em Tereza uma faísca e o doutor a pressentiu. Indo com a trouxa de roupa para o ribeirão, ainda o avistou galopando na estrada, sol e prata, e na altaneira visão Tereza lavou os olhos da mesquinhez em torno.

Tempos depois, ao conhecer Dan, por ele se apaixonando feito louca, de cabeça virada pelo estudante bonito e sedutor, recordara a figura do usineiro, comparando os dois sem se dar conta. Tudo aquilo sucedera num tempo desolado e quando o capitão surgiu no quarto inesperadamente, empunhando os chifres e a taca, o dr. Emiliano Guedes andava em turismo pela Europa com a família e só ao regressar à Bahia, meses depois, teve conhecimento dos sucessos de Cajazeiras do Norte. Uma parenta, Beatriz, o procurara logo após o desembarque, desesperada: você é o chefe da família, primo. Fêmea insaciável com quem dormira nos idos de março, antes dela casar-se com a besta do Eustáquio, estava em pânico, a pedir intervenção e auxílio:

— Daniel se meteu numa trapalhada horrível, primo! Se meteu, não; foi envolvido, primo Emiliano, vítima de rameira das piores, uma serpente.

Desejava excluir o filho do processo no qual o juiz substituto, um canalha, o envolvera na qualidade de cúmplice e em posição ridícula — trata-se daquele pretor candidato à vaga de juiz de direito em Cajazeiras, preterido em benefício de Eustáquio a pedido exatamente do doutor Emiliano, lembra-se, primo?, agora a vingar-se no pobre rapaz, o desalmado, exigindo do promotor a pronúncia de Daniel junto com a prostituta. Ela queria, além disso, a transferência do marido para outra comarca pois em Cajazeiras do Norte já não lhe era possível servir em paz à causa da justiça nem escrever sonetos; Eustáquio não deseja voltar e tem razão mas também não pode permanecer na capital em eterna licença a infernar a vida da família. Dona Beatriz pede, por fim, ao querido primo lenço limpo para nele enxugar lágrimas de esposa e mãe — com tais desgostos não há plástica que dê jeito, primo.

Identificando Tereza no confuso relato de dona Beatriz, o doutor, antes mesmo de ocupar-se dos assuntos da parentela, tomara providências referentes à segurança da menina, comunicando-se da Bahia com Lulu Santos em Aracaju. Amigo de confiança, de provada dedicação, o rábula era manhoso conhecedor das malhas da lei e de como contorná-las. Tire a menina da cadeia e a ponha a salvo, em lugar seguro, acabe com esse processo, mande arquivar.

Não foi difícil tirar Tereza da cadeia. Menor de idade, com pouco mais de quinze anos, sua prisão em cárcere comum constituía ilegalidade monstruosa, sem falar nas surras. O juiz atendeu de imediato e lavou as mãos das sevícias: nunca mandara bater, isso era lá com o delegado, amigo do capitão. Quanto a arquivar o processo, porém, manteve-se irredutível, disposto a levá-lo até o fim. Situando-se Cajazeiras do Norte no estado da Bahia e sendo Lulu Santos provisionado em Sergipe, não quis o rábula insistir. Tendo internado Tereza no convento das freiras, comunicou ao usineiro a recusa do juiz substituto e foi aguardar novas ordens em Aracaju.

Ignorando a interferência do doutor e de acordo com Gabi que a procurara na cadeia parecendo dela se compadecer, Tereza fugiu do convento e ingressou na vida.

7

VELHOTE GORDO, RISONHO E COMILÃO, RECEITANDO DIETA PARA OS OUTROS e devorando de um tudo desbragadamente, naqueles seis anos o médico Amarílio Fontes fizera-se íntimo do doutor, comensal da mesa farta e temperada de Tereza; vinha regalar-se a cada estada de Emiliano em almoços e jantares sem igual — em Estância só em casa de João Nascimento Filho se comia assim tão bem mas os vinhos e licores franceses trazidos na bagagem do doutor, ah! esses eram incomparáveis. O usineiro amiudara as visitas a Estância ampliando também o tempo de demora: um dia, caro Amarílio, virei para ficar, não há terra melhor para se envelhecer devagarinho do que Estância.

Na porta, bate palmas pro forma. Vai entrando sem esperar convite, o recado o alarmara: esses homens fortes, imunes às enfermidades, parecendo feitos de aço, quando adoecem quase sempre a coisa é grave. Ao escutar as palmas do médico, Tereza saiu do quarto, vindo a seu encontro. Alarmou-se ainda mais dr. Amarílio ao ver a moça:

— É assim tão grave, comadre? — Dizia-lhe comadre com afeto; médico oficial da casa, atendera Tereza por ocasião do aborto, desde então o compadrio.

Dos lados da cozinha chegam as vozes abafadas de Lula e Nina. Tereza toma da mão estendida do médico:

— Doutor Emiliano morreu.

— O quê?

Precipita-se dr. Amarílio para o quarto. Tereza acende a lâmpada forte do abajur junto à confortável cadeira de braços onde Emiliano sentava-se para ler — muitas vezes lia em voz alta para Tereza arrodilhada no chão, a seus pés. Dr. Amarílio toca o corpo, lençol molhado, ai, pobre

Tereza. Muda e ausente, Tereza recorda minuto por minuto os anos decorridos.

8

AO CHEGAR A CAJAZEIRAS DO NORTE E AO SABER TEREZA NA PENSÃO DE GABI, a reação do doutor foi de irritação e mau humor. Decidiu largá-la à sua sorte, a fulana não pagava a pena. Ele, dr. Emiliano Guedes, dera-se ao trabalho de incomodar um amigo, advogado capaz e astuto, fazendo-o vir de Aracaju para retirá-la da cadeia e da circulação, pô-la em segurança, e a idiota, em vez de manter-se à espera, saía correndo para o prostíbulo, irreprimível vocação da marafona. Que a exercesse então.

No fundo achava-se o doutor menos despeitado pela forma como Tereza agira do que por se ter enganado julgando-a digna de interesse e proteção. Ao encontrá-la na roça de Justiniano, pareceu-lhe enxergar nos olhos negros da menina um fulgor raro e significativo. Também o relato dos sucessos posteriores, se bem confusos e parciais nas bocas de Beatriz e Eustáquio, confirmaram-lhe aquela boa impressão inicial. Errara, por mais incrível que pareça, revelando-se a sujeita rameira das piores, cabendo razão à prima Beatriz, devassa e maternal. O fulgor dos olhos não passara com certeza de raio de sol a iluminar-lhe a vista. Paciência.

Sendo a capacidade de conhecer e qualificar as pessoas elemento fundamental para o comando exercido pelo doutor, senhor de terras e capitão de indústrias, banqueiro, sentia-se vaidoso de acertar no julgamento à primeira vista e, por isso mesmo, era-lhe difícil esconder o desaponto quando errava. A decepção o fez voltar-se para o juiz substituto, precisando descarregar em alguém o despeito a lhe amargar a boca. Dirigiu-se à prefeitura, onde se situava o fórum em sala do andar superior. Encontrou apenas o escrivão que, ao vê-lo, só faltou lhe pedir a bênção: quanta honra, meu doutor! O juiz ainda não chegara mas ia chamá-lo num instante, estava o meritíssimo hospedado na pensão de Agripina, ali pertinho. O nome dele? Dr. Pio Alves, pretor durante muitos anos, finalmente juiz de direito em Barracão. Enquanto espera, da janela aberta sobre a praça o doutor contempla o burgo triste e o desaponto cresce, não gosta de ser contrariado, menos ainda de enganar-se. Uma decepção a mais: pela vida afora vão-se acumulando os desencantos.

Solene, uma sombra de preocupação nos olhos, um tique nervoso no lábio, entra na sala o juiz substituto, dr. Pio Alves, pleno de azedume e de ressentimento. Permanente vítima de injustiças, sempre passado para trás, cedendo lugar e vez aos protegidos, julga-se alvo de um complô de clero, governo e povo unidos para derrotá-lo a cada passo. Julgador ranzinza, mão pesada na sentença, insensível a qualquer argumento que não fosse a letra da lei. Quando lhe vinham falar em flexibilidade, compreensão, lástima, clemência, em sentimentos humanitários, respondia enfático:

— Meu coração é o sacrário da lei, nele inscrevi o axioma latino *dura lex sed lex*.

De raiva e inveja fez-se honesto, carga incômoda, capital de juro baixo. Do dr. Emiliano tinha medo e ódio, responsabilizando-o pela longa temporada a marcar passo em mísera pretoria: candidato a juiz de direito em Cajazeiras do Norte onde a esposa herdara umas terras boas de gado, fora preterido em favor de reles advogado da capital, cujo único título era o de marido chifrudo de uma parenta dos Guedes. Já tinha sido lavrada a nomeação do dr. Pio quando Emiliano interveio obtendo a designação do cornudo. Tempos depois e a muito custo conseguira a promoção a juiz de direito, servindo na comarca de Barracão, município próximo, mas sua meta continuava a ser Cajazeiras do Norte, de onde poderia administrar a fazendola, tornando-a lucrativa fonte de renda, talvez ampliá-la. Ao ser enviado para substituir dr. Eustáquio no discutido processo, pensou chegada a doce hora da vingança: por seu gosto Daniel seria o acusado principal e não apenas cúmplice, infelizmente, *dura lex sed lex!*, quem erguera a faca fora a moleca.

Atrás do juiz vem o escrivão, morto de curiosidade; com um gesto dr. Emiliano o despede, fica na sala a sós com o magistrado.

— Deseja falar comigo, doutor? Estou às ordens. — Esforça-se o juiz para manter-se grave e digno mas o lábio se contrai num tique nervoso.

— Sente-se, vamos conversar — ordena Emiliano como se fosse ele o magistrado, a suprema autoridade ali, no fórum.

O juiz vacila: onde sentar-se? Na alta cadeira de espaldar, posta em cima do estrado para marcar a hierarquia e impor respeito a todos os demais, colocando-se acima do doutor, em posição de briga? Falta-lhe coragem e senta-se junto à mesa. O doutor continua de pé, o olhar perdido fora da janela, e assim fala, a voz neutra:

— O doutor Lulu Santos trouxe-lhe um recado meu, o senhor não recebeu?

— O provisionado esteve comigo, arrazoou e eu o atendi mandando pôr em liberdade a menor mantida presa pelo delegado. Ele assinou termo de responsabilidade.

— Será que ele não lhe deu todo o recado? Mandei lhe dizer para arquivar o processo. Já o arquivou, juiz?

Acentua-se o tique no lábio do juiz, as cóleras do doutor são famosas se bem raras. Busca forças na amargura:

— Arquivar? Impossível. Trata-se de crime de morte cometido na pessoa de importante cidadão desta comarca...

— Importante? Um pulha. Impossível, por quê? Do processo consta um jovem estudante, meu aparentado, filho do juiz Gomes Neto, dizem que o senhor exige sua pronúncia.

— Na qualidade de cúmplice... — baixa a voz — ...se bem, a meu ver, seja mais do que isso, seja coautor de delito.

— Apesar de bacharel em direito, não vim aqui como advogado nem tenho tempo a perder. Ouça, doutor: o senhor deve saber quem manda nesta terra, já tirou a prova antes. Disseram-me que ainda deseja ser juiz em Cajazeiras. Está em suas mãos pois eu continuo a achar que Lulu não lhe deu todo o recado. Lavre agora mesmo a sentença de arquivamento, duas linhas bastam. Mas se lhe dói a consciência então eu lhe aconselho a voltar para Barracão o quanto antes, deixando o resto do processo para juiz à minha escolha e gosto. Está em suas mãos, decida.

— É crime grave...

— Não me faça perder mais tempo, já sei que o crime é grave e é por isso mesmo que lhe ofereço o posto de juiz de direito em Cajazeiras. Decida logo, não me faça perder nem o tempo nem a cabeça. — Bate na coxa com o rebenque.

Ergue-se lentamente o dr. Pio Alves, vai em busca dos autos. Não adianta opor-se; se o fizer, será recambiado para Barracão e outro assinará o arquivamento ganhando as boas graças do doutor. Em verdade o processo está pleno de ilegalidades a começar pela prisão e os sucessivos espancamentos da menor, interrogada sem audiência do juizado competente, sem advogado designado para lhe proteger os interesses até a recente intervenção de Lulu Santos e, ainda por cima, a falta de provas e de testemunhas dignas de fé, processo realmente repleto de falhas, os prazos estourados, assistem razões de sobra a favor do arquivamento. Um juiz honesto não se deixa levar por mesquinhos sentimentos de vingança, indignos de um magistrado. Além disso, que importância tem o arquivamento de mais um processo nas comarcas do sertão? Nenhuma, é claro. O dr. Pio aprendeu história universal na leitura de Zevaco e Dumas: Paris vale uma missa. E Cajazeiras do Norte não vale, por acaso, uma sentença?

Quando termina de escrever, letra miúda, escrita lenta, termos em latim, levanta os olhos para o doutor junto à janela e sorri:

— Eu fiz em atenção ao senhor e a sua família.

— Obrigado e parabéns, senhor juiz de Cajazeiras do Norte.

Emiliano vem até junto da mesa, toma dos autos e os folheia. Lê aqui e ali, trechos da denúncia, do interrogatório, dos depoimentos, o de Tereza, o do jovem Daniel, que asco! Larga os autos na mesa, vira as costas, vai saindo:

— Conte com a nomeação, senhor juiz, mas não se esqueça de que tudo quanto se passa nesta terra me interessa.

Ainda irritado voltou à usina mas, tendo ido dias depois a Aracaju dar uma olhadela na sucursal do banco, lá se encontrou com Lulu e no decorrer da conversa soube estar Tereza na ignorância de sua interferência no caso e de seu interesse por ela. Ah! então não se enganara Emiliano ao julgá-la: o fulgor dos olhos confirmado ainda na véspera pela leitura dos autos. Além de bonita, era valente.

Antecipou o regresso, não quis esperar o trem do dia seguinte, viajando para a usina de automóvel, dando pressa ao chofer — em certos trechos a estrada não passava de caminho para tropas de burros e carros de boi. Chegou de noite e logo partiu a cavalo para Cajazeiras, o tempo de tomar banho e mudar de roupa. Dirigiu-se diretamente à pensão de Gabi. Desmontando, cruzou os batentes do prostíbulo, acontecimento inédito, nunca antes ali pusera os pés. Quando o garçom Arruda o viu, largou bebidas e clientes, saiu correndo para chamar Gabi. A caftina veio tão depressa a ponto de, ofegante, não poder falar: honra inaudita, um milagre.

— Boa noite. Está parando aqui moça de nome Tereza...

Gabi não o deixou concluir; milagre de Tereza, aquisição sem preço, a fama chegara aos ouvidos do doutor, ali trazendo-o de cliente:

— É verdade, sim senhor, beleza de menina, menos de quinze anos, novinha em folha, coisa rica, às ordens do doutor.

— Ela vai comigo... — Tirou da carteira algumas notas, entregando-as à emocionada proxeneta: — Vá buscá-la...

— O doutor vai levar ela? Por esta noite ou por uns dias?

— De uma vez. Não vai voltar. Vamos, dê-se pressa.

Das mesas os clientes observavam em silêncio; Arruda retornara ao bar mas, apalermado, desistira de servir. Gabi engoliu protesto, razões e argumentos, segurou o dinheiro, várias notas de quinhentos, nada ganharia em discutir, restando-lhe apenas esperar o regresso de Tereza quando o doutor se cansasse e a despedisse. Ia demorar um pouco, um mês ou dois, por aí, não mais.

— Sente-se, doutor, tome alguma coisa enquanto preparo a mala e ela se arruma...

— Não precisa mala, basta a roupa do corpo, nada mais. Nem precisa se arrumar.

Colocou-a na garupa do cavalo e a levou embora.

9

TERMINADO O EXAME, DR. AMARÍLIO COBRE O CORPO com o lençol:

— Fulminante, não foi?

— Disse ai e morreu, nem me dei conta... — Tereza estremece, cobre o rosto com as mãos.

O médico vacila na pergunta incômoda:

— Como foi? Jantou muito, comida pesada e logo depois... Não foi?

— Comeu somente uma posta de peixe, um pouco de arroz e uma rodela de abacaxi. Tinha tomado merenda às cinco horas, umas pamonhas. Depois, saímos andando até a ponte, na volta ele sentou na rede, no jardim, e conversamos por mais de duas horas. Já passava das dez quando nos recolhemos.

— Sabe se ele teve algum aborrecimento grande ultimamente?

Tereza não respondeu, não tinha o direito de alardear os desgostos do doutor, repetir termos da conversa, queixas e agruras, nem mesmo para o médico. Morrera de repente, de que serve saber se de doença ou de aperreação? Vai por acaso lhe restituir a vida? O médico prossegue:

— Falam que Jairo, o filho dele, deu um desfalque no banco, um rombo sério, e que o doutor, ao tomar conhecimento...

Interrompe-se pois Tereza faz-se de desentendida, ausente e rígida, a fitar o rosto do defunto; logo continua, numa explicação:

— Só desejo saber a causa do coração ter dado prego. Era homem de boa saúde mas cada um de nós tem seus motivos de aborrecimento, é isso que mata a gente. Anteontem ele me disse que aqui, em Estância, restaurava as forças, repunha-se das chateações. Não achou que ele estava diferente?

— Para mim o doutor foi sempre o mesmo desde o primeiro dia.

Diz para cortar a conversa mas não se contém:

— Não, não é verdade. A cada dia foi melhor. Em tudo. Só posso lhe dizer que igual a ele não existe outro. Não me pergunte mais.

Reinou silêncio por um instante. Dr. Amarílio suspira, Tereza está com a razão, de nada adianta futucar na vida do doutor, dessa vez nem a paz de Estância nem a presença da amiga conseguiram lhe dar alento ao coração.

— Minha filha, eu entendo o que se passa com você, o que está sentindo. Se dependesse de mim, ele ficaria aqui até a hora do enterro e nós, você, eu, mestre João, que realmente lhe quisemos bem, o levaríamos ao cemitério. Só que não depende de mim.

— Eu sei, sempre me coube pouco tempo, não me queixo, não houve um só minuto que não fosse bom.

— Vou tentar me comunicar com os parentes; a filha e o genro estão em Aracaju. Se o telefone não funcionar, tem de se enviar um próprio com um recado. — Antes de sair, informa-se: — É preciso mandar uma pessoa para lavar e vestir o corpo ou Lulu e Nina dão conta?

— Eu cuido dele, por ora ainda é meu.

— Quando voltar, trago o atestado de óbito e o padre.

Padre para quê, se o doutor não tinha fé em Deus? Nem por isso, é bem verdade, deixava de concorrer para as festas da paróquia nem de levar padre à usina para dizer missa na festa da Senhora Sant'Ana. Padre Vinícius, tendo estudado teologia em Roma, aprendera a beber vinho, bom conviva na mesa de jantar.

10

SOB A GARRIDA PRESIDÊNCIA DE TEREZA BATISTA, VESTIDA NO CAPRICHO COM PANOS trazidos da Bahia, o doutor tinha real prazer em reunir em torno da mesa de jantar, além do médico, o amigo Nascimento Filho, seu contemporâneo na faculdade de direito, o padre Vinícius e Lulu Santos, vindo especialmente de Aracaju.

Conversavam de um tudo, discutindo política e culinária, literatura, religião e arte, os acontecimentos mundiais e os brasileiros, as últimas ideias em debate e a moda cada dia mais escandalosa, a assustadora mudança de costumes e o avanço da ciência. Sobre certos temas — literatura, arte, culinária — quase só o doutor e João Nascimento opinavam, tendo o clínico horror à arte moderna, garranchos sem graça nem sentido, sendo o padre alérgico à maioria dos escritores contemporâneos, mestres de pornografia e impiedade, afirmando Lulu Santos não existir no mundo prato capaz de comparar-se à carne de sol com pirão de leite, afirmação, aliás, não de todo indefensável. Em troca, inveterado leitor, frustrado literato, velho bonachão, havendo largado ao meio o curso de direito para curar-se em Estância de fraqueza do peito, ali se fixando para não mais sair, vivendo de rendas bem administradas, ensinando português e francês no ginásio só para encher o tempo, João Nascimento Filho sabia do último livro e do último quadro e sonhava comer pato laqueado de Pequim. O doutor lhe trazia livros e revistas, passavam horas e horas esquecidos em amena cavaqueira no jardim. Na cidade os curiosos perguntavam-se a troco de que o doutor, cidadão de tanta responsabilidade e tantos afazeres, perdia tempo em Estância a falar bobagens com mestre Nascimento Filho, a encher de mimos amásia tabaroa.

Quando, porém, a conversa girava sobre política nacional, só faltando atracarem-se o rábula e o médico na apreciação de valores partidários, em fuxicos eleitorais, o doutor contentava-se em ouvir, indiferente. Para ele política era ofício torpe, próprio para gente de baixa qualidade, de mesquinhos apetites e espinhaço mole, sempre às ordens e a serviço dos homens realmente poderosos, dos legítimos senhores do país. Esses, sim, mandavam e desmandavam, cada um em seu pedaço, em sua capitania hereditária; ele, por exemplo, em Cajazeiras do Norte, onde ninguém movia palha sem antes lhe pedir consentimento. Tinha asco da política e desconfiança dos políticos: olho neles, são profissionais da falsidade.

Pegavam fogo as discussões sobre religião, assunto apaixonante, matéria inesgotável. Tendo bebido um pouco, Lulu Santos afirmava-se anarquista, discípulo sergipano de Kropotkin, não passando de anticlerical ao velho estilo, responsabilizando a sotaina do padre Vinícius pelo atraso do mundo, inimigo quase pessoal do Padre Eterno. A polêmica, permanente entre ele e o padre ainda jovem e exaltado, dono de certa erudição e argumentador de fôlego, acabava envolvendo João Nascimento Filho a dizer versos de Guerra Junqueiro, sob os aplausos do rábula. O doutor, sorvendo devagar o bom vinho, se divertia com a troca de razões, objeções e desaforos. Atenta, Tereza acompanhava o debate buscando elucidar-se, sendo levada, ora por um ora por outro, ao sabor das frases, redondas e graves as do reverendo, cínicas e divertidas as do rábula, boca de pragas e blasfêmias. O padre terminava elevando as mãos aos céus e rogando a Deus perdão para aqueles impenitentes pecadores que, em vez de lhe dar graças por jantar tão divino e pelos vinhos dignos da vinha do Senhor, pronunciavam impropérios e blasfêmias pondo em dúvida a própria existência de Deus! Neste poço de pecado, dizia, só se salvam a comida, a bebida e a dona da casa, uma santa — os demais, uns ímpios. Ímpios, no plural pelos versos recordados por mestre Nascimento Filho e por certas frases do doutor, a afirmar que tudo começa e termina na matéria sendo os deuses e as religiões frutos do medo dos homens e mais nada.

Na noite em que pronunciou aquela frase, após o jantar e a discussão feroz, o doutor, na vista de Tereza, dirigiu-se ao padre:

— Padre, o senhor vai me quebrar um galho. O padre Cirilo, de Cajazeiras, anda ruim das juntas, entrevado de reumatismo, mal pode atender à cidade nas festas de Sant'Ana, não aguenta ir celebrar missa na usina, como de hábito todos os anos. Não quer vir o senhor?

— Com muito gosto, doutor.

— Mando lhe buscar no sábado, o reverendo celebra domingo pela manhã na casa-grande, batiza a meninada, casa os noivos e os ajuntados, almoça com a gente, se quiser fica para o baile em casa de Raimundo Alicate, fandango de dar gosto, se não quiser eu mando lhe trazer aqui.

Se não acredita por que então contribui com dinheiro para a igreja, abate novilhos e porcos e contrata padre para celebrar missa na usina? Tereza dava-se conta não passar o palavreado e o ateísmo de Lulu de pura exibição, da boca para fora, não existindo ninguém mais supersticioso, a benzer-se antes de entrar no recinto do júri ou na sala de audiência. Mas, tratando-se do doutor, ela estranhava a contradição em homem de ordinário tão coerente na maneira de agir.

Não lhe disse nada mas ele com certeza percebeu ou adivinhou — no começo Tereza pensara que o doutor possuía o dom de adivinhar os pensamentos. Quando o padre se retirou em companhia do excelente Nascimento Filho de novo a declamar Guerra Junqueiro, e Lulu Santos, acendendo o último charuto, deu boa-noite e recolheu-se, deixando-os a sós no jardim, o doutor, tomando-a nos braços, falou:

— Sempre que não entender uma coisa me pergunte, não tenha medo de me ofender, Tereza. Você só me ofende se não for franca comigo. Você está admirada e não entende como é que eu, não sendo crente, contrato padre para dizer missa na usina e ainda por cima faço uma festança, não é verdade?

Sorrindo, ela se encostou contra o peito do doutor, para ele levantando os olhos.

— Não faço por mim, faço pelos outros e pelo que sou para eles. Entende? Faço pelos outros que acreditam e pensam que eu acredito. O povo precisa de religião e de festa, leva vida triste, e onde já se viu usina sem missa e padre-mestre, sem festa de batizado e casamento uma vez por ano? Cumpro meu dever.

Beijou-lhe a boca e completou:

— Aqui em Estância, nesta casa, junto de você, eu sou eu, somente. Lá fora sou dono de usina, banqueiro, diretor de empresa, chefe de família, sou quatro ou cinco, sou católico, sou protestante, sou judeu.

Só na última noite, após a conversa no jardim, Tereza deu-se inteira conta do que então ele quisera lhe dizer.

11

NINA TROUXE A BACIA E O BALDE, LULA A LATA DE água quente. Prontos para ajudá-la mas Tereza os despachou: se precisar, eu chamo.

Sozinha, lavou o corpo do doutor, com algodão e água morna e, tendo-o enxugado, da cabeça aos pés o perfumou com água-de-colônia, a inglesa, a dele. Ao tomar do vidro no armário do banheiro, recordou-se do episódio da água-de-colônia, logo no início da amigação; agora só lhe cabe recordar. Cada vez em que, no decorrer dos anos, se lembrou do sucedido sentira-se excitada, acesa: ai, a hora é imprópria. Tais memórias, aromas e deleites se acabaram para sempre, mortos com o doutor. Apagada fagulha, extinta labareda, Tereza não imagina sequer possível nela renovar-se um dia sombra de desejo.

Peça por peça ela o vestiu e calçou, escolhendo camisa, meias, gravata, a roupa azul-marinho, combinando as cores sóbrias ao gosto do doutor, como ele lhe ensinara. Só chamou Lula e Nina para a arrumação do quarto. Queria tudo limpo e em ordem. Começaram pela cama e enquanto mudavam fronhas e lençóis sentaram-no na cadeira de braços ao lado da mesinha repleta de livros misturados.

Na cadeira, as mãos pousadas nos encostos, o doutor parecia indeciso na escolha do livro a ler naquela noite, a ler para Tereza ouvir.

Ah! nunca mais, sentada a seus pés, a cabeça encostada em seus joelhos, nunca mais Tereza escutará a voz cálida a conduzi-la por caminhos obscuros, mostrando-lhe como enxergar nas trevas, a lhe propor mágicas e adivinhas e a lhe oferecer solução e entendimento. Lendo e relendo quando necessário, para ela se apossar da chave do mistério e penetrá-la no todo e nos detalhes; erguendo-a pouco a pouco à sua altura.

12

APENAS HAVIAM CHEGADO A ESTÂNCIA E ASSUNTOS URGENTES OBRIGARAM o doutor a partir para a Bahia deixando Tereza sob a guarda de Alfredão e a companhia de uma criada, moça do lugar. Trancada na desconfiança, no corpo a marca dos maus-tratos e no coração a lembrança de cada minuto de um tempo recente e aviltante de pancada e ignomínia, de Justiniano Duarte da Rosa e de Dan, da cadeia e da pensão, vivendo por viver, sem qualquer horizonte, Tereza ainda não assentara a cabeça. Viera com o doutor um pouco à mercê dos acontecimentos e pelo respeito que ele lhe impunha. Teria bastado o respeito? Atração também, poderosa a ponto de fazê-la abrir-se em gozo quando ele a beijara na porta da pensão antes de pô-la na garupa do cavalo. Assim viera, sem saber qual o fim daquilo tudo. Ao avisá-la da presença do doutor, Gabi a alertara sobre a presumível brevidade do xodó do usineiro, capricho de graúdo, antevendo-lhe rápida volta ao prostíbulo, as portas da pensão para ela sempre abertas — aqui é sua casa, minha filha.

Assumira a posição de fêmea do doutor, não a de amásia. Na cama, se abrasava à simples contemplação da máscula figura de Emiliano Guedes e ao menor toque dos dedos sábios; no constante e crescente amor que lhe devotou, a volúpia precedeu a ternura e só com o tempo se mesclaram e se fundiram os sentimentos. No resto, porém, continuava agindo como se estivesse em companhia do capitão, como se vivesse situação idêntica à anterior. Desde manhãzinha cedo a trabalhar para pôr aquela imensa casa asseada e em ordem, tomando a si os serviços mais grosseiros e pesados, enquanto a empregada se deixava ficar na maciota, olhando as panelas na cozinha, vagando pela sala de espanador na mão, colorido e inútil. Silencioso e ativo, a carapinha embranquecendo, trazido da usina em caráter provisório, Alfredão cuidava do pomar e do jardim abandonados, fazia as compras e guardava a casa e a virtude de Tereza.

Por mais a adivinhasse, o doutor bem pouco a conhecia e assim a precaução se impunha. Mas até nos serviços de Alfredão se envolveu Tereza; quando ele ia recolher o lixo já ela o fizera. Junto com o trabalhador e a criada comeu na cozinha, usando os dedos — as gavetas atulhadas de talheres de prata.

A casa ficou um brinco: confortável chalé no centro de amplo terreno plantado de árvores frutíferas, com duas grandes salas, a da frente, a de jantar, quatro quartos abertos sobre a brisa do rio Piauitinga, cozinha e copa enormes, além da puxada onde ficavam os banheiros, e mais os quartos dos empregados, a despensa e o depósito de abregueces. Para que tanta casa, perguntava-se Tereza a limpá-la a fundo, para que tantos móveis e tão descomunais? Custava tempo e suor, uma trabalheira manter apresentável aquele mobiliário antigo, pesado, de jacarandá, maltratado pelo tempo e pelo desmazelo. Chalé e árvores, móveis, um resto de louça inglesa e talheres de prata — últimos vestígios da grandeza dos Montenegros, reduzidos a um casal de velhos. Conforme Tereza veio a saber depois, o doutor comprara casa e trastes, travessas e garfos sem discutir o preço, aliás baratíssimo. Infelizmente alguns objetos, um relógio de pé, um oratório, imagens de santos, já tinham sido levados para o sul pelos fuçadores de antiguidades, em troca de vinténs.

Encantara-se o doutor com as árvores e os móveis e também com a localização da casa na saída da cidade, afastada do centro, calmo recanto habitualmente sem movimento. Habitualmente porque a chegada de novos moradores trouxe em seu rastro renques de curiosos dos dois sexos, sabedores da venda do chalé e de quem o comprara, à cata de novidades para as horas de ócio, tantas. Alguns caras de pau chegaram a bater palmas à porta, na esperança de puxar conversa e colher notícias, mas a parcimônia de palavras e a cara de poucos amigos de Alfredão levaram o desânimo às hostes das beatas e dos desocupados. Puderam apenas constatar duas empregadas entregues à monumental faxina, uma delas dali mesmo, de notória preguiça provada por várias famílias, a outra, trazida de fora, de tão suja nem lhe podiam ver a cara, parecendo moleca jovem, caprichosa no trabalho. A amásia a quem se destinava aquele conforto todo na certa só viria quando tudo estivesse pronto e acabado.

Nenhum dos xeretas, varão ou dama, mantinha dúvidas sobre o destino do chalé; ninho rico e cálido, próprio para esconder amores clandestinos como o definiu Amintas Rufo, jovem poeta reduzido a medir pano na loja do pai, burguês sem entranhas. O doutor, sem qualquer interesse financeiro em Estância, onde aparecia de raro em raro para almoçar com João Nascimento Filho, compadre e amigo, adquirira a propriedade dos Montenegros para nela instalar rapariga, afirmavam beatas e ociosos, baseando-se em três razões, cada qual mais ponderável. Na fama de mulherengo do ricaço, comentada da Bahia a Aracaju, nas duas margens do rio Real; na conveniência do lugar, estrategicamente situado entre a usina Cajazeiras e a cidade de Aracaju, locais onde o doutor permanecia tempo longo a cuidar de seus negócios e, por fim, na própria condição de Estância, formosa e doce terra, couto ideal de amigações, cidade única para nela se viver um grande amor, ainda na opinião do injustiçado Amintas.

Certa tarde um caminhão parou em frente à casa, o chofer e dois ajudantes começaram a descarregar caixões e caixas, volumes em quantidade; em alguns lia-se a palavra "frágil", impressa ou escrita a tinta. Logo encheu-se a rua, beatas e desocupados acorreram em procissão. Postados no passeio fronteiro, identificavam os volumes: geladeira, rádio, aspirador, máquina de costura, interminável ror de coisas, o doutor não era de medir despesas. Não tardaria com certeza a chegar com a fulana. Puseram-se de atalaia, as beatas organizaram turnos, mas o doutor, quem sabe de propósito, desembarcou de um automóvel pela madrugada; o último turno das mexeriqueiras terminava às nove da noite ao som do sino da matriz.

Ao levantar-se às oito da manhã — em geral às sete já estava de pé mas naquela noite demorara-se acordado até o raiar da aurora no ledo ofício, na deleitosa brincadeira — já não enxergou Tereza sob os lençóis. Foi encontrá-la de vassoura em punho, enquanto a criada na sala só se moveu para sorrir e lhe desejar bom-dia. Emiliano não fez nenhum comentário, apenas convidou Tereza para o café:

— Já tomei, faz tempo. A moça vai servir o senhor. Desculpe, estou atrasada... — e prosseguiu na faina da limpeza.

Pensativo, o doutor tomou o café com leite, cuscuz de milho, banana frita, bijus, a acompanhar com a vista o movimento de Tereza pela casa. Ela varreu o quarto de dormir, recolheu o lixo, saiu com o urinol na mão para despejá-lo na latrina. Parada na porta da cozinha, travesso olho de frete posto no patrão, a criada espera ele terminar para recolher os pratos. Após o café, carregado de livros, o doutor ocupou a rede no jardim, dali se levantando pouco antes do meio-dia para tomar banho. Quando o viu de roupa trocada, Tereza lhe perguntou:

— Posso botar a mesa?

Emiliano sorriu:

— Depois que você tomar banho e se aprontar, depois de se vestir para o almoço.

Tereza não pensara em tomar banho àquela hora, com tanto trabalho a enfrentar de tarde:

— Prefiro deixar o banho para depois da arrumação. Ainda tenho um bocado de coisas a fazer.

— Não, Tereza. Vai tomar banho agora mesmo.

Obedeceu, tinha o costume de obedecer. Ao atravessar o pátio, de volta do banheiro para o interior da casa, enxergou Alfredão conduzindo garrafas para o jardim onde, diante de um banco de alvenaria, fora colocada pequena mesa desarmável, um dos múltiplos objetos chegados no caminhão. Ali, o doutor a esperava. De vestido limpo veio até ele e quis saber:

— Posso botar?

— Daqui a pouco. Sente-se aqui, comigo. — Tomou de uma garrafa e de um cálice: — Vamos beber à nossa casa.

Tereza não era de beber. Uma vez o capitão lhe dera um trago de cachaça, ela apenas provara, numa careta de repulsa. De malvadez Justiniano a obrigou a esvaziar o copo e repetiu a dose. Nunca mais voltara a lhe oferecer bebida — eta moleca mais frouxa, só faltando chorar na rinha de galos, se engasgando com cachaça de primeira. Na pensão de Gabi quando um cliente, sentando-se no bar, convidava uma mulher para beber em sua companhia, a obrigação da rapariga era pedir vermute ou conhaque. A beberagem servida por Arruda às mulheres nos copos grossos e escuros não passava de chá de folhas, tendo de vermute e conhaque apenas a cor e o preço, um bom sistema, sadio e lucrativo. Por vezes o cliente preferia uma garrafa de cerveja, Tereza tomava uns goles sem entusiasmo. Nunca chegou a gostar realmente de cerveja nem mesmo quando aprendeu a apreciar os amargos, os bitters tão da preferência do doutor.

Segurou o cálice e ouviu o brinde:

— Que a nossa casa seja alegre.

Na lembrança da cachaça, tocou apenas os lábios na bebida límpida, cor de ouro. Constatou, surpresa, o saboroso paladar, provou de novo.

— Vinho do Porto — disse o doutor —, uma das maiores invenções do homem, a maior dos portugueses. Tome sem medo, bebida boa não faz mal. Não é a hora mais própria para um licoroso mas no caso importa menos a hora do que o gosto da bebida.

Tereza não entendeu a frase toda mas de repente sentiu-se tranquila como nunca se sentira antes, em paz. O doutor lhe falou do vinho do Porto e como se devia bebê-lo ao fim da refeição, após o café ou pela tarde, não antes de comer, porém. Por que então lhe dera na hora errada? Por ser o rei de todas as bebidas. Se ele lhe desse de começo um bitter ou um gim, ela possivelmente estranharia o paladar; começando pelo vinho do Porto o perigo da recusa não existia. Continuou Emiliano a lhe falar de vinhos, dos diversos licorosos, com o tempo ela havia de distingui-los uns dos outros, moscatel, jerez, madeira, málaga, tokai, sua vida apenas estava começando. Esqueça tudo quanto se passou, borre da memória, aqui inicia vida nova.

Afastou a cadeira para Tereza se sentar à mesa e não sabendo ela servir, ele serviu, começando por preparar o prato para a incrédula rapariga: onde já se viu um absurdo desse? Beberam refresco de mangaba e o doutor repetiu o cerimonial, passando-lhe o primeiro copo. Encabulada, Tereza apenas beliscava a comida enquanto o ouvia falar de estranhos costumes culinários, cada qual mais cabuloso, mãe de Deus!

Aos poucos o doutor foi deixando Tereza à vontade, fazendo-a soltar exclamações de espanto ao descrever certas iguarias estrangeiras, barbatanas de peixe, ovos de cem anos, gafanhotos. Tereza já ouvira dizer que se comia rã e o doutor confirmou: carne excelente. Uma vez ela comera teiú, morto e moqueado por Chico Meia-Sola, gostara. Toda caça é saborosa, disse Emiliano, tem gosto agreste e raro. Quer saber, Tereza, dos bichos da terra o mais gostoso?

— Qual?

— O escargô, ou seja, a lesma.

— Lesma? Ai que nojo...

Riu o doutor, riso claro a soar alegre nos ouvidos de Tereza.

— Pois um dia, Tereza, eu vou preparar um prato de escargôs e você vai lamber os beiços. Sabe que sou cozinheiro de mão-cheia?

Assim começara ela a se descontrair e na sobremesa já ria sem rebuços ao ouvi-lo descrever como os franceses deixam os escargôs durante uma semana presos num caixote forrado com farinha de trigo, único alimento, mudando a farinha a cada dia até ficarem os animais completamente limpos.

— E gafanhotos? Comem mesmo? Onde?

Na Ásia, preparados com mel. Em Cantão, adoram cachorros e cobras. Aliás, não se come no sertão jiboia e tanajura? A mesma coisa. Quando se levantaram da mesa e o doutor tomou a mão de Tereza ela lhe sorriu já diferente, nas primícias da ternura.

De novo no jardim, no mesmo banco antigo, outrora de azulejo, beijando-a de leve nos lábios úmidos do vinho do Porto outra vez servido, uma gota para ajudar a digestão, ele lhe disse:

— Você tem de aprender uma coisa antes de tudo, Tereza. Tem de metê-la nesta cabecinha de uma vez por todas — tocava-lhe os cabelos negros — e não esquecer em momento algum: aqui você é patroa e não criada, esta casa é sua, você é dona. Se uma criada só não dá conta do serviço, tome outra, quantas sejam necessárias, nunca mais quero lhe ver imunda a esfregar móveis, a carregar penicos.

Tereza ficou atrapalhada com a repreensão. Acostumara-se a ouvir gritos e ralhos, a levar tabefes, bolos de palmatória, surra de taca quando não dava conta do trabalho e alguma coisa não era executada a tempo e a hora — dormia na cama do capitão mas nem por isso deixava de ser a última das cativas. Também na cadeia lhe ordenaram o asseio dos três cubículos e da latrina. Na pensão de Gabi tampouco ficava a dormir até a hora do almoço como a maioria, sendo uma criada a mais na faxina do casarão, a ajudar a velhíssima Pirró — um dia aquele rebotalho fora a famosa Pirró dos Coronéis, disputado michê de fazendeiros.

— Você é a dona da casa, não se esqueça disso. Não pode andar suja, desmazelada, malvestida. Quero lhe ver bonita... Aliás, mesmo suja e coberta de trapos, você é bonita mas eu quero sua beleza realçada, quero lhe ver limpa, elegante, uma senhora. — Repetiu: — Uma senhora.

Uma senhora? Ah nunca o serei... — pensa Tereza ao ouvi-lo e o doutor parece ler seu pensamento como se tivesse o dom de adivinhar.

— Só não será se não quiser, se não tiver vontade. Se não for quem eu penso que você é.

— Vou me esforçar...

— Não, Tereza, não basta se esforçar.

Tereza o fitou e Emiliano viu-lhe nos olhos negros aquele fulgor de diamante:

— Não sei direito como é uma senhora, mas suja e esmolambada não me verá mais, isso lhe garanto.

— Quanto a essa empregada que lhe deixou trabalhando enquanto ela não fazia nada, vou mandá-la embora...

— Mas ela não tem culpa, fui eu quem quis fazer as coisas, tenho o costume e fui fazendo...

— Mesmo que não tenha culpa, já não serve, para ela você não será nunca mais a patroa, lhe viu fazendo as vezes de criada, já não lhe terá respeito. Quero que todos lhe respeitem, você aqui é a dona da casa e acima de você só eu e mais ninguém.

13

POR UM TEMPO MAIOR, TEREZA FICOU SOZI-NHA NO QUARTO, COM O DEFUNTO. Haviam-no deitado, as mãos cruzadas, a cabeça sobre o travesseiro. No jardim, Tereza colhera uma rosa, recém-aberta, vermelha de sangue, e a pusera entre os dedos do doutor.

Ao saltar do automóvel, chegando da usina ou de Aracaju, o doutor, após o prolongado beijo de boas-vindas — a carícia do bigode, a ponta da língua —, lhe dava a guardar o chapéu-chile e o rebenque de prata, enquanto o chofer e Alfredão levavam pasta de documentos, livros e embrulhos para a sala e a copa.

Habitualmente o doutor usava fora de casa o rebenque de prata; não só no campo, montado a cavalo a percorrer canaviais, a examinar gado nos pastos, também nas cidades, na Bahia, em Aracaju, na direção do banco, na presidência da Eximportex S.A., ornamento, símbolo e arma.

Nas mãos do doutor, arma temível: na Bahia, vibrando o rebenque, pusera em fuga dois jovens malandros, iludidos com o grisalho noctíva-go, tomando por medo a pressa do doutor; e de dia, no centro da capital, fizera o desaforado escriba Haroldo Pêra engolir um artigo de jornal. Contratado por inimigos dos Guedes, o atrevido folículário, pena de aluguel barato a desfazer reputações em tranquila impunidade, escreve-ra, num semanário de cavação, extensa e violenta catilinária contra o po-deroso clã. Chefe da família, coube a Emiliano o grosso da pasquinada: "impenitente sedutor de ingênuas donzelas, campesinas", "latifundiário sem alma, explorador do trabalho de colonos e meeiros, ladrão de ter-ras", "contrabandista contumaz de açúcar e aguardente, useiro e vezeiro em lesar os cofres públicos com a conivência criminosa dos fiscais do estado". Os irmãos, Milton e Cristóvão, entravam na dança classificados de "incompetentes parasitas", "ignorantes e incapazes", especializan-do-se Milton "na carolice, santo do pau oco", e Cristóvão "na cachaça, irrecuperável pau-d'água", madeiras ruins, um e outro — sem esquecer o gracioso Xandô de "homófilas preferências sexuais", ou seja o jovem Ale-xandre Guedes, filho de Milton, desterrado no Rio, proibido de aparecer na usina por ser "doido por atléticos trabalhadores negros". Um artiga-ço, lido e comentado, contendo "muita verdade se bem escrita com pus", na opinião de informado político sertanejo em animada roda na porta do Palácio do Governo. Apenas terminara a frase, olhando em torno, o deputado pôs a mão na boca leviana: subindo a praça o doutor com seu rebenque trabalhado em prata, a descê-la, no passo firme do sucesso, da evidência, o jornalista Pêra. Não houve tempo para fuga, o glorioso autor engoliu o artigo a seco e lhe ficou na face a marca do rebenque.

Ali em Estância, no entanto, o doutor, ao sair para a caminhada diária após o jantar, em vez do rebenque levava uma flor na mão. O hábito se estabelecera no início da convivência quando a ternura nascente amplia-va pouco a pouco a intimidade, dando-lhe nova dimensão a princípio reduzida ao leito de carícias. Naqueles idos, o usineiro ainda não se mos-trava na rua em companhia de Tereza, sozinho nos passeios noturnos à velha ponte, à represa, ao porto nas margens do rio Piauí, mantendo-a clandestina, escondida nas dobras da aparência, jamais vistos os dois juntos em público — "o doutor pelo menos respeita as famílias, não é como outros que esfregam as raparigas na cara da gente", elogiava dona Geninha Abib, dos Correios e Telégrafos, gorda e tenaz má-língua. Apenas os íntimos testemunhavam o crescer da afeição, da confiança, da familiaridade, do carinho a unir os amásios, cabedais de amor paciente-mente conquistados.

Aconteceu certa noite quando, após beijá-la, ele lhe disse: até logo, Tereza, volto já, vou estender as pernas e fazer a digestão. Ela correu para o jardim e colhendo um botão de rosa, imensa gota de sangue de um vermelho-escuro, espesso, ao doutor o entregou, murmurando:

— Para se lembrar de mim na rua...

No dia seguinte, na hora do passeio, coube a ele perguntar:

— E minha flor, cadê? Não preciso dela para me lembrar de ti mas é como se eu te levasse comigo.

Nas sucessivas despedidas, na renovada tristeza, quando ele ia tomar o automóvel e partir, Tereza beijava uma rosa e com alfinete a prendia à botoeira do paletó — na mão de Emiliano de novo o rebenque de prata.

O rebenque na mão, a rosa na botoeira, o beijo de adeus — a carícia do bigode, a ponta da língua a tocar-lhe os lábios —, lá se vai o doutor à sua numerosa vida, longe de Tereza. Quando regressará à paz de Estância, hóspede de curta permanência, dividido entre tantas moradias, entre tantos compromissos, interesses e afetos, cabendo à Tereza o tempo de uma rosa desabrochar e fenecer, o tempo secreto e breve das amásias?

No quarto, após colocar a flor entre os dedos do amante, Tereza tenta cerrar-lhe os olhos de verruma, azuis, límpidos, em certos instantes frios e desconfiados. Olhos penetrantes de adivinho, agora mortos mas ainda assim abertos, querendo ver em torno, postos em Tereza, sabendo dela mais do que ela própria.

14

DO APRENDIZADO DOS VINHOS LICOROSOS E DOS LICORES, PASSARA Tereza ao capítulo mais difícil dos vinhos de mesa, dos destilados fortes, dos amargos digestivos. Num dos quartos de fora da casa o doutor arrumara uma espécie de adega, exibida com vaidade a João Nascimento Filho e ao padre Vinícius, rótulos examinados com respeito, datas pronunciadas com devoção. Fiel à cerveja e à cachaça, Lulu Santos servia de alvo a zombarias: bárbaro sem noção de gosto, para quem o uísque era o suprassumo.

Tereza não fez grande carreira no labirinto das bebidas, permanecendo fiel às descobertas iniciais: o Porto, o Cointreau, o moscatel, embora aceitando os amargos antes da comida. Vinhos de mesa, de preferência os adocicados, de buquê marcante a perfumar a boca.

O doutor exibia os nobres vinhos secos, os tintos ilustres, safras escolhidas, o padre e João Nascimento Filho reviravam os olhos, desfazendo-se em exclamações mas Tereza deu-se conta na continuidade dos jantares de que mestre Nascimento, com fama de conhecedor e de apurado gosto, também ele preferia os brancos menos secos, mais leves e de mais fácil paladar apesar dos elogios aos secos e aos tintos e do estalar da língua ao servir-se deles. Preferindo, sobretudo, os licorosos a qualquer outro aperitivo. Tereza nunca lhe traiu o segredo, nem deixou que ele percebesse a descoberta da intrujice esnobe:

— O senhor me acompanha num cálice de Porto mesmo não sendo a hora certa, seu João? — Mais que depressa ele recusava o gim, o uísque, o bitter.

— Com prazer, Tereza. Isso de hora é requinte de fidalgo.

Não tendo como mestre Nascimento Filho obrigações de fino gosto, e não sendo de mentir desnecessariamente, ela revelava ao doutor suas predileções e Emiliano sorrindo lhe dizia: favo de mel. Tereza.

Nas cálidas noites de Estância de amena viração, brisa dos rios, no céu de estrelas sem conta, a lua desmedida sobre as árvores, ficavam no jardim a bebericar, ela e o doutor. Ele nas fortes aguardentes, na genebra, na vodca, no conhaque, ela no vinho do Porto ou no Cointreau. Favo de mel, Tereza, teus doces lábios. Ai, meu senhor, seu beijo queima, chama de conhaque, brasa de genebra. Nessas horas a distância a separá-los se tornava mínima até desaparecer na cama por completo. Na cama ou ali mesmo no balanço da rede à viração, sob as estrelas. Árdegos partiam para alcançar a lua.

A residência sofrera alterações para torná-la ainda mais confortável, estando o doutor habituado ao melhor e querendo habituar Tereza. Um dos quartos fora dividido e transformado em dois banheiros, ligado um ao grande quarto do casal, o outro ao quarto de hóspedes ocupado por Lulu Santos quando vinha de Aracaju em companhia ou a chamado do doutor. A sala de visitas perdeu o ar solene e bolorento de peça a ser aberta apenas em dias de festa ou para receber visita de cerimônia; nela o doutor instalara estantes de livros, mesa de leitura e de trabalho, eletrola, discos e um pequeno bar. A alcova, junto à sala, passou a gabinete de costura.

Preocupado em encher o tempo de Tereza, vazio durante as prolongadas e sucessivas ausências do amásio, ele lhe comprara máquina de costurar, agulhas de tricô:

— Sabe coser, Tereza?

— Saber mesmo, não sei, mas na roça remendei muita roupa na máquina da falecida.

— Não quer aprender? Assim terá o que fazer na minha ausência.

A Escola de Corte e Costura Nossa Senhora das Graças ficava numa pequena rua por trás do Parque Triste e para lá chegar Tereza atravessava o centro da cidade. A professora, srta. Salvalena (Salva do pai Salvador, lena da mãe Helena), mocetona de largas ancas e peitos de bronze, potranca de trote largo, de muito pó de arroz, batom e ruge, arranjara horário no meio da tarde exclusivo para Tereza e recebera adiantado o pagamento do curso completo, quinze aulas. Na terceira Tereza desistiu, largou tesoura e metro, agulha e dedal pois a emérita professora desde a aula inicial insinuara a possibilidade de Tereza ganhar uns extras facilitando para alguns senhores ricos, da mesma laia do doutor, sócios das fábricas de tecidos, senhores todos grados e discretos, insinuações a se transformarem em propostas diretas. Local não era problema, podiam os encontros realizar-se ali mesmo, na escola, no quarto dos fundos, seguro e confortável ninho, cama ótima, colchão de molas, minha cara. O dr. Bráulio, sócio de uma das fábricas, tinha visto Tereza passar na rua e se dispunha...

Tereza tomou da bolsa e, sem se despedir, virou as costas e saiu. Salvalena, surpresa e insultada, pôs-se a resmungar com seus botões:

— Orgulhosa de merda... Quero ver um dia que o doutor lhe der um pontapé na bunda... Aí vai vir atrás de mim para eu lhe arranjar freguês... — Um pensamento incômodo interrompeu o xingamento: teria de devolver o dinheiro das doze aulas ainda por lecionar? — Não devolvo nada, não é culpa minha se a tribufu metida a honesta largou o curso...

Ao regressar, o doutor quis saber dos progressos obtidos por Tereza na Escola de Corte e Costura. Ah! Largara as aulas: não levava jeito nem gosto, aprendera o suficiente para as necessidades e pronto. O doutor tinha o dom de adivinhar, quem podia sustentar o confronto daqueles olhos límpidos, de verruma?

— Tereza, eu não gosto de mentiras, por que você está mentindo? Eu já lhe menti alguma vez? Conte a verdade, o que se passou.

— Ela veio me propor homem...

— O doutor Bráulio, eu sei. Ele apostou em Aracaju que havia de dormir com você e me pôr os chifres. Ouça, Tereza: não vai lhe faltar proposta e se um dia por qualquer motivo você se sentir na disposição de aceitar, me diga antes. Será melhor para mim e sobretudo para você.

— O senhor mal me conhece, como pode fazer esse juízo de mim? — Tereza ergue a voz com raiva, o queixo levantado, os olhos fulgurantes, mas logo baixou cabeça e voz e completou: — Sei por que pensa assim: foi me buscar na zona e sabe que, pertencendo ao capitão, andei com outro. — A voz fez-se murmúrio: — É verdade. Andei com outro, mas eu não gostava do capitão, me pegou à força, nunca fui com ele por querer, por querer só fui com o outro. — Voltou a voz a crescer: — Se pensa assim de mim, o melhor é eu ir embora agora mesmo, prefiro a zona do que viver debaixo de desconfiança, com medo do que possa suceder.

O doutor a tomou nos braços:

— Não seja tola. Eu não disse que duvido de você, que lhe creio capaz de falsidade, ao menos não foi isso que eu quis dizer. Disse que se um dia você cansar de mim, se interessar por outro, venha e me diga, assim procedem as pessoas corretas. Não pensei em lhe ofender nem tenho por quê. Só tenho motivos para achar você direita e estou contente.

Sem soltá-la dos braços, sorrindo, acrescentou:

— Também eu quero ser sincero, vou lhe contar toda a verdade. Quando lhe perguntei o que tinha se passado, eu já sabia de tudo, não me pergunte como. Aqui tudo se sabe, Tereza, e tudo se comenta.

Naquela noite, após o jantar, o doutor a convidou para sair com ele, acompanhá-lo na caminhada até a ponte do rio Piauí, nunca o fizera antes. Juntos na noite o velho e a menina, mas nem o doutor parecia ter passado dos sessenta nem Tereza estar apenas chegando aos dezesseis, eram um homem e uma mulher enamorados, de mãos dadas, dois amorosos sem pejo, vagando alegremente. No caminho os raros passantes, gente do povo, não reconheciam o doutor e a amásia, apenas um casal apaixonado. Longe do centro e do movimento, não despertavam maior curiosidade. Ainda assim uma velha parou para vê-los passar:

— Boa noite, meus amores, vão com Deus!

De volta ao chalé, depois de terem visto o rio, a represa, o porto das barcas, o doutor a deixou no quarto a se despir e foi buscar na geladeira a garrafa de champanha que lá pusera a esfriar. Ao ouvir o papoco da rolha e ao vê-la elevando-se no ar, Tereza riu e bateu palmas, num encantamento de menina. Emiliano Guedes serviu na mesma taça para os dois, juntos beberam, Tereza descobrindo o sabor do champanha para ela inédito. Como pensar em outro homem, rico ou pobre, jovem ou maduro, bonito ou feio, se possuía o amante mais perfeito, o mais ardente e sábio? Cada dia lhe ensinando algo, o valor da lealdade e o arroubo do champanha, a medida mais longa do prazer e a mais profunda.

— Enquanto o senhor me quiser, nunca serei de outro.

Nem mesmo na tontura do champanha lhe diz você ou tu, mas na hora final, em mel se derramando, tímida, a medo pronuncia: ai, meu amor.

15

TODA VESTIDA DE NEGRO, SEMELHANDO BRUXA DE CARICATURA OU PROSTITUTA de bordel barato em noite de festa, Nina surge à porta do quarto, andando na ponta dos pés: para não incomodar ou para mostrar-se de imprevisto, surpreendendo um gesto, uma expressão, qualquer leve indício de alegria no rosto de Tereza pois a sirigaita não poderá esconder indefinidamente o contentamento. Vai entrar na bolada, vai poder gozar a vida e, por mais falsa e dissimulada seja, há de se denunciar. Embora tão hipócrita não conseguiu uma lágrima nos olhos secos, coisa fácil, ao alcance de qualquer. Na porta, Nina se debulha em pranto.

O casal ia cumprir dois anos no emprego. Pela vontade do doutor há muito teriam sido despedidos, não tanto por Lula, um pobre de Deus, mas por Nina de quem Emiliano não gostava:

— Essa moça não é boa bisca, Tereza.

— É ignorante, coitada, mas não é ruim.

O doutor dava de ombros sem insistir, sabendo o motivo real da paciência de Tereza para o desleixo e as constantes mentiras da criatura: os meninos, Lazinho, de nove anos, Tequinha, de sete, cuidados por Tereza com desvelos maternais. Professora gratuita e apaixonada dos moleques da rua numa escolinha de brinquedo e risos, Tereza preenchera com estudo, aulas e crianças o tempo interminável das ausências do doutor Lazinho e Tequinha, além da hora de aula à tarde, com jogos e merenda farta, viviam boa parte do dia atrás da mestra improvisada, a ponto de irritar Nina de mão fácil e pesada no castigo. Quando o doutor estava, os pequenos vinham apenas lhe tomar a bênção, reduzidos ao pomar ou a brincar na rua com os colegas durante o recesso da escola. O tempo fazia-se curto para a alegria e a animação resultantes da presença do doutor; naquela festa não cabiam crianças e estando em companhia de Emiliano não necessitava Tereza de mais nada. Mas, na ausência dele, os molecotes da rua, e sobretudo os dois de casa, eram os indispensáveis companheiros a fazer leve a pesada carga do tempo vago de amásia, impedindo-a de pensar no futuro mais distante se um dia a ausência se fizesse definitiva, se o usineiro dela viesse a se cansar. Na morte não pensava, não lhe parecendo o doutor sujeito à morte, contingência dos demais, não dele.

Devido às crianças, Tereza suportava o desmazelo e a incômoda sensação de hostilidade por vezes evidente na criada; o doutor, com certo sentimento de culpa — filho não, Tereza, filho na rua, jamais! — fechava os olhos aos modos de Nina: invejosa, sonsa, oferecida a roçar no patrão os peitos flácidos, à menor oportunidade. Pela manhã, ao sair do quarto, Emiliano Guedes enxergava Tereza no jardim, arrodilhada entre os canteiros, a brincar com as duas crianças, um quadro, fotografia para prêmio em concurso de revista. Ai, por que tudo na vida tem de ser pela

273

metade? Uma sombra no rosto do doutor. Ao vê-lo, as crianças lhe pediam a bênção e se punham a correr para o pomar, ordens estritas.

Na porta do quarto, Nina faz cálculos difíceis: quanto tocará à amásia no testamento do velho milionário? Completamente cética a respeito de devotamento e afeição, Nina não acredita no amor de Tereza pelo doutor, não passando a fidelidade, o desvelo, o carinho, de hipocrisia e representação com o objetivo de meter a mão na herança. Agora, rica e independente, fará a sabidória o que melhor lhe der na telha. Quem sabe, pode até manter o interesse demonstrado pelos dois meninos, sobrando algo para eles da maquia surrupiada aos Guedes, tudo é possível. Por via das dúvidas, Nina enche a voz de simpatia e lástima:

— Coitada de siá Tereza, gostava tanto dele…

— Nina, por favor me deixe só.

Estão vendo? Já começava a pinoia a mostrar as unhas, a arreganhar os dentes.

16

UM DIA, ALFREDÃO VEIO DESPEDIR-SE:

— Vou embora, siá Tereza. Misael vai ficar em meu lugar, é bom rapaz.

Tereza soubera pelo doutor do pedido de Alfredão: trazido por um mês, numa emergência, estava há seis longe da família e da usina, onde sempre vivera sem serviço definido, à disposição de Emiliano, pau para toda obra, bom no gatilho. Se não fosse pelos netos ficaria em Estância, gostara daquela terra de gente boa, mais ainda de Tereza:

— Moça direita, seu doutor, não existe outra. Sendo tão moderna tem juízo de pessoa de maior, só sai de casa por necessidade e na rua não dá trela a ninguém. Vive de olho na porta, na agonia do senhor chegar, toda hora me pergunta: será que ele chega hoje, Alfredão? Por essa eu afianço, é merecedora da proteção de seu doutor. Fora do senhor, só pensa em se instruir.

Fundamental para o definitivo julgamento de Tereza, Alfredão fornecera ao doutor dados, pesos e medidas, fatos sucedidos nas contínuas ausências: desde as propostas da professora de corte e costura às tentativas de intriga de comadre Calu, passando pela corrida ainda hoje comentada do caixeiro-viajante Ávio Auler, espécie de Dan do sindicato dos comerciários, sedutor de segunda ordem, catita na brilhantina e na loção barata. Transferido do sul da Bahia para Sergipe e Alagoas deslumbrou-se com a fartura de moças bonitas em Estância, todas donzelas, infelizmente. Andava à cata de prato mais completo e suculento, mulher boa de cama, sem perigo de noivado e matrimônio, com tempo livre e o peito em ânsia, inativa amásia de um ricaço, enfim. Soube de Tereza e a enxergou saindo de uma loja, aquela formosura. Pôs-se atrás dela a lhe dizer graçolas, possuía inesgotável sortimento de galanteios cada qual mais supimpa. Tereza apressou o passo, o galante fez o mesmo e, tomando-lhe a frente, postou-se diante da moça a lhe impedir caminho. Sabendo como seria desagradável para o doutor qualquer escândalo a chamar a atenção sobre ela, Tereza tentou desviar-se mas o cometa, abrindo os braços, não lhe deixou passagem:

— Não passa se não me disser seu nome e quando podemos conversar...

Fazendo esforço para conservar-se calma, Tereza quis tomar o meio da rua. O rapaz estendeu a mão para segurá-la mas não chegou a lhe tocar o braço. Surgindo não se sabe donde, Alfredão deu um tal trompaço no intrometido a ponto de não se fazer necessário o segundo: o galanteador estendeu-se de cara no chão e já se levantou correndo, direto para o hotel, onde se escondeu até a hora de tomar a marinete para Aracaju. Faltava a Ávio Auler imprescindível experiência na conquista de amásias. Quem quiser se meter com mulher amigada deve antes conhecer-lhe a natureza e os pontos de vista do protetor da moça. Se a maioria das mancebas é dada aos prazeres e riscos do corneamento e muitos senhores amásios são mansos, complacentes, existe pequena minoria de raparigas sérias, fiéis aos compromissos assumidos, e alguns amancebados são de testa sensível, alérgicos aos chifres. No caso, amásia e amásio faziam parte da agressiva minoria, urucubaca de Ávio Auler, caixeiro-viajante a serviço da fábrica Stela, de sapatos.

Através de Alfredão, o doutor soube das tardes de Tereza em cima dos livros de leitura, dos cadernos de caligrafia. Frequentara escola antes de ser vendida ao capitão, durante dois anos e meio a professora Mercedes Lima lhe transmitira quanto sabia, não era muito. Tereza queria ler os livros espalhados pela casa, pôs-se a estudar.

Para Emiliano Guedes foi tarefa apaixonante seguir e orientar os passos da menina, ajudando-a a dominar regras e análises. Muitas e diferentes coisas o doutor ensinou à jovem protegida, no jardim, no pomar, em casa e na rua, na mesa, na cama, no correr dos dias, nenhuma tão útil a Tereza na época quanto aquele curso de lições marcadas. Antes de partir o doutor lhe deixava deveres a cumprir, matérias a estudar, exercícios a fazer. Livros e cadernos encheram o tempo ocioso de Tereza, impedindo o enfado e a insegurança.

Naquela ocasião, o doutor habituou-se a ler para ela ouvir, começando pelas histórias para crianças: Tereza viajou com Gulliver, comoveu-se com o soldadinho de chumbo, riu de se acabar com Pedro Malasarte. Também o doutor riu o largo riso alegre; amava rir. Não amava comover-se mas se comoveu com ela, rompendo a imposta e dura contenção.

Tempo ocioso de Tereza, nem tanto assim. Apesar do doutor não a querer no serviço doméstico, nem por isso deixou de participar da limpeza, da arrumação, do enfeite da casa — Emiliano adorava flores e cada manhã Tereza colhia cravos e rosas, dálias e crisântemos, mantendo os vasos cheios, o doutor não tinha dia nem hora certa de chegada. Ocupou-se sobretudo da cozinha pois sendo o doutor tão amigo de comer e tão exigente na qualidade da comida, quis Tereza fazer-se competente na matéria. O homem civilizado precisa de cama e mesa de primeira, dizia o doutor, e Tereza, na cama aquela maravilha, queimou os dedos no fogão mas aprendeu a cozinhar.

João Nascimento Filho arranjara para eles afamada cozinheira, a velha Eulina, resmungona, a se queixar da vida, de fácil calundu, mas que artista!

— Uma artista, Emiliano, é o que a velha é. Um ensopado de cabrito feito por ela é de se comer durante uma semana... — Afirmava mestre Nascimento: — No trivial não tem quem com ela se compare. Mão divina.

No trivial e em pratos requintados, de Sergipe, da Bahia, na moqueca de sururu das Alagoas, emérita doceira. Com ela Tereza aprendeu a medir o sal e a misturar temperos, a perceber o ponto exato do cozimento, as regras do açúcar e do azeite, o valor do coco, da pimenta, do gengibre. Quando a velha Eulina, sentindo a cabeça por demais pesada, o peito opresso — porcaria de vida! —, largava tudo e ia embora sem dar satisfações, Tereza assumia posto vago diante do grande fogão a lenha — quem gosta de comer do bom e do melhor sabe que não existe comida igual à feita em fogão de lenha.

— Essa velha Eulina cada vez cozinha melhor... — disse o doutor, repetindo o escaldado de galinha. — Galinha de parida, por ser um prato simples, é dos mais difíceis... De que ri Tereza? Me conte, vamos.

No preparo da galinha e do escaldado, a velha nem tocara, sumida num calundu sem tamanho. Os doces, sim, de caju, de jaca, de araçá, eram de Eulina, gostosuras. Ai, Tereza, como te fizeste cozinheira, quando e por quê? Aqui em vossa casa meu senhor, e para melhor vos comprazer. Tereza na cozinha, na cama e no estudo.

O regresso de Alfredão à usina como que marcara o fim de uma etapa na vida de Tereza com Emiliano, a mais difícil de transpor. Silencioso e calmo, misto de jardineiro e de jagunço, de vigia e de fiel amigo, no seu trato frutificaram e floresceram pomar e jardim, à sua sombra medraram a confiança, a ternura, o carinho dos dois amantes. Tereza se habituara aos silêncios de Alfredão, à cara feia, à lealdade.

A preguiçosa criada dos primeiros dias fora sucedida por Alzira, gentil e rumorosa, levada por pretendente antigo, emigrado para Ilhéus em busca de trabalho, de volta para casar-se. Tuca, gorducha e comilona, ocupou o posto vago. Misael, substituíra Alfredão no pomar e no jardim, a fazer compras, a vigiar a casa, não porém a vigiar Tereza — não sendo mais preciso pois já sabia o doutor a que se ater. Assim decorreram os dias, as semanas e os meses e Tereza foi varrendo da memória a lembrança do passado.

Com o doutor presente o tempo não chegava para tanta coisa: aperitivos, almoços e jantares, os amigos, os livros, os passeios, os banhos de rio, a mesa, a cama — a cama, a rede, a esteira estendida no jardim, o sofá da sala onde ele examina documentos e redige ordens, a marquesa no quarto onde ela costura e estuda, a banheira onde tomam banho juntos, invenção mais doida do doutor. Aqui e ali e sempre bom.

17

POR VOLTA DAS DUAS DA MANHÃ, RETORNA DR. AMARÍLIO TRAZENDO o atestado de óbito e notícias dos parentes do doutor. Para localizá-los no baile de gala do Iate Clube, acordara meio Aracaju numa série de telefonemas até conseguir falar com o mais moço dos irmãos, Cristóvão, a voz pastosa de bêbado; fora uma luta de mais de duas horas. Felizmente desta vez Bia Turca, a telefonista, não fizera alarde do adiantado da hora, curiosa de saber as novidades, os detalhes da morte do ricaço. A verdade é que o médico, para ganhar-lhe as boas graças, lhe dera a entender ter o doutor desencarnado (Bia Turca praticava o espiritismo) em circunstâncias muito especiais. Não precisou fornecer detalhes, Bia Turca, talvez devido à profissão ou aos fluidos, tinha antenas poderosas.

— Bia se agarrou no telefone até conseguir Aracaju, foi de grande ajuda. Quando descobrimos onde a família estava, chegou a dar um viva. A princípio não se escutava nada por causa da música do baile, a sorte é que o telefone do Iate fica no bar e Cristóvão estava lá, bebendo uísque. Quando dei a notícia acho que perdeu a voz porque largou o fone e me deixou gritando até que veio um outro cara e foi chamar o genro. Ele disse que iam sair para aqui imediatamente...

Com o médico chega João Nascimento Filho, triste, comovido, amedrontado:

— Ai, Tereza, que desgraça! Emiliano era mais moço do que eu, três anos mais moço, ainda não completara os sessenta e cinco. Nunca pensei que se fosse antes de mim. Tão forte, não me lembro de tê-lo visto queixar-se de doença.

Tereza os deixa no quarto, sai para providenciar café. Hierática, lacrimosa, Nina parece inconsolável sobrinha ou prima, enlutada parenta. Lula dorme sentado junto à mesa da copa, a cabeça sobre os braços. Tereza vai ela própria passar o café.

Na cama de lençóis limpos, vestido como se devesse presidir reunião dos diretores do banco Interestadual da Bahia e Sergipe, jaz dr. Emiliano Guedes, os olhos claros bem abertos, ainda curiosos acerca da vida e das pessoas, querendo tudo ver e acompanhar no começo do longo velório de seu corpo, em casa da amásia onde morrera estrebuchando em gozo. João Nascimento Filho, as pálpebras molhadas, volta-se para o médico:

— Nem parece morto, meu pobre Emiliano. De olhos abertos para melhor comandar a todos nós, como sempre comandou desde a faculdade. A rosa na mão, só falta o rebenque. Duro e generoso, o melhor amigo, o pior inimigo, Emiliano Guedes, o senhor das Cajazeiras...

— Os desgostos o mataram... — o médico repete o diagnóstico. — Nunca se abriu comigo mas as notícias circulam, fica-se sabendo mesmo sem perguntar. Tão seu amigo, nunca lhe disse nada, João? Nem anteontem? Sobre o filho, sobre o genro?

— Emiliano não era homem de andar contando a vida nem mesmo aos amigos mais íntimos. Nunca ouvi de sua boca senão elogios à família, todos bons, todos perfeitos, a família imperial. Era orgulhoso demais para contar a alguém, fosse a quem fosse, qualquer coisa desabonadora de sua gente. Sei que tinha um fraco pela filha; quando ela era mocinha, toda vez que ele aparecia por aqui falava sobre ela o tempo todo, a beleza, a inteligência, a contar gracinhas. Depois que ela se casou, não falou mais...

— Falar o quê? Falar dos chifres que ela põe no marido? Aparecida saiu ao pai, tem o sangue quente, é sensual, fogosa, dizem que está devastando os lares de Aracaju. Ela por um lado, o marido pelo outro, que ele não faz por menos, cada um levando a vida como quer...

— São os tempos modernos e os casamentos amalucados... — conclui João Nascimento Filho. — Pobre Emiliano, doido pela família, pelos filhos, pelos irmãos, pelos sobrinhos, ajudando até o último parente. Aí está, parece vivo, só falta o rebenque na mão...

Tereza de volta, a bandeja com as xícaras de café:

— O rebenque, e por quê, seu João?

— Porque Emiliano usava ao mesmo tempo a rosa e o rebenque, rebenque de prata.

— Não comigo, seu João, não aqui. — Era quase verdade.

— Em certas coisas, Tereza, você é igualzinha a ele, olho para você e vejo Emiliano. Na convivência foi ficando parecida: a lealdade, o orgulho, sei lá o quê...

Ficou um instante calado, logo prosseguiu:

— Eu quis vir vê-lo agora, me despedir enquanto ele está em sua companhia, não quero estar presente quando chegar a gente dele. Por sua causa, Tereza, ele veio para Estância, para junto de nós, e deu um pouco de seu tempo tão ocupado e nos transmitiu seu amor à vida. Quando ele chegou, eu já estava entregue à velhice, à espera da morte, ele me levantou de novo. Quero me despedir dele a seu lado, os outros não conheço e não quero conhecer.

Novamente o silêncio, o morto de olhos abertos. Mestre João continuou:

— Nunca tive irmãos, Tereza, mas Emiliano foi para mim mais do que um irmão. Só não perdi tudo que meu pai deixou porque ele se ocupou de meus negócios. Mesmo assim, nunca abriu a boca para uma confidência. Ainda agora eu estava dizendo a Amarílio: o orgulho e a generosidade, o rebenque e a rosa. Vim para ver Emiliano e para lhe ver, Tereza. Posso lhe ser útil em alguma coisa?

— Muito obrigada, seu João. Nunca vou esquecer o senhor nem o doutor Amarílio, nesses tempos que vivi aqui tive até amigos, até isso ele me deu.

— Vai permanecer em Estância, Tereza?

— Sem o doutor, seu João? Não poderia.

Sorvem o último gole do café, calados. João Nascimento Filho a pensar no futuro de Tereza, pobre Tereza, dizem ter ela amargado um mau pedaço antes de vir com Emiliano, ter levado vida de cão. O médico, aflito, à espera do padre para receber os parentes a estas horas na estrada em desenfreada corrida para Estância, a filha, o genro, o irmão, a cunhada e os aderentes.

Dr. Amarílio teme o encontro da família com a amásia, problemas delicados, não sabe o médico resolvê-los. Mal conhece alguns dos parentes do dr. Emiliano. Quem os conhece bem é o padre Vinícius, já esteve na usina várias vezes celebrando missa... Cadê o padre, por que tarda tanto?

João Nascimento Filho fita o amigo demoradamente, comovido, sem esconder as lágrimas e o temor da morte:

— Nunca pensei que ele fosse antes de mim, não vai demorar a minha vez... Tereza, minha filha, eu vou embora antes que essa gente chegue. Se um dia precisar de mim...

Abraça Tereza, toca-lhe de leve a testa com os lábios, muito mais velho agora do que ao chegar para ver o amigo morto e dele despedir-se. Até breve, Emiliano.

18

NUNCA SENTISTE, TEREZA, O GOLPE DO REBENQUE, A DUREZA EXTREMA, a inflexibilidade? Não tocaste o outro lado, a lâmina de aço?

Antes desta noite em que velamos o corpo do eminente cidadão dr. Emiliano Guedes em casa imprópria, não foste, Tereza, penetrada pela morte, nunca antes a tiveste instalada dentro de ti, presença física, real, dilacerante garra de fogo e gelo em teu ventre roto, por acaso não, Tereza?

Sim, aconteceu, mestre João; foi pela mão da morte que ela transpôs as fronteiras da compreensão e da ternura. Não só no calendário da rosa viveu Tereza Batista com o doutor, houve uma ocasião ao menos de tristeza e luto, de funeral, a morte sendo cometida dentro dela, em suas entranhas acontecendo, jornada amarga. Pensara-se morta também mas renascera para o amor no trato do amante; carinho, delicadeza, devotamento, foram milagrosa medicina. Morte e vida, rebenque e rosa.

Da boca leal e grata de Tereza não ouvirás a história, mestre João; nos dedos do morto ela só deposita a rosa, em despedida. Mas, queira ou não, a memória recorda, traz e estende junto ao cadáver do doutor o daquele que não teve velório nem enterro, não chegando a ser, cuja vida se extinguira antes do nascimento, sonho desfeito em sangue, o filho. Agora são dois cadáveres sobre o leito, duas ausências, duas mortes, ambas aconteceram dentro dela. Contando com Tereza, são três os mortos, ela hoje morreu pela segunda vez.

19

QUANDO AS REGRAS FALTARAM DOIS MESES CONSECUTIVOS, SENDO Tereza de menstruação exata, vinte e oito dias contados entre os períodos, acontecendo igualmente outros sintomas, ela sentiu o coração parar: estava grávida! A sensação inicial foi de êxtase: ah, não era estéril e ia ter um filho, um filho seu e do doutor, infinita alegria!

Na roça do capitão, dona Brígida não lhe permitia ocupar-se da neta, nem cuidar quanto mais brincar com a criança, vendo em Tereza inimiga a tecer tramas e astúcias para se apossar dos direitos de herança da filha de Dóris, a quem deviam tocar com exclusividade os bens de Justiniano Duarte da Rosa, quando baixasse dos céus o anjo da vingança com a espada de fogo. A convite de Marcos Lemos, certa tarde de domingo, Tereza saíra da pensão de Gabi, na Cuia Dágua, para vir à matinê do cinema, no centro de Cajazeiras do Norte. Ao atravessar a praça da Matriz, enxergara dona Brígida com a criança na porta da casa própria, casa comprada pelo dr. Ubaldo, hipotecada, quase perdida, recuperada por fim; avó e neta nos trinques e na satisfação, nem pareciam a velha maluca, de juízo mole, e a andrajosa menina — bem se diz não haver para certos males remédio comparável ao dinheiro. Na roça, dona Brígida proibira Tereza de tocar na criança e na boneca, presente da madrinha, dona Beatriz, mãe de Daniel.

Engraçado: no breve prazo de Dan, ao despertar para o prazer, apaixonada e cega, não pensara em conceber um filho do rapaz e, quando o pior aconteceu, somou-se a seu tormento o medo de estar grávida de Dan, um pesadelo. Mas a pancadaria de tão grande lhe antecipava as regras, ao menos para isso as surras tiveram serventia. Naquele mundo cruel, beco estreito, sem saída, depois de muito refletir no assunto, Tereza concluíra pela impossibilidade de ter filhos, julgando-se estéril, incapaz de procriar, atribuindo o fato à maneira violenta como fora deflorada.

Não engravidara com Dan, no prazer da cama. Mais de dois anos com o capitão e não pegara filho. Sem tomar cuidado, pois o capitão não tomava cuidado nem reconhecia paternidade. Quando alguma menina aparecia grávida, mandava-a embora incontinente. Abortasse, parisse, fizesse como entendesse, ao capitão não lhe importando. Se alguma ousada vinha, de filho no braço, pedir auxílio, mandava Terto Cachorro correr com a não sei que digo, quem mandava ter? Filho só com Dóris, filho legítimo.

Estéril, seca, disse Tereza ao doutor quando, recém-chegados a Estância, ele lhe recomendou precaução e métodos anticoncepcionais.

— Nunca peguei menino.

— Ainda bem. Não quero filho na rua. — A voz educada porém crua, inflexível: — Sempre fui contra, é uma questão de princípios. Ninguém tem o direito de pôr no mundo um ser que já nasce com um estigma, em condição inferior. Ademais, quem assume compromisso de família não deve ter filho fora de casa. Filho a gente tem com a esposa, se casa para isso. Esposa é para engravidar, parir e criar filhos; amante é para o prazer da vida, quando tem de cuidar de menino fica igual à outra, que diferença faz? Filhos na rua, não, é assim que eu penso. Eu quero minha Tereza para meu descanso, para me fazer a vida alegre nos poucos dias de que disponho para mim, não para ter filhos e amolações. De acordo, Favo de Mel?

Tereza fitou os olhos claros do doutor, lâmina azul de aço:

— Não posso mesmo ter…

— Melhor assim. — Acentuou-se a sombra no rosto do doutor: — Meus dois irmãos, tanto Milton quanto Cristóvão, fizeram filhos na rua, os de Milton andam por aí, ao deus-dará, a me dar dor de cabeça, Cristóvão tem duas famílias, um renque de filhos naturais, é pior ainda. Esposa é uma coisa, amante é outra, diferente. Quero você para mim, não quero lhe dividir com ninguém muito menos com menino. — Silenciou e de repente a voz fez-se novamente meiga e os olhos claros em vez de lâmina de aço eram água límpida, mirada afetuosa e um pouco triste: — Tudo isso e minha idade Tereza. Já não tenho idade para filho pequeno, não teria tempo para fazer dele um homem, uma mulher de bem como fiz, como ainda estou fazendo com os outros. Quero guardar para você todo o tempo que me sobra… — E a tomou nos braços para fazer amor, amásia é para isso, Favo de Mel.

Sendo Tereza estéril, acabaram-se os problemas. Fosse parideira e havia de desejar um filho do doutor para sentir-se a mulher mais feliz do mundo e, não obtendo permissão, sofreria demais. O usineiro fora franco, direto, até mesmo um pouco rude, ele sempre tão delicado e atento. Sendo ela estéril, nenhum problema.

Não era estéril, ah, um filho do doutor cresce em suas entranhas, aleluia! Passada a incontida explosão de alegria, Tereza pôs-se a refletir, aprendera a fazê-lo na cadeia: o doutor tinha razão. Botar no mundo filho natural é condenar um inocente ao sofrimento. Na pensão de Gabi, testemunhara mais de um caso: o filho de Catarina morrendo aos seis meses devido aos maus-tratos da mulher paga para cuidar dele; a filha de Vivi, ficara fraca do peito, escarrando sangue; a tomadora de conta, uma peste velha, a gastar na cachaça o dinheiro dado por Vivi para comida. As mães na zona, os filhos ao abandono, entregues a estranhos. Daquela vida ruim de mulher-dama o pior era a aflição com os filhos.

Estando o doutor ausente há três semanas, atendendo a negócios importantes na Bahia, na matriz do banco, Tereza foi ao consultório do dr. Amarílio. Exame ginecológico, perguntas, diagnóstico fácil: gravidez, e agora, Tereza? Ficou à espera da resposta, os olhos negros de Tereza cismarentos, absortos: ah, um filho nascido dela e do doutor, crescendo belo e arrogante, de olhos azul-celeste e maneiras finas, a quem nada faltasse nesse mundo, um fidalgo como o pai! Ou rapariga como a mãe, de déu em déu, de mão em mão?

— Quero tirar, doutor.

O médico tinha ponto de vista firmado, ponderáveis reservas morais:

— Eu não aprovo o aborto, Tereza. Já fiz alguns mas em casos muito especiais, por necessidade absoluta, para salvar a vida de mulheres que não podiam conceber. Aborto é sempre ruim para a mulher, física e espiritualmente. Ninguém tem direito a dispor de uma vida...

Tereza fitou o médico, essas coisas são fáceis de dizer, duras de ouvir:

— Quando as coisas não têm jeito... Não posso ter menino, o doutor não quer — baixou a voz para mentir — nem eu também...

Mentira, em termos, pois queria e não queria. Queria com todas as fibras, não era estéril, que emoção! Ah, um filho dela e do doutor! Mas quando pensava no dia de amanhã, já não queria. Quanto tempo vai durar o xodó do dr. Emiliano, capricho de rico? Pode acabar a qualquer momento, já durou até demais, amante é para o prazer da vida, o prazer da cama. Quando o doutor resolver variar, cansado dos braços de Tereza, a ela só restará a pensão de Gabi, a porta aberta do puteiro, o filho a se criar na zona, a crescer no abandono e na necessidade. Entregue a uma qualquer, mais pobre ainda do que as putas, em troca de um pouco de dinheiro, sem carinho materno, sem afeto algum, sem pai, vendo a mãe de vez em quando, condenado. Não, não vale a pena, ninguém tem o direito, dr. Amarílio, de condenar um inocente, o próprio filho, antes dispor da morte enquanto há tempo.

— Filho sem pai, não quero. Se o senhor não quiser tirar, arranjo quem faça, não falta em Estância. Tuca, a copeira, já mandou tirar não sei quantos, é quase um por mês. Falo com ela, conhece todas as fazedoras de anjos.

Filho sem pai, pobre Tereza. O médico teme a responsabilidade:

— Não vamos nos afobar, Tereza, não há motivo para tanta pressa. O doutor já viajou há bastante tempo, não foi? Não tardará a estar de volta. Vamos esperar que ele chegue para decidir. E se ele não quiser que você aborte?

Ela concordou, outra coisa não desejando senão guardar uma esperança: ah, um filho, uma criança sua, e ainda por cima filho do doutor! Emiliano chegou poucos dias depois, na hora do almoço, mas, tão saudoso de Tereza, antes mesmo de ir para a mesa posta levou a amásia para o quarto e começaram por folgar, em riso e brincadeira — tenho fome é de você, fome e sede, minha Tereza. Nervosa assim não a vira antes, uma alegria intensa e um laivo de preocupação. Passado o ímpeto inicial, largados no leito, a mão dele sobre o ventre de Tereza, o doutor quis saber:

— Minha Tereza tem algo a me dizer, não é?

— Sim, não sei como se deu mas estou grávida… Estou tão contente, pensei que nunca pegasse filho. É bom.

Uma nuvem sombreou o rosto do doutor, a mão fez-se pesada no ventre de Tereza e os olhos claros foram de novo fria lâmina azul, de aço. Um silêncio de segundos, durou um mundão de tempo, o coração de Tereza parado.

— Tu tens de tirar, querida. — Dizia-lhe "tu", coisa rara, fazendo-se ainda mais terno, a voz um sussurro no receio de magoá-la, inflexível porém: — Não quero filho na rua, já te expliquei por quê, te lembras? Não foi para isso que te trouxe para junto de mim.

Tereza sabia de ciência certa que não seria outra a decisão mas nem por isso foi menos cruel ouvir. Uma luz se apagou dentro dela. Conteve o coração:

— Me lembro e acho que o senhor tem razão. Eu já disse ao doutor Amarílio que quero tirar de qualquer jeito mas ele me pediu que esperasse sua chegada para decidir. Por mim, já decidi e vou tirar.

Tão firme e intransigente a voz, quase hostil, o doutor não pôde conter certo desaponto:

— Decidiu por não querer um filho meu?

Tereza o fitou surpreendida, por que lhe faz essa pergunta se ele próprio lhe dissera, ao se estabelecerem em Estância, não querer filho na rua, filho apenas esposa pode ter, cama de amásia é para folgar, amásia é passatempo. Não vê como ela se domina para poder anunciar a decisão em voz firme, sem tremer os lábios? Ele lê por dentro de Tereza, então não sabe quanto ela deseja aquele filho, quanto lhe custa a valentia?

— Não me pergunte isso, sabe que não é verdade. Vou tirar porque não quero filho para passar o que eu passei. Se fosse diferente, eu não tirava, tinha, mesmo contra a vontade do senhor.

Tereza afasta do ventre a mão pesada do doutor, levanta-se da cama, encaminha-se para o banheiro. Emiliano põe-se de pé e rápido a alcança e traz de volta; estão os dois nus e sérios, frente a frente. Senta-se o doutor na poltrona onde costuma ler, Tereza ao colo:

— Perdoa-me, Tereza, não pode ser de outra maneira. Sei quanto é difícil mas não posso fazer nada, tenho meus princípios e lhe falei antes. Nunca lhe enganei. Também eu sinto mas não pode ser.

— Eu já sabia. Quem disse que talvez o senhor quisesse foi doutor Amarílio e eu, boba...

Um cão batido pelo dono, um fio de voz se desfazendo em mágoa, Tereza Batista no colo do doutor, amásia não tem direito a filho. O doutor dá-se conta da medida infinita da tristeza, da desolação:

— Eu sei o que você está sentindo, Tereza, infelizmente não pode ser de outra maneira, não quero e não terei filho na rua. Não darei meu nome. Você se pergunta com certeza se não tenho vontade de um filho meu e seu. Não, Tereza, não tenho. Só quero a você, a você sozinha, sem mais ninguém. Não gosto de mentir nem para consolar tristezas.

Fez uma pausa como se muito lhe custasse o que ia dizer:

— Ouça, Tereza, e decida você mesma. Eu lhe quero tanto bem que me disponho a lhe deixar ter a criança, se você faz questão, e a sustentá-la enquanto eu viver — mas não reconheço como filho, não lhe dou meu nome e com isso se acaba nossa vida em comum. Quero a você, Tereza, sozinha, sem filho, sem ninguém. Mas não lhe quero contrafeita, triste, ferida, ia ser ruim o que até agora tem sido tão bom. Decida, Tereza, entre mim e o menino. Nada lhe faltará, garanto, só não terá a mim.

Tereza não vacilou. Pondo os braços em torno do pescoço do doutor deu-lhe os lábios a beijar: a ele devia mais do que a vida, devia o gosto de viver.

— Para mim o senhor passa antes de tudo.

O dr. Amarílio veio à noite e conversou a sós com Emiliano, na sala. Depois, foram ao encontro de Tereza no jardim e o médico marcou a intervenção para a manhã seguinte, ali mesmo, em casa. E as reservas morais, tão ponderáveis, o ponto de vista categórico, dr. Amarílio, que fim levaram? Levaram sumiço, Tereza, um médico de roça não pode ter ponto de vista, opinião firmada, não passa de curandeiro às ordens dos donos da vida e da morte.

— Durma tranquila, Tereza, é simples curetagem, coisa à toa.

À toa e triste doutor. Hoje ventre fecundo; amanhã, pasto da morte. Dr. Amarílio entende cada vez menos as mulheres. Não fora Tereza Batista ao consultório propor o aborto, se o médico não o fizesse ela iria em busca de uma curiosa qualquer, dessas muitas fornecedoras de anjo à corte celeste, por que então o olhar aflito, a face dolorida? Por quê? Por ter sido ele a última esperança de Tereza na luta pelo filho; talvez as reservas do médico, o ponto de vista categórico, ninguém pode dispor de uma vida, decidir sobre a morte alheia, abalassem os princípios do dr. Emiliano. Tão desatinada, Tereza parecia esquecida da intransigência do usineiro, imutáveis normas de comportamento. Filho na rua, não, escolha entre o menino e eu. Adeus, filho que não conhecerei, desejado menino, adeus.

Coisa à toa, decorreu sem incidentes e Tereza só guardou o leito por conselho médico e exigência de Emiliano. Ele não a deixou sozinha um único instante, a lhe oferecer chá, café, refrescos, frutas, chocolate, bombons, a ler para ela, a lhe ensinar truques de baralho, conseguindo fazê-la sorrir ao longo daquela jornada melancólica.

Apesar dos repetidos e urgentes apelos de Aracaju e da Bahia, dos negócios importantes, o doutor demorou junto da amásia uma semana inteira. Dias de ternura, de mimo e dengue, de dedicação tamanha, a ponto de Tereza sentir-se limpa de qualquer desgosto, paga pelo sacrifício, contente de viver, sem nela ter ficado marca exposta.

Assim era o doutor, o rebenque e a rosa.

20

NA PORTA DO JARDIM, O PADRE VINÍCIUS ENCONTRA-SE COM JOÃO NASCIMENTO FILHO, trocam um aperto de mão e frases feitas: "Que coisa, o nosso amigo ainda anteontem tão bem", "Assim é a vida, ninguém sabe o dia de amanhã", "Só Deus que tudo sabe!". Mestre João some na rua ainda escura. O padre entra no jardim, com ele o sacristão, velhote magricela e torvo, a conduzir objetos do culto. O médico vem ao encontro do reverendo:

— Finalmente chegou, padre, eu já estava nervoso.

— Acordar Clerêncio não é sopa e depois ainda tive de passar na igreja.

Clerêncio safa-se para o interior da casa, dá-se com Nina há muitos anos. Do pomar chegam ruídos noturnos, grilos, sapos a coaxar, o pio de uma coruja. As estrelas empalidecem, a noite avança, não tardarão os primeiros sinais da madrugada. Padre Vinícius demora-se no jardim conversando com o médico, a tirar a notícia a limpo, ouvida ainda no sono quando dr. Amarílio lhe avisara do acontecido, querendo agora a confirmação:

— Em cima dela?

— Pois foi...

— Em pecado mortal, Senhor Deus!

— Se no caso há pecado, padre, dele somos todos cúmplices pois participamos da vida do casal, convivemos...

— Não digo menos, caro doutor, mas que se há de fazer? Só Deus Todo-Poderoso tem o direito de julgar e perdoar.

— Padre, eu penso que se o doutor for para o inferno será por outros pecados, não por esse...

Entram juntos na sala de jantar onde o sacristão se regala com os cochichos de Nina. No quarto, sentada numa cadeira ao lado do leito, Tereza absorta. Ao perceber os passos, volta a cabeça. Padre Vinícius fala:

— Pêsames, Tereza, quem havia de pensar? Mas nossa vida está nas mãos de Deus. Que Ele tenha piedade do doutor e de nós.

Ah! tudo menos piedade, padre; o doutor se o ouvisse ficaria ofendido, tinha horror à piedade.

Padre Vinícius sente-se triste deveras. Gostava do doutor, cidadão poderoso mas culto e amável, com a morte dele terminavam-se os únicos serões civilizados da freguesia, a cavaqueira alegre, os debates animados, os vinhos de qualidade, importados, a boa convivência. Talvez continuasse a ir à usina celebrar missa na festa de Sant'Ana, batizar meninos e casar o povo, mas sem o doutor não teria a mesma animação. Gosta também de Tereza, discreta e inteligente, merecedora de melhor sorte, em que mãos irá parar agora? Não faltarão urubus a corvejá-la, candidatos à cama vazia. Alguns com dinheiro e empáfia mas nenhum se compara ao doutor. Se ela ficar por ali vai passar de um para outro, degradada nas mãos de meia dúzia de graúdos tão somente ricos. Quem sabe se viajasse para o sul, onde ninguém a conhece, assim bonita e agradável, poderia até casar. E por que não? A sorte de cada um está na mão do Todo-Poderoso. A do doutor fora morrer ali, em cima da amásia, em pecado mortal; piedade, Senhor, para ele e para ela.

Os olhos penetrantes do doutor, abertos, a observar padre Vinícius no temor de Deus, atormentado de dúvidas — não parecem olhos de um morto. O pecado maior do doutor não tinha sido aquele, cabia razão ao médico. Descrente, ímpio e, se necessário, impiedoso, entrincheirado no orgulho. Tendo-o visto no seio da família, o padre vislumbrou a solidão e o desencanto e deu-se conta do preciso significado de Tereza — não apenas amásia formosa e jovem de senhor torto e rico; amiga, bálsamo, alegria. Esse mundo de Deus, mundo torto do Demônio, quem o pode entender?

— Deus há de te ajudar, Tereza, nesse transe.

Os aflitos olhos do padre abandonam os olhos argutos do doutor, percorrem o quarto. Pelas mesas livros e objetos múltiplos, um punhal de prata; na parede um quadro com mulheres nuas entre as ondas do mar. O espelho enorme, impudico a refletir a cama. Apenas uma rosa nas mãos do morto. Quarto vazio dos atributos da fé, desolado como o coração de Emiliano Guedes, bem a seu gosto, despido de enfeites fúnebres: assim Tereza o conservara. Mas a família vai chegar, Tereza, a qualquer momento, gente religiosa, leva muito em conta as formalidades do culto e as aparências. Vamos permitir que os parentes encontrem o cadáver do chefe da família sem um sinal sequer de sua condição cristã? Mesmo sendo descrente, era cristão, Tereza, mandava celebrar missa na usina, assistia ao lado da esposa, dos irmãos, das cunhadas, dos filhos e sobrinhos, do pessoal do engenho e dos campos, de gente vinda de longe. Na frente de todos, ele, de pé, dando o exemplo.

— Não acha, Tereza, que seria bom acender ao menos duas velas aos pés de nosso amigo?

— Como o senhor queira, padre. Mande pôr, o senhor mesmo.

Ah, Tereza, por tua boca as velas não serão pedidas, por tuas mãos não serão postas nem acesas! Tu e o teu doutor, poços de orgulho. Piedade, Senhor!, implora o padre e eleva a voz:

— Clerêncio! Clerêncio, venha cá! Traga castiçais e velas.

— Quantas?

O padre olha para Tereza outra vez absorta, distante, indiferente ao número de velas, vendo, ouvindo e sentindo apenas o doutor e a morte.

— Traga quatro...

Na sombra da noite move-se o sacristão ao coaxar dos sapos.

21

NÃO FICARA MARCA EXPOSTA E, EXCETUANDO-SE O DOUTOR, PESSOA ALGUMA percebeu jamais resquício de amargura no comportamento de Tereza, como se ela houvesse riscado da memória a lembrança do ocorrido. Não voltaram ela e Emiliano a comentar o assunto. Muito de raro em raro, porém, perdiam-se no vácuo os olhos de Tereza, o pensamento longe, e o doutor se dava conta da sombra fugidia logo encoberta por um sorriso. Ah! poderosa ausência a daquele que não chegara a ser presença visível, apenas pressentida no violado ventre de onde os ferros do médico o arrancaram a mando do usineiro.

Nunca antes Emiliano Guedes tivera consciência de haver praticado uma vilania. Em inúmeras oportunidades, no cotidiano de senhor de terras, patrão de usina, banqueiro e empresário, brigando e comandando, cometera injustiças, violências, atropelos, atos discutíveis e condenáveis. De nenhum sentiu remorso, de nenhum se recordou para lastimar tê-lo feito ou ordenado. Todos necessários e justificados. Também no caso do aborto agira em defesa dos interesses da família Guedes e da comodidade pessoal dele, Emiliano; sacrossantas razões diante das quais não cabem escrúpulos. Por que diabo, então, o feto informe lhe espinha a memória numa sensação incômoda e persistente?

Tereza no leito, seca por dentro, o doutor desdobrando-se em atenções até fazê-la sorrir em meio ao desconsolo. Naquele dia oco e turvo aconteceu sutil mudança nas relações entre os dois amásios, imperceptível aos estranhos e aos íntimos: Tereza Batista deixou de ser para o dr. Emiliano Guedes um brinquedo, entretenimento caro, fonte de prazer, passatempo de velhote rico com mania de livros e de vinhos, de requintado grão-senhor disposto a transformar chucra menina sertaneja em perfeita senhora, no verniz das boas maneiras, da finura, do gosto, da elegância. Também na cama, trazendo-a da explosão violenta do instinto para a sabedoria das carícias prolongadas, para o refinamento do prazer no desfrute total de cada instante, na descoberta e na conquista da ilimitada escala da volúpia. Fazendo de Tereza ao mesmo tempo fêmea exímia e senhora-dona. Apaixonante passatempo mas um passatempo, um capricho.

Até aquele dia de cinzas, Tereza se considerou sobretudo em dívida com o doutor, a gratidão ocupando preponderante lugar entre os sentimentos a ligá-la ao usineiro. Ele a mandara retirar do cárcere, indo depois pessoalmente buscá-la em quarto imundo de prostíbulo e fazendo-a sua amásia, a tratou como se ela fosse alguém, uma pessoa, com bondade e interesse. Dera-lhe calor humano, ternura, tempo e atenção, erguendo-a da ignomínia, da indiferença pelo destino, ensinando-lhe a amar a vida. Tereza fizera do doutor um santo, um deus, alguém muito acima dos demais e isso a deixava acanhada diante dele. Não era sua igual, nem ela nem ninguém; só na cama, na hora do desfalecimento, ela o tinha em homem de carne e osso, ainda assim superior aos outros em dar e em receber. Fosse na medida dos sentidos, fosse na dos sentimentos, não existindo quem a ele se pudesse comparar.

Ao optar entre o doutor e a vida a lhe intumescer o ventre, Tereza, sem se dar conta, resgatara a dívida. Não podia vacilar nem vacilou no instante cru e frio em que desistiu do filho e dispôs da vida e da morte alheias. Num átimo, teve de pesar os valores máximos e colocou o amor de mulher acima do amor de mãe; certamente a gratidão desempenhou irrelevante papel na escolha. Sem o perceber, pagou a dívida e adquiriu crédito ilimitado junto ao amante. Encontraram-se próximos um do outro e tudo tornou-se mais fácil dali em diante.

O doutor sabia que os interesses materiais não pesaram na decisão pois garantira sustento e conforto para Tereza e para a criança, desobrigando-a, ao mesmo tempo, de qualquer dever ou compromisso. Enquanto eu viver, você e o menino terão de um tudo, ele só não terá meu nome, você só não terá a mim. O dinheiro significa pouco para ela, tendo Emiliano de estar atento para nada faltar à amásia pois ela não pede, não reclama, não se aproveita. Durante os seis anos de amigação nenhum interesse mesquinho moveu Tereza e se algum dinheiro teve na bolsa ao ir embora, deveu-se ao acaso. Nas vésperas de morrer o doutor lhe entregara, como sempre em excesso, o necessário às despesas da casa e às dela. Despesas pessoais não tinha, praticamente, o doutor lhe trazendo de um tudo, vestidos da moda, sapatos, cremes, perfumes, bijuterias, caixas de chocolate para ela dividir com os moleques da rua.

Não que Tereza fosse estulta, indiferente ao bom e ao agradável. Muito ao contrário, sendo inteligente, um azougue, tinha zelo e estima pelas coisas boas, aprendeu a distingui-las e a apreciá-las, apenas não se fez escrava do conforto, indolente ou interesseira. Alguns presentes, a caixa de música, por exemplo (a pequena bailarina a dançar ao som da valsa), deixavam-na deslumbrada. Prezava cada objeto, cada regalo, cada mimo, mas poderia viver sem eles; só a ternura, o calor dos sentimentos, a atenção constante, a doce amizade, o amor, lhe farão falta. Se escolheu o amásio na hora da opção, ela o fez porque o situava acima de todos os bens da vida, até de um filho: para mim o senhor passa antes de tudo.

No dia seguinte ao do aborto, o médico deu alta a Tereza, permitindo-lhe deixar o leito, andar pelo jardim, mas ainda lhe aconselhando repouso para o corpo e o coração:

— Não saia por aí a trabalhar, comadre, não abuse de suas forças, nem fique aperreada. — Tratando-a de comadre para a apoiar e lhe demonstrar estima: — Quero lhe ver forte e alegre.

— Fique descansado, doutor, já não sinto nada, ou pensa que sou uma molenga? Já passou tudo, pode crer.

Tocado pela bravura de Tereza e no desejo de apressar-lhe a completa convalescença, dr. Amarílio aconselhou a Emiliano, ao despedir-se na porta do jardim:

— Quando o doutor for à Bahia, traga de lá uma dessas bonecas grandes que falam e andam e ofereça a Tereza, será uma compensação.

— Você acha, Amarílio, que uma boneca pode compensar um filho? Eu não creio. Vou trazer um bocado de coisas, tudo de bonito que eu encontrar, mas boneca não. Tereza, meu caro, não é só bonita e jovem, é sensível e inteligente. Só é menina na idade, nos sentimentos é mulher madura, vivida e de caráter, vem de dar provas disso. Não, meu amigo, se eu trouxesse uma boneca para Tereza, ela não haveria de gostar. Se uma boneca pudesse substituir um filho, tudo no mundo seria fácil.

— Talvez o senhor tenha razão. Amanhã, volto para vê-la. Até, doutor.

Do portão do jardim, Emiliano vê o médico dobrar a esquina, a maleta na mão. O que ela perdeu, Amarílio, o que eu lhe tomei à força, usando um truque, colocando-a entre a cruz e a caldeirinha, só se compensa com carinho, afeto, ternura e amizade. Só com amor se paga.

Afeto, carinho, ternura, amizade, regalos e dinheiro, com certeza, são moedas correntes no trato das amásias. Mas amor, desde quando, Emiliano?

22

O SACRISTÃO ACENDE AS VELAS, DOIS ALTOS CASTIÇAIS AOS PÉS DA CAMA, dois à cabeceira. Ao entrar, mastigando uma oração, persignara-se, o olho cúpido posto em Tereza, a imaginá-la na hora da morte do doutor, recebendo no bucho a gala e o sangue. Será que ela também gozara? Duvidoso, essas tipas metidas com homens velhos apenas representam na cama, para enganar os trouxas, guardando o fogo para os outros, os xodós, os rapagões.

Não sendo Nina de absolver ninguém, muito ao contrário, no entanto afirma que a tipa se manteve honesta, não tendo caso conhecido, não recebendo estranhos às escondidas. Com certeza por medo de vingança, esses Guedes são uma raça de tiranos. Ou para garantir o conforto, o luxo, fazer um gordo pé-de-meia. Honesta, pode ser, mas não é certo. Essas finórias enganam a Deus e ao diabo quanto mais a velho caduco, apaixonado, e a criada analfabeta.

Os olhos do sacristão vão de Tereza para o padre Vinícius. Quem sabe, o padre? Também ele, Clerêncio, sacristão atento e alerta, nunca pegara o padre em falso, escorregando o pé, castigando a batina. Com o finado padre Freitas, a conversa era outra: em casa, a afilhada, um pancadão; na rua, quantas viessem. Bons tempos para o sacristão, agindo de leva e traz, na intimidade das descaradas. Padre Vinícius, moço e esportivo, língua solta, pouco paciente com as beatas, nunca dera lugar a comentários apesar da vigilância das comadres em pé de guerra, atrás de uma suspeita. Tanta virtude e soberbia não impediram o padre de frequentar a casa da tipa, covil de amásia, moradia do pecado, ali se empanturrando de comida e vinho, regalando o pandulho. Só o pandulho? Talvez. Nesse mundo velhaco a gente encontra de um tudo, até padre donzelo. Todavia Clerêncio não ficará admirado caso se venha a descobrir que o padre e a tipa davam de comer ao assanhaço e à andorinha. Padre e rapariga são bons para o inferno, quem bem sabe é Clerêncio, sacristão e putanheiro.

Tereza absorta, na cadeira. Clerêncio lança-lhe um último olhar: pedaço de mulher, se ele a pegasse, ah! que regalo. Não nessa noite, porém, quando ela está prenha da morte. Estremece o sacristão: tipa imunda. Faz o pelo-sinal, o padre também, saem os dois, Clerêncio para prosseguir na prosa com Nina e Lula, o padre para esperar a família Guedes no jardim.

A aurora surge num barrufo de chuva. No quarto ainda é noite; as quatro velas, chama vacilante e pífia, Tereza e o doutor.

23

PASSARAM A SER VISTOS JUNTOS NA RUA, DURANTE O DIA. DE COMEÇO, NAS SAÍDAS matutinas para o banho de rio, um dos prazeres do doutor. Desde que instalara amásia em Estância, o usineiro tornou-se freguês do banho na cachoeira do Ouro, no rio Piauitinga. Sozinho ou em companhia de João Nascimento Filho lá se ia para o rio, de manhã cedinho:

— Esse banho é saúde, mestre João.

Ao regressar da primeira viagem após o aborto, o doutor trouxe mil lembranças para Tereza, entre elas um maiô de banho:

— Para irmos ao banho de rio.

— Irmos? Os dois juntos? — quis saber Tereza, pensativa.

— Sim, Favo de Mel, os dois juntos.

Tereza com o maiô por baixo do vestido, o doutor com uma sunga minúscula sob as calças, atravessavam Estância em direção ao rio. Apesar da hora matinal, já as lavadeiras batiam roupa nas coroas de pedra, mascando fumo de rolo. Tereza e o doutor recebiam a ducha forte da cachoeira do Ouro, pequena queda-dágua. O lugar era deslumbrante: correndo sobre seixos, a sombra de árvores imensas, o rio abria-se mais adiante num grande remanso de água límpida. Para ali se encaminhavam, após a ducha, atravessando entre as peças de roupa postas a enxaguar pelas lavadeiras.

A água, no ponto mais profundo, dava no ombro do doutor. Estendendo os braços, ele mantinha Tereza à tona, ensinando-lhe a nadar. Os redemoinhos, as brincadeiras, o riso solto, os beijos trocados dentro dágua; o doutor num mergulho a sujeitá-la pela cintura, a mão no seio ou por dentro do maiô, insolente, estranho peixe escapando-lhe da sunga. Prelúdios de amor, o desejo se acendendo no banho do rio Piauitinga.

Na volta, em casa, no banheiro e na cama completavam o alegre começo da manhã. Manhãs de Estância, ai, nunca mais.

A princípio, despertaram a curiosidade geral, janelas repletas, as solteironas lastimando a nova atitude do doutor, antes prudente e respeitoso, perdendo a discrição com o passar do tempo, virando velho gaiteiro a satisfazer caprichos de rapariga jovem. Outra coisa não queria a descarada senão exibir o amásio rico, esfregando-o nas fuças da população, num desrespeito às famílias. Na maior safadeza nas águas do rio, ele praticamente nu, só faltava botar ali mesmo, na vista das lavadeiras. Na vista das lavadeiras, não, não dava para elas verem. Por mais de uma vez acontecera, Tereza escanchada no doutor, na pressa e no medo de surgir alguém, uma atrapalhação, uma delícia. Assim sendo, jamais poderiam as beatas imaginar houvesse Tereza oferecido certa resistência quando do convite:

— Juntos? O povo vai falar, vai se meter na vida do senhor.

— Deixa que falem, Favo de Mel. — Tomando-lhe das mãos, acrescentou: — Já se foi o tempo...

Que tempo? Aquele inicial, de desconfiança, de acanhamento? Adventícios ambos, adivinhando-se mas não se conhecendo, descontraídos na cama e mesmo ali em termos: ela a se dar com violência, com fome de carinho, ele a dirigi-la pouco a pouco, paciente. Tempo de prova, Alfredão a segui-la pela rua, a ouvir e transmitir conversas, a guardar a porta, a correr com galanteadores e mexeriqueiros. Tereza escondida no jardim, no pomar, dentro de casa, envolta nas exigências da responsabilidade do doutor. Apesar da cortesia e do conforto, da atenção constante e da afeição crescente, aquele começo teve muros e grades de prisão. Não tanto devido às limitações impostas pelo recato de Tereza e o comedimento do doutor; os muros erguiam-se dentro deles. Tereza confusa, retida, temerosa, revelando na maneira de agir o peso das lembranças do passado próximo. O doutor enxergando na menina as matérias-primas necessárias, beleza, inteligência, caráter, aquela flama nos olhos negros, à formação de amásia ideal; diamante bruto a ser lapidado, criança a ser transformada em mulher. Disposto a gastar com ela tempo, dinheiro e paciência, apaixonante diversão, mas não sentindo ainda por Tereza nada além de prazenteiro interesse e de desejo — um desejo intenso, incontrolável, sem medida, desejo de velho por menina. Tempo de prova, de sementeira com muros e grades, difícil percurso.

Que tempo? Aquele em que as sementes brotaram e o riso desabrochou? Quando à volúpia somou-se a ternura, quando as provas terminaram e o doutor a reconheceu mulher direita, digna de confiança e estima, não somente de interesse, quando as dúvidas de Tereza deixaram de existir e ela se deu sem reservas, de corpo e alma, vendo no doutor um deus, por isso mesmo posta a seus pés, sua amante mas não sua igual. Tempo de prudência e discrição. Saíam juntos mas somente à noite, após o jantar, trilhando caminhos de pouco trânsito; recebiam em casa apenas o dr. Amarílio e João Nascimento Filho, além de Lulu Santos, o primeiro amigo.

Já se foram aqueles tempos, sim, um outro começou no dia de cinzas, dia de morte; não, porém, de solidão. Naquele dia ou tudo se acabava de uma vez ou o amor latente irromperia, triunfante. Construído com todos os sentimentos anteriores, amalgamados, transformando-se na única coisa válida, definitiva.

O doutor passou a vir a Estância com redobrada frequência, ampliando as estadas no chalé, por fim a morada onde ele mais permanecia. Nela recebendo não só os amigos, em jantares, almoços e serões, mas também a visita dos notáveis da cidade: juiz, prefeito, pároco, promotor e delegado. Chamando a Estância prepostos do banco Interestadual, da Eximportex S. A., para discutir negócios, despachar assuntos.

Tereza deixara de ser a chucra menina do sertão, retirada da cadeia e do prostíbulo, corpo e coração marcados a ferro e fogo. As marcas foram desaparecendo, no trato do doutor ela cresceu em formosura, em elegância, em graça, em mulher no esplendor da juventude. Antes solitária, fez-se risonha e comunicativa; era trancada, abriu-se em alegria.

Tempo do amor, quando se tornaram indispensáveis um ao outro. Amor de um deus, de um cavaleiro andante, de um ser sobre-humano, de um senhor, e de uma menina do campo, moleca de roça, por ele elevada à condição de amásia, de moça com um verniz de finura e educação, mas amor profundo e terno, desbragado de desejo.

Para Emiliano, cada despedida mais difícil; para Tereza, mais longos de passar os dias de espera. Alguns meses antes da morte do doutor, um dos chefões do banco resumiu a situação para outros colegas de diretoria, amigos de toda confiança:

— Pelo jeito como as coisas vão, em breve a matriz do banco se mudará da Bahia para Estância.

24

COM O DOUTOR EM VIDA, O REBENQUE NA MÃO, QUEM HOUVERA DE SE ATREVER, TENENTE? *Não vejo homem com peito para tanto, em minhas relações ou fora delas, nos arraiais da trova e da cantiga onde a concorrência aumenta a olhos vistos, sendo atualmente a nação dos violeiros a mais numerosa do nordeste. Com tanto trovador escrevendo folheto, ganhar a vida anda difícil, capitão. O prezado não é capitão? Me perdoe o engano, seu major. Nem capitão nem major, não é militar, simples paisano? Folgo em saber mas não espalhe, se lhe dão farda e dragonas, bata continência e goze as regalias.*

Com o doutor em vida, cadê inspiração e rima? Por mais coragem se tenha no trovar, em pôr enfeites nos acontecidos, ninguém está disposto a apanhar na cara ou a engolir papel impresso mesmo quando no verso se botou sal e pimenta. Violão é arma de festa, não foi feito para enfrentar chicote, punhal e pistoleiro. Com a prata do rebenque faiscando nas estradas do sertão e aqui nas avenidas da Bahia, capital primaz desses brasis, ninguém era doido de sair falando no doutor e na amásia, não vejo homem de tanta competência. Com ele em vida, eu queria ver macho rimar gozo com morto.

Quando se registrou a ocorrência a notícia correu de boca em boca, tudo que era cantador foi agarrando a viola, há muito não aparecia assunto mais maneiro para uma glosa de patifaria. Da Bahia ao Ceará, nesse fim de mundo, se repetiu o mesmo mote:

O bode velho morreu
em riba da rapariga
no meio da putaria.

Já pensou, deputado, se o doutor escutasse essa falta de respeito, bode velho, rapariga e putaria! Como a história se espalhou, como se teve notícia de tudo direitinho, de todos os particulares? Por quem se soube? Pelos criados, pelo médico, pelo padre-mestre, pelo sacristão? Por todos e por ninguém, essas coisas se adivinham. Não adianta levar o corpo embora para fazer sentinela em outra freguesia, em casa da família, fabricar morte decente, querer enganar a humanidade; para trovar não se precisa saber muitos detalhes. Desde que se conheça o principal, o fundamento, o resto a gente inventa ao sabor da rima.

Muitos folhetos foram escritos, não só os três de seu conhecimento, senador. Na Paraíba saiu um, intitulado O ricaço que morreu comendo uma donzela, pelo título o chefe já vê que o autor ouviu cantar o galo mas não sabe onde. No dito folheto não houve referência direta ao nome do doutor, sempre tratado de ricaço, milionário, fulano, beltrano, sicrano, mas como diabo o violeiro de Campina Grande aprendeu o nome todo de Tereza? Folheto mais sujo nunca vi — e olhe que eu tenho escrito alguns porretas —, tudo rimas em ica, alho, eta, oda, já vê o nobre vereador as palavras nele usadas. Vossa senhoria não é político? Não é vereador nem deputado? Não é senador nem candidato? Uma pena: os políticos sempre afrouxam um dinheirinho, também pudera, não gastam dinheiro deles e sim do povo brasileiro.

Se Toninho da livraria não arranjou, ninguém vai lhe conseguir um exemplar, seja por que dinheiro for, do Caso do velho que morreu gozando na mulata, composto em Aracaju pelo cego Heliodoro, com pouco nome feio mas com uma descrição retada da folgança antes da morte, que se a gente tiver mulher por perto chama aos peitos e se desforra dos cruzeiros gastos na compra do folheto. A descrição da morte, de tão bonita e comovente, chega a dar vontade de se morrer da mesma forma. Nem por ser cego Heliodoro enxerga menos. Parece ter visto o acontecido acontecer.

Possa ser que Toninho lhe arranje algum dos que se publicaram aqui na Bahia: O velho que levou a breca na hora de gozar, de um novato, tudo lá à moda dele, versos de pé-quebrado, rimas tacanhas, uma pinoia, e A morte do patrão em riba da criada, de mestre Possidônio de Alagoinhas, violeiro de valor mas infeliz nesse livrinho. Tudo errado, fazendo do doutor ruim patrão, dela suja criada, envolvendo a patroa no enredo, a surgir na hora errada para matar de susto o pobre velho, nem parece obra saída da cachola de mestre Possidônio. Para completar os absurdos, na gravura ele pôs cavanhaque no doutor, transformou os negros cabelos de Tereza em carapinha. A família pagou um dinheirão pelas edições desses folhetos mas os dois sabidos esconderam vários números para vender depois, devagarinho. Não vale a pena ler, não levantam o pau nem fazem a gente rir.

O que se passou comigo foi pior pois dei nome aos bois e não me reduzi ao caso da morte do doutor, contei os podres todos da família, chifres, desfalques, cheques sem fundos, contrabando, os irmãos, os filhos e o genro e por aí afora, uma antologia, acredite. Dei com os costados na cadeia e para me livrar tive de ceder por ninharia a edição completa. O advogado dos parentes fez questão de vir à minha casa acompanhado pelo comissário de polícia, arrebanhou e destruiu uns poucos exemplares escondidos *embaixo do colchão, guardados para servir a amigos como o distinto. Me ameaçaram de mais cadeia e de porrada se algum aparecesse à venda; veja quanto risco corre um pobre trovador.*

Assim sendo, se o prezado deseja mesmo ler A última trepada do doutor morto na hora agá, tem de pagar o preço dos versos e o preço do perigo. Perca o amor a uma nota de quinhentos e eu lhe facilito um exemplar, o último que sobra, por simpatia pelo amigo, não pelo dinheiro. No meu folheto contei tudo direitinho, não perdi tempo com bobagens. Não entreguei a alma do doutor a Satanás nem disse que Tereza ficou doida e se atirou no rio, conforme inventaram e escreveram. Contei a verdade e nada mais: para o doutor, morrer naquela hora, daquele jeito, foi uma bênção de Deus; o peso da morte ficou foi nos ombros de Tereza, peso mais ingrato!

Assim escrevi por assim pensar e entender, eu, Cuíca de Santo Amaro, o Tal, de fraque e chapéu-coco em frente ao Elevador Lacerda, mercando minha inspiração e minhas rimas.

25

— PUXA! COMO AQUELE SUJEITO É PARECIDO COM DOUTOR EMILIANO GUEDES, nem que fossem gêmeos... — Admirou-se Valério Gama, comerciante em Itabuna, emigrado de Estância rapazola, voltando quarentão e abastado a visitar parentes.

— Não é gêmeo, é o próprio, passeando com a excelentíssima rapariga. — Esclareceu prima Dadá, em dia com os assuntos locais, língua destemida: — O doutor, há vários anos, mantém amásia aqui, uma honra para a nossa cidade...

— Não brinque...

— Nunca ouviu dizer, primo, que as águas do Piauitinga são milagrosas para restaurar as forças? Velho aqui vira homem de novo. — Língua em sotaque de deboche mas sem má vontade; em Estância, cidade hospitaleira e cúmplice, até mesmo as velhas beatas contemplam amores e amantes com condescendência.

O grapiúna tocou-se em passadas largas para tirar a limpo a informação da xereta, inacreditável! O doutor e Tereza subiam a rua em passo lento, desfrutando a brisa da tarde. Ao defrontá-los, o comerciante abriu a boca: por Deus, a prima não inventara, tratava-se do dr. Emiliano Guedes e não de um sósia, acompanhado de mulher nova, de apetite, a la vontê nas ruas de Estância. Boquiaberto e confuso, levou a mão ao chapéu para saudar o banqueiro. O doutor correspondeu ao cumprimento:

— Boa tarde, Valério Gama, revendo a terra? — Emiliano guardava sempre a fisionomia e o nome das pessoas com quem tivera qualquer espécie de relação; Valério era cliente do banco.

— Sim, seu doutor, aqui e lá um servidor.

Abobalhado, provocando sorriso e comentário de Tereza:

— Parece que viu assombração...

— A assombração sou eu. Valério até agora só me encontrou no banco, engravatado, discutindo negócios, de repente dá de cara comigo em Estância, a flanar na rua, de camisa esporte, junto a uma beleza de mulher, é surpresa demais mesmo para um comerciante de Itabuna. Quando chegar lá, vai ter o que contar.

— Talvez fosse melhor o senhor não se mostrar tanto comigo.

— Não seja tola, Favo de Mel. Não me disponho a abrir mão do prazer de passear com você devido ao comentário de a ou bê. Não me interessa nem me atinge. Tudo não passa, Tereza, de inveja porque você é minha. Se eu quisesse matar de inveja a meio mundo levaria você comigo à Bahia, ao Rio, aí, sim, ia ser um falatório. — Riu, abanou a cabeça: — Mas sou demasiado egoísta para sair exibindo o que realmente prezo, pessoas ou objetos. Eu os quero para mim somente.

Deu a mão à Tereza para ajudá-la a descer a calçada:

— No fundo, cometo uma injustiça com você, lhe tendo aqui em Estância, isolada, entre os muros do chalé, quase uma prisioneira. Não é verdade, Tereza?

— Aqui tenho tudo quanto quero, sou feliz.

Levá-la mundo afora, em exibição? Pelo amor de Deus, não, doutor! O capitão gostava de fazer inveja aos demais ostentando galos de briga, cavalos de sela, pistola alemã, colar de cabaços. Levara Tereza à rinha de galos para ver nos olhos dos parceiros o brilho turvo da cobiça. Mas por acaso se parece o doutor com o capitão?

— Quero você para mim somente.

Os amigos a jantar, o banho do Piauitinga, o passeio vespertino, a caminhada noturna, a ponte sobre o rio Piauí, o porto das barcas. Para ela bastava e mesmo se devesse ficar trancada em casa, não se importaria. Ouvi-lo dizer que a quer para si, exclusivamente, paga qualquer limitação.

Mais de uma vez planejaram passeios a lugares próximos. Ida de lancha à barra do rio Real, na divisa da Bahia com Sergipe, para ver o mar arrebentando na praia do Mangue Seco, dunas imensas de areia, para visitar a povoação do Saco, aldeia de pescadores. Nunca saíram da cidade, Tereza não conheceu o mar naquela época, e se bem houvesse desejado a excursão, não cobrou a promessa, não se importou de não realizá-la. Bastando-lhe a presença do doutor, estar com ele em casa, com ele conversar, rir e aprender, com ele sair à rua, com ele se deitar, ah! com ele se deitar!

Sendo curto o tempo disponível do doutor, o tempo dedicado à Tereza, roubado à usina, ao banco, aos negócios, à família, gastavam-no quase todo a sós, no escondido do chalé. Para o doutor era um repouso, uma pausa; para Tereza, a vida.

A cidade se habituara à presença constante e transitória do doutor — a sunga no banho do rio, a flor na mão, em companhia da amásia, parados os dois diante dos casarões antigos, a conversar no Parque Triste, debruçados na ponte, indiferentes à maledicência. O doutor perdera por completo o comedimento; homem rico — todos sabem — tem direito a manter amásia de casa posta e conta aberta, quase obrigatória condição de seu estado mas, sendo casado, não fica bem exibir a amiga em público, ofendendo aos bons costumes pois grandeza se deve possuir e não expor.

Com o passar dos anos a maledicência perdeu força e volume, sabor de novidade, fazendo-se necessária a chegada à terra de um filho pródigo para retirar do esquecimento gasto tema de conversa e mexerico, antigamente apaixonante: o dr. Emiliano Guedes e a amásia, formosa e pública. Patriota, a idônea Dadá louva as benemerências de Estância, chão de flores, céu de estrelas, de lua desbragada e louca, povo generoso e tolerante, abrigo ideal para amores clandestinos:

— Quem diz não sou eu, primo, é o major Atílio: chegou aqui no fim das forças, velho entrevado, para mulher não olhava há anos, já se esquecera como eram as partes. Com o ar de Estância e a água do Piauitinga, em menos de um mês botou rapariga em casa e lhe fez filho. Ele mesmo conta para quem quiser ouvir. A fulana do doutor também já esteve de bucho cheio, já tirou menino, é a água daqui, primo, milagrosa!

— Ai, prima, a moça do doutor dispensa milagre. Basta um olhar, levanta até defunto.

26

OS OLHOS ABERTOS DO DOUTOR PARECEM ANIMAR-SE À LUZ TACANHA DA VELA, REPLETOS de malícia, como se ele acompanhasse os pensamentos de Tereza. Não era preciso água milagrosa do Piauitinga, pau-de-resposta, capim-barba-de-bode, catuaba, bastando um olhar, um sorriso, um gesto, um toque, o joelho à mostra e lá se iam, para a folgança reservando a maior parte do tempo estanciano do banqueiro, breve tempo de lazer.

Não me olhes assim Emiliano, não quero recordar tais deleites na noite de tua morte. E por que não, Tereza? Onde morri senão em seus braços, dentro de ti me desfazendo em amor? Não vivemos dois amores distintos, um reservado aos sentidos, outro aos sentimentos, foi um único amor feito de ternura e de volúpia. Se não queres recordar, recordo eu, Emiliano Guedes, requintado mestre do prazer, para o prazer utilizando a própria morte.

Os mesmos olhos de malícia, o mesmo olhar travesso com que a mirava durante o jantar na mesa repleta de amigos, mostrando-lhe a ponta da língua. Desde a noite na porta da pensão de Gabi, antes de colocá-la na garupa do cavalo, fixara sensação de intenso poderio com a ponta da língua saindo debaixo do bigode para abrir os lábios dela: bastava que ele a mostrasse de longe e já Tereza a sentia penetrar, íntima de todos os recantos de seu ser. Tudo em Emiliano era preciso e cada passo no caminho do refinamento se transformava em marco a ser retomado em outra ocasião.

Diante de visitas solenes — o prefeito, o meritíssimo, o promotor — num gesto em aparência inocente, com a unha o doutor coçava o cangote de Tereza, ela tinha de conter-se para evitar um gemido, mãos devassas, lascivas unhas de gato. O olho oblíquo posto no decote do vestido para lhe ver o seio. Uma noite conversavam no jardim onde a iluminação era propositadamente escassa pois o doutor queria o céu livre para a lua e as estrelas. Haviam jantado e a polêmica prosseguia entre Lulu Santos e o médico, baixas divergências políticas. João Nascimento Filho tinha feito o elogio da noite esplendorosa e padre Vinícius louvara a generosidade do Senhor criando tanta beleza para regozijo do homem na terra. Sob o cajueiro, Tereza, sentada, a ouvi-los. O doutor veio até ela e curvando-se em sua frente a encobriu da vista dos demais. Afetando lhe dar a beber um gole no cálice de conhaque, abriu-lhe o decote do vestido e olhou o seio moreno e rijo, talvez o mais belo ornamento de Tereza. O mais belo? Que dizer então da bunda? A bunda, ah!

Não, Emiliano, não recordes mais, desvia de mim teus olhos arteiros, lembremos outros momentos. Tudo entre nós foi idílio, sobra muito em que pensar. Favo de Mel, não sejas tola, nosso idílio nasceu e se acabou na cama. Ainda há pouco, quando me preparavas para o encontro inevitável com a solenidade da morte de um prócer, de que te recordaste ao sentir o perfume da água-de-colônia masculina? Ai, Emiliano, tais memórias, aromas e deleites terminaram para mim. Não, Tereza, a alegria e o prazer são o legado que te deixo, o único, não dispus de tempo para mais.

Ainda recém-chegados a Estância, concluídas as obras de reforma no chalé, inaugurados os novos banheiros, o doutor iniciou Tereza no prazer do banho de imersão, com sais e óleos. Pela manhã, a ducha forte, a água do rio. No fim da tarde, ou à noite, o langor da água morna, os aromas. Com tanto vidro de perfume à escolha, ela, que só viera a gastar cheiro na pensão de mulheres, lorigan-de-coti barato e forte, notara a preferência do doutor por um frasco de água-de-colônia, sem dúvida estrangeira. Ao fazer a barba e ao sair do banho, invariavelmente Emiliano a usava, seca fragrância, agreste.

Para agradá-lo, um dia, após o banho vespertino, Tereza tomou do vidro e se encharcou com a água-de-colônia do amásio; assim veio encontrá-lo ao pé do leito. Emiliano levantara-se para a acolher e ao sentir o perfume espalhado sobre ela, riu o riso largo, capitoso:

— Que fizeste, Tereza? Esse perfume é de homem.

— Vi o senhor usar com tanto gosto, usei também, pensando...

Esguia menina, corpo em formação, ancas insolentes, o doutor a volteou e a reteve de costas contra si. Da ponta dos cabelos aos dedos dos pés, da rosa do xibiu ao goivo do subilatório, o corpo inteiro de Tereza foi posse do doutor, chão de sua lavra.

Com o tempo, soube Tereza dos perfumes e da maneira de usá-los. Na hora da barba ela mesma passava a água-de-colônia no rosto, no bigode, nos pelos brancos do peito cabeludo do doutor. Gostava de aspirar o perfume seco, agreste, de homem. Vez por outra, ele, tomando o frasco da mão da amiga, punha-lhe uma gota no colo e a volteava, sentindo-lhe a palpitação das ancas. Cada gesto, cada palavra, cada olhar, cada aroma tinha um valor próprio.

Ai, Emiliano, não recordes agora tais momentos, deixa a morte se assentar de todo no meu ventre para que eu recolha então teu legado imenso de alegria e de prazer.

27

ACONTECIA AO DOUTOR CONTAR A TEREZA UM MEXERICO DO QUAL ELES ERAM personagens, matéria para divertimento e riso.

O círculo das comadres transformara um espelho colocado na parede do quarto de dormir em aposento recoberto de espelhos, com funções eróticas. O espelho, é certo, refletia a cama, os corpos nus e as carícias; a propósito o doutor o escolhera enorme e o situara onde devido. Mas sendo um único, as linguarudas o multiplicaram por dezenas. As aulas ministradas por Tereza às crianças da rua deram margem a sensacional notícia: a pique de ser abandonada pelo usineiro, preparava-se Tereza para ganhar a vida exercendo o magistério primário. Contraditórias, as beatas discutiam em seguida os nomes dos ricaços candidatos a substituir o doutor nos braços da amásia quando afinal chegasse a ocasião, o cansaço inevitável.

Acusando-o de espionagem, a brincar, Tereza pergunta a Emiliano como obtém tais informações se permanece ausente de Estância a maior parte do tempo. Embora tendo Alfredão regressado à usina, ainda o doutor anda a par dos disse que disse.

— Sei tudo, Tereza, acerca de todos aqueles por quem me interesso. Não só sobre você, Favo de Mel. Sei de tudo a respeito de cada um dos meus, o que fazem, o que pensam, mesmo quando nada digo e finjo não saber.

Um travo na voz de Emiliano? Simulando medo e susto, Tereza busca afastá-lo de preocupações, negócios, amarguras, tenta fazê-lo rir:

— O doutor me arranja tantos candidatos, parece até que deseja se ver livre de mim...

— Favo de Mel, não diga isso nem por brincadeira, eu lhe proíbo. — Beija-lhe os olhos: — Você nem se dá conta da falta que me faria se um dia fosse embora. Por vezes temo que você se canse daqui, sempre sozinha, a vida estreita, limitada, triste.

Tereza abandona o tom de troça, torna-se séria:

— Não acho minha vida triste.

— É verdade, Tereza?

— Não me falta que fazer quando o senhor não está: a casa, a menina, as lições, experimento receitas na cozinha para quando o doutor voltar, ouço rádio, aprendo as músicas, não me sobra um minuto...

— Nem para pensar em mim?

— No doutor eu penso o dia inteiro. Se demora a chegar, aí sim eu fico triste. De ruim só tem isso em minha vida mas eu sei que não pode ser de outra maneira.

— Gostaria que eu ficasse para sempre, Tereza?

— Sei que não pode ficar, de que adianta querer? Não penso nisso, me contento com o que me cabe.

— O que eu lhe dou é pouco, Tereza? Falta-lhe alguma coisa? Por que nunca me pede nada?

— Porque eu não gosto de pedir e porque nada me falta. O que o senhor me dá é demais, não sei o que fazer com tanta coisa. Não falo disso, o senhor bem sabe.

— Sei, sim, Tereza. E você? Você sabe que para mim também é triste esse ir e vir? Ouça uma coisa, Favo de Mel: creio que não me acostumaria mais sem você. Quando estou longe só tenho um desejo: estar aqui.

Seis anos, uma vida, tanta coisa a recordar. Tanta coisa? Quase nada pois de dramático e grave nada sucedera, nenhum acontecimento sensacional a merecer página de romance, apenas a vida a decorrer em paz.

— Minha vida dá um romance, é só escrever... — afirmava, patética, a costureira Fausta, emissária das senhoras da cidade.

Não a vida de Tereza em Estância; mansa e alegre, não é bom material para enredo de romance. Quando muito, serve para com ela se compor uma canção de amor, uma romança. Na ausência do doutor, mil pequenos afazeres para encher o tempo de espera; com ele presente, a alegria. Um idílio de amásios no qual nada sucedeu digno de ser contado. Ao menos em aparência. Brejeira, a rir, um dia ela exibiu ao doutor versos escritos e enviados pelo poeta Amintas Rufo, inspiração a medir pano na loja do pai, burguês sem ideal.

— Se o doutor prometer não se zangar lhe mostro uma coisa. Guardei só para lhe mostrar.

O envelope chegara pelo correio, dirigido à dona Tereza Batista, rua José de Dome, número 7, melosa versalhada. Ao fim das duas páginas a assinatura e os títulos do autor: Amintas Flávio Rufo, poeta apaixonado e sem esperança. A cabeça no colo de Tereza, o doutor leu as estrofes do caixeiro:

— Você merece coisa melhor, Favo de Mel.

— Até que tem uns versos bonitos...

— Bonitos? Você acha? Desde que alguém acha uma coisa bonita, ela é bonita. O que não a impede de ser ruim. Esses versos são ruins demais. Uma bobagem. — Devolveu as páginas de caligrafia caprichada: — Mais tarde, Tereza, iremos dar uma volta na rua, entraremos na loja onde o seu poeta trabalha...

— O senhor disse que não ia fazer nada...

— Eu não vou fazer nada. Você, sim, vai devolver os versos para ele não repetir a dose.

Tereza, pensativa, e, folhas de papel na mão:

— Não, doutor, não vou não. O moço não me fez nenhum agravo, não me mandou carta ou bilhete, não me propôs namoro nem dormir com ele, em nada me ofendeu, me diga por que eu devo ir em pessoa devolver os versos? Ainda por cima junto com o senhor, eu para ofender e o senhor para ameaçar o moço, na loja, na vista de meio mundo. Não fica bem nem para mim nem para o doutor.

— Eu lhe digo por quê. Se não cortarmos imediatamente as asas desse idiota, ele vai ficar atrevido, meter-se a besta, e eu não admito que ninguém lhe importune. Ou será que você preza tanto esses versos a ponto de desejar guardá-los?

— Disse que acho os versos bonitos, acho mesmo, não vou mentir, para meu pouco saber qualquer latão é ouro. Mas eu também disse que só guardei para mostrar ao senhor, vou devolver pelo correio como recebi, assim não ofendo quem não me ofendeu.

Livre de qualquer resquício de irritação, Emiliano Guedes sorri:

— Perfeito, Tereza, você tem melhor cabeça do que eu. Nunca aprenderei a me controlar. Tem razão, deixa o poeta pra lá, pobre-diabo. Eu estava querendo ir à loja para humilhar o coitado, quem se humilhava era eu.

Levanta a voz para chamar Lula e ordenar gelo e bebidas:

— Tudo porque acho que ninguém tem o direito de pousar os olhos em você, um absurdo: Tereza, você agiu como uma senhora. Agora vamos tomar um aperitivo para brindar à musa dos poetas de Estância, ao meu Favo de Mel.

Uma senhora? Logo no começo da amigação, ele dissera: quero lhe ver uma senhora, só não será se não quiser. Um desafio, ela tomou o pião na unha.

Não sabia direito como fosse uma senhora. Certamente dona Brígida, viúva de médico e político, fora nos tempos do marido senhora de muita representação. Mas quando Tereza a conhecera e com ela tratara mais parecia doida mansa, de miolo mole. Em noites de cachaça, Gabi vangloriava-se de haver sido a senhora Gabina Castro, esposa de um sapateiro, antes de ser Gabi do Padre e acabar dona de bordel. Jamais senhora fina, com certeza.

As senhoras de Estância, só de longe as conhece, de enxergá-las nas janelas a lhe espiarem o passo e os trajes. Os maridos de algumas delas, magistrados, autoridades, frequentam-lhe a casa em visitas ao doutor, de cortesia e adulação. Nas relações de Tereza, gente pobre da vizinhança, não se encontram senhoras, apenas mulheres labutando para criar os filhos com o ganho parco de seus homens. Ainda assim, certos laços se estabeleceram entre Tereza e as senhoras de Estância.

Estando o doutor ausente, Tereza recebeu, determinada manhã, a visita de Fausta Larreta, costureira afamada e cara:

— Me desculpe o incômodo mas venho de parte de dona Leda, a senhora do doutor Gervásio, fiscal do consumo.

Dr. Gervásio, magricela e polido, por mais de uma vez visitara Emiliano; a esposa, Tereza a vira numa loja, escolhendo tecidos. Moça bonita, bem-feita de corpo, petulante, uma fidalga a fazer pouco das fazendas expostas:

— Não achei nada a meu gosto, seu Gastão. Precisa melhorar o sortimento.

Falando para o comerciante, o olho em Tereza, a observá-la. Ao retirar-se, até outra, seu Gastão, não deixe de mandar buscar na Bahia o crepe da China estampado, da porta dona Leda sorriu para Tereza. Tão inesperado sorriso, pegou Tereza desprevenida.

A costureira sentou-se, conversaram na sala de jantar:

— Dona Leda me mandou aqui para lhe pedir um favor: ela queria emprestado aquele seu vestido bege e verde com bolsos grandes, pespontados, sabe qual é?

— Sei, sim.

— É para tirar o molde, ela acha esse vestido um xispeteó, eu também. Aliás, todos os seus vestidos são um estouro. Me disseram que sua roupa vem toda de Paris, até a de baixo, é verdade?

Tereza pôs-se a rir. O doutor comprava-lhe roupa nas casas de modas da Bahia, tinha gosto na escolha e prazer em vê-la trajada a capricho não só quando saíam a passeio mas também dentro de casa. Trapos para todas as horas e ocasiões, a última moda, trazidos a cada viagem, os armários repletos, sem dúvida para compensá-la da vida carente de diversões. De Paris? Assim dizem, fala-se tanta coisa numa cidade pequena como Estância, nem imagina!

Levantou-se Tereza para ir ao quarto em busca do vestido. Temendo uma recusa, a costureira nem pediu licença para acompanhá-la, foi-lhe no rastro, a curiosidade explodindo em exclamações quando Tereza abriu as portas dos grandes guarda-roupas antigos. Que coisa! Oh! Deus do céu! Enxoval assim não há em Estância! Quis ver tudo de perto, tocar as fazendas, examinar os forros e as costuras, ler as etiquetas das lojas da Bahia. Num dos dois armários, alguns ternos de homem; Fausta Larreta desviou os olhos pudicos, retornando aos trajes de Tereza:

— Ah! Esse tailleur é uma gracinha. Quando eu contar às minhas freguesas vão desmaiar de inveja...

Enquanto Tereza prepara o embrulho, a excitada costureira despeja o saco. Algumas senhoras mordiam-se de inveja ao ver Tereza passar ao lado do doutor, naqueles luxos e dengues; desatavam as línguas de trapo, umas enxeridas. Outras, porém, dona Leda por exemplo, celebravam-lhe os vestidos e os modos, com simpatia, por achá-la não apenas linda e elegante mas igualmente educada e discreta. A própria dona Clemência Nogueira, noventa quilos de carolice e realeza, a elogiara, parece mentira. Numa roda de emproadas senhoras, metidas a muito melindrosas no que respeita à moral pública, manifestara-se em alto e bom som sobre a discutida personalidade de Tereza; ela sabe guardar o seu lugar, não força nenhuma porta, acham pouco? Não contente, a ilustre dama, esposa principal da grande fábrica de tecidos, completara, com sabedoria e amplo conhecimento da realidade: em lugar de criticar a rapariga, elas todas deviam lhe agradecer por se contentar com tão pouco, o banho de rio, os passeios, a companhia do doutor. Sim, porque se ela pedisse ao Guedes para levá-la aos bailes, às cerimônias, para lhe obter postos nas comissões organizadoras das festas de igreja, das solenidades do Natal, do Ano-Novo, do mês de Maria, novenas e trezenas, na Devoção do Sagrado Coração, na Sociedade das Amigas da Biblioteca, se lhe pedisse para introduzi-la nas casas de família, e ele, com a força do dinheiro, do mando e da paixão de velho, a impusesse, quem seria a primeira figura de Estância? Haveria alguém capaz de se opor a uma exigência de Emiliano Guedes, do banco Interestadual da Bahia e Sergipe? Para pegar no bico da chaleira do doutor, não se acotovelavam os notáveis na varanda, no jardim do chalé, inclusive o padre Vinícius? Se lá não apareciam a todo dia e a toda hora, devia-se à reserva do Guedes e da recatada rapariga e não à moralidade dos maridos das nobilíssimas senhoras.

As menos hipócritas chegavam a lastimar os costumes de Estância. Ainda tão monarcos, não permitiam às damas da sociedade manter relações com mulheres amigadas, mancebas de homem casado, Tereza compreende decerto muito bem os motivos das senhoras não a procurarem pessoalmente. Dona Leda, ao enviar Fausta de intermediária, expressara-se de forma categórica:

— Se fosse na Bahia, ia eu mesma, não me importava de me dar com ela. Aqui não pode ser, o atraso não deixa.

Sucederam-se os empréstimos de vestidos, blusas, casaquinhos, camisolas, não só à dona Leda. Também à dona Inês, dona Evelina, a das pintas negras, uma na face, outra no alto da coxa esquerda, dona Roberta, dona Clementina já citada, todas elas fidalgas de escol. Nenhuma delas a cumprimentou jamais na rua, mas dona Leda lhe mandou de presente uma peça de renda de bilros, do Ceará, e dona Clemência lhe fez chegar às mãos pequena estampa colorida de santa Terezinha do Menino Jesus, delicada atenção. Com uma oração impressa no verso e indulgências plenárias.

— Quer dizer que é você, Favo de Mel, quem dita a moda em Estância... — Emiliano ria o largo riso brincalhão ouvindo detalhes das repetidas visitas da alta-costura local na pessoa de Fausta Larreta, dedal de ouro, sina adversa: sucessivas falências e enfermidades crônicas na família a viver à sua custa, noivados desfeitos, permanente agonia: minha vida é um romance, um romance não, um folhetim de amor e falsidade.

— No baile do Ano-Novo havia cinco vestidos copiados dos meus... Sem falar na roupa de baixo, até de calças querem tirar moldes. Quem dita a moda não sou eu, é o senhor, meu costureiro.

Mostrava-lhe a estampa recebida de dona Clementina, as indulgências plenárias concedidas pelo papa a quem rezasse a oração da santa adolescente e virginal, sua xará:

— Estou limpa de todos os pecados, não vou mais lhe permitir tocar em mim; tire a mão daí, seu pecador. — Ao ameaçá-lo com a castidade eterna, oferecia-lhe os lábios para o beijo.

Tudo para fazê-lo rir o largo riso cálido e bom como um cálice de vinho do Porto. Ultimamente ele ria menos, perdido em longos, em pesados silêncios. Jamais estivera, no entanto, tão afetuoso e terno para com Tereza, amiudando as vindas a Estância, ampliando o tempo de permanência. Na cama, na rede a possuí-la, no colo da amiga repousando.

Velhas comadres tentaram aproximar-se, meter-se portas adentro no chalé, fuçando intrigas, transmitindo os rumores da cidade mas Tereza, delicada se possível, firme sempre, lhes fechou as portas na cara não sendo as fuxiqueiras nem de seu agrado nem do agrado do doutor.

Irada, expulsou uma delas poucos dias antes de tudo se acabar. A pretexto de discorrer sobre a quermesse do domingo próximo, tendo pedido e obtido uma prenda para o leilão em benefício das obras do Asilo dos Velhos, em lugar de despedir-se a bisbilhoteira iniciara picante relato de escândalos. A princípio desatenta, pensando na maneira de despachar a maldizente sem a ofender, Tereza não tomou conhecimento imediato do assunto em causa:

— Já lhe contaram, não? É horror, em Aracaju ninguém fala noutra coisa, parece que ela tem fogo no rabo, não pode ver homem... E o marido...

— Ela, quem? — Tereza punha-se de pé.

— Ora, quem... A filha do doutor, a tal de Apa...

— Cale a boca e saia!

— Eu? Está me mandando embora? Olhe a ousada... Sujeita de vida irregular, ajuntada com homem casado, mulherzinha...

— Puxe daqui pra fora! Depressa.

Ao ver-lhe os olhos, a xereta azulou. Tereza ficava sabendo sem querer saber. Não pelo doutor, de sua boca não saía uma palavra, apenas os inusitados silêncios, o riso a tornar-se escasso e breve em homem de riso largo e fácil. Sei de tudo mesmo quando me calo e finjo não saber. Também Tereza fingiu nada saber se bem no decorrer dos últimos meses comadres, criados, amigos deixassem escapar referências a fatos desagradáveis, escandalosos. Padre Vinícius, de volta da usina onde fora celebrar, falara em solidão. Dezenas de convidados da Bahia e de Aracaju, festança como hoje já não se faz em parte alguma a não ser na usina Cajazeiras. O doutor presente, não dava o braço a torcer, gentil com todos, dono de casa sem igual. Mas a festa se transformara nesses anos, não era mais aquela de outrora, festa de roça com missa, batizados, casamentos, comilança, os meninos subindo em pau de sebo, apostando corridas de saco, música de sanfona e violão, fandango em casa de Raimundo

Alicate. O fandango agora era na casa-grande, que fandango! Comandado pelos filhos e sobrinhos do doutor, coisa de loucos. Enquanto o baile pegava fogo, o padre viu Emiliano Guedes sair andando sozinho pelo campo em direção à estrebaria onde o cavalo negro relinchou alegre ao reconhecer o dono.

Fazia-se Tereza festiva e brincalhona, ainda mais terna e devotada, mais ardente se possível, para lhe restituir um pouco de paz e de alegria, da paz e da alegria que o doutor lhe dera com perdulária fartura durante esses seis anos.

Para as comadres, mulherzinha, amásia de homem velho, rico e casado. Para o doutor, uma senhora, moldada por ele próprio nas horas de ócio. Tereza não se sente nem uma coisa nem outra, apenas mulher adulta e apaixonada.

O doutor dormia tarde e acordava cedo. Os corpos úmidos, por fim entregues ao cansaço após o longo e doce embate, só então ele se rendia ao sono, a mão largada sobre o corpo dela. Ultimamente, porém, Emiliano cerrava os olhos mas permanecia insone noite afora.

Logo Tereza deu-se conta. Pondo a cabeça do amante contra os seios, cantava em surdina velhas cantigas de ninar, única recordação da mãe perdida no desastre de marinete. Para chamar o sono e apaziguar o coração do amante. Dorme, meu amor, teu sono sossegado.

28

ATRAVÉS DAS VENEZIANAS UMA RÉSTIA DE LUZ PENETRA NO QUARTO, pousa na face do morto. Dr. Amarílio surge à porta, nervoso, percorre o aposento com o olhar, Tereza continua na mesma posição.

— Eles não devem tardar... — murmura o médico.

Tereza nem parece ter ouvido, rígida na cadeira, os olhos enxutos, opacos. Sem fazer barulho, o médico se retira lentamente. Deseja que tudo termine quanto antes.

Aproxima-se a hora, Emiliano, quando nos iremos os dois de Estância, para sempre. Igual a esta não existe no mundo outra cidade, assim acolhedora e bela. Manhãs na água do rio, remanso e correnteza, crepúsculos de sobradões antigos, as mãos dadas nos caminhos, perfumadas noites de jasmim e lua, ai, Emiliano, nunca mais.

Os homens já não invejarão o doutor, velho felizardo! As mulheres deixarão de criticar a amásia, felizarda moleca! Já não serão vistos na rua, afrontando a moral, passo tranquilo, riso solto, os felizardos!

Para tristeza das xeretas, encerra-se o debate aberto com o fim de indicar qual dos graúdos das fábricas, das usinas, das fazendas assumirá o posto vago na cama de Tereza quando o doutor se fartar.

Não temas, Emiliano. Não me transformei numa senhora como desejavas, talvez por não tê-lo conseguido, talvez por não querer. Que serventia possui uma senhora? Prefiro ser mulher direita, de palavra. Embora até hoje tenha sido apenas escrava, mulher-dama, amásia, nada temas: esses ricaços daqui, jamais, Emiliano! Nenhum deles tocará sequer a barra de meu vestido, teu orgulho também é minha herança. Antes a pensão de putas.

Os teus não tardarão a chegar, já saíram do baile, correm na estrada, vêm buscar o prócer. Também nossa festa se acabou, breve tempo de uma rosa nascer e se fanar. Acabou-se Estância, Emiliano, vamo-nos embora.

Vêm te buscar, levarão teu cadáver. Eu levarei em minhas entranhas tua vida e tua morte.

29

NA QUINTA-FEIRA, O DOUTOR CHEGOU NO MEIO DA TARDE. AO OUVIR A BUZINA do automóvel, Tereza vem correndo do fundo do pomar, os braços estendidos, o rosto iluminado pelo contentamento. Assim, quase uma figura de lenda, surgindo de um bosque mitológico, mulher e pássaro, Emiliano a viu atravessando o jardim, nos olhos o brilho de carvão aceso, na boca o riso de água corrente, transbordante de amor; vê-la já lhe aquietou o sombrio coração.

Tereza constata na face do amante os traços da fadiga, expostos apesar do esforço para escondê-los. Beija-o na face, no bigode, na testa, nos olhos, no rosto todo a limpá-lo da estafa, do enfado, da tristeza. Aqui não cabem o pesadelo, os termos inglórios do combate, a solidão, meu bem-amado. Ao transpor o portão do jardim, é como se ele arribasse ao porto mágico de um mundo inventado onde só a paz, a beleza e o prazer existem. Ali a vida o espera no riso, nos olhos, nos braços de Tereza Batista.

Namorando, entram casa adentro, enquanto o chofer, ajudado por Lula, desembarca a maleta, pasta, pacotes, mantimentos, a pequena bicicleta encomendada por Tereza para Lazinho cujo aniversário se aproxima. Sentam-se na beira da cama para o beijo de boas-vindas, demorado e repetido.

— Vim direto da Bahia, não passei na usina, com as chuvas as estradas estão uma porcaria — diz ele para explicar o cansaço visível mas não engana Tereza.

Antes o doutor nunca vinha diretamente da Bahia, parando sempre na usina ou em Aracaju para fiscalizar o trabalho, estar com os parentes. Desde que o genro assumira a gerência da sucursal do banco, só de raro em raro vai a Aracaju, quando mais devia ir para ver a filha, a predileta. Está cansado da viagem, mais cansado ainda dos dissabores. Tereza descalça-lhe os sapatos, tira-lhe as meias. Num tempo esquecido, todas as noites devia lavar os pés do capitão, penosa obrigação de escrava. O capitão, a roça, o armazém, o cubículo com a estampa da Anunciação e a taca de couro, o ferro de engomar, tudo isso sumiu na distância, dissolvendo-se no tempo do doutor, na harmonia de agora. No prazer de descalçar e desnudar o amásio belo, limpo, sábio. O ato é o mesmo, melhor dito parece o mesmo ato de vassalagem, de sujeição. Mas, enquanto do capitão era serva, cativa no medo, do doutor é amante, escravidão do amor. Tereza completamente feliz. Completamente? Não, porque o percebe magoado e ferido e as amarguras dele nela se refletem, a magoam e ferem por mais o doutor as esconda. Vou preparar um banho bem quente para o senhor descansar da viagem.

Depois do banho foi a cama, extensa e profunda de prazer. Ele chegava ansioso, em ânsia a encontrando e o primeiro embate tinha a violência da fome, a urgência da sede. Ai, meu amor, morriam e renasciam.

— O bode velho está tirando o atraso, botando a escrita em dia, uma hora dessas emborca em riba da assanhada... — sussurra Nina a Lula enquanto examinam a bicicleta, presente destinado ao filho deles, da melhor marca, igual à do anúncio colorido publicado na revista.

Na hora do crepúsculo e da brisa, Tereza e o doutor voltam ao jardim. Apaziguadora, a noite de Estância começa a se estender sobre as árvores, o casario e as pessoas. Da cozinha, resmungando incongruências, a velha Eulina envia pitus para o tira-gosto; prepara escaldado de guaiamuns para o jantar. Lula traz a mesa, as garrafas e o gelo. Emiliano, após servir, estende-se na rede, finalmente em casa.

Sem se referir ao incidente com a beata, ela lhe fala da quermesse:

— Vai ser no sábado, depois de amanhã. Vieram pedir uma prenda, aproveitei e ofereci aquele abajur de conchas pintadas que o senhor não tolerava, um que lhe deram em Aracaju, se lembra?

— Lembro. Horrível... Foi um cliente do banco quem me deu, um comerciante. Deve ter pago um bom dinheiro por aquela monstruosidade. Coisa mais feia.

— O senhor é que acha feio, todo mundo acha lindo. — Bole com ele para fazê-lo rir: — O doutor é um enganjento, põe defeito em tudo. Não sei como foi gostar de mim, de uma tribufu sem serventia.

— Favo de Mel, você agora me lembrou minha primeira esposa, Isadora. Nunca lhe contei que para casar quase brigo com meu pai, o velho era contra por ela ser moça pobre, gente do povo, costureira. A mãe fazia doces para festas, o pai ela nunca vira. Eu tinha acabado de me formar, foi namoro rápido, bati o olho nela, aprovei. Essa vale a pena, disse para mim mesmo. Com menos de dois meses, fiz-lhe o serviço, gostava dela, me casei. Tive que ir morar na usina, trabalhar ao lado do velho, abrindo mão de meus planos que eram outros. Não me arrependo, ela valia a pena. Meu pai terminou adorando Isadora, foi ela quem lhe fechou os olhos na hora da morte. Boa e dedicada, extremosa, cativante. Fomos casados dez anos, morreu de tifo em poucos dias. Nunca engravidou, por isso me dizia: sou um traste sem serventia, Emiliano, por que foi casar comigo? Fez tudo para ter filhos, levei ao Rio, a São Paulo, os médicos não deram jeito, nem os médicos nem as curandeiras. Na vontade de pegar menino fez promessas absurdas, encomendou feitiços na Bahia, usava bentinhos, tomava tudo que lhe ensinavam, coitada. Morreu pedindo que me casasse de novo, sabia quanto eu desejava um filho. Ela, sim, valia a pena. Ela e você, Favo de Mel.

Parece em dúvida se deve prosseguir ou não. Balança a cabeça, afasta os fantasmas, muda de assunto:

— Então, sábado tem quermesse na praça da Matriz? Gostaria de ir, Favo de Mel?

— Para fazer o que, lá sozinha?

— Quem lhe falou em ir sozinha? — Agora é ele quem mexe com ela, como se ao recordar Isadora houvesse serenado: — Sozinha não permito, não vou correr o risco com tanto gabiru atrás de você... Eu lhe convido para ir em minha humilde companhia...

De tão surpresa, Tereza bate palmas num arroubo de menina:

— Nós dois? Se aceito? Nem pergunte. — Mas logo a mulher refletida toma o lugar da jovem entusiasta: — Vai dar muito o que falar, não vale a pena.

— Você se importa que falem?

— Não é por mim, é pelo senhor. Por mim, podem falar à vontade.

— Por mim também, Tereza. Por consequência, vamos dar ao bom povo de Estância, que nos hospeda com tanta gentileza e que não tem muita novidade a comentar, um prato para as conversas, apimentado. Ouça, Tereza, e fique sabendo de uma vez para sempre: não tenho mais nenhum motivo para lhe esconder seja de quem for. Terminou-se a discussão, vamos beber para comemorar.

— Ainda não se acabou, não senhor. Sábado não é o dia em que seu João, doutor Amarílio e o padre Vinícius vêm jantar aqui?

— Anteciparemos o jantar para amanhã, eles também hão de querer ir à quermesse, o padre não pode faltar. Manda-se Lula avisar.

— Estou tão contente...

Depois do beijo e de novamente encher os cálices, de retorno ao colo de Tereza na rede larga, Emiliano conta:

— Sabe, Tereza, desta vez eu trouxe um vinho que vai botar lágrimas de emoção nos olhos do mestre Nascimento, um vinho de nossa juventude. Naquele tempo se encontrava à venda na Bahia, depois desapareceu completamente, chama-se Constantia, um licoroso produzido na África no Sul. Pois não é que um rapaz que me fornece vinhos obteve duas garrafas a bordo de um cargueiro americano atracado no porto da Bahia para carregar cacau? Você vai ver o velho João tremer nos alicerces...

Durante o jantar, no dia seguinte, Tereza acompanha o esforço do doutor para ser o perfeito anfitrião de sempre, para manter a mesa cordial e animada. A comida admirável, os vinhos escolhidos, a dona da casa formosa, elegante e atenta, tudo do melhor, mas falta a jovialidade, a força, a alegria de viver de Emiliano, contagiantes. Daquela vez Tereza não conseguira tirar a cabeça do doutor dos problemas, dos aperreios, das amofinações, fazê-lo esquecer o mundo mais além dos limites de Estância.

Termina contudo por animar-se e rir o riso largo de homem satisfeito com a vida, ao fim do jantar, após o café, acesos os charutos, faltando apenas os licores e os conhaques, os digestivos. Havia sumido da sala, volta trazendo uma garrafa, nos olhos claros a malícia, na boca o riso:

— Mestre João se segure para não desmaiar, tenho uma surpresa... Sabe o que é isso aqui em minha mão? Veja: uma garrafa de Constantia, o Constantia do nosso tempo.

A voz de João Nascimento Filho se eleva, de repente jovem:

— Constantia? Não me diga! — Põe-se de pé, estende o braço:

— Deixe-me ver. — As mãos trêmulas, coloca os óculos para ler o rótulo, namora contra a luz a cor de ouro velho da bebida, sentencia:

— Você é um demônio, Emiliano. Onde arranjou?

Na emoção do amigo o doutor parece por fim ter esquecido as preocupações a deprimi-lo. Enquanto entre os cálices, ele e mestre João discorrem sobre o vinho, imersos num mundo de lembranças. No dia do batizado de Emiliano, o vinho servido após a cerimônia fora Constantia. Os heróis de Balzac bebem Constantia nos romances da Comédia Humana, recorda Nascimento Filho cujos olhos se gastaram na leitura. Frederico, o Grande, não o dispensava, acrescenta o doutor. Nem Napoleão, Luís Filipe, Bismarck. São dois velhos a sentirem o sabor da juventude no vinho espesso e escuro. O padre e o médico escutam em silêncio, os cálices cheios.

— Saúde! — brinda Emiliano. — À nossa, mestre João!

João Nascimento Filho cerra os olhos para melhor degustar: rapaz nas ruas da Bahia, na faculdade de direito, pleno de ambições literárias, antes de cair doente e ter de abandonar os estudos e as rodas boêmias. O doutor bebe devagar, saboreando: moço rico às voltas com amantes e festas, tentado pela advocacia e pelo jornalismo, jovem bacharel destinado a brilhante carreira. Sacrificara planos e esperanças à paixão por Isadora e não se arrependera. Procura Tereza com os olhos, ela está a fitá-lo, enternecida por vê-lo finalmente despreocupado, a rir com o amigo. Anda para ela. Que direito tem de fazê-la compartir de desgostos e tristezas apenas dele? Ela só lhe dera alegria, só merece amor.

— Gosta do Constantia, Favo de Mel?

— Gosto sim, mas ainda prefiro o Porto.

— O vinho do Porto é o rei, Tereza. Não é, mestre João?

Deposita o cálice na mesa, rodeia com o braço a cintura da amásia, não pode se sentir vazio e triste quem possui Tereza. Coça-lhe o cangote com a unha, num ímpeto de desejo. Mais tarde beberão um último cálice na cama.

Sábado à noite ferve a animação na praça da Matriz, quermesse organizada pelas senhoras gradas em benefício do Asilo dos Velhos e da Santa Casa de Misericórdia, as barracas atendidas por moças e rapazes da sociedade, dois improvisados bares com refrigerantes, refrescos e cerveja, sanduíche, cachorro-quente, batida de limão, amendoim, maracujá e tangerina, doces inúmeros, e parque de diversão de João Pereira armado com carrossel, chicote, barcos voadores, roda-gigante. Eis que surgem de braço dado o doutor e a amásia. Por um segundo todas param para olhar e ver. Tereza tão formosa e bem vestida a ponto das próprias senhoras serem obrigadas a reconhecer não existir em Estância outra capaz de com ela se comparar. O velho de prata e a moça de cobre atravessam entre o povo, vão de barraca em barraca.

O doutor parece um rapazola, compra um balão azul para Tereza, ganha prêmios no tiro ao alvo, uma carta de alfinetes, um dedal, toma refresco de mangaba, aposta e perde na roleta, mais adiante é o leilão de prendas. Sem sequer tomar conhecimento do objeto que está sendo apregoado, pelo qual já ofereceram vinte cruzeiros, ele dá um lance de cem e imediatamente recupera o abajur de conchas pintadas, aquele horror. Tereza não pode controlar o riso desatado quando o leiloeiro recolhe o alto pagamento e, numa reverência grata, entrega a prenda. Até então, Tereza se sentira contrafeita ante os olhares de soslaio das senhoras e beatas, a pequena multidão de estafermos a acompanhá-los com a vista, a segui-los de longe. Mas, agora, rindo de perder o fôlego, tranquila enfrenta olhares e cochichos, indiferente aos curiosos, o braço no braço do doutor, feliz da vida.

Também o doutor se libertara de mágoas e cuidados, na surpresa feita na véspera a mestre João, na alegria do amigo, na recordação da juventude, na cama depois, nos refinamentos noturnos nos braços de Tereza, improvisada taça de Constantia, no banho do rio, na festa matinal, na tarde preguiçosa, na doce companhia da amásia. De quando em vez responde ao respeitoso boa-noite de um conhecido. De longe as fidalguias olham os desavergonhados, calculando o preço do vestido, a perguntarem-se o valor dos brincos e do anel — pedras verdadeiras ou simples fantasia? O riso de Tereza não tem preço.

Sem querer, pela primeira vez escapa-lhe da boca a expressão de um desejo, não chega todavia a ser um pedido:

— Sempre tive vontade de um dia andar na roda-gigante.

— Nunca andou, Favo de Mel?

— Nunca tive ocasião.

— Vai andar hoje. Vamos.

Aguardam a vez na fila, antes de ocuparem uma caçamba. Elevam-se pouco a pouco, enquanto a roda vai parando para desembarcar os antigos e embarcar os novos fregueses. O coração palpitante, Tereza prende entre as suas a mão esquerda do doutor; com o braço livre ele a circunda. Em determinado momento ficam parados no ponto mais alto, a cidade lá embaixo. A multidão a divertir-se, confuso rumor de conversas e risos, luzes multicores nas barracas, no carrossel, no contorno da praça. Pouco adiante as ruas vazias, mal iluminadas, a massa de árvores do Parque Triste, o vulto dos sobradões na sombra. Na distância, o murmúrio dos rios correndo sobre as pedras para se juntarem no porto velho, a caminho do mar. Em cima, o céu imenso de estrelas e a lua de Estância, desmedida, e louca. Tereza solta o balão azul, o vento o leva no rumo do porto — quem sabe para o mar distante?

— Ai, que maravilha! — murmura Tereza comovida.

Na quermesse, obstinados, alguns basbaques, os olhos levantados, a espiá-los. Também umas quantas senhoras e comadres arriscam destroncar o pescoço para vê-los. O doutor traz o corpo de Tereza para junto de si, ela descansa a cabeça no ombro dele. Emiliano acaricia-lhe os cabelos negros, toca-lhe a face e a beija na boca, beijo longo, profundo e público — um escândalo, um descaramento, uma delícia, um esplendor. Ah!, os felizardos.

30

NAS SOMBRAS E NO SILÊNCIO DO QUARTO TEREZA ESCUTA O RUÍDO DOS automóveis na rua. Quantos? Mais de um, certamente. Eles estão chegando, Emiliano, os teus. Tua família, tua gente. Vão se apossar de teu corpo, vão levá-lo. Mas enquanto estiveres nesta casa, nela permanecerei. Não tenho nenhum motivo para me esconder seja de quem for, tu o disseste. Sei que não te importas que me vejam e sei que, se estivesses vivo e eles chegassem de repente, tu lhes dirias: eis Tereza, minha mulher.

31

AQUELE DOMINGO DE MAIO TRANSCORREU NUMA ROTINA DE VENTUROSA BONANÇA. O banho de rio de manhãzinha, do qual voltaram na carreira pois começara a chover, barrufos de água a lavar a cara do céu. Permaneceram em casa o resto do dia até depois do jantar, o doutor numa preguiça de convalescente, da cama para o sofá, do sofá para a rede.

Durante a tarde o prefeito apareceu, veio solicitar o apoio de Emiliano para uma pretensão orçamentária da municipalidade junto ao executivo estadual: uma palavra do eminente cidadão de Estância — nós o consideramos um dos nossos! — ao governador será, sem sombra de dúvida, decisiva. O doutor o recebeu no jardim onde descansava namorando Tereza. A amásia quis retirar-se para deixá-los à vontade mas Emiliano prendeu-lhe a mão, não lhe permitindo sair. Ele mesmo chamou Lula e o enviou em busca de bebidas e de um cafezinho passado na hora.

Se não de todo refeito, pelo menos em plena convalescença. Voltara à animação antiga, rindo, conversando, discutindo os projetos do prefeito, comandando, recuperado do cansaço e da amargura. Os poucos dias transcorridos em Estância, em companhia da amásia, parecem ter cicatrizado as feridas, aplacado a mágoa. Os barrufos matinais haviam lavado o céu, a viração mantivera-se contínua, domingo luminoso e ameno. Na mesa do jantar, Tereza sorri: sereno dia de descanso a suceder à inesquecível noite da véspera, de quermesse, roda-gigante, noite fantástica, absurda, a mais feliz de sua vida.

Inesquecível não só para ela, também para o doutor. Após o jantar saem para a caminhada até a ponte e o velho porto. Emiliano comenta:

— Há muitos anos não me divertia tanto como me diverti ontem. Você tem o dom da alegria, Favo de Mel.

Foi, por assim dizer, o começo da última conversa. Na ponte, Tereza relembra o simulado tropeção do doutor na rua, de volta da quermesse, deixando cair e espatifar-se o abajur de conchas pintadas, declamando-lhe cômico epitáfio: descansa em paz, rei do mau gosto, para sempre adeus! Mas Emiliano já não ri, de novo amofinado, a face retesa, a cabeça posta em aflições e desgostos.

Mergulha o doutor num silêncio pesado; por mais Tereza se esforce para trazê-lo de retorno ao riso e à despreocupação, nada obtém. Rompera-se o curso da alegre inconsequência da véspera a prolongar-se até o começo da noite daquele domingo de maio.

Resta uma última trincheira, a cama. O amor sem peias, o embate dos corpos, o desejo e o prazer, o deleite infinito. Para arrancá-lo da opaca tristeza, para lhe aliviar o fardo. Ah! se Tereza pudesse tomar a si tudo quanto o amola e deprime. Ela está acostumada com o ruim da vida, comeu do lado podre com fartura. O doutor sempre teve quanto desejou e como quis, os demais na obediência, no respeito, na sujeição às suas ordens, envelheceu gozando o bom da vida. Para ele é mais difícil. Na cama, quem sabe, dentro de Tereza, se apaziguará.

Mas, transposto o portão, Emiliano anuncia:

— Quero conversar contigo, Tereza. Fiquemos aqui, na rede, um pouco.

Na quinta-feira ele estivera a pique de abrir o coração: ao falar do primeiro casamento, ao referir-se a Isadora. O fardo fez-se insuportável mesmo para o orgulho do doutor, chegou a hora de dividir a carga, aliviar o peso. Tereza anda para a rede: estou pronta, meu amor. Emiliano diz:

— Deita aqui junto de mim e escuta.

Só em certos momentos ele a trata por tu, quando quer tornar mais funda e patente a intimidade estabelecida entre eles. Tu, minha Tereza, meu Favo de Mel.

Ali, no jardim das pitangueiras, a lua desmedida de Estância escorrendo ouro sobre as frutas, o aroma do jasmim-do-cabo evolando-se na brisa, a voz irada, ele tudo lhe contou. Disse da decepção, do fracasso, da solidão de sua vida familiar. Os irmãos, uns incapazes, a esposa, uma infeliz, os filhos, um desastre.

Desperdiçara a vida no trabalho insano em benefício da família Guedes, dos irmãos e do povo deles, mais ainda de seu povo, esposa e filhos. O dr. Emiliano Guedes, o mais velho dos Guedes da Usina Cajazeiras, o chefe da família. Concebera esperanças, arquitetara planos, sonhara sucessos e alegrias e a essas cálidas esperanças, a esses ardentes planos e magníficos sucessos, a essas previstas alegrias mais do que a vida, sacrificara o resto do mundo, todas as demais pessoas, inclusive Tereza.

Menosprezara o direito alheio, pisoteara a justiça, desconhecera qualquer razão que não fosse a do clã dos Guedes. Clã ou quadrilha? Eternamente insatisfeitos, sempre a exigir mais, por eles Emiliano se batera implacável, na mão o rebenque de prata. Os cabras, às ordens, os políticos, os fiscais de impostos, os juízes, os prefeitos, todas as autoridades à disposição, o clavinote e a gorjeta, a arrogância e o desprezo. Tudo para os Guedes, em primeiro lugar para Jairo e Aparecida, os filhos.

Ah! Tereza, nenhum deles pagara a pena, dura pena. Nem os irmãos, nem a gente deles — não se salva um único! — nem a esposa, nem os filhos. Tempo desperdiçado, energia posta fora, labuta vã. De nada valeram o esforço, o interesse, o afeto, a amizade, o amor. Inúteis as injustiças, os atropelos, as violências, as lágrimas de muitos, o desespero de tantos, o sangue derramado — até mesmo teu sangue, Tereza, por eles derramei, rompi tuas entranhas para matar nosso menino. Tudo isso para quê, Tereza?

32

A VOZ DO DR. AMARÍLIO, DESFEITA EM AMA-
BILIDADE, A INDICAR o caminho:

— Por aqui, faça o favor.

Emoldura-se na porta do quarto um rapagão moreno, quase tão alto
quanto o doutor, belo e arrogante como ele mas, ao mesmo tempo, o
seu oposto. Nos olhos rapaces um brilho de astúcia, na boca um ríctus
de deboche. É forte e parece frágil, é vulgar e se anuncia nobre, é dis-
simulado e aparenta franqueza. Enverga smoking talhado em alfaiate
caro, todo ele recende a festa, a luxo, a boa vida.

Meio escondido pelo corpo do recém-chegado, o médico apresenta:

— Tereza, este senhor é o doutor Túlio Bocatelli, o genro do doutor.

Sim, tinhas razão, Emiliano, basta pôr os olhos nele para se reconhecer o caça-dotes, o cafetão. Um assim, da alta sociedade, Tereza
nunca vira mas todos eles, seja qual seja o escalão onde se movimentam,
possuem algo em comum, marca indefinível mas fácil de perceber para
quem já exerceu de prostituta.

— Boa noite… — o acento italiano, a inflexão dolente.

Os olhos de rapina demoram-se em Tereza, calculam-lhe o valor e o
preço. Mais bonita, muito mais do que lhe haviam dito, madona mestiça,
fêmea invulgar, o velho demônio sabia escolher e cuidar: com razão man-
tinha-a escondida ali, em Estância. Fita o sogro, defunto de olhos abertos,
parece vivo. Lâmina de frio gume, os olhos do doutor liam dentro das
pessoas, nunca Túlio conseguira enganá-lo. Emiliano sempre o tratara
com a máxima cortesia porém jamais lhe concedeu a menor intimidade nem mesmo quando ele se revelou administrador capaz de manejar
negócios e ganhar dinheiro. Desde o dia em que lhe foi apresentado,
o genro somente enxergou nos olhos do doutor desprezo e desapreço.
Olhos límpidos, azuis, impiedosos. Ameaçadores. Na usina, Túlio nunca
se sentiu inteiramente seguro: e se o velho capo o mandasse liquidar por
um daqueles cabras de fala mansa e muitas mortes? Ainda agora o sogro
o fita com o olhar de nojo. Nojo, era o termo justo.

— Sembra vivo il padrone.

Parece vivo mas está morto, acabou-se o patrão, por fim Túlio Bocatelli é um homem rico, podre de rico; custara-lhe caradura, cinismo
e paciência.

Da sala chegam vozes de mulheres e homens, entre elas a do padre

Vinícius. Túlio entra no quarto deixando a porta livre à passagem de Aparecida Guedes Bocatelli. O decote do vestido de baile exibe-lhe os seios alvos e pujantes, abre-se atrás até o rego da bunda. Apa é o retrato do pai, o mesmo rosto sensual, uma beleza forte, quase agressiva, a boca sôfrega igual à de Emiliano mas, na dele, a avidez estava coberta de prata pelos bastos bigodes. Bastante alterada, Aparecida vacila ao andar. No baile pouco bebera, interessada na dança, par constante de Olavo Bittencourt, jovem médico psicanalista, amor recente, Apa gosta de variar. Mas, durante a viagem para Estância, emborcara quase uma garrafa inteira de uísque.

Apoia-se no braço de Olavo. Ao enxergar, porém, o corpo do pai, mal iluminado pelos tocos das quatro velas e pela dúbia claridade da antemanhã, cai de joelhos junto à cama, ao lado da cadeira onde Tereza está sentada.

— Ai, papi!

Nem por ser tua filha tiveste contemplação com ela, Emiliano, usando o nome certo e cru ao designá-la puta, mas não lhe puseste a culpa, culpando antes o teu sangue e tua estirpe, ah! se ao menos ela houvesse nascido homem!

Os soluços rebentam no peito de Aparecida, ai, papi! Estende as mãos e toca o corpo do pai: andavas triste, deixaste de me tomar ao colo, de acariciar os meus cabelos, de me chamar rainha e de velar meu sono, meu sono e meu destino. Ai, papi!

Curvado sobre ela, solidário, o jovem mestre do subconsciente e dos complexos, pronto para socorrê-la com um comprimido, um barbitúrico, uma injeção, um aperto de mão, um olhar apaixonado, um beijo furtivo. Do canto do quarto, Túlio acompanha com interesse a emoção de Aparecida mas abstém-se de intervir. Não por indiferente ao sofrimento da esposa mas, sendo homem de experiência e classe, sabe que nessas horas um médico e um amante, e não um marido, são de mais utilidade, de maior conforto. Ainda melhor se médico e amante fundem-se no mesmo galante par de dança, um pobre tipo metido a irresistível. Em assuntos de tal delicadeza, Túlio Bocatelli é perfeito de finura e tato.

Contudo, os olhos lacrimosos de Aparecida, ao levantarem-se à procura de socorro e segurança, não buscam o amante e, sim, o marido. Se há na família alguém capaz de levar o barco avante, de assumir o comando e garantir a continuação da festa, esse alguém é o filho do porteiro do palácio do conde Fassini, em Roma, Túlio Bocatelli, o único. Ele sorri para Aparecida, um elo forte os une, o interesse, quase tão forte quanto o amor.

Um grupo barulhento discute com o padre na sala de jantar. Eleva-se esganiçada voz feminina:

— Não entro enquanto essa mulher não sair do quarto. Sua presença junto dele é uma afronta à pobre Iris e a todos nós.

— Calma, Marina, não se exalte... — vacilante voz de homem, quase inaudível.

— Entre você, se quiser, está acostumado a conviver com prostitutas, eu não. Padre, tire essa mulher de lá.

A esposa de Cristóvão, com certeza. O marido, um bêbado, ela, a Marina das cartomantes a perseguir a rapariga e os filhos naturais do esposo, encomendando feitiços mortais, escrevendo cartas anônimas, cuspindo insultos pelo telefone, vivendo para isso, uma mulherzinha, Tereza, de canto de rua...

Levanta-se Tereza, face de pedra debruçada sobre o leito: até logo, Emiliano. Toca-lhe as pálpebras com os dedos e lhe cerra os olhos. Atravessa entre os parentes, sai do quarto. Apa suspende a cabeça para vê-la, a comentada amásia do pai. Túlio morde o lábio inferior, guloso: carina!

Agora, sim, na cama apenas o corpo de um morto, o cadáver do dr. Emiliano Guedes, antigo senhor das Cajazeiras, de olhos fechados para sempre. Ai, papi! — geme Aparecida. *Il padrone è fregato, evviva il padrone!* Respira forte Túlio Bocatelli, o novo patrão das Cajazeiras.

33

— TUDO ISSO PARA QUÊ, TEREZA?

Trêmula de vergonha, vibrante de ira, de incontida paixão, envolta em amargura, a voz do doutor se dilacera em malogro e tédio. Tédio? Não, Tereza, nojo.

A lua de ouro se derrama sobre o velho e a moça e a viração do rio é uma carícia. Noite para frases de ternura, juras de amor, idílio. A isso chegaram mas somente após a árida rota do deserto, das areias do ódio e do amargor. Penosa caminhada, para Tereza dura prova. Na doçura de maio, entre jasmins-do-cabo e pitangueiras, na noite de Estância, vida e morte batalharam sem trégua nem quartel pela posse do coração do velho cavalheiro. Escudo de amor a defendê-lo, Tereza sangrando junto a ele. Lá chegaram, aos jardins do idílio, mas depois.

De começo, apenas a ira e a tristeza, o coração exposto nu, em chagas:

— Sabes como me sinto? Coberto de lama, sujo.

Sujo, quem era de escrupulosa limpeza. Mesmo no exercício da violência, do atropelo. Foi terrível escutá-lo falando da família, exato no conceito, cru na expressão, desolado, impiedoso. Inexorável:

— Eu os arranquei do coração, Tereza.

Seria verdade? Pode alguém fazê-lo e continuar vivendo? Não é tão fatal quanto arrancar do peito o próprio coração?

— Nem assim deixei de labutar, de me bater por eles, parecendo o amo e sendo escravo. Mesmo vazio, meu coração pulsa por eles. Mesmo contra minha vontade.

Dr. Emiliano Guedes, dos Guedes das Cajazeiras do Norte, o chefe da família, a cumprir o seu dever. Apenas isso? Mesmo contra minha vontade meu coração pulsa por eles. Apenas o dever de chefe ou o amor de pai e irmão resistindo ao desaponto, ao nojo, sobrevivendo? Até onde, Emiliano, o orgulho interfere em teu árido relato de sofrimento e solidão? Frio e febre sacodem o corpo de Tereza na podre travessia dos pântanos da mesquinhez, do desconsolo.

A única serventia dos irmãos, além de desperdiçar dinheiro, era compor quadros diretivos de empresas e do banco Interestadual, eternos e inúteis vice-presidentes. Nem sequer maus, incapazes tão somente.

Milton na usina, imaginando-se perfeito senhor rural, cobrindo molecas, sem se dar ao trabalho de as escolher bonitas, qualquer uma lhe serve e a todas engravida. Da esposa, Irene, mastodonte mantido a chocolate e orações, só lhe nascera um filho, pela mãe destinado ao sacerdócio; na família dos Guedes sempre houvera um varão consagrado ao serviço de Deus, o último fora tio José Carlos, latinista ilustre, morto aos noventa anos em odor de santidade. A baleia criaria o futuro padre no rabo da saia, longe da bagaceira, dos moleques, do pecado.

— Não deu para padre, deu para chibungo. Tive de mandá-lo para o Rio antes que o pobre Milton pegasse o filho em flagrante atrás da bagaceira. Quem pegou fui eu, Tereza. — Vibra-lhe a voz indignada, em fúria: — Vi com meus olhos um Guedes sendo montado, servindo de mulher. Perdi a cabeça e só não matei o desgraçado a rebenque porque, com os gritos, Iris e Irene acudiram e o levaram. Ainda hoje me dói a mão e sinto asco quando me lembro.

De outra feita, Emiliano reparou numa cria da usina, brejeira, apetitosa, no ponto exato, e a conduziu ao acolhedor refúgio de Raimundo Alicate. Silenciosa, obediente, ela o seguiu e o deixou fazer, quem sabe

323

grata pelo interesse do doutor; era cabaço, um torrão de açúcar. No descanso, Emiliano quis saber um pouco mais sobre a menina.

— Sou sobrinha do senhor, filha do doutor Milton e de minha mãe Alvinha.

Filhas naturais de Milton derrubadas no mato, quantas a exercer na Cuia Dágua, em Cajazeiras do Norte, na zona? Os filhos no eito, plantando e cortando cana, bebendo cachaça, sem pai declarado. Os de Cristóvão conhecem o pai e lhe pedem a bênção. Percebem salário mínimo na matriz e nas sucursais do banco, porteiros, moços de recado, ascensoristas. Em troca, os dois legítimos abocanham altos salários, formados ambos em direito, um assessor jurídico da Eximportex, outro do Interestadual, cargos a coonestar os ordenados dos dois Guedes, um casado, outro solteiro, ambos sem serventia além da boa vida.

— Uma vez, Tereza, obriguei um calhorda a engolir no meio da rua um artigo escrito contra mim e o meu povo. A seco, chorando e apanhando, engoliu todo, era um longo artigo. Longo e verdadeiro, Tereza.

Uma desolação, Tereza se encolhe contra o sofrido peito do amante, ventos palustres invadem Estância, nuvem de lama apaga a lua.

34

O VULTO DE TEREZA DESAPARECE EM DIREÇÃO À ALCOVA, MARINA ATIRA-SE quarto adentro acompanhada do marido.

— Emiliano, meu cunhado, que desgraça! — De joelhos junto à cama, em gritos de carpideira, pranto desatado, a bater nos peitos. — Ai, Emiliano, meu cunhado!

Cristóvão contempla o irmão, não se recompôs ainda da notícia, quase não pode acreditar na morte ali exposta. Da bebedeira, só lhe resta a voz pastosa. Lúcido, com medo. Sem Emiliano, sente-se órfão. Desde a morte do pai, ele menino, dependera do irmão. Como vai ser agora? Quem tomará o lugar vazio, assumirá o posto de comando? Milton? Não tem energia nem conhecimentos para tanto. Ainda se fosse tão somente a usina, vá lá. Mas de negócios bancários, de empresas, de importação e exportação, de fretes e navios Milton nada entende. Nem ele nem Cristóvão, tampouco Jairo. Esse só sabe de cavalos, nas mãos dele a fortuna dos Guedes, por maior que seja, vai durar pouco. Jairo, nunca. Quem bem sabe por que é Emiliano.

— Ai, meu cunhado, pobrezinho! — Marina cumpre sua obrigação de parenta próxima, os gritos lancinantes.

Túlio passa em frente de Cristóvão, sai do quarto. Apa continua aos pés do pai, a cabeça encostada contra o leito, sonolenta, bebeu demais.

35

CANGACEIRO SERTANEJO, METEU-SE EMILIANO GUEDES A GÂNGSTER CITADINO, o que era virtude do agreste degenerou em vício no asfalto e a grandeza dos Guedes das Cajazeiras se acaba no deboche, escrevera o foliculário Haroldo Pêra na indigesta pasquinada. Muitas vezes o doutor meditara sobre a frase maligna.

— Talvez eu não devesse ter vindo para a capital. Mas quando as crianças nasceram deu-me ambição de fazer mais dinheiro para eles, aumentar a riqueza da família. Para eles, tudo era pouco.

Emiliano voltara a casar homem maduro, recrutando dessa vez a noiva em família importante, grandes senhores de terra. Herdeira rica, Iris somou novos bens à fortuna do marido e lhe deu um casal de filhos, Jairo e Aparecida.

O doutor esforçara-se para manter com a esposa relações de afeto e intimidade, se não de amor; não conseguiu. Contentou-se, então, com lhe fornecer conforto e luxo, ela não pedia mais e pouco concedeu ao marido além dos filhos. Manter-se honesta não lhe custou esforço ou sacrifício, os prazeres da cama nada lhe diziam. Emiliano não se lembra de quando a teve nos braços pela última vez, inerte. Engravidou e pariu, foi tudo. Apática, indolente, em verdade Iris nunca se interessou fosse pelo que fosse. Nem mesmo pelos filhos dos quais Emiliano assumiu total controle: vou fazer deles um comandante e uma rainha.

Os filhos, ah! Fonte permanente de alegrias, meta de sonhos, para eles o doutor vivera e labutara.

— Por eles mandei matar e me matei, Tereza.

Malogro imenso. Igual aos primos, Jairo formou-se em direito, apenas não se contentou em trocar pernas na Bahia. A pretexto de um curso na Sorbonne, embarcou para Paris, na universidade nunca pôs os pés mas conheceu a fundo todas as pistas de corrida e todos os cassinos da Europa. De quem herdara paixão do jogo? Finalmente, Emiliano cansou-se daquele desbarato de dinheiro, fê-lo voltar. Com diversas opções, Jairo escolheu a direção da sucursal do banco, em São Paulo. Um ano depois, descobriram o desfalque, rombo de milhões, gastos em cavalos e éguas de corrida, no bacará e na roleta. Cheques sem fundo estouraram noutros bancos, uma desmoralização. Abafou-se o escândalo mas ninguém pôde impedir que a notícia circulasse. Não fosse sólido o banco e a onda de boatos teria abalado seu prestígio. Abalara o doutor, aquela fortaleza de vida e entusiasmo.

— Nem sei te dizer, Tereza, o que senti, é impossível...

Degredado para a usina, Jairo passa o dia inteiro ouvindo discos, quando não se toca para Cajazeiras, atrás de brigas de galo.

— Que fazer com ele, Tereza, me diga?

Pior de todos, Aparecida, a predileta. Casara-se no Rio, à revelia da família, comunicara a cerimônia aos pais num telegrama onde pedia dinheiro para a lua de mel no Niágara. Núpcias de milionária baiana com conde italiano, noticiaram as colunas sociais. Até a apática Iris vibrou com a aquisição do sangue azul peninsular.

Emiliano tratou de saber quem era e de onde vinha o inesperado genro, a grei e os antecedentes do suposto nobre romano. Túlio Bocatelli nascera realmente no palácio de um conde, onde o pai acumulava as funções de porteiro e de chofer. Menino ainda abandonou os úmidos porões do casarão e foi em frente, em busca da fortuna fácil. Passou por maus pedaços; curtiu cadeia. Três raparigas faziam o *trottoir* para vesti-lo e alimentá-lo, quando ele completou dezoito anos. Foi porteiro de cabaré, leão de chácara, guia de turistas para espetáculos de cinema *cochon* com lésbicas e surubas, ascendeu a gigolô de velhas norte-americanas, tinha boa estampa. Levava vida fácil mas não se sentia contente. Queria riqueza de verdade e segurança, não apenas algum dinheiro, sempre escasso e incerto. Aos vinte e oito anos, com um pé na frente e outro atrás, veio para o Brasil, no rastro de um primo, um tal de Storoni que dera o golpe do baú casando-se com paulista rica. De São Paulo, para causar inveja aos parentes pobres, o primo enviava fotos da fazenda de café, de zebus campeões, de prédios na cidade, recortes de jornais com notícias de festas e jantares. Essa, sim, a dolce vita dos sonhos de Túlio, a fortuna segura e verdadeira, fazenda, gado, casas, conta bancária. Desembarcou de uma terceira classe no porto de Santos, com dois ternos, a estampa e o título de conde. Aos seis meses de estada no Brasil, foi apresentado pela mulher do primo a Aparecida Guedes, numa festa no Rio de Janeiro. Namoro, noivado, casamento sucederam-se num abrir e fechar de olhos. Já era tempo,

326

Storoni não estava disposto a sustentar vagabundo, mesmo sendo patrício e primo.

De volta dos Estados Unidos, chegando à Bahia para conhecer a família da esposa, Túlio abriu mão do sangue azul, do título de conde, se bem todo romano seja nobre conforme se sabe. Faltou-lhe audácia, os olhos de Emiliano causavam-lhe calafrios. A ele se apresentou modesto rapaz, pobre mas trabalhador, à espera de uma oportunidade.

— Eu tinha decidido mandar matá-lo, na usina. Mas vendo minha filha tão feliz e me lembrando de Isadora, tão pobre e tão direita, resolvi dar uma chance ao carcamano. Disse a Alfredão para recolher a arma, o serviço tinha sido adiado. Para quando ele se comportar mal com Apa, fazendo minha filha sofrer.

Quem começou a se comportar mal foi ela, pondo-lhe os chifres a torto e a direito. Ele bem do seu, pagando-lhe na mesma moeda, cada qual agindo como lhe dava na telha mas, estranhamente, amigos, alegres e unidos, vivendo em harmonia, um fim de mundo. Por mais se esforce, Emiliano não entende:

— Cabrão de semente... Corno manso.

O genro um chifrudo, e a filha? Apa, a filha única, a predileta. Vou fazer de Jairo um comandante, de Aparecida uma rainha. O comandante dera em gatuno, a rainha em puta. Degradada na mão desse indivíduo dissoluto, amoral, despido de qualquer resquício de decência. Mandar matá-lo? Para quê, se a filha não merece melhor marido, se vivem contentes um com o outro?

Têm em comum os filhos, dois meninos, os interesses financeiros e o descaramento.

Ao demais, se o matasse, quem restaria para conduzir o barco quando o doutor morresse? O carcamano não é burro, é sabido nos negócios, capaz de dirigir, pena seja podre e tenha contaminado Aparecida. Contaminado Aparecida? Por acaso não trazia ela no sangue a podridão?

— Ai, Tereza, a que se reduziram os Guedes de Cajazeiras!

Na voz quebrada o nojo sucedeu à ira, a fria lâmina dos olhos reflete apenas o cansaço. Dos Guedes amanhã não restará sequer o nome. Amanhã serão os Bocatelli.

— Sangue ruim, Tereza, o meu. Apodrecido.

36

NA SALA DE JANTAR, NINA SERVE O CAFÉ
BEM QUENTE, A ORELHA À ESCUTA. Nas maneiras e na voz de Túlio, ela reconhece um patrão, moço bonito, o marido da filha do doutor. Ao passar, roça-se nele, os olhos baixos.

Conduzido pelo médico Túlio já percorreu quase toda a casa, dando um balanço nos pertences. Faltam apenas a sala de visitas e a antiga alcova para completar o inventário.

— É própria ou alugada?

— A casa? Própria. O doutor comprou com os móveis e tudo mais que tinha dentro. Depois, fez uma reforma e trouxe esse mundo de coisas. — Dr. Amarílio se entrega às recordações: — Chegava sempre com o automóvel cheio. De um tudo. Essa casa era a menina de seus olhos. Aquele oratório, está vendo? Eu o descobri num buraco a três léguas daqui, no sítio de um doente, falei ao doutor Emiliano, ele queria ir ver na mesma hora, fomos na manhã seguinte, a cavalo. O dono, um pobre de Deus, não quis dar preço, uma velharia atirada num canto. Quem fez o preço foi o doutor, pagou um absurdo.

Por mais absurdo o preço pago, certamente ainda assim barato, o oratório vale uma fortuna em qualquer antiquário do sul. Os móveis todos, aliás. Túlio percebe o dedo do sogro em cada detalhe. Nem o solar do Corredor da Vitória, na Bahia, nem a casa-grande da usina guardam assim tão nítida a presença de Emiliano Guedes. Na residência da capital predomina o luxo, o sóbrio bom gosto do doutor soçobrando no fausto de Iris, nas extravagâncias de Aparecida e Jairo.

Na casa-grande da usina, apenas na parte a ele reservada, existe essa difícil mistura de requinte e simplicidade; fora dali, nas grandes salas, nas inumeráveis peças, reinam a desordem de Milton e o desleixo de Irene. No chalé de Estância nada destoa, ao apuro de Emiliano corresponde o capricho da dona da casa. Não apenas uma boa casa, confortável e aprazível, dá-se conta Túlio. Mais do que isso é um lar — essa espécie de místico refúgio sobre o qual Túlio sempre ouviu falar, desde menino. Assim era a casa de um tio seu, miniaturista no Palácio Pitti, em Florença: pessoal e íntima.

— Quanto tempo durou essa ligação, o senhor sabe?

Dr. Amarílio reflete, fazendo cálculos:

— Vai para mais de seis anos...

Só no fim da vida o velho capo obtivera um lar, sua verdadeira casa, quem sabe sua verdadeira mulher. Túlio espera jamais sentir necessidade de lar, da quietude, do sossego, da paz ali presentes, mesmo na morte. Quanto à mulher, está perfeitamente satisfeito com Apa, riqueza e segurança, alegre companheira. Viva e deixe viver, é a divisa de Túlio Bocatelli. Apenas, de agora em diante, precisa controlar os esperdícios. O capo podia ser perdulário, nascera rico, já seus bisavós possuíam terras e escravos, nunca sentira o gosto da miséria. Túlio passara fome, sabe o valor real do dinheiro, segurará as rédeas com mão firme.

— A escritura da casa está em nome de quem? Dele? Dela?

— No do doutor. Assinei como testemunha. Eu e mestre João...

— Uma boa casa. Deve valer algum dinheiro.

— Aqui, em Estância, os imóveis são baratos.

Estivesse situada nas afóras de Aracaju, seria perfeita para encontros de amor. Em Estância, inútil. O melhor é vender a casa ou alugá-la. Levar os móveis para a Bahia. Túlio pensa utilizá-los em casa sua, na capital, para ele terminou-se Aracaju.

Dr. Amarílio entrega-lhe o atestado de óbito. Túlio guarda no bolso:

— Morreu dormindo?

— Dormindo? Bem... Na cama, mas não exatamente enquanto dormia...

— Que fazia, então?

— O que um homem e uma mulher fazem na cama...

— *Chiavando?* Morreu em cima dela? *Accidente!*

A morte dos justos, a dos preferidos do bom Deus. Para a mulher, em compensação, uma calamidade. Nos seus tempos de cafetão, Túlio soubera de um caso assim, a mulher enlouquecera, nunca mais foi a mesma.

— *Poveraccia...* Como é o nome todo dela? Tereza de quê?

— Tereza Batista.

— Será que ela pensa continuar aqui?

— Não creio. Disse que vai embora de Estância.

— O senhor acha que uns quinze ou vinte dias são suficientes para ela deixar a casa? Naturalmente a família vai querer vender ou alugar em seguida para que o povo se esqueça desse assunto.

— Penso que é o bastante. Posso falar com ela.

— Eu mesmo falo...

Levantam-se, dirigem-se à sala de visitas transformada pelo doutor em gabinete de trabalho, para a qual se abre a porta da antiga alcova onde estão livros e objetos de Tereza e onde ela se encontra arrumando a mala. Túlio pousa os olhos na moça e novamente a examina e admira, esplêndida fêmea, quem a herdará do velho capo? Aproxima-se:

— Escuta, bela. Estamos nos primeiros dias de maio, pode continuar ocupando a casa até o fim do mês.

— Não preciso.

Um relâmpago nos olhos negros tão hostis quanto os frios olhos azuis do doutor. Túlio perde um pouco da segurança habitual mas logo se refaz, essa não pode mandar liquidá-lo nas terras da usina. Agora, quem pode fazer e desfazer é ele, Túlio Bocatelli.

— Posso lhe ser útil em alguma coisa?

— Em nada.

Novamente ele a mede de alto a baixo e lhe sorri, olhar e sorriso carregados de subentendidos:

— Ainda assim, passe no banco, em Aracaju, vamos conversar sobre sua vida. Não vai perder seu tempo...

Antes de concluir a frase a porta da alcova se fecha em sua cara. Túlio ri:

— Braba a *bambina*, eh!

O médico eleva as mãos num gesto impreciso, nada daquilo lhe agrada, noite ruim, de pesadelo. Tomara chegue logo a ambulância e leve o corpo. Em casa, a esposa, dona Veva, o espera insone para ele lhe contar o resto. Cansado, dr. Amarílio acompanha Túlio ao jardim onde dorme na rede o psicanalista Olavo Bittencourt.

Na sala de jantar, soltando exclamações, no auge da excitação, Marina ouve o cochicheio da criada. Nina detalha:

— O lençol todo sujo... Se a senhora quiser ver, posso lhe mostrar, guardei para lavar depois...

Enquanto a outra vai buscar o lençol, Marina corre à porta do quarto, chama o marido:

— Cristóvão, vem cá, depressa.

O lençol estendido em cima da mesa, a criada aponta as manchas, o sêmen agora seco, Marina toca com a unha:

— Que nojeira!

Chegam ao quarto Cristóvão e padre Vinícius.

— Que lençol é esse? — O padre não precisa da resposta para dar-se conta, não pode ser outro, certamente... Indignado, ordena: — Nina, leve esse lençol embora. Já! — Dirige-se a Marina: — Por favor, dona Marina.

Atraídos pelas vozes Túlio e dr. Amarílio juntam-se ao grupo.

— O que se passa? — quer saber o italiano.

Marina vibra, em seu clima habitual:

— Sabia que ele morreu em cima dela? Uma devassidão medonha... Viu o espelho no quarto? Como é que se vai fazer para trancar a boca dessa gente, para que ninguém venha a saber? Se a notícia se espalhar, vai ser bonito! Emiliano Guedes morrendo na hora...

— Se a senhora continuar aí gritando como uma histérica toda a cidade vai saber agora mesmo, por sua boca. — Túlio volta-se para Cristóvão: — Caro, tire sua mulher daqui, leve para junto da Apa que está sozinha no quarto.

São ordens, as primeiras ditadas por Túlio Bocatelli.

— Venha, Marina — diz Cristóvão.

Túlio explica ao padre e ao médico:

— Vamos colocá-lo na ambulância como se ele estivesse apenas doente, um enfarte ou um derrame, à sua escolha, doutor Amarílio. Não morreu em cima de ninguém, um homem na posição dele tem de morrer decentemente. No caminho do hospital, vindo da usina.

Ouve-se ao longe o silvo estridente da assistência, despertando o povo e a curiosidade de Estância. Não demora a parar à porta do chalé. Os enfermeiros descem, tomam da maca.

— O melhor, doutor Amarílio, é o senhor vir com ele na ambulância, até Aracaju. Para manter as aparências.

Não termina nunca esse pesadelo! Mas o doutor pensa na conta a apresentar e concorda. Na passagem, saltará em casa um instante para acalmar a impaciente Veva. De volta, terá muito o que contar.

Túlio, padre Vinícius e Nina dirigem-se ao quarto enquanto o médico e Lula vão ao encontro dos enfermeiros. A sirene da ambulância acordou as crianças, os vizinhos e dr. Olavo Bittencourt que sai às pressas para amparar a abandonada Apa. Como diabo pegara no sono? Viera fumar um cigarro, adormecera na rede, merecerá perdão? Na corrida, cruza com Tereza na sala de jantar.

Tereza entra no quarto, nem parece ver os parentes e aderentes. Anda para junto da cama, fica um instante em silêncio a fitar o rosto bem-amado.

— Tirem essa maldita daqui... — grita Marina.

— *Finiscila, porca Madona!* Cala a boca! — explode Túlio.

Como se nada ouvisse e estivesse sozinha, Tereza curva-se sobre o corpo do doutor, toca-lhe o rosto, o bigode, os lábios, o cabelo. É hora

331

de partir, Emiliano. Eles só levarão teu cadáver, tu irás comigo. Beija--lhe os olhos, sorri para ele. Toma aos ombros o amásio, o amante, o amigo, seu amor, sai do quarto. Na maca, os enfermeiros carregam o corpo de um usineiro, diretor de banco, empresário, senhor de léguas de terra, eminente cidadão, para morrer com decência na ambulância a caminho do hospital, de enfarte ou de derrame, como o senhor prefira, dr. Amarílio.

37

— SANGUE RUIM, TEREZA. SANGUE PODRE, O MEU, o de minha gente. ·

Foram duas horas, pouco mais, pareceram uma eternidade desolada. Emiliano contou e comentou, áspero e cru, sem escolher palavras. Nunca Tereza imaginara escutar da boca do doutor o relato de tais fatos, ouvir tais expressões a respeito dos irmãos, do filho, da filha. Em casa da amásia, ele não falava sobre a família e se alguma referência a respeito lhe escapou no correr desses seis anos foi de elogio. Uma vez lhe mostrara um retrato de Apa, mocinha, os olhos azuis do pai, a boca sensual, linda. É perfeita, Tereza, dissera ele enternecido, é meu tesouro. Na noite daquele domingo de maio, Tereza deu-se conta da extensão do desastre, muito além do que ela pudera imaginar através das insinuações, das palavras soltas, das frases esparsas de amigos e estranhos, dos silêncios de Emiliano. Deve ter-lhe custado uma enormidade manter-se cordial, amável, risonho, parecer alegre na convivência com ela e com os amigos, guardando para si somente a prova amarga, o fel a consumi-lo. De repente, foi demais e transbordou.

— Sangue ruim, raça ruim, degenerada.

Apenas duas pessoas entre os seus não o decepcionaram, não lhe traíram a confiança, Isadora e Tereza, com elas não se enganara. Fora pensando em Isadora, costureirinha pobre, esposa modelar, inesquecível companheira, que o usineiro decidira suspender as ordens dadas a Alfredão alusivas a Túlio Bocatelli, não matar o genro, conceder-lhe uma oportunidade.

— Sangue bom, Tereza, o da gente do povo. Quem me dera ser ainda jovem para ter de ti os filhos com que sonhei.

Por abruptos caminhos chegaram às juras de amor, ao terno idílio. Após ter-lhe dito, com amargor, ira e paixão, o que jamais pensara confiar a parente, sócio ou amigo, o doutor a envolveu nos braços e, beijando-lhe os lábios, lastimou:

— Tarde demais, Tereza. Demorei a me dar conta. Tarde para os filhos mas não para viver. Só tenho a ti no mundo, Favo de Mel, como pude ser tão injusto e mesquinho?

— Injusto comigo? Mesquinho? Não fale assim, não é verdade. O senhor me deu de um tudo, quem era eu para merecer mais?

— Andando há pouco contigo no caminho do porto, subitamente me dei conta que se eu morresse hoje tu ficarias sem nada para viver, ainda mais pobre do que quando chegaste pois agora tuas necessidades são maiores. Todo esse tempo, mais de seis anos, e nunca pensei nisso. Não pensei em ti, só em mim, no prazer que me davas.

— Não diga isso, não quero ouvir.

— Amanhã de manhã vou telefonar mandando que Lulu venha imediatamente para botar esta casa em teu nome e acrescentar uma cláusula em meu testamento, um legado que garanta tua vida após minha morte. Sou um velho, Tereza.

— Não fale assim, por favor... — Repete: — Por favor, lhe peço.

— Está bem, não falo mais, mas vou tomar as providências necessárias. Para corrigir, ao menos em parte, a injustiça: tu me deste paz, alegria, amor e eu, em troca, te mantive presa aqui, na dependência de minha comodidade, uma coisa, um objeto, uma cativa. Eu o dono, tu a serva, até hoje me tratas de senhor. Fui tão ruim para ti quanto o capitão. Um outro capitão, Tereza, envernizado, passado a limpo, mas, no fundo, a mesma coisa. Emiliano Guedes e Justiniano Duarte da Rosa, iguais, Tereza.

— Ah! não se compare com ele! Nunca houve dois homens tão diferentes. Não me ofenda se ofendendo dessa maneira. Se fossem iguais, por que eu estaria aqui, por que havia de chorar por sua gente se não choro nem por mim? Não se compare que me ofende. Para mim o doutor sempre foi bom, me ensinou a ser mulher direita e a gostar de viver.

Emiliano ressurge das cinzas na voz apaixonada de Tereza.

— Nestes anos, Tereza, tu ficaste sabendo como eu sou, conheces meu lado bom, meu lado ruim, aquilo de que sou capaz. Meti a mão no coração e os arranquei de dentro mas meu coração não ficou vazio e não morri. Porque te tenho. A ti, a mais ninguém.

Repentina timidez de adolescente, de aflito postulante, desprotegida criatura, em contradição com o senhor acostumado ao mando, direto e firme, insolente e arrogante quando necessário. A voz quase embargada, comovida:

— Ontem, na quermesse, começou em verdade nossa vida, Tereza. Agora o tempo inteiro nos pertence, e o mundo inteiro. Já não te deixarei sozinha, agora estaremos sempre juntos, aqui e onde seja; viajarás comigo. Acabou-se a amigação, Tereza.

Antes de levantar-se, alta estatura de árvore, e tomá-la nos braços, encerrando o discurso terrível, a doce conversa de amor, Emiliano Guedes disse:

— Quem me dera ser solteiro para me casar contigo. Não que isso modificasse em nada o que significas para mim. És minha mulher.

Ao término do beijo, ela murmura:

— Ai, Emiliano, meu amor.

— Nunca mais me tratarás de doutor. Seja onde for.

— Nunca mais, Emiliano.

Seis anos tinham-se passado desde a noite em que ele a retirara do prostíbulo. O doutor levantou Tereza nos braços e a conduziu ao quarto nupcial. Haviam transposto os últimos obstáculos, Emiliano Guedes e Tereza Batista. Um velho de prata, uma moça de cobre.

38

A AMBULÂNCIA PARTIU, OS CURIOSOS CONTINUARAM NA CALÇADA EM FRENTE ao chalé, comentando, à espera. Nina misturara-se com eles, a dar com a língua, após haver prendido os filhos.

No quarto, o sacristão acabou de recolher os castiçais, os tocos de vela. Um último olhar de inveja ao grande espelho, ah! os debochados!, vai-se embora. O padre se despedira antes:

— Que Deus te ajude, Tereza.

Tereza termina de arrumar a mala. Na mesa de trabalho de Emiliano, o rebenque de prata sobre uns papéis. Pensa em levá-lo. O rebenque, por quê? Melhor uma rosa. Cobre a cabeça com um xale negro de flores vermelhas, o derradeiro presente do doutor, trazido na quinta-feira passada.

No jardim colhe a rosa mais polpuda e rubra, carne e sangue. Gostaria de dizer adeus às crianças e à velha Eulina mas Nina escondeu os filhos e a cozinheira só chega às seis.

A mala na mão direita, a rosa na esquerda, o xale na cabeça, Tereza abre o portão. Atravessa entre os curiosos como se não os visse. Passo firme, olhos secos, dirige-se ao ponto das marinetes a tempo de embarcar na das cinco da manhã para Salgado onde passa o trem da Leste.

A FESTA DO CASAMENTO
DE TEREZA BATISTA

OU

A GREVE DO BALAIO
FECHADO NA BAHIA

OU

TEREZA BATISTA DESCARREGA
A MORTE NO MAR

1

SEJA BEM-VINDO, TOME ASSENTO, ESTEJA EM CASA NESTE TERREIRO DE XANGÔ *enquanto preparo a mesa e os búzios para olhar. Quer apenas esclarecer pequena dúvida? Uma informação, somente? Aqui chega recomendado por amigo de tanta estimação, me ponho às suas ordens, pode perguntar pois neste axé, afora os orixás, quem manda e desmanda é a amizade, não conheço outro senhor.*

Deseja saber a verdade sobre o santo de Tereza, quem lhe determina a vida e a protege contra o mal, o anjo da guarda, o dono da cabeça? Tem ouvido por aí, nas encruzilhadas da Bahia, muito disparate, contínuo desacordo, está confuso? É natural esse desacordo nas notícias, acontece com frequência pois nos tempos de agora todo mundo sabe tudo, ninguém confessa ignorância, inventar não custa.

Em troca, a guarda dos orixás custa a vida inteira e ai da escolhida mãe de santo que, não podendo dar conta do recado, queira enganar o raio e o trovão, as folhas do mato e as ondas do mar, o arco-íris e a flecha disparada. Ninguém consegue iludir os encantados e quem não tiver competência para tomar a navalha na hora certa do efum, quem não recebeu o decá com a chave do segredo, a resposta da adivinha, é melhor não se meter a sebo, essas coisas não são de brincadeira, o perigo é mortal. Muitos casos posso lhe contar noutra ocasião, quando lhe sobre tempo e paciência para ouvir.

Para atirar búzios sobre a mesa basta ter mão e atrevimento. Mas para ler a resposta escrita nesses búzios pelos encantados é preciso saber do claro e do escuro, do dia e da noite, do nascente e do poente, do ódio e do amor. Recebi meu nome antes de nascer, comecei a aprender desde menina. Quando fui levantada e confirmada chorei de medo mas os orixás me deram forças e iluminaram meu pensar. Aprendi com minha avó, as velhas tias, com os babalaôs e mãe Aninha. Hoje sou de maior e neste axé ninguém levanta a voz, além de mim. Só respeito na Bahia a ialorixá do candomblé do Gantois, Menininha, minha irmã de santo, minha igual no saber e no poder. Porque cuido dos encantados no rigor dos preceitos e das quizilas, atravesso o fogo e não me queimo.

Mas se tratando de Tereza deixe que lhe diga haver motivo de sobra para confusão; até quem muito sabe, nesse caso se atrapalha na leitura dos búzios sobre a mesa. Muita gente andou vendo por aí e não houve acordo. Os mais antigos falaram em Iansã, os mais recentes em Iemanjá. A si disseram Oxalá, Xangô, Oxóssi, não é verdade? Euá e Oxumarê, ainda mais? Não se esqueça de Ogum e de Nanã, tampouco de Omolu.

Também eu fiz o jogo e olhei no fundo. Vou lhe contar: nunca vi uma coisa assim e há mais de cinquenta anos sou feita neste peji e há mais de vinte zelo por Xangô.

Quem se apresentou na frente com o alfanje rutilante foi Iansã, dizendo: ela é valente e boa de peleja, a mim pertence, sou a dona da cabeça e ai de quem lhe faça mal! Logo atrás compareceram Oxóssi e Iemanjá. Com Oxóssi Tereza veio da mata espessa, do agreste ralo, da caatinga seca, do sertão ardido e desolado. Sob o manto de Iemanjá cruzou o golfo para acender a aurora no Recôncavo, depois de guerrear por ceca e meca. Vida de combate de começo ao fim, para ajudá-la na briga feia e crua, além de Iansã, a primeira e principal, vieram Xangô e Oxumarê, Euá e Nanã, Ossaim trazendo as folhas. Com o paxorô da sabedoria, Oxalufã, Oxalá velho, meu pai, lhe abriu o caminho certo onde passar.

Não estava Omolu montado no lombo de Tereza na cidade de Buquim durante a epidemia de bexiga negra? Não foi ele quem mastigou a peste com o pente de ouro e a pôs em fuga? Não a designou Tereza de Omolu na festa dos macumbeiros de Muricapeba? E então? Omolu veio brabo, aberto em chagas, reclamar o seu cavalo.

Veja que grande confusão se armou. Não tive outra saída senão chamar Oxum, minha mãe, para ela apaziguar os senhores encantados. Chegou nos dengues e nos panos amarelos, luzindo ouro nas pulseiras, nos colares, a própria faceirice. Logo se acomodaram os orixás, todos a seus pés enamorados, machos e fêmeas, a começar por Oxóssi e por Xangô, seus dois maridos. Aos pés igualmente de Tereza, em torno da formosa, pois Tereza tem de Oxum o requebro e o mel, o gosto de viver e a cor de cobre. O fulgor dos olhos negros, porém, é de Iansã, ninguém lhe tira.

Vendo Tereza Batista por todos os lados cercada e defendida, os orixás em seu redor, eu lhe disse, resumindo o jogo: mesmo no pior aperto, no maior cansaço, não desista, não se entregue, confie na vida e siga avante.

Contudo, existe sempre um instante de total desânimo, quando até o mais valente, se dá por acabado, resolve largar as armas e abandonar a luta. Também com ela sucedeu, pergunte por aí e saberá. Mais não posso lhe dizer por não ter tirado a limpo.

Para mim, todavia, quem guiou os passos do afogado nos becos da cidade até o esconderijo de Tereza, foi Exu. Para armar baderna, Exu está sozinho. Quem melhor conhece travessas e atalhos, quem mais gosta de acabar

*com festas? A festa não se acabou e além da programada para abrilhantar
o casamento, houve outra de improviso, essa última no mar quando Janaína estendeu a verde cabeleira para os namorados.*

*Em atenção ao pedido de Verger — o senhor sabe que Pierre é feiticei-
ro? — sobre esse assunto lhe disse tudo quanto sei, aqui sentada em meu
trono de ialorixá, assistida pela corte dos obás, eu, Mãe Senhora, Iá Nassô,
mãe de santo do Axé Opô Afonjá ou candomblé Cruz Santa de São Gonçalo do Retiro onde zelo os orixás e recolho no meu peito o choro dos aflitos.*

2

ASSUNTO DELICADO TODA VIDA. PELA SE-
GUNDA VEZ TEREZA BATISTA RECEBIA proposta de casamento mas
a primeira não contava estando o candidato por demais bêbado na ocasião
solene. Uma injustiça, aliás, pois Marcelo Rosado, irremediável abstêmio,
encabulado como ele só, embriagara-se exclusivamente para criar a coragem necessária à declaração de amor. Sóbrio, não lhe faltavam paixão e
disposição para amarrar-se; faltava-lhe, isto sim, ânimo de enfrentar Tereza e lhe pedir a mão em casamento. Entupiu-se de cachaça e, não estando
habituado, foi aquele desastre: no momento culminante da confissão,
vomitou a alma no castelo de Altamira, em Maceió, onde Tereza vinha
encontrá-lo (e a uns poucos mais) vez por outra, nas aperturas de dinheiro.

Tereza não se ofendeu mas não acreditou nos propósitos do guarda-
-livros da poderosa firma Ramos & Menezes. Nem se deu ao trabalho
de expor motivos mais sérios de recusa, levou na brincadeira e se acabou. No vexame do acontecido e no pouco-caso da pretendida, Marcelo
sumiu no mundo, arrastando consigo a lembrança e o gosto de Tereza,
nunca a pôde esquecer. A mulher com quem finalmente se casou, anos
depois, em Goiás, onde desembocara coberto de vergonha e dor de
cotovelo, lembrava no jeito de ser, de rir e de olhar a frustrada noiva, a
inigualável rapariga de passagem em Maceió, sambista de cabaré.

Sambista de cabaré também agora, na Bahia, também agora inigualável
rapariga frequentando por necessidade o castelo de Taviana, renomado e
discreto. Obtendo, é triste constatar, mais sucesso na cama do rendez-vous
do que no tablado do Flor de Lótus, "feérico templo de diversões noturnas" na frase publicitária e discutível de Alinor Pinheiro, dono do negócio.

Não tendo maiores despesas pois não jogava nem mantinha xodós,
Tereza exercia no castelo o menos possível, apesar das constantes solici-

tações. Competente no ofício, requestada formosura, louvada educação, maneiras finas, mantinha-se distante de qualquer interesse, sexual ou sentimental, indiferente aos homens. Freguesia reduzida a uns poucos senhores de dinheiro, escolhidos a dedo por Taviana, clientes de longa data e de moeda forte. Jamais nenhum deles mereceu sequer um pensamento de Tereza. Alguns a quiseram exclusiva, exibindo carteiras recheadas em tentadoras propostas de amigação. Amigação, jamais! Não repetirá o erro cometido quando experimentava viver com o diretor do posto médico de Buquim.

Desde os tempos distantes de Aracaju, não voltara a sentir o sangue pulsando mais forte nas veias, nem a trocar olhares carregados de luz e sombra, em emoção de frete, Tereza morta para o amor. Não, não é verdade. O amor queima seu coração, punhal cravado no peito, cruel saudade, esperança derradeira, tênue. Januário Gereba, marujo de mar largo e longínquo, onde andarás?

Insinuantes gaviões assediaram-na no cabaré, em busca de xodó, os bonitões da zona, intoleráveis. Com os fregueses do castelo Tereza emprega o saber da cama, a distinção, Tereza do Falar Macio; com os malandros usou do pouco-caso e, quando preciso, da indignação, Tereza Boa de Briga: me deixa em paz, não me amole, vá tocar seu realejo noutra freguesia. Botou para correr do Flor de Lótus, escada abaixo, rua afora, o irresistível janota Lito Sobrinho e enfrentou na raça Nicolau Peixe Cação, tira de polícia dos mais asquerosos; ambos tentaram se meter a besta.

A velha Taviana, com quase cinquenta séculos de meretrício, vinte e cinco dos quais de proxeneta, sabendo tudo sobre a profissão e a natureza humana, ao conhecer Tereza enxergara nela uma fábrica de dinheiro. Pedaço de mulher capaz de enriquecer castelo e casteleira e arrecadar substancioso pé-de-meia. Planejou apresentá-la aos velhotes como casada, honesta, porém pobre, trazida ao castelo por dolorosa contingência da vida, imperativa necessidade, em desespero de causa, triste história. Histórias podia contar várias, Taviana possuía nos arquivos orais do estabelecimento inesgotável estoque, todas verdadeiras e cada qual mais comovente. Com essa pequena farsa cresceriam o interesse e a generosidade dos beneméritos clientes, não podendo haver nada mais deleitável e confortador do que proteger mulher casada e honesta em precisão, praticando a caridade e pondo ainda por cima os chifres no marido, satisfazendo a alma e a matéria.

Bobela, Tereza recusara, não querendo fazer ainda mais penoso o obscuro ofício. Com o tempo, tornaram-se muito amigas mas Taviana, balançando a cabeça canosa, continuara a repetir o diagnóstico então estabelecido:

— É Tereza, você não tem mesmo jeito, não nasceu para essa vida. Nasceu foi para dona de casa, mãe de filhos. Você precisa é se casar.

3

DE PROPÓSITO, QUEM SABE, TAVIANA PRO-PICIOU O CONHECIMENTO DE Tereza Batista com Almério das Neves, cidadão amável, bem-falante, estabelecido com padaria em Brotas. Não sendo rico, encontra-se em próspera situação. Mantém com a caftina velhos laços de amizade. Há uns quinze anos, conhecera no castelo a moça Natália, apelidada Nata de Leite devido à alvura da pele, acanhada nos modos, recente no ofício, uma daquelas nascidas, segundo Taviana, para mãe de família.

Iniciando, na época, vida de comerciante, Almério labutava dia e noite para fazer prosperar modesta padaria nas imediações da atual. Após alguns encontros com Natália, logo ouviu da rapariga a patética narrativa da expulsão de casa pelo pai carrasco ao sabê-la comida pelo namorado bom de bico. Depois de chamá-la aos peitos em quarto boêmio de estudante, mudou-se sem deixar novo endereço, sem lhe dizer adeus. Almério sentiu-se tomado de paixão pela jovem e atraente vítima da sina e de dois calhordas. Tirou Nata de Leite do castelo, casou-se com ela, esposa mais direita não obteria nem entre as freiras de um convento. Pé de boi no trabalho e honradíssima. Não lhe deu filhos, é verdade, única falha de um casamento onde tudo o mais fora acerto. Quando, passados os anos, as coisas melhoraram para eles e Natália pôde deixar a caixa da padaria onde antes se plantava o dia inteiro, resolveram adotar uma criança, órfã de pai e mãe. A mãe morrera ao dar à luz e, seis meses após, uma pneumonia vitimou o pai, ajudante de padeiro; Almério e Natália encarregaram-se do menino e no cartório lhe deram novos pais e novo sobrenome. Se os anos anteriores já tinham sido de calma felicidade, os dois últimos, vendo o filho crescer, foram apaixonantes. Ventura familiar brutalmente cortada pelo automóvel de um jovem filho da puta de família rica, em louca disparada na pressa de chegar a lugar nenhum; na urgência de não fazer nada. Atropelou

Natália em frente à padaria, deixando Almério em desespero e o menino sem mãe pela segunda vez. Em busca de consolo, o viúvo procurou Taviana, velha amiga, e assim conheceu Tereza.

Tereza só vinha ao castelo com hora previamente marcada, atendendo apenas estrita clientela designada pela eficiente proxeneta. Terminada a sessão, despachado o banqueiro ou o magistrado, por vezes demorava-se na sala em companhia de Taviana, a conversar. Numa dessas ocasiões foi apresentada ao "amigo Almério das Neves, pessoa muito de minha estima, desde os tempos em que ele era rapaz e eu já era velha". Que idade teria Taviana ou não teria idade?

Mulato claro e gordo, pachola, repousado e pacato, bem-falante mas um tanto rebuscado nas palavras, tudo em Almério sugere tranquilidade e segurança. Para ser agradável a Taviana, aceitou Tereza marcar encontro com ele para daí a três dias, reservando-lhe uma tarde.

— Console um pouco o meu amigo, Tereza, ele perdeu a esposa não faz muito tempo, ainda não tirou o luto.

— Levarei luto na alma pela eternidade.

Mesuroso e agradável, após a segunda etapa da função (os fregueses habituais de Tereza chegavam a duras penas à primeira e única), Almério ficou a conversar, contando particulares de sua vida, referentes sobretudo a Natália, ao filho e à padaria, a nova, muito maior do que a anterior, capaz de concorrer com os monopolistas espanhóis donos do mercado. Um dia, disse ele com orgulho, será um empório.

— Como é o nome?

— Panificadora Nosso Senhor do Bonfim.

Para dar sorte e em honra a Oxalá, em cuja intenção Almério só veste branco, faça o tempo que fizer. Isso Tereza ficou sabendo com o correr dos dias pois o comerciante tornou-se habituê. A boa prosa prosseguiu no castelo e nas mesas do Flor de Lótus. Não podendo Tereza lhe reservar mais de uma tarde por semana, Almério passou a frequentar o cabaré num primeiro andar da rua do Tijolo onde Tereza era a "sensual encarnação do samba brasileiro". Pelo contrato (oral) estabelecido com Alinor Pinheiro, proprietário do estabelecimento, Tereza devia comparecer às dez da noite e não se retirar antes das duas da manhã. Exibia-se por volta da meia-noite, em trajes sumários, pretendida estilização de fantasia de baiana, mas, antes e depois, aceitava convites para dançar e para sentar-se em certas mesas de bebida farta. Pedia sempre vermute, ou seja, chá de sabugueiro. Sua atividade no Flor de Lótus não indo além disso: não fazia a vida, não aceitava sair com fregueses para as pensões próximas. Do cabaré diretamente para o quarto alugado no Desterro a dona Fina, antiga e estimada cartomante. Quarto limpo e decente: receba homem onde quiser menos aqui, sou viúva honesta, avisara dona Fina, um encanto de velhota, os olhos cansados da bola de cristal, ouvinte de novelas de rádio, doida por gatos, criava quatro.

Enquanto os padeiros batiam a massa e esquentavam o forno, Almério aparecia no Flor de Lótus para um samba, um blue, uma rumba, um copo de cerveja e dois dedos de prosa. Muitas noites acompanhou Tereza até a porta de casa, antes de voltar à panificação. A moça apreciava-lhe a companhia, conversa mansa e agradável, modos corretos. Jamais se propusera a passar a noite com ela, na cama, transformando as agradáveis relações de cortesia em rabicho de amantes. Cama, só a de profissional, uma vez por semana, no castelo — no mais do tempo convivência amena, um bom amigo.

Na noite anterior à tarde do pedido de casamento, Almério demorou-se no Flor de Lótus até a hora da saída de Tereza, dançando, traçando umas batidas, conversando. Na porta do cabaré, convidou Tereza a acompanhá-lo até Brotas para conhecer a padaria, de táxi era um pulo, em meia hora ele a poria em casa. Embora achando o convite um tanto estranho, Tereza não viu motivo para recusá-lo, tanto já lhe falara ele sobre o grande forno e o balcão de fórmica que só lhe faltava mesmo conhecer o estabelecimento.

Com orgulho de proprietário, de quem se fez por si — vim do nada, comecei de cesto de pão na cabeça, vendendo de casa em casa —, mostrou-lhe as instalações, a asseada parte da fabricação, os padeiros e ajudantes batendo a massa, o forno aceso, as pás enormes de madeira, e a parte da frente, quatro portas abertas sobre a rua, onde a freguesia era atendida; aberta e iluminada especialmente para a visita de Tereza.

— Ainda há de ser um empório. Ah! se a minha inesquecível Nata não houvesse faltado! Um homem só trabalha com disposição quando tem uma mulher a quem dedica amor.

Tereza elogiou, como devido, fabrico e balcão, recebeu sorrindo o tributo dos primeiros pães da madrugada. Ia encaminhar-se para o táxi mas Almério lhe pediu para antes entrar por um minuto na casa ao lado, a residência. Pintada de azul e branco, com as janelas verdes, trepadeiras a subir pelas grades, dois palmos de jardim revelando o cuidado dos moradores:

— Com ela viva, valia a pena ver o jardim e a casa. Agora, anda tudo ao abandono.

Não a convidara para ver as trepadeiras. Atravessaram pelo corredor até o quarto da criança. No berço o menino dormia segurando na mão um urso peludo, a chupeta caída sobre o peito.

— O Zeques... O nome é José, Zeques é o apelido.

— Que amor! — Tereza tocou a face do menino, brincou com o cabelo anelado.

Demorou-se, comovida, na contemplação da criança, saiu na ponta dos pés para não acordá-la. No táxi, quis saber:

— Que idade tem?

— Já fez dois anos. Dois e meio.

— O berço está pequeno para ele.

— É, sim. Preciso comprar uma cama, compro hoje mesmo. Menino sem o carinho de mãe, há coisas que nenhum pai sabe fazer.

Tereza só entendeu o porquê de tudo aquilo no dia seguinte. No castelo, acendendo um charuto após a repetida função — a primeira vez papai e mamãe, a segunda subindo coqueiro —, Almério a convidou para um passeio. A essa hora da tarde? Sim, tinha algo a lhe dizer mas não ali, entre as paredes do prostíbulo.

Convite igual ao que fizera quinze anos antes a Natália, Nata de Leite de alva pele e modos acanhados. Agora a pretendida era cor de cobre e impetuosa. Paixão arrasadora, num e noutro caso, idênticas palavras:

— Preciso da inspiração da natureza.

4

SENTADA SOBRE O LARGO MURO EM FRENTE À ERMIDA DE MONTE SERRAT, no fim da tarde, descortinando a cidade da Bahia plantada na montanha e o golfo de águas serenas, as velas dos saveiros, viu-se Tereza envolta em melancolia. A seu lado, Almério confiante. Recanto próprio para declaração de amor, ali pedira e obtivera a mão de Natália, cena tocante a repetir-se agora.

— Permita que eu lhe diga, Tereza, o que me vai na alma. Encontro-me à mercê de um turbilhão de sentimentos. O homem não é senhor de sua vontade, o amor não pede licença para se introduzir num peito magoado.

Bonitas palavras, pensa Tereza, e justas. Quem bem sabe é ela: o amor não pede licença, surge, violento, e domina e depois não há jeito a dar. Suspira. Para Almério das Neves, postulante, aquele suspiro só pode ter uma significação. Animado, prossegue:

— Estou amando, Tereza, estou sendo devorado pelo fogo do amor.

O tom de voz e a tentativa de tomar-lhe a mão, alertaram Tereza. Desviando os olhos da paisagem, o pensamento de Janu, fitou Almério e o viu em transe, os olhos nela, em adoração:

— Estou perdidamente apaixonado, Tereza, por você. Ponha a mão no coração e me responda com sinceridade: quer me dar a honra de casar comigo?

Tereza boquiaberta, ele prosseguiu a dizer como a observara desde o dia em que a conhecera, logo conquistado não apenas pela beleza — você é a flor mais linda do jardim da existência — mas pelas maneiras e o trato. Perdido de amor, já não consegue conter no peito os sentimentos. Quer me fazer feliz permitindo-me levá-la à presença do padre e do juiz?

— Mas, Almério, eu não passo de uma mulher da vida...

O fato dela ter frequentado o castelo de Taviana para ele nada significa, lá encontrara a inesquecível Natália e nenhuma esposa dera ao marido maior ventura. O passado, seja qual seja, não conta nem pesa, nova vida começa ali, naquela hora. Para ela, para ele e para o Zeques, principalmente para o Zeques. Se a única objeção é essa, não há problema, tudo resolvido. Estende a mão para Tereza e ela não a recusa, entre as suas a tem enquanto explica:

— Não, não é a única, há outra. Mas, primeiro, quero lhe dizer que estou tocada por demais com seu pedido, é como se me desse um presente caro, de estimação, nem sei agradecer. Você é um homem bom e eu lhe aprecio muito. Mas para casar não posso. Me desculpe, não posso não.

— E por quê, se não é segredo?

— Porque gosto de outro, e se um dia ele voltar e me quiser ainda, esteja eu onde estiver, fazendo seja o que for, largo tudo e vou com ele. Sendo assim, me diga como poderia me casar? Só se eu não tivesse consideração consigo, fosse uma falsa. Mesmo fazendo a vida, tenho brio.

Ficou o padeiro mudo e triste, os olhos perdidos na distância. Também calada e melancólica, Tereza a fitar os saveiros cortando o golfo no caminho do Recôncavo. Que nome o novo proprietário teria dado ao *Flor das Águas*? Caía o crepúsculo sobre a cidade e o mar, queimando sangue ao horizonte. Finalmente, o entupigaitado Almério obteve palavras para romper o silêncio confrangedor:

— Nunca me dei conta de ninguém em sua vida. É pessoa de meu conhecimento?

— Penso que não. É um mestre de saveiro, pelo menos foi. Agora anda embarcado em navio grande, não sei onde nem se vai voltar.

Ainda tem entre as suas a mão de Almério e de leve a aperta num gesto de amizade.

— Vou lhe contar tudo.

Contou do começo ao fim. Do encontro no cabaré Paris Alegre em noite de briga, em Aracaju, à desesperada busca na Bahia, os desencontros e finalmente o relato de mestre Caetano Gunzá de volta de viagem demorada a Canavieiras, na barcaça *Ventania*. Quando terminou, o sol desaparecera sob as águas, nos postes as lâmpadas se acenderam, no mar os saveiros eram sombras:

— Tendo enviuvado foi me procurar, não me encontrou. Quando cheguei, já tinha ido embora. Fiquei para esperar sua volta. Para isso estou aqui, na Bahia.

Com delicadeza solta a mão de Almério:

— Você há de encontrar uma mulher para ser sua esposa e mãe do menino, direita como você merece. Eu não posso aceitar, me desculpe por favor, não me tome a mal.

O bom Almério, comovido às lágrimas, levava o lenço aos olhos úmidos mas os de Tereza estavam secos, dois carvões apagados. Contudo, ele não se considerou inteiramente fora do páreo, não deu o jogo por perdido:

— Não tenho o que lhe desculpar, o destino é assim, desencontrado. Mas eu também posso esperar. Quem sabe, um dia...

Tereza não disse sim nem não, para que feri-lo, magoá-lo? Se Janu não regressasse um dia, ao leme de um saveiro ou no bojo de um lugre de bandeira estranha, Tereza carregaria no peito, a vida inteira, luto de viúva. Em cama de castelo ou de pensão, a exercer ruim ofício, pode ser. Mas não em leito de amásia ou de esposa, isso jamais. Mas, para que dizer, ofendendo a quem a honrava e distinguia?

5

NA TARDE DO RECUSADO PEDIDO DE CASAMENTO TEREZA BATISTA REPETIU PARA Almério das Neves, quase palavra por palavra, o relato de mestre Caetano Gunzá. Embora repleto de acontecimentos desagradáveis, continha provas de amor e uma esperança:

— Um dia desses, sem dar aviso, o compadre desembarca no cais.

Assim dissera mestre Gunzá na popa da barcaça, pitando o cachimbo de barro. Dessa esperança vive Tereza Batista. Almério das Neves, romântico e heroico, ouvira de olhos úmidos e garganta presa: narrativa mais comovedora, parecia novela de rádio! Queria o padeiro se casar com Tereza Batista, estava apaixonadíssimo, não dava o caso por perdido; quem sabe um dia?, mas se dependesse dele, naquele mesmo instante, vindo do golfo, saindo do crepúsculo, Januário Gereba de regresso tomaria da mão da amante perdida e inconsolável e na ermida de Monte Serrat com ela se uniria em bodas místicas (bodas místicas! ouvira a expressão em novela de rádio, adorara) sendo Almério o primeiro a felicitá-los. Igualzinho a certo personagem de romance lido em folhetim na adolescência, generoso e desprendido, coração de ouro, Almério se dispõe ao sacrifício pela felicidade da bem-amada. Gestos assim servem de consolo em hora amarga como aquela, confortam.

Farrapos de frases arrastados pelo vento sul, noite de temporal, tristezas no rumo do oceano revolto. Por onde andará Januário Gereba, embarcadiço em cargueiro panamenho? Na voz de mestre Caetano Gunzá, os ecos surdos de abafada emoção. Quer bem ao compadre, amigo de infância, irmão de esteira na obrigação do bori, no candomblé, simpatiza com a moça, bonita e disposta.

Quando, finalmente, os mastros da *Ventania* foram avistados cruzando a barra, sem perda de tempo Camafeu de Oxóssi mandou o sobrinho levar um recado a Tereza. Mas só à noitinha ela o recebeu. Tocou-se correndo para a Cidade Baixa, a barcaça fundeara ao largo. Em Água de Meninos embarcou numa canoa, a bordo no veleiro mestre Gunzá a esperava, soubera por terceiros estar a moça doida por notícias de Januário. Alegrou-se ao sabê-la viva: haviam dado informação falsa ao compadre, ela não morrera na epidemia de bexiga. Ainda bem.

Durante mais de um mês, diariamente, Tereza viera ao Mercado Modelo e à Rampa saber se a *Ventania* regressara de viagem. Procurava enxergar no porto a silhueta da barcaça, tinha-a nos olhos, ancorada na ponte de Aracaju, recebendo carga de açúcar. Há cerca de um mês e meio, a *Ventania* abrira as velas no rumo do sul do estado, Canavieiras ou Caravelas, os porões cheios de fardos de charque e barricas de bacalhau. Data de regresso não prevista, os veleiros dependem da carga, do vento, das correntezas e do mar, dependem de Iemanjá lhes conceder bom tempo.

Aquela espera marcara os começos de Tereza Batista na cidade da

Bahia e as primeiras relações por ela estabelecidas na busca de novas de mestre Januário Gereba e do saveiro *Flor das Águas*. Todos muito gentis, impossível povo mais educado; as notícias, porém, desencontradas. Ela viera à capital para saber de Januário, saiu perguntando. Obtivera aqui e ali pedaços de histórias mas só mestre Caetano contou o enredo inteiro.

Após a epidemia de bexiga em Buquim, Tereza começara a descer o sertão, de cidade em cidade, de povoado em povoado, lentamente. Conhecera Esplanada, Cipó, Alagoinhas, Feira de Santana. Viagem extensa e atribulada, Tereza sem recursos, obrigada a exercer nas piores condições. Durante esses meses — quantos, nem sabia — completou o exato conhecimento da vida de rameira, tocou o ponto mais baixo mas, disposta a chegar ao mar de Gereba, prosseguiu até o fim, obstinada.

Só em Feira de Santana encontrara cabaré onde se oferecer de dançarina em troca de quase nada e, ainda assim, para cobrar a paga mísera tivera de armar esporro sem tamanho. Não fosse ter surgido em meio à confusão imponente velho de barbas e cajado, senhor na certa muito importante que dela se agradou, teria terminado presa em vez de receber os caraminguás — dinheiro magro, o justo para a passagem de marinete e as primeiras despesas na capital. Menos mal que o velho senhor lhe acrescentou algum. Simpatizando com a coragem da rapariga e estando a ganhar no jogo de ronda bancado pelo dono de El Tango, no qual até então ninguém ganhara, não só forçou o tipo a pagar o ajustado e devido: juntou à parca quantia uma boa parte do obtido no baralho. De pura bondade pois nem sequer a reteve para dormir com ele, permitindo-lhe partir enquanto prosseguia dando a maior sorte no jogo para espanto e escândalo de Paco Porteño. Os baralhos marcados tinham perdido a valia, de nada adiantando tampouco a rapidez de mão, orgulho e capital do gringo. Pela primeira vez Tereza topava com aquele velho em seu caminho mas ele a tratou como se a conhecesse de longa data.

Na Bahia, iniciara a busca. De começo, timidamente, imaginando Gereba ainda casado. Não viera para lhe perturbar a vida, criar-lhe embaraços. Apenas queria localizá-lo para poder acompanhar-lhe os passos, sem ser notada. Somente? Também gostaria de avistar o *Flor das Águas*, mesmo de longe. De longe? Quem pode saber com exatidão o que Tereza esperava e pretendia se nem ela própria sabe? Buscava-o apenas, era tudo quanto tinha.

Na Rampa e no Mercado praticamente todos o conheciam e estimavam, nenhum dava notícias dele. Melhor dito: todos davam notícias, ninguém se negara a falar do saveirista mas eram informações desencontradas quando não contraditórias. Uma coisa certa, contudo: a esposa de Januário falecera tempos atrás.

No candomblé do Bogun, onde ele tinha o posto de ogã há muitos anos, a mãe de santo Runhó confirmou: Gereba perdera a mulher, levada pela tísica, a pobrezinha. Os olhos fitos em Tereza, a ialorixá não vacilou em reconhecê-la:

— Você é a moça que ele conheceu em Aracaju.

Depois do enterro, Januário estivera no terreiro em trabalhos de axexê, limpando o corpo antes de realizar uma viagem, de grande importância, segundo dissera. Para as bandas de Aracaju, onde me esperam, acrescentara. Quem esperava era você, não era? Nunca mais apareceu. Consta ter voltado dessa viagem e iniciado outra.

Uma viagem? Duas? Vivo ou morto? Desaparecido. Onde? Tereza só conseguira saber a verdade quando por fim a *Ventania* regressou do sul do estado carregada de cacau.

A conversa teve lugar na popa da barcaça ancorada defronte das luzes da cidade, batida pelo vento sul a encapelar as águas mansas do golfo. Noite de perigo no mar, noite ruim para os saveiros. Janaína desatada em tempestade, em busca de noivo para bodas no fundo do oceano, explicara mestre Gunzá tocando as águas com a ponta dos dedos, levando-os à testa e repetindo a saudação da sereia: Odoiá! O patrão do veleiro recebera Tereza com amizade mas sem alegria.

— Soube que estava na Bahia e que me procurou. Estou ao largo porque amanhã atraco junto do cargueiro para descarregar diretamente.

Sentaram-se, o vento nos cabelos negros de Tereza, o aroma do cacau seco subindo do porão. Tereza perguntou, com medo da resposta:

— Que se passa com Janu? Onde anda? Estou na Bahia vai fazer dois meses e ainda não consegui saber nada direito sobre ele. Cada pessoa diz uma coisa diferente. De certeza, só a morte da mulher dele.

— Pobre de minha comadre, no fim dava pena ver, era um fio de gente, pele e osso. O compadre não arredou pé de junto dela até lhe fechar os olhos. Nos últimos dias o pai apareceu para fazer as pazes e botar a filha no hospital, tarde demais. A comadre já não tinha serventia de mulher mas o compadre sentiu muito.

Tereza ouvia em silêncio, por trás da voz de mestre Gunzá rota pelo vento e pela tristeza, ela escuta Januário a lhe dizer na fímbria do mar da Atalaia: a que eu amei e quis, a que roubei da família, era sadia, alegre e bonita, hoje é doente, feia e triste mas tudo que ela tem sou eu, não vou largá-la na rua, no alvéu. Homem direito, Janu.

— Depois, ele pegou dois ou três carregamentos para ganhar uns cobres e, tendo deixado o saveiro aos meus cuidados, tocou-se à sua procura. Se lembra, compadre, de Tereza Batista, aquela moça morena de Aracaju? Pois vou buscar ela para viver comigo, vou me casar de novo. Assim ele me disse.

Mestre Gunzá acendeu o cachimbo que o vento apagara. A barcaça sobe e desce, as vagas aumentam, o vento sul desatinado, chamando a morte num assovio agudo. Tereza, em silêncio, imaginando Janu à sua procura, livre das grilhetas, pássaro de voo solto, pronto para trazê-la para casa, para o saveiro. Ai, o desencontro!

— Levou para mais de três meses fora, lhe procurando. Chegou sem vintém, veio de ajudante de chofer de caminhão. Acabrunhado demais, sem jeito. Me contou toda a viagem, foi bem adiante de Sergipe, atravessou Alagoas, Pernambuco, Paraíba, esteve em Natal e só parou no Ceará, conheceu muita terra e muita gente, só não encontrou quem ele buscava. Perdeu seu rastro no Recife mas só desanimou em Fortaleza. De novo em Aracaju, saiu Sergipe adentro e foi aí que lhe contaram de sua morte, atacada de bexiga, deram dia e hora e descreveram seu retrato, tudo direitinho. Só não souberam dizer o lugar onde tinham enterrado o corpo. Era tanta a abastança de defuntos, não dava tempo para funeral, punham cinco e seis na mesma cova. Foi o que contaram a meu compadre.

Sim, Tereza saíra ao encontro da morte e a enfrentara, no desespero de não estar com ele e por haver tentado esquecê-lo na cama do doutorzinho Oto Espinheira, diretor do posto de saúde, rei dos covardes. A morte a rejeitara, nem a bexiga a quis. Na noite de tormenta, a face de pedra de Tereza, a brasa do cachimbo de mestre Caetano Gunzá e a tempestade a naufragar saveiros. Janaína busca um noivo. No assovio do vento, seu canto de sereia.

— Meu compadre tinha mudado, não era mais o mesmo, nem com o saveiro tinha gosto de se ocupar. Ficava sentado aqui, na popa da *Ventania*, calado, só abrindo a boca para me dizer: como é que ela foi morrer, compadre? Em tudo se dá jeito menos na morte, e eu pensando que um dia ia viver com ela! Assim falava quando abria a boca, calado o mais do tempo.

O vento cessou de chofre e na calmaria os saveiros ficaram à deriva, perdido o rumo. No mar alto, Janaína com o noivo, núpcias fatais. A voz de mestre Gunzá cai no madeirame da barcaça:

— Foi quando sucedeu o caso do navio panamenho, um cargueiro grande. Entrou no porto para deixar no hospital seis tripulantes todos atacados de raiva. Um cachorro de bordo adoecera e antes que pudessem acabar com ele mordera os seis. Para seguir viagem, o comandante recrutou gente daqui. Januário foi o primeiro a se engajar. Antes de embarcar me disse para vender o *Flor das Águas* e ficar com o dinheiro para mim, ele não tinha ninguém no mundo e não queria que seu saveiro apodrecesse abandonado. Vendi mas botei o dinheiro no banco para render, assim se ele voltar um dia pode comprar outra embarcação. Aí está o que aconteceu.

Tereza disse apenas:

— Fico aqui até ele voltar. Se ainda me quiser, aqui me encontrará, à sua espera. O nome do navio, o mestre se recorda?

— *Balboa*, como havia de esquecer? Saiu de noite, nunca mais se soube do compadre. — Uma baforada, a brasa do cachimbo acesa, a voz cálida, a confiança: — Um dia, quando menos se esperar, o compadre desembarca no cais.

6

APÓS A RECUSA DA PROPOSTA DE CASAMENTO, AS RELAÇÕES ENTRE TEREZA BATISTA e Almério das Neves sofreram mudança sutil porém sensível. Até então o dono da padaria fora para Tereza sobretudo um cliente. Um tanto distinto dos velhotes, não só pela idade, apenas passara dos quarenta enquanto os outros (cinco ao todo) andavam nos limites dos sessenta, mais pra lá do que pra cá, mas também por vê-lo e tratá-lo fora das discretas paredes do castelo, no cabaré onde evidentemente nenhum dos conspícuos jamais se mostraria. Almério a contar do negócio, do preço do trigo, da inesquecível falecida, das artes do menino, Tereza a ouvi-lo atenta, cliente simpático e gentil com dia e hora marcada uma vez por semana.

A tarde de crepúsculo acendendo tristezas sobre o mar influiu nessas relações tornando-as ao mesmo tempo mais e menos íntimas. Na aparência, um contrassenso; na vida das mulheres-damas, porém, sucedem coisas assim inesperadas e estranhas, supostamente sem sentido. Menos íntimas pois não voltou Almério a tê-la nua, na cama a exercer com competência, exibida a formosura inteira, seios e bunda, a flor secreta. Perdeu a qualidade de cliente, nenhum dos dois voltando ao castelo na quinta-feira às quatro da tarde, apesar de não terem conversado sobre o assunto, compreendendo ambos a impossibilidade de existir entre eles dali em diante trato de rameira e michê, impessoal e pago. Mais íntimos porque ficaram amigos, poderosos laços de confiança e estima haviam se estabelecido naquela tarde de corações expostos em rebuços.

Almério continuou a vir ao Flor de Lótus com certa frequência para tomar uma cerveja, dançar um fox, acompanhar Tereza à porta de casa. Prosseguia apaixonado candidato à mão da sambista mas agora nem na mão lhe tocava, não exibia melancólicos olhares de frete, não a incomodava com súplicas e propostas. Apenas a presença, a companhia. A paixão ele a levava no peito, assim como Tereza conduzia o amor de Janu perdido no mar largo dos cargueiros. Por vezes, ele lhe perguntava: ainda sem notícias, não soube nada do navio? Tereza suspirava. Noutras ocasiões, era ela a querer saber se o amigo ainda não encontrara noiva a seu gosto, mulher capaz de assumir o posto vago de Natália junto ao menino e ao lado de Almério, na casa e na padaria, no leito e no coração? Suspirava o viúvo.

Não se aproveitava ele da visível solidão de Tereza na longa espera, para propor-se a substituir Januário mas buscava distraí-la, convidando--a para festas e passeios. Iam juntos a candomblés, escolas de capoeira, ensaios de afoxés e ranchos. Sem renovar proposta, sem falar de amor. Almério sempre esteve em torno de Tereza, impedindo-a de sentir-se só e abandonada; terminando ela por lhe devotar sincera amizade e ser-lhe grata. Em tempo de desesperança e abatimento abrigou-se Tereza no calor de alguns amigos, mestre Caetano Gunzá, o pintor Jenner Augusto, Almério das Neves. Além desses, Viviana, Maria Petisco, a negra Domingas, Dulcineia, Anália, todas da zona. Contou também com a simpatia do povo da Rampa do Mercado, de Água de Meninos, do Porto da Lenha.

De natural repousado e alegre, nem a viuvez nem a paixão recolhida conseguiram afetar o ânimo de Almério das Neves, prendê-lo em casa. Festeiro por demais apesar dos modos tranquilos, tinha sempre um convite a fazer quando aparecia, sólido e risonho, no Flor de Lótus. Cordial por excelência, presente na vida popular da cidade, dava-se com meia Bahia. Certa noite, ao querer apresentá-lo ao pintor Jenner Augusto, que viera ao cabaré para vê-la e contratá-la de modelo para um quadro, Tereza admirou-se: os seus dois amigos se conheciam, amigos entre si também, companheiros nas festas da Conceição da Praia e do Bonfim, do candomblé de Mãe Senhora e em carurus de Cosme e Damião.

Em vida de Natália, no mês de setembro, o caruru de Almério reunia dezenas de convidados e durante a festa do Bonfim o padeiro se instalava por toda a semana numa das casas de romeiros, na Colina Sagrada, tome festa todos os dias. Na sala dos milagres da igreja do Bonfim encontra-se a fotografia da inauguração da nova panificadora, os empregados, os amigos, o padre Nélio, Mãe Senhora, Natália e Almério, prósperos e festivos. Entre os convidados, o pintor Jenner Augusto.

— Se esqueceu de mim, Almério? E o caruru?

— Perdi minha adorada esposa, amigo Jenner, fatal desgosto. Antes de tirar o luto, não posso dar festa em casa.

Só então Jenner reparou na tarja preta na botoeira do paletó de linho branco do filho de Oxalá.

— Não soube, me desculpe. Aceite meus pêsames.

Olhou para Tereza, desconfiou haver ali gato escondido. O modesto comerciante, sempre risonho e descansado, a puxar a fumaça do charuto, assim como enfrenta o monopólio dos espanhóis sem se alterar, na maciota, era muito homem para tirar Tereza do Flor de Lótus e levá-la para casa. A moça aceitaria? Aparentando jovialidade, vivera imersa na tristeza, há em sua vida um marinheiro a navegar. Mas Almério é igual a mestre sapo: espera calado, o tempo trabalha a seu favor. Junto dele, Tereza sente-se segura.

7

O PINTOR A ENCONTRARA POR ACASO, ALGUM TEMPO ANTES, NAS IMEDIAÇÕES do mercado onde conversava com Camafeu de Oxóssi e mais dois indivíduos, ambos estranhos, extravagantes: um deles, com melenas e bigodes enormes, o outro, de olho redondo e paletó aberto atrás. Camafeu, ao ver Tereza, veio lhe falar, davam-se há tempos. Também o pintor se aproximou:

— Mas se é Tereza Batista! Por aqui?

Ficou a par do Flor de Lótus, onde ela fazia sala aos fregueses e apresentava o número de dança, aquele mesmo de Aracaju com umas fuleiragens a mais. Apareceu no cabaré, primeiro sozinho, depois com um bando de boêmios, artistas de pouco dinheiro e muita animação. Todos eles, é claro, candidataram-se a dormir com ela por xodó e simpatia, no gratuítes. De nenhum ela aceitou contato e cama e nem por isso se ofenderam.

Para alguns serviu de modelo, incorporando mais uma profissão de reles pagamento às tantas que exerceu. Quem pousar os olhos na Iemanjá vermelha e azul de Mário Cravo (o bigodudo), madeira viva, poderosa humanidade, amante, esposa e mãe, hoje na posse de um amigo do escultor, pode facilmente reconhecer a face de Tereza e a longa cabeleira negra. Também a *Oxum* de Carybé (o outro sujeito, o dos olhos redondos, dono do invejado paletó aberto atrás), erguida na agência de um banco, nasceu de Tereza, basta reparar a bunda, a elegância e o dengue. E as mulatas de Genaro de Carvalho, quem as inspirou? Multiplicadas Terezas com gatos e flores, aquele ar de ausência, perdidas todas na distância do mar. O bom Calá, um pequenino muito do sem-vergonha, não fez um álbum de gravuras tendo como tema incidentes da vida de Tereza? Foi também nessa ocasião que certo seresteiro, de olho nela e com esperanças, compôs e lhe dedicou modinha, um tal de Dorival Caymmi. Estando na companhia deles, aconteceu mais de uma vez a Tereza recordar os dias de Estância com o doutor, aquele gosto intenso de viver.

Assim Tereza conheceu um mundo de pessoas, assistiu a festas de largo, passeou no Rio Vermelho, onde o pintor morava, modelo de vários quadros. Na escola de capoeira, mestre Pastinha lhe ensinou a dançar samba de Angola; na barcaça mestre Gunzá lhe disse de ventos e marés, contou dos portos do Recôncavo; Camafeu a convidou para sair de figurante nos Diplomatas de Amaralina, tendo ela recusado por lhe faltar ânimo para carnaval. Frequentou candomblés, o Gantois, o Alaketu, a Casa Branca, o Oxumarê, o Opô Afonjá onde Almério, amigo de Mãe Senhora, tinha um posto em casa de Oxalá.

Passeio predileto, diário e obrigatório, a Rampa do Mercado, o cais dos saveiros, o porto da Bahia. Quando a barcaça *Ventania* estava atracada, Tereza vinha conversar com mestre Gunzá, revolver o punhal na ferida falando de Januário Gereba.

No cais, já o povo a conhecia com suas perguntas repetidas, ansiosas. Quem dá notícias de um barco panamenho, de nome *Balboa*, negro cargueiro? Nele embarcaram seis marujos baianos, onde andarão?

Com a ajuda de mestre Gunzá descobriu o *Flor das Águas*, agora de propriedade de velho saveirista, mestre Manuel, por ele rebatizado *Flecha de São Jorge*, em honra da mulher, Maria Clara, filha de Oxóssi.

Tereza demorou sentada junto ao leme, tocou com a mão o madeirame. Maria Clara, ao ver a moça morena, tensa e ausente, os olhos no vazio, querendo perceber no tabuado curtido pelo sal das águas a lembrança, o gesto, o calor da mão de Januário, disse:

— Tenha fé, ele há de voltar. Vou mandar fazer um ebó para Iemanjá.

Além de um vidro de perfume e de um pente largo para os cabelos pentear, Iemanjá pediu duas galinhas-da-guiné para comer e um pombo branco solto sobre o mar.

8

NO FLOR DE LÓTUS, NO CASTELO DE VIVIA-NA, TEREZA TRAVOU CONHECIMENTO com várias raparigas, estabelecendo amizade com algumas. Seu nome passara a ser pronunciado com respeito, desde o pega com Nicolau Peixe Cação, tira da Delegacia de Jogos e Costumes a botar à custa das mulheres da vida, em todo o vasto e inquietante território onde se estende, podre e ardente, a zona do meretrício, da Barroquinha ao Pelourinho, do Maciel à ladeira da Montanha, do Tabuão à Carne-Seca. Acontecia-lhe almoçar no Pelourinho, em casa de Anália, uma rapariga de Estância, ou em casa da negra Domingas e de Maria Petisco, na Barroquinha.

Mulatinha jovem e fornida, uma espoleta, tramela solta, riso fácil, choro ainda mais e paixão nem se fala, um rabicho por semana, inconstante coração, Maria Petisco fora salva por Tereza Batista das garras, melhor dito, do punhal do espanhol Rafael Vedra.

Em noite de terça-feira, de pequeno movimento no cabaré, estando a estouvada a conversar numa das mesas do fundo onde as mulheres sentavam-se à espera de convite para dançar ou beber, invadiu o estabelecimento passional galego, recém-importado de Vigo, ainda todo vestido de negro e de drama, a representação do ciúme, última paixão da moura infiel. Tudo se passou no melhor estilo de tango argentino como compete a amores assim rápidos e vorazes:

— Perra maldita!

Rafael ergueu o punhal, a rapariga levantou-se num grito de terror, Tereza avançou a tempo, um rolo! Desviado por Tereza, o punhal resvalou pelo ombro de Maria Petisco, tirando sangue, o suficiente para lavar a honra ibérica e conter o braço trágico do despeitado.

Acorreram homens e mulheres, aquela confusão. Nessas ocasiões aparece sempre um alcaguete para chamar a polícia, em geral um tipo que não tem nada a ver com o assunto, nele se metendo de puro vedetismo ou cumprindo vocação de delator. Conduziram Maria para um dos quartos do andar de cima onde mulheres exerciam ao preço da tabela, o povaréu foi atrás deixando a sala praticamente vazia. Do que se aproveitou Tereza para dar fuga ao vingador lavado em pranto e em arrependimento, no maior cagaço ante a perspectiva de polícia, cadeia, processo.

— Cai fora, maluco, enquanto é tempo. Tem onde se esconder uns dias?

Tinha, os parentes estabelecidos na Bahia. Abandonando o punhal e a paixão, jogou-se pela escada, sumiu nos becos. A polícia compareceu meia hora depois, na pessoa de um guarda. Do acontecido não encontrou rastro, ninguém soube dar notícia de punhal, criminoso e vítima, não passando a denúncia de pilhéria de mau gosto de algum engraçadinho a gozar a autoridade. O patrão do cabaré e do andar de cima abriu uma garrafa de cerveja, geladinha, para o guarda, atrás do balcão.

A quase vítima, removida mais tarde para a Barroquinha por Tereza e Almério, foi medicada por um estudante de farmácia razoavelmente bêbado àquela hora tardia, pelo qual caiu de imediato apaixonada:

— É um rolete de cana… — sussurrou a apunhalada revirando os olhos. Natural de Santo Amaro da Purificação, zona açucareira, para ela homem bonito era rolete de cana.

Dois dias após, voltava a espevitada a ser vista no Flor de Lótus, em companhia do aprendiz de boticário, a dançar agarradinha. Em hora de trabalho, não tendo mesmo juízo na cabeça.

Rafael erguera o punhal assassino devido à evidência de macho na cama ardente de Maria Petisco em hora de amor e não de ofício, alta madrugada. A acreditar em certos rumores pertinazes, quem se encontrava com a fogosa pondo cornos no galego (e nos demais xodós da rapariga) não era vivente e, sim, encantado. Segundo consta, Oxóssi e Ogum, os dois compadres, costumavam vir à Barroquinha, ao menos uma vez por semana, em visitação a Maria Petisco e à negra Domingas, montarias de um e outro, respectivamente. Nem Tereza nem ninguém conseguiu tirar o assunto a limpo, mantendo-se as duas preferidas em natural reserva.

Na abalizada opinião de Almério, entendido nesses embelecos, é bem provável fosse assim, não sendo essa a primeira vez em que se soube de orixá em cama de feita ou de iaô ornamentando marido ou amante com chifres esotéricos, nem por isso menos incômodos. Havia casos comprovados. O de Eugênia de Xangô, vendedora de mingau nas Sete Portas, casada. Xangô, não contente de traçá-la às quartas-feiras, terminou por proibir qualquer relação de cama entre ela e o marido e não coube apelação, o chifrudo conformou-se. Com Ditinha foi triste e divertido o enredo: Oxalá se apaixonou por ela, não saía da cama da criatura, faltando até a obrigações de fundamento. A vida de Ditinha virou um inferno; era Oxalá partir, Nanã Burucu descia, no maior dos ciúmes, e aplicava surras colossais na coitada. Ah! essas surras invisíveis, só quem as tomou sabe quanto doem — concluía Almério, ouvido com respeito e atenção.

9

ALGUM TEMPO APÓS O INCIDENTE COM RAFAEL, TENDO IDO ALMOÇAR EM casa de Maria Petisco, Tereza encontrou a rapariga transtornada, outra pessoa. No ombro a pequena cicatriz, mas onde o riso, a gaitada alegre, a despreocupação, o alvoroço, tudo quanto a fizera tão popular na zona? Cara fechada, rosto preocupado, macambúzia. Não só ela, também a negra Domingas, Doroteia, Pequenota, companheiras de casa, e Assunta, proprietária do bordel. Assunta, na cabeceira da mesa, refugava a comida.

— Gentes, o que é que há com vocês?

— Com a gente só, não. Com nós todas. Vão mudar a zona, não ouviu falar? Na semana que vem, se quiser comer com a gente tem que ir ao cu de judas — respondeu Assunta, de mau humor.

— Que negócio é esse? Não soube de nada.

— Hoje de manhã, Peixe Cação e o detetive Coca andaram de casa em casa aqui na Barroquinha, avisando: arrumem os teréns, vai haver mudança — disse Maria Petisco.

— Deu uma semana de prazo. Segunda-feira, de hoje a oito, a mudança tem de ser feita. — A voz de Assunta, ríspida e cansada.

Negra Domingas possuía uma voz grave, noturna, cariciosa:

— Diz-que vai mudar todo mundo. Começando por aqui, depois o pessoal do Maciel, das Portas do Carmo, do Pelourinho, o puteiro todo.

— E para onde?

Assunta não conseguia engolir, tamanha a raiva:

— Aí está o pior da história. Para um buraco desinfeliz, na Cidade Baixa, perto da Carne-Seca, a ladeira do Bacalhau, uma imundície.

Ninguém morava mais lá, faz tempo. Andaram ajeitando, passando uma mão de cal. Fui espiar, dá vontade de chorar.

As mulheres mastigavam em silêncio, bebiam cerveja. Assunta concluiu:

— Parece que os donos são uns graúdos, parentes do delegado Cotias. Gente protegida, sabe como é. Casa em ponto ruim, chovendo dentro, não vale nada? Alugue para rapariga e cobre caro. É assim que eles fazem, na delegacia.

— Cambada de urubus.

— E vocês vão se mudar?

— Que jeito! Quem manda na zona não é a polícia?

— Não há uma maneira? De se queixar, de reclamar?

— Reclamar a quem, criatura? Já viu mulher da vida ter direito a reclamação? Se a gente reclamar, vai é levar porrada.

— É um abuso, é preciso fazer alguma coisa.

— O que é que a gente pode fazer?

— Não se mudar, não sair daqui.

— Não se mudar? Você até parece que ignora como é a vida de mulher-dama. Puta não tem direito de reclamar, puta só tem direito de sofrer.

— Calada, senão toma cadeia e lenha.

— Será que você ainda não sabe? Ainda não aprendeu?

10

QUEM NÃO SABE, FIQUE SABENDO DE UMA VEZ PARA SEMPRE: PUTA NÃO tem direito algum, puta é para dar gozo aos homens, receber a paga tabelada e se acabou. Fora disso, apanha. Do cafetão, do gigolô, do tira, do guarda, do soldado, do delinquente e da autoridade. Do vício e da virtude, renegada. Por tolice apanha, dá com os costados na cadeia, quem quiser pode lhe escarrar na cara. Impunemente.

O senhor, paladino das causas populares, com nome elogiado nas gazetas, por gentileza me diga se alguma vez na vida dignou-se a pensar nas putas, exceto, é claro, nas inconfessáveis ocasiões em que nelas se põe em leito de folgança a regalar-se pois mesmo um incorruptível necessita satisfazer a carne, está sujeito às exigências do instinto. Leito infame, carne vil, baixos instintos na opinião do mundo inteiro.

Sabe o indômito líder ser excelente negócio possuir casas de aluguel em zona de meretrício? A polícia localiza a zona de acordo com os interesses da política, premiando parentes, amigos, correligionários. Por ser aluguel de casa de puta bem mais elevado do que o das casas de família. Sabia dessa particularidade o bravo campeão dos explorados? Aliás, para elas tudo é mais caro e mais difícil, e todos acham justo, ninguém protesta. Nem sequer o nobre defensor do povo. Não sabia? Pois fique sabendo. E saiba ainda mais que despejo de puta independe de ação judicial, basta a polícia decidir, ordem de um delegado, um comissário, um tira, faz-se a mudança. Não cabe à puta a escolha de onde morar e exercer.

Quando uma puta se despe e se deita para receber homens e conceder-lhe o supremo prazer da vida em troca de paga escassa, sabe o ilustre combatente da justiça social quantos estão comendo dessa paga? Do proprietário da casa ao sublocador, da caftina ao delegado, do gigolô ao tira, o governo e o lenocínio. Puta não tem quem a defenda, ninguém por ela se levanta, os jornais não abrem colunas para descrever a miséria dos prostíbulos, assunto proibido. Puta só é notícia nas páginas de crimes, ladrona, arruaceira, drogada, mariposa do vício, presa e processada, acusada dos males do mundo, responsável pela perdição dos homens. A quem cabe a culpa de tudo de ruim quanto acontece universo afora? Pois às putas, sim senhor.

O indomável advogado dos oprimidos por acaso tomou conhecimento da existência de milhões de mulheres que não pertencem a nenhuma classe, por todas elas repudiadas, postas à margem da luta e da vida, marcadas a ferro e fogo? Sem carta de reivindicações, sem organização, sem carteira profissional, sem sindicato, sem programa, sem manifesto, sem bandeira, sem contar tempo de ofício, podres de doenças, sem médico de instituto nem cama em hospital, com fome e sede, sem direito a pensão alimentar, a aposentadorias, a férias, sem direito a filhos, sem direito a lar, sem direito a amor, apenas putas, nada mais? Sabe ou não sabe? Pois fique sabendo de uma vez.

Puta, enfim, é caso de polícia, xilindró e necrotério. Mas já imaginou o caridoso pai dos pobres se um dia as putas do mundo unidas decretassem greve geral, trancassem a flor e se recusassem a trabalhar? Já pensou o caos, o dia de juízo, o fim dos tempos?

O último dos últimos encontra quem por ele brade e lute, só as putas não. Sou o poeta Castro Alves, morto há cem anos, do túmulo me levanto, na praça de meu nome e monumento, na Bahia, assumo a tribuna de onde clamei pelos escravos, no Teatro São João que o fogo consumiu, para conclamar as putas a dizer basta.

11

A FIRMA H. SARDINHA & CIA., INVESTIMENTOS, FINANCIAMENTOS, Construções, Locações, Imóveis em Geral, adquirira extensa área ao sopé da montanha, com vista para o golfo, beneficiando-se das vantagens oferecidas pelo governo às obras destinadas a incrementar o turismo. No local deve ser levantado moderno, imponente conjunto arquitetônico: edifícios de apartamentos, hotéis, restaurantes, lojas, casas de diversões, supermercados, ar-refrigerado, jardins tropicais, saunas, piscinas olímpicas, parque de estacionamento, enfim, quanto falta à cidade para o conforto dos moradores e o lazer dos visitantes.

Coloridos folhetos de propaganda convidam o povo a participar do gigantesco empreendimento, nele investindo, adquirindo cotas a serem pagas em vinte e quatro meses, plano ideal, benefícios garantidos, vantagens inúmeras. Seja você também proprietário do PARQUE BAHIA DE TODOS OS SANTOS, a maior realização imobiliária do nordeste. Faça turismo sem sair da Bahia: cada cotista terá direito a vinte dias por ano de hospedagem num dos hotéis do conjunto, pagando apenas cinquenta por cento do preço tabelado para os hóspedes.

Na parte mais baixa da área, na pequena e esconsa ladeira do Bacalhau, ao lado de meia dúzia de casebres, mantinham-se de pé quatro ou cinco sobradões, remanescentes de solares antigos, ao abandono há vários anos. Habitados por marginais, esconderijos de capitães da areia, de maconheiros. Para começo de conversa, a firma mandou derrubar os barracos, expulsar os moradores.

Examinando a área, em companhia dos engenheiros, o velho Hipólito Sardinha, o grande patrão, capaz de tirar leite de pedra na opinião geral do mundo dos negócios, considerou longamente os sobradões.

Na etapa inicial de empresa assim vultosa são preparados os planos, completada a organização, despertado o interesse do público, recolhido o dinheiro necessário ao financiamento, enquanto arquitetos, urbanistas, engenheiros, paisagistas estudam e põem de pé o monumental projeto; as obras propriamente ditas só serão iniciadas daí a dois anos.

Dois anos, vinte e quatro meses. O velho Hipólito examina os casarões. Durante esse tempo, continuarão a abrigar ladrões e vagabundos, crianças e ratos? Ou devem ser demolidos imediatamente, limpando-se a área por completo, conforme reclama um dos engenheiros? Sobradões de pedra e cal, em ruinoso estado, é certo, porém sólidas construções. O velho Sardinha não se conforma.

— A não ser para bordéis de ínfima categoria, não vejo para que possam servir — opina o engenheiro.

O velho ouve em silêncio: mesmo em frases depreciativas, soltas à brisa do golfo, há dinheiro a ganhar.

12

A DECISÃO DE TRANSFERIR A ZONA DA CIDADE ALTA PARA A BAIXA NÃO FORA assim tão repentina quanto parecera a Assunta e às suas inquilinas. Fossem dadas à leitura atenta dos jornais não teriam sido surpreendidas pela ordem de mudança transmitida oralmente por Peixe Cação e pelo detetive Dalmo Coca, na visita matinal. Mas contentavam-se com as páginas de crimes e as colunas sociais, onde obtinham ração suficiente de emoções. De uma parte, roubos, assassinatos, violências a granel, choro, ranger de dentes; de outra, festas, recepções, banquetes, risos e amores, champanha e caviar.

— Um dia, ainda hei de provar esse tal de caviar... — garante Maria Petisco após a leitura da apaixonante descrição do jantar de madame Tetê Muscat, redigida pelo divino Luluzinho, com suspiros e pontos de exclamação. — Champanha não me empolga, já tenho tomado às pampas.

— Nacional, minha branca, não vale nada. Boa de verdade é a francesa e essa não chega para seu bico — esclarece Doroteia, pontilhosa.

— E você, já tomou, princesa?

— Uma vez. Na mesa do coronel Jarbas, um de Itabuna, no Palace, no tempo do jogo. É toda de bolhas, parece que você está bebendo espuma molhada.

— Um dia, vou arranjar um coronel cheio de grana, e me atocho de caviar e champanha francesa. Francesa, inglesa, americana, japonesa. Vocês vão ver.

A discutir champanha e caviar, desprezando as páginas nobres, opinativas, os editoriais, não se deram conta da repentina indignação a apossar-se dos proprietários das gazetas pelo fato de estar a zona do meretrício localizada praticamente no centro da cidade.

Na Barroquinha, ao lado da praça Castro Alves, "nas vizinhanças da rua Chile, coração comercial da urbe, onde se encontram as lojas mais elegantes de tecidos, roupas, calçados, as joalherias, as perfumarias, processa-se o degradante comércio do sexo". As senhoras de sociedade vindo às compras, "são obrigadas a acotovelar-se com as marafonas". Da ladeira de São Bento é perfeitamente visível "o torpe quadro das prostitutas às portas e janelas, na Barroquinha, seminuas, escandalosas".

Espalha-se a prostituição por todo o centro: Terreiro, Portas do Carmo, Maciel, Tabuão, área turística, um absurdo. "Descendo as ruas e becos do conjunto colonial do Pelourinho, mundialmente famoso, os turistas testemunham cenas vergonhosas, mulheres em trajes sumários, quando não completamente despidas, às portas e janelas, nas calçadas, palavrões, cachaçada, o vício sem peias, às escâncaras, a esbórnia". Por acaso os turistas "chegam das plagas do sul e do estrangeiro para assistir a espetáculos tão deprimentes, indignos dos nossos foros de civilização, de capital nacional do turismo?". Não, absolutamente não! — exalta-se o redator. Os turistas acorrem para "conhecer e admirar nossas praias, nossas igrejas recamadas de ouro, a azulejaria portuguesa, o barroco, o pitoresco das festas populares e das cerimônias fetichistas, as novas construções, o progresso industrial, para ver a beleza e não as manchas, a podridão dos Alagados e do meretrício!".

Uma solução se impõe: a mudança da zona, retirada para local mais distante e discreto. Sendo impossível terminar com a chaga da prostituição, mal indispensável, vamos pelo menos escondê-la dos olhos piedosos das famílias e da curiosidade dos turistas. Para começar, urge limpar a Barroquinha da infamante presença das rameiras.

Indignadíssima a imprensa, como se vê. Sobretudo ao referir-se aos bordéis situados na Barroquinha, "cancro a ser extirpado com urgência!".

As autoridades responsáveis pela salvaguarda dos costumes ouviram o patriótico clamor e em boa hora decidiram transferir as mulheres da vida, da Barroquinha para a ladeira do Bacalhau.

13

— SÃO MILHARES DE MARINHEIROS. PAGANDO EM DÓLARES. Já pensaram?

Os dois outros examinam a notícia na primeira página do vespertino, não há dúvida, a ideia parece boa.

— Você propõe exatamente o quê?

Quem entrasse apressado a comprar cigarros ou fósforos no Bar da Elite — mais conhecido entre a numerosa freguesia por Bar das Putas, no Maciel — e de raspão os visse, três senhores de gravata e chapéu, confabulando animadamente sobre volume de capital, condições do mercado consumidor, perspectivas de colocação do produto e duração do prazo de intensa procura, escolha de auxiliares capazes, localização dos pontos de oferta e venda, cálculo dos benefícios, poderia tomá-los por homens de negócios empenhados em estabelecer as bases de lucrativa empresa, e de certa maneira não se enganaria.

Permanecesse, porém, o casual freguês a bebericar uma cerveja em mesa próxima e atentasse nos três empresários, logo os identificaria, situando-os na verdadeira profissão pois o detetive Dalmo Garcia, o investigador Nicolau Ramada Júnior e o comissário Labão Oliveira fedem a polícia a quilômetros de distância. O que não os impede de realizar proveitosos negócios, quando se apresenta ocasião como aquela, excepcional. Nada menos de três navios de guerra da esquadra norte-americana em manobras no Atlântico Sul arribariam à Bahia, demorando-se alguns dias e noites ancorados no porto. Milhares de marinheiros soltos na cidade, todos na zona a tirar a barriga da miséria, todos a necessitar de preservativos, pagamento em dólar, como pudera o pequeno cérebro de Peixe Cação conceber ideia assim excelente? Eis a quanto pode levar o amor ao dinheiro, pensa o comissário Labão, também ele chegado a uns cobres fáceis: ilumina a cabeça mais bruta, torna inteligente a maior cavalgadura do mundo.

— E se a gente ampliasse um pouco o negócio? — insinua o detetive Dalmo.

— Ampliar, como? Você vai querer vender figas e berimbaus na zona, isso é lá com o pessoal do Mercado, aqui não paga a pena.

O comissário não percebeu onde o detetive quis chegar e todavia não era difícil, partindo a proposta de policial lotado no setor de drogas e entorpecentes.

— Quem falou em figas e berimbaus? Falo de uns cigarrinhos...

— Cigarros? — Peixe Cação faz um enorme esforço para entender e pensa ter entendido: — Ah! já sei, você quer trocar camisas de vênus por maços de cigarros americanos, não é? Também serve, cigarro americano é dinheiro no bolso. Sei onde a gente pode colocar.

Evidentemente, não se deve esperar de Peixe Cação raciocínio rápido e brilhante mas o comissário é homem inteligente e experimentado. O detetive enxuga o suor, baixa a voz:

— Cigarros de erva. De maconha.

— Ah!

Em silêncio ruminam a proposta. Vender na rua, usar a mesma equipe dos preservativos e dos afrodisíacos, não pode ser. Mercadoria a exigir comércio discreto, negócio bem mais sério e complicado. Não dá para ser discutido em bar, local público. O comissário se levanta:

— Vamos sair daqui. Temos de estudar isso com calma.

De pé, Peixe Cação grita para o proprietário:

— Espeta aí, galego.

Pequenas vantagens de quem zela pela moral e pela ordem públicas. Ah! Milhares de marinheiros. De tão contente, Peixe Cação tem vontade de dançar. De passagem, quase derruba com o ombro um freguês que vai entrando e de pura satisfação ri na cara do infeliz:

— Não gostou? Dê seu jeito!

14

PEIXE CAÇÃO — POR TER COMIDO AS DUAS FILHAS MENORES, FATO NOTÓRIO, além da irmã da esposa, também menor. Mais houvesse, mais comeria, o amor à família inflama o peito de Nicolau Ramada Júnior. Tais feitos domésticos tornaram-se públicos, quando a cunhada pôs a boca no mundo e proclamou:

— Peixe Cação! Come as filhas, as duas! Me comeu também, na cama de minha irmã.

Criatura ingrata, fazendo escândalo, levando ao conhecimento geral intimidades do lar, por questão de somenos. Tendo ela anunciado a disposição de abandonar a família para amigar-se com alto funcionário da Secretaria da Agricultura, Nicolau se propôs receber justa indenização pelas despesas feitas com a cunhada naqueles últimos cinco anos: casa, comida, roupa lavada, educação completa. Em paga do dinheiro gasto, da dedicação e do carinho comprovados na cama, só obteve insultos e o apelido a acompanhá-lo vida afora. De ingratidão ninguém está livre, não é mesmo?

Cinquentão alvacento, grosso, mal-ajambrado, chapéu negro enterrado na testa estreita, roupa sebosa, calças de pescar siri, a bossa do revólver evidente sob o paletó, para impor respeito, funcionário da polícia com tais antecedentes, onde melhor poderia servir Nicolau Peixe Cação senão na Delegacia de Jogos e Costumes, impondo a lei, coibindo o vício?

Era um dos pequenos tiranos da zona, arrancando dinheiro de cafetões e caftinas, de patrões e patroas dos castelos e pensões, cabarés e botequins. Bebendo e comendo de graça, escolhendo mulher com quem dormir, ameaçando, perseguindo. Ai daquela que ouse recusar convite de Peixe Cação, caro pagará o atrevimento. Essa tal de Tereza Batista, por exemplo, não perde por esperar. Não só declinou dos avanços do tira; fez pouco dele, expondo-o ao ridículo no Flor de Lótus repleto de fregueses:

— Se assunte! Quando eu quiser dormir com porco vou procurar no chiqueiro. — Cansada das propostas e ameaças do investigador Tereza ficara fora de si, disposta a tudo, nos olhos aquele fulgor de diamante.

Comparado a Peixe Cação, o detetive Dalmo (Coca) Garcia é um manequim, um dândi. Moço, roupa bem talhada, na moda, chapéu cinza, arma discreta, a autoridade fazendo-se sentir nos modos autoritários e no olhar de través. Diferenças sensíveis no físico e no vestuário, no mais idêntico. Apesar da juventude e da elegância, o detetive é considerado o pior dos dois, as reações de quem aspira o pó são imprevisíveis. Em noite de alucinação, quase estrangula Miguelita, uma paraguaia extraviada na zona da Bahia, que por ele se apaixonou. Não houvessem acudido e ali terminaria a promissora carreira da pequena índia dócil e de voz agradável, intérprete de guarânias.

Quanto ao comissário Labão Oliveira, o melhor é não lhe aprofundar a crônica movimentada, longa, assustadora. Apesar do ordenado relativamente modesto, enriqueceu. Conforme se viu, não despreza um bom negócio. Já esteve por duas vezes afastado do cargo, sujeito a inquérito mas nada de desabonador ficou provado contra sua honra pessoal e conduta profissional. Impoluto, para usar adjetivo de pouco gasto na polícia e na zona, horizontes da história da greve do balaio fechado que aqui, a grosso modo, se pretende contar por nela ter se envolvido de enxerida a citada Tereza Batista.

15

DE ENXERIDA, SIM. FAZENDO A VIDA NA DISCRIÇÃO DO CASTELO DE VIVIANA, não exercendo em bordel de porta aberta, morando em casa insuspeita em rua de família e não em pensão de rapariga, Tereza nada tinha a ver com o assunto da mudança. Contudo, participou da baderna, estando, segundo testemunhas idôneas, entre as desordeiras mais exaltadas e ativas. Na opinião de Peixe Cação, a principal responsável. Razão de sobra para a raiva dos tiras, descarregada sobre ela, quando tudo terminou.

Do sertão de onde viera trazia fama de arruaceira, de mulherzinha de cabelo na venta, malcriada. Ninguém a chamara nem lhe pedira opinião, por que se envolvera? Mania de tomar as dores dos outros, de não suportar injustiças, natureza indomável, sediciosa. Como se mulher da vida tivesse direito a meter-se a besta, desobedecendo às autoridades constituídas, enfrentando a polícia, fazendo greve, um fim de mundo.

"O império da lei foi restaurado graças à ação enérgica e ponderada da polícia." Os adjetivos são do delegado Hélio Cotias em entrevista à imprensa e, se a ponderação pode ser posta em dúvida, energia realmente não faltou. Há quem fale em violência brutal e desnecessária, citando a rapariga morta com uma bala no pescoço e os feridos de ambos os sexos. "Se existiram excessos, a quem cabe a culpa?" — perguntou o bacharel Cotias a seus colegas de imprensa, também ele militara no jornalismo quando estudante de direito. "Se não tivéssemos agido com mão forte, onde iríamos terminar?" Com essa pergunta irrespondível e algumas fotografias — de perfil, assim fotografo melhor — encerrou-se a entrevista coletiva e o assunto tão badalado nas gazetas a ponto de matutino do Rio de Janeiro publicar reportagem sobre os acontecimentos da última noite, ilustrada com fotos, numa das quais se vê Tereza Batista sendo segura por três tiras. Dependendo de sentença do juiz, certamente favorável, restou apenas a ação movida pela firma H. Sardinha & Cia. contra o Estado, exigindo indenização pelos danos causados em imóveis de sua propriedade por multidão desenfreada — caracterizada a responsabilidade civil do Estado em virtude da falta de preservação da ordem pública. Causa ganha por antecipação.

Persistem algumas dúvidas, certamente jamais serão esclarecidas. Onde obter resposta concreta às indagações dos curiosos? O território do meretrício é vasto, impreciso, obscuro.

Até onde se chocaram, prejudicando-se mutuamente, os interesses da conceituada incorporadora e os da recém-constituída empresa dos três não menos conceituados policiais, empresa, por motivos óbvios, sem título nem sigla? Entregues a afazeres pessoais e urgentes, teriam o comissário e os tiras deixado ao desmazelo os deveres para com a sociedade (anônima)? Esquecendo-se de cumprir as ordens do delegado Cotias, no entanto estritas? Ou bem o delegado, no embalo da recente paixão por Bada, esposa de deputado, buquê de virtudes peregrinas, linda, elegante e dadivosa, descuidou-se da causa sagrada da família (Sardinha)? Nessa pendência, aliás superada, entre autoridades igualmente ciosas de sua responsabilidade o mais aconselhável é ninguém se meter. Eles são brancos e lá se entendem.

Exageraram os jornais na campanha, destinada a localizar na ladeira do Bacalhau apenas as pensões da Barroquinha, provocando o pânico e exaltando os ânimos, concorrendo assim para os desmandos, ao propor e anunciar a mudança de todo o meretrício? Vavá e dona Paulina de Souza teriam mandado fazer o jogo, caso não se sentissem pessoalmente ameaçados? Por outro lado, como poderia a imprensa bater-se pela mudança somente dos poucos covis da Barroquinha, seis ao todo? Mesmo em assuntos de bordel é necessário saber guardar as aparências.

Será verdade ter a polícia expedido ordem de prisão contra um tal de Antônio de Castro Alves, poeta, ou seja, vagabundo, estudante, ou seja, perturbador da ordem, tendo perquerido a Barroquinha, a Ajuda, a zona inteira à procura do indiciado, estando o referido vate morto há cerca de cem anos, sendo monumento em praça pública? Verdade ou apenas molecagem de jornalista gozador, na intenção de desmoralizar a polícia? Ordem ditada pelo comissário Labão, alérgico a poetas, ridícula, sem dúvida, mas não de todo improcedente. Em verdade, o tal rapaz pálido, de bigodes atrevidos e olhar candente, a surgir nas horas de refrega, visto a sobrevoar a passeata, quem poderia ser senão o poeta Castro Alves? Morto há cem anos? E daí, não estamos, por acaso, na Bahia? Assim o descreveu Maria Petisco: "Uma aparição de luz em cima do povo, bonito por demais". E para concluir, ainda uma pergunta: passeata ou procissão de santo Onofre, padroeiro das putas?

Muita coisa por esclarecer, demasiadas. Sem falar na participação de Exu Tiriri e de Ogum Peixe Marinho, decisivas. Tudo foi confusão, desordem e anarquia no assunto do balaio fechado.

Greve do balaio fechado, eis como a imprensa intitulou o movimento. Devido a piedoso hábito de abstinência das prostitutas, que não recebem homens a partir da meia-noite de quinta-feira santa, quando "fecham o balaio" para reabri-lo somente ao meio-dia do sábado, no romper da aleluia. Com este devoto costume, escrupulosamente observado, comemoram na zona a Semana Santa. No caso, não se tratou de preceito religioso, detalhe, aliás, a carecer de importância pois a grande maioria dos marinheiros era constituída por crentes de diversas seitas protestantes.

16

O BACHAREL HÉLIO COTIAS, O "GENTLE-MAN DA POLÍCIA", NA LAPIDAR EXPRESSÃO do cronista Luluzinho (em certas rodas a Devassa Lulu), não consegue esconder a irritação:

— Onde andavam os senhores, que diabo estavam fazendo?

Peixe Cação resmunga desculpas, o comissário Labão prefere guardar silêncio, fitando o delegado com aquele olhar aparentemente sem expressão, fixo e frio: bacharel de meia-tigela, filhinho de papai metido a sebo, um bosta. Não eleve a voz para mim, não suporto. Se o fizer, entorno o caldo e lhe respondo na tampa: não sou empregado de firma particular e até agora ninguém me disse quanto vou ganhar na transação. Os olhos do comissário, parados e baços, provocam calafrios. O delegado suaviza o tom de voz ao dar a ordem.

— Quero as mulheres aqui, agora mesmo. Todas. Requisitem uma viatura da radiopatrulha para trazê-las. Vamos ver se elas mudam ou não.

Retira-se o comissário, em companhia de Peixe Cação, antes de chegar à porta começa a assoviar ostensivamente. O bacharel aperta os punhos: homem de sensibilidade à flor da pele, obrigado a conviver com marginais daquele tipo, sorte ingrata. Ah! se não fossem as compensações.

A nomeação do bacharel Hélio Cotias para o cargo de delegado de Jogos e Costumes constituíra, segundo jornal amigo, prova evidente da decisão governamental de renovar os quadros da polícia civil com o aproveitamento de homens dignos, merecedores da confiança da população. Bem-nascido, melhor casado (com Carmen, *née* Sardinha), naquela manhã tinha ouvido ao telefone belas e boas ditas pelo tio da esposa. Em hora imprópria, ainda curtindo no leito a ressaca da recepção da véspera — de escocês o uísque do deputado só tinha o rótulo. Em troca, Bada, a esposa, era uma deusa, uma estatueta de Tanagra — assim a classificou e ela se derreteu. Os dias a vir anunciavam-se róseos.

A voz depreciativa do velho deixara-o irritado, necessitando descarregar em alguém o mau humor. Tentara comunicar a Carmen sua opinião sobre o caráter do parente mas ela saíra com quatro pedras na mão a defendê-lo: tio Hipólito, meu caro, é tabu. Na delegacia, teria gostado de dizer as últimas àquela caterva de celerados mas para tanto lhe faltava ânimo. Os olhos do comissário, olhos de necrotério, um facínora! Guardou a raiva inteira para as donas de pensão de mulheres da Barroquinha.

Vieram todas, eram seis, a audiência durou apenas alguns minutos. Empurradas aos trancos para a sala do delegado, para início de conversa ouvem uma descompostura em regra, o bacharel desabafa, esmurrando a mesa. Que estavam pensando? Que não havia mais autoridade na Bahia? Recebiam ordem de mudança, endereço onde tratar da locação dos imóveis e do respectivo depósito, novo domicílio e, como se nada lhes tivesse sido comunicado, continuam a infestar a Barroquinha. Que espécie de loucura as atacara?

— Ninguém pode morar naqueles pardieiros, está tudo podre: assoalhos, forros, paredes. Nem morar nem receber homem — atreve-se a dizer Acácia, de cabelos brancos, cega de um olho, deã das proxenetas, dona de uma pensão onde habitavam e exerciam oito mulheres. — É pestilento demais.

— Tenho aqui o laudo da Saúde Pública declarando que os sobrados possuem todas as condições de higiene necessárias. Ou vocês querem viver nos palacetes do Corredor da Vitória, da Barra, da Graça? Estão pensando o quê?

— Mas, doutor... — Também Assunta tenta atrever-se.

— Cala a boca! Não as mandei chamar para ouvir conversa-fiada. O local é ótimo, aprovado pela Saúde Pública e pela polícia. Nada mais a discutir. Vou dar a vocês até amanhã para se mudarem. Se amanhã de noite ainda houver uma só pensão aberta na Barroquinha, o pau vai comer. Depois não se queixem. Quem avisa, amigo é.

17

DE PASSAGEM PELA DELEGACIA, À NOITE, O BACHAREL HÉLIO COTIAS busca obter alguma informação sobre o problema da mudança.

— Onde está o comissário Labão?

— Em serviço na rua, doutor.

— E Nicolau?

— Também. Saíram juntos.

Certamente para controlar a operação pela qual são os responsáveis. De qualquer maneira o prazo dura até o dia seguinte. No automóvel chapa branca Carmen espera, vão jogar biriba na residência do parlamentar, alguns casais da nata, o delegado sorri ao pensar em Bada. Na véspera lhe dissera estatueta de Tanagra, hoje lhe dirá: enigmática Gioconda de Leonardo. De nenhuma maneira beber o uísque falsificado, contentar-se com um copo de cerveja.

Para ganhar tempo, ordena ao chofer cortar caminho, já estão atrasados. O carro atravessa por escusas ruelas, a luz dos faróis ilumina mulheres à cata de homem, outras a la vontê nas portas dos bordéis. Carmen espia, curiosa.

— Você agora é quem manda nessa gente, não é? Meu pequeno Hélio, rei das marafonas. Que engraçado.

— Não acho graça nenhuma, é um posto importante e de muita responsabilidade.

O automóvel desemboca na Baixa dos Sapateiros, ruma para Nazaré.

18

NO REINO DO BACHAREL HÉLIO COTIAS, DELEGADO DE JOGOS E COSTUMES, o movimento é normal. No labirinto das ruas mal iluminadas as mulheres buscam fregueses, oferecem-se, chamam, convidam, palavras indicando especialidades, um cicio, um rogo. Nas portas e janelas, expõem a mercadoria à venda, seios e coxas, nádegas e vulvas, produtos baratos. Algumas arrumadas, o rosto pintado, a clássica bolsa, dirigem-se à rua Chile, em cujos hotéis se hospedam habitualmente fazendeiros e comerciantes vindos do interior.

Nos botequins, os fregueses de todos os dias e os eventuais, a cerveja, o conhaque, a batida, a cachaça. Cafetões, gigolôs, alguns artistas, os últimos poetas de musa romântica. No Flor de São Miguel, alto, loiro, de cavanhaque, o alemão Hansen desenha cenas, figuras, ambientes, enquanto palestra com as marafonas, todas suas amigas, conhece a vida de cada uma.

Nos cabarés, os conjuntos, os jazz, os pianistas atacam as músicas de dança, os pares ocupam as pistas no fox, na rumba, no samba, na marcha. Vez por outra, um tango argentino. Entre onze e meia-noite exibem-se cantoras, bailarinas, contorcionistas, todas de última classe; aplaudidas, aguardam convites para o fim da noite, cobram um pouco mais caro, questão de status.

A vida fermenta no passar das horas, a freguesia cresce entre nove e onze, quando volta a diminuir. Velhos e moços, homens maduros, pobres e remediados, um ou outro rico vicioso (os ricos, regra geral, utilizam os castelos confortáveis e discretos, quase sempre na viração da tarde), operários, soldados, balconistas, estudantes, gente de todas as profissões e os profissionais da boêmia envelhecendo nas mesas dos botequins baratos, dos melancólicos cabarés, no xodó das raparigas. Noite ruidosa, trepidante, cansativa, por vezes marcada de ânsia e de paixão.

Na hora de maior animação, algumas grã-finas curiosas, em companhia dos maridos e amantes, cruzam as ruas da zona, excitando-se com o movimentado espetáculo da prostituição, as mulheres seminuas, os homens penetrando nos bordéis, os palavrões insultuosos. Ah! que delícia seria fazer amor num desses buracos, em cama de puta. Um frio na espinha.

Na altura da passagem do automóvel do dr. delegado, nos desvãos desse vasto reino, movem-se algumas figuras apressadas de homens e mulheres, Tereza Batista e o detetive Dalmo Garcia, vindos de pontos diversos, atingem ao mesmo tempo a porta do imenso castelo de Vavá.

Ao transpor o batente em direção à escada, o policial se detém a olhar a mulher: é a sambista do Flor de Lótus, um pedaço de morena. Passou a fazer a vida por conta de Vavá? Reservadíssima, metida a besta, segundo o colega Peixe Cação, está agora dando sopa no maior bordel da Bahia? Que sucedera? Um desses dias, com calma, o detetive Dalmo Coca tirará a limpo as afirmações de Cação Papa-Filha, hoje não dispõe de tempo. Assunto importante o traz à presença de Vavá. Avança para a escada, Tereza espera na rua alguns minutos.

19

QUAL O SEU NOME COMPLETO E VERDADEIRO? TALVEZ NINGUÉM O SAIBA EM TODA a zona onde, no entanto, Vavá reina há cerca de trinta anos. Um repórter com veleidades literárias e conotações sociológicas, autor de uma série sobre prostituição, o designara Imperador do Mangue mas não lhe descobrira família e procedência. Fosse um profissional dos antigos, menos cheio de si, teria ido aos arquivos da delegacia especializada folhear o livro de ocorrências, podendo encontrar igualmente no cartório de imóveis a assinatura de Walter Amazonas de Jesus. Nome honrado e sonoro, mas com Vavá lhe basta para ser ouvido e respeitado em toda a extensão da zona e mesmo além.

Mais difícil ainda adivinhar-lhe a idade. Parece ter existido sempre, plantado ali, no Maciel, naquele sobradão, de início inquilino, posteriormente proprietário exclusivo, assim como de outros das vizinhanças; considera os imóveis excelente aplicação de capital, sobretudo se localizados na área do meretrício. O repórter referia-se a "ruas de casas" adquiridas por Vavá. Força de expressão, sem dúvida. Se bem só o próprio cafetão conheça o número exato, não devem passar de quatro ou cinco entre casas e sobrados. De qualquer maneira, apreciável renda mensal.

Sobradão de três andares, o térreo alugado a um armazém de secos e molhados, nos de cima o imenso prostíbulo, cada quarto subdividido em dois ou mais. Poderoso e temido, Vavá administra seus bens e dirige o bordel da cadeira de rodas que ele mesmo manobra e movimenta através da sala, corredores e quartos. Aleijado das duas pernas, atrofiadas pela paralisia infantil, corcunda, a cabeça desmedida, ser informe, a vida concentrada nos olhos desconfiados e espertos e nas grandes mãos fortíssimas: quebra entre as juntas dos dedos avelãs e nozes. Quase sempre próximo ao patrão, Amadeu Mestre Jegue, ex-jogador de boxe, mantém a ordem no estabelecimento e transporta Vavá ao último andar, na obrigatória inspeção diária.

Do meio-dia às quatro da manhã, o movimento é intenso, constante. Mulherio numeroso, freguesia ainda mais numerosa, sempre cheia a sala de espera, onde o delicado Greta Garbo serve bebidas. Quando não se encontra na sala, atento ao movimento, Vavá permanece em amplo e confortável aposento do primeiro andar, ao mesmo tempo escritório e quarto de dormir: a cama de casal, o lavatório, a escrivaninha, o rádio, a vitrola, os discos, o peji do santo onde está assentado Exu Tiriri. Cuida do encantado com o maior desvelo, de grande valia ele lhe tem sido. Sem a proteção de Exu, há muito Vavá teria entrado pelo cano, cercado, como vive, de inveja, cobiça e traição. Muita gente de olho em seu dinheiro.

Gente inclusive da polícia. Apesar dos pagamentos efetuados religiosamente todos os meses ao comissário Labão e a um regimento de tiras, inventam misérias para explorá-lo. Polícia não tem palavra nem compostura.

Uma vez, invadiram-lhe o sobrado em companhia de prepostos da vara de menores, exibindo ordem do juiz. Levaram nada menos do que sete raparigas entre os catorze e os dezessete anos. Fartos de saber da existência das pequenas, os celerados puseram banca de indignados pais de família diante da turma da justiça. Ao demais, conforme Vavá tirou a limpo, a delegacia fora informada previamente da diligência programada pelo magistrado. Não azeitava as mãos dos secretas a dois por três? Que custava um aviso? Vavá, dê sumiço nas menores que aí vem cana dura. Uma dificuldade para reabrir o bordel. Não mantivesse relações com influentes personagens do fórum (alguns deles doidos por garotinhas verdes), não fosse Exu todo-poderoso, teria acabado sem o negócio e batido os costados na cadeia, com processo e pena a cumprir.

De outra feita, a pretexto de denúncia falsa, inventada pela própria polícia, drogas estariam sendo vendidas no prostíbulo, rebentaram-lhe a casa toda, fecharam o estabelecimento por mais de uma semana, deram-lhe voz de prisão e o mantiveram detido um dia e uma noite, longe de seus cômodos. Sair daquela armadilha custara-lhe as economias de cinco anos, guardadas tostão a tostão para compra à vista de um prédio fronteiro, objeto de inventário litigioso. No entanto, Exu lhe havia prevenido com tempo e insistência contra o tal Altamirando, tira e drogado, hoje felizmente sob sete palmos de terra, com Tiriri não se brinca.

Maldade da polícia, traição de mulheres. Vavá não se apaixona facilmente, mas, quando acontece, é de sopetão e ele perde a cabeça, vira criança. Primeiro, namora, meloso romance, depois, instala a escolhida no quarto do primeiro andar, retirando-a do trabalho, enchendo-a de presentes e regalias. Quantas o haviam roubado? Quase todas, corja ruim, quengas sem coração. Dormiam com ele já na intenção de afanar o máximo. Por uma, quase se desgraça: Anunciação do Crato, bronzeada, enxuta de carnes, altaneira, riso na boca, ao gosto de Vavá. Parecendo a bondade em pessoa, um dia, estando ele na cama incapaz de levantar-se sem ajuda, anunciara-lhe o embarque de volta ao sertão naquela mesma manhã, daí a pouco, o tempo apenas de recolher o dinheiro guardado na escrivaninha, a féria inteira do dia anterior. Riu-lhe na cara, debochada: de nada adiantaria ele gritar naquela hora matinal quando o bordel dormia, inclusive Mestre Jegue. Do leito, Vavá a viu fuçando na escrivaninha. Onde encontrou forças e maneiras de deslizar cama abaixo e arrastar-se no chão? Como lhe foi possível alcançá-la, segurá-la pelo tornozelo com a garra terrível? Quando Mestre Jegue acudiu, ele a tinha derrubado e apertava-lhe o pescoço. Por milagre, não a matou. Quem lhe deu forças? Ora, que pergunta? Não está Exu assentado no peji ante o prato e o copo?

— Quero lhe falar em particular — declarou Dalmo Garcia.

Para tomar-lhe dinheiro, pensa Vavá. O detetive não figura em sua agenda de pagamentos pois atua no setor de drogas, e de drogas e drogados Vavá quer distância. Viciado no pó, tratam-no por Dalmo Coca; tudo quanto se passa na zona chega aos ouvidos de Vavá.

20

DOS TRÊS SÓCIOS DA NOVEL EMPRESA DESTI-NADA A ACOLHER, PROTEGER E ALEGRAR os heroicos defensores da civilização ocidental na rápida escala no porto da Bahia, defendendo-lhes a saúde, aumentando-lhes a potência e possibilitando-lhes o sonho, o detetive Coca era de longe o menos analfabeto e o mais tolo.

Sentou-se na cadeira de braços ao lado da escrivaninha e foi contando tudo ao cafetão sem sequer exigir a retirada de Amadeu Mestre Jegue, testemunha do diálogo. Camelôs seriam espalhados por toda a extensão da zona a vender aos marinheiros camisas de vênus e pequenos vidros de elixir afrodisíaco fabricado por Heron Madruga, um conhecido de Peixe Cação. Para aquela parte do empreendimento não necessitava da coope-ração de Vavá, e, sim, para a outra, muito mais lucrativa: enquanto nas ruas os preservativos seriam mercados publicamente, gente de confiança, do metiê, na discrição dos prostíbulos forneceria aos intrépidos hóspe-des, a preço razoável, cigarros da melhor maconha nacional.

— Quer vender maconha aqui, em minha casa?

Não só isso, meu chapa. Responsável pela importante quantidade de erva já encomendada, devendo recebê-la no dia seguinte à noitinha, Dal-mo busca lugar seguro onde guardá-la até o momento da venda a retalho. Os navios podem chegar a qualquer dia; quando, exatamente, ninguém sabe, são os tais segredos militares. Lugar seguro, seguríssimo, os apo-sentos de Vavá. Não possui ele um cofre instalado na parede? Possui, sim, desde o caso da mulata Anunciação do Crato. Se for pequeno, um baú como aquele do canto serve, é só trancá-lo a chave. Bordel imenso, com tamanho e contínuo movimento de homens e mulheres, depósito ideal. Dali poderão distribuir tranquilamente o produto entre os agentes encarregados da venda. No meio da azáfama habitual, ninguém reparará no número de maconheiros a entrar e sair, confundidos com os fregueses apenas interessados em dar uma picotada, em divertir o passarinho.

— Guardar em minha casa? Em meu quarto? — Os olhos de Vavá parecem querer saltar das órbitas. — Tá doido! Aqui, de maneira ne-nhuma.

Por sorte, àquela hora os reflexos do detetive Garcia ainda respon-dem à sua vontade, as narinas não palpitam em ânsia incontrolável. Mais tarde teria sido diferente, nem mesmo a presença de Amadeu Mestre Jegue conteria a mão do elegante secreta, acostumado a calar no tapa a boca dos teimosos.

Amadeu Mestre Jegue disputara ao todo trinta lutas, nas categorias amador e profissional, perdendo vinte e seis por pontos, por muitíssimos pontos, ganhando quatro por nocaute, as únicas em que conseguira acertar o adversário no queixo ou na caixa dos peitos. Patada mortal. Sinceramente devotado a Vavá mas revidaria se Dalmo esbofeteasse o patrão em sua vista? Ousaria levantar-se contra um detetive? Só Deus sabe.

Dalmo contentou-se com ameaças. Pense duas vezes antes de recusar a homens da delegacia especializada um pequeno favor. Não está a par da ordem de mudança? Desta vez é para valer, decisão do alto, a ser cumprida em poucos dias. Amanhã, transfere-se o mulherio da Barroquinha para a ladeira do Bacalhau. Em seguida, o Maciel. Os bordéis aqui localizados, irão ocupar os velhos pardieiros do Pilar, apenas dois ou três se encontram em condições. Todo o meretrício vai sumir do centro para instalar-se na Cidade Baixa, ao sopé da montanha. Quem estiver nas graças da polícia terá franquias e vantagens, mas ai de quem estiver na lista negra! Dono de negócio tão grande e florescente, Vavá deve se manter em paz com os tiras. Dalmo Coca voltará amanhã no fim da tarde para acertar detalhes. Talvez já traga a erva.

Dois maços de cigarros americanos estão dando sopa em cima da escrivaninha, o detetive os põe no bolso, vai-se embora. Inquieto, Vavá baixa a cabeçorra, sem saber o que fazer.

Ao contrário das mulheres da Barroquinha, lia os editoriais das gazetas, tomara conhecimento da campanha pela mudança da zona mas não chegara a se assustar: bastava haver falta de assunto e os jornais caíam em cima da localização do meretrício. Na véspera, todavia, soubera ter o delegado marcado prazo de quarenta e oito horas para a evacuação da Barroquinha e se alarmara. Agora, ouvindo o tira, convence-se do pior.

A mudança significa para ele prejuízo sem tamanho. Não só pelo transtorno referente ao bordel, um verdadeiro desastre, mas também porque a renda dos seus imóveis, todos alugados a preços altos aos inquilinos mais sérios do mundo, os cafetões e caftinas, viria abaixo, caindo ao nível dos aluguéis de casas de família. Talvez a única saída seja guardar a maconha para salvar alguma coisa em meio à bancarrota geral. Se tudo, porém, não passar de traição, de armadilha da polícia? Botam a maconha em seu quarto e invadem a casa, dão o flagrante, acabam com a vida dele. Em momento assim, o caminho certo é consultar Exu. Amanhã mandará chamar pai Natividade.

Greta Garbo aparece à porta do aposento:

— Tem uma zinha querendo lhe falar. Uma tal de Tereza Batista.

21

BATEU OS OLHOS EM TEREZA, CAIU DE AMO-RES, TOMBOU APAIXONADO. Paixão repentina, amor à primeira vista? Pode-se dizer que sim: pela primeira vez a contemplava em carne e osso, parada na porta, a sorrir com o dente de ouro. Pode-se dizer que não, pois a buscara, perseguira e percebera em sonhos mil, visão celeste. Finalmente, chegara, Exu seja louvado.

Já ouvira falar sobre Tereza Batista. Soube do caso do punhal de Toledo, a fúria do espanhol Rafael Vedra, corneado por Oxóssi, a intervenção de Tereza salvando a vida de Maria Petisco e, ao mesmo tempo, permitindo a fuga do ciumento, duas ações meritórias no código da zona. Transmitiram-lhe também a resposta desaforada cuspida nas ventas de Peixe Cação; de físico disseram-na formosa e atraente, muito abaixo porém do merecido. Na emoção do milagre, Vavá chega a esquecer a visita de Dalmo (Coca) Garcia, aborrecimentos e preocupações. Reitera a Mestre Jegue a ordem de trazer pai Natividade no dia seguinte. Acresce um novo problema aos anteriores: depois do caso de Anunciação do Crato também sobre amores Exu é consultado. Vavá vive cercado de inveja, cobiça e traição, precisa ser defendido por todos os lados.

— Entre e tome assento.

Ela atravessa o quarto, altiva e flexível, ai meu Deus do céu! Ocupa a mesma cadeira onde estivera o detetive. As grandes mãos do aleijado impulsionam as rodas, ele se aproxima. O que a traz ali? Frequentando o castelo de Taviana, de freguesia escolhida e rica, não virá propor-se para o bordel aberto às grandes massas da população. Lá, numa só tarde, com um único michê, velhote educado, limpo, generoso, ela ganha mais do que a féria de qualquer das raparigas do alcouce de Vavá em dois dias e duas noites de trabalho, recebendo homens, um atrás do outro.

Com seu jeito franco e decidido, Tereza entra no assunto:

— O senhor ouviu falar na mudança da zona?

A voz cálida completa a figura de sonho a fugir na luz da madrugada. Os fulgurantes olhos negros na face serena com uma ponta de melancolia, a cabeleira desnastrada sobre os ombros, a esbeltez, a cor de cobre, o dengue nas maneiras no entanto sérias, uma aura. Vavá mal entendeu a pergunta, perturbado. Deu-se conta apenas do tratamento cerimonioso; na Bahia ninguém lhe dizia "senhor", nem mesmo as pessoas que tinham medo dele e eram muitas. Como tratá-la? São complicados os ritos de gentileza do povo baiano.

— Me chame Vavá, assim eu posso lhe chamar Tereza, fica melhor. Que foi que me perguntou?

— Com prazer. Perguntei se já ouviu falar na mudança da zona.

— Indagorinha mesmo estava falando disso.

— O pessoal da Barroquinha tem prazo até amanhã para ir para a ladeira do Bacalhau. Sabe do estado dos casarões da ladeira?

— Ouvi falar.

— Sabe que o resto também vai mudar? Sabe para onde o Maciel vai?

— Pro Pilar, eu sei. Agora que tanto me perguntou, deixe que eu lhe pergunte: a que vem tudo isso? — A conversa o interessa devido ao assunto e porque a cada palavra a fisionomia de Tereza se ilumina, a moça parece erguer-se no ar, uma labareda. No sonho, assim a vira sobre um rochedo, facho de fogo no negrume.

— O pessoal da Barroquinha não vai se mudar.

— Hein? Não vai se mudar?

A afirmação continha ideia tão nova e revolucionária a ponto de Vavá sair do clima romântico a envolvê-lo desde a aparição de Tereza para fitá-la com olhos interrogativos, ao fundo a desconfiança repontando. Repetiu a pergunta:

— Como não vão se mudar?

— Ficando onde estão, continuando na Barroquinha.

— Quem lhe disse isso? A velha Acácia? Assunta? Mirabel? O que Mirabel diz não se escreve. A velha Acácia não vai obedecer à ordem?

— Isso mesmo. Ninguém vai obedecer.

— A polícia vai pintar o diabo.

— A gente sabe disso.

— É capaz de botar pra fora na pancadaria.

— Nem assim o pessoal se muda. Ninguém vai para as casas do Bacalhau, nem que tenha de ficar na rua.

— Ou na cadeia.

— Não vão ficar na cadeia a vida toda. Por isso vim lhe ver.

— Para quê?

— Diz-que depois da Barroquinha, é a vez do Maciel. Me diga, se não é segredo, o senhor… Desculpe: você… Você vai se mudar?

Vavá mantém os olhos fitos em Tereza, aqueles olhos vida de seu corpo, perquiridores, desconfiados, adivinhos. Por que ela não se contenta em ser bonita? Bonita demais, ai Deus do céu!

— Se eu puder dar um jeito, é claro que não.

— E se não tiver jeito? Mirabel deu todo dinheiro que tinha ao comissário Labão, ele embolsou e ficou por isso mesmo, tem de mudar igual às outras.

— Se não houver jeito? Nem quero pensar.

— Mas se ninguém se mudar, ninguém? Você acha que a polícia pode obrigar, mudar a pulso, se ninguém obedecer? Acho que não.

Desobedecer à polícia, ideia mais louca e absurda. Mas, se o povo da zona pudesse impor a localização do meretrício, conservando-o onde se encontra há tantos anos, seria uma beleza. Ideia absurda e louca, ideia tentadora. Vavá em vez de responder, pergunta:

— Me diga você uma coisa, por favor: acredita que a polícia vai tocar no castelo de Taviana com essa porção de graúdo protegendo ela?

— Não sei lhe dizer.

— Pois eu duvido. Duvi-d-o-dó! Pode mudar todo mundo, menos Taviana. Sendo assim, por que então você se mete nisso, fala como se trabalhasse na Barroquinha ou aqui? Por quê?

— Porque se hoje frequento a casa de Taviana, já fui mulher de porta aberta e posso vir a ser de novo. — Calou-se por um instante e Vavá, pasmado, viu-lhe nos olhos negros o fulgor de um raio: — Já passei por boas e aprendi que se a gente não brigar, não alcança nada nesta vida. Nem merece.

Resistir às ordens da polícia, ideia mais absurda e louca, por isso mesmo, quem sabe? Ora, quem sabe! Exu, pai e protetor.

— Amanhã meio-dia lhe digo alguma coisa, vou pensar.

— Ao meio-dia em ponto voltarei. Boa noite, Vavá.

— Já vai embora? Não quer tomar nada? Uma lapada de licor? Tenho aqui do bom, feito pelas freiras, de cacau e de violeta. É cedo, vamos conversar um pouco.

— Ainda tenho o que fazer antes de ir para o Flor de Lótus.

— Amanhã, então. Ao meio-dia. Venha almoçar comigo. Me diga o que é que gosta de comer.

— O que houver. Muito obrigada.

Levanta-se, Vavá a contempla em carne e osso, ai Deus do céu! Sorridente, Tereza se despede. Garra disforme, a mão de Vavá. Mas quanta delicadeza ao tocar a ponta dos dedos da rapariga. Não se contenta em ser bonita, tem ideias absurdas. Vavá, não sejas louco, toma cuidado, recorda-te de Anunciação do Crato. No peito um incêndio, como pode Vavá tomar cuidado? Caído de amores, perdidamente enamorado.

22

ANTIGAMENTE REDONDA E PORTENTOSA MULATA, DITA PAULINA DESORDEM ou Paulina Sururu, eleita Rainha do Carnaval e coroada no Clube Carnavalesco Fantoches da Euterpe, em cujo carro-chefe desfilara coberta de lantejoulas pelas ruas da cidade, a atual e imponente caftina Paulina de Souza, dona Paulina com o máximo respeito, no passar dos tempos tornara-se gordíssima e ordeira dona de quatro pensões de raparigas, no Pelourinho e no Tabuão. A mais poderosa figura da zona, depois de Vavá, influindo sobre vasta e numerosa população. O mulherio a estimava: dona Paulina é rigorosa mas não deixa ninguém na mão, não é como outras que só fazem sugar o sangue da gente.

Todas a tratavam de dona e as mais moças, vindas do interior, lhe tomavam a bênção; suas quatro casas eram exemplo de boa administração, sossegadas, oferecendo aos fregueses mulheres amáveis e sadias, silêncio e segurança. Nelas não sucediam escândalos, discussões, bafafás, roubos, bebedeiras, coisas tão comuns nos bordéis. Não havendo bar aberto em nenhuma delas, não eram vendidas bebidas alcoólicas aos clientes; em compensação, dona Paulina fornecia àqueles curiosos ou necessitados, literatura erótica, barata porém eficaz, folhetos de cordel com trovas e desenhos de sacanagem e, para os mais abastados, fotos sensacionais. Pequeno adjutório ao comércio propriamente dito.

Dona Paulina de Souza impunha a lei e a fazia cumprir. Bondosa e solidária, não faltava às mulheres nas necessidades mas não admitia a menor bagunça nos limites das pensões. Inquilina sua tinha de se comportar, compreendendo estar em local de trabalho destinado a dar renda. Deboche, cachaça, maconha, vícios porta afora. Quem não estivesse de acordo, arrumasse a trouxa e fosse cantar em outra freguesia.

Do agitado e alegre passado, além de lembranças e casos a relatar, dona Paulina guarda reservas de energia suficientes para cortar as asas de qualquer sirigaita metida a sebo ou de algum freguês novato, sem experiência do regulamento — quem quiser trepar fiado ou de graça vá trepar na puta que o pariu —, pretendendo dar o beiço, espetar a despesa, regalar-se sem pagar. Valia a pena vê-la nessas horas, indignada, movimentando-se rápida apesar do corpanzil, agressiva, uma fúria. Botava para correr até estivador.

Vivendo maritalmente com Ariosto Alvo Lírio, pagador da prefeitura, pardo, alto e magro, educado e maneiroso, dona Paulina prepara-se para merecida aposentadoria. Em nome de Aristo, devido a razões legais, adquirira casa e alguma terra em São Gonçalo dos Campos, de onde era oriunda e onde pretende viver pacificamente o resto de sua vida. Quando, dentro de cinco anos, o funcionário municipal se aposentar, ela passará adiante as prósperas pensões, não faltam candidatos à sucessão, indo cuidar da terra em companhia do amásio, quem sabe já marido.

Duas únicas coisas entristecem e irritam dona Paulina e uma delas é exatamente o fato de ser casada com Telêmaco de Souza, barbeiro de ofício e cachaceiro por vocação. Sujeito renitente, até agora escapou de sucessivos e poderosos trabalhos mandados fazer em sua intenção pela esposa, muito ligada a gente de Ifá, temíveis feiticeiros. O fígaro já sofreu dois medonhos desastres de automóvel, num morreram três pessoas, no outro duas, sendo ele o único a escapar ileso. Pegou tifo brabo, o médico o desenganou e nem assim morreu, desconsiderando o doutor. Na maior cachaça, voltando de passeio a Itaparica, caiu no mar e, sem saber nadar, não se afogou o mal-agradecido. Nascera empelicado e quem nasce empelicado é protegido de Oxalá, Lemba di Lê para os angolas. Apesar disso, dona Paulina não perde a esperança e renova ebós infalíveis, um dia a casa cai e ela se verá viúva e noiva.

A outra coisa a desgostá-la era a dinheirama esperdiçada com policiais. Mantendo seu negócio em perfeita ordem, não explorando menores, não traficando com drogas, não permitindo freges nas pensões, sente-se roubada, vítima da exploração mais injusta e sórdida quando tem de meter as mãos nas economias, destinadas a lavrar terras em São Gonçalo dos Campos, para engordar tipos como Peixe Cação, por exemplo, um imundo capaz de abusar das próprias filhas.

Ainda naquele dia o perverso ali estivera a lhe tomar dinheiro a pretexto de preparar o ambiente para a chegada dos marinheiros americanos. Não contente, ameaçara Deus e o mundo com a transferência da zona. Se Paulina quisesse permanecer no Pelourinho, preparasse a bolsa pois iria custar caro e, mesmo assim, as garantias seriam precárias. Dessa vez, segundo o secreta interessado em apavorá-la, a ordem vinha diretamente do governador: tirem as putas do centro da cidade.

Promessa feita pela esposa durante a campanha eleitoral: se o marido fosse eleito, expulsaria as rameiras para os confins de judas. Peixe Cação tripudiava:

— Agora é que eu quero ver santo de candomblé valer vocês. Se alguém quiser que a gente dê um jeito, tem de gastar muito dinheiro. Vá se preparando que é pra já.

Dona Paulina de Souza conhecera Tereza Batista por intermédio de Anália, rapariga muito risonha e quieta, o dia inteiro a cantar modas de Sergipe, nostálgicas modinhas, um passarinho. Por ser ela estanciana a se referir constantemente ao rio Piauitinga, à cachoeira do Ouro, à velha ponte, Tereza fez-se sua amiga no Flor de Lótus e com ela recordava os sobrados coloniais, o Parque Triste, a lua desmedida e um tempo morto. O nome do doutor nunca veio à baila, Tereza guardando avaramente para si memórias de alegria e de amor.

Inquilina de uma das pensões da ex-Rainha do Carnaval, aquela onde se situavam os aposentos reais, Anália convidara Tereza a almoçar, as visitas se repetiram. Chegada a uma boa prosa, a contar e a ouvir casos, dona Paulina se afeiçoara à moça sertaneja, fina de maneiras, conversa de doutora. Tereza lhe falava do sertão e de cidades do norte, relatando acontecidos curiosos, histórias de bichos, gente e assombrações. Com o mesmo apreço citava um senhor distinto, um lorde, ou um pé-rapado, sem eira nem beira. Ao vê-la chegar — vim filar a boia — dona Paulina se alegrava: tinha diversão para a tarde toda. Anália lhe segredara haver sido Tereza amásia de um ricaço, em Sergipe, vivendo no luxo e no bem-bom. Não fosse tola, ligasse para dinheiro, poderia estar hoje independente, tendo arrancado do velho o que quisessse, ele era doido por ela, babadíssimo.

Quando Tereza apareceu em hora inesperada, dona Paulina estava entregue a afazeres relativos ao controle das pensões, nem assim a despediu:

— Fique junto de mim, diga a que veio. Está precisando de dinheiro?

— Obrigada. Não é isso. Amanhã o pessoal da Barroquinha tem de mudar.

— Arbitrariedade, um abuso. Hoje esteve aqui o tal de Peixe Cação, já está querendo dinheiro da gente por conta da mudança.

— Mas o pessoal da Barroquinha não vai se mudar.

Dona Paulina de Souza arregalou os olhos:

— Vai desobedecer? E quem garante pelas consequências?

— Todo mundo, se todo mundo resolver não se mudar. Já falei com Vavá, penso que ele topa.

— Explique isso direito, menina, troque em miúdos.

Tereza explica mais uma vez. Forçar a mudança de um grupo de pensões é fácil mas como irá a polícia fazer para transferir a zona inteira? Se ninguém se mudar? O pessoal da Barroquinha já decidiu: não se mudam.

— Não obedecem? Ah! a polícia...

Sim, a polícia vai usar a violência, prender, fazer e acontecer. Nem assim as mulheres obedecerão, nenhuma irá para os casarões do Bacalhau. Se não puderem receber homem na Barroquinha ficam exercendo ali e acolá, nas casas amigas. As donas de pensão aguentam o prejuízo uns dias até a polícia desistir. Com a mudança o prejuízo seria muito maior.

— Isso é verdade.

Então? O pessoal do Maciel também não se muda, Vavá vai responder amanhã mas Tereza é capaz de apostar que ele topa. Nem as pensões do Pelourinho, nem as do Tabuão, se dona Paulina estiver de acordo. Tudo depende dela.

— Maluquice! O jeito é pagar, encher os bolsos dos tiras, sempre foi assim. Peixe Cação, aquele miserável, já começou a cobrar.

— E se nem assim adiantar? Mirabel pagou, não adiantou nada.

No meio da conversa apareceu Ariosto Alvo Lírio, príncipe consorte. Em jovem, tivera veleidades sindicais, participara de uma greve na prefeitura para impedir aprovação de projeto de lei lesivo aos interesses dos servidores públicos, greve vitoriosa. Dono de palavra fácil, pronunciara discursos na escadaria do Palácio Municipal, fora aplaudido. Guarda do movimento impressão festiva e grata. Aprova a ideia da resistência, capaz de obter resultados positivos. Não esconde o entusiasmo.

Ainda assim, dona Paulina de Souza, mulher sensata, inimiga de decisões apressadas, não se resolve a emprestar imediato apoio à proposta. Tereza espera, contendo a ansiedade. Se dona Paulina e Vavá disserem sim e ditarem ordens, ninguém se mudará em toda a zona, as mulheres da Barroquinha terão onde exercer, será geral a desobediência à intimação da polícia.

— É coisa pro mundo vir abaixo — murmura a caftina.

Dona Paulina de Souza fizera santo há muitos anos, ainda meninota, antes de ser Paulina Sururu e Rainha do Carnaval baiano, com mãe Mariazinha de Água de Meninos, em candomblé angola onde reina Ogum Peixe Marinho, inquice do maior respeito. Antes de tudo, quer ouvir a opinião do encantado, seu guia. Volte amanhã, disse a Tereza. E o senhor, seu Ariosto, não se meta em nada disso, fique de fora para não se prejudicar na prefeitura.

23

RAINHA DE ANGOLA, PODEROSA NA TERRA E NOS CÉUS, NAS ÁGUAS TAMBÉM, MÃE Mariazinha acolheu calorosamente a ebômi Paulina de Souza, feita no primeiro barco posto a navegar no candomblé de Água de Meninos pela venerável zeladora dos inquices, naquele então apenas confirmada no manejo da folha da navalha. Noite velha, mas mãe de santo não tem horário de comer e de dormir, de descansar, não se pertence. Paulina salvou os santos com as palmas rituais, beijou o chão, recebeu a bênção e abriu o coração. Assunto sério, mãe. A mudança significa a ruína e dói entregar aos tiras as economias amealhadas em suor e sangue.

O retraimento é atributo de Ogum Peixe Marinho. Mesmo no terreiro só desce a dançar com o povo uma vez por ano, no mês de outubro, no mais do tempo vive enrustido nas profundezas do mar. Pois, vejam só: considerou tão importante a consulta da filha em aflição que, abandonando hábitos estritos, em lugar de responder nos búzios, veio em pessoa reluzindo escamas e corais. Um pé de vento sacode mãe Mariazinha fazendo-a estremecer. Ogum Peixe Marinho monta seu cavalo.

Com amizade abraça a filha Paulina: generosa, ela concorre para manter o brilho do terreiro e é das primeiras a chegar para as festas de outubro. Passa-lhe a mão de cima a baixo, da cabeça aos pés, livrando-a do mau-olhado e das contrariedades. Em seguida, voz de marulho, classifica o assunto de enrolado, com alguns nós pelas costas e muita confusão, mas, se bem conduzido, apresentará resultado favorável. Quem não arrisca não petisca. Para ser mais claro ainda, acrescenta: quem quer vai quem não quer manda portador, perde tempo e dinheiro.

E a moça Tereza, merece confiança? Foi categórico: absoluta. Guerreira, filha de Iansã, por detrás dela Ogum Peixe Marinho avista um velho de bordão e barbas brancas, o próprio Lemba di Lê, dito Oxalá pelos nagôs.

Num golpe de vento o encantado vai de volta, mãe Mariazinha estremece e abre os olhos. Paulina beija-lhe a mão. Ao longe, para os lados da Ribeira, roncam atabaques.

24

NA NOITE SEGUINTE, NO FLOR DE LÓTUS, AL-MÉRIO DAS NEVES DANÇA COM Tereza e a sente preocupada. Passara quatro dias sem a procurar, preso ao leito por uma gripe forte, apenas se levantou veio ao cabaré. Tereza o recebeu e saudou com amizade:

— Sumiu de minhas vistas, está se vendendo caro.

Sob a brincadeira afetuosa, o desassossego. Na pista, castigando uma rumba, ele lhe pergunta se teve alguma notícia de Gereba. Não, nada de novo, infelizmente. Descobrira o escritório da firma que engajara os marujos a pedido do comandante do cargueiro. Prometeram-lhe buscar informações. Se obtivessem, em seguida lhe transmitiriam. Deixe o número do telefone, é o melhor. Telefone não tem mas passará de quando em quando para saber. Já lá esteve duas vezes e até agora nada, o *Balboa* deve estar fazendo outra linha, esses navios panamenhos não observam rota regular, vão para onde há carga, são barcos ciganos, esclarecera o espanhol Gonzalo, despachante da firma, pondo-lhe olhos de ostensivo frete. A Tereza só compete esperar com paciência, enquanto isso ir vivendo ao deus-dará.

Almério quis saber o que ela fizera durante esses dias. Ah! tanta coisa, ele não está a par das novidades, há muito a contar. Tensa, nem a dança nem a conversa a tranquilizam:

— Sabe com quem almocei hoje? Um xinxim de galinha espetacular. Duvido que adivinhe.

— Com quem?

— Com Vavá.

— Vavá, do Maciel? Aquilo é um sujeito perigoso. Desde quando se dá com ele?

— Só agora conheci... Vou lhe explicar...

Não houve tempo. Alguém subira as escadas a correr e da porta anunciava sem tomar fôlego:

— Na Barroquinha o pau está comendo!

Solta-se Tereza dos braços de Almério, atira-se escada abaixo, sai em disparada pela rua. O comerciante precipita-se também, não está entendendo nada mas não quer deixar a moça sozinha. Na Ajuda, começam a encontrar populares, alguns exaltados, a discutir. O número aumenta na praça Castro Alves. Da Barroquinha chega o uivo das sirenes dos carros de polícia. Tereza arranca os sapatos para correr mais depressa, sem sequer notar Almério, ofegante, a lhe seguir o rastro.

25

UM CARRO LOTADO DE PRESOS PASSA AO LA-DO DE TEREZA BATISTA, OUTRO O SEGUE, dois ainda permanecem na Barroquinha completando a carga.

A resistência terminou, o conflito foi breve e violento. Das viaturas desembarcaram tiras e guardas em quantidade, fecharam a rua, invadiram as casas e baixaram a porrada. Os cassetetes trabalharam com vontade no lombo das revoltosas. Onde se viu fazer pouco das ordens da polícia? Quebrem essas burras no pau, ordenara o delegado Hélio Cotias, o gentleman da segurança pública, heroico. Uns poucos homens, clientes quase todos em plena função, tentaram impedir a violência, apanharam eles também e foram presos.

Muitas mulheres reagiram. Maria Petisco mordeu e arranhou o detetive Dalmo Coca, e a negra Domingas, forte como um touro, se bateu até cair rendida. Arrastadas pelos tiras, iam sendo jogadas nos carros celulares. Colheita farta, há muito tempo não eram encanadas tantas meretrizes numa só batida. A noite no xadrez vai ser de grande animação.

Ao chegar no começo da rua, Tereza avista Acácia, levada por dois secretas. Boca de praga e insultos, a velha se debate. Tereza atira-se para o grupo, Tereza Boa de Briga. De revólver em punho, Peixe Cação, um dos comandantes das tropas invasoras, divisa a dançarina do Flor de Lótus, ah! chegou a esperada hora da vingança, a cadela vai pagar caro a soberbia.

Bem perto de Tereza, um guarda manda o povo dispersar. Peixe Cação, aos gritos, aponta-lhe a rapariga:

— Essa aí! Segura ela, não deixe escapar. Essa mesmo!

Tereza roda os sapatos, atinge com os saltos as têmporas do guarda, passa adiante, quer chegar até Acácia antes que a embarquem.

Peixe Cação avança, Tereza vê-se encurralada entre ele e o policial de rosto ferido, a rugir, espumando de raiva: tu me paga, puta miserável! Parte, porém, um carro de presos, passa entre ela e o guarda. De onde surge o velho a escondê-la dos olhos de Peixe Cação? Um velho imponente, terno de linho branco, chapéu-chile e bengala de castão de ouro.

— Sai da frente, puto escroto! — berra Peixe Cação, apontando o revólver.

O ancião não faz caso, continua a fechar-lhe a passagem. O tira o empurra, não consegue movê-lo. O tempo de Almério entrar no táxi, alcançar Tereza e arrastá-la para dentro. Ela protesta:

— Estão levando Acácia.

— Já levaram. Quer ir também? Está maluca?

O chofer comenta:

— Nunca vi tanta pancada. Dar em mulher, uma covardia.

Peixe Cação e o guarda buscam em vão, onde sumiu a desgraçada? Sumiu também o velho sem deixar rastro. Que velho? Um filho da puta bloqueando o caminho. Ninguém viu velho nenhum, nem antes, nem agora, nem depois.

O último carro de presos deixa a Barroquinha, a sirene abrindo alas entre os curiosos na praça Castro Alves.

26

TIRAS E GUARDAS TRAZEM DO INTERIOR DAS CASAS ALGUNS MÓVEIS, VÁRIOS COLCHÕES, roupa de cama, roupa de vestir, uma imagem de santo, uma vitrola. O material é acumulado diante das portas. Mais tarde, um caminhão da polícia recolhe aqueles abregueces a trouxe-mouxe e vai atirá-los em frente aos sobradões da ladeira do Bacalhau. Está feita a mudança simbólica, as próprias donas de pensão, quando postas em liberdades, providenciarão o transporte do resto, o grosso da mobília e dos objetos de uso. Assim informou o vitorioso comissário Labão ao delegado Hélio Cotias, ao fim da refrega. Reina calma em todo o imenso puteiro: a inadmissível desobediência foi liquidada, o foco de sedição foi extinto. Se o doutor quiser pode ir dormir tranquilo, deixe os presos por conta do comissário, os machos e as fêmeas, para ele é um divertimento. No xadrez, doutor, a noite vai ser de pagode.

27

NÃO, NÃO REINA A CALMA, LEDO ENGANO DO VALOROSO COMISSÁRIO. Na zona, a boataria cresce, desbragada. O delegado Cotias retira-se para merecido repouso, nos olhos a dupla visão das mulheres seminuas atiradas como fardos no xilindró, e do comissário Labão prelibando divertida noite de pagodeira, visão incômoda a reduzir a euforia da vitória. Ao cruzar a praça Castro Alves constata existir absoluta tranquilidade na Barroquinha, onde os guardas rondam. Tudo terminou, ainda bem. Noite, ao mesmo tempo, exaltante e deprimente, suspira o bacharel.

Enquanto o delegado vai dormir posto em sossego, a notícia das violências e prisões circula, rápida, pelos becos e ruas, castelos e pensões, penetra nos bordéis, nos cabarés, nos bares. Dona Paulina de Souza escuta dramático relato da boca de um freguês, recorda as palavras de Ogum Peixe Marinho ditas na véspera: quem não arrisca não petisca. Quando chegará a vez do Pelourinho? Por ora, avisa às raparigas:

— Quem se encontrar com criatura da Barroquinha, diga que pode vir fazer a vida aqui, enquanto as coisas não se decidem.

Também Vavá logo é posto a par do sucedido. Inquieto, espera a chegada de pai Natividade, impedido por obrigações de fundamento de sair do terreiro durante o dia para vir fazer o jogo. Na hora do almoço, o cafetão não pudera dar a Tereza a resposta prometida:

— Só depois de meia-noite, me desculpe. Não depende só de mim.

Sorte não ter aparecido o detetive com a maconha, mas pode passar a qualquer momento. Dalmo Coca participara da batida na Barroquinha, Vavá recebera detalhada informação. Também lá estivera a formosa mas não fora presa. Por milagre. Na cadeira de rodas, joguete de contraditórias emoções, receio e raiva, ambição e amor, Vavá controla o andamento do negócio e os ponteiros do relógio.

No Bar Flor de São Miguel, um tanto alta, Nília Cabaré, rapariga muito popular no meretrício e fora dele, amiga de todos e de uma farra, mil vezes presa por baderna e desacato, proclama aos quatro ventos:

— Fique sabendo todo mundo que enquanto elas não voltarem pra Barroquinha, estou de balaio fechado, não recebo homem. Por nenhum dinheiro. Quem for mulher direita que me siga, tranque o xibiu, faça de conta que é Semana Santa!

O alemão Hansen levanta-se, beija a face de Nília Cabaré. Nas mesas meia dúzia de mulheres à espera de freguesia. Declaram-se todas solidárias. Saem à rua, anunciando a decisão de porta em porta. Nília Cabaré arranjou um cadeado com o patrão do bar e o prendeu na saia, na altura exata. Com elas vão o gringo, alguns poetas, uns quantos vagabundos, o desenhista Kalil, xodó de Anália, os últimos boêmios de um mundo que se acaba na pressa e no consumo.

Feche o balaio agora mesmo, começou um calendário novo, o tempo da paixão das putas, a penitência só terminará quando as raparigas retornarem às casas da Barroquinha e romperam a aleluia destrancando as fechaduras dos balaios. Sendo espontânea, foi inabalável a resolução.

Saltam mulheres do leito de trabalho, deixam os fregueses em meio do folguedo, trancam os xibius.

28

NA PADARIA, TEREZA EXPLICA A ALMÉRIO OS PRECEDENTES DA INVASÃO da Barroquinha pelas forças da Delegacia de Jogos e Costumes. O comerciante lera algo nos jornais, protestos contra a localização do meretrício. Em sua opinião, Tereza não deve voltar ao Flor de Lótus naquela noite. Está visada pela polícia, não reparou na raiva de Peixe Cação, aquela pinoia? O melhor seria dormir ali no quarto de Zeques, nem em casa de dona Fina estará livre de um abuso dos tiras, gente capaz de tudo. Mas Tereza recusa a oferta. Após espiar o menino deitado em cama nova, se despede.

— Deixe pelo menos que eu a acompanhe até em casa.

Nem isso, pois ela ainda não vai se recolher. Antes, deve receber a resposta de Vavá. Está na hora, meia-noite e um quarto. Se ninguém se mudar, Almério, a polícia ficará de braços amarrados. Já pensou na cara desses tiras habituados a mandar e a desmandar? Almério não participa do entusiasmo de Tereza. Por que se mete nisso, não é assunto seu, já tem tanto motivo de aperreio, ainda quer mais? Quem sabe na briga esquece outras tristezas, o navio *Balboa*, cigano do mar Pacífico, e Janu do bem-querer, perdido marinheiro?

— Então, vou lhe deixar na porta de Vavá.

Quando Almério, diante do bordel, oferece a mão a Tereza para ajudá-la a descer do táxi, um grupo de mulheres acorre, em incompreensível gritaria:

— Fecha o balaio! Fecha o balaio!

Tereza sobe as escadas:

— Muito obrigada, Almério, até amanhã.

Almério, porém, não vai embora, manda o táxi esperar. As mulheres se aproximam, uma delas tem um cadeado preso no vestido, parece doida. O chofer deseja saber o significado de tudo aquilo. As mulheres da zona decidiram fechar o balaio, apenas isso.

Balança a cabeça o motorista: se escuta nesse mundo cada extravagância, onde se viu comemorar Semana Santa no fim do ano? Cambada de bêbadas.

29

CONTEMPLA A FORMOSA, MAL PODE CONTER NOS LÁBIOS AS PALAVRAS DE AMOR. Apaixonou-se de golpe mas o caminho até o leito é demorado, Vavá gosta de avançar lentamente, prelibando cada instante, cada palavra, cada gesto, namorando devagar. Coração tímido e romântico. No caso, porém, ao amor se misturando interesses outros, tão diversos, Vavá não pretende demonstrar seus sentimentos antes de ouvir Exu. Os olhos o traem, no entanto, derramam-se ardentes sobre a moça. Pai Natividade não pode tardar, Mestre Jegue saiu num táxi para buscá-lo no terreiro.

— Tenha paciência, espere um pouco, não me culpe. Sei que esteve na Barroquinha, na hora do banzé. Que foi fazer por lá? Por que se arrisca?

— Cheguei tarde demais, devia ter estado lá desde o começo. Não fui eu quem disse a elas que não deviam se mudar?

— Não tem juízo. Mas gosto de gente assim, esporreteada.

— Tem para mais de vinte mulheres presas, entre donas de pensão e raparigas.

— A essas horas, apanhando. Está aí o que você quis.

— Era melhor baixar a cabeça e se mudar, ir viver na imundície? Me diga? A polícia não pode deixar elas presas a vida toda, oxente!

Dos corredores chega um ruído inesperado, repentino e confuso tropel. Passos, palavras, risos, várias pessoas descendo as escadas ao mesmo tempo, apressadamente. Vavá presta atenção: que se passa? O ruído faz-se mais forte, tanto no andar de baixo como no de cima. Greta Garbo aparece na porta do quarto, excitadíssimo.

— Vavá, as mulheres estão indo tudo embora, largando os homens na cama, no meio do fuco-fuco. Estão dizendo que fecharam o balaio por causa da pancadaria na Barroquinha, deu uma coisa nelas... — Fala num arranco, a voz quebrada, gestos nervosos.

Os olhos de Vavá, pesados de desconfiança, vão de Greta Garbo para Tereza, em toda parte ele percebe traição e falsidade:

— Fique aí, já volto.

Rápido, dirige a cadeira de rodas para a sala de espera, Greta Garbo o acompanha.

— Que diabo é isso? Para onde vão?

Algumas se detêm e explicam: fecharam o balaio, só o abrirão de novo quando as mulheres da Barroquinha retornarem às suas casas.

— Estão loucas? Voltem, vamos. Tem fregueses esperando.

Não lhe obedecem, lá se vão pelas escadas, semelham um bando de estudantes abandonando as aulas. Vavá encaminha a cadeira de rodas para o quarto. Greta Garbo pergunta, as mãos nos quadris:

— Você acha, Vavá, que eu também devo fechar o balaio? Ou fico fora disso?

— Saia de minha frente!

No quarto, olhos malignos, fita Tereza, explode:

— Tudo isso saiu de sua cabeça, não foi? Foi você quem inventou esse carnaval. — Aponta-a com o dedo disforme, ameaçador.

— Isso, o quê? De que carnaval está falando?

A expressão de surpresa, os olhos límpidos e francos, a face perplexa de Tereza, abalam a convicção de Vavá. Será tão falsa e hipócrita a esse ponto ou nada sabe do assunto? Exaltado, conta-lhe a loucura das mulheres, o balaio fechado. A face de Tereza se ilumina à proporção que ele fala. Nem o deixa terminar, está de pé:

— Venho depois saber a resposta.

Desce em disparada para a rua.

30

PELA PRIMEIRA VEZ EM MUITOS ANOS NÃO SE OUVE ÀQUELA HORA NO bordel a densa respiração dos sexos, moendas de prazer a trabalhar. No insólito silêncio, Greta Garbo, indeciso, rói as unhas: deve aderir ou não?

No quarto de Vavá, pai Natividade prepara os búzios para o jogo. Encostado à parede, Amadeu Mestre Jegue. O aleijado fala, define a complicada situação.

— Mandei lhe chamar, meu pai, porque as coisas estão se pondo feias para meu lado e quero me aconselhar com o compadre.

No pescoço de Vavá colar de contas pretas e vermelhas, as contas de compadre Exu. Precisa ser esclarecido sobre um ror de dúvidas, nunca se encontrou tão necessitado de ajuda. Se a polícia quiser mudar as raparigas do Maciel para o Pilar e assim arruiná-lo, ele deve obedecer, como sempre obedeceu, ou deve ouvir o conselho da moça e se recusar? Deve acolher as raparigas da Barroquinha? E a maconha que o detetive quer armazenar ali no quarto? Vale a pena consentir ou corre perigo? Ainda por cima, acontece, agora, essa loucura do balaio fechado, as quengas se furtando a trabalhar, que me diz disso compadre Exu? Como hei de agir? Estou perdido, sem saber.

Por fim, me fale sobre a moça, é direita ou falsa, posso confiar nela ou é capaz de engano e traição? Já alimentei serpentes em meu peito cândido, se a cuja é ruim, dela me afaste e salve. Mas se é tão sincera quanto formosa, ai, sou o homem mais feliz do mundo.

Pai Natividade agita o adjá, salvando. Canta em voz baixa:

Bará ô bêbê
Tiriri Ionan

Do monte de terra onde o tridente está fincado, no peji, Exu Tiriri responde alegremente:

Exu Tiriri
Bará ô bêbê
Tiriri Ionan

Saiam todos do caminho que Exu vai passar. Ao contrário de Ogum Peixe Marinho, Exu Tiriri é saliente e ruidoso, amigo do movimento, de qualquer molecagem, promotor de confusão e de desordem.

Os búzios saltam da mão de pai Natividade, rolam e falam. Aqui não quero drogas de nenhuma espécie, só cachaça e de comer. Vivos, na mão do babalorixá, os búzios continuam a responder.

Quero ver os balaios todos fechados, nem um só aberto, os homens de estrovenga armada sem ter onde descarregar desejo e fúria. Se houver barulho e correr sangue, não se importe, no frigir dos ovos tudo dará certo e do Maciel ninguém se muda que Exu não deixa. Nem aqui nem de parte alguma, se todos os balaios se fecharem até a polícia desistir de perseguir o povo. Quem ordenou o fechamento dos balaios, fui eu, Exu, e ninguém mais.

O pai de santo lê nos búzios a sentença fatal: ai daquela rapariga que receber homem antes da aleluia romper na Barroquinha! Ai da dona de pensão, do dono de bordel, da casteleira que permanecer de porta aberta e quiser violar a fechadura dos balaios!

A rapariga ficará podre, carregada de doença, comida de sífilis, cega, paralítica, leprosa. O cafetão ou a caftina morrerá antes de completar um mês, de morte feia, curtindo dores.

E da moça, que me diz? Chama-se Tereza Batista, quero saber se é direita ou se abriga maldade e fingimento debaixo de tanta formosura.

Exu Tiriri o fez calar-se. Para pronunciar o nome de Tereza lave a boca antes. Pessoa mais correta não existe, nem aqui nem em lugar nenhum. Mas desista enquanto é tempo, ela não é para seu bico. No peito, um punhal cravado, Tereza no mar perdida.

— Doença ou mal de amor? — Vavá pergunta.

— Mal de amor, mortal doença.

— Mal de amor tem cura… — Ninguém viveu tanto quanto Vavá, o tempo dos bordéis se conta em triplo.

Para tudo dar certo Exu pede um bode e doze galos pretos. Depois, manda que todos saiam do caminho pois já vai embora:

Bará ô bêbê
Tiriri lonan

Lembranças para a moça, estou mandando, piso em seus passos. Ai daquela que não fechar o balaio. De cima do tridente, arrematou: ai daquela!

31

AI DAQUELA! — PRAGA ROGADA E REPETIDA PELAS RAPARIGAS DA ZONA inteira, da Barroquinha ao Carmo, do Maciel ao Tabuão, do Pelourinho à ladeira da Montanha. De casa em casa, de quarto em quarto, de boca em boca.

Ai daquela! — ameaça lançada e transmitida em nome de Vavá, de dona Paulina de Souza, da velha Acácia presa no xadrez.

Ai daquela! — nas encruzilhadas do puteiro, a voz de Exu, senhor de todos os caminhos, dono de todos os balaios, possuidor da chave.

32

O DELEGADO HÉLIO COTIAS ACORDOU CEDO E MANTEVE LONGA CONVERSA telefônica com o tio da esposa. Informou, vitorioso, ufano: mudança praticamente realizada, os móveis já se encontram na ladeira do Bacalhau, as casas da Barroquinha estão fechadas, uma batalha, tivera de agir com mão de ferro. Mesquinho, o parente retrucou dizendo não ver motivo de vanglória em nada daquilo. Bom teria sido se as mulheres houvessem se mudado tranquilamente, sem escândalo, sem escarcéu, sem notícias nos jornais nem entrevistas idiotas. Sem falar no clichê do caminhão da polícia carregando os móveis, e na crônica do tal de Jehová. Velho ranheta, nunca está contente.

Nas páginas dedicadas às ocorrências policiais, as gazetas deram o devido destaque aos acontecimentos da Barroquinha: VIOLENTO CONFLITO NO MERETRÍCIO; A MUDANÇA DA ZONA COMEÇA COM PANCADARIA; CAMINHÕES DA POLÍCIA MUDAM AS RAMEIRAS PARA O BACALHAU — eis alguns títulos e subtítulos das reportagens, uma delas ilustrada com a foto do caminhão oficial carregado com teréns retirados dos bordéis. Do bafafá nenhum clichê pois apenas um fotógrafo, o barbudo Rino, aparecera durante a briga, a tempo de documentar o heroísmo dos policiais em luta com as mulheres, baixando o braço, o cassetete, a coronha dos revólveres. Tomaram-lhe a máquina, destruíram o filme e quase o levam preso. Os beneméritos guardiães da moral são de natureza modesta, não apreciam ver publicados instantâneos dos nobres atos de coragem e devotamento à causa pública, preferem fotos simples, posadas, feitas na delegacia.

Fotos como a do delegado Cotias, sorridente, a ilustrar rápida entrevista coletiva concedida aos jornalistas acreditados junto à delegacia especializada. "Estamos limpando o centro da cidade da chaga do meretrício, tornando realidade a patriótica campanha da imprensa. Começamos pela Barroquinha, prosseguiremos inflexivelmente — não ficará um só bordel na atual zona da prostituição."

Declaração de alto valor moral e cívico, sem dúvida, digna de elogios e aplausos. Contudo, a inflexibilidade e vastidão da limpeza prevista e apenas iniciada, concorreram grandemente para reforçar o apoio dos cafetões e caftinas ao movimento do balaio fechado.

Por outro lado, nem tudo eram simpatias pelo gentleman da polícia entre os profissionais da imprensa. O cronista Jehová de Carvalho, favorável à causa das raparigas, pouco afeito aos tiras, condenou com rudeza e malícia, em sua popular coluna, a violência da ação policial. Irônico, perguntara, ao final da crônica, se "a transferência do mulherio da Barroquinha para a ladeira do Bacalhau faz parte da tão badalada utilização turística da vasta área cujo destino era ser o paraíso dos visitantes da cidade, segundo fora amplamente anunciado". Com mais clareza não podia se expressar o poeta Jehová, os jornais, sabemos todos, vivem da matéria paga e não da venda avulsa.

Olhando a pose varonil do delegado na foto do matutino, Carmen, a esposa, *née* Sardinha e Sardinha se mantendo no áspero caráter comentou, depreciativa:

— Machão, hein? O rei das marafonas castigando suas súditas! A polícia está lhe fazendo bem, meu pequeno Hélio, você está virando homem.

De qualquer maneira, apesar de detalhes tão desagradáveis, o delegado recolheu da atuação da véspera motivos de contentamento. Bada, tendo lido os jornais, foi comovente ao telefone. Meu herói! Correu perigo? Me conta hoje à tarde? No lugar combinado, às quatro? Meu Bonaparte!

33

POR VOLTA DAS ONZE DA MANHÃ, O DELEGADO HÉLIO COTIAS SALTA do automóvel na Delegacia de Jogos e Costumes. Manda buscar no depósito as raparigas presas.

Os homens tinham sido soltos pela madrugada, entre empurrões e protestos, dois deles em cuecas. Haviam apanhado um pouco para nunca mais tentarem obstaculizar a ação da polícia. Uns tabefes, coisa leve.

Surra mesmo, das boas, de encaroçar, tomou a negra Domingas, metera-se a valente durante o sururu, enfrentando os tiras. Ficou moída, a cara lustrosa e apetecível virou uma pasta feia e opaca. Quanto a Maria Petisco, ao lanhar o rosto de Dalmo Coca, ao mordê-lo, despertara o apetite do elegante detetive e pelo meio da noite, sob a ação do pó, o guardião da moral invadiu o xadrez disposto a se pôr na rapariga ali mesmo, na vista dos demais. Em noite de alvoroço, entre sovas e castigos, teve graça a cena do drogado, ruim das pernas, querendo alcançar Maria Petisco e derrubá-la na cara dos presentes. Os tiras riam, animando o campeão. Depois, se cansaram e o levaram embora.

O delegado Cotias vai se impondo no cargo e na opinião de seus subordinados, conforme é fácil constatar. Ainda assim, a visão da negra Domingas lhe causa certo impacto. A pele escura da rapariga exibe marcas roxas, equimoses grandes. Um olho fechado, a boca rebentada, ela mal se aguenta em pé. Com desprezo, o comissário Labão constata o erradio olhar do delegado. Isso é emprego para homem e não para maricas.

— Tipa ruim, arruaceira. Agrediu todo mundo no xadrez, o jeito foi lhe dar uma lição, sem o que ninguém dormia, essa gente só no pau. — Esclarece o comissário: — Não se pode ter pena dessa corja.

Necessita acostumar-se, não sentir pena, essa corja não merece, decide o delegado. Não adianta, tem o estômago fraco. Manda botar as raparigas em liberdade. Na sala ficam apenas as donas de pensão. O bacharel percorre o renque de mulheres, seis infelizes, faz-se ao mesmo tempo feroz e paternal.

— Não se mudaram por bem, mudar-se-ão por mal. De que adianta se negar? Quem estiver na disposição de sair daqui diretamente para completar a mudança, dê um passo à frente, mando soltar agora mesmo.

Esperava assentimento geral e congratulações. Apenas Mirabel ensaia mover-se mas já a velha Acácia se fazia ouvir:

— A gente não se muda. Nem que morra na cadeia, ninguém vai apodrecer naquele lixo.

O delegado perde a contenção, esmurra a mesa, mete o dedo na cara da velha, machão como definiu Carmen Cotias, *née* Sardinha:

— Pois vão apodrecer aqui. Comissário, mande levá-las de volta para o xadrez.

O comissário, de bom humor, propõe:

— Umas dúzias de bolos em cada uma, na hora do almoço e do jantar, em vez de comida. É bom regime, vão querer mudar logo, o doutor vai ver.

Sem pedir licença, esfregando as mãos, no auge do contentamento, Peixe Cação mostra-se na porta do gabinete:

— Os navios da esquadra americana já estão à vista, em Itapoã. Vai chover dólar!

34

TÃO APRESSADO E COMOVIDO COM A NOTÍCIA ALVISSAREIRA, IA O COMISSÁRIO se esquecendo de recomendar ao chefe do depósito uma dúzia de bolos de palmatória em cada caftina antes da sopa rala e do pão dormido, ao meio-dia e no fim da tarde. Não fosse Peixe Cação, sempre estrito no cumprimento do dever, e as renegadas escapariam do tratamento para emagrecer e educar-se, eficaz e gratuito.

De passagem, acordam o detetive Dalmo (Coca) Garcia. Estremunhado, o elegante ouve a notícia: em Itapoã já se avista a esquadra americana, os navios encaminham-se para o porto da Bahia carregados de dólares, companheiro, e o câmbio é favorável. Três hurras para os marinheiros e os fuzileiros navais da grande nação do norte, cuja presença honra a cidade. Que encontrem na Bahia belas mulheres, profissionais competentes, amáveis hospedeiras. Pela saúde dos invencíveis guerreiros zelarão as forças da polícia local tão bem representada pelos nossos três heróis. Heróis, sim, eles também. Aproveite-se a dica para fazer justiça aos de casa, modestos porém igualmente infatigáveis defensores da civilização ocidental contra as hordas vermelhas e amarelas, a imoralidade e a corrupção.

Em que pé está o sigiloso assunto da maconha, detetive Dalmo, amigo Coca? Na véspera, Camões faltara ao combinado, dificuldades imprevistas na entrega do material. Têm encontro marcado para a tarde. Que ele não falhe desta vez! Se tirar novamente o corpo fora, se quiser sacanear, cadeia com ele por comerciar com drogas, reabra-se o velho processo posto de lado, cumpra-se a lei.

Vá procurá-lo imediatamente, colega, sócio, companheiro, desencave o indivíduo e a santa ervinha, pois não se repetirá tão cedo ocasião igual a essa para se ganhar um dinheirinho fácil.

35

SEGUINDO AS BOAS NORMAS DAS EMPRESAS MODERNAS, OS TRÊS SÓCIOS haviam dividido responsabilidades e tarefas. Ao comissário Labão, sócio maior, chefe temido, coube a organização geral e o levantamento dos recursos necessários.

Entendeu-se com os camelôs e os capitães da areia, com eles combinando a distribuição e venda dos preservativos e do elixir afrodisíaco. Na feira de São Joaquim, adquirira a baixo preço uma infinidade de pequenos cestos de palha. Cada camelô, cada menino, recebeu um para nele colocar a mercadoria. Quantos vendedores? Vá lá saber! Uma verdadeira multidão a se espalhar em toda a zona para exibir, oferecer e trocar por dólares camisas de vênus e frasquinhos de Cacete Rijo. O assunto fora estudado em todos os detalhes, até frases em inglês os vendedores decoraram. Tendo sido adotadas, naturalmente, medidas de segurança para evitar roubos e desvios de material e grana. No particular, a melhor garantia de honestidade dos vendedores é o medo que sentem do comissário cujo simples nome, Labão Oliveira, na aparência tão inofensivo, amolece as pernas de qualquer porreta. Com o comissário ninguém brinca em serviço.

Organizador de gabarito, financista emérito. Obtivera de agiotas conhecidos o numerário indispensável ao custeio da operação, conforme explicara ao tira e ao detetive, fazendo os cálculos dos altos juros a pagar aos usuários. Em verdade pusera de seu bolso o necessário, ganhando assim mais um dinheirinho à custa dos dois comparsas, uns pacóvios.

Não saiu do gabinete naquela afanosa manhã. Mandou guardas de sua inteira confiança buscar os responsáveis pelos camelôs e pelos capitães da areia. Chegara finalmente o grande dia.

36

NUMA POCILGA DO TABUÃO, O INVESTIGADOR NICOLAU RAMADA JÚNIOR, Peixe Cação de notória fama, conversa negócios com Heron Madruga, ilustre químico pernambucano. Acaba de lhe pagar metade do combinado pelo fornecimento de quinhentas doses de Cacete Rijo, preparado inconteste: *one dose five fucks*.

Prestigioso cientista, largamente conhecido no sertão e em algumas capitais, Heron Madruga começou a se interessar pela química e pela farmacologia quando empregado em Recife no laboratório de análises dos drs. Dóris e Paulo Loureiro, mulher e marido, competentíssimos um e outro. Passando as manhãs a recolher urina, cocô e sangue de clientes, o fim da tarde a entregar exames e a cobrar contas, Madruga dedicava todo o tempo livre a admirar os sais e os ácidos a se misturarem nas provetas, nos balões de vidro, nas pipetas, nos *beckers*, nos tubos de ensaio do laboratório, cheiros fortes, cores estranhas, fumaça azul, coisa mais linda. Aprendeu termos e fórmulas.

Perdendo a contenção, não se ateve a apropriar-se de quando em quando, do pagamento de um exame sumário de urina, embolsou dois mielogramas, vendo-se de súbito descoberto e despedido. Triste, pois estimava a patroa e o patrão, gente ótima. Deu-se conta no entanto de estar formado em química, farmácia e medicina, em condições de concorrer para aliviar os sofrimentos da humanidade. Melhor dito: dos viventes em geral, pois em certas ocasiões exerceu a medicina veterinária, e não fez feio. Levou dentada de cachorro, coice de cavalo, a ciência tem percalços.

Alguns produtos de fórmula e fabricação suas, exclusivas, gozaram de indiscutível prestígio entre as populações rurais e em pequenos centros urbanos do nordeste, vendidos em feiras e mercados. O elixir Lava Peito, de comprovada excelência contra qualquer moléstia dos brônquios e pulmões, liquidou epidemias de gripe em Pernambuco e curou muita tísica crônica em Alagoas. A garrafada Maravilha do Capiberibe limpa o corpo de toda e qualquer infecção, inclusive o câncer e a gonorreia. A perfumosa loção Flor de Magnólia cura caspa, mata lêndeas e piolhos, faz nascer cabelo na cabeça mais careca, conforme se comprova com documentos autênticos, inclusive fotos, tiradas antes e depois do tratamento. Ao fim de um vidro, se o distinto não estiver com uma juba de leão, devolva o frasco e será reembolsado. Nunca houve caso de reclamação. Escolha a cor de seus cabelos pela cor do rótulo, compre melenas loiras, negras, castanhas, ruivas, azuis ou verdes. Cabelos verdes estão em moda entre as grã-finas.

Quanto ao Cacete Rijo é o que se sabe: tesão fantástico. Segundo o próprio Madruga, no discurso de apresentação do meritório produto à clientela, atento auditório das feiras e das praças públicas, um velho centenário, depois de tomar a dose prescrita, levantou-se do leito de morte, descabaçou uma donzela, deu quatro pitocadas em seguida e na quinta lhe fez um par de filhos. Morreu feliz, de priapismo.

A ideia do rótulo em inglês em letras vermelhas sobre fundo negro — APHRODISIAC: ONE DOSES FIVE FUCKS — pertencia a Madruga, a tradução ao detetive Coca, um poliglota, professor também dos camelôs aos quais ensinara como cobrar ao menos um dólar por uma camisa de vênus ou um frasquinho de Cacete Rijo. Aos capitães da areia não precisou ensinar nada, falavam todas as línguas, riam com todos os dentes, esfarrapados, esqueléticos, invencíveis moleques, donos imemoriais das ruas da Bahia. Dentro em pouco o comissário Labão mandará buscar a mercadoria pois os navios já estão à vista do farol de Itapoã, avisa Peixe Cação.

— Chegam hoje?

— Estão chegando.

— E as mulheres vão abrir os balaios?

— Que história é essa?

Madruga conta que na véspera dirigia-se à zona na intenção de aliviar a natureza, fracassara no intento. Castelos e pensões vazios, quartos desertos, portas fechadas. Atribuiu a falta de mulheres ao tardio da hora, já passava das duas da manhã. Saiu mariscando, quem sabe encontraria alguma escoteira pelos bares. Entrou no Bar Flor de São Miguel, a sala estava cheia e barulhenta, nas mesas numerosas profissionais. Mas nenhuma o aceitou. Informaram-lhe achar-se o puteiro de balaio fechado até as raparigas da Barroquinha regressarem às suas casas.

Peixe Cação não dá maior importância ao fato: basta a polícia prender e exemplar arruaceiras, como fez na Barroquinha, para outras vagabundas se juntarem nos botequins a beber e a xingar. Fica, no entanto, de orelha em pé quando Heron Madruga se refere a uma das bruacas, a mais exaltada de todas, sujeita bonita, benza Deus, a quem conhecera em Recife alguns anos faz, mulher metida a bater em homem e, a verdade manda que se diga, por lá batera em mais de um. O próprio Madruga tivera ocasião de comprovar-lhe a valentia, testemunha de vista e não prenhe pelos ouvidos. De nome Tereza Batista, tratada por Tereza Pé nos Culhas, o porquê do apelido está na cara.

Ao ouvir o nome detestado, Peixe Cação rosna e baba:

— Ontem, essa maldita escapou de minha mão, até agora não sei como, até parece coisa de feitiçaria. Mas, não tarda, ela me paga, ora se paga! Foi bom eu saber que ela anda açulando as putas contra a gente, puta mais sem jeito!

37

NAQUELE 21 DE SETEMBRO, A MANCHETE DO VESPERTINO ANUNCIOU a todos os baianos: CIDADE EM FESTA — A PRIMAVERA E OS MARINHEIROS.

No Bar Flor de São Miguel, na véspera à noite, antes da notícia da invasão da Barroquinha pelas tropas da Delegacia de Jogos e Costumes e do grito de guerra de Nília Cabaré, antes do pronunciamento de Exu Tiriri, o moço Kalil Chamas verberara, com palavras de candente indignação, a caterva de subservientes imitadores dos costumes europeus a festejarem a chegada da primavera em meio aos aguaceiros de setembro — a mesma manada de idiotas a fantasiar de coelhos os filhos por ocasião da Páscoa, a colocar em tórrido dezembro algodão em árvores de Natal, simulando neves de inverno:

— Só faltam vestir casacões de pele e tremer de frio! Vocês vão ver, amanhã, os colégios desfilando para dizer que a primavera chegou. Puro colonialismo. Tomara que chova sem parar.

Estudante de ciências sociais na Faculdade de Filosofia, caixeiro na loja de antiguidades do pai, na rua Rui Barbosa, desenhista amador a sonhar com exposições, sucesso e fama, nacionalista ferrenho, Kalil Chamas é, ao demais, o feliz xodó da doce Anália. Na mesa do bar, exalta-se contra a importação idiota de hábitos estrangeiros sem sentido no Brasil. No trópico o inverno dura seis meses de chuva, o verão seis meses de escaldante calor, falar em primavera e outono é ridículo. Ridículo! — põe-se de pé, o dedo longo em riste a completar a exclamação.

— Aqui reina a eterna primavera... — declama Tom Lívio, ator de teatro em busca de palco onde demonstrar talento, aproveitando lugar e ocasião para modular a voz.

Dois desenhos de Kalil, ilustrações para poemas de Telmo Serra, amigo do peito e poeta imenso (superado, na opinião de Tom Lívio), foram publicados no suplemento dominical de um matutino, nas duas ocasiões os autores comemoraram nos botequins da zona a glória incipiente com cerveja e elogios mútuos.

No fim da noite a roda de boêmios se dissolve, uns vão dormir em casa, outros se dirigem às pensões de mulheres da vida onde, após um dia corrido de trabalho, as raparigas aguardam a hora dos xodós, dos rabichos, do amor. Por vezes, quando é maior a concorrência de fregueses, Kalil deve esperar nas escadarias da igreja do Rosário dos Negros o sinal de trânsito livre na janela de Anália. A astuciosa agita uma toalha branca, Kalil se precipita.

Na noite da proclamação de guerra, Anália abandonou o posto antes da hora, acompanhando as demais colegas. Junto com Kalil percorreu a zona levando por toda parte a declaração do balaio fechado. Alegre Anália, a bater palmas:

— Com essa história de fechar o balaio, amanhã vou poder ver o desfile dos colégios na festa da primavera. Faz um tempão que não vejo. Sabe que, em Estância, eu desfilei com o grupo escolar? Fui a baliza. Amanhã, não perco.

— Subdesenvolvida! — Apaixonado Kalil, que fizeste dos princípios e das convicções? — Iremos juntos. Tomara faça um dia bonito.

A manchete do vespertino ocupa todo o alto da primeira página. Para expressar a verdade completa, o redator deveria ter arredondado a frase: CIDADE EM FESTA — A PRIMAVERA, OS MARINHEIROS E AS RAPARIGAS.

38

O DETETIVE DALMO GARCIA DEIXA OS DOIS FULANOS ESPERANDO NO CARRO — um velho Buick de propriedade de um deles, o cego de um olho, conhecido entre os marginais por Camões Fumaça —, galga as escadas que conduzem à porta do bordel, faz um calorão no começo da tarde. A porta está fechada, aquela porta eternamente aberta, a partir das treze horas, à grande massa de fregueses.

O detetive bate, chama, ninguém atende. Diante da porta trancada, Dalmo Coca dá-se conta de repente da total ausência de mulheres no Maciel. Apesar de ser ainda cedo já devia haver alguma animação, seios expostos nas janelas, as prematuras do *trottoir* de bolsinha em punho pelas ruas, o início de mais um dia de trabalho. Nada disso, apenas transeuntes ocasionais, nem uma só rapariga à vista. O bordel fechado. O detetive Dalmo (Coca) Garcia não entende. Mais uma vez esmurra a porta, grita por Vavá. Não obtém resposta.

Desce a escada, entra no automóvel. Camões Fumaça quer saber:

— E então?

Mesmo estando em companhia de um servidor da ordem pública, policial lotado na Especializada, não se considera em segurança. Para começar, não confia em Dalmo, secreta não tem moral, mesmo sendo viciado em drogas. Cadê o dinheiro prometido? O detetive ficara de se encontrar com eles no fim da tarde, levando a quantia estipulada, um cobre alto. Aparecera logo depois do almoço, sem tostão, simulando alvoroço. Os navios estão chegando, cadê a diamba? Apressado e ameaçador: depressa, se não quiserem pagar caro. Camões Fumaça começa a sentir certo mal-estar:

— E então? — repete a pergunta, imaginando o pior.

— Não sei… Não tem ninguém e as mulheres parece que levaram fim. Onde podem estar?

Na rua quase deserta, o cego Belarmino, habituê há muitos anos daquele rendoso ponto de esmolas, arruma a cuia, o jornal, o sanduíche para o lanche, ajudado pelo menino. Toma do cavaquinho, começa a cantoria, habitualmente nunca deixa de haver dois ou três curiosos parados a ouvir:

Mulher tem cu
e a galinha sobrecu
da mocinha quero os peitos
da mulher o racha-cu.

Camões Fumaça, cada vez gostando menos daquilo tudo, ordena ao sócio, um pigmeu silencioso, sentado ao volante da velha caçamba:

— Vamos embora daqui...

O detetive Dalmo toma assento, a repetir abobado:

— Onde diabo as mulheres se meteram, oxente?

39

ALGUMAS PERMANECERAM NAS PENSÕES APROVEITANDO A FOLGA PARA REMENDAR vestidos, escrever para casa, cartas cheias de mentiras, ou simplesmente para descansar. Nos limites do meretrício, em leito de pensão, de castelo, de bordel, até nova ordem, nenhuma rapariga pode receber freguês, tampouco amante. Quem quiser se fretar com seus xodós vá para a rua, longe da zona. Romper o tácito compromisso assumido na véspera, quem se atreve? Exu anunciara doença e morte, cegueira, lepra, necrotério.

As raparigas postas em liberdade pela manhã tentaram regressar às casas invadidas, ou bem para nelas continuar habitando ou para recolher roupas e objetos mas os guardas, postados na Barroquinha, não permitiram a entrada de nenhuma delas. Buscaram asilo em pensões conhecidas, só dona Paulina de Souza recolheu doze, quatro em cada casa. Meteu a mão na bolsa, quis enviar a negra Domingas para São Gonçalo dos Campos.

— Está precisando de uns dias de descanso, menina. Lhe maltrataram.

Mas a negra não aceitou por nada sair da Bahia naquela hora, estavam ela e Maria Petisco seriamente preocupadas: Oxóssi e Ogum, habituados a descer na Barroquinha, saberiam onde encontrá-las?

— Amanhã é dia deles.

— Vocês pensam que os encantados não sabem onde vocês estão? Na Barroquinha, aqui ou em São Gonçalo, Ogum vai lhe montar.

A maioria resolveu ir passear e a cidade se encheu de risos, de alegria e graça. Pareciam operárias, comerciárias, estudantes, donas de casa, mães de família em feriado, em dia santo de guarda. A fazer compras, nos cinemas assistindo matinês, passeando nos bairros mais distantes, aos pares, em pequenos grupos álacres, de braço dado com os rabichos, arrulhando, uma quantidade de gentis meninas, de garridas moças, de senhoras sérias e tranquilas.

Outras foram visitar os filhos entregues a estranhos. Mães amantíssimas, conduzindo os rebentos ao colo ou pela mão, atochados de sorvetes, refrigerantes e bombons. De beijos e carinhos.

Também algumas velhas compareceram à inauguração da primavera. Por um dia libertas da obrigação da terrível maquilagem destinada a esconder rugas e pelancas, da luta inglória por um cliente, apenas mulheres idosas e cansadas.

Em desacostumado ócio, as raparigas ocuparam a cidade inteira, numa festa rara. De pés nus correndo pelas praias, sentadas na grama dos jardins, no zoo paradas diante das jaulas das feras, dos macacos e das aves, em visita à igreja do Bonfim, comprando guias do santo milagreiro.

As que estavam na colina, contemplando o golfo, puderam ver, por volta das quinze horas, três navios de guerra atravessando a barra.

40

POUCO ANTES DAS DEZESSEIS HORAS, O SR. GOVERNADOR RECEBEU em palácio a visita do comandante-em-chefe dos navios de guerra norte-americanos fundeados ao largo. Acompanhado de seu estado-maior, o almirante trocou amabilidades com o chefe do governo e o convidou a visitar, na manhã seguinte, a nau capitânia e a almoçar com a oficialidade.

Espocaram flashes, os fotógrafos movendo-se de um lado para outro, fixando sorrisos, cortesias. O almirante comunicou que os marinheiros teriam permissão de vir a terra à noite, hora propícia.

41

NO *GRANDE JORNAL FALADO* DAS DEZESSEIS HORAS, A RÁDIO ABAETÉ, EMISSORA potente e detentora de grande audiência, ofereceu pormenorizada reportagem sobre os navios de guerra norte-americanos surtos no porto. "Informação quente é com a Abaeté", "A notícia está acontecendo, a Abaeté está divulgando", "O microfone da Abaeté é o ouvido da História", repetiam os locutores ao longo dos programas. "Se não há notícia, a Abaeté inventa", glosavam os concorrentes.

Após descrever a visita dos oficiais superiores ao governador, as frases trocadas, os convites feitos, a rádio deteve-se em detalhes precisos, numerosos e educativos sobre os três navios: nomes, datas de lançamento ao mar, número de oficiais e marinheiros, canhões, potência de tiro, velocidade, carreira dos oficiais com postos de comando, dados completos. O departamento de documentação e pesquisa esteve mais uma vez à altura das tradições da emissora.

A reportagem concluía informando que os marinheiros baixariam à terra no começo da noite, a hora exata ainda não tinha sido determinada, provavelmente por volta das oito.

Uma última e curiosa novidade, a ligar-se, de certa forma, à visita dos marinheiros ianques: em protesto contra a projetada mudança do meretrício, iniciada na véspera com violenta incursão da polícia de costumes na Barroquinha, as mulheres públicas resolveram não exercer enquanto suas companheiras não possam regressar às casas de onde foram expulsas e a ameaça de mudança persista.

42

POR VOLTA DAS DEZESSETE HORAS, ENQUANTO BADA TOMA RÁPIDA DUCHA para livrar-se do suor pegajoso na tarde calorenta, o delegado Cotias, o gentleman da polícia, amante feliz e exangue, liga o rádio e descansa o corpo na cadência da música.

Merecido repouso após uma hora de violento exercício: a frágil Bada é um trem de risco, um foguete, fêmea sensacional sobre todos os aspectos. Antes ele lhe dissera: estatueta de Tanagra, Gioconda enigmática; ao tê-la nua nos braços sussurrou-lhe aos ouvidos: Josefina, minha Josefina!

— Por que Josefina? Nome mais feio, Virgem!

— Não sou o teu Napoleão, teu Bonaparte? Não era ele casado com Josefina?

— Prefiro ser Maria Antonieta.

— Historicamente errado, querida, pois Maria...

— Que me importa? — cerrou-lhe a boca com um beijo, um chupão daqueles.

Nem Josefina, nem Maria Antonieta, se o bacharel Cotias tivesse ânimo lhe diria agora: Messalina. Tarde de tredo enlevo, de feroz metida: Bada era uma fúria, um desatino, o delegado teve de esforçar-se ao máximo para se manter à altura da situação. Carmen, a esposa, *née* Sardinha, caráter áspero, quando o sentia interessado numa mulher lhe dizia com desdém:

— Veja como se comporta, não vá fazer feio e me deixar em ridículo.

Aquilo o perturbava, tornando tudo difícil, aliás, não era outro, com certeza, o objetivo de Carmen. Com Bada, felizmente, dera conta do recado. Vaca insaciável, dissoluta. Querendo saber dos particulares da zona, não só do conflito da véspera, da triunfal ação de Hélio mas também da intimidade das marafonas, como elas são e agem: ah! tenho tanta vontade de visitar um bordel! Morde os lábios, atraca-se ao delegado e na hora final pede aos soluços:

— Me chame de puta, me xingue, me bata, meu polícia!

O apartamento fica no alto da Gamboa, pela janela dos fundos o delegado, exausto, coberto de suor, fumando um cigarro, ouvindo a melodia de uma canção italiana, enxerga os três navios fundeados no porto.

Antes de vir ao encontro de Bada, o bacharel Cotias, no cumprimento do dever, passara pela Especializada, onde o comissário Labão lhe informou estar tudo na mais perfeita ordem: os marinheiros desembarcariam no fim da tarde ou no começo da noite, o policiamento da zona já estava organizado, a polícia militar reforçando a polícia civil para impedir qualquer arruaça. Quanto às caftinas da Barroquinha, persistiam insolentes na recusa às determinações de mudança de residência. O que vai decidi-las é uma boa tunda, muita porrada em todas elas. Pela madrugada, quando o movimento na zona terminar. Por ora, elas vão tomando uns bolos e passando fome. Um pouco de paciência, doutor, e as ruínas do Bacalhau estarão alugadas a bom preço. Ri o comissário na cara do delegado, pondo-lhe aqueles olhos impiedosos. Um criminoso, pensa o gentleman da polícia: que deseja insinuar falando no aluguel dos sobrados? Quem sabe, a firma devia ter molhado o bico do comissário?

Bada fecha a torneira, cessa o ruído do chuveiro. Coberta de pingos dágua, uma gota de bico no seio esquerdo, os olhos postos no amante, dirige-se para ele. No rádio, a música é subitamente interrompida e a voz do locutor se faz ouvir após o prefixo marcial dos noticiários: "Atenção! Muita atenção!".

Na cama, indiferente ao pedido urgente de atenção, Bada atira-se sobre Hélio. No beijo ávido o bacharel ouve o locutor: "A situação no meretrício preocupa as autoridades. O desembarque dos marinheiros está confirmado para as vinte horas no cais da praça Cayru e até o momento os bordéis estão fechados. O comissário Labão Oliveira, que se encontra no Maciel tomando as providências exigidas pelas circunstâncias, afirmou a esta emissora que a normalidade será restabelecida antes do desembarque dos marinheiros. Eles não ficarão a ver navios, garantiu-nos, acrescentando: onde iriam parar os nossos foros de civilização, se tal absurdo acontecesse? Enérgicas providências serão postas em prática, a polícia tem o controle da situação. Ouviram a Rádio Grêmio da Bahia".

O bacharel Hélio Cotias arregala os olhos, tenta livrar-se de Bada. Que significa essa notícia, por que a situação no meretrício preocupa as autoridades? A música retornou, nostálgica canção napolitana. Puxado, exigido pela amante, o delegado suplica: um momento só, minha querida. Mexe no dial em busca de mais informações. Finalmente encontra: "...não houve alteração, apenas o policiamento cresceu com a chegada da cavalaria. A greve no meretrício prossegue, nossa reportagem se encaminha para o local, a qualquer momento estaremos transmitindo diretamente do Maciel, onde as forças da polícia se concentram. Mantenham seus aparelhos ligados com a Rádio Abaeté, a qualquer instante voltaremos com novas notícias".

Irritada, Bada atira longe o aparelho de rádio. O delegado, em pânico, quer partir, o dever o chama. Agarrá-lo, tentar interessá-lo não adianta, Hélio agora não pode, faltam-lhe tempo, forças, vontade, basta olhar para ele e ver. Precisa ir para a delegacia, pôr-se a par do que ocorre, do significado dessas notícias alarmantes, assumir o posto de comando, para tanto é o dr. delegado de Jogos e Costumes.

— Tenho que sair agora mesmo, minha querida. Me largue, por favor.

Não conhece Bada nem lhe adivinha a força do desejo:

— Frouxo!

Cai de boca em cima dele, o delegado deixa-a fazer, se esvai: puta desgraçada, furor uterino. Do chão, o rádio berra: "Estamos transmitindo diretamente do Pelourinho. A polícia decidiu abrir à força as portas dos bordéis".

43

PELO BRAÇO DE KALIL, RINDO A QUALQUER PRETEXTO, ANÁLIA APLAUDIU os meninos e as meninas dos colégios no desfile da primavera, recordando os tempos de grupo escolar, antes da fábrica de tecidos e do dr. Bráulio a largar na vida.

Almoçaram no Restaurante Porto, especialista em comida portuguesa e, para acompanhar o bacalhau à Braz, o estudante determinou vinho verde, brindaram ao amor eterno. Na saída, ele comprou e lhe ofereceu um pequeno buquê de violetas, ela o prendeu na gola do branco vestido vaporoso. Para fazê-lo, parou ao lado do busto do finado jornalista Giovanni Guimarães e, à sombra protetora do amorável cronista da vida e do povo da cidade, deixou-se beijar pelo rapaz, beijo de namorados. Anália sentia uma tonteira boa, ria sem querer, devagar andaram pelas ruas.

A pretexto de obrigações na faculdade, Kalil deixara o velho sozinho na loja de antiguidades, reservando o dia para a amiga. Pela primeira vez, desde o começo do rabicho, há cerca de dois meses, passam juntos uma jornada completa. Em geral se reúnem pela madrugada, depois dela despedir o último freguês e juntos ficam na cama até ao raiar da aurora — ele tem a obrigação de acordar em casa, tomar o café da manhã em companhia dos pais.

De mãos dadas, sem sombra de preocupação, contentes com a vida. Deitaram-se sobre a relva no Farol da Barra, tomaram água-de-coco em Amaralina, comeram de merenda acarajé frito na hora, tomaram banho de mar em Piatã, assistiram ao crepúsculo desatar-se sobre o mar. Ditosos adolescentes.

Nada sabiam das ocorrências da cidade, de navios de guerra, ancorados no porto da Bahia, da polícia ocupando o Maciel, o Pelourinho, o Tabuão, a zona chamada do baixo meretrício. Emergiram da praia e do crepúsculo para o começo da noite na Pituba. Antes de entrar no restaurante Jangadeiro, onde jantaram moqueca de siri-mole com cerveja, Anália tirou a sorte no velho realejo pelo bico de um periquitinho verde:

Quem quiser escolher noivo
escolha pelo chapéu
se usar chapéu de banda
não queira que é tabaréu.

Riam sem quê nem por quê. Dia mais feliz aquele do balaio fechado, quando por sua vez a primavera, obedecendo ao calendário, aconteceu na cidade da Bahia.

44

NA DELEGACIA DE JOGOS E COSTUMES, O COMISSÁRIO LABÃO Oliveira, traçara para o dr. delegado o plano de ação:

— Deixe comigo. Boto essas filhas da puta no trabalho, seja como for. Ou abrem o balaio daqui a uma hora ou não me chamo Labão Oliveira. Mudo de nome.

O nome fazia tremer raparigas e caftinas, proxenetas, malandros, contraventores, escrachados marginais ou inocentes cidadãos, quem quer que fosse obrigado a ter qualquer espécie de contato com o mantenedor da moral e dos bons costumes. Falava-se à boca pequena em mortes praticadas a frio na polícia, em cadáveres enterrados às escondidas, horrores. Quando certas acusações atingiam as páginas dos jornais, cadê provas?

Naquela tarde até calejados tiras, velhos companheiros de trabalho, associados por vezes em negócios, se assustaram à vista do comissário fora de si, o olhar sinistro. Sinistro, não há outro adjetivo. Sensibilidade à flor da pele, considerado um cagão pelos policiais, o bacharel Hélio Cotias sente-se mal e ri, contrafeito, ao aprovar os projetos da competente autoridade. Um aperto no estômago, aquele bolo subindo, querendo sair pela boca. Custa esforço contê-lo, dominar-se, sobretudo após a estafa da tarde na cama com uma louca. Na intenção de amenizar o clima pesado, o gentleman da polícia propôs dar-se à operação o título de Retorno Alegre ao Trabalho. Não foi feliz pois o já citado poeta Jehová de Carvalho, em crônica posterior, comentando os acontecimentos, considerou a designação "fúnebre, monstruosa pilhéria, digna de Hitler e dos nazistas nos campos de concentração e morte".

45

NO BAR DA ELITE OU BAR DAS PUTAS, À ESCOLHA, POIS O PROPRIETÁRIO NÃO se incomoda, onde o comissário Labão prepara-se para celebrar com seu estado-maior a conferência final antes de iminente campanha contra as forças do vício em revolta, Camões Fumaça, traficante e viciado, tenta receber o dinheiro que lhe é devido pela monumental carga de maconha. O desaparecimento de Vavá deixara o detetive Coca sem ter onde guardar a explosiva mercadoria nem a quem arrancar os cobres para os cinquenta por cento do pagamento combinado — o restante só ao fim da lucrativa noite de marinheiros e dólares. Dólares ameaçados pelas segregadas raparigas. O comissário põe os olhos funestos no atrevido mas o zarolho não se intimida com facilidade. Vive acima do medo em sua nuvem de fumaça.

No arruinado Buick, rodando sem destino, o detetive tivera luminosa ideia, por que não lhe ocorrera antes? Mandou tocar para a ladeira do Bacalhau e num dos sobradões descarregou a maconha. Tendo sempre Camões nos calcanhares, pôs-se em contato com os especialistas encarregados da venda do produto aos marinheiros. Dirijam-se para o Bacalhau e lá aguardem um aviso. Assim a situação se esclareça, com o retorno da ordem e das raparigas, enviará um recado e eles partirão para a zona, a recolher dólares. Mantenham-se lúcidos, por favor. Depois do trabalho, a recompensa: além da comissão em dinheiro, a diamba. Tudo certo, apenas Camões a chatear, querendo receber.

— Desapareça de minha frente! — brada o comissário.

O maconheiro sente que não aguenta mais sem puxar uma fumaça. O que tem a fazer é voltar ao Bacalhau, tapear os caras lá plantados, retomar a mercadoria na calada, de mansinho, colocá-la no Buick, levá-la de volta. Antes, porém, precisa de uma tragada.

46

ENQUANTO O COMISSÁRIO COMBINA OS DETALHES DA AÇÃO DESTINADA a obrigar a abertura dos bordéis e a volta das meretrizes ao exercício da profissão — a Operação Retorno Alegre ao Trabalho, nome lindo, só mesmo os inimigos da polícia podem botar defeito —, inquietantes notícias circulam na cidade, nascidas quase todas das emissões radiofônicas.

O popularíssimo comentarista esportivo, Nereu Werneck, em sua crônica vespertina, falto de assunto, após informar sobre os esportes praticados pelos marinheiros da esquadra americana, revelando encontrar-se num dos navios fundeados no porto um campeão de boxe, peso-pena, descambou para o problema do balaio fechado.

Dramático, como se irradiasse a cobrança de um pênalti: se os esforços da polícia resultarem infrutíferos, persistindo as marafonas em condenável atitude negativa, no propósito de não colaborar com as autoridades, se os marinheiros ficarem a ver navios — para usar a pitoresca expressão do comissário Labão Oliveira — que acontecerá? Ah! Tudo pode acontecer! Habituado à transmissão de empolgantes partidas de futebol, Nereu Werneck sugere, relata, argumenta. Incisivo, inquietante. O suspense é o segredo de uma boa emissão.

Aglomeração de militares na área do meretrício sempre significou distúrbios muitas vezes sangrentos. Em se tratando de estrangeiros o perigo aumenta, sendo frequentes as rixas entre os hóspedes e os nacionais, degenerando em arruaças graves, em conflitos de imprevisíveis consequências. Citou quantidade de exemplos, recordou os dias de guerra.

Que sucederá, pergunta o popular desportista, quando os marinheiros desembarcados, no desespero de mulher, não encontrarem com quem satisfazer os instintos naturais? Regressarão, conformados, aos navios, à solidão do mar? Ou soltos na cidade sairão buscando mulher ruas afora, desrespeitando as famílias, invadindo, quem sabe, residências? No passado aconteceu, certamente os ouvintes se recordam.

A pergunta ameaçadora permanece no ar, o medo abre caminho, fechaduras são trancadas, instala-se o pânico.

47

O VEREADOR REGINALDO PAVÃO NÃO PER- DE DEIXA PARA APARECER, projetar o nome, ganhar prestígio. Não pode ver microfone dando sopa sem dele lançar mão. É um delirante do discurso, orador barroco e analfabeto, politiqueiro malandríssimo, um águia. Onde houver povo reunido, seja qual for o motivo, ali se apresenta e atua. Naquela tarde do balaio fechado, onde haveria de estar senão na zona?

Invejosos propalaram que para lá se dirigira com fins inconfessáveis e não podendo dar vazão aos instintos, aproveitara-se da presença dos jornalistas e das estações de rádio para a habitual demagogia. Línguas malignas: o prestimoso edil agiu levado por um imperativo de consciência, no desejo de servir à causa pública, servindo ao mesmo tempo às autoridades constituídas e às grandes massas populares.

Ao chegar ao Pelourinho, no fim da tarde, após a sessão do Conselho Municipal onde fora votada moção de boas-vindas aos navios da esquadra norte-americana, rumara como sempre para a casa de dona Paulina de Souza, à qual dá preferência pela qualidade das fêmeas, a limpeza dos aposentos e aquele propício sossego, e por ser amigo de Ariosto Alvo Lírio de quem merece apoio e voto, uma mão lava a outra. A gorda patroa explicou o sucedido. Perdoe o bom amigo a falta involuntária, hoje não pode ser, o balaio está fechado.

Com ela se encontrava a dançarina do cabaré Flor de Lótus, divindade de olhos flamejantes, uma Vênus. Tomando da palavra, a bela acrescentou: está fechado e fechado vai permanecer até que as donas de pensão da Barroquinha, presas na véspera, maltratadas no xadrez, regressem às casas invadidas e as raparigas expulsas retornem aos leitos de onde foram arrancadas, sem novas ameaças de mudanças. Disposta, enérgica, apaixonada, a peregrina daria um bom vereador. Caberá às mulheres da Barroquinha o grito de aleluia. Reginaldo Pavão decide frequentar o Flor de Lótus assim o cabaré reabra as portas. Uma aparição, a rapariga.

Em seguida, o vereador foi visto andando apressado pela zona, no Pelourinho, no Tabuão, no Maciel, em conversa nos bares, com clientes e policiais. Dirigiu-se então à Delegacia de Jogos e Costumes onde o bacharel Hélio Cotias o escutou, cordial e educado. Manteve-se, porém, o delegado intransigente nos propósitos de transferir os bordéis da Barroquinha para a ladeira do Bacalhau. Mudança praticamente realizada na véspera, fazendo-se necessário apenas que as caftinas se conformem e obedeçam ao disposto pela polícia, medida tomada em benefício da coletividade. Nesse particular, caro vereador, nada a fazer, são ordens superiores, vindas de cima: com um gesto vago o delegado grifou a alta procedência da decisão.

Quanto ao resto, é com o comissário Labão, a ele cabe botar o meretrício em funcionamento. Tem de agir com rapidez e energia pois às vinte horas os marinheiros desembarcarão.

48

AO CAIR DA NOITE, A ZONA É UMA PRAÇA DE GUERRA. CARROS DA POLÍCIA desembarcaram os reforços pedidos pelo comissário, as viaturas de choque e as celulares bloqueiam estrategicamente as entradas das ruas, ladeiras e becos. Patrulhas da polícia militar, a cavalo, sobem e descem o Pelourinho, circulam no Maciel. A maioria dos curiosos preferem manter-se no Terreiro de Jesus à espera dos acontecimentos. Na área cercada apenas uns quantos renitentes fregueses, discutindo nas mesas dos bares, traçando cervejotas.

Não se enxerga uma única mulher a fazer a vida. As que não estão passeando, permanecem no interior das pensões, a descansar. Enviados pelo comissário Labão, os tiras apresentaram um ultimatum às sediciosas: têm meia hora para abrir as casas assumindo os postos habituais nas portas, nas janelas, nas salas de espera, no *trottoir*, ou bem paradas nas esquinas. Nem resposta.

Apenas os bares estão funcionando. Castelos, pensões, bordéis, fechados, às escuras. Nada lembra a animação costumeira, não se ouvem palavrões nem risos de deboche, nem o cicio dos convites, as ofertas chulas, tentadoras, o passar dos homens, a exibição das mulheres seminuas, apenas o eco das patas dos cavalos nas pedras negras do calçamento. A Semana Santa caindo na segunda quinzena de setembro, louco calendário.

Até o cego Belarmino, com mais de vinte anos de ponto fixo em frente ao movimentado bordel de Vavá, de onde só se afasta em dias de grandes cerimônias religiosas, se retirara, cansado de esperar pelos caridosos fregueses, indo esmolar na escadaria da catedral. Para cada sítio, o repertório certo:

Salve o menino Jesus
em seu berço de luz
e o senhor são José
protetor de nossa fé
e a santa Virgem Maria
com bondade e cortesia.

No Maciel, empunhando o revólver, o comissário Labão Oliveira dá ordens de marcha às tropas dos bons costumes e da moral. No Pelourinho, com um minuto de atraso devido à porcaria do relógio apreendido a um contrabandista, Peixe Cação avança, seguido pelos tiras e guardas.

A batalha começou! — proclama o locutor da Rádio Abaeté, onde está a notícia está a Abaeté, na água e no fogo, na paz e na guerra. A zona virou um pandemônio! — vibra ao microfone a voz de Pinto Scott, a garganta de ouro da Rádio Grêmio da Bahia.

49

AS PORTAS DAS PENSÕES E DOS CASTELOS SÃO ABERTAS NA VIOLÊNCIA, AOS PONTAPÉS, na força dos ombros dos policiais. Guardas e tiras invadem as casas, agridem as mulheres, obrigando-as a sair à rua. Entram em cena os cassetetes, os bastões de borracha, alguns secretas preferem as soqueiras de ferro, chove pancada. Gritos e palavrões, mulheres fogem portas afora, outras resistem, são arrastadas. É o início da Operação Retorno Alegre ao Trabalho. Para as tropas da legalidade, um divertimento.

Em alguns casos, todavia, a tarefa dos agentes complica-se, torna-se desagradável. Na pensão de Ceres Grelo Grande as instalações sanitárias estavam sem funcionar há mais de vinte e quatro horas, obrigando as pensionistas ao uso incômodo dos urinóis: acumulados nos fundos da casa, revelaram-se excelentes armas de guerra. Empunhando penicos cheios, as raparigas enfrentaram e puseram em fuga os invasores. Comandante do batalhão, o detetive Dalmo recebeu nas fuças e no terno cinza-claro o conteúdo de um dos vasos, no qual se aliviara repetidas vezes a novata Zabé, vítima de feroz disenteria. Ficou o elegante coberto de mijo, merda e ódio. Ordenou muita porrada e deu o exemplo.

De revólver em punho, o comissário Labão Oliveira dirigiu pessoalmente o assalto ao bordel de Vavá. Galgou a escada à frente de alguns tiras de confiança, mandou pôr a porta abaixo, transpôs os batentes da entrada. Não havia vivalma nos dois andares do enorme sobradão. Cubículos desertos, silêncio absoluto. Onde se meteu o cafetão? Ah! se o comissário o encontrasse, sabia como obrigá-lo a ditar contraordem, a decretar a abertura dos balaios. Contava fazê-lo, obtendo assim rápida vitória pois quem manda e desmanda na zona é Vavá, sua palavra é lei. Onde se escondeu o filho da puta do aleijado?

A um sinal de Labão a porta do quarto é arrombada, os tiras invadem o aposento do paralítico, nem sombra de Vavá. Raivosos, arrancam os lençóis da cama, rebentam objetos de uso e estimação, forçam a fechadura da escrivaninha, espalham e rasgam papéis, tentam abrir o cofre embutido na parede, não conseguem.

Recordando-se dos áureos tempos da repressão aos candomblés, quando ainda simples secreta contratado em promissor começo de brilhante carreira, o comissário Labão, valente a quem nada nos céus e na terra amedronta, dirige-se ao peji e começa a destruí-lo. Nenhum tira se atreve a ajudá-lo, cadê a coragem? Alírio, secreta dos mais desassombrados, assassino frio, se apavora e grita:

— Comissário, não faça isso, não seja doido, não toque em Exu!

— Seus merdas! Cambada de pusilânimes! Estou cagando para Exu!

Voam tridente, lança e ogô, os ferros sagrados de Exu, desfaz-se o monte de terra, seu assento, espalham-se pelo quarto comida e bebida: o xinxim de bode e as cabeças dos doze galos negros. Os tiras olham sem participar, o comissário reduz o peji a pandarecos. Cospe com raiva e nojo:

— Que fazem aí, parados? Vão botar as putas no trabalho, bando de covardes. Ou estão com medo das mulheres?

Olha o relógio. Dentro em pouco os marinheiros desembarcarão, o tempo urge.

50

ARRASTADAS PARA A RUA, AS MULHERES COR-REM, ESCAPAM, METEM-SE PELOS BECOS, desaparecem. Os soldados de cavalaria tentam mantê-las encurraladas, não é fácil. A perseguição se estende pela zona.

Os fregueses dos bares, tendo à frente o alemão Hansen, atiram garrafas vazias sob as patas dos cavalos, protestando contra a violência da polícia. O poeta Telmo Serra ocupa o microfone da Rádio Grêmio da Bahia, pronuncia a palavra vandalismo.

A zona está pegando fogo! — a frase de um dos locutores faz crescer o pânico na cidade pois muitos ouvintes a entendem num sentido literal e não figurado, notícias de incêndios começam a circular. A luz dos flashes dos fotógrafos ilumina figuras de raparigas, algumas apavoradas, outras raivosas. Coberto de merda e mijo, fedor medonho, o detetive Dalmo (Coca) Garcia abandona a liça.

51

PARA UM APELO FADADO A GRANDE REPER-CUSSÃO EM TODA A CIDADE, OCUPA os microfones da Rádio Abaeté, "instalados no coração da batalha", o vereador Reginaldo Pavão, "essa figura popular das lides políticas que aqui se encontra, enfrentando ao nosso lado considerável perigo, na benemérita tentativa de encontrar saída para a situação cuja gravidade cresce a cada instante".

A voz troante do astuto caça-votos ressoa no interior de milhares de residências. Nem da tribuna do Conselho Municipal nem dos palanques dos comícios eleitorais ele obtém audiência igual. Em toda a cidade os aparelhos de rádio estão ligados, a população atenta às notícias dos acontecimentos, ao destino do balaio fechado.

"De coração sangrando", Reginaldo Pavão dirige-se aos "ouvintes da Rádio Abaeté, ao povo da Bahia, à população soteropolitana", relata o "dantesco espetáculo" a desenrolar-se ante seus olhos "obliterados pela emoção", comparando-o àqueles ocorridos "na Roma dos Césares, de que nos fala a sublime História Universal". As palavras vibram no ar: "Tenho a voz embargada pelas lágrimas".

Lança comovente apelo às prostitutas: "Confio no patriotismo das gentis patrícias que os temporais da existência atiraram ao lupanar. Não irão cometer a indelicadeza de deixar os heróis do Atlântico Sul, os invencíveis filhos da gloriosa nação americana, na...". Como dizer? Diga "a ver navios", vereador, use a expressão do comissário Labão Oliveira já popularizada pelos locutores escondidos nos vãos das portas do Maciel e do Pelourinho. "...não deixarão a ver navios aqueles bravos que arriscam a vida para que todos nós — inclusive vós, gentis patrícias, galantes madalenas — gozemos das venturas e das benesses da civilização. Vossa inconveniente abstinência ameaça criar um problema diplomático, atentai na gravidade do fato, minhas caras irmãs prostibulares."

Indescritível sucesso alcança o patético discurso junto aos ouvintes da Rádio Abaeté. Pena não haja chegado apelo tão comovente às rameiras, ocupadas em apanhar e em fugir, espalhadas nas ruas, salvando-se das patas dos cavalos.

Em seguida, Reginaldo Pavão dirigiu-se a sua excelência, o governador do estado, "com respeito devido à alcandorada figura do grande homem colocado à testa dos gloriosos destinos da Bahia", invocando-lhe os "sentimentos cristãos e a comprovada capacidade de estadista". Os marinheiros rumam para terra, as mulheres resistem às ordens da polícia, a situação no baixo meretrício é melindrosa, o conflito em curso poderá estender-se e ameaçar a tranquilidade das famílias baianas. O nobre vereador recorre ao nobilíssimo governador: "Ordene, excelência, a libertação das donas de pensão ainda presas e lhes permita a reabertura das casas ontem fechadas pela polícia disposta a mudá-las da Barroquinha para a ladeira do Bacalhau". Trata-se de uma emergência, governador, suspenda a ordem de mudança, impeça que o conflito "ainda restrito aos limites da zona assuma proporções de catástrofe nacional, quiçá internacional!".

Na cidade em pânico, famílias trancam as portas das residências, os telefones do palácio do governo e da chefia de polícia não param de tocar, reclamando providências.

52

NO INTERIOR DO BUICK ESCONDIDO NUM MATAGAL, CAMÕES E O COMPANHEIRO escutam o apelo do vereador Reginaldo Pavão. Haviam ligado o rádio para obter agradável fundo musical à puxada de fumaça. Camões presta atenção:

— O negócio pifou. Vamos buscar o que é nosso enquanto é tempo.

— É isso — concorda o outro, atarracado, quase um anão, criatura de poucas palavras.

Assume o volante, leva o Buick para o destruído passeio da ladeira do Bacalhau. Os dois sócios sentem-se em forma, dispostos a reaver a mercadoria e transportá-la de volta. Desde o começo esse assunto marchou mal, cheio de embaraços.

No sobrado, a equipe encarregada das vendas, tendo completado a divisão do precioso material, sob competente comando de Cincinato Gato Preto, ficara na indolência, a guardar tanta maconha e proibida de usá-la, uma malvadez.

A maior parte dos móveis trazidos na véspera da Barroquinha no caminhão da polícia e ali abandonados tinha sido requisitada por vagabundos e mendigos, no correr do dia. Restavam alguns colchões, foram transportados para a sala e neles os rapazes se estenderam para esperar. Longa espera, irresistível visão dos cigarros de maconha. Em breve debate puseram-se de acordo a respeito de constituir evidente absurdo a restrição ditada pelo detetive Dalmo Coca. A quem ofenderiam queimando um ou dois cigarros enquanto aguardam? Que mal há nisso? Nenhum, evidentemente. Cincinato Gato Preto, moço de reconhecida seriedade nos compromissos assumidos, acabou por concordar, também ele sentindo-se necessitado.

Voluptuosamente reclinados nos colchões, fumam e sonham quando Camões Fumaça e o meia-foda invadem a sala. Cincinato Gato Preto ama a tranquilidade na hora da viagem. Levanta a cabeça, fita os recém-chegados e os reconhece. Vieram, com certeza, trazer o recado do chefe Coca:

— Está na hora?

Camões explica o fracasso do negócio montado pelo detetive. A zona virou um inferno, pancada, correrias, tiros, nem um maluco fugido do hospício pensaria em vender erva com a cavalaria e a polícia concentradas no local, a cana comendo. Ouviram no rádio do carro. Cético,

Cincinato não acredita numa só palavra da lenga-lenga de Camões que termina por anunciar:

— Não nos pagaram nem um tostão, vamos levar nossa mercadoria.

— Levar, uma porra! — Gato Preto faz um esforço, senta-se no colchão, repete: — Levar, uma porra!

Camões Fumaça, sob o efeito da maconha, é o pai da valentia:

— Porra você vai engolir agora mesmo, seu escroto.

Alguns maconheiros põem-se de pé, o rolo começa. O pigmeu puxa de uma navalha, investe. Um cigarro aceso rola no colchão furado, cai na palha seca. A fumaça se estende, logo as labaredas.

53

NO PELOURINHO, ONDE ENTRARAM EM OFENSIVA OS EXÉRCITOS DA MORAL e da lei sob o comando do detetive de primeira classe Nicolau Ramada Júnior, o quadro se assemelha ao do Maciel: mulheres batidas, arrancadas das casas, trazidas para a praça, encurraladas, perseguidas pela cavalaria. Ali é mais difícil esconder-se, escapar; as saídas das ruas para o Terreiro de Jesus e a Baixa dos Sapateiros estão tomadas pelos carros da polícia. O pau canta com vontade, as ordens são de bater até que as criminosas se decidam a fazer a vida, a abrir os balaios. Está em plena execução o Retorno Alegre ao Trabalho.

A invasão da casa principal de dona Paulina de Souza, dirigida pessoalmente por Peixe Cação, acrescentou aos detalhes da batalha a novidade das barricadas. Não confiando na resistência das fechaduras, as renegadas encostaram pesados móveis na porta, fazendo ainda mais difícil aos policiais o cumprimento do dever, levando o irritado Nicolau ao cúmulo da raiva.

Finalmente, a porta é aberta, Peixe Cação atira-se corredor adentro e quem vê em sua frente? A coisa-ruim, a arruaceira, a desbocada Tereza Batista. Aliás, naquele instante, Tereza Pé nos Culhas, nos culhas do comandante Cação com toda a força do bico quadrado do sapato de última moda, oferta de seu amigo Mirabeau Sampaio, para quem posara, servindo de modelo para uma Nossa Senhora da Aleitação.

— Ai!

O grito de morte do investigador paralisa as tropas invasoras, Tereza se esgueira entre os policiais, sai porta afora acompanhada por outras mulheres. Peixe Cação arreia, as mãos a segurarem os bagos, naquele instante não pensa sequer em vingança, tamanha dor. Só minutos após, quando consegue levantar-se com a ajuda de dois secretas, mistura aos uivos as pragas do ódio.

Majestosa, em passo comedido de rainha do Carnaval e do puteiro, dona Paulina de Souza desfila entre quatro tiras, guarda de honra, até um dos carros celulares onde a deixam em companhia de súditas detidas antes. Ela as tranquiliza, não temam, Ogum Peixe Marinho disse que tudo terminará a contento, quem não arrisca não petisca.

Cercada pelos soldados da polícia militar, Tereza escapa entre as patas dos cavalos, corre, sobe a escadaria da igreja do Rosário dos Negros, encosta-se numa das portas. Outras mulheres fazem o mesmo, os cavalos não podem subir os degraus mas os tiras se aproximam para arrancá-las dali.

Nas costas de Tereza a porta se entreabre e, ao entrar igreja adentro, ela ainda pôde ver, desaparecendo atrás de um altar, imponente velho de barbas e bordão. Quem sabe o sacristão, um sacerdote, um santo? Mesmo as putas têm patrono, santo Onofre. Teria sido ele ou um dos orixás da corte de Tereza? Na Longa Noite da Batalha do Balaio Fechado — título dado pelo poeta Jehová de Carvalho ao largo e ardente poema em que cantou os feitos e as provações daquela jornada — aconteceram muitas coisas sem explicação, incompreensíveis para a maioria mas não para os poetas.

Das pensões do Pelourinho saem mulheres em desabalada correria, algumas atiradas nos passeios pelos guardas e detetives. Precipitam-se para a igreja. Outras chegam do Maciel e do Tabuão, em busca de abrigo e segurança. Pouco a pouco, a nave se enche de raparigas. Algumas, postas de joelhos, rezam o padre-nosso.

54

DEPOIS DA MOQUECA DE SIRI-MOLE ACOMPANHADA DE CERVEJA GELADINHA, Anália e Kalil tomam um ônibus em direção ao largo da Sé. Dona Paulina de Souza dera ordens às inquilinas para regressarem cedo, a fim de evitar possíveis conflitos com inconformados fregueses. Na altura da praça Castro Alves, porém, Kalil, batendo na testa, convida Anália a descer:

— Ia me esquecendo de novo.

— O quê, meu bem?

— Do santo Onofre de dona Paulina.

Não se contentando em favorecer bons negócios e facilitar dinheiro aos devotos, santo Onofre é o padroeiro oficial das mulheres da vida. Nos bordéis e pensões que se prezam, nas salas de jantar, a imagem do santo, cercado de flores e velas votivas, é muitas vezes vizinha de pejis onde estão assentados poderosos orixás.

De há muito procura dona Paulina imagem de bom tamanho do santo protetor para entronizá-la no oratório onde já se encontram Nosso Senhor dos Navegantes e Nossa Senhora da Conceição. Sabedora do comércio de imagens e velharias do pai de Kalil, pediu ao rapaz para reservar-lhe uma de santo Onofre, grande, pouco estragada, e que lhe saísse em conta. Nas lojas do ramo não encontrara nenhuma à venda, velha ou nova.

Em geral, no negócio do velho Chamas os santos valem fortunas apesar do mau estado de conservação, de lhes faltar braços, cabeças, pernas — peças para museus e coleções. Por vezes, no entanto, em meio a uma batelada de imagens descobertas no interior, vêm algumas recentes, sem cabimento em casa de antiguidades. Logo delas se desfazem, vendendo-as por qualquer dinheiro. Se alguma assim aparecer, de santo Onofre, dona Paulina pode contar com ela e nada lhe custará, oferta de quem abusa de sua hospitalidade. Aparecera na antevéspera, grande, quase nova, de gesso, mas Kalil esquecera-se de levá-la.

Deixa Anália na esquina, vai em busca do santo, volta com ele embrulhado numa folha de jornal. Seguem a pé, subindo a Ajuda.

55

SOUBE-SE, DEPOIS, QUE ALGUMAS DONAS DE PENSÃO, TANTO NO MACIEL quanto no Pelourinho, por um lado amedrontadas com a violência policial, por outro lado a calcular o prejuízo resultante do fato das raparigas não exercerem em noite de marinheiros americanos pagando em dólares, pensaram em romper o acordo e recomendar às inquilinas a abertura dos balaios.

Dessa ameaça de traição Vavá teve imediato conhecimento no lugar onde se encontrava (esconderijo até hoje desconhecido da polícia e da quase totalidade da população da zona). Enviou recado urgente às frouxas. Ai daquela que romper o compromisso e desobedecer às ordens de Exu! Não durará na zona nem na cidade da Bahia, terá de mudar-se incontinenti, se antes não morrer de morte feia. Aqui na mesma hora ou em outro mangue no prazo de um mês, a sentença de morte quem ditou foi Tiriri, ai daquela! Explicada fica a união mantida até o fim, a unanimidade dos balaios fechados.

Unanimidade ainda assim rompida. Ou não?

De repente, no meio da balbúrdia, uma quenga magra e alta apareceu de bolsa em punho, cabeleira loira, saltos altíssimos, vestida de organdi azul. A fazer o *trottoir*, a rodar a bolsa, clássica marafona em busca de freguês. Vibraram os tiras, apressados em garantir-lhe o exercício da profissão. Finalmente aparecia uma mulher-dama disposta a cooperar no Retorno Alegre ao Trabalho.

Ao aproximarem-se, porém, constataram — cruel decepção! — tratar--se de Greta Garbo, garçom do bordel de Vavá, em crise de consciência desde a véspera. Devia também fechar o balaio ou a ordem não o(a) atingia? Vacilou longo tempo, prevalecendo afinal o desejo de aproveitar a oportunidade rara: a cidade cheia de marinheiros, vazia de mulheres, ah!

Tomaram-no preso, meteram-no num carro celular e as raparigas ali detidas bateram no chibungo, vítima da ambição desmedida porém louvável de satisfazer sozinho à marinha de guerra norte-americana.

56

OBEDIENTES ÀS INSTRUÇÕES DO COMISSÁRIO LABÃO OLIVEIRA, SÓCIO MAIOR da empresa turística montada para acolher os marinheiros, por volta das vinte horas todo o meretrício é invadido por dezenas de camelôs e capitães da areia, cada qual sobraçando um balaio repleto de camisa de vênus e vidros de Cacete Rijo — *one dose five fucks*.

Exatamente no momento em que, sob o comando supremo do comissário, as forças da polícia preparam-se para encurralar as mulheres e obrigá-las a trabalhar, camelôs e moleques entram mercando em inglês, numa algazarra infernal.

No desconhecimento da combinação, os soldados da polícia militar atiram os cavalos contra a inesperada praga de infratores das posturas municipais, tentando limpar as ruas da presença ilegal e numerosa a aumentar a confusão reinante. Os vendedores esperavam encontrar ávida e gentil freguesia de marinheiros mascando chicletes, distribuindo cigarros, comprando preservativos e medicamentos, pagando em dólares, tudo sob as vistas grossas da polícia de costumes, toda ela conivente. Em vez de marinheiros e raparigas, a cavalaria a atropelar, expulsando-os.

A molecada se espalha, refugia-se nas casas. Nas ruas, rolam cestos, espalhando-se no calçamento milhares de camisas de vênus. Os frascos se rompem, derrama-se nas sarjetas o milagroso preparado do ilustre químico e farmacêutico Heron Madruga.

As mulheres usam os vidros de Cacete Rijo como armas contra guardas e tiras. De revólver em punho, o comissário Labão tenta impedir a falência da empresa, o desmoronamento completo da organização. Ouve-se o silvo dos carros do corpo de bombeiros.

57

A PARTIR DA PRAÇA DA SÉ, ANÁLIA E KALIL DÃO-SE CONTA DE ALGO GRAVE A suceder na zona. No Terreiro de Jesus, muita gente a comentar, alguns poucos se atrevem a passar ao lado das viaturas de polícia e a penetrar na área do conflito. A moça e o rapaz ladeiam a Faculdade de Medicina, descendo para o largo do Pelourinho. Anália toma a imagem das mãos de Kalil:

— Hoje, você não pode ir lá em casa. Balaio fechado.

Dão mais alguns passos juntos, encontram-se em meio à confusão, cercados pelos policiais. Um guarda avança para Anália, Kalil interfere, a rapariga corre, não sabe para onde ir, tonta. Vinda do alto, ouve uma voz masculina a lhe sussurrar ao ouvido:

— Para a igreja, depressa, bela filha do Piauitinga.

Chega na brisa da noite, voz de melodia, condoreira, ao mesmo tempo doce e imperativa. Correndo, Anália dirige-se à igreja mas os tiras ocuparam a escadaria para impedir a passagem das mulheres. Como atravessar? Como, nem ela própria sabe mas atravessou.

Sentiu-se tomada nos braços de um moço bonito, seu conhecido de vista, mas de onde o conhece, quem é ele? De súbito, estavam do lado de lá, ela e a imagem de santo Onofre, na porta semiaberta da igreja, sãs e salvas. Dali espiou e viu Kalil sendo levado por dois guardas para um carro de presos, debatendo-se. Quer correr para junto do amante mas as outras mulheres não permitem, arrastam-na para dentro do templo, recebem a imagem em triunfo. Chorando, Anália abriga-se nos braços de Tereza Batista.

— Não chore, pequena, tudo está bem. — Tereza consola: — Ele não vai ficar preso muito tempo. Dona Paulina também está presa, muita gente. Mas ninguém abriu o balaio.

58

NA PRAÇA CASTRO ALVES, SENTADO NO AU-
TOMÓVEL, EDGARD, velho chofer de táxi, cochila. O movimento é
fraquíssimo àquela hora, quando todo mundo está em casa, comendo,
conversando, ouvindo rádio, preparando-se para descansar ou sair. Com
a retirada das mulheres da Barroquinha, o fechamento das pensões na
véspera, a afluência de clientes diminuiu nas redondezas. Ainda é muito
cedo para o cabaré Tabaris abrir as portas e a animação recomeçar.

Edgard encontra-se sozinho no ponto, os demais choferes foram
jantar, ainda não regressaram. No meio da madorna, na preocupação de
não perder freguês, abre os olhos, constata a ausência de qualquer interessado. Antes de retornar ao sono, dá uma espiada na praça. No ponto
de ônibus, Jacira Fruta-Pão vende mingau de puba, milho e tapioca.
Quase ninguém, hora morta.

Suspende a vista e lhe cai o queixo. Cadê a estátua do poeta Castro
Alves? Não está no alto pedestal a declamar de mão estendida para o mar
imenso, reclamando justiça para o povo. Para onde e por que a levaram?
Certamente para limpá-la mas sempre a limparam ali mesmo sem necessidade de retirá-la. Alguma coisa sucedeu, que teria sido? Amanhã, com
certeza, o jornal explicará o motivo exato.

Edgard retorna ao cochilo interrompido. Antes de adormecer, dá-
-se conta de que, sem a estátua do poeta, a praça fica diferente, menor,
diminuída.

59

INFORMADO DA GRAVIDADE DA SITUAÇÃO,
O SR. GOVERNADOR ACEDE EM RETIRAR-SE DA SALA onde o
uísque é servido antes do banquete em homenagem ao almirante e aos
altos oficiais norte-americanos, para trocar uma palavra com o vereador
Reginaldo Pavão. Ativo correligionário, não há dúvida, mas picareta
sem controle nem censura, o fogoso caça-votos-e-prestígio é mantido a
prudente distância pelo chefe de estado, político de inteligência e astúcia celebradas, nascido pobre nas barrancas do São Francisco, subindo
na carreira a golpes de audácia e sabedoria. Reginaldo é ótimo para ser
utilizado em certas circunstâncias, mas sempre cuidadosamente; além
de analfabeto é audacioso. Mas o oficial de gabinete sussurra horrores

ao ouvido governamental, sua excelência pediu licença em seu melhor inglês, levantou-se. Em sala próxima, escuta relato e apelo.

Patético, a voz encharcada em lágrimas, Reginaldo Pavão fala em tragédia grega. Por que grega? O vereador leu Aristófanes? — desejou perguntar o excelentíssimo, mas a hora não é própria para gozação. Contenta-se em mandá-lo esperar enquanto tomará as necessárias providências: aguarde aqui, caro Pavão, e terá boas notícias a transmitir às nossas...

— Como foi mesmo que você disse? Aquela expressão tão bonita? Ah! sim: às nossas irmãs do meretrício.

— Prostitutas porém eleitoras, excelência.

Do gabinete, o governador comunica-se com o chefe de polícia:

— Que história é essa de mudar à força as raparigas? Greve de rameiras, onde já se viu? Só mesmo na Bahia e em meu governo. E os marinheiros, meu caro?

Ouve explicações embrulhadas, pouco claras, o chefe de polícia perde-se em argumentos vagos. Enganar homem político com a experiência e a manha do governador não é fácil. Trata-se de assunto de simples rotina? Por que então a polícia se mantém inflexível e violenta, dando lugar a uma onda inquietante de boatos? Pensativo ao telefone, bruscamente corta a confusa lenga-lenga do chefe de polícia. O importante no momento é liquidar o pânico nascente pondo fim às desordens no meretrício, evitando uma decepção aos marinheiros (como disse com certa graça inesperada o energúmeno Pavão). Transmite ordens taxativas.

Amanhã, com tempo e calma, esclarecerá todo aquele assunto, colocando-o em pratos limpos, algo suspeito e escuso se esconde por detrás dessa apressada mudança da zona. Quem sabe as rameiras lhe fornecerão o bom pretexto, ansiosamente esperado, para substituir o chefe de polícia, forçando-o a pedir demissão? Sua excelência gosta de andar por estreitos caminhos tortuosos, se assim não fosse como tolerar a atividade política, os pequenos homens, a tolice dos sabidórios? Ama pegá-los pelo pé, com a mão na cumbuca.

Volta à sala onde o vereador calcula as vantagens a tirar da situação. Sorri: Reginaldo é apenas um pequeno rato de esgoto, seus pensamentos mais secretos refletem-se na face velhaca. Emissário ideal para levar às putas a mensagem de paz, pensa o excelentíssimo.

— Caro Pavão, mandei soltar as mulheres presas ontem e suspender toda e qualquer ordem de mudança. Vá e anuncie a boa-nova. Se quiser, passe na Especializada e transmita pessoalmente minhas ordens ao delegado. — Pequena manobra para desprestigiar o chefe de polícia: — Acompanhe as pobres até suas casas na Barroquinha e ponha esses votinhos no bolso do colete, são um presente para o amigo.

— Eleitor meu é eleitor de vossa excelência! Incondicional!

60

AINDA DIGERINDO O PITO GOVERNAMENTAL, VENDO AS COISAS NEGRAS PARA SEU LADO — se não manobrar com inteligência, sobrarei na primeira oportunidade —, o chefe de polícia liga o telefone para o delegado de Jogos e Costumes, transmite-lhe a ordem de libertar as caftinas da Barroquinha e de lhes permitir o retorno às casas, suspendendo a mudança.

Do outro lado do fio, o subordinado certamente argumenta, o chefe coça o queixo, lamentando:

— Nem sempre se pode servir os amigos como se deseja. O assunto não marchou, aliás, marchou muito mal, infelizmente. Solte as mulheres, dê garantias, mande nossos homens abandonarem a zona, deixe apenas o policiamento normal.

Já impaciente, interrompe as queixas do delegado.

— São ordens do governador, não posso fazer nada. Quanto ao velho, não se aflija, ele fica por minha conta, eu mesmo falo com ele. Não esqueça de me dar notícias, tenho de manter o governador informado.

O bacharel Hélio Cotias larga o telefone. O velho fica por minha conta; e Carmen, ficará por conta de quem? Esposa e tio vão lhe infernar a vida. Tem vontade de largar tudo, mandar o cargo às favas, solicitar demissão, ir para casa, trancar-se a dormir, está exausto.

Contudo, alguma coisa se salva no desastre: Bada, conquista a situá-lo entre os galãs da cidade, os garanhões de mulheres casadas e difíceis. Casada, sim, mas difícil? Furor uterino, conquista barata, quantos amantes não a tiveram nos braços e não a possuíram antes dele? Um regimento, sem dúvida. O cargo, a família, a amante, motivos de tanta inveja, na aparência a glória, em realidade melancolia e frustração. As mulheres seviciadas, a negra com a cara podre de golpes, os lábios partidos, as equimoses pelo corpo. Os olhos assassinos do comissário. Tudo isso para quê? Para no fim soltar as caftinas, suspender a mudança.

Na ponta da mesa, o rádio deixa de transmitir notícias da batalha do balaio fechado para anunciar um grande incêndio na Cidade Baixa a devorar os casarões da ladeira do Bacalhau. O delegado tapa a boca com a mão, abandona o gabinete, passa a correr ante o guarda espantado. Mal tem tempo de atingir o sanitário, vomita bílis amarga e verde.

Solene, amável porém superior como convém a um enviado de sua excelência, o sr. governador, penetra no gabinete vazio do delegado de Jogos e Costumes o vereador Reginaldo Pavão.

61

COLOSSAL INCÊNDIO DESTRÓI OS CASARÕES DA LADEIRA DO BACALHAU! — informa a Rádio Abaeté, a notícia pegando fogo. Os velhos sobrados designados pela polícia para nova residência das rameiras ontem retiradas da Barroquinha estão sendo rapidamente devorados pelas chamas. Os carros do corpo de bombeiros dirigem-se para o local do sinistro e com eles seguem os nossos microfones. Ainda são desconhecidas as causas do incêndio mas, ontem, grande quantidade de móveis e de outros pertences das marafonas foram conduzidos, ao que consta, em caminhões da polícia, para os casarões do Bacalhau e ali abandonados. Existirá alguma ligação entre a pavorosa fogueira a arder em frente ao porto e a situação cada vez mais grave da zona do meretrício onde as forças da segurança pública revelam-se impotentes para conduzir as prostitutas ao trabalho? Neste 21 de setembro, data inaugural da primavera, a cidade vive horas de inquietação e sobressalto. As barcas conduzindo os marinheiros americanos preparam-se para largar dos navios, rumo ao cais do desembarque. Toda prudência é pouca, recomendamos às famílias manterem-se em casa, trancando portas e janelas ao menor sinal de desordem. Deposite suas economias no banco Interestadual da Bahia e Sergipe e durma tranquilo. Mantenham-se na onda da Rádio Abaeté à espera de novas e sensacionais notícias.

Desmaiam senhoras, uma velha é conduzida ao pronto-socorro, o coração disparado. Fechando portas e janelas com tristeza, para obedecer aos ditames da cunhada, suspira Veralice, solteirona aflita: ai quem dera uma invasão de marinheiros em atraso, frenesi e desacato! Estou às ordens, diria ao jovem ianque, loiro e potente, faça-me a festa, se aproveite, rompa e rasgue!

62

ENQUANTO O DELEGADO HÉLIO COTIAS VOMITA A ALMA, ANTES DE ordenar a libertação da velha Acácia, de Assunta e das demais caftinas da Barroquinha, no Pelourinho as portas da igreja do Rosário dos Negros abrem-se de par em par e as mulheres surgem, dezenas e dezenas de raparigas que se haviam homiziado no interior do templo. Avançam lentamente.

Acorrem jornalistas, fotógrafos, locutores de rádio a metralharem informações nos modernos transmissores, explodem os primeiros flashes. As mulheres, pouco a pouco, ocupam o átrio, no alto da escadaria. À frente, santo Onofre.

Prostitutas iniciam passeata de protesto! Passeata do Balaio Fechado! — brada o locutor da Rádio Abaeté. Não querendo ficar atrás do concorrente, Pinto Scott, a voz de ouro da Rádio Grêmio da Bahia, lança a notícia sensacional: rameiras em passeata marcham para o Palácio do Governo!

Colocada sobre um andor descoberto na sacristia, a imagem de santo Onofre vem aos ombros de quatro raparigas, entre elas a negra Domingas, ainda tumefacta, e Maria Petisco, sempre traquinas. Dos quatro cantos da velha praça ilustre acodem os tiras, os secretas, os detetives, os guardas, empunhando cassetetes, bastões de borracha, revólveres, raiva, ódio. Toma posição a tropa montada da polícia militar pronta para dissolver na pata dos cavalos a passeata, o desfile, a procissão, o diabo que seja.

No comando geral das forças da ordem e da lei, o comissário Labão Oliveira, olhos de serpente, coração envenenado, pisando sobre milhares de envelopes contendo camisas de vênus, esmagando com a sola dos sapatões pedaços de vidro de centenas de frascos rotos, antes cheios do precioso elixir afrodisíaco Cacete Rijo. Pisando, esmagando capital e lucro, tudo aquilo custara cruzeiros, tirados de seu bolso, deveria render dólares, as filhas das putas tudo destruíram, planos perfeitos e sonhos ricos. Um pouco atrás, capengando, sufocando gemidos, o investigador Nicolau Ramada Júnior, atingido nos quibas, levado à falência e rendido. Tendo o detetive Dalmo Coca desaparecido envolto em bosta, o comissário e Peixe Cação nada sabem sobre o destino da maconha, última esperança de evitar o prejuízo total: igual ao dólar, a maconha não se desvaloriza.

No alto da escadaria, durante um segundo, todas se detiveram. A voz partida de Vovó — não fosse prostituta na Bahia, seria beata na matriz de Cruz das Almas — eleva-se, puxando uma ladainha:

Ave, ave Maria
Ave, ave Maria

Em coro as raparigas respondem e a imagem se movimenta, adiantando-se para os degraus da escalinata; o cansado acento de Vovó prossegue na litania:

Vestida de anjo
ela apareceu
trazendo nas asas
as cores do céu.

Atrás da imagem as mulheres, logo na primeira fila Tereza Batista. Ao vê-la, Peixe Cação esquece até a dor nos bagos, precipita-se. Exatamente no mesmo instante, do Bar Flor de São Miguel sai um grupo barulhento e agitado de fregueses, o futuroso astro de nosso teatro, Tom Lívio, o alemão Hansen a gravar na madeira com goiva e sangue a vida das mulheres da zona, o poeta Telmo Serra, os eternos boêmios, aqueles que pela madrugada afora discutem o destino do mundo e salvam a humanidade das catástrofes e do aniquilamento, os guardiães do sonho do homem. Nas mãos poderosas do gravador um cartaz exibe esquálidas fêmeas seminuas, todas elas rompendo as cadeias a lhes prender os pulsos, tendo no lugar do xibiu um cadeado. Uma inscrição em grandes letras: TODO O PODER ÀS PUTAS. O comissário grita ordens para os tiras e para os soldados, manda dissolver, prender, espancar, matar, se necessário.

Parte a carga de cavalaria, dissolve-se a procissão, os guardas baixam os cassetetes, os investigadores apontam os revólveres. A imagem de santo Onofre fica depositada no chão, em pé. Ao lado, Vovó continua a puxar a ladainha. Tem ao menos cem anos de idade e mil de puta, basta ver-lhe as rugas, a cara chocha, a boca sem dentes, mas ainda gosta de brigar e de louvar os santos:

Ave, ave Maria
Ave, ave Maria

O comissário Labão Oliveira corre para fazê-la calar-se, tropeça num buraco, tomba, rola, não se levanta. Mesmo caído, atira, a velha emudece, o canto cessa, o silêncio cobre a praça inteira. Junto da imagem do santo o corpo pequeno e gasto de Vovó; morreu rezando, morreu brigando, morreu contente.

Tiras acodem ao comissário, ajudam-no a erguer-se mas ele não consegue se firmar em pé, rotos os ossos das duas pernas. O investigador Alírio, apavorado, joga-se no chão, bate a cabeça nas pedras, bem ele avisara: comissário, não seja doido, não toque em Exu.

Os carros rumam para o edifício da Polícia Central, lotados de presos, mulheres e boêmios, praticamente a zona inteira foi em cana. No comando da limpeza final ainda permanece alguns minutos o investigador Peixe Cação. Mas tem pressa: no depósito, bem guardada, Tereza Batista espera.

Mais uma vez tentarão lhe ensinar o respeito e a obediência. Peixe Cação esfrega as mãos, em noite de tanto descalabro, uma alegria.

63

QUANDO OS MARINHEIROS AMERICANOS CHEGAM AO CENTRO DA ZONA, AO LARGO DO Pelourinho, à sombra dos casarões coloniais, na esperança de mulheres belas e alegres, encontram apenas uma e essa é velha coroca, sem idade, imprestável mesmo se não estivesse morta, estendida ao lado da imagem de santo Onofre, padroeiro das putas.

Ainda no pasmo da visão inesperada, recebem ordens estritas de retorno imediato e obrigatório nos navios: a cidade está em pânico. A festa fica transferida.

64

MILAGRES DEMAIS, NA OPINIÃO DO AMIGO, DESCRENTE DESSAS ABUSÕES. ORIXÁS ACONTECENDO a cada instante, encantamentos e magias. Velho de barbas e bordão surgindo de repente, a fechar os caminhos da polícia, a abrir portas de igreja, poeta morto há cem anos salvando raparigas, Ogum Peixe Marinho infundindo confiança, Exu empurrando o revoltado comissário, fazendo-o estatelar-se, quebrando-lhe de vez as duas pernas, santo Onofre velando no deserto chão da zona o corpo de Vovó — para um materialista é dose bruta, o amigo deseja o relato da verdade pura e não feitiçarias.

Não discuto a conta feita pelo amigo, o número certo das intervenções indébitas mas não se esqueça que o caso se deu na cidade da Bahia, situada no oriente do mundo, terra de esconjuros e ebós. Aqui, meu prezado, os absurdos são o pão de cada dia desse povo incapaz de inventar uma mentira ainda mais a propósito de assunto tão mexido.

Me diga o distinto, por favor: como seria possível a putas sem tostão, sem armas e sem leitura, enfrentar a polícia e ganhar a guerra do balaio fechado se não contassem com a ajuda de santos e orixás, de feiticeiros e poetas? O que teria sido delas, me responda, se para tanto têm competência e fantasia.

Explicar, não explico, só lhe contei porque me rogou com insistência e um chofer de táxi tem a obrigação de tratar bem a freguesia, conversando e comentando para fazer a corrida mais maneira. Quem no mundo pensa tudo explicar, trocando em miúdo cada fato, prendendo a vida nas cancelas das teorias, é apenas, me desculpe o amigo, um falso materialista, sábio de meia-tigela, um caga-regras, historiador de voo curto, um tolo.

Para terminar, some mais um despropósito aos muitos que ouviu, sucedeu comigo, Edgard Rogaciano Ferreira, conhecido em toda a praça da Bahia por sério e inimigo de patranhas. Já lhe disse como vi naquela noite vazio o pedestal da estátua do poeta Castro Alves, na praça do mesmo nome, onde faço ponto. Pois, ao acordar novamente, bem mais tarde, à passagem dos carros da polícia conduzindo o mulherio preso no fim da briga, tendo levantado os olhos para o monumento, o que vejo? A estátua do poeta em seu lugar de sempre, o braço estendido para o mar e na mão um cartaz rasgado com figuras de mulheres e palavras sem sentido, todo poder às putas, já pensou? E agora saia dessa se puder, o caro amigo. Boa noite eu lhe desejo, tome cuidado com Exu.

65

O DIA SEGUINTE FOI DE FESTA NA ZONA. ÀS DOZE HORAS AS MULHERES DA Barroquinha romperam a aleluia, abriram os balaios. As raparigas presas na véspera começaram a ser soltas a partir da madrugada, também os boêmios com elas solidários no bar e na cadeia.

Pela manhã, o velho Hipólito Sardinha, chefe da grande firma imobiliária, incorporadora do monumental conjunto turístico PARQUE

BAHIA DE TODOS-OS-SANTOS, foi visto ante as ruínas dos sobradões da ladeira do Bacalhau, devorados pelo fogo. Trouxera consigo o principal advogado da empresa, um mestre do direito, um papa-questões. O fogo evitara o gasto da demolição mas impedira a renda dos aluguéis durante dois anos às prostitutas: boas inquilinas, pagam caro e não atrasam. Ainda assim, talvez não haja prejuízo a lamentar e se venha a obter algum lucro. O ilustre causídico e o velho patrão encontram-se de acordo na caracterização indiscutível da responsabilidade civil do estado no incêndio, em virtude de incúria na preservação da ordem pública. Fazendo os casarões parte da zona do meretrício, palco de arruaça e sedição contínuas durante a tarde e a noite do balaio fechado, foram incendiados em consequência, cabendo ao estado pagar os prejuízos aos proprietários, vítimas da incapacidade das autoridades responsáveis.

Assim, nada se perdeu com o incêndio dos sobrados, além da pouca valia de Cincinato Gato Preto, de pescoço aberto a navalha, carbonizado em fogueira de maconha. Prejuízo mesmo só o da erva esperdiçada.

Presa continuou apenas Tereza Batista. Mesmo se decidissem soltá-la com as demais, teria sido impossível. Após a visita de Peixe Cação, não se encontrava ela em estado de sair à rua. Apesar de estar fora de forma, devido à persistente dor nos ovos, o paternal polícia não se reduziu a comandar os espancadores. Participou também, pessoalmente.

66

DESESPERADO, ALMÉRIO DAS NEVES MEXEU COM DEUS E O MUNDO PARA SOLTAR Tereza, andou de ceca em meca nos dias seguintes à agitada noite do bafafá, da batalha do Pelourinho. Já os navios de guerra norte-americanos haviam abandonado o porto da Bahia, onde permaneceram três dias e três noites, levando em seu bojo as últimas esperanças da vitalina Veralice de ser estuprada por ianque loiro de indomável estrovenga; já a velhíssima Vovó, devota e bochincheira, fora esquecida na vala comum do Cemitério das Quintas: já desaparecera das páginas dos jornais o polêmico assunto do balaio fechado — e ainda permanecia Tereza em cana.

Nem sequer o pintor Jenner Augusto, com prestígio junto a algumas personalidades do governo, conseguiu libertá-la. Posto a par do assunto, ele se movimentou — e muito. Não somente ele, também os demais artistas para quem ela posara de modelo e dos quais se fizera amiga.

Promessas e mais promessas: hoje mesmo será solta, vá descansado; pura conversa mole. Refém pessoal do investigador Nicolau Ramada Júnior, presa à sua ordem e disposição, devia continuar no xilindró até a volta do herói da Barroquinha à plena atividade funcional e sexual, completamente reposto da inchação nos quibas.

Não se satisfizera ele com o espancamento da noite de baderna. Embora surra para valer, quatro homens se revezando no porrete, dela Peixe Cação participara em termos, os ovos doíam-lhe por demais, impedindo uma performance à altura. Não só queria voltar a bater, agora com as forças restauradas, mas, sobretudo, dela dispor à sua mercê, sem possibilidade de defesa, para fazê-la engolir o insulto gritado no Flor de Lótus, pondo-se nela, enrabando-a, fazendo-a chupar, lamber-lhe os bagos.

O pintor terminou por retar-se com tanta tapeação e adiamento, entregou a solução do assunto a um advogado amigo, dr. Antônio Luís Calmon Teixeira, nas rodas de pesca submarina o recordista Chiquinho. Caso de *habeas corpus*, entendeu o bacharel, mas quando ia dirigir-se à justiça eis que Tereza foi solta e logo várias autoridades reclamaram as palmas da vitória, o reconhecimento dos amigos da moça, todos se declarando responsáveis pela ordem de soltura.

Em verdade, a libertação de Tereza deveu-se a Vavá. Também ele se pusera em campo, fazendo-o da maneira justa; entrou em contato com a própria polícia de costumes. Espalhou um bocado de dinheiro mas quem engoliu a bolada grande foi o comissário Labão, negociando no leito de dor, as pernas engessadas estendidas para cima, sessenta dias previstos naquela posição, disposto a diminuir de qualquer forma o prejuízo resultante do fracasso da maldita empresa turística. Pediu alto para esquecer os agravos de Vavá e ordenar a libertação da arruaceira: no cálculo do preço teve em conta o fato da tipa estar presa na condição de espólio de guerra de um colega e um amigo. Vavá pagou sem discutir.

Pagou sem discutir, pagou por amor e sem esperança pois Exu voltara a repetir, após retornar ao peji em meio à obrigação festiva, não ser Tereza pitéu para o bico do aleijado. Além disso, ele tomara informações e soubera de Almério das Neves nas encolhas, e de mestre Januário Gereba sumido no oceano. Nem assim a abandonou na cadeia a apodrecer, à espera da segunda parte da lição de bom comportamento. Os intermediários foram e regressaram, finalmente Tereza viu a luz do dia, foi retirada da cafua.

Amadeu Mestre Jegue a recebeu na porta da Central e a conduziu até os aposentos de Vavá, onde Taviana, outra a movimentar conhecimentos e amizades, esperava, o coração aos saltos. Tereza perdera um pouco de cor e emagrecera muito. Nas coxas e nos peitos restavam marcas dos maus-tratos, tinha sido para valer. No mais, risonha, grata, satisfeita com a briga, Tereza do Balaio Fechado.

Vavá não se aproveitou sequer para insinuar uma palavra, guardou os olhos longe de Tereza. Não é pitéu para seu bico. Outra aparecerá, mais dia menos dia, para rendê-lo de novo apaixonado. Não tão formosa certamente, nem tão direita.

67

TAVIANA MANDOU UM RECADO PARA ALMÉRIO, NÃO QUERIA ADIANTAR A NOTÍCIA no receio de não passar igualmente de tapeação o acordo estabelecido pelo comissário com Vavá. O padeiro tocou-se para o castelo, em disparada, os olhos fizeram-se úmidos ao ver Tereza, ficou mudo, sem palavras. Ela se aproximou e o beijou nas duas faces.

— Ela precisa se restabelecer, virou um esqueleto, os cães comeram as carnes dela — disse Taviana, acrescentando: — O melhor é tirar Tereza uns tempos de circulação, o porqueira do Peixe Cação vai espumar quando souber que ela está na rua, é capaz de inventar outra miséria. Aquilo não é gente. — Cuspiu com desprezo, esmagou na sola do sapato a sordidez do dito-cujo.

Tereza não via necessidade de esconder-se, querendo retornar às pistas do Flor de Lótus naquele mesmo dia, às lides do castelo apenas melhorasse um pouco a fachada e entrasse em carnes, assim lhe voltasse a cor de cobre. Mas Almério e Taviana não admitiram, nem pense nisso. Quer ir outra vez para a cadeia, inquietando os amigos, criando toda classe de problemas, deixando todo mundo feito doido? Tire da cabeça.

— Já sei onde vou lhe botar — informou Almério.

Levou-a para o candomblé de São Gonçalo do Retiro, o Axé Opô Afonjá, deixando-a entregue aos cuidados de Senhora, a mãe de santo.

68

ESTANDO TEREZA BATISTA ADORMECIDA NA CASA DE OXUM, ONDE A IALORIXÁ a hospedara, teve um sonho com Januário Gereba e acordou agoniada. No sonho ela o viu no meio do mar, em cima de um rochedo, entre ondas colossais, cercado de espuma e de peixes enormes. Janu lhe estendia os braços e Tereza se encaminhava para ele andando sobre as águas como se estivesse em terra firme. Próxima a alcançá-lo, eis que do mar se elevou aparição divina, metade mulher metade peixe, uma sereia. Nos cabelos longos e verdes, longos a cobrirem as escamas do rabo, verde da cor do fundo do mar, envolveu Januário e o levou consigo. Somente no último momento, quando já a sereia e o marujo desapareciam nas águas, Tereza enxergara a face da encantada e não era Iemanjá como lhe parecera e sim a morte, o rosto uma caveira, as mãos dois gadanhos secos.

A aflição de Tereza, por mais ela encobrisse, não passou despercebida à mãe de santo:

— Que ocorre com você, minha filha?

— Nada, mãe.

— Não minta a Xangô, jamais.

Tereza relatou-lhe o sonho e Mãe Senhora ouviu atentamente. Assim, de chofre, não soube dar solução à adivinha.

— Só fazendo o jogo. Já jogaram alguma vez para saber de sua sina?

— Que eu pedisse, não.

Conversavam em casa de Xangô e pela roça a calma dos afazeres domésticos sucedera às obrigações matutinas celebradas ao nascer da aurora. Mãe Senhora foi ao peji e prostou-se aos pés de Xangô para lhe pedir as luzes necessárias a um bom entendimento. De um prato ali posto retirou um obi e o levou para a sala de consultas e conversa. Sentada por detrás da mesa de cipós trançados, com uma pequena faca cortou a noz em quatro, após lhe retirar um pouco em cima e embaixo. Fechando os pedaços na mão, com ela tocou a testa e, pronunciando as palavras mágicas em nagô, iniciou o jogo.

Ia jogando e a cada vez que os pedaços de obi rolavam sobre a toa-lha de crivo, de assombro em assombro fitava a rapariga. Mesmo querendo recordar e recordando as palavras céticas do doutor, as lições sobre a matéria e a vida com ele aprendidas em Estância, ainda assim Tereza sentia um tremor no coração, um medo antigo, de antes dela nascer, herdado dos ancestrais. Nada dizia mas esperava, com os nervos tensos, quem sabe a sentença final.

Três ou quatro filhas de santo de cócoras assistiam e ao lado da ialorixá sentava-se uma visita grada, Nezinho, pai de santo em Muritiba, de saber propalado e reconhecido. Também ele repetidas vezes levantou o olhar para a moça, interrogativo. Por fim iluminou-se o rosto de Mãe

Senhora. Deixando as quatro partes do obi sobre a mesa, ergueu as mãos com as palmas voltadas para cima e exclamou:

— Alafiá!

— Alafiá! — repetiu Nezinho.

— Alafiá! Alafiá! — No eco das filhas de santo a palavra da alegria e da paz se estendeu pelo terreiro.

Todos bateram palmas demonstrando satisfação. A ialorixá e o pai de santo fitaram-se sorrindo e fizeram ao mesmo tempo um sinal afirmativo com as cabeças. Só então, Mãe Senhora dirigiu-se à Tereza:

— Fique descansada, minha filha, tudo está bem, não há perigo à vista. Tenha confiança, os orixás são poderosos e estão junto de você. Tantos nunca vi em minha vida.

— Nem eu... — apoiou Nezinho: — Nunca topei com criatura mais bem defendida.

Ainda uma vez, Mãe Senhora tomou dois pedaços da noz sagrada e como se buscasse uma confirmação, após tocar na testa com o punho fechado, na mesa os atirou. Sorriram, ao mesmo tempo, ela e Nezinho. Numa reverência, a mãe de santo de São Gonçalo do Retiro entregou ao pai do candomblé de Muritiba as quatro partes do obi. Nezinho dirigiu-se a Xangô: Kauô Kabieci! Depois jogou e o resultado foi idêntico. Fitando Tereza, Nezinho lhe perguntou:

— Nunca encontrou em seu caminho, em hora de perigo, um velho de bordão?

— É verdade. Nunca o mesmo, mas sempre parecidos.

— Oxalá cuida de si.

Mãe Senhora renovou a certeza de que nenhum perigo a ameaçava:

— Mesmo na hora mais agoniada, quando pensar que tudo se acabou, tenha confiança, não desanime, não se renda.

— E ele?

— Não tema por você nem por ele. Iansã é poderosa e Januário é seu ogã. Nada tema, vá em paz. Axé.

— Axé! Axé! — repetiram todos na casa de Xangô.

69

PASSADOS ALGUNS DIAS, APÓS AGRADECER-LHE A HOSPITALIDADE, Tereza despediu-se de Mãe Senhora, deixou o refúgio do candomblé, regressando ao quarto em casa de dona Fina, no Desterro.

Na ausência da sambista, sem saber quando poderia contar com ela, Alinor Pinheiro, o proprietário do Flor de Lótus, contratara novas atrações, uma contorcionista e a cantora Patativa de Macau, vinda do Rio Grande do Norte e não do Extremo Oriente como acreditavam alguns imaginosos fregueses. Viu-se Tereza sem emprego mas logo lhe acenaram com a possibilidade de atuar no Tabaris, o mais elegante e bem frequentado cabaré da Bahia, sempre cheio, animadíssimo, coração da vida noturna da cidade. Oferta imprevista e honrosa, em nenhum momento lhe passara pela cabeça a possibilidade de apresentar-se no tablado do Tabaris, cujas artistas vinham todas do sul, entre elas várias estrangeiras. Não sabia estar em mãos de Vavá a parte de leão da sociedade exploradora do dancing. Devia, no entanto, aguardar o término próximo do contrato da argentina Rachel Pucio, a quem substituiria. Não fosse por isso! Aguardaria quanto tempo se fizesse preciso: trabalhar no Tabaris era a consagração, a glória.

Podia esperar, não estava em falta de dinheiro. Por Anália, dona Paulina de Souza lhe mandara algum para ela pagar quando pudesse, e Taviana propusera-se a lhe adiantar o necessário às despesas. Não chegou a pisar no palco do Tabaris.

Uma tarde, o sobrinho de Camafeu de Oxóssi veio buscá-la com um recado urgente: mestre Caetano Gunzá desejava lhe falar imediatamente pois a barcaça levantaria ferros à noitinha para Camamu. Tereza sentiu um baque no coração, soube de imediato e de ciência certa tratar-se de notícia ruim. Pôs na cabeça o xale que o doutor lhe dera pouco antes de morrer, desceu o Elevador Lacerda em companhia do rapazola.

Na entrada do Mercado, Camafeu lhe afirmou não saber o motivo da mensagem do barcaceiro, apenas a recebera e transmitira mas a *Ventania* estava perto, ancorada ao lado do Forte do Mar. Tereza sentiu a insegurança na voz do amigo, a quem tratava de compadre desde uma festa de São João à qual comparecera com Almério e onde pulara fogueira com Camafeu e Toninha, sua mulher, estabelecendo compadrio de estima e convivência. Camafeu mantinha os olhos longe dela, perdidos no mar, media as palavras, de repente casmurro quem era o sujeito mais jovial do mundo. Condenada, Tereza embarcou na canoa, rumo à barcaça.

Antes de mestre Gunzá pronunciar qualquer palavra, ao observar--lhe o rosto conturbado, Tereza disse, a voz sem acento:

— Morreu.

O mestre confirmou: o cargueiro *Balboa* naufragara nas costas do

Peru, vítima de grande temporal, um começo de maremoto. Faleceram todos os tripulantes, não houve sobreviventes e quem contou a história foram os marinheiros de dois outros navios que acorreram em socorro mas nem puderam aproximar-se, tão terrível a tempestade. Viram, porém, os barcos de salvamento, cheios de marujos, serem tragados pelas ondas.

Estende a gazeta, Tereza a toma e olha, não consegue ler. Mestre Caetano recita-lhe a notícia, ele a aprendeu de cor nessas poucas horas cruas e cinzentas. Noite trágica no Pacífico, além do *Balboa* afundara outro navio, um petroleiro. Quem vive no mar está sujeito a tempestades e naufrágios, que outra coisa pode lhe dizer? Para a morte não há consolo. O jornal publica a relação dos tripulantes engajados na Bahia, Tereza distingue o nome de Januário Gereba. Os olhos secos, apagados carvões, a garganta trancada.

Nos ombros de Tereza os mortos pesam, carga ruim. Até agora ela os conduziu sem demonstrar desânimo, sem cair em desespero. Aguentou o peso dessas mortes na cacunda, delas ressuscitando por três vezes. Mas Janu pesa demais, com esse defunto Tereza não aguenta. Januário Gereba, marinheiro, Janu do bem-querer, morri em tua morte, me acabei de vez.

70

PARA QUE IR À COMPANHIA DE NAVEGAÇÃO OUVIR DO SR. GONZALO A CONFIRMAÇÃO da notícia, condolências formais, a mirada de frete a medir-lhe o luto e a formosura? Não fora ele próprio quem fornecera a lista dos nomes à imprensa? Para cravar mais fundo no coração a lâmina do punhal, perder a derradeira esperança. Ali, na fria antessala da empresa marítima, Tereza ouve, pela boca do espanhol, a leitura do telegrama anunciando a morte de todos os tripulantes do *Balboa*, inclusive os baianos. Para que viera? Para cravar o punhal mais fundo ainda, se possível. Acabou Tereza Batista.

Na cabeça o xale florado, presente do doutor, usado em horas de alegria e de peleja, agora véu de viúva, trapo de mortalha, os olhos de um negrume opaco, vazios, a boca exangue, lá se vai ela, andando ao léu. O charriô a deposita na Cidade Alta e apenas entra na praça da Sé depara com Peixe Cação. Ao avistá-la, o tira eleva a voz e xinga:

— Puta de merda! Cadela suja!

Queria vê-la reagir para de novo a levar presa e concluir a vingança prelibada. Tereza contenta-se com olhar para o provocador, prossegue seu caminho. Foi quanto bastou, o tira permaneceu paralisado, era o olhar de uma pessoa morta, de um defunto vagando pela rua.

71

MARIA CLARA E MESTRE MANUEL A ACOLHE-RAM NO SAVEIRO E A LEVARAM EM EXTENSA e vagarosa viagem pelo Recôncavo, Tereza se despedia. Da cidade, do porto, do mar, do golfo, do rio Paraguaçu. Decidira ir embora da Bahia, regressar às terras do sertão onde nascera e se criara. Cajazeiras do Norte. Gabi ainda fala no nome da formosa sem igual: volte quando queira, essa é sua casa.

Desejara antes, porém, percorrer os caminhos de Janu, no saveiro *Flecha de São Jorge* que um dia se chamara *Flor das Águas* e pertencera a mestre Januário Gereba com algemas nas mãos e grilhetas nos pés. Conhecer os velhos cais descritos por ele em Aracaju, na ponte do Imperador. Cachoeira, São Félix, Maragogipe, Santo Amaro da Purificação, São Francisco do Conde, as ilhas perdidas, os canais, uma geografia de tristezas. De que lhe adianta recuperar lembranças, aprender paisagens, escutar o vento se ele não está e não vai chegar?

Mestre Manuel ao leme; a seu lado, na popa do saveiro, Maria Clara canta modas de Janaína, músicas do mar e da morte. Inaê velejando no sopro da tempestade, Iemanjá cobrindo com os cabelos desnastrados o corpo do náufrago, verde cabeleira da cor das profundezas.

No desvão da noite, ao morrer do luar, ao nascer da aurora, o saveiro ancorado nas margens do Paraguaçu, as velas arriadas, pensando Tereza adormecida, mestre Manuel toma de Maria Clara e os ais de amor aquietam as águas.

Queixumes de amor sobrevoam Tereza insone, largada sobre o madeirame, olhos secos de ausência, punhal fincado no peito, morto coração, a mão a tocar as águas do mar e do rio misturadas, o mar e o rio de Janu do bem-querer.

72

QUANDO O SAVEIRO BAIXOU A ÂNCORA NA RAMPA DO MERCADO, Tereza estava pronta para abandonar o porto da Bahia e embrenhar-se no sertão. No cais, a esperá-la, o bom Almério. Pobre amigo, vai sofrer com a notícia mas o pior de tudo será ficar ali, refazendo os roteiros de Janu, olhando o mar onde ele viveu, tocando a madeira do veleiro em cujo leme ele pousou a mão.

Face aflita, voz embargada. Almério em desespero:

— Tereza, Zeques está doente, muito doente. É meningite. O médico diz que talvez não escape. — Um soluço foge-lhe do peito.

— Meningite?

Seguiu com Almério e na cabeceira do menino ficou dez dias de enfiada, praticamente sem dormir e sem comer, a cuidar dele. Diplomara-se enfermeira no trato da bexiga. Tantas vezes lutara contra a morte, tantas vezes a vencera, Tereza da Bexiga Negra. Agora, morta ela própria, bate-se pelo órfão.

Dr. Sabino, um jovem pediatra, ao fim de alguns dias, sorri pela primeira vez. Ao receber os agradecimentos de Almério, aponta Tereza junto à cama do convalescente.

— Ele deve a vida a dona Tereza, não a mim.

Vendo-os lado a lado, nos cuidados da criança, dr. Sabino, com a impertinência dos moços, se intromete onde não é chamado:

— Se os dois são livres, por que não se casam? É disso que o moleque mais precisa: mãe.

Disse e se foi, deixando-os um diante do outro. Almério levanta os olhos, abre a boca a medo, arrisca:

— Bem podia ser… Por mim, é o que mais desejo.

Carregada de defuntos, morta, entregue, Tereza Batista se acabou.

— Me dê tempo de pensar.

— Pensar mais o quê?

Companheira no trato do menino e da casa, pode ser. Mas na cama, aí, será apenas competente profissional e, sendo amiga de Almério, devendo-lhe gratidão, tendo-lhe estima, mais penoso e difícil se tornará o exercício da função. Mais cruel do que em lupanar de porta aberta nas estradas do sertão, do que na pensão de Gabi, na Cuia Dágua, em Cajazeiras. Terá forças para representar? Em cama de puta não é difícil mas em leito de esposa será dura tarefa, ingrata obrigação.

Almério não lhe pede sequer amor, acredita poder ganhá-lo no passar do tempo. Quer apenas companhia para ele e o menino, cama igual à do castelo, interesse e amizade. Alegria ela não possui, não pode dar. Ai, já não lhe restam forças para pelejar, Tereza Batista Cansada de Guerra.

— Se me aceita assim…

Almério atira-se padaria adentro a anunciar a nova.

73

UM SORVETE DE PITANGA OU DE MANGABA, UM REFRESCO DE CAJU ou de maracujá, jenipapada? O doce em calda pode ser de jaca ou de manga, de banana em rodinhas, de goiaba. Prefere aluá de abacaxi ou de gengibre? Um acarajé, um abará? São preparados por Agripina, ninguém os faz melhor. Aceite alguma coisa, tenho prazer em oferecer. Uma conversa, para ser completa e boa, exige o acompanhamento de comer e de beber, não lhe parece?

Sim, eu a conheço, aqui a tendo visto; nesta casa passa gente do mundo inteiro, meu senhor. O pobre e o rico, o velho experiente e o moço em fogo, o pintor de quadros e o de paredes, o abade do convento e a mãe de santo, o sábio modesto e o tolo enfatuado, todos vêm me apertar a mão, com todos eu converso, em qualquer língua, não me aperto — Deus criou os idiomas para a gente se entender e não para dificultar o conhecimento e a amizade entre as pessoas. Acolho a todos com delicadeza pois sou de fina educação baiana, e vou lhes contando o quanto sei, o que aprendi nesses oitenta e oito anos já cumpridos, bem vividos.

Com quem se parece Tereza Batista, tão castigada pela vida, tão cansada de apanhar e de sofrer e, ainda assim, de pé, com todo o peso da morte no lombo, porfiando em arrancar da maldita uma criança para a vida? Pois eu lhe digo com que acho que ela se parece.

Sentada nesta varanda, vendo ao longe o mar do Rio Vermelho, olhando as árvores, algumas centenárias, a maioria plantada por mim e pelos meus, com essas minhas mãos que empunharam a carabina nas matas de Ferradas, nas lutas do cacau, recordando João, meu finado, um homem alegre e bom, cercada pelos meus três filhos, meus tesouros, e pelas três noras, minhas filhas e rivais, pelos netos, netas e bisnetos, por meus parentes e aderentes, eu, Eulália Leal Amado, Lalu na voz geral da benquerença, lhe digo, meu senhor, que Tereza Batista se parece com o povo e com mais ninguém. Com o povo brasileiro, tão sofrido, nunca derrotado. Quando o pensam morto, ele se levanta do caixão.

Aceite um refresco de umbu, um sorvete de cajá. Se prefere uísque, também posso lhe servir mas não lhe louvo o gosto.

74

A FESTA DE CASAMENTO DE TEREZA BATISTA FOI TEMA DE CONVERSA E LOUVAÇÃO durante longo tempo na cidade da Bahia. Rodolfo Coelho Cavalcanti celebrou-lhe a alegria e a grandeza num folheto de cordel, festa mais falada e referida, inesquecível.

Pela fartura da comedoria, havendo quatro mesas repletas de um tudo. Numa delas, só comidas de azeite e coco, do vatapá ao efó de folhas, as moquecas e os xinxins, o acarajé e o caruru, o quitandê tão raro, as frigideiras. Nas outras, todo o gênero de quitutes: mal assado, lombos, galinhas, conquéns e patos, os perus, vinte quilos de sarapatel, dois leitões, um cabrito, as travessas cheias e ainda sobrando na cozinha. E as sobremesas? Melhor não falar, só espécies de cocada havia cinco. Pela abastança de bebidas, garrafas e barris, chope, cerveja, batidas variadas, garrafões de vinho Capelinha, uísque, vermute, conhaque, a boa cachaça de Santo Amaro e os refrigerantes. No gelo, nas prateleiras dos armários sobrecarregados. Dr. Nelson Taboada, presidente da Federação das Indústrias, mandou de presente ao noivo, benquisto associado, uma dúzia de garrafas de champanha para o brinde após o sim. Os fornos da Panificadora Nosso Senhor do Bonfim trabalharam sem cessar mas não o fizeram para servir à população de Brotas, naquele dia postos à disposição da festa. O feliz nubente, Almério das Neves, não é o dono do próspero estabelecimento, em breve um empório? Um favorecido da sorte, um venturoso, nasceu com certeza empelicado; se fez por si, tem direito a celebrar com pompa seu segundo casamento.

Para a grande festa a Bahia inteira recebeu convite e quem, por acaso, sobrou no esquecimento veio de penetra, não faltou ninguém. Realizou-se na residência de Almério, vizinha à padaria embora até ao pé dos fornos dançassem convidados noite adentro. Ao jazz-band Os Reis do Som, do cabaré Flor de Lótus, cabem louvores pela animação mas o auge sucedeu passada a meia-noite quando o trio elétrico desembocou na rua e a festa transformou-se em carnaval.

Unânime, compareceu a corporação dos panificadores, os monopolistas espanhóis e os concorrentes nacionais. Lá estavam os companheiros de Almério na confraria da igreja do Bonfim, e os do candomblé de São Gonçalo do Retiro onde ele tinha posto e título na casa de Oxalá. Sentada numa cadeira de braços, de alto espaldar, Mãe

Senhora, rodeada pela corte dos obás. Representações de outros candomblés, a mãe-pequena Creusa, figurando mãe Menininha do Gantois, Olga de Alaketu toda nos trinques, Eduardo de Ijexá, mestre Didi e Nezinho do Muritiba, vindo especialmente. Os artistas para quem Tereza posara, Mário Cravo, Carybé, Genaro, Mirabeau e aqueles ainda esperando vez e ocasião, ai nunca mais! Entre eles, Emanuel, Fernando Coelho, Willys e Floriano Teixeira que pelo nome, por ser maranhense e bom de prosa, recorda a Tereza o amigo Flori Pachola, do Paris Alegre, em Aracaju. Junto com os artistas, os literatos a gastar uísque, escolhendo marcas, uns perdulários, uns esnobes: João Ubaldo, Wilson Lins, James Amado, Ildásio Tavares, Jehová de Carvalho, Cid Seixas, Guido Guerra e o poeta Telmo Serra. O alemão Hansen e os arquitetos Gilberbert Chaves e Mário Mendonça escutam, atentos, mestre Calá contar pela milésima vez a história verídica da baleia que embocou no rio Paraguaçu e engoliu um canavial inteiro. Se alguém tiver ocasião de se encontrar com o gravador do lírico casario e das bravias cabras, aproveite para ouvir a história, quem não a ouviu não sabe o que perdeu.

Assim postos os nomes, parece ter havido excesso de homens e falta de mulheres. Engano, pois cada um deles estava com a esposa, alguns com mais de uma. Em nome de Lalu, dona Zélia levou perfume para a noiva e no próprio nome um anel de fantasia, dona Luiza, dona Nair e dona Norma levaram flores. E as mulheres da vida, essas não contam? Sérias, quase solenes, trajadas com muita discrição, as caftinas. Senhoras de alto gabarito: Taviana, a velha Acácia, Assunta, dona Paulina de Souza de braço com Ariosto Alvo Lírio. Modestas, retraídas, umas tímidas meninas, as raparigas, algumas com os xodós ao lado. Uma princesa, a negra Domingas, favorita de Ogum.

Num canto da sala, quase escondido pela cortina da janela e por Amadeu Mestre Jegue, Vavá na cadeira de rodas. Tereza o escolhera para padrinho ante o juiz juntamente com dona Paulina, Toninha e Camafeu de Oxóssi. No padre, o pintor Jenner Augusto e a esposa, fidalga sergipana de autênticos pergaminhos e, vejam só! sem preconceitos. As testemunhas de Almério são o banqueiro Celestino, que lhe fornece crédito e conselhos, o advogado Tibúrcio Barreiros, o dr. Jorge Calmon, diretor de *A Tarde*, gente da alta. No religioso, o noivo conservou os mesmos do primeiro casamento: Miguel Santana, um obá do Axé Opô Afonjá, bom de cantiga e dança, patriarca outrora rico, tendo ajudado Almério nas aperturas do começo, e Taviana, proprietária do castelo onde ele por duas vezes foi buscar noiva. Tendo sido tão feliz no casamento com Natália, por que mudar de padrinhos? Zeques, em plena convalescença, conduzirá as alianças.

Para celebrar a cerimônia religiosa foi escolhido d. Timóteo, um beneditino magro, ascético e poeta. Para o ato civil, o desembargador Santos Cruz, naquele tempo ainda juiz em vara de família.

Estando de violão em punho, com certeza Dorival Caymmi cantará para a noiva, não lhe compôs uma modinha? Trouxe com ele dois rapazolas, ainda muito jovens, os dois com pinta de músico, um chamado Caetano, o outro, Gil. Quanto ao brinde aos nubentes, quem poderia fazê-lo senão o infalível vereador Reginaldo Pavão; para essas circunstâncias de batizado e matrimônio não existe orador mais indicado, é sem rival.

Só faltaram mesmo mestre Manuel e Maria Clara, o saveiro *Flecha de São Jorge* encontrando-se de viagem, em Cachoeira. Tampouco compareceu mestre Caetano Gunzá, se bem a barcaça *Ventania* estivesse recebendo carga, fundeada em Água de Meninos. Não era ele de festas, bastando-lhe a festa do mar e das estrelas.

Impossível noivo mais alegre. Traja roupa nova, terno branco de HJ inglês, luxos de abastado, de filho predileto de Oxalá. Pouco antes das quatro da tarde, hora marcada para o casamento, um portador apareceu trazendo aflito recado de Tereza — a noiva pede para Almério dar um salto urgente em casa de dona Fina onde ela se prepara para as bodas.

75

EM CASA DE DONA FINA, MARIA PETISCO E ANÁLIA AJUDAM TEREZA BATISTA a se vestir e enfeitar. Noiva mais jururu onde se viu? Prepara-se para a festa do matrimônio ou para o velório do próprio enterro?

Anália reclama com a amiga que não sabe dar valor à sorte. Ai, quem me dera, fosse eu a felizarda. Ando farta dessa vida de rameira, de cama em cama, de mão em mão, vendendo o corpo, gastando amor com xodós de pouca duração. Não viu Kalil? Tão bom moço mas a largou para casar com uma prima, o sem-vergonha. Anália não o culpa, para casar também ela romperia o rabicho inconsequente. Ah! Quem me dera lar e filho, marido para mim somente e eu somente para ele. Ai, Tereza, estivesse eu em teu lugar, estaria rindo pelos cotovelos, rindo pelos cantos, pelos dentes todos, rindo à toa. Maria Petisco concorda em parte. Para ela ser fiel a homem não é fácil, sobretudo com os encantados descendo nas camas sem perguntar o nome do dono do colchão, do travesseiro e da adormecida criatura.

Tereza vestida e penteada, Maria Petisco coloca-lhe ao pescoço um colar de Iansã, deslumbrante e encantado, símbolo da vitória na guerra contra os mortos, presente de Waldeloir Rego, joalheiro dos orixás, lavado por Mãe Senhora no peji. Anália a conduz defronte ao espelho para ela se mirar, formosa porém triste.

Enquanto as amigas se arrumam, Tereza vê-se refletida no aço do espelho pelo direito e pelo avesso. Vibrantes contas de triunfo, roxo colar de sangue, posto em ombro impróprio de quem foi derrotada e se acabou. Velha, cansada de guerra, morta por dentro.

Recorda acontecimentos e pessoas, fatos distantes, gente desaparecida. O doutor, o capitão, Lulu Santos, o menino arrancado de seu ventre, assassinado antes de ser. Os tempos de cadeia, os tempos de bordel, a época de Estância, lugares por onde andou, o ruim e o bom, a taca de couro e a rosa. Quantos anos completara há poucos meses no xadrez, presa e surrada pela polícia de Costumes da Bahia? Vinte e seis? Não pode ser. Quem sabe, cento e vinte e seis, mil e vinte e seis ou ainda mais? Na hora da morte não se conta idade.

Barulho na porta, ruído de discussão, a voz de dona Fina contraditando alguém, a resposta e o riso. Tereza estremece, palpita-lhe incontido o coração, de quem essa voz inesquecível, esse acento de marulho e búzio?

— Vai casar? Pode ser, mas só se for comigo.

Levanta-se trêmula, não acredita nos próprios ouvidos, sai passo a passo pelo corredor, olha a medo. Na porta da rua, disposto a entrar de qualquer maneira, gigante, pássaro, vivo, inteiro, lá está ele. Então Tereza Batista abre-se em pranto, em choro convulso. Chorando, atira-se nos braços de Januário Gereba.

76

— O CASAMENTO EMBUCETOU! — ANUNCIA MARIA PETISCO, SALTANDO DO TÁXI na porta de entrada da casa de Almério. Deixara Tereza nos braços de mestre Gereba. Não tinha naufragado, não estava morto? Que morto nem meio morto, vivo e bem vivo, um pedaço de homem de se lamber os beiços, rolete de cana-caiana, Tereza mais sortuda. Quando o *Balboa* naufragara, fazia mais de três meses que ele e Toquinho, outro baiano, haviam desengajado, iniciando a volta para casa. Na maciota, vendo mundo. Acabara de chegar e compadre Caetano Gunzá lhe contara os acontecimentos todos. O amigo Almério desculpasse mas o casamento parecia bastante comprometido.

No primeiro momento, Almério sofreu séria decepção, profundo abalo, não há como esconder; afinal, com papéis prontos e festa paga, não era para menos. Mas a curiosidade de velho leitor de folhetins, de ouvinte fanático de novelas de rádio, habituado a encarnar-se nos melodramáticos heróis, superou o desaponto, e ele pediu detalhes. Acreditem: em menos de meia hora já se entusiasmava com o relato. Maria Petisco se adiantara para dar a notícia aos convidados, chegando quase junto com o juiz e o padre. O magistrado logo se retirou; d. Timóteo, porém, permaneceu à espera de Almério, talvez o pobre necessitasse de consolo.

— E o que se vai fazer com tanto manjar? — quis saber o velho Miguel Santana, que almoçava leve reservando espaço e apetite para a comilança.

— Ai, meu Deus, a festa não vai mais haver! — gemeu a negra Domingas, preparada para sambar a noite inteira.

Na sala ia entrando Almério das Neves acompanhado de Anália, ouviu a queixa, abanou os braços, não lhe cabia culpa. Meu povo, disse ele, o casamento deu com os burros nágua. Para mim foi triste mas para Tereza foi alegre. O noivo que ela pensou que estava morto chegou do mar a tempo. Pior seria se chegasse depois. Aí, sim, de qualquer jeito era ruim. Encarnava o apaixonado generoso, capaz de sacrificar-se sem um lamento pela felicidade da bem-amada e do rival afortunado.

—Já que é assim vamos festejar — propôs Caymmi, homem de bom conselho.

Almério olhou a sala cheia, gente sobrando pelos corredores, as mesas postas, grandiosas, as garrafas no gelo e o jazz-band. Um sorriso lhe nasceu nos lábios, expulsando da face plácida do ex-noivo a última sombra de desaponto. Heroico e abnegado, elevou a voz para ser ouvido por todos os presentes, a Bahia inteira:

—Não há o casamento mas nem por isso a festa deixa de se realizar. Vamos estourar a champanha do doutor Nelson!

— Isso, sim, que é falar direito — aprovou Miguel Santana dirigindo-se para a sala de jantar.

A festa do casamento de Tereza Batista, apesar do casamento não ter acontecido, atravessou a noite, animadíssima. Comeram quanto havia, beberam a bebida toda, rega-bofe como hoje só na Bahia ainda se faz e olhe lá! A não ser para beber um copo de cerveja e beliscar de cada prato um pouco, o jazz não parou de tocar e a dança terminou na rua, de manhã, atrás do trio elétrico. No meio da noite, Almério um tanto alto, e Anália — essa não nasceu para mulher-dama — fizeram-se par constante e ela lhe confessou ser doida por criança. Ora, já se viu, até parece coisa de romance!

77

VELA ENFUNADA, O SAVEIRO CORTA O MAR DA BAHIA. A BRISA SOPRA, NOITE ALTA, leve sobre o golfo. Tereza Batista, respingada de água, sabendo a sal, odor de maresia, os negros cabelos soltos ao vento, ressuscitada aleluia! Achega-se ao peito de Januário Gereba. Ao leme, mestre Janu pesa as qualidades da embarcação à venda: se for boa de travessia, compro e pago à vista, compadre Gunzá pôs meu dinheiro no banco a render juros, compadre mais porreta. Que nome vamos lhe dar, me diga? Antes de escolher o nome do saveiro, Tereza fala:

— Sabe que eu matei um homem? Era ruim demais, só merecia a morte mas até hoje carrego ele nas costas.

Januário guarda o cachimbo de barro:

— Oxente, vamos descarregar ele aqui mesmo, de uma vez para sempre. Era ruim, vai com os cações, raça de peixe desgraçada. Assim, tu fica livre dele.

Sorri na noite escura, em seu sorriso o sol renasce. Um já se foi, porém tem mais, Janu.

— Um homem morreu dentro de mim, na hora mesmo. Não sei se para os outros ele foi bom ou mau, para mim o melhor homem do mundo, marido e pai. Levo a morte dele nas entranhas.

— Se morreu naquela hora, então está no paraíso, foi direto. Quem morre assim é protegido de Deus. Largue o corpo do justo com as arraias, se livre da morte dele, mas guarde tudo de bom que ele lhe deu.

O mar se abriu e se fechou, Tereza suspira aliviada. Gereba pergunta:

— Tem mais algum? Se tem, a gente aproveita e joga no mar. Por aqui perto descarreguei a minha falecida.

Tereza lembrou-se daquele que não chegara a ser, arrancado de seu ventre antes da hora do nascimento. Pôs a mão sobre a de mestre Januário Gereba, Janu do bem-querer, fazendo-o mover o leme, mudar o rumo do saveiro, dirigindo-se para pequena enseada entre bambus na margem do golfo, escondido remanso. Estende-se Tereza na popa do saveiro:

— Venha e me faça um filho, Janu.

— Sou bom nisso como quê.

Ali, na barra da manhã, rio e mar.

Bahia, de março a novembro de 1972

posfácio

Uma força da natureza

Lygia Fagundes Telles

Conheci três Jorge Amado, aquele político fervoroso, fiel ao partido e às ideias que tão bravamente defendeu até o fim. Conheci o Jorge Amado familiar, tão ligado aos seus, tão atento a Zélia, aos filhos e aos irmãos, ah! um coração conservador que chegava a disfarçar o amor a essa família instalada em meio às suas plantas, aos bichos, ao mar... O terceiro Jorge Amado seria aquele escritor que comecei a ler quando era ainda uma jovem estudante de direito, ah! me apaixonei pelos seus livros tão fortes e tão ardentes e que me faziam pensar numa torrente de água encachoeirada e jorrando tão bela porque obedecia à vocação, ou melhor, à inspiração de uma mente fulgurante. Livre. Verdadeiro desafio num país tão pobre e tão rico.

Três Jorge Amado, hein? E ele era apenas um, o Jorge Amado apaixonado principalmente pelas personagens femininas com as quais lidava com particular habilidade. Devia, sim, ter lido a Bíblia, onde lá está a mulher sempre ao lado do homem, indispensável companheira desse homem que com ele caminha assim de braço dado porque quando um cai o outro ampara o companheiro e o levanta e prosseguem a caminhada até o amargo ou doce fim. Não são mulheres solitárias, elas precisam do homem assim como o homem precisa delas, na alegria, sim, principalmente na alegria. Assim essas mulheres — as de família e as putas — estão sempre liderando as histórias de amor. A vida virou um artigo de luxo? Então as mulheres consideradas alegres têm que ser pagas para assim compensar as mulheres casadas e em geral tristes, lamurientas, porque, ah! os filhos, os gastos, os problemas... Olha aí o homem fugindo do cotidiano familiar para se divertir nos cabarés das profissionais pagas pelos coronéis para o amor sem compromisso, viva o presente que é irresponsável e tem bebida e tem marinheiros e música... As mulheres sem máscaras, essas as grandes personagens que Jorge Amado escolhia sem o menor preconceito e sem perder a doçura porque quem gosta da vida não gosta da morte. Daí não atormentar essa vida com a ameaça do fim, ah! a saudável alegria antes do ponto-final. A vida com bom humor. Repito, neste país tão pobre e tão rico era preciso mesmo conquistar o leitor, parceiro do escritor, ou melhor, cúmplice desse escritor — era preciso, sim, passar para esse cúmplice toda a graça da vida, sem ressentimento. Sem fel.

Eu me lembro de como me orgulhava quando naquelas primeiras tardes de autógrafos nas livrarias transbordantes ele reconhecia esta estudante e com aquela letra assim desgarrada me dedicava o *Jubiabá*, era a glória! Era a glória.

Um país tão vasto e com poucos autores. Poucos poetas, poucos prosadores, porque os nativos mestiços preferem — os que sabem ler — os autores de outras terras e outras gentes. Estou pensando agora em Antonio Candido e no seu livro *Formação da literatura brasileira*, onde ele diz essa verdade tão profunda, que a nossa literatura pode não ser das melhores do mundo, porém é a literatura que nos exprime, que manda sua mensagem. E é a ela que devemos amar.

E agora estou comovida, vocês aí me escutando e eu neste depoimento assim confuso... Enfim, verdadeiro, mas desalinhado.

Estou emocionada porque em pensamento vejo Jorge Amado em plena manhã de sol. Ele está de camisa de algodão aberta no peito, short e sandálias, sentado na areia do mar de Salvador. O vento arrelia sua cabeleira branca, mas ele está tranquilo, o olhar pousado lá no infinito que separa o presente da eternidade.

Posfácio redigido a partir de entrevista concedida a Alberto da Costa e Silva, Lilia Moritz Schwarcz e Thyago Nogueira em São Paulo, março de 2008

Lygia Fagundes Telles é escritora, membro da Academia Brasileira de Letras e autora de *Antes do baile verde* (1970) e *As meninas* (1973), entre outros livros. Em 2005, recebeu o prêmio literário Camões, pelo conjunto da obra.

cronologia

A ação de *Tereza Batista cansada de guerra* se desenrola entre as décadas de 1960 e 1970. "A última vez que vi Tereza Batista", diz o autor, "foi na festa do cinquentenário de mãe de santo de Menininha do Gantois", que assumiu o terreiro em 1922. Tereza completou 26 anos durante a greve das prostitutas, que segundo o romance ocorreu na época do centenário da morte de Castro Alves, em 1971.

1912-1919

Jorge Amado nasce em 10 de agosto de 1912, em Itabuna, Bahia. Em 1914, seus pais transferem-se para Ilhéus, onde ele estuda as primeiras letras. Entre 1914 e 1918, trava-se na Europa a Primeira Guerra Mundial. Em 1917, eclode na Rússia a revolução que levaria os comunistas, liderados por Lênin, ao poder.

1920-1925

A Semana de Arte Moderna, em 1922, reúne em São Paulo artistas como Heitor Villa-Lobos, Tarsila do Amaral, Mário e Oswald de Andrade. No mesmo ano, Benito Mussolini é chamado a formar governo na Itália. Na Bahia, em 1923, Jorge Amado escreve uma redação escolar intitulada "O mar"; impressionado, seu professor, o padre Luiz Gonzaga Cabral, passa a lhe emprestar livros de autores portugueses e também de Jonathan Swift, Charles Dickens e Walter Scott. Em 1925, Jorge Amado foge do colégio interno Antônio Vieira, em Salvador, e percorre o sertão baiano rumo à casa do avô paterno, em Sergipe, onde passa "dois meses de maravilhosa vagabundagem".

1926-1930

Em 1926, o Congresso Regionalista, encabeçado por Gilberto Freyre, condena o modernismo paulista por "imitar inovações estrangeiras". Em 1927, ainda aluno do Ginásio Ipiranga, em Salvador, Jorge Amado começa a trabalhar como repórter policial para o *Diário da Bahia* e *O Imparcial* e publica em *A Luva*, revista de Salvador, o texto "Poema ou prosa". Em 1928, José Américo de Almeida lança *A bagaceira*, marco da ficção regionalista do Nordeste, um livro no qual, segundo Jorge Amado, se "falava da realidade rural como ninguém fizera antes". Jorge Amado integra a Academia dos Rebeldes, grupo a favor de "uma arte moderna sem ser modernista". A quebra da bolsa de valores de Nova York, em 1929, catalisa o declínio do ciclo do café no Brasil. Ainda em 1929, Jorge Amado, sob o pseudônimo Y. Karl, publica em *O Jornal* a novela *Lenita*, escrita em parceria com Edson Carneiro e Dias da Costa. O Brasil vê chegar ao fim a política do café-com-leite, que alternava na presidência da República políticos de São Paulo e Minas Gerais: a Revolução de 1930 destitui Washington Luís e nomeia Getúlio Vargas presidente.

1931-1935

Em 1932, desata-se em São Paulo a Revolução Constitucionalista. Em 1933, Adolf Hitler assume o poder na Alemanha, e Franklin Delano Roosevelt torna-se presidente dos Estados Unidos da América, cargo para o qual seria reeleito em 1936, 1940 e 1944. Ainda em 1933, Jorge Amado se casa com Matilde Garcia Rosa. Em 1934, Getúlio Vargas é eleito por voto indireto presidente da República. De 1931 a 1935, Jorge Amado frequenta a Faculdade Nacional de Direito, no Rio de Janeiro; formado, nunca exercerá a advocacia. Amado identifica-se com o Movimento de 30, do qual faziam parte José Américo de Almeida, Rachel de Queiroz e Graciliano Ramos, entre outros escritores preocupados com questões sociais e com a valorização de particularidades regionais. Em 1933, Gilberto Freyre publica *Casa-grande & senzala*, que marca profundamente a visão de mundo de Jorge Amado. O romancista baiano publica seus primeiros livros: *O país do Carnaval* (1931), *Cacau* (1933) e *Suor* (1934). Em 1935 nasce sua filha Eulália Dalila.

1936-1940

Em 1936, militares rebelam-se contra o governo republicano espanhol e dão início, sob o comando de Francisco Franco, a uma guerra civil que se alongará até 1939. Jorge Amado enfrenta problemas por sua filiação ao Partido Comunista Brasileiro. São dessa época seus livros *Jubiabá* (1935), *Mar morto* (1936) e *Capitães da Areia* (1937). É preso em 1936, acusado de ter participado, um ano antes, da Intentona Comunista, e novamente em 1937, após a instalação do Estado Novo. Em Salvador, seus livros são queimados em praça pública. Em setembro de 1939, as tropas alemãs invadem a Polônia e tem início a Segunda Guerra Mundial. Em 1940, Paris é ocupada pelo exército alemão. No mesmo ano, Winston Churchill torna-se primeiro-ministro da Grã-Bretanha.

1941-1945

Em 1941, em pleno Estado Novo, Jorge Amado viaja à Argentina e ao Uruguai, onde pesquisa a vida de Luís Carlos Prestes, para escrever a biografia publicada em Buenos Aires, em 1942, sob o título *A vida de Luís Carlos Prestes*, rebatizada mais tarde *O cavaleiro da esperança*. De volta ao Brasil, é preso pela terceira vez e enviado a Salvador, sob vigilância. Em junho de 1941, os alemães invadem a União Soviética. Em dezembro, os japoneses bombardeiam a base norte-americana de Pearl Harbor, e os Estados Unidos declaram guerra aos países do Eixo. Em 1942, o Brasil entra na Segunda Guerra Mundial, ao lado dos aliados. Jorge Amado colabora na *Folha da Manhã*, de São Paulo, torna-se chefe de redação do diário *Hoje*, do PCB, e secretário do Instituto Cultural Brasil-União Soviética.

No mesmo ano, volta a colaborar em *O Imparcial*, assinando a coluna "Hora da guerra" até 1945; em 1943 publica, após seis anos de proibição de suas obras, *Terras do sem-fim*. Em 1944, Jorge Amado lança *São Jorge dos Ilhéus*. Separa-se de Matilde Garcia Rosa. Chegam ao fim, em 1945, a Segunda Guerra Mundial e o Estado Novo, com a deposição de Getúlio Vargas. Nesse mesmo ano, Jorge Amado casa-se com a paulistana Zélia Gattai, é eleito deputado federal pelo PCB e publica o guia *Bahia de Todos-os-Santos*. *Terras do sem-fim* é publicado pela editora de Alfred A. Knopf, em Nova York, selando o início de uma amizade com a família Knopf que projetaria sua obra no mundo todo.

1946-1950
Em 1946, Jorge Amado publica *Seara vermelha*. Como deputado, propõe leis que asseguram a liberdade de culto religioso e fortalecem os direitos autorais. Em 1947, seu mandato de deputado é cassado, pouco depois de o PCB ser posto fora da lei. No mesmo ano, nasce no Rio de Janeiro João Jorge, o primeiro filho com Zélia Gattai. Em 1948, devido à perseguição política, Jorge Amado exila-se, sozinho, voluntariamente em Paris. Sua casa no Rio de Janeiro é invadida pela polícia, que apreende livros, fotos e documentos. Zélia e João Jorge partem para a Europa, a fim de se juntar ao escritor. Em 1950, morre no Rio

de Janeiro a filha mais velha de Jorge Amado, Eulália Dalila. No mesmo ano, Amado e sua família são expulsos da França por causa de sua militância política e passam a residir no castelo da União dos Escritores, na Tchecoslováquia. Viajam pela União Soviética e pela Europa Central, estreitando laços com os regimes socialistas.

1951-1955
Em 1951, Getúlio Vargas volta à presidência, desta vez por eleições diretas. No mesmo ano, Jorge Amado recebe o prêmio Stálin, em Moscou. Nasce sua filha Paloma, em Praga. Em 1952, Jorge Amado volta ao Brasil, fixando-se no Rio de Janeiro. O escritor e seus livros são proibidos de entrar nos Estados Unidos durante o período do macarthismo. Em 1954, Getúlio Vargas se suicida. No mesmo ano, Jorge Amado é eleito presidente da Associação Brasileira de Escritores e publica *Os subterrâneos da liberdade*. Afasta-se da militância comunista.

1956-1960
Em 1956, Juscelino Kubitschek assume a presidência da República. Em fevereiro, Nikita Khruchióv denuncia Stálin no 20º Congresso do Partido Comunista da União Soviética. Jorge Amado se desliga do PCB. Em 1957, a União Soviética lança ao espaço o primeiro satélite artificial, o *Sputnik*. Surge, na música popular, a Bossa Nova, com João Gilberto, Nara Leão, Antonio Carlos Jobim e Vinicius de Moraes. A pu-

blicação de *Gabriela, cravo e canela*, em 1958, rende vários prêmios ao escritor. O romance inaugura uma nova fase na obra de Jorge Amado, pautada pela discussão da mestiçagem e do sincretismo. Em 1959, começa a Guerra do Vietnã. Jorge Amado recebe o título de obá Arolu no Axé Opô Afonjá. Embora fosse um "materialista convicto", admirava o candomblé, que considerava uma religião "alegre e sem pecado". Em 1960, inaugura-se a nova capital federal, Brasília.

1961-1965

Em 1961, Jânio Quadros assume a presidência do Brasil, mas renuncia em agosto, sendo sucedido por João Goulart. Yuri Gagarin realiza na nave espacial *Vostok* o primeiro voo orbital tripulado em torno da Terra. Jorge Amado vende os direitos de filmagem de *Gabriela, cravo e canela* para a Metro-Goldwyn-Mayer, o que lhe permite construir a casa do Rio Vermelho, em Salvador, onde residirá com a família de 1963 até sua morte. Ainda em 1961, é eleito para a cadeira 23 da Academia Brasileira de Letras. No mesmo ano, publica *Os velhos marinheiros*, composto pela novela *A morte e a morte de Quincas Berro Dágua* e pelo romance *O capitão-de-longo-curso*. Em 1963, o presidente dos Estados Unidos, John Kennedy, é assassinado. O Cinema Novo retrata a realidade nordestina em filmes como *Vidas secas* (1963), de Nelson Pereira

dos Santos, e *Deus e o diabo na terra do sol* (1964), de Glauber Rocha. Em 1964, João Goulart é destituído por um golpe e Humberto Castelo Branco assume a presidência da República, dando início a uma ditadura militar que irá durar duas décadas. No mesmo ano, Jorge Amado publica *Os pastores da noite*.

1966-1970

Em 1968, o Ato Institucional nº 5 restringe as liberdades civis e a vida política. Em Paris, estudantes e jovens operários levantam-se nas ruas sob o lema "É proibido proibir!". Na Bahia, floresce, na música popular, o tropicalismo, encabeçado por Caetano Veloso, Gilberto Gil, Torquato Neto e Tom Zé. Em 1966, Jorge Amado publica *Dona Flor e seus dois maridos* e, em 1969, *Tenda dos Milagres*. Nesse último ano, o astronauta norte-americano Neil Armstrong torna-se o primeiro homem a pisar na Lua.

1971-1975

Em 1971, Jorge Amado é convidado a acompanhar um curso sobre sua obra na Universidade da Pensilvânia, nos Estados Unidos. Em 1972, publica *Tereza Batista cansada de guerra* e é homenageado pela Escola de Samba Lins Imperial, de São Paulo, que desfila com o tema "Bahia de Jorge Amado". Em 1973, a rápida subida do preço do petróleo abala a economia mundial. Em

1975, *Gabriela, cravo e canela* inspira novela da TV Globo, com Sônia Braga no papel principal, e estreia o filme *Os pastores da noite*, dirigido por Marcel Camus.

1976-1980

Em 1977, Jorge Amado recebe o título de sócio benemérito do Afoxé Filhos de Gandhy, em Salvador. Nesse mesmo ano, estreia o filme de Nelson Pereira dos Santos inspirado em *Tenda dos Milagres*. Em 1978, o presidente Ernesto Geisel anula o AI-5 e reinstaura o *habeas corpus*. Em 1979, o presidente João Baptista Figueiredo anistia os presos e exilados políticos e restabelece o pluripartidarismo. Ainda em 1979, estreia o longa-metragem *Dona Flor e seus dois maridos*, dirigido por Bruno Barreto. São dessa época os livros *Tieta do Agreste* (1977), *Farda, fardão, camisola de dormir* (1979) e *O gato malhado e a andorinha Sinhá* (1976), escrito em 1948, em Paris, como um presente para o filho.

1981-1985

A partir de 1983, Jorge Amado e Zélia Gattai passam a morar uma parte do ano em Paris e outra no Brasil — o outono parisiense é a estação do ano preferida por Jorge Amado, e, na Bahia, ele não consegue mais encontrar a tranquilidade de que necessita para escrever. Cresce no Brasil o movimento das Diretas Já. Em 1984, Jorge Amado publica *Tocaia Grande*. Em 1985,

Tancredo Neves é eleito presidente do Brasil, por votação indireta, mas morre antes de tomar posse. Assume a presidência José Sarney.

1986-1990

Em 1987, é inaugurada em Salvador a Fundação Casa de Jorge Amado, marcando o início de uma grande reforma do Pelourinho. Em 1988, a Escola de Samba Vai-Vai é campeã do Carnaval, em São Paulo, com o enredo "Amado Jorge: A história de uma raça brasileira". No mesmo ano, é promulgada nova Constituição brasileira. Jorge Amado publica *O sumiço da santa*. Em 1989, cai o Muro de Berlim.

1991-1995

Em 1992, Fernando Collor de Mello, o primeiro presidente eleito por voto direto depois de 1964, renuncia ao cargo durante um processo de *impeachment*. Itamar Franco assume a presidência. No mesmo ano, dissolve-se a União Soviética. Jorge Amado preside o 14º Festival Cultural de Asylah, no Marrocos, intitulado "Mestiçagem, o exemplo do Brasil", e participa do Fórum Mundial das Artes, em Veneza. Em 1992, lança dois livros: *Navegação de cabotagem* e *A descoberta da América pelos turcos*. Em 1994, depois de vencer as Copas de 1958, 1962 e 1970, o Brasil é tetracampeão de futebol. Em 1995, Fernando Henrique Cardoso assume a presidência da República, para a qual seria reeleito em 1998. No mesmo ano, Jorge Amado recebe o prêmio Camões.

1996-2000
Em 1996, alguns anos depois de um enfarte e da perda da visão central, Jorge Amado sofre um edema pulmonar em Paris. Em 1998, é o convidado de honra do 18º Salão do Livro de Paris, cujo tema é o Brasil, e recebe o título de doutor *honoris causa* da Sorbonne Nouvelle e da Universidade Moderna de Lisboa. Em Salvador, termina a fase principal de restauração do Pelourinho, cujas praças e largos recebem nomes de personagens de Jorge Amado.

2001
Após sucessivas internações, Jorge Amado morre em 6 de agosto de 2001.

Jorge Amado com o amigo Mirabeau Sampaio no estádio da Fonte Nova, Salvador, 1970

Quando souberam que eu ia voltar àquelas bandas, então me pediram para trazer noticias de Tereza Batista e tirar a limpo uns tantos acontecidos - o que não falta no mundo é gente curiosa,pois não.

Assim foi que andei assuntando, ~~████████████~~ por
aqui e por ali, nas feiras do sertão e na beira do caes, e com o tempo e a confiança,pouco a pouco puseram-me a par de enredos e tramas,
uns engraçados,outros tristes, cada qual à sua maneira e conforme sua
compreensão. Juntei quanto pude ouvir e entender, pedaços de historias,
sons de harmonica, passos de dansa, gritos de desespero, ais de amor,
tudo de mistura e atropelo, para os desejosos de informações sobre a
moça de cobre, seus afazeres e correrias. Grande coisa não tenho para
narrar , o povo de lá não é de muita conversa, e quem mais sabe menos
diz para não tirar diploma de mentiroso.

Essas andanças de Tereza ~~se~~ naquele pais ~~████████~~ margens do rio Real , nos limites de Sergipe ~~████~~ a dentro um bom pedaço ; ~~████████~~ Capital. Territorio habitado por uma nação de
caboclos e pardos, cafusos, gente de pouca ████ pabulagem e de muito
agir ,menos os da Capital, sestrosos mulatos de canto e batugue. Quando me refiro à Capital Geral desses povos do norte , todos entendem
que falo da cidade da Bahia ,por alguns dita Salvador ninguem sabe
porque. Tambem não importa discutir nem contrariar quando o nome da
Bahia já se estende até a côrte da França e os gelos da Alemanha,sem
falar na costa da Africa.

Me desculpem se eu não contar tudo, tim-tim por tim-tim,não o
faço por não saber - e será que existe no mundo quem ████ saiba toda a verdade de Tereza Batista , sua labuta , seu lazer. Não
creio nem muito menos.

Manuscritos de *Tereza Batista cansada de guerra*

1

Já que pergunta com tanta delicadeza , eu lhe digo , seu moço: desgraça só carece começar. Começou, não ha quem a segure , se alastra, se desenvolve, produto barato, de vasto consumo. Alegria , ao contrario, meu liga, é planta sestrosa, de amanho dificil, de sombra pequena , de pouco durar, não se dando bem nem ao sol, nem à chuva, nem ao vento geral, exigindo trato diario e terreno adubado, nem sêco nem humido, cultivo caro, para gente rica, montada em dinheiro. Alegria se conserva em champanha; cachaça só consola desgraça, quando consola. Desgraça é pé de pau resistente; muda enfiada no chão não demanda cuidado, cresce sosinha, frondosa, em todo caminho se encontra. Em terreiro de pobre, compadre, desgraça dá de abastança, não se vê outra planta. Se o cujo não tem a pele curtida e o lombo calejado, calos por fora e por dentro, não adianta se pegar com os encantados, não ha ebó que dê jeito. Lhe digo mais uma coisa, meu chapa, e faço pés-rapados me gabar nem para louvar a força do povo mas por ser a pura verdade: só mesmo o povo pobre possue raça e peito para arcar com tanta desgraça e seguir vivendo. Tendo dito e não sendo contestado, agora pergunto eu: que lhe interessa, seu mano, saber das malaventuras de Tereza Batista? Por acaso pode remediar acontecidos passados?

Tereza carregou fardo pesado, poucos machos aguentariam com o pêso; ela aguentou e foi em frente, ninguem a viu se queixando, pedindo piedade; se houve --rara vez-- a ajudasse assim agiu por dever de amizade, jamais por frouxidão da moçar atendida; onde estivesse afugentava a tristeza. Da desgraça fez pouco caso, meu irmão, para Tereza só a alegria tinha valor. Quer saber se Tereza era de ferro, de aço blindado o coração? Pela cor formosa da pele, era de cobre, não de ferro; o coração de manteiga , melhor dizendo de mel; o doutor dono da usina -- e quem melhor a conheceu? -- dois nomes lhe oferecera , a solicitando: por nenhum outro Tereza Mel de Engenho e Tereza Favo de Mel. Foi toda a herança que lhe deixou.

A primeira edição, publicada em 1972 pela Livraria Martins Editora, com ilustração de Carybé na capa e xilogravuras de Calasans Neto

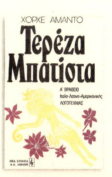

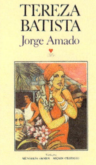

Tereza Batista cansada de guerra deu o que falar no mundo todo. Capas argentina, coreana, grega, italiana, portuguesa, polonesa, israelense, turca e libanesa

Com Dorival Caymmi, Rio de Janeiro, 1977; com Camafeu de Oxóssi, Salvador, 1975; e com Lygia Fagundes Telles num congresso de escritores, Rio de Janeiro, anos 70

Mãe Senhora, 1966,
em retrato de Flávio Damm.
Ela foi ialorixá do Axé Opô
Afonjá, que deu o título
de obá Arolu a Jorge Amado

Escrevendo *Tereza Batista cansada de guerra* na casa do Rio Vermelho, Salvador, 1972

O escritor com familiares e amigos na inauguração da rua Jorge Amado em Estância, Sergipe, *c.* 1970